张炜文存

插图珍藏版 13 散文

我们需要的大陆

前 言

从二十世纪七十年代尝试写作到今天,张炜创作发表了大约一千五百万字的作品,这还不包括他亲手毁掉的约四百万字的少作。就体量而言,现当代的严肃作家几乎无人可出其右者。这些文字至广大而尽精微,有宏阔的视野和抱负,也有对人性与存在最幽微处的洞察和发掘。张炜不但代表齐鲁文学的高度,也一直屹立在中国文学的高原。鉴于此,我们请张炜先生编选了这套颇能代表其个人创作实绩的文丛,也希望它能成为引领读者深入张炜丰茂的文学世界的一个精要读本。

阅读张炜,并不是一件轻松的事情。

四十余年来,张炜切实参与了新时期文学的进程,且在每个时段均留下具有范本意义的作品,如《古船》《九月寓言》《你在高原》《融入野地》等代表作无一不被允为中国当代文学的经典。有意味的是,除了在二十世纪九十年代前期以忧愤的态度参与过人文主义精神的讨论,在更多的时间里,他与所谓的文学热点和流行话题自觉保持着距离,他的创作也很难被妥帖地归类到某一文学思潮和概念之下。比如,在一些文学史中,《古船》是反思文学的集大成之作,在另一些文学史中,它是改革文学的扛鼎之作,还有一些文学史则将其放入寻根文学的专章中讨论。事实上,张炜对庞大之物近乎偏执的关怀,他那些让人战栗的道德诘问,他交织着时代的迫力、灵魂创伤与人类苦难的文字所彰显出来的写作的德性和思想性都决定了他不会是一个文坛的"弄潮儿",恰恰相反,他常常是潮流化写作的反动者。可是,当我们以文学史的眼光回头打量他所置身的文学时代,又会讶异地发现,原来有那么多重要的文学话题,张炜在它们成为热点之前便已做出实践或洞见。比如,批评界一度称许新历史主义写作,尤其推重以个人史、家族史取代阶级史和革命史的写作范式,在批评家们罗列出一通九十年代的重要文本之后,蓦地发现发表于一九八六年的《古船》已经几乎包孕了这个写作范式所有可能的向度,并且以家族史和阶级史并举的方式避免了新历史主义容易滋生的意义偏失。又如,近年来批评界强调发掘中国本土的叙事资源,激活汉语传统美学的意义,而多年来张炜持续与古老而灵性不散的齐文化和更古老的神话传统对话,他在演讲中说过:"怪力乱神基本上是文学的巨资。"他在《〈楚辞〉笔记》《也说李白与杜甫》等诠解古代经典的散文中所表现出与前贤思接千载的会心以及借此获得的启悟,在《外省书》中对史传记人方式的创造性化用,也显见他对本土文学传统的倚重。再如,新世纪的底层文学蔚为壮观,欲迷人眼,当批评界顺着"底层"的概念前溯时,即会注意到张炜很早之前即有这样的提醒:"一个作家心灵的指针要永远指向生活在最底层的人们。"甚至有时,张炜会因创作上的前瞻意识让他的作品陈义过高而逾越出时代的理解和逻辑框架,导致外界严重的错位式的误读,如对其"道德理想主义"的标签化概括,以及连带的反现代性的保守立场的质疑等,在我看来,即属此例。

关注张炜的人都知道,《九月寓言》发表后,他一直承受着来自标榜启蒙现代性立场人士的非议,认为他的作品存在着一个善恶、正邪、大地伦理与现代文明的二元结构,并以对后者的弃绝将自己变成一个与潮流逆势的具有强烈乌托邦气质的不合时宜者。张炜对此决不妥协,他把道德力量视作一个写作者才华和人格构建的关键部分,依旧以近于独战的姿态横对失范的科技理性和物质欲望。阅读张炜的这些文字,常常让人想到二十世纪思想史和文学史上被划归到文化保守主义阵营的那些名字,学衡派、新儒家、杜亚泉、梁漱溟、梁实秋……他们在历史潮汐的进退中也一度被时人视为逆流而生的卫道士,是螳臂当车的文化反动势力,但当后来的人们跳出时代的烟云却发现,他们的探求和思索与西方近现代以来尤其是启蒙迷思被世界大战轰毁之后兴起的新人文主义思潮遥相呼应,他们代表的是对人类中心主义和工具理性万能论进行自我反省与批判的另一现代性路径,是参与现代性对话的建设性思维,也是与主导性的历史行为和历史观念相对峙的必不可少的制衡力量。当代西方最重要的伦理学家麦金太尔在他的《德性之后》中曾提出一个重要的问题:谁来为失去形而上学品质的现代人的精神立法,或者说,在德性被放逐的时代还有没有对个人而言的至善的目标?他如此质问道:"道德行为者从传统道德的外在权威中解放出来的代价是,新的自律行为者可以不受外在神的律法、自然目的论或等级制度的权威的约束来表达自己的主张,但问题在于,其他人为什么应该听从他的意见呢?"他认为当代人深陷一种"情感主义"的道德迷思中,走出这种迷思的根本在于为当代人重建德性,而"德性必定被理解为这样的品质:将不仅维持使我们获得实践的内在利益,而且也将使我们能够克服我们所遭遇的伤害、危险、诱惑和涣散,从而在对相关类型的善的追求上支撑我们,并且还将把不断增长的自我认识和对善的认识充实我们。"我们以为,张炜的"道德理想主义"也应在此意义上理解。他捍卫君子固穷的价值观、严守义利有别的守成文化立场其实是对上述现代人文主义思路的自觉传承，其间固然有接续"斯文"、承袭道统的传统天命意识，亦有在终极关怀的层面重建现代人的意义世界的激进实践意图。他坚守民间的姿态也绝非像某些批判者说的那样是蹈入了老旧道德的泥淖，这些批判者被时代困陷的局限让他们忽略或者说失察了张炜站在全人类立场的超越意识和存在意识。而且，张炜这一信念几乎在他写作之初就建立起来，它当然经过一个不断磨砺和成熟的过程，但并不像一些批评者描述的那样存在着一个从八十年代张炜到九十年代张炜的急遽转型。我们分明可以在老得、隋抱朴和宁伽之间看到一条贯通的精神的丝缕。我们也不应忘记，《你在高原》的写作所经历了漫长的二十二年，没有持之以恒的心力和不为世移的信念，这样一部描写五十年代生人意志、情感和命运的百科全书式的大书不会完成。

明乎此，我们也就不难理解为什么张炜的写作不能被简约地归类了，他的写作对应的并非时代，而是时间。他不存在趋时的问题，自然也就无法被时代利诱或者绑架；他能预知文学的热点，只是因为他内心有对文学恒常价值笃定的判断。也因此，我们以为，出于表达的权宜，人们可以用一些约定俗成的语汇来评价张炜其人其文，但必须警惕这些语汇对其文学世界丰富性的缩减。比如我们一再提到的"民间"。因为参照物的不同，"民间"至少有两重意涵，它既可以指与庙堂相对的知识分子的价值寄居地，亦可指与精英文化相对的大众化的文化生成空间。张炜的民间立场中和了这两种意义的理解，同时又对二者抱有清醒的审视。四十余年中，他像一个真正的地质工作者一样不断漫游在以其故地为中心辐射开的莽野林间，并反复倾诉这种"在民间"的行旅之于写作的滋养，因为这种跋涉不但是对民间的亲历和发掘，还构成与庙堂那种案牍之劳的有效区隔，是逃逸体制化和职业化写作伤害的最有效的方式，漫游让他的写作与那些想象民间的写作之间划开了一道鸿沟。与此同时，他赞美民间的苍茫与混沌，颂扬民间热辣活泼的不驯顺的生命热力，但并不以为这是可以豁免民间藏污纳垢的理由，事实上他也从未搁置对民间之恶的揭示和批判——把张炜的民间简略成浪漫的乡愁或野地的生趣显然是失当的。

同样，我们也应当小心在时下生态写作的浪潮里，对张炜写作呈现出的生态伦理观念的简单追认。的确，他二十年前在《寻找野地》等作品中对大地之灵踪的追觅放之今日依旧是不可掩其光彩的，而他笔下还有那么多多姿多彩、栩栩如生的动物形象，有那么多对自然魅性的倾心书写，但仅以生态立场来解读他的这些作品是远远不够的。他写有情的生灵万物，写悲悯的山河大地，会让人想起《猎人笔记》《鱼王》《白鲸》《草原》《白轮船》，也会让人想起楚辞和诗经里那些精魂不散的草木花树，他以对自然的敬畏尝试建立连接"宇宙的神性"的可能。而且他并没有像很多生态写作者习惯的那样，因为要质疑人类中心主义的僭妄，便把人排除在自然万有之外，在他笔下，我们总能找到一个辽远的人，一个因为自然而获得性灵延展的人，用里尔克的话说，这是一个"沉潜在万物的伟大的静息中"的人，他"不再是在他的同类中保持平衡的伙伴，也不再是那样的人，为了他而有晨昏和远近。他有如一个物置身于万物之中，无限地单独，一切物与人的结合都退至共同的深处，那里浸润着一切生长者的根"。某种意义上说，张炜文学世界的开阔和深邃来源于他对自然理解的开阔和深邃，来自于他作为野地之子深扎在大地中的根须。

阅读张炜的难度即在于习惯妥协和随顺的我们与一颗灼热的、忧虑的、高远的心灵对话的难度。"伟大的心魂有如崇山峻岭，风雨吹荡它，云翳包围它，但人们在那里呼吸时，比别处更自由更有力。……我不说普通的人类都能在高峰上生存。但一年一度他们应上去顶礼。在那里，他们可以变换一下肺中的呼吸，与脉管中的血流。在那里，他们将感到更迫近永恒。以后，他们再回到人生的广原，心中充满了日常战斗的勇气。"这是罗曼·罗兰在《米开朗琪罗传》的结尾部分谈到的，阅读张炜，我们会有庶几近似的感受。

本卷导读

这卷散文集收录了张炜的多篇演讲和创作谈,包括著名的《小说坊八讲》《午夜来獾》等,有助于读者理解张炜的文学观念。

在演讲中,张炜多次提到对于网络时代浮躁低俗的审美文化的不安和忧虑,他号召作家用知识分子理应具备的人文关怀审视人间的种种苦难,用纤弱敏感的神经末梢感知最隐忍的苦楚。避免流俗于当下的创作潮流,而用纯文学的诗性写作顽强地生发个人理念。在时间的发酵和经典诠释中树立自己的话语语境。摒弃芜杂的集体概念和现实的生活真实而使用自我心灵感性的表达方式诠释内心。他说"文学的本质是诗,而诗是难以通俗的"。张炜说写作是"从心里往外抄书",而所谓回忆,便是回眸处一盏似有若无的隔江渔火,是迷离的凝眸中缓缓浮于天际的模糊影像。他用这残存的记忆寻觅"远逝的山峦与彤云",于是他怀旧的精神印记便贯穿于作品的字里行间,穿行于娓娓道来的安静诉说中。张炜说他愿有一支沉钝的笔,"写快一点就可能把纸划破,一笔一笔,将思想和情感慢慢落到实处来"。

张炜的散文中多次提到创作应该饱含深情,当往事隔着千重万重的迷蒙江雾向现实挥手作别,作家唯有用手中的一支笔来深情追悼他灵魂中的圣殿。就像《午夜来獾》中那只因眷恋生养之地而日日三更翻越篱墙来访的獾,它每到午夜梦回便载着他的灵魂翻山越岭回到梦开始的地方。

其中的《小说坊八讲》是张炜二〇一〇年在香港浸会大学的讲课笔记，从语言、故事、人物、主题等基本角度，阐释自己的文学观念和对小说技艺的理解，堪称作家数十年文学阅读和创作心得体会的结晶。

目 录

1	前言
7	本卷导读
1	不同的小说
3	长篇估
12	作家的温柔
15	沉浸到艺术之中
27	文学是忧虑的、不通俗的
30	激情的延续
45	必然写到的女性
51	长篇的"气"与"力"
53	非职业的写作
56	语言：品格与魅力
61	伟大而自由的民间文学
67	书的魅力
69	关于重复
73	"幽默"之类
75	当代文学的精神走向
85	术与悟
89	做人如做树
93	小说：区别和判断
96	自由：选择的权利，优雅的姿态
100	做什么，不做什么
105	对应什么，保存什么
109	作家的出场方式
111	世界与你的角落
140	文学三极
153	方言与转译
157	城市与现代疾患
157	逃离城市／城市与现代疾患
167	纯文学的当代境遇
198	精神背景之争
213	文学写作的神秘性
218	伦理内容与形式意味 ——文学访谈录
247	"个性"和"想象力"
253	今天的遗憾和慨叹
274	把文字唤醒
291	与全球化逆行的文学写作

297　小说与动物

321　午夜来獾

335　时代的阅读深度

357　时下的阅读、写作和出版

363　对经典的最后背离
　　　——中国当代文学印象

369　求学今昔谈

387　我们需要的大陆

413　数字时代的语言艺术

427　小说坊八讲
　　　——香港浸会大学授课录

430　序

433　第一讲：语言

433　文字的表象

435　虚构从语言开始

440　造句和自尊

445　方言是真正的语言

450　韵律、起势及其他

456　本单元的讨论

456　翻译中的小错与大错／翻译出杰作的语言艺术魅力／小说的继承

460　怎样使个性在文字上凸显／平庸从语言开始／形式上的焦虑

462　中国古典是我们的语言根基／时代的精神疾患

467　推荐一本古典／大享受需要大能力／神奇的非凡的超人

470　**第二讲：故事**

470　传统和现代

473　同时呈现的故事

478　讲述方式和小说边界

483　小说的两种节奏

487　被一再压缩的"故事"

489　**本单元的讨论**

489　结构主义／传统小说与现代小说／大故事与小故事的区别

490　尝试的必要性／貌似传统的人／新故事与老讲法

492　脸上抹油彩的形式主义／中国传统的生长／今天的"有诗为证"

493　让气韵与故事贴在一起／肉体和灵魂／对人本身有了大感情

495　新闻与文学的区别／重要的语言训练／写作是一个盛大的节日

497　作家的个人经历／人性手册、思想标本、语言范本

498　学习和移植／探讨力和追究力／描述大故事的能力

500　流动的河水／现代主义不能被固定化、标签化、概念化

501　"几零后"不值得惊讶和标榜／告别大家的忙碌

502　电影与小说／艺术与艺术产品／"包子好吃不在褶上"

505　**第三讲：人物**

505　人物是小说的核心

508　给人物说话的机会

513　塑造人物的两个倾向

518　人物的疏朗或拥挤

521　扁平人物和圆形人物

525　**本单元的讨论**

525　人物的多与少／有大能的人／小说的物质空间

527　文气的长与短／蹩脚的史诗／尽可能地简短

528　小说人物的烟火气和清贵气／情趣和水准

530　作者的权力／人物的自由／作品的主观与客观

532　伟大的尺度／大动物的野心／借气／勇气无所不在

534　作家的基本能力／生活的专注和真诚

536　市场的说服力／人民体现在时间里／渺小的依附者

538　感悟力被他人伤害／电器说明书／往天上扔帽子不顶用

541　**第四讲：主题**

541　主题在哪里

545　对世界总的看法

549　奋不顾身的人

553　图解和游戏

557　它原来无处不在

561　**本单元的讨论**

561　"新写实"的主题／学习和恪守／大耐性和大定力

563　一条生命的大河／他们的慢／现代的"穷狂"

565　文学的当代性／小说的超越／接得通

566　我们只能接近它／叙述和概括的难度

567　两种思维的交织／如果小说家是一个诗人／题目

568　长篇与短篇的区别／守住心力和文气／从诗出发

571　古诗与自由诗／小说是一次大解放／从细微处着手

573　绝妙之物／不能把书读歪／比谁更慢

575　**第五讲：修改**

575　修改的第一个环节

578　修改的第二个环节

579　修改的第三个环节

584　修改的其他环节

588　**本单元的讨论**

588　关于作品的开头／如何把一个人物写得传神／全知视角的自由与节制

590　修改的耐心和等待／两本书的对比／内在法度和严整感

595　心中有一个完整的世界／文字可以表达出不同的光色和速度

597　短篇与中长篇的区别／阅读是他人的一次收获

600　反复修改的利与弊／潜意识就像一只等待长大的小兔子

602　文学作品与"伟人"／危险的描述和记录／作家的道德原则

604　关于改写民间文学／有人会把最优秀的东西抹脏

605　神话志怪小说／想象力的区别和真相／纯文学给人的巨大期待

609　作家为谁写作／文字中潜藏了神秘的东西／被击中的一个灵魂

610　作家的道德激情／费解的生命现象／与生俱来的某些东西

612　作家的忧郁／"文章憎命达"／纯文学深入悲剧的命运

- **614 班访一：文学的性别奥秘**
- 614 关于张爱玲
- 617 女性作家
- 619 文学的门
- 620 身份的复杂性
- **623 讨论**
- 623 时间的奥秘／流水线／仅有一次的机会
- 627 专业作家问题／生命与时间
- **629 班访二：写作训练随谈**
- 629 注意语言的板块
- 631 文学语言的虚拟性
- 634 语言从细部入手
- 636 写作密度的要求
- **638 讨论**
- 638 训练的目标／诗与思
- 640 细致与否不在于篇幅／技能训练
- 640 关于人称问题／全知视角及其他
- 643 题目产生在写作之前／世界要有光
- **645 班访三：文学初步及其他**
- 645 初中的《山花》
- 647 散文和小说的区别
- 650 中国小说的继承

652　写作不能过于勤奋

654　我们需要"大学习"

656　**讨论**

656　低潮期／能力的丧失

657　题材变化／乡野生活的经验

658　写作前的热身／让思维活泼起来

660　**在文学的绿地上**（代后记）

一九八四年在济南郊区木场

不同的小说

起码有两类不同的小说：一类靠情节的生动新鲜；另一类凭借境界、意味，总是依赖非常神秘的东西。这两类小说不仅是指通俗文学和纯文学，因为在纯文学范围内仍然有这样的不同倾向。这两种倾向往往合不到一起，除非是在一位奇怪的作家那儿。无论怎么说，前一类小说还是通俗多了，而后一类更为纯正，更难以被遗忘。

比较起来，后一类小说也许更具有诗的本质。

记得有的小说写得很单纯，似乎没有什么曲折的情节，也没有多少让人记得住的事件；故事就是那么一个极简单的故事，然而它所传达出的意味却能长时间地笼罩你，有一股深长的力量，难以消失。

也有的小说层次很多，包含的东西也多，极其复杂——但却并不因之而"情节化"。它的主要兴趣也不在情节上。它简直丰富极了。那么多内容，经过作者一番处理，都写进作品里去了，传递出奇异的感觉。它们已经织成了一体。

前一种小说，不需要那么多具体的事物去充填，却需要对具体事物的深刻理解，需要以此去控制篇章。作者必须是一个诗人。

后者是诗人，但更是天生的小说家。

一般讲，这是两种不同的风格。但是前一种大概不会向后一种过渡；而后一种，却有可能向前一种过渡。

一个人到了最成熟的时候，大约总是走向了"简单"。

一九八四年一月七日

长篇估

长篇与中短篇是不难区别的，这里指它们的字数、制作的规模等等。但它们似乎还应该有更深刻、更隐蔽的一些区别。比如说它的创造者在接触不同体裁的心理状态上，肯定会有很大差异。

一个作者开始长篇小说的创作，面临的将是一场艰难的、漫长的跋涉。他必须坐下来，仔仔细细地从头盘算一下，一遍又一遍遥望猜测路途的长短距离，估量自己的身体状况以及与此紧紧相关的耐力。他必须安静如常，因为一切还没有个结果、没有个头绪，过早的激动会是一种无谓的消耗。

缓慢沉着地积累材料，有意无意地攒下一些想法。他面对着的是如此庞大、如此芜杂的一个世界。可供取舍的东西太多太多了，非要当机立断不可；但又必须谨慎从事，小心翼翼，克制着冲动。

由于无形中排除了一些即兴式的创作欲望，排除了一些轻松灵动的小念头，所以作者此刻往往显得迂缓和迟钝。他的才华收敛起来了，反应也不敏捷。他的心展开来，放得很远很宽，尽可能多地包容起一块天地，不久之后他要用解剖刀似的笔，精心地分解和镂刻，但此刻却松弛坦然，朴素天真。这样他就能以生命的本色去接近过去难以接近的东西，心验体察，倾听到最远处的声音。

这一切，与创作短篇的情形差不多截然相反。那时更依赖一种灵感，心

一九八三年与评论家周介人在上海

潮动荡起来，就让它一泄无遗。要尽快从复杂中梳理出单纯、从犹豫中确立意志，主意安定得早，送走得也早。过多的彷徨和纠缠会消磨灵性，篇章中活鲜的东西、生气勃勃的东西也就没有了。

中短篇作者常常很快知道他这一次工作所要赢得的是什么、需要多大的能力去控制多大的场景，往往信赖自己的一腔激情。他将手头的工作看得不轻也不重，思维很快就进入清晰和条理的状态。虽然整个创作的过程中也往往是缓慢的、坎坷的，但一鼓作气，势在必得的念头总是不时地生发出来。

总之，长篇小说的作者一开始就是异常沉着的，自然而然地走进了一种繁复和苍茫的状态。他不指望这一次会工作得很快很顺利，不奢望奇迹，也不寻找窍门。负重行路难，五里一徘徊。仿佛有一块巨石放在不远处，他要把它举起来。需要的是实实在在的力气。他注视着它，默不作声。他想了些什么？恐怕最终还是要心事重重地走向巨石。

长篇小说滑涩薄厚，各种各样，除了其他原因，作者进入创作时的心理状态不同，是造成重大差异的不可忽略的因素。

有的长篇小说，它的作者是带着创作中短篇小说的心态特征进入工作的，它的单薄和浮露是不可避免的。有的作品尽管使用了上百万字的篇幅，分量却没有随之增大多少。我记住：心路狭窄，作品的意蕴容量也不会丰富；把一切看得太简单了，做出来的也会简单。

一口气读完了这部长篇，觉得它真流畅，很多地方激动了我，可是后来忙点别的事情，回头再想这部长篇，竟然没有多少深刻印象。

这是为什么？

是因为你写得粗糙、拙劣吗？显然还不是。

想一想取个比喻。小说像一群彩色的鸟雀，叫着从空中一掠而过了。而我有时总愿看到一头大象在原地开掘，欣赏它的稳健与沉重、它的力量、它的可怕的不言不语。

作者使用第一人称，好像就为了议论方便，他抓住议论，就像抓住了一个可以使其跃上一道土崖的树根。

作为一部长篇，它算是有内容的，不像有些作品那么空洞。但我觉得这一切都是快速集结快速调动起来的，这样就有一种无论如何也遮掩不住的草率。比如文中每样事情都点触过，却是一点即过，没有好好地搓揉它们。它写了这块土地，但更多地写了一些现象，缺乏对于一个家族、一个村落的深入探究。

总觉得作者接触、处理这一切的时候，心态不行。像一个人在喝汽水，听录音，摇摆一会儿伏到桌上写一会儿——整个小说就这么风风火火地写完了，它怎么会有那种苦嚼苦吟的蕴藉和深沉。这是十分可惜的，因为这是给人的整体感觉。文坛上虽然从来不乏光彩四溢的急就篇，但大多数好作家越写越慢。难道是他们不珍惜时间或者犯了什么僵化病吗。当然不是。他们在创作中捱磨时光，必然在篇章上留下痕迹，留下他们捱磨的痕迹。正是这些痕迹重重叠叠，使文章博大精深，层次交错，读时如同进入一座深不可测的宫殿。

这部长篇中有很多景物描写。这些描写几乎具备了一切美好的成功的景物描写的所有外部特征。色彩斑斓，似乎都不错。但仔细推究一下，就会发觉这些描写是机械的、空泛和概念的。它传递不出一个生命对于自然的独特感悟，与书中人物命运也无法在深层上呼应和结合——写一会儿人物和故事，就来一大段自然景物,它们成了一种打卤面的"浇头"。

书中那么多关于农村未来道路的见解,看来新鲜,其实只是将平时报刊上的东西文学化了。这显得急功近利,思想苍白。作家永远是一个人思索,想好想赖总是他一个人。他需要冷静。失去了这些,也就失去了自信以及由此而带来的凝重和沉着。他对自己描写的对象缺乏一种质朴的情感,才不会为他们去经受那种寂寞难忍的苦闷。

还有这个女主人公,这个人物分明是杜撰的。她更多地让人想起一些欧洲作品的女子,虽然她穿了中国农家姑娘的衣服。其他人物有时也让人闪过类似的念头。这使人怀疑起作者对农村、对农民的了解程度。只了解部分,一个或几个侧面。当然,也许作者差不多一直泡在农村;但还远远不了解他们。他们之中最隐秘的部分,他不知道。他永远没法知道——他没有和农民一块儿走完自己的童年——缺乏的是一种难以弥补的东西。所以他对农村、对土地和农民所表达出的那种沉郁和哀怨,多多少少都有几分做作。

我怀疑长篇小说非要写成这种样子不可。一个人物进门,他的肖像,神情,周围的感觉,对话,寒暄,坐下,或者先握手。总之,尽是一些可写可不写的事情。据说一些大手笔正是通过这样的琐屑,揭示灵魂,描绘世态,传递出强烈的生活气息。

可是每翻过一页,都是这样松松软软的东西,也不是个办法。这总得变一变才好。文学进入二十世纪,现代派蜂拥而至,到处都是,古老的东方也被他们占领了。好像现代派除了更加琐屑之外,又加了一些莫名其妙。当然这些做法同样有他的道理,或许更有道理。

但我们还是想问一句:书里到底发生了什么事情、特别是大事情?

回答是没有。没有发生什么，没有血泪也没有传奇，没发生大屠杀也没有发生政变，军队驻扎在原处，太阳依旧，只是某某先生家的小猫奇怪地看了他的太太一眼，于是费尽琢磨。

读者是各种各样的，有人偏偏不关心血泪、传奇、地震、海啸，偏偏牵挂小猫的眼睛——谁有理由排斥或无视他们的要求呢？

但我们还是要问：书里到底发生了什么？人家不屑于回答，显然觉得我不可理喻。我们只得耐着性子，一页一页翻下去。两个字或者一个字就占据了一行，有时几个标点自己占去了一行。还有时出现一个四方黑框，里面填了一则启事。凡启事一定写在一张四方纸上——于是明白了作者为什么画个黑框——但接上又糊涂了，他还写到城墙、人、狗，为什么不一一画出来？我们为他感到遗憾。后来又看到了简谱和五线谱，心情才稍稍平静了。这些东西总起来说比字大，有弯曲，可以占据更多的地方。原来所有的作法目的是一样的，就是尽可能地使这本书厚一点。

为了这一点渺小的目的就让读者浪费这么多时间、用掉那么多纸张，不仅不合算，而且不磊落。

再想一下那些极其琐屑的描述，能完全摆脱如上的嫌疑吗？目的总有一样的地方。读者在他们眼里一钱不值，被尽情地嘲弄，他们爱怎么胡扯就怎么胡扯，故意把语言弄得颠三倒四。他们有了文化，有了身份，有了钱，有了名声，于是他们总是有道理，总是高明。

琐屑有两种，一种是比较传统的，一种是比较现代的。

那种传统的往往博得这样的赞誉：多么逼真的生活画面，多么浓烈的生活气息，简直扑面而来。可我们想说：逼真的生活天天包围着我，我想知道的是你还有什么独特的生活？至于气息，差不多也就是气味？您用这气味已经赚去我们不少时间了！

那种现代的常要博得这样的叹息：绝妙、深刻、真是不可思议！多么独到的视角！可我们想说：绝妙的就一定是细小的吗？把细小的一点点东西藏在这么厚一本书里，海里捞针，当然不容易了，当然要觉得不可思议、觉得独到了。可它最令人丧气的还远不止这些。它常常让另一些人钻了空子，他们也含蓄地微笑着，让读者从他厚厚的一本书里找东西。读者翻完了才知道上当：里面什么东西也没藏下来。

我们有时告诫自己：长篇本来就是长的，因而更要设法节俭，可写可不写的，就不写罢。

我们不愿看到"史诗"或"史诗般的"这一类字眼。因为在使用这些概念方面，很早以前就庸俗化了。它无论作为名词或是形容词来使用，都失去了起码的准确和严肃。

显而易见，"史诗"具有它自己的尊严。

如果一部浅陋的、不能卒读的长篇被冠以"史诗"二字，那就不仅仅是亵渎了一个汉语词语，而是那些挚爱着艺术的普通而纯洁的心灵一块儿蒙受了屈辱。文坛是大家一块儿守护的，维持它起码的公平和贞洁，从来都是义不容辞的责任，当然，这早就是一种梦想了。

在长篇创作界，或许那种"史诗"越多越糟糕。海明威说过："一切二三流的作家最喜欢史诗式的写法"——这真是一语中的。在有些人看来，大跨度地叙写一段历史或几段历史，描绘出重要历史场景的规模以及它的演化起因就一定是一部"史诗"了。可惜这样的"史诗"也掩盖不了它的苍白。

"史诗"来得可真容易。

海明威的话尖刻辛辣，但又令人折服。且不说那一类作品"史"上的可信性，单说它"诗"的部分就经不住推敲。没有飞扬的才华，没有艺术的激情，没有个性和悟力，一切都按部就班，顺顺当当又平平实实，质木无文——它的本质早已离开了"诗"。

要产生"史诗"，它的创造者首先必须是一个真正的诗人。从过去到现在，再也没有比长篇小说领域更能藏假盖真、遮遮掩掩的了。我们长篇创作的其中一大部分已经离开了文学。它的本质不是诗，而是曲艺。有的也算不上曲艺。试想把这一部分放在中短篇小说中，就会变得相当刺目。

总之，"史诗"绝不意味着平庸，它更应该是具有强大艺术魅力的、充满了灵性的、洋溢着旺盛的生命激情的一种巨制。

我想，我大概不敢涉足"史诗"式的写法。我将倾尽全力，写出我熟悉我动情的东西，并且要尽量写得刚劲有力、写得完整——做到这些已经很难了，可是我要去做。

必须放弃这次构想。不行，它太巧妙也太雕琢了。每当我在作品的形式上过分用力的时候，我就怀疑自己这一段的创造力衰退了。创造力是难以捉摸的，它在不知不觉间消长。素材的积累、身心状况、天气，很多很多方面都起着综合作用。谈到衰退，我们很容易想到老年人。其实有很多的例子说明年轻人也会发生衰退的现象。

由于长篇太长，不是一下子可以写成的，那么，就得警惕创造的激情慢慢被蒸发掉。作品的生命躯体在枯槁，失去了光泽和润性，就自觉不自觉地用粉脂和服饰打扮起来。这是本能的。

怎样恢复我的自信？怎样回到生气勃勃？我首先想到的是让身心放松。这样我才能记起我的真正渴望和真正哀怨，记起隐隐的烦恼和欢乐，我可以提笔直抒胸臆。形式的蛛网被轻轻拂去，我们于是变得勇敢坦然——整个过程应该是这样吧？

如果作品的形式问题没有常常使一个作家烦恼，去不断地缠绕他，这个作家就不会是个优秀作家；反过来它成了最终的病根，他也不会是优秀的。过分讲究形式，企图以此来确立自己的人，恰恰表明他作为一个生命的创造能力正在枯萎；他总是把形式与内容两者剥离开来！剥离开来，还有什么好谈的。

有那么多深层的欲望在驱使你行动，这期间将完成的是几十万、上百万的长篇作品，哪有时间玩弄花样。男子汉满脸胡须，不必整天纠缠在形式上。一些非常花哨的作品也难为了作者，能说不好吗？但常常是壮夫不为。

但愿自己在一切方面保持一种质朴，这样才会健康。精力旺盛了，才能不急不躁，回到桌前慢慢对付它。

一九八四年十二月十四日

作家的温柔

　　一块草地，一片树林，一个天真的儿童，这一切都能拨动你爱的心弦。那时候你激动不已，含情脉脉，渴望与一切有生命的和没有生命的交谈。你想温柔四方。

　　世界应该适合你这样的人去生活和创造，你也太需要一个绿色的世界。一切生硬的、不近人情的东西放在你的面前，都有些残酷的意味。你不能没有爱，不能没有倾谈，不能没有美丽的想象以及唤起这些想象的种种条件。

　　因为上述原因，你的兄妹和你的朋友一直无比关心你。他们看到你面色苍白，神色忧郁，心里就有说不出的酸楚。什么也不用说，要说的可能你早就想过了。你苦苦地寻找，这一切对谁说去。你只是大睁着一双悲伤而温柔的眼睛。

　　你的渴望，是一切的源泉。你会超乎常人地勇敢。谁说你多情，你有时冷酷无情。这些都是为了什么？你这样生活吧，旁边的人总觉得会有什么笑话从你身上发生。你淡淡一笑，没有工夫解释什么，急匆匆地上路。

　　苦难不是茶余饭后聚到一起说说而已，它非常具体地排列在生活之中。你的愤慨和偏激情有可原，你背后也常对人说，你情有可原。值得安慰自己的是，你投入了实实在在的工作，你是理想主义者，似乎永远不会失去希望。当有那么一天，你真的变得沮丧透顶，你还会咬着牙关说：我是个理想主义者。

  黄河水滔滔不息，逝者如斯夫。你执拗地生活着，愿你没有七灾八难。世界有情，当留住你的温柔。

一九八六年十月九日

一九八七年 在法兰克福书展

沉浸到艺术之中 *

生活与历史

我们常常有意无意地将表现过的生活当成了生活本身。习惯上我们更注重文字的记录，关心更多的，是人们用各种形式对生活作出的记录和评价。了解生活当然要依赖一些中介，但它们不应等同于生活。实际上我们有时离开极朴素的东西又极远。我们是写作者，可是别人写出来的各种各样的文字反过来又干扰我们。很难回避这种干扰，我们的认识总要不同程度地接受它们的支配。这真有点悲剧的意味。

人们在表现生活、传达信息的时候，总要动动脑子。不过有时一动脑子，就会自觉不自觉地去掉生活的一些原气原力、一些原来的颜色。只顺着别人动过的脑子往前，结果离实际生活越来越远。如此下去，我们对生活的基本估价、判断，都要受这一切的影响，久而久之形成恶性循环，让一种无形的力量膨胀起来，我们就变得无可奈何。

一个写作者也许要时常问一句：现在的真实生活到底是怎样的？而不是依据成见、照搬成见……不问青红皂白地跟着一种舆论跑，跑得昏头昏脑，还唯恐落到后面，这就是我们的形象。哪一个历史时期都会找到类似的写作

---

* 本文是作者在第二届黄河笔会的演讲，小标题为整理时所加。

者：小麦亩产十一万八千斤，放了高产卫星！作家忘情地欢呼，争相贡献自己的诗篇。这绝不是什么个别现象，我们翻翻旧报刊就知道了。这种"无比宽阔"的浅薄，反映了人类的弱点，而我们对克服这种弱点似乎总是无能为力。

比如社会变革，知识分子尤其关心。可是这种关心应该表现为更加宽广的眼界、更深层的注视，而不是挂一漏万、浮光掠影，像孩子似的易喜易怒。关心变革，首先要关心全部的生活。生活分为过去的、今天的、欢乐的、悲伤的、忧虑的、兴奋的……是全部，而不是局部。从局部着眼，也可以找到任何所需要的依据，但不是真实的。

我对农村的看法与一些作品描写的不同，而且怀疑一些作品、一些评论，是以一些现成的文字为依据，而不是以活生生的真实为依据。有时看一些文章，心里会冒出这样的想法：对一些作品的判断，实际也是对生活作出判断，这些文字不仅离开了艺术，也离开了生活。比如对农村生活，好像最有权力作出判断的是离基层最远的那些人，而与民众一起的那些人，倒失去了发言权。那些长期不到田野中去、不到阳光中去的人，越来越是小脸苍白，也越来越是振振有词了。我对这些人没法不厌恶。尽管有一种高论，说道德义愤太强的人就写不出好作品，我还是没法平静。

我对农村现实感受最深的，是农民生活得比过去宽松了一些，自由了一些，当然也富裕了一些。过去是在率领下一同走向田野、走出田野，步调一致，全然不顾一个人的不同要求。等待他们的永远是漫无尽头的、十分沉重的劳动。拔麦子、刨玉米秸，干过的人谁忘得了它的辛苦？劳动不与自由、个性，不与人的兴趣和希望结合在一起，就是一种酷刑。陀思妥耶夫斯基的《死屋手记》里有一处感叹，他说那些流放犯们每天被押到田间劳动，日复一日，不知在为谁、为什么劳动，让人感到了无法忍受的痛苦和绝望！我们的集体劳动当然不能与流放犯的劳动同日而语，但劳动者对于劳动的目的、意义上的迷惘与失望，却有着某些相同之处。农民也是人，并且是为数最多的一种人，应该让他们尽量生活得自由一些、宽松一些。现在由他们自由支配的时间多一点了，活动的空间也大一点了，这就比原来靠近了一些人情人性。过去的生活太委屈了人。从这个意义上讲，变革带来了希望，让人兴奋。

但生活中的一切也并非毫无让人忧虑之处。忧虑生活不等于否定生活。生活要前进，忧虑可以化为动力。比如，现在的道德水准确实在下降。道德是历史的，但道德却不会因为"历史"而失去"水准"。现在以权谋私、欺压百姓的人确实不少；以金钱为原则、唯利是图的人更多。不断听到见死不救的事情，那真是丧尽天良。有的医院因病人一时交不出押金就拒不抢救，眼看着病人在床上绞拧而死。这类事情让人觉得人类十分陌生，生活非常可怕。这些惨剧的制造者们该有多么巨大的残酷。当然任何时候都会找到一些超出预料的奇闻，但现在是奇闻多得已经不奇。如果在一个一切以金钱为原则的社会里生活，会是多么恐怖，那时候将没有真理和正义。那样一种生活不仅对于知识分子，对于任何善良的人，对儿童、妇女及一切弱者，都是一种灾难。有权就有一切，一个乡村干部一年之内即可腰缠万贯。在这样的气氛里很多农民失望之极，常常发生自杀的现象。我们号召一部分人先富起来，可根据时下来推断，如果不能根除一些罪恶，那么富裕就永远也不会属于劳动者。我们黄河流域的作家们每到一地就要看名胜古迹，这固然很有必要，但最穷困最艰难的地方看一看更有必要。对生活的判断总是跟活生生的、真实的具体的人联系在一起，而绝不应该是抽象的片面的化成文字的东西。

再谈历史。这里一直呼唤新的史诗产生。史诗能够产生吗？首先是怎么看待诗与史。海明威说一切二三流的作家最喜欢史诗式的写法。其实很多平庸的作品其根源所在，就是缺乏从历史的长河中深入探究和追溯的勇气。前面说过，只有关心全部的生活，才能关心变革。变革只是现实生活中的一小部分，而现实生活又将化为漫长历史中的一个小小环节。很多东西都在历史中存在过，历史往往有惊人的相似之处。所以我们要真实地反映现实生活，就不能忘记历史，尤其不能忘记这短短的几十年的历史。有人也不是不关心历史，而是思想凝固，只相信一切形成的文字，而不是去探求当时的生活原貌。历史当然存在于历史教科书中，但最丰富最完整的，还是存在于人的心中。及时收集"心史"，难道不是更重要的吗？远的不说，"文革"、"大跃进"、土地改革，那一段历史我们的教科书做到完全忠实的记述了吗？历史是人类活动的历史，人类的共同弱点、人类的屈辱，也应该得到真实的记录。好在这一段历史离我们还不远。作家应该重视历史档案。国家档案局已于一九八〇年作出了开放历史档案的规定，但到档案馆利用档案的人仍然很少，这说明我们缺乏好奇心，是不正常的。档案是社会生活的原始记录，是最宝贵的财富。我们如果翻过上千万字的档案材料，一定会有很多新的感触。

兴奋和忧虑

在经济界，开始开放。这使各个阶层都受益匪浅。同时它也启示了新的思维方式；开放带来了思想界的空前活跃，促进了社会进步。这一切既令人兴奋，又令人忧虑。经济界有一个说法，认为目前的"游戏规则"之下不可能有公平和正常的竞争。如果正视现实，就不得不承认，的确有一部分人靠不正当的手段取得了巨大利润、骗到了巨额资产。这是事实。长年辛劳地创造的人是大多数，而这大多数人永远也不会赚到那么多的钱。不创造就没有世界，没有物质文明，但创造又出奇地不值钱，这真是天大的颠倒。人们有时把搞活经济、加强流通领域的一些鼓励，不分青红皂白地分给了那些不劳而获的、拥有巨大资源的人。好像我们经济上的活跃和某些成功完全依赖于他们一样。这是让人忧虑的。

回到文学世界里来，我们会发现在一定程度上与经济世界非常相似，让人哭笑不得。我们的文坛从来没有像今天这样活跃，这样生气勃勃又鱼龙混杂。一个作者生活在这样的时期，也许是幸运的。有些东西必然是应运而生，而绝不会背运而长。文学不能回到"文革"十年，甚至也不能回到十七年的所谓"繁荣时期"。文学与其他事物一样，或许会在某一方面呈现倒退的现象，而不至于全面倒退。那时候的文坛比起现在来，不知要寂寞多少，这是一个客观事实。作家从事的是一种高级的精神活动，这就需要一个信赖、一个环境，使精神得以放松，达到自由流泄、任意飞翔的境界。使人紧张的社会空气难以产生杰出的作家和作品，文学需要自由。自由就是作家解除对自身的束缚，使参与创造的神经尽可能处于活跃的状态。这是艺术家们梦寐以求的，也是从事艺术工作起码的条件之一。写什么、怎么写，应该完全由作家自己决定；作家可以沉重地回顾，也可以欣悦地展望，可以叹息，可以长吁，可以有节制地开个玩笑。人们在自己喜欢的熟练的形式上做文章，也偶尔在生疏的土地上种植点什么。一天到晚弯腰曲背，不妨站起来东张西望一会儿，吹几个口哨。这一切都是自然的、可以理解的。文章作为一格一式，作为一个品种去理解，都有自身的价值，都可以容忍。一个永远皱着眉头的人，也应该体谅一个笑口常开的人，反过来也是一样。这不仅仅是一种宽容，还是一种爱。事业是共同的、互相联结的，是由来自不同方向的力共同牵引的。

但却不能把一切忧虑都说成是多余的和无根据的，说成是无气量无胸怀。离开了对艺术的赤诚，庸俗的游戏和恶作剧并不罕见。一个人在生活中看到了什么、感到了什么，都可以用自己喜欢的方式、在方便的时刻表达出来，这是一个人的权利。但不可以把千万人的幸福和苦难看得一钱不值，不可以对真理的探求大肆嘲讽。我们时下常常发现：道德成了忌讳的字眼，无底线的嬉戏成了时髦。这对生活的损害是显而易见的，同时也侵害了健康的艺术肌体。

一切的忧虑与兴奋都交织一起，让我们无法选择。

责任心

这些年来，议论"超脱"的声音越来越多了。好像我们的文学如果浅薄了，祸根就在于作者不够超脱。什么才是超脱？怎么才能够超脱？很少有人谈得清楚。但这肯定不是要超脱鲜活的社会生活，摆脱尖锐的社会矛盾，忽视底层的声音。如果是这样，那就最好永不超脱。真实的情形是，一些作品之所以浮浅，除了其他原因，或许就因为作者缺乏道德义愤。每个人都热衷于自己的那一套，对社会痛痒没有了切肤之感。文学仅仅是一种技艺、一种形式吗？如果是这样，一个作家与一个化学家的根本区别又在哪里？作家缺少了作为一个人的道德冲动，缺少了愤怒和不平，更没有喜悦和感激，哪里还会有激动人心的创作。历史上所有令人难忘的写作，差不多都在密切关注自己的时代，并为底层代言。一切超出某种技艺的、心灵深处的直接奔流，才是最好的文学。为信仰、为永恒的真理不停地奔波呼号，真诚地辩解和寻找，一生留下了一串深深浅浅或歪歪斜斜的足印，这才是世界上最好的诗篇。托尔斯泰从来没有超脱过，陀思妥耶夫斯基也没有超脱过。他们都被一种主义和一种理想燃烧得热血沸腾，如痴如迷地探求了一生。

这里不是简单地否定"超脱"，因为这是一个相当复杂的话题。一个人陷于狭隘的功利主义当然是可怕的；一个人的探索热情来自渺小的目的，那也没有多少价值可言。谈到"超脱"，有人就会指出那些虚无主义者，列举所谓的"现代主义"。诚然，颓废派手中有好东西，但他们起码经历了漫长的痛苦，一切失望怅惘虚无都是默默来临的。他们这之前差不多都经历了自己的绝望期。如果没有漫长的经历，没有这样的阶段，就进入不了另一种情境，所谓"超脱"的结果，也会是十分廉价的、令人厌烦的做作。依此来看，一切都不是空穴来风，都有一定的因果和缘由。从这个角度来说，我们就不会对"责任心"表现出那么多的厌恶了。牵挂世界，耿耿于怀，仍然应该视为一个写作者最难得的品质。"超脱"可以不是作家的一种目的，而是一个阶段、一种可能性；而强烈的责任心，倒是每个人都应该具有的。我们甚至还可以发现，"超脱"也是责任心的另一种表现，是视野和心胸的拓展，这并不能说明对世界丧失了深刻的关怀。

无病呻吟的文字并不是"超脱"。一部作品的意义可以有很多方面，其中之一就是保存一个特定时期鲜活的生活内容。它无与伦比的意义就在这里。作品不是将一条活鱼制成漂亮的鱼干，而是一直让这条鱼活下去。写作者记录生活，是一个书记员，同时又为一个时代提供某种证词。一个人缺乏实事求是的精神、缺乏见义勇为的秉性，就难以肩负这样的责任。这需要对自己的时代保持极度的敏感，比如对生存、环境、人的基本权利、政治和道德诸问题，有时刻的警醒。每个人都是不同的，有不同的志趣和倾向，但起码都应该是"有心人"。无心的人，从事任何技艺性的工作都露不出破绽，但如果需要用一颗心灵去拥抱的事业，就立刻显出了窘迫。

讲到"责任心"，有人会问：一个作家改造生活的力量有多大？愤世嫉俗有什么用？揭露丑恶与讴歌美好有什么用？真诚有什么用？可能难以简单明了地做出令人满意的回答。因这些作用有时还真看得见，更多的时候是看不见。世界上没有人能够有斤有两地称出文学的分量。文学的历史差不多像人类历史一样长。一个作家的真诚和责任心分明是在作品中留下了永难磨灭的印记，也在人类的文明史上留下了深刻的印记。

哲学

我们现在谈论创作，总要涉及到"现代派"和"现代意识"。谈的人越来越多，让人眼花缭乱。这已经是最时尚的词汇，让人没法回避。它可能不仅属于写作学，还应该有哲学范畴的解释。它的核心问题是人与客观环境的冲突、是人类对于异化的反抗。成熟的作家应该有自己的哲学，这大概是没有异议的；但什么才是一个作家的哲学，这或许会有异议。作家的哲学高度并非指某一篇作品中闪射和投放的哲理思考，不是对一个概念的诠释，而是贯穿于整个作品中的、对生活的深刻探求和不断思悟。一部作品完全可以用来阐发某一哲学流派的观念和意义，这只是"小的哲学"；而一部作品里里外外渗透着作为一个生命自身对生活独一无二的感觉和把握，才算有了"大的哲学"。在我们的创作中，时常可以看到那些所谓的"哲学高度"，其实只是攀附在一种"小哲学"上，他们并没有自己的哲学。美国哲学家詹姆士说过非常好的一段话："对我们每个人都是非常重要的那种哲学，并不是一个技术问题，而是我们对生活真正深刻的意义究竟是什么这个问题的某种程度的无言的感觉。哲学只是部分地从书中得到的；它是我们用以观察和感觉宇宙的全部推力和压力的个人的方法。"詹姆士在这里强调它是"个人的方法"。

怎样才能拥有自己的哲学？一个作家除了勤奋地读书、创作，求助于书本上的"技术"之外，更重要的还是认真地、赤诚地在生活中探寻。世界上没有两片相同的叶子，每个人都自成一个世界，每个人对生活意义的探求和寻找都会有不同的收获。只要忍韧坚持，不倦地思考并且十分重视自己的思考，就会拥有自己的哲学。事实证明在生活中顽固坚守自己的个性天地、不断开拓自己思考空间的人，并不是很多。大多数人都喜欢往热闹的地方跑，愿意"扎堆儿"，表现在创作上就是制造大同小异的货色。这里，诚实是绝对重要的，忠于生活，忠于一切自己感悟到的东西，是难而又难的。这些说说容易，要做到，要将这些坚定的想法化为足迹留在一部部作品里，更是难上加难。因为很少有人能保持这种始终如一的真诚、这种不倦的无私的寻求、这种永不熄灭的生命的燃烧，所以只有少数作家才能够拥有自己的哲学。

一个作家将艺术笔触打磨得光亮圆润也许并不是最难的。在文学史上，我们可以找到一大批技术纯熟的人，但他们绝不等于重要或杰出。他们当中有人奋斗了一生，也只能停留在自己的"特色"之中。这也许是从一个人一开始踏上文学之路就注定了的。"虽好却小、虽小却好"，根本缺憾就是缺乏自己的哲学。他们一生用来扎制的只是一株漂亮的花树，而不是给这棵花树灌注气血——它没有生命。一本传记上写契诃夫去探望托尔斯泰，契诃夫离去时，托尔斯泰看着他的背影说：这个人多么有才华、多么完美，可惜没有自己的哲学！托尔斯泰还曾在一封通信里对别人说道：你不会成为一个作家，虽然你有才华，因为你不够偏激。我尽量去理解伟大的托尔斯泰，觉得契诃夫完美的典范式的短篇小说，起码没有渗透着托尔斯泰那样极其个性化的、永不妥协的思索辩解和寻找。他信中所指的"偏激"，我认为是一个思想者的真诚和一往无前、一种痴迷忘返。这就不是一般意义上的"偏激"，不是故意的悖理。一个人的著作塑造了很多人物，但最重要的一个人物从来都是作家自己。读完一个作家的著作，作家本人或高大或卑琐的形象也就浮现眼前了。任何人想在全部著作中把自己遮掩起来的做法，都是徒劳的、适得其反的。我们读《复活》《琉森》，读《卡拉马佐夫兄弟》，不断被作家忘情的辩解和诉说激动得热血沸腾。这一切，常常在书中与那些细腻入微或精美绝伦的具体描绘结合在一起。他们的艺术宫殿里如果缺少了自己的高大身影，就会显得异常空旷，甚至坍塌。

某些伪"现代派"，并没有什么"现代意识"。它们更多是对国外某些作品的形式模仿。"现代派"在它们的土地上是十分质朴的，是内容是本质而非形式。世界上的每个角落都会产生"现代派"和"现代意识",而并非固定在某一个地方或某一种形式上。它们往往首先来自底层,也首先为底层的人们所理解和接受,是自下而上的;如果反过来,那就值得怀疑了。很多事物常常发生可怜的颠倒。

我们尤其注意那些描写农村生活的作者。因为这里是一个农业国,这块土地上发生的苦难,总是更多地缠绕和追随着农民;我们还没有多少历史漫长的大都市,某些所谓的"城市病"实际上是被夸大了的。城市化的积淀还相当薄,而农民在一块面貌依旧的熟土上已经跌跌撞撞了几千年。总之,对苦难的感同身受、对人本身的关注程度,从根本上决定着文学的命运。这里特别强调的是一个人真实的、质朴的、赤诚和纯洁的精神生活。在这种境界里,才可以激扬想象,沉浸到自己的艺术之中。

一九八六年十月十一日

一九八七年与张承志在一起

文学是忧虑的、不通俗的

或者我误解了，或者我是对的——如果是误解，那么这种误解将把我送到遥远的地方，使我不得回返——那个时候我的体力已经不支。我一直认为，文学的诸多功能之中，一个最重要的任务，就是唤起人类对一些根本问题的关注。它是一个不会间歇的、持久的、极有耐性的提醒。因为人一降生下来就陷于奔忙，缠在必要的烦琐之中，直到终了。他们遗忘掉的东西太多了。还有，人类的短期利益与根本目的之间总是存有深刻的矛盾，人类的欲望也牵动自身走向歧途，缺乏节制，导致毁灭。他们当中理应有一些值勤者，彻夜不眠地睁大着警醒的眼睛。这些人就是作家。当然，当人们疲累和消沉的时刻，他也不妨去鼓舞他们，或者唱一支欢娱的歌。

但总的来看，由于文学的根本目的所决定了的，文学是忧虑的。

有一些问题值得一代一代人去共同思考，这特别需要诗人和哲学家一起去完成。哲学家比诗人更简单明了，诗人比哲学家更细致开阔。他们更多地是结合成一个人，于是产生了未来的文学家。不可回避的东西太多了，比如为什么恶常常是不可战胜的？由于人类自身的弱点而招致的灭顶之灾迟早会来临吗？等等。我们的全部作品无论变化到哪里去，无论怎样游戏，无论离开此类庄严的命题多么遥远，但总还是围绕它们旋转，就像月亮总要环绕地球运行一样。有的哲学家自嘲道："人一思索，上帝就发笑"——聪明极了。

不过人如果不会思索或不去思索呢？如果这样，如果上帝轻薄而又顽皮的话，他会对人怎样？那样大概更不好。那样人类未免更尴尬了。所以思索是必需的，思索是人类的本能——用人间流行的计算方法来推断，思索也是合算的。

人类更多的时间是迷惘的。人们的清晰和洞彻往往是阶段性的误解。当然也有例外，只是并不太多。这就决定了总体上低沉的基调。这种基调合情合理地贯穿在文学之中，使我们的文学成为生活的有机部分，不可或缺。它的深奥性也是由此所决定，它不可能是漂浮在水面上的彩球。同时，这也构成了它的本质，构成了诗的基本旋律。世界对于人类来说是相当晦涩的，于是人们要描绘和感知世界只有两种方法：一种是直接的临摹，这就产生了晦涩的作品；另一种是用理性去印证他的感知世界，那就写出了晓畅的作品——不过这后一种作品与作家之间的关系是复杂的，于是总体上也还是晦涩。对于文学所反映的对象，对于这个世界，文学的这种费解性是庄重的和严肃的。反过来，那些表面上的工整和肃穆倒极有可能在本质上是游戏的——一种庄严的游戏。

文学可能要排斥哲学，从而建立它自己的哲学。因为人类就是因为不满足于哲学才容忍了文学。文学如果去图解一种哲学，不仅是一种重复劳动，更重要的是放弃了一个机会，是一次自行取消。宇宙间有一些最重大的问题、一些奇怪的存在，是不能够直取，也不能够简单地迂回，而是要求人们在梦幻里去接近，一边走一边唱着疯癫的歌。与宇宙对话有时也不能有话直说，不能简单地使用反语，而是要运用呓语，运用手势，运用无声之声。我们的文学正是以此才达到目的。这是文学的专利，文学的光荣。

如上所述，文学怎么会成为消遣艺术呢？它距离通俗越来越远，难道不是正常的吗？我相信艺术的门类和分工将会越来越多，越来越细，文学必然从一般的艺术之中剥离出来。而戏剧、电影、故事、曲艺，这些形式本身就决定了它的通俗性，并且也应该以此为荣。文学必然要经历一个极大的缩小读者队伍的痛苦的过程。正像它的姊妹——哲学一样，似乎从来也没有获得众多的读者（比较而言）。文学的本质是诗，而诗是难以通俗的。文学将愈来愈排斥故事化，它的不通俗性，将逐渐成为它的基本特征之一。

这一切，都不能离开文学所肩负的责任去讨论。我们之所以反对一般的丢失读者，反对晦涩，很显然，就是因为它们背离了这个原则。那是与我们所讲的文学现象背道而驰的，尽管看上去它们很像。

一九八七年四月二十二日

激情的延续*

今年春天刚过,一个作家去世了。在这之前刚病逝一位作家。前几天,人们熟悉的一个本省青年作家也去世了。还有几个——他们都比较年轻,是青年或壮年。还有更多的作家艺术家正患着重病。有生有死,本来不值得大惊小怪。可是在文学界,谈起来大家都觉得在眼前晃动的这些熟人相继死去,真让人悲伤!由这些事情触发,想到好多问题。人们不由得会想,一个人的生命就是这样短促,这样有限,人生的道路上遇到什么真是很难预料。这使人想起应该珍惜生命——一代代人都这样想过吧。

一个人的生命能延续多长时间好像是一个定数,每个人自己无力改变很多。这就产生了一个问题,即怎样更好地利用生命。一个人活着可以干各种各样的事情,可以有多种多样的尝试。迷恋文学,实际上就是确认了生命的一种存在方式。人的一辈子再不打谱把主要精力放在别的事物上了,这个选择好沉重。

有多少生命在繁衍,生生不息。你观察生命的特征、它的奥秘!你看那个猫和狗,那些不太大,只有一两岁的猫和狗。它们几乎没有一分钟的安宁,总是那么跳,那么蹦。生下头一年的小猫一个劲地跳,在屋里把乒乓球撩起来又放下,放下又撩起来。它活得多么旺盛。这是它活泼的少年。再过些年

---

* 本文为作者在烟台笔会的演讲,标题为整理时所加。

以后它们就总要睡觉，就那么静静地躺着睡觉。这是大家都熟悉的现象。实际上关于生命的原理都是一样的。我想它无非就是心脏好。它的健康的器官刚长出来，心脏搏动得很快也很有力量，每一分钟都能把新鲜血液推到肢体的最末梢。脑细胞整个都很活跃，精力旺盛。道理都是一样。我觉得创作，人的艺术活动，无非就是来源于生命的一种激情，是生命能量的一种释放方式。我想一个不间断的创作活动最起码可以看成是激情的一次次延续。

从这个角度看待创作，我觉得就有必要研究怎样运用自己的激情，怎样节省自己的激情，怎样使它尽量地伴随我们的生命延续、再延续。

整个人的一生就是一部作品。有时候这部作品写这么一个段落，那么一个段落；有时候也写一点闲笔。但人的整个一辈子，你回头看一下就是一部作品。一个人的创造能力到底能有多大？有时候真是惊人，令人难以置信。前几天我到书店看了一下，发现新出版的那套《列宁全集》在书架上整整摆了几层，可能是六十多卷，每卷大约有三十万字。还有《高尔基文集》，现在只翻译了他的小说散文类，就大约有一千万字。这还没有包括他的书信、理论以及戏剧作品。托尔斯泰、陀思妥耶夫斯基，总创作量都相当惊人！有时我觉得很怪，一个人怎么能写那么多东西，看上去简直就远非人力所及！我常常在书架面前徘徊、想象，百思不得其解，深深地感到了震撼！一个人怎么可以有这么大的能量，他生命的激情怎么可以延续得那么长，他的生命怎么可以使用得这么充足、这么充分。再比如萧伯纳，他一生写了五十二部大戏和一些著名的小说。单说这五十二部大戏，其中就有四十部是他五十岁以后写出来的。他到七十三岁那年——在我们这里有好多人到七十三岁就挂着拐杖慢慢行动了——写了著名的话剧《苹果车》。他的生命力是多么的旺盛,简直不可思议!伟大的艺术家往往都是生命力特别旺盛的人。生命力旺盛表现在两个方面:一个是可能活得年纪很大,就是说他的生命特别抗折腾,没办法,他生来就是这么耐磨损。再一个就是他的生命在单位时间里爆发得特别激烈、特别壮观。像有的人活得虽然短促,却极其壮丽。比如莱蒙托夫、普希金这些人。莱蒙托夫留下了《当代英雄》和数不清的灿烂诗章。普希金简直就是一座永不倒塌的文学丰碑。在他们虽然短促然而却格外壮阔的生命河流里,翻动的浪花特别大。生命的激情,在他那里是以那种方式表现出来的。

由此可以启发我们去思考一些创作现象、艺术现象。我觉得这个世界上只要有生命就必然有艺术。所以不热爱艺术、与艺术十分隔膜以至如何如何误解艺术家的人,往往都是不可理喻的人,是人类当中的一些劣质成分。你只要在心理上是一个健康的人,就没有必要试图和他们沟通。

狗和猫的心脏特别好,它就要跳要叫,叫出一种很好听的声音来。有土地、有阳光、有云彩,就会有闪电。当然不言而喻,有人类,就会有艺术活动。这是一种非常自然的现象。

刚才人们更多的谈论到"新潮小说"。我想,不能过多地责怪它们,要责怪,还不如去争当你自己心目中的"新潮"。这种小说我相信大概每一个热爱文学的人开始都会非常注意,会有兴趣去读、去分析、去鉴赏,大概都是这个心态了。我很喜欢也很爱惜真正的"新潮小说"和代表性作家的作品,但是我自己不一定那样去写。有时很怪,你喜欢但不一定就能干得来。这与一个人的出身、教养、年龄、他吸收的整个文化营养有关。我觉得大家也不见得都去搞所谓的"新潮小说"。但也有人说他总是有个感觉,说从这几年来,从一开始出现"现代派"一直到如今,现代主义、先锋派作家的队伍好像越来越壮大了，壮大到让人不能信任的地步。他说总感觉他们不太真实，说将他们去跟那些所谓的"土作家"比一比，究竟谁更具有先锋性质，还值得考虑。这当然有一定的道理，这些想法都不是浅见。不过我想他仅仅在说一小部分人罢了。个别人的要害问题绝不是文学问题，而是作为一个人的问题。当然，一个生命力非常旺盛的人，还是会把主要的力量放到创造上，让它像闪电一样突爆，回荡起一种创造的旋律。如果这样，就不能容忍自己作品的灵性更多地来自模仿。把现代主义文学当成一种纯粹的技法，几近荒唐。技法之类东西是很容易传授的，像编筐子编篓子，那个花边再复杂也学得会。

艺术等待创造，等待突爆，等待心灵的赐予。如果如今的艺术也变成了"手艺活儿"，那么这种艺术肯定是伪艺术。但是，我无论如何不能赞成那些对于艺术创新的本能的抗拒心理——这种心理是极其容易形成的。对于二十世纪以来的现代主义艺术，你平静下来总会喜欢的。你打开艺术史上这最新鲜的一章，会发现它多么绚丽、多么灿烂！不错，我们仍在等待真正的大师，可是我们已经听到大师的脚步声了。当然，永远的模仿是不行的，我们一开始就讲这不是一个文学问题，因为这涉及到一个人的尊严问题。作为一个人他总有很强的自尊心，他不能一直那么老老实实地模仿着别人、跟在邻居的后面跑——他心里会受不了。

任何一个作家都不可能不在模仿中吸收。任何一个大师也是从模仿的道路上走来的。不过有两种模仿，它们的本质区别就是，有人终究可以保持一个人的尊严，从他的作品中，你可以听到自尊的心跳：有力的、不愿屈从的那种搏动。

现在的各种手法已经很多了，用得眼花缭乱。你哪里还可以看到十几年前的那种呆板胶滞？这多么令人愉快！你仿佛看到一些精力旺盛的人在舞蹈。稿纸就是土地，时代的犁铧已经开动了。今天，一部作品要想征服别人，就必须有点真正的货色，就必须有力量、有内容。文坛上试验频繁，新军纵横。你成功的希望仿佛很小，可你面前的机会仿佛又很多。所以这时候就难免有人耍点小聪明，想走捷径，想招人议论。如果大家都搞起了招人议论的文学，而不是搞真正有内容的文学，那就会让人感到悲哀。这些小聪明其实是源于一种小市民的心态，源于那种小市民的机智和投机性。有些招致喝彩的小说将小市民的那种机智和投机心理体现得多么好。小市民总是有些聪明。模仿也很快，只是目光不会长远。真正的好作品不会是小市民创造出来的。将小市民和农民的心态比较一下，你们会看得比较清楚。农民相对而言显得闭塞一点，不容易接受新事物，排他性较强，可也往往是笨重有力。自己想写什么东西，就索性搞自己这一套，似乎不太在乎外界的各种干扰。这样就很坚定很有力量。他们缺少的是什么呢？他们缺少的是那种人的灵感和诗的境界。这样比较一下，两种倾向作家的优势劣势就很清楚了。有长处也必有短处。我想，从文学意义上讲，受这两种文化浸透而未得升华的作家，将来都未必能代表我们这个民族的文学。有人说中国真正的现代派作家、真正的新潮小说代表人物尚未出现，时机还不成熟。仅仅这样讲缺乏分析，令人难以苟同。我认为评价这个时期的现代主义思潮，尤其需要冷静下来。

　　二十世纪以来的现代主义运动是令人激动的。当然，今天的世界上还没有产生过十九世纪以前那样的伟大作家。比如说托尔斯泰、歌德这一类的人物，这种量级的作家还没产生。好像二十世纪以后产生过一些大作家，但是很难再产生像歌德、但丁、拜伦这一类巨人了。你不论写得多么巧妙、哲学上多么高明，仍然让人觉得分量不够。毛病出在哪个地方？这需要好好探讨。要探讨，就要说到生命，说到生命的性质。

好像我们这个星球在进入本世纪以后已经悄悄地改变了什么。比如污染问题——它来自各个方面：噪声污染、化学污染，各种各样的污染，使我们这个星球在品质上已经改变了许多。不言而喻，我们这个星球上产生的生命就和十九世纪以前那时候不一样了。环境改变了，生命的性质就要改变，创造的力量也必然改变。用来创造的生命的激情改变了，于是作家的量级也就随之改变了。显而易见的是，首先是作家们关怀的事物发生了变化。那个时期的作家好像更多地关怀一些形而上的东西，关怀一些本原的东西。像这个世界的来龙去脉，生活的终极意义，整整一个民族的去向……这你可以从一些存留的古典作品中很清楚地看出来。你可以重温屈原，重温古希腊史诗。那种强烈的古典气，那种无与伦比的伟大感，不是很清楚吗？后来的作家尽管写得很技巧化，也不乏主义和哲学，都不约而同地跟哲学家结缘了，但你仍然感觉他们缺少点什么，分量轻。到底出了什么毛病？要害的问题在哪里？分析到最后，还是要回到我们生存的环境上来。这好比一块变化了的土地，已经长不出原来那种苗了。你没办法。靠每个个体的努力很难超越。我觉得二十世纪的现代主义思潮，最终还是这块土地的性质决定了的。我们的作家总的看变巧了，也变小了，即便从创作规模上看也是这样。比如司马光的巨作，司马迁的《史记》，都浩浩荡荡。比如法国作家普鲁斯特写那个《追忆似水年华》，一口气就写了近三百万字。这是一部小说，可是摆到书架上有长长一排！他们就是能干。你看俄国那个地理学家写那个《在乌苏里的莽林中》，随便一写就是上下两大卷。现在的作家写长篇，都是十五万字、十九万字、二十万字，就搞那么长个东西，再长了就得往里兑水分，弄得很淡。一个人进门啦，这个人怎么进的门、怎么握手、怎么讲话、坐下又怎么，毫无意义地写了好几页。就用这个办法去扩充自己的篇幅，所谓的多卷长篇。我为什么要谈这个问题？我想要追溯到一个本质，即人的生命力问题。作为一个人，他的生命力减弱，他创造的激情就要消退，那么关怀的事物就会缩小，劳动的数量就会下降。他已经没有那么大的抱负和气力了。随着我们赖以生存的这块土质的改变，你饮用水的水质不行了，泥土上长出的参天大树也越来越小了，再没有一个很好的自然环境保养你，滋润你。你得不到长久的培植，怎么能长成为参天大树呢？

所以，我还是要回到一开始那个话题，回到人的生命力、回到人的激情上来。讲到那些模仿之作的不尽人意，那个道理也还是一样，就是他的生命力不够强盛。作为一个艺术家，他们不能用火一样的炽热去溶化所接触的艺术品。萧伯纳成名以后，就像有人评论的那样："财富像潮水般涌来，荣誉堆满双肩。"这些东西如果落在一个平庸的作家身上，那就把他压垮了。他的膀头不够宽。那个萧伯纳就可以承担，并不被荣誉和财富所累。他本来长得很细、很高，只穿棉毛织物，早晨到海边去打拳，去锻炼身体，只吃素食。他养了一副好身体，精力旺盛。各种荣誉，包括各种劣境，他都宠辱不惊。世上很少有什么事情能压得垮他。平庸的作家陷入窘境不行，出了大名也不行，因为成就也可以把他压垮。讲到这里，我觉得问题很严重。严重就在于我们当代人难以超越那一切。你知道了这个，知道一个人的生命力达到了这样一个定数，就会感到悲哀。但我们又不能丧失了希望——你选择了文学，就是选择了人生，你得好好干，因为文学对我们来说是一辈子的事业。要用普通劳动者的态度去工作。那些真正勤奋的作家，从来不依赖灵感，每天按时去工作，只要有时间，吃过了饭，喝点茶，就坐到工作室里。如果激动了他就写得好一点，如果不激动就写得慢一点。他们是这样对待创作的。一个有眼光的人，平常总是尽量地注意身体。如果觉得真正有价值，就是挫伤自己的身体也勇往直前。比如为一种正义的事业而斗争，往往要冒极大的危险。这就是平常所说的勇敢。除此而外，就必须回避无谓的争执和烦琐。保护自己的精力，就是保护生命。这样做的目的，就是为了将激情延续得更长一些，使你写得更多一点、更好一点。要不停止地工作。好多人把"灵感"看得玄而又玄，其实这个东西不可靠。它是什么？我觉得一些懒惰的人才更多地依赖"灵感"。我觉得所谓的"灵感"如果真有的话，也就是那一段的身体搞得很不错，心情也好，由于勤奋劳动，在一段时间里，各方面都很顺手就是了。一个作家，你宁可相信没有什么"灵感"，只有生命力，只有依靠勤奋的劳动。

刚才谈过，有些作品的毛病，主要是他没有打破模仿这个外壳，还是一种简单的制作。当你的创造力旺盛的时候，你就不能容忍这种制作。你不会老老实实按着一条什么路走下去，你忍不住就要创新，就要突破，就要打碎形式的外壳！学习是重要的，但更重要的还是创造。艺术的本质是诗、是幻想；每一次真正意义上的创作，都是一次生命的激情的喷吐，就像闪电一样。

一个人怎样才能使他的这种激情持续长久而不至衰竭，怎样使其尽可能地得到延续？这是摆在每个人面前的至关重要的一个命题。每个人的精力、寿命等等差异很大。有的人可以搞出很多、很好的作品，有的人就不能。这里面有天生铸定的那一部分，有生理方面的原因，但也有其他的，比如生活方式、世界观等等，都不同程度地影响着一个人。有好多人在生活当中十分容易分散自己的注意力，今天干点这样，明天干点那样；今天模仿一下这个作家，明天模仿一下那个作家，为一些根本不值得激动的事情而激动。这就浪费了自己的感情。一些优秀的作家为什么活得非常放松？他为什么要追求简朴的生活？为什么要回避世俗的纷争？一句话，他为什么要回到淡泊和安宁？说白了，都是为了节省自己的情感。他要把这份情感最有效地使用到最值得、最有意义的地方去。很清楚，一个人如果做到这一点，就能够使自己做成更多的事业，就能最大限度地利用生命，实际上一个作家如果不尽量地放松自己，也很难使自己的创造达到非常高、非常好的境界。我有时候看到的不太成功的作品，觉得它的一个要害问题就是作者写作时很紧张。他老忘不了自己要搞个什么创作，要写个东西。他不够放松。创作只是一种生活方式。一个人在这种生活当中要冷静下来、放松下来。你在这种状态中考虑一下到底想写点什么、有多少可以写的，这就好了。它像过日子一样，最好还是从容不迫一点，从长计议。如此下去，有时就能出现一些很奇怪的想法、很有意义的想法。

　　一个作家尤其不能急于求成，不能一蹴而就。你如果能坚持一种质朴的、一种很勤奋的劳动态度那就行了。我们想一下，一个农民种了一块地，他整天起早贪黑地到地里去耕耘，仔细而精心，不焦躁也不气馁，多像一个好的作家。实际上正是这样。你不能把希望过多地寄托在某一个阶段、某一个机遇和某一部作品上。还是应该更多地相信自己的劳动，这才可靠一些。坚持不懈地写下去，这篇写不好，下篇力争写得好。如果觉得知识少一些，那就发奋读书。一辈子这样坚持下去，结果肯定会好。一个人的生命像一条河。到最后就看哪一条河流得更急、浪花翻得更大，哪一条河更宽、更长，无非就是比这个。而不仅仅是比你哪一部作品写得怎么样。那些一般的作家、平凡的作家往往是从一部作品和一段创作来相比较的。而比较大的作家从来都是以自己的一生来相比较的。笑得早不如笑得好,笑在最后——一位军事人物好像这样说过。我想每一个搞创作的人也都应该牢牢地记住最后的笑。现在有些作者也像某些搞经济的一样,短期效应、短期行为很严重。有时就拼一股劲儿,三步两步冲上去就行了,过了这三步两步那再另讲。于是你就会看到一个懒洋洋地躺在一部作品上的人。这有什么意思?一个作者应该永远从零做起。无论这个作品写得好还是写得坏,要牢牢记住这只是我刚完成了的一次劳动,活儿还很多,我还得继续往前干——这种心态就好了。一个作家的成就和经验一样,都等待积累。现在这种"积累型"的作家越来越少,而"突爆型"的作家又一下子太多。一会儿出来个新作家,一会儿又消逝了,不停地轮换。这些作家能不能更稳定,能不能把自己那种出色的表现稳定下来,使它进而化为一种不断的延续、不断的延伸?这是难而又难的。谁能把这种出色的创造活动化为生命长河中的一朵浪花,那就了不起,那就很令人佩服了。

像美国的福克纳,这位作家几乎是足不出户。他借作品中的人物说:上帝如果打谱让一种东西走的话,他就把它造成长的。如果上帝打谱不让一种东西活动,他就把它造成高的。你比如这树木,很高;还有烧锅炉的烟囱,它很高。上帝不想让你走的东西就变成高的,人呢?人就是高的,这种东西是不适合乱跑的,活动多了不行。总之该走该停,上帝早已经做好了标记。像马车、火车,还有牛马,它一定要走,它是长的。这当然是幽默的艺术,但这毕竟源于一种哲学思考,包含了更深的意味。福克纳是一个乡土作家,他有时非常保守。可这并不妨碍他成为一个大作家，成为美国的"先锋派"。最早的时候，看来真正的先锋派还是在那块土地上一点一点地感悟渗透，把这种探索精神贯彻到底。如若不然，就只会是一种学习和模仿，缺乏一种原生性，就不是血液里产生的东西，不是真正的先锋派。福克纳长得很矮，他就整天在家里，一会儿干点零碎活儿，一会儿写点东西。他坚持数十年如一日，一个劲地写，结果创造了一个广大的世界。最后这个老人活了六十多岁，骑马摔了一下，犯了心脏病去世了。他光长篇就写了十八部。你别看他干得似乎很缓慢，他不断地在那里干。海明威、菲茨杰拉德，都好像比福克纳能干，但坚持下来，放长了看，就有些不行了。福克纳很保守，保守的人往往是非常可怕的。我很重视保守的人。文学上真正保守的人他有几大特点，第一个他不跟着潮流跑，有自己的主意。第二个呢？保守的人都慎重地对待新生事物。第三个是他在反对新生事物和反对新潮的同时，产生了真正的新潮思想。而中国真正的现代派就很可能产生在所谓的"保守主义者"手里。我还想起了哈代。中国诗人徐志摩到哈代家里去拜见他，一推开那个小门，哈代出来了。他是一个矮极了的小老头儿。他的头颅像儿童一样，腿曲曲着走出来。他一点一点出来了，跟徐志摩谈了一会儿话，临别送他一朵小花。多么有意思的举止！这个伟大的作家原来极质朴、平凡，也很少出门。他甚至也给人保守、内向、闭塞、羞涩等等感觉，他却是真正的伟大作家。你看伟大的作家到底该是怎样，值得研究。十九世纪之前的作家和现代派作家之间的本质区别在哪里，也值得研究。

　　这些问题都是客观的，是一些大问题。那么它对于刚刚踏上文学之途的人会有什么作用？我想，它的作用就在于，凡是事物的本质方面一定要经常寻思，只有这样才能造成一种强大的推动力，使你不断地向前，使你长得比较高大。

我觉得一个作者无论怎样工作，有一点他是十分明白的。他的作品只要写得好，那就是源于一种深深的爱。搞文学必然是这样。搞艺术会搞得很累，像一开始讲的，好多人都早早死去了，他们那是把生命耗尽了。我觉得干任何一种事情，只要干好了，进入到一个很高的层次上，都是艺术。有人搞军事和政治不是艺术吗？那简直是艺术家。所有的具有一定量级的历史人物往往都是艺术家……艺术是一种开阔的、宏大的、充满想象力的、充满了生命力量的。所以秦始皇也可以看作是一个大的艺术家。这种人往往生命力都很旺盛，他们经得住磨难，始终热情而且狂放。可见干什么都一样，都得有旺盛的生命力，都得有激情。有了这个，就会胜利，就会最终完成一次辉煌。谈到文学和生命力的关系，有人可能想到那些更年轻的人，他们生命力强啊，他们有激情啊，怎么搞不出好的创作？谁说搞不出呢？一个人在十八九岁的时候特别有激情，容易碰撞，恋爱时激动得要命，好几宿睡不着觉，有的信誓旦旦剁去了手指——这种强大的激情用来搞创作不好使吗？当然好使。但为什么他们又往往写不出成功的作品？那是因为除此之外还需要修养，需要经验，需要在一个学科方面的造诣。一旦他的修养上去了，就会出现好的创作。因为人的生命力是任何技巧的东西都不能够取代的，你看歌德，他在青少年的时候就写出了《少年维特之烦恼》，成为不朽的传世之作。古往今来有多少写爱情的？又有多少超越了歌德？那种强烈的爱，爱得手都颤抖。那是一个涉世未深的、一个没加雕凿的生命爱上了一个少女，那种炽热的情怀非常真实，非常感人，写出来就必定是好文章。他没有什么现代派和什么哲学什么主义——原来其他的一切比较起来都是不重要的了。最重要的还是生命力的那种爆发、那种突破，那才是不朽的。再像普希金，很早就写出了灿烂夺目的作品，他依赖什么？他依赖的也还是激情。

这样理解问题，就与一切依赖技法的纯形式主义的东西相对立了。这是必然的，不能通融的。我们谈的是事物的本质，谈的是艺术的根本。热衷于形式主义的就不会讲这种原理。一些单纯热衷于技巧的作品也不能说得一无是处，不过我想它有点像大学里学生们考的那个学期分数。高分数往往不是最优秀的学生刻意追求的，可是太笨的学生想要又要不来。有的作品，只能让读者承认他的聪明，他的技巧，他驾驭文字的能力。不过如今聪明的人要找起来就太多太多了。我们要求于艺术家的，当然还有远比聪明更重要的那一切。

有人不止一次指出：所有与世隔绝的、闭门造车的、不能够直面人生和直面生活的作家，都只会是二三流的作家，这好像是危言耸听和老生常谈，但实在是包含了深刻的道理。那样搞，无论如何也只能是昙花一现的。摆在我们大家面前的问题，就是怎样追寻事物的本质。当然，我们要相信自己的生命力，依赖自己的创造激情。应该始终关心那些可以改变一个民族、改变一个国家，可以改变人类的重要而巨大的事物。一个好的作家必然具有强烈的政治意味，但这种意味不是肤浅和粗陋的，而是一种深度和境界，你不如说那是一种哲学。你如果能始终关怀一些最根本的东西，关怀人类的命运，那么你刻意追求的很多东西也就包含在其中了。

当然一个作家可能有完全不同的生活方式。有的作家口若悬河、周游世界、精通好几国文字，你也不能不承认他是一个天才。也还有一种作家，就像我刚才讲的哈代、福克纳这一类，就有些相反，海明威可以去钓鱼、开快艇，到海上侦察敌人，富有冒险精神，而别的作家可能又有另一种样子。所以说，有时候又要认识一个人在表达和表现上的特点，不能强求一律。比如语言吧，有的语言气势汹汹，一路冲刷下去，汹涌澎湃。还有的作家用语简约、很艮，翻译过来也还可以看出他们原来语言的一些特点、特质。像海明威的语言是电报式的，基本上把修饰部分和形容部分全都去掉了。他很简单、很直接。你看完了以后会觉得蕴藏在文字下面也有股澎湃的激情。可那些文笔很华丽的作家，往往把这些东西都搁在外表上。

总之，每个人都可以根据自己的条件去选择、去判断。在判断的时候需要冷静。你怎样看待自己的生活方式，怎样贯彻自己的创作宗旨，怎样走自己的创作道路，都需要好好地判断。但这一切说到底，仍然是要依赖你的生命力，依赖你作为一个人的生命的激情。

一九八九年四月十七日

上个世纪七十年代张炜在半岛海边写作的老屋

必然写到的女性

当然，艺术家的笔必然要写到女性。在他们的创作中，会不止一次地将女性作为主人公。她们泣哭、微笑，忧虑着憧憬着；她们生活在这样的一个世界上：自己参与了创造，收获的却不仅仅是幸福；她们有着共同的喜悦和时浓时淡的莫名的忧伤。多么熟悉又多么陌生的世界，他和她一起感叹，一起惆怅。

如果她是柔弱的，那么你至少可以想象她会非常善良。由于遗传或后天营养等方面的原因，姑娘长得十分瘦小，只突出一对灼亮的眼睛。只是后来的几个春天里她才容光焕发，头发柔软和顺，肌肤也有了光泽。她像其他人一样为生活奔波操劳，永不停歇。四周的所有东西似乎都比她强大，比她更能经受粗粝和磨损。但接下去的却是一连串的惊讶：她接受了前进道路上迎面而来的一切，经历了漫长的岁月，原来伴随着她的那些有的枯萎了，有的倒下了，而她却仍然挺立。当然了，她变成了一个母亲，一个宽容的、心慈面软的女人。你会从她面对小外孙的目光中，看到一如既往的纯洁，看到无比的美丽。

如果她是俊秀的，那么你心底会洋溢起一种类似感激和羞怯的奇怪情感——虽然这好像没有来由。她也许是这个世界上另一个方面的象征，她是灵，是表是里，是形式也是内容；她或许已经不仅仅属于她自己。凡是美好的事物，比如像鲜花、春天，甚至包括真理本身，都应该具有这样的面目。似乎这个世界与生俱来的美好故意在一个相应的女性身上凝结了，悄悄地默默地昭示着什么，让人类去领悟。很多人愿意去保护她们，自告奋勇；很多人认为她们就是希望和理想，是本来就存在的、不需要寻找和辨析的一种意义。从本质上讲，她们从来没有让人失望。

赞颂女性不必寻觅那些流传下来的华丽诗章。她们都是活生生的，尊重她们，理解她们，在现实生活中创造一个特别适合她们生存成长的环境，就是最大的褒扬。比如污浊的空气、酸雨、干燥的气流，特别有害于皮肤，我们就应该多栽树多植草，让大地充满绿色。再比如女性的心肠更软，情感比较男性显得脆弱一点，我们就应该努力减少生活中的生硬和粗暴，以免给予她们不良刺激。我们经常使用"妇女儿童"这个概念，其实这种联结非常科学，女性像儿童一样需要加以爱护。她们有着共同的利益，有着在某一点上极其接近的心理特征。过多地、大言不惭地将生活中的残暴展露给她们，就是一种无耻的行径。

女性温柔着我们人类的历史。可是在形成历史的现实生活中，我们却较少使用女性的多情体贴的视角去注目生活。讲爱，讲爱心，讲援助，讲一种心灵的抚慰，应该化为普遍的渴求。女性的总体性格激励着人类前进、创造，促使人们更加完美，更加懂得廉耻，知道做人的尊严和正义，理解什么叫作责任心和勇敢……一切都是显而易见的。

有人以野蛮和权力侮辱了生活中的女性，恰恰也侮辱了他们自身。他们以一种最原始可笑的方式，承认了自己的卑贱和怯懦。女性作为一种美的、自由的、再生的、尊贵的形象，是永远耸立的。只要我们仍然信任品格和修养，承认它们的存在，承认它们的魅力，就不会变得愚蠢。一个人因为爱而变得更能吃苦耐劳，更加富有同情心，这样的例子实在是太多太多了。

就连最普通的女人也较易接受浪漫的故事。她们喜欢色彩，迷恋传奇，向往神秘而曲折的精神旅程。艺术对她们有天然的吸引力。比如一个对文学丝毫不感兴趣的人，她们会认为枯燥。如果从职业的角度去考察文学，那么显然只有极小一部分人会终生乐此不疲；而如果从常识从素养的观念去看待文学，那么每个人都应该是它的热恋者。懂得诗，懂得一种境界，在一个有理想的生气勃勃的女性看来，并不是什么高不可攀的事情。她们希望自己喜欢的人最好不是一个刻板的、对艺术懵懵懂懂的人。比如他们尽可以是一个很少谈论莎士比亚的人，却不可以是一个对莎士比亚一无所知的人。她们会觉得这是一种羞辱。在有教养的人那儿，文学和艺术像阳光和空气，任何时代都不会贬值。

如果进一步去比较男性和女性，如果我们一丝不苟并且对照了现实生活，就会发现另一些有趣的现象。

不言而喻，女性当中也有邪恶者。奇怪的是她们的邪恶丝毫也不比男性来得轻微，而且，她们的邪恶比起同类的男性，并不见得就更值得同情和谅解。但愿邪恶远离她们，不要附在她们纤弱的躯体上。她们的灵魂该有更好的用场，她们在年轻的时候被称为花朵，她们在年老的时候被称为母亲。

可是那些为正义的事业而献身的女性，那些英勇的人，却往往比同样的男性更令人景仰。她们愈加美丽。我们可以回忆历史上的殉道女性，她们无一例外地占据了最光荣最灿烂的一页。我们试图透过渺远的时光去倾听她们温柔而果决的声音，去瞻仰她们生动的容颜，去感染她们刚烈的性格。本来是保护者,一瞬间变成了被保护者——一个男人觉得他在面对难以接受的缺憾。可这是历史。

生活中,最令人讨厌的就是势利眼了——在文章中他们往往被称为"势利小人"。这种人如果是一个女人,那么她似乎比犯有同种毛病的男人更加令人讨厌。再也没有比一个势利女性更善于逢迎拍马、喋喋不休的了。她们只要这样,就会抛弃一切天赋的美德,变得阴暗和冷酷。到最后总是她们失去的最多,因为她们被蒙昧堵塞了心灵的窗洞。她们这个时刻里最容易嫉妒,心火很盛,因而也难以保持自己的青春,使其从内心到形体都过早地变得丑陋了。

男人总是喜欢女人的柔顺随和,喜欢她们的率直天真——可是她们也要生活,也要面对这个世界上所有的是非曲折,历经人生之路上的坎坷。她们有时并不是为了男人的喜欢而生活的,她们是独立存在的个体。在艺术家眼里,她们往往因强烈的独立感才变得光芒四射。她们自由而放松,正直,有多多少少隐藏了的一些热烈。如果过了中年仍可以为爱情而放弃一切,那么她就是他们笔下的珍宝。当然,这时候她们会受到世俗的责难。可是那些麻木的、随波逐流的人就更懂得道德和责任吗?

我们反对矫饰,即反对一切伪装出来的洒脱、一种所谓的大大咧咧。千人千性,你如果是腼腆的,就不必装作心直口快、风风火火;你如果喜欢笑,就索性笑出来,不必无缘无故地装成女强人,也不必学那些弱不禁风的娇小姐。街上流行黑色的细筒皮裤,你如果觉得它不够柔软不够好,也就不一定非去购买不可。自然和淳朴,这是最可宝贵的。做文章需要真性情,做人也这样,做一个女性尤其是这样。

冬天再漫长，春天也会来的。在艺术家的笔下，春天总是充满了各种创造和尝试的可能。还有，在他们绘制的画卷上，有春天就有美好的女性，有爱和诗。

让我们更多地到大自然中去吧，去结识新的春天。

一九八九年九月九日

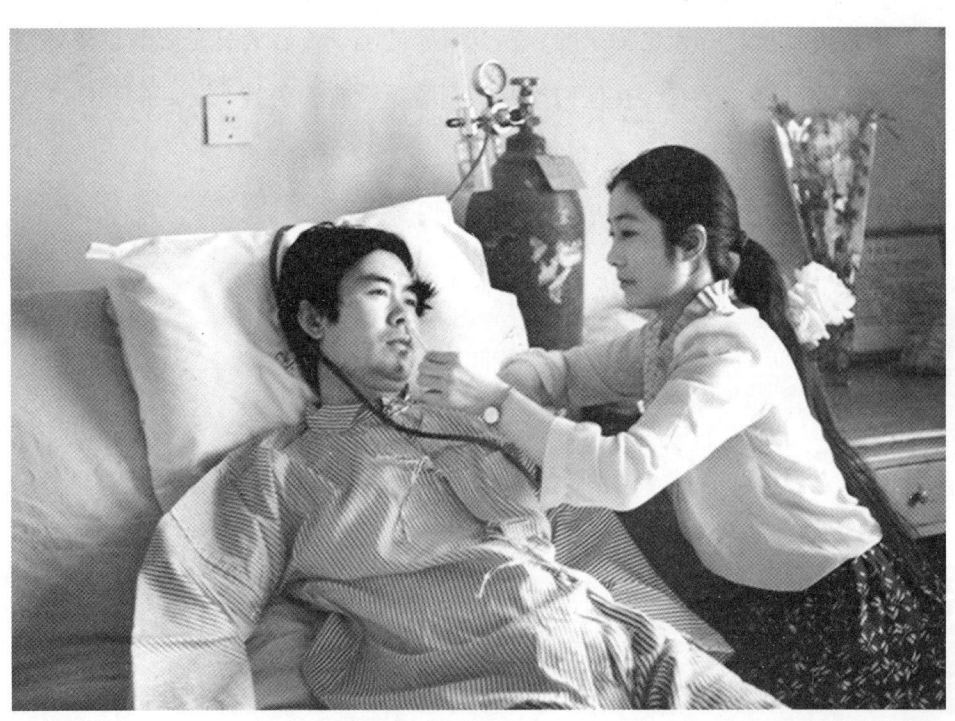

一九九二年在省立医院

长篇的"气"与"力"

一部长篇的成功与否，可能不是几个因素所决定的。现代长篇如此，古典意义上的长篇也如此。可能作者塑造了令人难忘的人物，也可能写出了扣人心弦的情节，或者是阐发了独特而深刻的思想……这些条件，只要具备了一条，这部书就可以成立了。但作为一部杰作，即便这些条件全部具备，也不见得成立。

我所说的杰作是在书林中熠熠闪光之书，是真正不同凡响的那一类。

它可以忽略人们平常所注重的那些条件，因为作者不是按照一种固定不变的要求去创作的。即使这些要求是所谓"纯艺术"的，对它的作者仍然没有吸引力。在一颗深邃的心灵那儿，一切都化为了茫茫的感觉，他追求的，他直接逼近的，是一种无条件的成功。

没有条件，没有框架，没有预制的蓝图，没有不变的范例。艺术与心灵的激动连接在了一起，生命的激情溶化了一切。"人物"的根脉可以深植泥土，"人物"的灵魂可以融于万物。草木虫鱼，一齐生出了灵光。在浑然无边的心海里，波浪翻卷，水际通天。心界是我们已知的最大的一个世界。这个世界里有着无法预测和感知的全部奥秘。一部杰作呈现的，正是这样的奥秘。

一般性的作品注重的是"力"——力量、力度、魄力……这样的作品一般而言是外向的，它能够更快地被人的感觉所接纳，让人激动不已。它的力量具有明确的方向性，即指向人心、人的感知器官。但这样的作品常常缺少的是另一种东西。

它就是那些卓越的作品所注重的"气"——气息、文气、气脉……"气"在文字间默默流动，一个迟钝的读者是不会察觉的。所有的文字都是被这种"气"所激活的，有了生命。所以一部真正优秀的作品，特别是长篇，它的全部都是血脉相通、丝络交织的生命的整体，谁也难以将其肢解。

我们通常谈论的主题、人物、艺术、素材之类的概念，有时纯粹是为了分析的方便，实际上这些概念的使用是极其危险的，它在不知不觉间割伤了作品。不可剥离的躯体被拆开，结果可想而知。

但每一部书形成之初都有很多差异。有的就是由"预制件"组合而成的，这样的东西当然被别人拆卸起来也就方便得多了，所以有时也令人痛快。那些无法分割的，即便拆卸开来也丝络相接，千丝万缕令人难堪。这样的作品就不是图个一时痛快的读者所能受用的了。

"气"的形成至为复杂。简单一点说，我想这是一个生命的性质所决定的。一个生命力旺盛、无时无刻不在燃烧着创造欲望的人，必然是"文气"充盈。他手中做出的一切都带有他的强烈的个性。

长期以来，无论是作者还是读者，都自觉不自觉地看重了一部作品的"力"，而忽视了它的"气"。其实"力"与"气"是统一的，无"气"之"力"是虚妄的，外在的，空洞的。我们平常说的"力气"一词，是一个不可分割的整体。不存在无"力"之"气"，也不存在无"气"之"力"。最重要的是能够使一部作品"生气灌注"，并且能够领会它的"生气"。不然，当代读者就会随作者一起走向肤浅。

一九九二年九月三日

非职业的写作*

我觉得，进入创作对于任何人来讲，都像突然地来到了一个陌生的世界。这个世界变化之快，使我们不得不面对许多刺激、引诱和挑战。对不搞创作和其他的人来讲，也许比较容易为这些诱惑所吸引，并改变他的根。但对于创作的人而言，移动他的根将非常可怕。

搞创作的人尤其需要冷静和放松。

当前一些文学作品，包括我自己的部分作品，它们的一个要害问题，就是创作中的慌乱。大家不断地跟从这个世界，唯恐落在时代的后面。如果说评论家们提出新观念新词汇可以理解——在他们的匆忙中可见其探索的努力的话，那么这对创作的人而言只能是一种喧嚣，有害无益。

有时候我们可以发现作家是一群一群的——一群很不幸的人。这一群不幸的人在我们的创作历史上不会留下任何东西。顶多留下其中的一个人。

我们的文学应该能从文坛上发现这个陌生人。如果你真正发现一个陌生人的话，你会发现这个世界与他是隔离的。这个世界与他是难以对话的。他似乎是被我们这个熟悉的世界所摒弃的。但你用历史的眼光来看他时，又会感到这整个的时代都是属于这陌生人的。

我们的文学不像过去那样有力量。但它变得多元化、复杂化、成熟化了。

---

* 本文是作者获第二届"上海长篇小说大奖"感言，标题为整理时所加。

失去力量的一个重要原因是我们的作家失去了立场。"立场"这个概念可以更宽泛地理解。我们应清醒地自觉地寻找与这个世界对话的角度和立足点，使自己与面前的这个世界构成某种关系。而相当多的写作者构不成有意义的关系，他们只是不断地变化、追逐、跟从，从而失去了他们的力量和价值。

我觉得政治、经济有中心，文化也有中心，但文学艺术很难讲有一个中心。如果一个作家不断地向往中心、寻找中心，那么就是失败的开始。我们永远也跟不上这个时髦。

一个优秀的艺术家总是以自我为中心，忠于他的感情、思索，忠于他所熟悉的一切。如果他这样做了，那么世界上没有任何一个角落能够替代作家的感悟、发现、表述。他最终是深刻的，是无可替代的，是重要的，所以他会有力量。

新时期文学频繁的、各种各样的模仿，多少流露了作家的一份自卑。我感到创作者一点也不需要这样。我觉得一个贫穷的、偏僻的地方，那一块土地的价值是与世界经济中心等同的，分量也是等同的。对于一个艺术家的生命而言，它是以平方或立方计算的。

挽救文学的方法、挽救我们自己的方法，是我们要放松自己，忠于土地，找准自己的根性。这种说法有点虚，因我找不到可替换的、更确切的提法，所以只能这样讲。

我们过去常常讲"写什么"是不重要的，而"怎么写"才是重要的。于是我们整个时期的漫长过程还只停留在研究"怎么写"上。"怎么写"当然应该包括"用什么写"。"写什么"更多地是指它的题材、它的生活；而"怎么写"，我们则停留于技法的探讨。"用什么写"在新时期文学中很少谈到，但要回答很简单：用自己的生命去写。这个回答仿佛简单，但真正做到却很难。

一个作家如果不能在他漫长的生活道路中找到其生命基调，那么就不能成为一个有意义的、不可被取代的作家，就不能成为一个真正有力量的写作者。今天的作家面对这样一个复杂的、令人尴尬的世界，只有找准其生命基调，才能解决"用什么写"的问题。

许多作家作品，他们在写作上经常有所变化，但这只停留在技法上。我们很难在这些作品中发现一些也许稚嫩、但却是朴素的、诚恳的探索。他们只是晃来晃去，是"混生活"。用一支笔来混，令人羞愧。

现在都把作家当成一种职业去理解，这是我们文学衰弱和没有希望的根本原因。任何东西均可职业化，如政治家、化学家、建筑学家等等，而唯独一个作家却不能从职业的角度去理解自己的劳动。如果我们的每一分钟都打上"职业"的印记，那么我们每一分钟的劳动也就失去了创作的意义，只是制作和操作了。

在现代社会，视听文化极其发达，扮演一个职业写作者可以活得很从容，但不是真正的作家。一旦你告别了职业性的制作和操作，就会发现所做的一切是那样的艰难、寂寞，整个世界都在抛弃你、排斥你、告别你，可是你正在走向成功。没有一个人能重复你的劳动、你的脚印，你可以走得很远很远。

现在职业化的操作太多了，而真正以自己的生命去感悟的作家又太少。我自己也还不是这样的艺术家，但我愿意加入他们的行列。

一九九四年六月二十三日

语言：品格与魅力

由于过分地宣传了"语言大师"的某些特征，尽管这特征在他们那儿也可能是微不足道的，但还是影响了一代又一代后来者。一个热衷于文学艺术的人有时首先会在语言上迷失。

人们都坚信文学就是语言的艺术，于是千方百计抓住自己的语言，做了艰辛的努力。谁能怀疑这种努力？

为了使语言深重地打上自己的烙印，一个人是可以不择手段的，比如公然胡说八道，蔑视当代语言习惯，杜撰甚至强加的一分"群众语言"……这样做的结果当然并不妙。

那些过分机智的或极具特异色彩的语言诚然容易被记住、被流传和津津乐道，但它们在一个好的艺术家那里大概只是适时而至、适可而止的。他们不会把精力用在追求这样的语言上。

语言的功用即便在一部精妙绝伦的文学作品那儿，也没有太大的例外，它不过是更清晰、更简洁准确地表达了意思而已。那种"意思"无论怎样特别、怎样难以表述，也仍然要由相应的文字去体现。寻找"相应"的、准确的，这个过程本身就很朴素。所以我们常常有理由这样说：最好的语言总是最朴素的。

一个人的性质会从语言上自然而然地体现，所以一个人不必使用全部心力制造出一份"自己的语言"。这样的语言只能是虚幻的、莫名其妙的。

人老了会发出苍老的声音,人还幼小,就有所谓的"童声"。心灵当然规定着语言的色泽。语言的品格与人的品格互为表里,人如果真实、较少装饰、诚恳,他的语言也会简洁明了、朴实可亲。

有人喜欢在语言上缠绕,以为"艺术"都是绕出来的。其实有话直说还会感到表述的烦琐和困难,怎么能再绕?世上纷纭复杂的事件、意绪,总是苦于不好传递,也苦于难以理解。绕来绕去的语言总是误事,当然也误了艺术。

如果注意一下那些优秀的、作品有内容的作家,会发现他们更乐于使用、也更有效地使用名词和动词,对它们格外珍视。这两种词语是语言中最坚硬的构筑物质,是骨骼。不必使用太多的装饰去改变和遮掩它们,这会影响它们的质地。

现在市面上的文章不必说了,即便是相当成熟的作家,在使用华而不实的装饰性词语方面,也变得相当不节制了。

把简单的意思和事物说得复杂化,这绝不是良好的习惯。这一倾向越来越严重,以致难于收拾。这大概是时代的特征。在逐渐商业化的社会中,装饰是一种必须。舍弃了装饰的虚幻,会丢失现实的物利。

但语言艺术与商业活动在本质上是对立的。如果有谁试图在二者之间达成某种妥协,就必然损伤自己的艺术。

语言的魅力是内在的、长久的,说到底是操持语言者的魅力。不少人试图让自己努力追求的文学语言独立化,这是做不到的。一个人的性质、境界,不会如此直接地传达而出,而往往是在一个较长的时段中缓缓地体现。他难以用语言本身证明"我就是我",而只能靠长期朴实无华的劳动、求真求实的过程去逐渐明晰地显现。

急于用语言本身证明自己是"不同的",不仅会流俗,而且将在操作上变得尖声辣气。

不仅不能如此,还要做得恰恰相反,即让自己的语言尽可能地、最大限度地变得"普通":它应该是最不陌生的,没有怪气和异味的,即彻头彻尾的"时代的"和"大众的"。

语言会随着时间演进。我们每个个体都是这演进过程中的一分子。

服从这种演进的目的,不过是为了减少传递中的损失,减少理解上的障碍。我们必须承认,在文字制成品中,作者与读者之间的一部分障碍仍然是语言本身造成的。行文中总有一部分语言失却了表达和传递的功用。

有人偏偏喜欢这种障碍。他为了在障碍中变得神秘和有深度。这当然是个小小诡计,不会得逞的。

我们要做的是尽可能地扫除障碍,自己动手扫除。

任何语言,无论它多么生动和准确,实际上仍然只能近似地表达人的思绪意念。意绪的曲线是由词语的直线组成的,词语的直线再短,也仍然具有长度。所以语言对于纷纭复杂、无限柔软曲折的意绪而言,总显得生硬。

这就是我们面对语言一再为难、产生不同程度的恐惧的原因。

语言中的"我"会很自然地消失,这是正常的。"我"到底在哪里?在文字的栅栏之后,在内容上,在任其消失的气度和过程之中。

那样的个性之"我"才是魅力长存的。

二十世纪之后的文学不同程度地走入了单纯的语言竞赛。这对于文学的本质而言是个严重的伤害。文学任何时候都不能降格至语言的游戏。

我们到了抑制自己浮泛的激情、脚踏实地的时刻了。我们必须学会在质朴的语言的泥土上消融自己——消融得不留痕迹。

但语言外部的浓烈色彩极大地诱惑着。这种诱惑有时会促发创造的激动，更多的却是让人不自觉地陷于误失。兴奋会是短暂的，空荡荡的感觉倒要慢慢袭来。我们不得不意识到，语言与"我"是会发生分离的，这种分离不能不让人痛苦。

生命的色彩只存在于没有发生分离的那一小部分语言上，其他部分只在起相反的作用：遮盖个性之光。那种分离出的语言越是具有色彩，就越是有害。

这是非常浅显的道理，但现代主义运动中的一部分实践却在告诉我们：弄明白它也并不容易。

因为它的全部原因仍然不是个"方法"问题，而只能是生命的性质、是心灵的问题。苍白和微弱的心声需要一种畸形的语言去辅助和掩饰。这个过程也有快感。

我们在玩弄语言的同时，偶尔会发现正在可怕地生"瘾"、在自我麻醉，这样久而久之，也就丧失了直取本质的勇气和能力。

一九九四年十月

一九九五年与从维熙等在香港

伟大而自由的民间文学

文学一旦走进民间、化入民间、自民间而来，就会变得伟大而自由。

就作品的规模而言，没有比民间文学再大的了。它可以是浩浩荡荡的史诗，是密集如云的传说，是无头无尾的倾诉，是难以探测的大渊。

它的品格一如它的规模，恢宏大气，自然傲岸。它的气度之大，足可以淹没一切粗俚的单音。它广瀚无边地往前推进，无所不思无所不在，举重若轻；它思考的命题从纤若毫发到天外宇宙。为之咏唱和记录的，有成千上万的口与手，那数不清的强力跳动的心脏，就是它的动力，它的直接源头。

一个神思深邃的天才极有可能走进民间。从此他就被囊括和同化，也被消融。当他重新从民间走出时，就会是一个纯粹的代表者：只发出那样一种浑然的和声，只操着那样一种特殊的语言。他强大得不可思议，自信得不可思议，也质朴流畅得不可思议。后一代人会把他视为不朽者，就像他依附的那片土地山脉，那个永恒的群体。

他不再是他自己，而仅是民间滋养的一个代表者和传达员，是他们发声的器官。

它是无数心灵的滋生之物，是生命的证明。这些证明以难以言喻的方式显示着人的尊严、生命的瑰丽以及生命感悟和掌握世界的强大能力。生命在此表达了自己最大的浪漫。

生命的质地是各种各样的，可是各种生命会在无边的时光之中被无休止地融解和冶炼。生命于是同时出现了渣滓和合金，放射出难以辨认、难以置信的光泽。民间文学作为复杂的记录，可以有谜语、谶词、大白话、歌与谣；可以短小数言，也可以漫长如川。它真正大得可畏，大得奇特，一片光怪陆离。

在这泥沙俱下的大川之前，我们可以听到漫卷一切的自然之声。它迎送时光的方式也包含了真正的智慧，它可以藐视和嘲笑神灵，一切造化的未知。它的气魄宏巨到不可比拟，延揽了全部的精神：伟大与渺小，崇高与卑琐。它的全部复杂甚至稍稍有些令人不安。

当我们试图以理性和科学的态度走进它的时候，又会面临极大的困惑。因为它是不测的、无边的。它只可以感知，可以截取局部，可以掬滴水，可以管窥。它实在是太大了，太费解了，在生命的个体面前，它已经是一个遥遥的存在，如远逝的山峦和彤云。它坚实如冰岩钢铁，有时又柔软如丝。它拒绝，又容纳。个体可以在其中穿越，逗留驻足，也可以完全消失了自己。它的确为个体留下了穿行的通道，每个人都能在其中寻到自己的过去与未来。它成为母体，养育补给，供予乳汁。它的繁衍力和再生力，无论怎样想象都不过分。它对精神的个体，有着神秘的宽容和恩惠。民间文学触摸了星河一样渺茫烦琐的命题。它以各种方式去接近和分解神圣。神话、古俗、史诗和神谕、社稷、美女和魔母、文献、海妖和天神、一万年的奥秘……集小为大，又化大为小，在精神的宇宙纠缠和编织，想象无穷，循环往复。它的胃口大得惊人，简直是永不疲倦地消化一切。

而它的自由正与它的伟大连在一起。所有的禁忌和障碍被粉碎之后，真正的创作自由也就出现了。一旦有了这种自由，它也就无所不往、无往不胜，在历史的长河中遨游,在人类的高空中飞翔。它可以超越历史、政治、神话。它既能高超地图解,也能随意地吟唱。它的癫狂、痴迷、无畏和真实,都达到了令人惊讶的地步。它轻而易举就超越了一般的"政治的诗",可它又会义无反顾地发出某种尖利之声、隐喻之声和呼号之声。它的声音能够不加遏制地、反复地、奇妙地变幻;这声音也许从某个不为人知的角落悄然萌发,尔后滋长得越来越大,无限膨胀,形成山崩海啸之势;也许仅仅是潜流底层,细细吟哦而不会死灭。

它不负有狭义的责任,也不受追究。它借助和依仗了一种极为抽象的存在,可以在地表和天空飞驰。它一旦形成就属于了每一个人,属于时间,属于某一个地域,比如属于整个华北或华南,属于欧洲或亚洲。如此广大的一片土地构成了它的依托,所以它也就逍遥得很,神乎其圣。

自由是有条件的。自由来自深刻的理解、来自强大,更来自创造者的生命特质。环顾左右、欲言又止;严厉的注视,反复的叮嘱,庸人的自扰,双重或多重的误解,对命数的迷惘无知……这样是断不会有自由可言的。创造者不断将想象的触角向内收缩,在一个狭小的空间营造织结,绚丽是绝不能产生的。

正因为民间文学获得了近似奇迹般的自由,所以我们也就真的看到了奇迹。一部部非人力所及、几乎被误解为神灵所赐的伟大史诗产生了——这样的史诗竟然出产于不同的大陆,需要几代人去整理和发掘。类似的奇迹多得数不胜数,它们潜在土壤里、掺在气流中,说不定什么时候就被我们的双耳捕捉到,被我们的双手开发出。

不可思议的想象力,胆大包天的构想,这一切都饱含在民间文学之中。

从妖怪到王子，从贫儿的磨难到公主的奇遇，形形色色，一应俱全。一支曲子可以唱到东方既白，一串故事可以讲遍九州四海。没有拘束，开阔如天空，深邃如泥土。如果有谁担心创造想象之力会贫乏枯竭，那就看一看漫漫时间之缰上，联结了多少不绝的生命吧。是他们，是人类的全体在想象……

民间文学不仅藐视一些皇皇巨著，而且有力地挑战了专制，特别是思想的专制。它在传达一种自在的、仅仅为生命负责的精神，创造出无数个来往于天地之间的思想的精灵、艺术的侠客。这自由的声音是由无数个声音汇成的，丰富芜杂，既庄严高古又荒诞不经，既俚俗乡野又殿堂神阙。这声音是双向或多向的，是反叛与对抗的，是恭顺和不驯的，是矛盾重重和纠扯难分的；但无论如何，它放荡不羁之中仍深透着人的原则，浑然的多声部仍突出着抗争的旋律。

有人会认为民间文学的全部都通俗无碍，都仅仅依赖于口头传递。其实如果真的如此，也会伤害它自由的资质和属性。它有民间的矜持和尊严，有民间共享的秘密，有民间自己的记录和传播方式，有尚待化解的隐喻，隔代相传的寓意，有密码，有指代，有虚拟的发言人，有伪装的嬉戏者……总之它是无所不用其极的一种文学，是以惊人的博大和开阔而著称的一种文学。

它以自己的方式改写着历史：政治的和艺术的，心灵的和世故的。没有比它更巧妙的史书执笔者，也没有比它更机智的史官。往往是不经意的一戳，就按紧了历史之弦。它用各种华丽的枝蔓去掩盖一枚思想之果，于是既给后一代留下了采摘的困难，又增添了寻觅的乐趣。

如果用严格的规范去框束它，那就既不可能又荒唐可笑。它甚至无法禁绝——有效的禁绝。至此我们可以看出，民间文学的自由是一种彻底的自由——独立的精神和无边的想象。

由于它的生命力即是人类的生命力,所以它从不孱弱。这种强大通常表现在如下方面:一是它不易侵犯,即有超乎寻常的存活能力;二是它的自我调节选择力,即不断趋向完美的自身校正能力。它居然能够花上十年、二十年或长达一个世纪的时间,自发调动起无数的生命投入一部巨作的创造。这期间包含了多少改写、删除,多少自我判断、去粗存精。最终那些更有力的部分保留了、凸出了,熠熠闪光了。这是人民动手打磨的结果。人民有自己的珍宝,它就是民间文学的瑰丽。

不难设想民间文学与一个当代作家的关系。他如果向往更大的智慧和真实,那么就得学习永恒,就得返向民间。这个过程是心灵的历程,而不是操作的途径。是沙粒归漠,是滴水入川。一切淡掉了名利的艺术,才有可能变为伟大的艺术。

伟大的艺术必然是自由的;而离开了民间的支援和支撑,从来就不会有心灵的自由。

一九九五年六月二十七日

一九九七年访问日本

书的魅力*

哪些书对高中时代的影响较大

当时读书的条件很差,大多数像样的书都未开禁。我们那一代常常被破书簇拥着,破书很多却不知道破。这才是可怕的事。我不能不说,有些破书对我的影响也很大,这需要我后来用很大的力气去洗涤。当然,有的书今天看尽管浅直,但也非常纯洁。这样的书在当时读得很多,也非常有益。比如一些战斗故事、英雄传奇等等。当年读过的真正优秀的作品,使我久久难忘的,有鲁迅的《野草》《故事新编》,屠格涅夫的《猎人笔记》;还有一本写森林生活的俄罗斯中短篇小说集(书皮撕掉了,所以至今也不知道名字)。高尔基的自传体小说《童年》《在人间》《我的大学》,还有他的短篇小说集,不知看了多少遍。中国的,有《西游记》《红楼梦》,还有几本武侠神怪小说,比如《封神演义》,再比如《响马传》。这些算不得什么好书,今天的年轻读者不看也罢。几本散文集也让我久久难忘。托尔斯泰、陀思妥耶夫斯基的小说,是高中快毕业的时候才喜欢上的。原来只是特别喜欢高尔基,后来范围才渐渐扩大到其他的苏俄作家。美国有一位作家叫萨略扬,他的一本小说集《我叫阿剌木》,让我入迷。他夸张的笔法,平凡而怪异的故事,都令我耳目一新。在高中读书时,我有一段时间写东西很想模仿他。

---

* 本文为答《中学生阅读》所作。

心目中的名著是什么

这样的书可能不是只读一次就放弃的书。因为在不同的时期,对它们的兴趣会不断地产生出来。人的一生总要读些什么,而吸引你反复读来读去的,大概就是名著了。名著使人无法忘却。令你难忘的可能不仅是它所叙述的故事之类,而是更为深层的什么,就是它们潜在深处,散发着无穷无尽的魅力。

名著不仅是名声特别大的书,而是值得人们深深铭记的书。它们所囊括的奥秘尽可供人一生诠释,而不会感到什么枯燥。名著总是汇集了一些独特的灵魂。名著常常只在清寂的图书馆里,在有教养者的书斋里,它们往往不会太多地流转在市井中。

读书和经历哪个更重要

一个写作者读了许多书之后,就会觉得人生经历更重要;而仅仅拥有复杂人生经历的人,又会觉得读书最重要。它们大概总是缺一不可,互为借重。作为一个人,读许多书,这比较起来当然容易做到一些;而要拥有复杂的经历却真的不易。人的坎坷经历、曲折的生活之路,从来都不能假设。平时所说的"直面人生",就是指在生活中要勇于经历。不能够"直面人生"的写作者,就很难有真正感人的作品。

能够自由地读书,总是人生至为幸福之事。

一九九七年三月二十二日

关于重复

关于作家重复出版自己作品集的问题，可以听到越来越多的抱怨。这是必然的。报怨主要来自那些喜欢他们作品的读者，也来自其他方面。这就分外应该引起作家本人的重视。在新时期文学发展的后十年，这个问题已经变得越来越突出。这是一个好现象吗？可能是，也极有可能不是。

我们如果从一个读者的角度去考虑问题，而不是从一个写作者的角度来考虑问题，那么我们就会为一部分作家高兴，甚至为他们叫好。原因是多方面的。在一个喧嚣的时代，一些严肃作家（叫成高雅文学和纯文学作家也可以，反正都能明白这大致指哪一类作家）能够频繁而多样化地出版自己的著作，这是一个庆幸。这个结果来之不易。在"文革"时期不可能，在"文革"之前也不可能。可见这是一个时代的幸运。

好的作家理应珍惜这一局面。而珍惜，每个作家又会有不同的理解。

首先是对文化形势的基本估计。目前的出版业受各方面的制约，主要是社会"主流意识"的制约、商品规律的制约。在这些制约下，真正有独立思想、有艺术品格的作品不可能大批量地印刷。相反，那些格调不高，或者直接就是在贩卖恶俗和欺骗阿谀的读物，一些相当平庸、拙劣和廉价的货色，往往充斥着书摊和书店货架。一本浅俗无聊的书很容易就一次性印刷十余万册甚或更多。所谓的以各种方式出版的严肃作品，往往几十种相加的数量还不如

一九九八年在济南与德国翻译家在一起

一本通俗作品的一次性印刷数。

如上是一个基本估计。

一个有勇气、有责任心的作家，应该冲破禁忌，最大限度地、有效地释放自己的声音和立场。他要珍惜自己的权利。只要他认为自己的声音对于这个时代是有意义的，是自己的，是有别于他人的，就要坚持下去。当然，这会带来一些误解和指责，会被斥为"名利之徒"。不过一个人既然献身于这样一种事业，做了这样一种选择——将自己仅有一次的生命献给了泣血般的写作，他又怎么会在乎一点误解和责难呢？

在铺天盖地汹涌而来的文字垃圾面前，在电子时代令人疲惫恐惧的声像讯息轰炸面前，我们多么希望看到自己所喜爱的作家能够不屈地站立，能够永远昂扬着自己的声音而不被淹没。因为只有这样，才符合理性和道德。

从商业的角度讲，那些高雅严肃读物，无论是出版者还是写作者，他们都不会获得起码的相应的利润。这就是他们的命运。每个时代他们都是这样的命运。不倦地写作和出版，是出于生命的需要，是责任心的催逼，是良知和勇气的驱使。

一个好的作家，他不仅要面对那些喜欢他们甚至是挚爱他们的读者，而且还要是——也主要是——面对一片未知，一片广瀚的土地和海洋，更是面对了历史。

勇敢地、大声地告知和呼号，这是他们的命运，也是他们的光荣。

这种光荣只有他们才能领受。

可是，如果从一个写作者的角度去考虑呢？那么我们将会发现，问题要复杂得多。

首先是他有没有那样强大的自信、那样一种坚定性、那种义无反顾的精神？他的良好资质又会在多大程度上支持了他、鼓舞了他？他能够无所顾忌地一路呼号下去吗？磨损、责难，甚至是来自友人的狭测，他都能承受吗？

重复出版吗？是的，从修辞学上讲，重复是为了强调。那么无论是出版者还是写作者，他们所进行的，都是面对这个世界的一次次强调——好极了，只要你不是出自狭隘的目的，只要你是无私无畏的，那么好吧，请伸手抓住你的历史。

可惜的是，我们所看到的情形却往往相反。

一个写作者会随着生命的进程，随着可怕的磨损，勇气和才华一起消失。他们没有力量去承担了，他们更不愿去冒什么风险了。他们越来越多地怀疑自己，踌躇不前。时光在默默流逝。终于，他们一次又一次地、小心翼翼地把出版合同抽掉。没有十分把握决不撒手。他们很老道地处理着出版事宜。他们安全了。他们成熟了。他们失去了。

不过，这又是谁的不幸呢？

一九九八年一月二十一日

"幽默"之类

我们难以想象,一个真正的艺术家会缺乏幽默。因为我们所谈论的,已经超出了风格的范畴,而牵涉到对于艺术的基本理解,对一个艺术家基本素质的理解。对于没有幽默感的艺术家仅仅表示一点"遗憾"之类,好像既不够也不准确。因为有时候,在许多时候,这种缺乏会是致命的。

但是在一个艺术家那儿,如果"幽默"仅仅是作为一种"方法"被其使用的时候,那它又并非是必不可少之物。因为"幽默"说到底根本就不是一种方法,甚至也不是一种风格。它或者有,或者没有;如果有,那么它本来就存在于一个艺术家的独特生命的本质蕴含之中。它原是生命里固有的,是不能改变和学习的。

而在许多艺术评论中,我们常常可以看到有人出于好心,规劝一些作家作品能够"再幽默一点"。他是什么意思?他这样说,就一定真的懂得幽默吗?我们只要稍稍分析一下就会产生怀疑:他是不是在把油滑当成幽默、把无聊当成了有趣?不错,正是这样;很不幸,现在常常是这样。今天,只要一打开书卷一触及荧屏,就会发现一些可怕而低俗的油滑正被当成了生命的智慧去激赏。

如果只有耍耍贫嘴才算"幽默",那幽默也就太廉价了。一些从未与幽默沾过一丝丝边的拙劣卖弄和表演,反而常常被视为"幽默"的典型。这实在是藏满了隐忧。一个民族竟然在一个时期会不理解幽默,就如同不能理解真理……设若真是这样,那将多么可怕。

但细细观察下来就会发现，原也无须那么悲观。因为人类所固有的敏悟不会泯灭；而敏悟者必有自己的深刻；深刻者又必不会追随油滑发出阵阵聒噪。于是放耳听去，反倒真像是一片倡扬油滑之声。其实哪有这么简单，又哪有这么容易混淆。

幽默既可以来自一个人的善良和热爱，也可以来自深深的绝望和悲悯。他有强烈的冲动，悠远的情怀。他是一个不可复制、不可言说的灵魂。幽默不会浮在生命的表层，而总是潜在深处的本色。幽默需要机智，也不乏机智；但机智又时常伤害幽默。真正的幽默非但不会那么外向，而往往是极为内向的。它在大多数时刻不会博得哄堂一笑，却更多地让人品咂、忍耐、咀嚼，让人在长久的玩味中产生感动。它不想奉送一时的快意。真正能够接受和享用它的，一定是那些具有相当的能力和资质，即有悟想，有还原力，有人间情怀，有丰富滋润的内心世界的人；而不会是浅薄的叫好者和艺术啦啦队，不会是平时乐于坐在前台的起哄者。

众所周知，鲁迅是一个使用"匕首"和"投枪"的人，一个伟大的思想者。可是在许多人眼里，他又是现代作家当中最幽默的人，而不是"最幽默之一"。荒唐的是近来有人言之凿凿，将艺术家的道德感与幽默感对立起来，好像愈不道德就愈幽默一样。而我们在人类的艺术史上看到的却恰恰相反：没有强烈道德感的，非但不会是好的艺术家，而且一点也不幽默。他们一般而言都很油滑。

文气不正，在艺术上也不会走得太远，又怎么会偏偏独具幽默呢？

一九九八年三月十七日

当代文学的精神走向 *

进入世纪之交的中国文学,又一次经历着检视和总结。他们无不寄希望于未来。其实,关心下一个世纪文学的命运,也是关心人的命运。

我的阐述也是对当代文学的一次回顾和前瞻。为使芜杂的内容稍显清晰,我在阐述中将其分为四个部分。

一、未能终结的新时期

要阐释当前的中国文学,无论如何不能回避已经约定俗成的"新时期"这个概念。因为今天的文学是新时期文学的发展和继续,二者难以分割。不从这个概念追溯,实难理解时下的文学状况。

今天,大陆上最活跃的一批作家是否认同这个概念,那要看每个人自身的感受;但其中的大多数不会否认从那个时期起步。

"新时期"在作家心中可能已成回忆,但却无法与其告别。

"新时期文学"这个概念约形成于八十年代。它是指从七十年代末开始,多少有些突兀地变得活跃的文学创作。这当然是因为中国的政治生活发生变

---

* 本文为作者在神奈川大学"亚洲的社会和文学"研讨会上的演讲。

动，人的思想创造力试图摆脱束缚的缘故。更具体地从时间上界定，有人认为应从一九七六年算起，也有人认为实际上应该从一九七七到一九七九年。

如果说七十年代末的文学与以前要分开来论，要冠以"新时期"三个字，那是因为它在品质上的确发生了一些变化。至少在中国大陆，从一九四九年到七十年代末的文学创作，内容上从未呈现后来的普遍的批判力，也未有类似的冲击感。即便就从事创作的人数、文学期刊的数量论，新时期也是空前的。

直到现在，任何一个经历了那场文学兴奋的作家，甚至是普通读者，都对那个时期的文坛难以忘怀。

对于中国许许多多的作家来说，其文学生涯正源于那个时期。尽管它带着最初的不可避免的稚气，甚至是致命的虚幻性，但这场文学活动逐步展开的坎坷历程，其间的个人勇敢与群体行动的悲壮的生气，较之其他时期更能够体现文学的本质。这也正是它后来能够筚路蓝缕，不断走向深阔的原因。

文学的本质到底是什么？这也正是本次阐述试图追寻的问题之一。且让我们一起来接近它。

如果说我们至今还处于新时期的话，那么从七十年代初到现在，已经有二十多个年头了。我个人越来越倾向于把这二十多年看作是"新时期文学"的发生发展过程，把它看作一个充满危厄的、正在走向自己终点的、令人慨叹的文学运动。

在我看来，这二十余年来，新时期文学起码经历了三个阶段。这就是：最初的复兴期（一九七六——一九八五），接下去的高涨期（一九八五——一九九五），以及现在的疲惫期（一九九五——　）。

有趣的是，我们有无数创作实绩可资证明和标志的这三个阶段，前两次的时间跨度差不多都是十年。如果遵循这个时间波动规律，那么我们正在经历的痛苦的疲惫期或许也需要漫长的十年。

时间真是个神秘的东西。"十年"由于是个很规整的数字，许多事物都非要凑足而不能停止，比如中国的"十年动乱"（即"文革"）等。如果中国当代文学真要走过十年疲惫之路，那么迎接她的也可能是真正的成熟与繁荣。

在新时期二十余年的创作格局中，起支撑作用的主要是三个层面的作家。前两个阶段共二十年时间，作出最大实绩的当是"复出作家"和"知青代作家"；尔后逐渐活跃于文坛的则是"新生代作家"。"复出作家"是指新时期以来恢复创作的中老年作家。这一部分作家在过去的政治运动中被粗暴地中止创作，直到七十年代末才重新复出，并再次成为文坛上的重要作家。"知青代作家"几乎是紧紧伴随上一代作家的"复出"而走上文坛的年轻一代，他们当中的绝大部分都经历过"上山下乡"运动。这批作家的创作贯穿整个新时期，今天风格日见成熟，年龄已届中年。而"新生代作家"特指八十年代末以来产生影响的更年轻一些的作家，他们当中有一小部分出生于五十年代，大多出生在六十年代。

二、目前的状态

新时期初期的文学境况，其产生的原因较易理解。任何长久的思想压抑、禁锢的社会环境哪怕稍许松动，文学都易成为重要的宣泄渠道。中国作家别无选择地充任了代言人的角色。作品在生活中的广泛而巨大的影响，反过来也极大地激发了作家。这是一种鼓励冲刺和探索的良性循环，但与此同时，也植下了深长的虚幻的乐观。

至今还有人相信，就生活与创作的相互作用而论，极少有作家会像新时期初期的中国作家一样，充实而幸福。其实这仅仅是对一个时期某种微妙互动关系的误解。这种"幸福"的代价非常巨大，它包括十年浩劫甚至更长时期内大面积的苦难，更包括无数作家艺术家的牺牲。作为人类历史上人的命运，它总以稍稍不同的方式得到赓续。

这个时期的主题文学是"伤痕文学"。最出色的体裁前半期是短篇小说，后半期则是中篇小说。

然而这时的文学不免流于直白和简单。接着是深化，是思想与技艺两个方面的磨砺。伴随着不同思潮的剧烈冲突，起伏动荡从无休止，上一个十年那种微妙的互动关系结束了。但整个社会的文学标准已经空前提高，相当一部分作家开始抛弃虚幻，迈入下一个十年。这些作家在进一步开阔视野、广泛吸纳的同时，最重要的就是对自己上一个十年极痛苦的反思和清理。他们很快发现一切远比以前预料的要复杂得多。他们有了新的判断。

与这一认识相适应，新的创作之路几经拓宽。在更加敞开的世界里，一场前所未有的对于民族文化之根的寻索承续，对于现实生活的历史性观照开始了。就作品业已达到的思想和艺术的高度而言，这个时期的创作在整个当代文学史上是极为凸显的。

这个时期的主题文学是"寻根文学"。最出色的体裁是中长篇小说。

前二十年一晃而过，中国当代文学面临的是一九九五年之后的徘徊和疲惫。这不仅应了"盛极而衰"的事物发展规律，而且包含了更为复杂的原因。

经过近二十年的政治和经济体制改革，一个有十三亿人口、幅员辽阔、东西部发展极不平衡的第三世界国家，无论在精神领域还是其他各个方面，都呈显了始料不及的巨大变化。西方经济模式的引进，道德伦理范畴的演变与废存，使精神与现实进入双重或多重的无序状态。几乎一切都走入了芜杂和多元。多声部合唱的时代似乎已经来临。对于文学和艺术的行政性干预的部分失效，使一大批作家的创作进入了一场"无规则游戏"。这意味着某些"标准"的丧失和重建。

这是个对原有文学和文化秩序的瓦解过程。其中起到重要作用的是现代声像传播技术的普及。这是二十世纪社会风尚演进的催化剂。它不仅改变人的生活理念，而且直接争夺时间和空间。视听制品引导并进而耗损人的思想，使人不再专注，走入一种二十世纪末的集体性神志恍惚。这对一大部分作家而言是一种致命的打击，而对于另外一小部分，则又是一个小小的例外。

在现代视听技术的推动下，某一种思潮既可以迅猛掠过，又会在许多人毫无预料的情形下一夜之间变得陈旧。时髦成为一个永恒而频变的话题。对事物的判断不再审慎，因为既缺乏时间和空间条件，也不再具有那种判断所必需的心境。众所周知，作为一个真正的、对于时代而言不可或缺的文学家，不但应是一个意志坚定的执着思想者，而且还须是一个对完美的终生追求者。可惜，形成和支持这一切的外部条件正在逐步失去。

对如上危机的无力抵御是世界性的，发展中国家尤其不会例外。不同的是，后者在这种抵御的过程中会付出更加惨重的代价。在相对贫困、教育远未普及的国家和地区，比较而言还发生了更为逼近的危机：对富裕国家生活方式的响应和盲从。而高度发达的现代视听技术传递的信息更多地鼓励了享乐和放纵，鼓励了生活的无节制消费。这种最大限度地享受现世的理念一旦形成，对于一个既拥挤又贫困的国家会是一场真正的灾难。接踵而来的严重困扰会有环境污染、社会治安，诸如此类的一系列问题。

对西方生活方式的模仿，已经成为一部分朝野知识分子最热衷的事业。即便是最应该富于创造性和个性坚守能力的作家，在这场时代的热病中也未能幸免。这是一种社会危机，不言而喻，也是一场文学危机。游戏的、无根的、一味歌颂放纵的、掘毁一个民族文化根性的文学，正在成为时尚。

但是对于一个具有世界上最庞大的文学创作和阅读队伍的国度，时代的质疑和理辨终会发生。于是，一九九五年之后，中国学界发生了一场影响深远的辩论，这就是至今未见终了的"新人文精神讨论"。

这场讨论遍及思想和文化界，主要在文学界展开。其内容，当然围绕现代境遇中知识分子的精神走向。

所以，新时期文学的第三阶段，已经展示的主题文学是"新人文精神"，最出色的体裁则是思想的裸露的载体：散文和文论。

三、在潮流中

东西方冷战结束之后，一根远远比经济这条线还要粗韧的意识形态的弦，至少在表面上看已经变得细弱。于是物质主义统领一切的思想水到渠成，其势滔滔，既能冲荡庙堂也能淹过民众。无论是世界上最丰饶之地还是最贫瘠之地，一切阻止这股潮流的存在都将不成其为存在。一切都在潮流中。

第三世界的作家有时会急于洗涮贫困的屈辱，并同时丢掉自己的最后一丝质询。然后是对这股潮流的追逐。急于迎头赶上潮流，仿佛面对着获得某种资格和尊严的仅有一次的机会。

他们用自己的作品唱和，开始放肆地嘲讽过去和现在的一切——一切有悖于时代潮流的因素。无论是昂扬的或是低调的，总体精神总是与世界潮流趋向一致。放纵，极度个人主义，现世主义，消费主义，自我满足，蔑视伦理标准……正成为文学作品明明暗暗的主题。

文学对完美的渴求，向善，批判与揭示，怀念和忠诚，这当然不仅仅是一种古典情怀，这是与人类历史共生的主题，我们现在开始告别未免太早。这种告别无疑是灾难的征兆。

我们也许可以发现，在这股席卷大地的潮流中至少有两种不同的作家：其中的一大部分如前所述；而另一部分却在竭尽全力，试图超越时代的局限。他们根植于安身立命的土地，吸纳土质中的营养并成长起来。这就不会轻易移动立场。世界对于他们是观察的对象，而不是跟从的依据。不因为自己的渺小而失去独立，始终将自己当作与周围世界对应的一方。风吹不动他们。他们好比是山脉。而另一种作家却极像流云，被风扯动，极易消散，并且形不成雨。

天空可能一时充满流云；去了，又有新的流云出现。但山脉静静的，不动，长存。

是的，亚洲的中国，正在汇于时代的潮流；而展放文学的图表，从中可以发现"山脉"与"流云"式的作家。

"山脉"式的作家在与世界的对应中，在自己的立场上，发现了时代的危机。他们在独守独立的思索中向置身的这个世界发言，吐出了逆耳之音。环境问题，民主内容，人类技能的提高与精神萎缩的后果……他们正冲破伦理的困惑，努力提高历史的理解力。

需要指出的是，这期间他们与某一类知识分子的区别。

另一类知识分子也有本能的危机感，也参与了内容广泛的讨论。他们试图放宽视野，急于加入世界性的话题，却因为仅仅纠缠于一些理念和最新词汇，无形中染上了时髦的因子。他们缺乏在极为复杂的现实格局中更为深沉的把握能力，并且缺少一种实践功夫，缺少一种他们从来忽视但却是至为重要的知识背景。这导致了整个讨论的中空和不着边际。

面对如此激烈复杂的世界性畸变，任何缺乏深重底层情感、淡漠苦难和真实的书斋式揣摸，都多多少少令人生疑。

四、未来的走向

不同民族和地区间的相互学习既非常必要也不可避免，但这个过程必须贯彻理性内容。简单化的跟从和模仿，其所得往往不抵支出。文学的前途取决于对生活自然演进的警醒，取决于其揭示的力度和勇气。

金钱和性的魔力是恒久而强大的，因为它虽然不断消散却又不断滋生。时下的世界与本世纪初的不同之处是，金钱始终是它的主题。文学与这个潮流理应有所分离，就是说文学应该葆有自身的独立性。体现文学本质的也许始终有这样几个词，这就是："批判"，"底层"，还有"纯粹"……是的，是这些品质决定了它的挑战性，并因此而维持了自己强大的生命力。

伴随着声像传播技术迅速发展的崭新形态的文化制品，由于其本身固有的一些弱点，不仅不足以承担揭示和批判的重负，而且在总体上只会给时代潮流推波助澜。未来的文化图标是这样的：文学，也包括整个思想界，不是扮演现代传媒的配角和幕后的共谋，就是站在其对面，舍此将没有第三条道路。

让我们来一个回顾。在现代传播技术的初期，谁掌握了文字和思想，谁就掌握了制动的手柄。即便是相当长的一段时期内，文字和思想也仍然是文化的主宰。而现在，文字和思想对于一个时期文化趣味的隐性决定力虽然存在，但已微乎其微，今非昔比了。它在更多的时候是技术的唱和者，是依附与帮衬。这就不但不足以校正，而且还会因其存在而使现代声像轰炸变得更加有效。

因此，对于未来，整个文学的责任将显得愈加沉重。在奔涌而下的现代潮流中，文学可以也必须成为不绝的声音，另一种声音。它不容淹没，也理应如此。

如果它被淹没，那么人类失去的将不仅仅是文学，还有人类共同的理想和自尊，包括生命最有力度的一些追求和表达。

作为亚洲乃至于世界上人口最多的国家，中国的写作者和读者在数量上都有可能遥遥领先。中国作家的去向和选择当然非常重要。真正意义上的文学将拒绝一切非创造性的重复，尤其会厌弃东施效颦。它将保持发现的浓烈兴趣，从自己的土地上汲取不绝的力量。

我们可以设问："疲惫期"为什么不能同时又是最好的时期？体制，自由经济，庞杂与无序，这一切的综合蕴藏与正在形成的张力；还有，作为一种土壤，它的全部腐殖是否恰好培育出一个未来？

这不仅是假设。处于第三个十年后半期的今天，似乎可以有一个回答。

展望下个世纪，这里仍然有几种可能：文学与时代潮流共舞，使相当长的一个时期内精神变得平庸；坚守和抵御，产生卓然不群的文学；更有可能的，是在思想和文学界呈现空前的芜杂和多元，一片蜂鸣——其间有一些顽强者坚持下来，留下自己不灭的文字。当然，像过去一样，他们成为一个历史时期人类精神的代表。

一九九八年十月

术与悟 *

前不久，在其他的一些场合，也听到许多类似的提问：作家与评论家在才能方面的比较。作家常常茫然。因为作家只好茫然。还有不少人重新把评论家和作家作对比谈，甚至还引经据典评说不同时期，评论家和作家究竟谁才是"第一流人才"的问题。这在我看来太不必要。不是为了维持二者之间的面子，也不是为了二者关系的和谐，而是觉得那种比较缺少理解深度。

当然谁也无法否认评论者与创作者性质上的差别。问题是他们的共同点更多，而多年来我们在这方面给予的关注恰恰不够。抓住他们的一些共同点，就会发现以前关于"第一流"还是"第二流"的议论没有多少必要。

从一个作家的角度来看，会觉得时下有许许多多评论在做一种呆板的学问，或者直接就是一种僵死的学问。为什么？因为这些文评太着迷于他们的一些"学术"。"术"太多而"悟"太少，以至于在一部血脉灌注的活的文学作品面前失去了基本的阅读能力。他们被"术"所异化，变得不会感动了，在富有张力的有生命的文字面前神情麻木，完全进入不了作家在创作的瞬间所能达到的境界。

于是这样的文评家只得用力地分解一个完好的整体：肢解一部文学作品。那么，他们这时候所评的，实际上就与这部作品没有了多少关系。

---

* 本文是作者在香港大学的演讲。

一九九七年在山东出版总社

逻辑分析，量化，分类梳理，完备的资料，这在一个理论工作者那儿永远需要。因为不如此就没法阐述，一切也就成了一笔糊涂账。问题是我们常常看到，这样的"需要"，这样的"功夫"，在许多时候又会转化为一种机械劳动，变质为冷漠的无感情的，游戏的甚至操作的。这就走向了文学艺术的反面。这种工作在本质上只能是反艺术。它不仅无助于对艺术的理解，而且给审美设置了重叠障碍。

艺术评论说到底不仅是一种判断，而且是一种充满了诗意的寻觅过程。在语言艺术面前不能陶醉和沉浸，也就不能进入；不能进入，也就失去了判断的资格。而我们通常所看到的为数不少的文评，就是一些无资格的判断。

归根结蒂，作家和评论家在很大程度上是相同的。他们都需要一颗极为敏感（甚至是纤细）的心灵——对诗意的敏感。这种敏感也许是天生的，是后天的学习所不能补救的。离开了这种敏感，也就不是特异的生命，也就不是"第一流"的，这一点，对于评论家和作家都是一样。

一个评论家在阐述中的激动，他在那一刻的燃烧状态，是无论多么大的理性和冷静都无法遮掩的。艺术的判断要在这之后，是这个过程冷却的自然结果。如果没有了这个过程，那么一切结论都要大打折扣的。

正因为有"术"的危害，所以我们有时也非常可惜地看到，在一些学术堆积之地，反而更难找到对于艺术的切中深度的理解。这里的严肃，与另一些场合的热闹在本质上也没有多大区别。

而文学是需要一颗内向的敏悟之心的，它的确不是什么场面上的热热闹闹的事情。

作家要求一个评论家的并不苛刻，他只要求对方具有感动的能力，即能够进入，能够读懂。作家对于一个真正意义上的评论家的尊敬，对于一颗文心的波动——挑剔或赞誉——的看重，原本是无须多言的。

一九九八年十一月七日

做人如做树 *

目前计划

一直想写一本小书,可总是难以完成。准备了很久,也写了许多片段,但真要通下来就得花费许多时间。大概还得两年。

我平时要不断地写一些片段,让它们存在手里,说不定什么时候就用得上。

到山里读一年书

到山里读书,这是一个诱人的好主意。不过还真有这样的山、这样的地方。古代和尚他们住到山里,主要就是读书。其实如果真是一把读书好手,待在哪里都读得进。的确,今天用读书抵挡浮躁和流言胡说, 不失为上上良策。

现在西洋的东西处处成了标准,从经济到其他。西洋爱好什么,我们都赶紧学。都说世纪末的这样那样,其实在我们这儿主要是世纪末的窝囊。我更多地读了些中国古代的书。我的体会是,我们得有自己的爱好。我们是所谓的"知青代",此代以下,恐怕还是盲目信了外国的多。这真是危险极了。

---

* 本文为答《中华读书报》所作。

从春秋战国提出"百花齐放"到现在，儒家对于一个民族的成长多么重要。不过这可不是封建王朝手里的儒家。只要是他们的人，都不会理解儒家。儒家治天下的方法比西洋更好，更负责任，也更有眼光。西洋，特别是美国那一套，尽管有好有坏——从短期看，起码长于竞争——但从今天看，从长远看，总的结果是把人心和地球都一块儿搞坏了，而且已经搞得不可收拾。

对自己怎么看

似乎写了不少，但总觉得一切才刚刚开始。要说的话、要表达的诗意，都刚刚破题。回头看，我喜欢自己的一部长篇，它叫《柏慧》。随着年龄的增大，如果能多写些这样的作品，就好了。它单纯，干净，当然这也只是对比自己的作品而言。

风格和题材是否改变

大概会有。可能我会越来越专心于自己所熟悉的东西上面。现在看有些东西我多么熟悉，可是，原来，我并没有好好写出它们。这对我是个遗憾。

在文学和思想的浪涌里，做一个人就如同做一棵树，根扎得再深也容易摇动。不过，只要根不拔出来就好。

最突出的特点

没有什么太突出的特点。可能我有一点倔犟。这份倔犟其实在暗中护佑我，而不是损伤我，如果我要写作的话。

我希望自己成为一个冷静和安静的人。这样的人会有原则和勇气。潮流来了，先是站住。有原则的人才能谦虚，而不是相反。要写作，就必须永远警惕那丝"精明"之念，当然也不必装傻。

现在的钱都从广袤的乡村收到大大小小的城里去了，以便让城里"现代"起来，凑近西洋。我以后可能主要是到收过的乡村里去。那里的生活更真。真实的生活能教导人，教我们做人真实。多去乡村，并绕开粗鄙的暴发户，谎话就不再信了。

不去乡村，作家就会变成小孩。作家跟踪所谓"现代化"的高谈阔论，还不如多想想八亿农民、他们的现状，问一句怎么办？

冷漠无情的荧屏，现代传媒，街头小报，总的看一直是站在诗与真的反面。真正的作家不能偶尔才疏远它们，而是要持久深刻地表达自己的厌恶。

回顾九九中国文坛

我对文坛事情注意不多。感觉上许多作家，我是指优秀的作家，还有好的文化人，与时尚保持了距离——进一步保持了距离。一些幼稚浅薄、嘈杂无根的拙劣媒体，简直是与他们处在两个世界，分得更开。这是极好的现象。

这就是一个时期文化和艺术的进步和成熟。

存在哪些不足

在更多的冷静之下,作家对于一些荒谬甚至是肮脏的东西直面性的批判不够。这也许是因为他们有更多的大事要做。其实批判正是大事。我也一样,也一直专注于自己的专业和计划。

今后,大概文坛上能多一些批判的自觉?说不准。

个人的创作计划

我一直处于阅读和准备之中。我总是要写作。尽管感觉上无数的东西要写,但还是要沉下心,一点一点写。时代快了,那么就让我慢下来,大概是越慢越好。

一九九九年十一月二十一日

小说：区别和判断

现在，如果是一部好小说，首先要是一部文学作品。因为小说这个概念经过了多年的演变，已大大不同于我们古书上的了。它应该是属于散文这个大范畴的。

如此讨论，就不应包括本质上属于另一门类的品种，比如曲艺类的通俗言情武打演义等。诚然，文学与曲艺的界限并不总是明显彰露，但一般来说还是较易看出的。这样划分并非为了使小说凸出高贵，使其他转入末流，而实在是为了提示一种区别。因为失去了区别的讨论就极易产生混淆。

依据这个基本的原则，临时想出几条好小说的特征，可能也不得要领。

一、有比较明显的、强烈的诗性。这样的小说更纯粹，直接进入了文学的本质。这极有可能是当代所有好小说所必备的、最为重要的品格。

小说的故事，人物，语言和思想，一切都服务于一种意境、综合形成着一种氛围。一些深邃难言的东西蕴含其中，只交给读者的领悟力。小说的吸引力、生动性，也都在营造的意境之中存在。

作者在形成一部小说的过程中，首先是被启动和领受了一种诗意，进而在它的牵引下结构起整部作品。这样的结果就是一部小说具有了诗的品质。它从形成之初就与其他小说造成了区别：不是立足于讲故事，而是立足于传达思想。

二、有比较明显的本土性、原生性。这样的小说才会真正含有自己的东西，才会是一个人独自完成的。它如果也受到其他作品的影响，那么这种影响并没有严重到伤害作者独自感悟和认识的地步。

作者始终在一个领域里"梦牵魂绕"，其感受和表述最大程度地保持了某种单纯性，即较少被时尚侵染。这样的书一本是一本，无论是讲述的口吻还是传达的思想，都具有一定的陌生感。

这样的小说才是深刻的。它作用于艺术和思想界的，是生鲜和真实的魅力；它对于已有的一切，是一种补充、一种刚刚增加的重量。

三、有较强的内向性、稍稍矜持的品格。这样的小说在品质上更为贴近文学。作为意绪和心灵以及思悟的特殊表达方式，它要与日益覆盖过来的声像艺术拉开距离，独守品位，遵循传统。

它一般不会是喧哗和嘈杂的，不会是裸露的故事和埋念，更不会是对大众话题的直接应对。它自有一种寂寞气和清高气，只让时间、让当代的一部分读者心向往之。它让人钟爱和心动，让人长期悟想和留恋。当然，它更适合于阅读，而不是讲叙。

它的特性会阻碍"轰动"和"强烈反响"之类。它使现代传媒的操作变得棘手和尴尬。它意味深长地处于喧嚣之城的一角。如果比作物质，它可能是最能抵抗挥发（分解）的一种。

四、有较强的当代性。这样的小说自然而然地源于生命的激动和创造。当代性的强弱常常是决定作品价值的重要因素。当代性往往与道德感结合一起。强烈的道德感可以成为批判意识和时代审美追求的动力。

当代性的强弱与作者所表现的生活领域并无决定性的关系。作者如果具有与时代对应的立场，那么就会从语感、思绪，从字里行间的一切方面，携带和透露当代社会的全部信息和奥秘。

平庸的作品无论叙写怎样时髦的内容，就是不能触动一个时期最敏感的神经。社会肌体与活的心灵丝缕相连，时代脉搏就会与作者心跳暗暗相扣。一个时代的作品，理应是其他时代无法取代的。

五、有朴素自然的形式。这样的小说可以囊括各种风格、各种探索。这种朴素当然由作者的心灵质地所决定，他的真实诚恳表现了一种自信和勇气，所以也最大程度地走向其他心灵，走向交流。

从屈原到乔伊斯和普鲁斯特，都可以看成是朴素自然的。矫情，惊世骇俗的方式，是内质虚脱和胆怯的表症。真实和率性，谦逊，纯真的本色，都会带来朴素。朴素本身就是一种深度，一种美德，更是一种长存的魅力。

每个时期的艺术先锋都是最朴素的。朴素更可能带来变革，无华也常会引起惊讶。所谓的艺术探索，就是走向时代深层的一次次"原来"；表现出来的只是一个个"如此"。任何一个时期，她的最优秀的艺术家都必然具备了两条：先锋与朴素。

（暂时想出如上五条——艺术学徒之见。）

另外，虽然艺术上没有对错之分，但作为一部小说，缺乏善意的思想倾向仍要减分；虽然风格上要提倡多样化，但作品中的油滑倾向仍要减分——这些大约也都是艺术评判史上的惯用标准。

除了如上五条，要详细说来条目可能还有许多，如语言、故事、人物、思想、批判属性，等等。不过它们大致也能包含在五条之中了。

一九九九年十二月六日

自由：选择的权利，优雅的姿态 *

一

今天的世界正逐步走入技术的时代，实际上也是数字专制的时代。人类开始丧失原有的自由——精神的自由，丧失了想象的能力和选择的权利。声像传播技术的突飞猛进，使偌大一个世界无不笼罩在它的阴影之下。作为一个人，他的独立自为的余地和可能性越来越少。技术主义的粗暴和专横特征表现得空前强大，而且难以扼制。

世界如此演进下去，将只有艺术生产而没有艺术，只有文化工业而没有文化。

我们似乎已经看到了技术的魔怪在一个角落里狞笑。

在这样的情势之下尤其需要探讨作家和诗人的意义。因为这样的技术专横时代，对技术的膜拜时代，以前还没有过。梦想是难以数字化的，所以唯有真正意义上的作家的劳动，才会警醒这个时代，才会具有一定的冲决性。这种需要比任何时候都较为迫切。这种迫切感历史上好像还没有过。人类的未来决不可以被数字分割，整个社会决不可以变为一个大车间，人也决不可以变成现代庞大机器上的零部件。

---

* 本文为作者在法国作家协会的演讲。

冲破数字之网的唯有想象的无拘无束,唯有飞舞的诗的精灵。

这个世界之所以让人有一种窒息感,是因为现代科技不仅走向了进一步的发现,而且还走向了进一步的遮蔽。它遮蔽的是人的生命中最为宝贵的东西。人类的视野变得越来越狭窄,人类生活的空间越来越仄逼。想象能力日渐一日的耗损,就是自由的慢慢丧失。

二

现代文明所表现出的特征,从某些方面看正在走向文明的反面,即走向另一种野蛮。它挤掉了诗意空间,使每个人都坐在当代世界这部庞大机器的流水线旁,或被迫或自觉地成为它的附庸,成为受制者。人类走入这样的处境,于是再无优雅可言。现在需要的只是速度,是效率,是商业规则,是统领一切规定一切的数字逻辑。在生活中,人类个体已经处于被镶嵌的状态。而作家的总体思维指向,他们的劳动,就是挣脱,是梦想和幻想,是在坚硬冰冷的物质世界开凿缺口。

伴随现代西方的所谓知识经济,产生了另一种生活方式。这种生活方式所遵循的理念,相对于中国传统文化中的"仁义礼智信",相对于"天人合一"的境界,显然是粗野和鲁莽的。传统文化意义上的中华,面对着要求开放的商业扩张的西方,一方面显得相对贫穷,另一方面又感到野蛮的袭来。可惜这并非一则当代笑话,而确乎是一种有着深刻的文明和哲学背景的认识。

当代技术主义者所尊崇的教义,他们所表现出来的欲望扩张性格,在很大程度上背离了西方的传统文化；至于说距离五千年的古老中华文明，就更是遥远。东西方文化中一切具有宗教意义的东西，比如人们心中的节令和仪式，都开始在数字逻辑下被消解。这个过程不是消解了迷信，而是扫空了诗意。人类优雅的生活风度，说到底是来自一种生命的自由，一种对于自身生活空间的充分感悟和把握力，也来自对于客观世界的一种浪漫情怀。

中华文化所固执提倡的"诗书礼乐"，不仅是当时的士大夫境界，而是一种人生境界的理想追求。而今的唯效率是重、唯商业利益是重的所谓"全球经济一体化"时代，人类将变得越来越匆忙和偏执，必将从根本上告别优雅的生活姿态。这是非常不幸的。

三

平行和贯穿于信息社会的现代艺术思潮，其实是腐败的。因为信息社会的经济和商业竞争，破坏了人类（当然包括作家）生存所必需的伦理关系。

极为个性化的思维，生命的本能想象，烂漫的天性，会对抗坚硬的现代数字逻辑，让当代社会的伦理关系有一个自然舒缓的发展过程。作家的工作很大程度上是一种回顾和怀念，是追溯和留恋。他们飘逸的思维对于这个世界而言，比神奇的电脑更可信赖。而电脑和数字时代，伴随它的文化艺术工业衍生出来的世界观念，是过分地简单明快了；它对于情感，对于复杂的人心，都简化为利益得失和直接的算计。这种文化不仅是简单的，也是裸露的——使世界到处呈现出赤裸裸的一种换算结果。这就极大地改变了我们的日常生活准则，也突变式地改变了我们的伦理关系。

我们的认识逻辑，当代社会所培育的思想框架，其实有着极大的局限和缺陷。人与人，人与周围的一切，其间的关系远没有那么简约和直白。它所蕴含的丰富性被数字方式搞得贫瘠了。这种现代文明由于将一切引向简单和简略，人类的总体活动也就不可避免地走入盲目，于是在对未来的探求上，人类将失去宝贵的时间和机会。我们的文明将出现大幅度的倒退。

在这样的情势之下，艺术已不再是一部分专门家的事情。它必要属于每一个人，以进行真正有效的抵抗。一切的艺术活动，一切的诗，都具有顽强的抵抗属性。这种抵抗有时好像是软弱的，被覆盖的，但本质上却是强大的，因而也是必需的——看起来单薄的诗心难以平衡这个极为倾斜的世界，但实际上呢，自由的诗心又无处不在，她就在地表和天空，在我们的呼唤中飞翔和生长。

二〇〇〇年三月十二日

做什么，不做什么*

……

有人觉得我把这么长的时间花在一本书上有些可惜。还有前些天，报上的"六年磨一剑"之说，过了。其实我用在书上的时间没这么长。再说真要写了一本好书，花上更长的时间我都不会可惜。问题在于真好还是假好。这些年我除了写你们说的这本书，还要走路，读书；我还写了其他东西。

时间过得很快，好像一转眼就是五年六年！现在不是过去，现在的世界急速运转，简直没有个停滞的时候……大概人的眼一花，就觉得时间快。你想想，人整天都被各种消息和事件包围，哪能没有压迫感！人要过于性急过于敏感就会发疯。不发疯也要发慌。现代世界就是这样：整天让人惊慌失措；到处热闹得挤成一球。人在这时候当然不能什么都听什么都做——所以说一个人的操行和判断，他在一个时期决定自己要做什么，不做什么，确乎重要。鲁迅当年有一句话，叫作："连眼也不看过去一下"。这讲起来多么严格，其实也是没有办法，大概是只能如此吧。

这五六年来我主要生活在走路、阅读和写作这三方面，忙忙碌碌。但我还够不上"青灯黄卷"。今天的阅读和写作不是过去了，这种事儿现在说说

---

* 本文为答《中华读书报》所作。

容易，做起来恐怕已没有那么简单。首先是你怎样面对这混乱喧嚣——你先得解决吵得没法工作这个基本问题。现在我觉得已经到了没有地方摆放一张书桌的时候了。这样讲绝不是夸张。为了写长一点的东西，找一个起码的安静地方，我花了不少时间。硬是没有这样的地方。从城市到乡村，从中心到边缘，到处都一片乱腾腾的。刚找个地方住下，不久又得走。你听听窗外，喊叫吵闹，搞土建装房子收破烂，拆了建建了拆，小贩叫卖，车喇叭，就是这么乱……总之没法写作。我在一个地方往往待不上半月二十天，最后还是逃走。这些年我常常产生这样的想法：如果给我一个长时间的安静，我会写出多少真正的好东西！

几年来我去了海外不少地方，我发现除了商业中心又闹又吵，的确有许多地方非常安静。我常想，安静是人这一辈子最值得羡慕的东西。但那里不是我的家，不是我的家乡。想想看吧，到处吵得连觉都没法睡，这是人过的日子吗？人如果没有了安静就什么都没有了，挂在嘴上的成串的承诺根本就不会实现。

本来我会写得快一些。六年的时间才交出一本小书，这也说明不了什么。有的人能在酒店在闹市著书，那是什么情形。还有，有人能在任何地方找到一个安静处所，这也是本事。我却不能。这是我的痛苦。

朋友说到我写作的刻苦，说我争分夺秒之类，其实不是。因为我觉得一个作者用来写作的时间并不需要很多。因为写作只是记录自己，记录下来能要多少时间？这不过是秘书一类的工作而已。可是这之前先要把自己准备好，使自己有值得一记的东西，这才是最需要花时间的。依我看，这个过程千万不能搞反。如果整天写，整天记录，他自己反而没有搞好，空空洞洞，他能记录下什么？古今来所有写得无内容之书、轻浮之书、扔掉尚且不够的书，其中原因尽管复杂，现在看大概有一条，就是他们只把眼睛盯在记录上，而记录的对象——他自己——倒从根上就给忽略了。我一直信这个道理，所以对自己不敢松弛。实在一点讲，这样做只为了写得好一些，而并非有多么强的道德感在迫使我。

记录自己是需要技巧的。我从十几岁开始写作，后来一直轻视技巧。教科书上反复说"怎么写"才重要，而"写什么"并不重要。可是这会儿让我说，我说比较起来它们都不重要——起码不是最重要的。什么才是最重要的？在我看来，"用什么写"最重要。用什么写？当然是用"我"了！"我"就是上面讲的"自己"……中年了，写了这么久，正常情况下不该再怕什么技巧，也不该怕人偏地远陈旧背时、趣味落伍这些东西。别慌，该有的自然会有。我怕的是什么？我怕的是自己对这个世界没有感情，深深地害怕。这不是指一般的感情，一般的不够用。本来，作家如果对人间苦难耿耿于怀，那才是正常的。只要有不幸的呼叫传到耳边——不论它从哪个方向哪个渠道传来，都让我心上揪疼，不能忍受……

前一段有个知识渊博的朋友讲，他一年里的大半时间不是待在那个中央级的大研究所里，而是要到许多地方搞调查，长期住在缺水少食的边远地方。对建自五六十年代的水利设施的破坏与使用、土地增减及利用率，不同户型收入，环境教育村政财务人事等等更细的一些数字，他能脱口而出。他比我这个长年在下边跑的人了解得更多。而且他比我年纪还小得多。他真是好样的。以前我总担心六七十年代出生的人，担心他们的感情，这回让我看到了做人做事的希望。这样的人肯定有感情。你看，感情不是性格，不是凭空虚拟之物，感情是一种知的深度。讲来讲去还是这样：知识分子理应有独特的痛苦，这不是找来的，而是必要具备的……

至于作家，断不能留在"文化"和"艺术"挤成一球的地方了。因为挤下去，挤上一辈子，也就成了一张皮。然后画皮，这是《聊斋》上的故事。多么可怕……要有勇气走开。像梵高那样伟大本真我是做不到了，但我起码明白：还要时时警惕一些东西。这就是我长年生活和奔走在另一种城市另一种乡村的原因。我起码还知道，任何一个族群，他们在怀疑自己的道德时都是很痛苦的。很奇怪，非常奇怪——现在连这种痛苦都没有了……

就是出于一种担忧的心情，当然还因为职业和嗜好了，我要不停地读书。但是我现在越来越不急着读外国书了。因为回头一看这么多必读的中国书没读，没有好好读。时间非常紧，紧得怎么想都不过分。在这个年头，如果西方的兴趣覆盖了我，学得唯恐不像，我就可耻了。再说句实在话，时下我如果用西方、用西方的书唬人唬己，我就浅薄了，我的文学就是竹篮打水一场空。文学当然需要交流，可是起码来讲，每个民族都有自己的文学。哪有跳离自己民族十八丈远、十八杆子都够不到的文学？说白了不过是纸老虎，虚幻之物……这些是我中年之后才明白的道理。屈原、李白和杜甫，诸子散文，他们要在心里扎下根来。文化吸取比作养生，微量元素是重要的，可是主食呢？主食里也含微量元素。主食不足，我吞服再多花花绿绿的药丸，还是要手无缚鸡之力。

总之我花在这本书上的时间不多，起码不像别人认为的那么多。简单一点说,它们是长久以来装在心里的,我不过把它们抄下来而已。抄下来所用的时间,并不算多。对我来说,写作这种事儿,现在和今后都等于直接从心里往外"抄书",而不是写书。类似的书,长长短短的书,都会积存在心里,这个我知道。今后只要一有时间,我就会从心里"抄"出一本。
……

二〇〇〇年九月

对应什么，保存什么 *

我对重新出版这本书是高兴的。它是令自己喜爱，并且是在自己感动的时候写出来的。我判断自己的书有无价值，许多时候标准只是这么简单，就是看其出生时的状态。如果自己那时没有感动，没有处于一个稍稍不凡的时刻，那么就不会觉得它有什么好。

我现在对这本书的重视，说明至今还没有患上普遍的文学病症——"恐惧症"——对"道德判断"的恐惧。

好的作品其实像童话一样，并不一定非要有那么吓人的复杂，复杂到黑白不分人妖划一的地步。

我想走的倒是一条相反的道路，它是简单的，清洁的。有人认为复杂得要死的那一切，在我看来倒是如此的简单和明了。而有人认为是极为简单的那一切，在我看来却是有些复杂。这就是区别。回头看看，我在许多时候也是为这种区别而写作，为这种区别而感受着希望。

想想看，在海边，一条河的旁边，在葡萄园里，有一个哈姆雷特式的"我"在思念徘徊，表达着他对这个世界的无尽的感激和忧思，同时也在挣扎和准备——他的身旁有老人和少女，有一条忠实的大狗，更有生存的全部艰辛。他能够守在葡萄园里，能够驱逐心界内外的魔障，就已经是一位具备大勇的

---

* 注：本文为《柏慧》再版序言。

《柏慧》书影,北京十月文艺出版社一九九四年十二月版。

人了。他在我心中其实已经是等同于神话中的英雄和王子一类的人物了。

王子追寻以往的爱情，不能忘记并刻骨铭心。他身边的人有枪，带着征战的猎犬，与他一起体验着复仇的渴望与焦虑，也领受着时时袭来的快感。

如上的图景和意象在我看来是美的。追求类似的意象境界，就等同于追求不朽。

在一片现代喧嚣之中，一个艺术家真的永远也找不到那样一片陆地，找不到他心中的王子了？果真如此，也就不会痴迷于艺术了。我相信，人类即便在未来移居到另一个星球上，也仍然需要拥有自己的童话——它仍然要由恶魔和英雄、由大灰狼和小白兔们构成。不过与以往的童话不同的是，这一切或许都要带上现代的因子，比如大灰狼可能是转基因的狼，等等。

时光荏苒，童话相伴。我将继续《柏慧》的故事。

二〇〇〇年十月二十五日

二〇〇一年与作家赵德发在微山湖

作家的出场方式

一

五十余年来,中国当代文学的文体大致经历了这样的变化:首先是对苏俄文学的模仿,尔后是对十九世纪西方经典的模仿,再后来是对现代派的模仿——直到今天对现代主义运动以来诸流派的模仿。

模仿正未有穷期,可是文学好像走到了尽头。文体问题实在到了从头检点的时候。文体是一种技术,它始终由技术之上的东西所决定。文体失去了精神的支撑,只会变得苍白,失去其内在的动力和再生的可能。

纵观眼花缭乱的中国当代文体实验,会发现其中的一部分常常是止于模仿,缺少自己民族和时代的精神文化对应。而在所有现代文体模式的原生地,其精神上演变承接的链条总是清晰可辨的,有它们自己的文化依托。我们如果不分青红皂白地拿来,以后再怎么办?现在不妨多一些怀疑。

二

作家应该有自己的出场方式。我们回头看看就可以明白,任何时代都大致有两个群体——两种主流（叫"大流"也许更准确）。对于其中的一种"大流"是容易疏远的，我们也不乏自觉的批判。可是由于历史和现实的种种复杂原因形成的综合时尚趣味，我们却很乐于服从，所谓的"随大流"。这更可怕。这是一种专横与粗暴的大流。它淹没了多少，正是它毁掉了可能存在的个人方式。

任何时代的好作家总是驻足于两种大流之间，活在这块不大的地带上。在这里，他紧紧拥有和保护自己的方式。好的作家和评论家、文学人士，有阅历的人，总是对这一点很敏感。真正意义上的文学是非时尚的，个人的，朴实的，拒绝两种大流的，抵拒一切普遍达成的妥协的。它在坚持自己的方式，表达自己的发现。

通常看起来让人追随的两种大流是对应的、相悖的、形质皆异的，实际上一切却是恰恰相反：它们是形异质同。在深层上，在其内部，两股大流总是呈现交换和互补状态，其交流是最频繁最便捷的。它们相互支援。

如果从文体的表层出发，从批判一种大流货到拥赞另一种大流货，那不仅没什么意义，而且还会造成更大的误解。文学创作与批评的艰难，它的挑剔性，它的意义，就在于鉴别和寻找两种大流之间的狭窄空间——这其中的那些"个人"。

二〇〇一年六月二十五日、二十八日于大连

世界与你的角落 *

三次到美丽的苏州,前两次是十几年前,都没能到这个学校。这么漂亮的一个校园,在这里做学问、读书会是非常幸福的。

写作者愿意把自己放在文字后面,这样交流起来更方便。他们有一支笔一张纸,通过它,彼此可以不太失望。瞬间吐出的一些文字反而不太可靠。讲来讲去,重复过去的思想和语言,有时候会引起自己的厌烦。

这个题目很大,但可以把它分割得很小。今天用三种人称来说,就是"我、你、他"。三种人称交替,再分几个小题,就方便了。

写作工具

写作要有工具,比如很早以前的作家,要写作是很费力气的。那是因为工具不行。当时要刻在竹简上,写在动物毛皮上,用锥子或刀来刻记自己的思想。后来才发明了各种各样的工具,钢笔、圆珠笔,直到电脑。

现在作家的写作工具主要就是电脑。我现在用钢笔和稿纸,而且有点挑剔。我觉得自己在用心写一个东西时,就开始挑选稿纸。这也是个安静的过程。

---

* 本文是作者在苏州大学的演讲,小标题为整理时所加。

我总想找一种不那么滑爽的纸；选择的钢笔也不要过分流畅。稍微写得快一点就可能把纸划破。这样一笔一笔，将思想和情感慢慢落到实处来。

我对纸的苛求，可能只是源于一种习惯。

六十年代没有纸，或者很少能得到一张像样的纸。你在那样的一个时代里热望写作，可就是找不到纸。连学校的课本都是乌黑的粗纸印的。当时有一个地方可以搞到纸，那是一个国营园艺场。出口苹果包装程序严格，每个苹果都要用一种彩纸包起来，淡绿的、浅黄的、草莓红的，还裁成了四四方方。我设法搞到了这些纸，很幸福。

抚摩它，感觉若有若无的香气，上面一层淡淡的荧粉一样的东西。我用这种纸写出了第一批作品。

直到现在，我对纸的敏感和贪婪也没有多少改变。写作时面对了一叠纸，感到欣喜和安定，也有信心。

我对电脑则有一种不信任感。我一九八七年就对电脑好奇，至今也只能用它写一些简单的文字，比如记录什么、修改和储存等。我用笔来写。从写作工具上看，我既是一个保守的人，又是一个受惠者。

我们现在打开好多刊物报纸，包括书本，常有一种不满足感。这是因为我们看到的不是文字，不是词汇，更不是语言。它好像在对我们诉说，实际上却没有口气，没有呵气声，只有满纸代码。文字，一粒一粒的活的生命，我们感觉不到；文字原来的存在方式，它的意义，都一块儿消失了。

我们面对的再不是过去的阅读。纸页差不多就像荧屏一样，一些符号在上面快速掠过。我们不得不一再提醒自己是在看书——竭力排除并不存在的声音和图像，要从文字、从语言上去把握和感受。但是不行，就像网络的流速、影视的闪烁一样,这儿也没有什么例外。好像就因为到了数字时代,所有讯息都是数字变成的,只有代码,没有语言。语言所独有的美,这里找不到了。

我们现在常常感叹,说文学正在死亡。是的,它是从一个字一个字开始死亡的。

作家们没有在今天这个数码海洋里,把迅速下沉的文字抓住——从语言艺术的本质去抓住它。在日常的写作工作中,我们会自觉不自觉地把自己的语言等同于电视或网络的语言、新闻媒体的语言。我们所用的词汇、所做的表达都差不多。我们落下的文字没有自己的特质,没有自己的语感。

其实这种变化的发生,从写作工具的变化上就开始了。我们已经没法好好地、缓慢沉着地记录自己了,思维被工具驱赶着,越来越数字化了。

文学要生存,大概首先是要想法区别于其他。回到源头上,就是回到一种古老的生产方式上去。手写的东西和电脑输入的东西当然是不一样的。你如果不得不用电脑来做,那就得为保留强烈的文字感而付出极大努力。文字,让它出场,让它直接诉说。现在的阅读之所以不必、也不能耐着性子一个字一个字地读,是因为它一开始就不是以文字为单位出现的。是电脉冲,是数字流。你感觉不到字的存在。你甚至不能一个词一个词去读,因为它在产生之初也不是以词为单位出现的。所以你不会被语言所感动。

这儿只有数字,只有信息,只有快速的传递。

你只能用飞速的,和记录时的状态一样,让目光迅速掠过。电流的速度,光的速度,一切正是这样契合。

文学作品是这样领受的吗?文学是这样产生的吗?当然不是。

我们一再说,文学是一种语言的艺术。作者对于语言,对于词和字,要有极度的敏感、极为苛刻的要求。字是一笔一笔写出来的，那是象形字。

今天被数字化的文学，与影视小报、其他各种各样的传媒所传播的情绪、意绪和意境究竟有什么区别？没有。它们都是一个味儿的，仅仅是质料和装订不一样。

既然如此，那为什么还要文学？所以有人说，现在不必读小说了。为什么？因为现在从报纸上电视上看到的东西，远远超过小说提供的信息——小说中的故事和事件，远远没有生活中发生的更生动更刺激，"我为什么还要读小说？"

所言甚是。因为依据正是时下的文学作品。但是这种见解显然有问题：我们期待文学的不应该是简单的、一般意义上的信息和事件，而是特别的愉悦和感动——这些只有文学才能提供。有这种东西吗？当然。你应该从语言艺术本身，从文字本身，去寻找你生命里所需要的那一份感动。那是一种纯粹的阅读快感，是语言和词汇给你的，是另一个生命在调动文字时，与思想高度合作的结果。这儿有强烈的个性，而不是一般的个性；这里有非常的敏感，而不是一般的敏感；其讲故事的方式，语言的兴奋点，智性，都是极为特别的——你是在寻找这些东西——离开了文学作品，从哪里才能获得？没有，没有这种可能。

所以说文学是永存的。这种刺激、这种快感、这种欢乐、这种领悟，是生命里的需要。这种需要同时属于表达和接受两个方面。如果我们作为一个写作者不能珍惜这种需要，将自己的表达和铺天盖地的现代传媒混为一团，文学就会死亡。

为什么要讲写作工具？因为我们要从它的演进开始，进入对文学的理解；

从写作工具变化的历史，去寻找文学退化的根源；同时也要从写作工具发展的历史上，去寻找文学永远存在的信心和希望。

一百多年前有人问雨果，说我们的文学、戏剧和诗很快就要死亡了——当年也有很多新东西构成了极大的吸引力，比如更通俗更便当的那些读物，那些表演——雨果说你不要担心这个，如果连文学都要死亡，那就等于说情人之间不再相爱，比利牛斯山就要倒塌，母亲不要她的孩子，也没有阳光了。

一百多年过去，我们的文学时而高潮时而低谷，但有一点是可以肯定的，它没有死亡。非但没有死亡，而且单从印刷量上，已经比雨果时代增加了百倍。

关于写作工具，一个朋友与我辩论，他认为用什么东西写对文学品质没有影响。电脑只是一个工具，它可以更便当、更迅速地工作罢了——怎么与之争论？这仅仅是一种感受，一种猜悟，就像"兴趣不争辩"一样，要分辨就得使用成吨的语言，直到最后也说不清。正好到了中午，我们一块儿到饭馆去吃饭，他一坐下就对服务员说：我要手擀面。我问：你为什么要手擀面，不要机制面？他说手擀面才最好吃。

是的，写作用纸和笔，就相当于制作"手擀面"。这是文学的绿色生产方式，虽然缓慢费力，但是好吃。

脑体结合

写作的人，闷在书斋里的人，必须有相应的体力活动。经常到野外去，让其成为对照自己思想的地方。思想的一部分是在外面完成的，而不是在屋子里。有人说这是一个工作方法问题，是关于休息的问题。是的；不过它更可能是一个艺术品质问题。

现在的许多作品面目相似，感觉都差不多，使用的语言和表述的方法也大同小异。造成这个的重要原因，就是写作者没有办法摧毁陈旧的思路。他们长期以来从书本到书本，从书斋到书斋，从笔到纸再到电脑，形成了一种思维的循环。这种循环是非常可怕的。刚才说过，思想需要到野外去对照，许多思想就是在这种对照中完成的。尤其是真正的创见、源发性的思想，往往是这样形成的。

"文革"时期提倡"脑力劳动和体力劳动相结合"，科学而美妙，但把它作为一种对知识分子强制劳动的借口，又是另一回事。从历史的观点看一下就会发现，由于社会的发展，分工越来越细，专门的文字工作者多了。可是这种专门化并没有保证我们的想象力越来越强，相反倒是萎缩了、陈旧了。为什么？就是因为脑与体的使用也趋向了专门化——这两个部分本来有不同的思悟能力，后来却分开了，不能交融，更不能相互支持了。

有一个日本朋友说，他每天要骑自行车走一百多里，让自己有一段时间大汗淋漓。为什么要这样？回答是：为了有新的思路。

他这里所说的是原创式的、真正的新思想，而不是将别人的思想来一次新的、巧妙别致的组合。这两种思想是不一样的。我们现在就没有学会区别不同的思想：新的思想和组合起来的"思想"。要知道，无论怎样奇巧的组合，也仍然不是创造，不是发现。思想是这样，艺术也是这样。新的艺术，创造性的艺术，非同一般的大悟想，必定要历经身体的劳碌，要有它的参与。

人的阅读不能只是文字制成品。因为久而久之，所有的文字迟早都会在脑子里重叠起来，乱成了一团。研究学问，有时就是从这乱成一团的东西里设法揪出一个线头来。这当然也有意义，比如某些"大学者"。不过这一类工作的意义往往被夸大了许多倍。其实真正的大思想是诗意的，是从大地上产生的，而绝不会是从书斋里抄来的。

思想需要用汗水洗涤一新，因为思想不仅产生于脑，而且还产生于体。

现代人的一个重要事情，就是设法经常跟大地、跟大地上的植物动物相处，经历山河，风吹日晒。人的视野囊括它们，肉体接触它们，才能滋生深刻的痕迹，想象就会打开。仅仅是从翻译的作品、他人的文字、流行的读物，从这些地方寻找智慧，那很容易就会枯干。只有自己的肉体去亲自感受的，比如两脚踢踏之地、两手抓握之物，才是丰实的。这样我们再分辨纸上的东西来自哪里，也就容易了。坚实的思维可以生发无数的角度、繁衍无数的空间。这的确事关我们写作和思想的品质。

还是那个日本朋友告诉我，我们读过的很多日本作品都不是最好的作家所写。通常的情形是，最好的作家外界根本就不知道，作品一篇也没有翻译。比如说有一个人原来是很有钱的，后来选择了文学道路，并慢慢意识到了工作的严肃性。这个人住到了山里，那里没有电视，也没有报纸。他种了一点地，同时刻苦写作。原来的工作停止了，钱也就变得非常少。几年后钱更少了，作品还没写完。他就把仅有的一点钱分成了一小堆一小堆，按月按日来分。他要把生活之需限定在最低点，算出每天做多少工作，出产多少东西，写作时间又是多少——就这样，他把自己的收入和劳动量化，分割使用，维持写作，维持强大的思维力。这个人的作品是无与伦比的。

他认为这个作家是日本最重要的作家之一：内容生鲜，思想独到，想象奇特。

我听后有了异样的感动。我在想中国是否也有这样的作家，是否也拥有这样的意志力。我知道这不可能仅仅是一种生活方式，而且极有可能根本不是。他为什么要这样做？大概身体接受磨损之时，也正是思想忍受砥砺之日。

现在我们大量的时间是在大城市，而没有留给偏僻的小地方。那样做不是养生，也不是方式和兴趣，而是为了生命的感动，为了思想的收益。人的所作所为成为所思的基础，这才有可能写出与众不同的东西。世界上的文字很多，想法很多，故事很多，大家是这样容易互相投影和抄袭——一种隐性的抄袭。

为了避免这些，避免书本和知识对人的伤害，人要尽可能地退回寂寞。世界之大，今天的人竟弄到无处可退的地步。人如果不能争取每天有一个独立守持的空间，心上就会紊乱一片。有一个相对安静的空间来沉默自己，因为沉默过的人，与没有沉默过的人是不一样的。嘴沉默了，心却没有沉默；而要让心沉默，就要进行体力劳动。边缘和角落，泥土和沙子，找和挖，这样的方法便是产生脑力的方法。我们在提倡体力劳动和脑力劳动相结合，也是力戒庸俗的方法。知识人进入这个状态，必会改变自己的品质，与这个世界构成一些崭新的关系。

看老书

我们接触到大量的人，也包括自己，某一个阶段会发觉阅读有问题，如读时髦的书太多，读流行读物，甚至是看电视杂志小报太多。我们因为这样的阅读而变得心里没底。还有，一种烦和腻，一种对自己的不信任感，都一块儿出现了。

总之对自己，对自己的阅读，有点看不起。

相对来说，我们忽略了一些老书。老书其实也是当家的书，比如中国古典和外国古典、一些名著。我们还记得以前读它们时曾被怎样打动。那时我们把大量的时间花在读老书上。这些书，不夸张地说，是时间留下来的金块。

新的读物没有接受时间的检验，像沙一样。人人都有一个体会：年轻的时候读新书比较多；一到了中年，就像喜欢老朋友一样喜欢老书了。他们对新书越来越不信任，越来越挑剔。还有，他们对一般的虚构性作品也失去了兴趣。

如果人到中年还不停地追逐时髦，大概也就没什么指望了。

我有一次在海边林子里发现了一个书虫。这个人真是读了很多书，因为他有这样的机会：右派，看仓库，孩子又是搞文字工作的。他们常拿大量的书报纸杂志给他，只怕老人寂寞。结果他只看一些像《阿蒙森探险记》一类的东西，还看《贝克尔船长日记》，看达尔文和唐诗，又不止十次地读了鲁迅。屈原也是他的所爱，还有《古文观止》《史记》，反复地读。他把老书读得纸角都翘了，一本本弄得油渍渍的。

我问这么多新书不读，为什么总是读老书呢？他说：你们太年轻了，到了我们这把年纪，就不愿读那些新书了。我们的时间不多了，抓一把都该是最好的。还有，经历了许多事情，一般的经验写进书里，我们看不到眼里去。虚构的东西就是编的，编出来的，你读他做什么？我们尽可能读真东西，像《二十四史》《戴高乐传》《拿破仑传》《托尔斯泰传》，这一类东西读了，就知道实实在在发生过什么，有大启发。

我琢磨他的话，若有所悟。回忆了一下，什么书曾深深地打动过我们？再一次找来读，书未变，可是我们的年龄变了。我们从书中又找到新的感动。我们并不深沉，可是大量的新书比我们还要轻浮十倍，作者哕哕嗦嗦的，这对我们不是一种伤害吗？老书一般都是老成持重的，它们正是因为自己的自尊，才没有被岁月淘汰。

轻浮的书是漂在岁月之河上的油污、泡沫，万无存在下去的道理。

当年读像托尔斯泰的《复活》，感动非常，记忆里总是特别新鲜，不能消失。里面的忏悔啊，辩论啊，聂赫留朵夫在河边草垛与青年人的追逐——月光下坚冰咔嚓咔嚓的响声，这些至今簇簇如新，直到现在想起来，似乎还能看到和闻到那个冬天月夜的气味和颜色。现在读许多新书，没有这种感觉了——没有特别让人留恋的东西了。而过去阅读中的新奇感，是倚仗自己的年轻、敏感的捕捉力，还是其他，已经不得而知。后来又找《复活》读，仍然有那样新奇的发现。结果我每年读一二次，让它的力量左右我一下，以防精神的不测。

我发现真正了不起的书，它们总有一些共同特点。一般来说，它们在精神上非常自尊，没有那么廉价。与现在的大多数书不同的是，它们没有廉价的情感，没有廉价的故事。所以有时它们并不好读，故事也嫌简单。大多数时候，它们的故事既不玄妙也不离奇，有时甚至是"微不足道"的。就是说，用现代人的眼光来看，它净写了一些"无所谓"的事情。正因为现代人胆子大极了，什么都不怕，什么都不畏惧，所以现代人才没有什么希望。我们当代有多少人会因为名著中的那种种事件，负疚忏悔到那个地步呢？看看《复活》的主人公，看看他为什么痛不欲生吧。原来伟大灵魂的痛苦，他不能原谅自己的方面，正是我们现代人以为的"小事情"、微不足道的事情。

我们现代人不能引起警觉和震惊的那一部分，伟大的灵魂却往往会感到震悚。这就是他们与我们的区别。

读一些老书，我们常常会想：他们这些书中人物，怎么会为这么小的事件、这一类问题去痛苦呢？这值得吗？也恰恰在这声声疑问之间，灵魂的差距就出来了。我们今天已经没有深刻忏悔的能力，精神的世界一天天堕落，越滑越远。现在的书比起过去，一个普遍的情形是精神上没有高度了，也没有要求了。没有要求的书，往往是不能传之久远的书，也成不了我们所说的"老书"。

这儿的意思是，人到了中年以后在阅读方面要求高了。比如愿意读真实的故事，那是因为岁月给人很多经验和痛苦之后，对一般的虚构作品不再觉得有意思了。《复活》是虚构作品，为什么还能强烈地吸引？鲁迅的书也是人们百读不厌的，他的小说也是虚构的。由此我们又会得出一个结论：要么就读真的，要么就读非同一般的虚构作品：灵魂裸露，个性逼人，从语言到思想，不同凡响。

人的一生太短暂，而作家的出现是时代的事情，以时代作为考量单位，问题也就清楚了：我们身处时间的局部，当然会对作家有极大的不满足。四十年五十年，不会有那么多优秀作家出现。作家是非常少的，我们现在说"作家"如何如何，那是一种客套，是对人对劳动的一种尊敬。

作家是一个非常高的指标，像军事家、思想家、哲学家等一样。他要达到那种指标，是有相当难度的。作家不是一般的有个性，不是一般的有魅力，不是一般的语言造诣；相对于自己的时代而言，他们也不该是一般的有见解。有时候他们跟时代的距离非常近，有时候又非常遥远——他们简直不是这个时代里的人，但又在这个时代里行走。他们好像是不知从何而来的使者，尽管满身都挂带着这个星球的尘埃。这就是作家。

他们在梦想和幻想中、在智慧的陶醉中所获得的那种快感，跟世俗之乐差距巨大。显而易见的是，真正意义上的作家不会太多。所以这才让我们一生追求不已。阅读是一种追求，是对作家和思想的追求、对个性的追求。正因为这种种追求常常落空，我们才去读老书——老书保险一些。

当然，这仅仅是谈了问题的一个方面。还须同时指出的是，这样讲并不是让大家排斥当代作品。这儿仅仅是说：因为时间的关系，鉴别当代的思想与艺术是困难的。当你有一天非常自信地找到了自己喜爱的当代作家，那么你就是幸运的，你该一直读下去。

再了不起的老书，再了不起的古代作家、外国作家，也取代不了当代的思想，取代不了当代的智慧。

背诵和朗读

现在是一个网络时代，信息像潮水一样涌来，我们难得像过去一样耐心地阅读。这是一个迅速的、并且是一再提速度的时代。许多东西正在泡沫化，像泡沫那样飞扬，转瞬即逝。在这个时代里，一个人要记住什么，比如牢牢记住有意义的东西，将是十分困难的。

所以，一些很优秀的人就走在相反的道路上：回到一些古老的阅读与记忆的方法上来。比如读书，不光是看，还要朗读。古文，好的小说，诗，应该朗读。这是个美好的过程，这个过程会引起进一步的感动、联想和回忆。对理想的追求，对境界的领会，都在同一时间里得到加强。字里行间有一种鼓舞的力量，需要声音去传递和强化。

再就是抄写了。好的文章要一笔一笔抄下来，以体味从字到文的过程，感受文字的意义。古文要抄下来，诗要抄下来。这些办法好像太笨太慢，但有以一当十之功。时代强加给我们的精神疾患，比如浮躁、恍惚、不求甚解，被我们用抄写——这个古老而简单的方法给遏制了。时代越快，我们就越慢。当我们进入了一个缓慢的系统之后，时代的流行病毒对我们也就无可奈何了。

回想一下，现在人们朗读的兴趣和欲望是大大降低了。记得在二三十年前，那时候的人是很愿意朗读的。古今中外，我们身边，都有一些朗读的好例子。你会记得中学时代，那时候写出一篇东西来会有怎样的冲动——远方总是有一个朋友，总是有一个知音，总是有一个文学的耳朵；而你总是恨不能立刻把一切呈现到他的面前——不是从视觉上，而是从听觉上，越快越好。

我们是否拥有这样的记忆：天正下雨，你把刚刚写好的东西用塑料布包好，走几十里路，只为了去找一个人——为了说不清的热爱，为了赢回那一小会儿的骄傲和陶醉。如果我们发现了一本好书，也会带上它走很远的路，翻山过河——只因为山的那一边有一个人，只为了让他与自己一起感动。

可见，谁发现了一本好书，这本书首先感动了谁，都会成为一桩可资记忆的快事。

传递好书可能是人的一种义务。那些真正优秀的人，往往一生都保持了这种为艺术和思想奔走相告的劲头。

现在我们偶尔还能遇到这种人：他们时刻准备着去朗读，以分享幸福——

可是当这个人正处于激动不已的时刻，山那边还会有一个倾听者吗？

山那边的人正转向了其他的兴趣，在看电视连续剧，在酒吧里，在网上。人们变得口味粗疏。结果这个人再也找不到一个喜欢倾听朗读的人。

你可以找到一本好书，由于它好得不得了，忍不住就要找人共享——四下里遥望，到处都没有你所要找的人。于是你就像站在了漠漠荒野里一样。

这个时代是朗读的荒野。

有人写了一个得意的片断，很想像当年那样用塑料纸包好，冒着雨雪翻山越岭、过河，去读给一个人听。很可惜，山与河俱在，听他朗读的人却没有了。虽然这个时代的文学人士比过去翻了几倍，可是他们都不愿朗读了，也不愿听别人朗读。

那个寻找朗读的人可能心怀了一种古老的情绪。情绪也可以古老，这在我们年轻的时候是无论如何也没有听说的。但这是真的。

朗读，这不仅是一种对待文字和语言的形式，不仅是一种状态，而且是蕴含了一种生命的质量。

有人仍然具有当年的那种热情，但是大大降低了。一个人成熟了，老练了世故了，就懂得隐蔽自己：什么都隐蔽，从情感到激动。有人连友谊也要隐蔽起来。所以说这是一种遮遮掩掩的生命，是生活品质的降低。

记得这样一个真实的故事：有两个天资非常好的文学少年，当年一个十七一个十九，天各一方，谁也不知道谁。其中的一个由于偶然的机会看到了另一个的作品，感动不已，马上远远赶来。他们的相见对于彼此都是一件大事。后来几十年过去了，一个仍然在写，另一个却转而经商，并成了大老板——他对文学的信念完全丧失了。偶尔大老板还是要想起少年时代，想起与那个伙伴在一起的场景:他们那时急急相约,就为了心中那团火。那时他们一夜一夜不睡,激动得奔走不停,吸烟,一个听另一个滔滔不绝地朗读。就是这样的一种气氛和感觉,他们本来可以如此一生——可是时代把他们分开了,分得越来越远。大老板有一天又想起了往昔的伙伴,心里一热,就从很远的南方赶到了北方。

他们在深夜两点见面。一个见了另一个,竟然马上想到的是为对方读新写的作品。

大老板在听,一直听到了黎明。他一声不吭,迎着曙色吸烟。后来他回过头,让人发现了满眼的泪水;半晌,他小声说了一句:"原来文学在默默前进……"

大老板是一个绝顶聪明的人。他十几岁时可以一口气背两个小时的唐诗。他一直着迷于朗读,愿意背诵。

回头再说那个大老板的朋友——深夜朗读的人。这个人在十七岁的时候,由于各种原因,背着写下的一大包东西和喜欢的几本书,到南边大山里流浪去了。他一边打工做活,一边到处寻找喜欢朗读和写作的那种人。七八年的时间里他只找到了两三个:有两个像他一样既能写又能读;有一个女的,她喜欢写,一边写一边哭,但她不太喜欢听别人读。

父辈的视角

我们的记忆中,对老一代的见解大多数时间是排斥的。这种排斥不仅是源于情绪,而且还来自理性。他们太老了,而且出生在一个愚笨的时代。他们令人同情。出自他们的见解总是这么偏狭保守,这么荒谬。他们知道的东西少而又少,简直可怜。虽然我们那时不愿意说,但我们心里明白,自己是厌恶他们的。

我们会把这种厌恶稍稍遮掩一下,让其变成厌烦:对整整一个时代的厌烦。

随着年龄的增长,人生过半,再回忆当年见闻,回忆从老一代听到的很多东西,竟然十分惊讶地发现:它们大多都是对的。老一代对于事物的判断,今天看来大致都是对的,都非常中肯。

我们当年最受不了的是一些传统的价值观念。世界发生了什么,发展到了哪里,他们好像一无所知。他们竟然还在这样看问题。我们与他们简直无法争论,因为面对着的是愚不可及。

是的,世界变了,电子,纳米技术,克隆,世界正一日千里。可是道德伦理范畴的东西,这些支撑我们活下去的规则,这些世界上最基本的东西,并没有随着瞬息万变的当代生活而发生根本改变。它们没有随着流行的时尚大幅度摇摆,顶多只有小许的调整;甚至其中的绝大部分压根就没变。原来它们比我们想象的要坚硬得多,像是化不开的顽石。

直到今天,比如说对于偷盗,对于一些伦理禁忌,还有许多职业方面的褒贬,几十年几百年下来看法未变。有人试图改变对它们的部分看法,结果一无所成。

父辈的视角其实仅仅是一种生存的视角。

我们要生存,就不得不回到那样的视角。我们发现这个世界上改变的只是皮毛,而不是根本。比如现在许多青年染了头发,打了耳环,甚至连鼻子上、脐与唇，也学外国人打了环；穿的鞋子一只绿一只红；裤子膝盖那儿搞破，做成了乞丐裤。这一切都让人惊呼，说世界变成了什么！吸毒，公然纵欲，暴露癖，抢掠和战争，所有这些加在一块儿让人瞠目，以为世界一下跌进了完全陌生的内部规则。

其实这仅是事物的表层。一个民族的内部，它的文化内核，总有非常坚硬的东西。这一部分要变也难，可以说几百年下来所变甚小。

我们看了很多时尚之书，接受了很多全新的思想，有时候是冲击者，有时候是被冲击者。许多时候我们很乐意做个冲击者，一路上不断地呼喊："解构解构解构"；我们对世界的回答是耳熟能详的四个字："我不相信"。但是后来，随着年龄的增长，生活的教训，你会发现自己越来越"相信"了。

父辈的视角令人不快，却非常珍贵。可惜当我们意识到这一点的时候已经非常晚了。

比如说，老人常常流露出对一些职业的看法，时有鄙夷。他们有自己的标准。在他们眼里，各种职业的道德基础是不一样的。"行行出状元"的说法，与职业具有不同的道德基础的理解并不矛盾。我们会认为这里面保留了很多封建和传统的偏见，可是并不妨碍我们在这种"误解"和"偏见"里找到它的真理性，找到它必然包含的伦理依据。

古往今来，人们对于教师和医生、思想家、诗人和作家、宗教家，都是非常尊敬和仰慕的。人们总是严格地区别科学家与技术员、艺术家与艺人。人们宁可从心里爱戴极普通的劳动者，比如辛勤一生的农民。这是一种人类生存的伦理尺度，是智慧的道德或道德的智慧。

工作不分贵贱这种思想是对的，因为我们无法用一种职业概念替代具体的人。商人与商人不同，艺人与艺人不同。这是后话。我们今天对于许多门类一般而言是惧怕的。比如有人每年要把最浅薄无聊的东西组合到一起，耗费了大量纳税人的钱，结果搞出了那么多庸俗下流。这一部分人哪里有什么判断力，哪里谈得上责任心，只要给钱就可以为任何人去做。依此推理，你可以发现许多类似性质的工作，即各种抽掉伦理内容的"卖"。

人有了相当的阅历，思维走入了严整，就会采取看似保守的父辈视角。这时候我们就会发现，人不能以新潮欺世，更不能以时髦欺祖。

有一个作家住在一个很大的城市里。这个人的作品拍电影、拍电视，免不了要跟导演和影星们在一起，偶尔还出国讲学，在北京上海这样的大码头谈论后现代、解构和建构——尽管如此，到了割麦子的时候还是要回老家。因为他父亲做不动了。一到了农忙他就得回去。他父亲是个瘦弱的人，没有文化。他割麦子，脑子一走神，把垄里的玉米苗弄折了。他父亲喊一声就追过去，他拔腿就跑。父亲穷追不舍，他索性站下来等父亲。喘吁吁的父亲一把抓住他——抓住他的头发一下扯倒在地，然后用脚踩住，脱下鞋子硬揍了一顿。他一点也没有反抗，只是呜呜大哭。

我明白这是怎么一回事。我跟另一个朋友说：你看吧，这个作家还要进步，还能写出非常好的东西。因为我知道，一个能在夏天的麦地里被父亲打得哇哇大哭的作家，一定会更上层楼。

因为他那会儿流露了不曾掺假的一份淳朴。这是对父辈的一种认同，是在自觉接受父辈的裁决。其中包含的内容也许更多更丰富。他真不错，总还算能够将城里的时髦与土地的真实加以区分。实际上他懂得用后者去否定前者。骨子里，他是嘲笑城里时髦的。他在城里与之周旋，一半是出于无奈，一半是因为软弱。他在内心深处是信任父亲的。

相信文学

　　这似乎不能作为一个问题。这样提出来，是因为它出了问题。我们或者已经发现，今天的一些人、甚至是"作家"也未必相信文学。文学这玩意儿作为谋生的手段尚可，但要真的相信它，在心里保持它的尊严和地位，他们是不干的。

　　对于许多从事文学的人而言，他们也许从来都没有爱过文学。

　　能够像古典作家那样相信文学，相信它的高贵，它与日月同辉的那种永恒，已经成了古典情怀。不相信文学才是"现代"，不相信一切精神的价值才够得上"现代"。然而这样的"现代"是可怕的。

　　回头看，越是大艺术家，越是对诗有永远没法摆脱的敬畏。直到二十年前，我所认识的一个人，他每次走近书桌的时候，都要把手洗干净，一点也不允许自己邋邋遢遢的。他写作时常要找一朵花插在瓶里。他的周边全是洁净、敬畏和肃穆。而现在我们看到的某些作品，从语流、质感，包括内容，都让人想到这是在一种肮脏的环境里炮制的。

　　相信文学的人，不会以其作为达到某种世俗目标的工具。真正的爱总有些无缘无故。人的名利之心会随着他的道路变得越来越淡：淡到若有若无，最后淡成一个非常好的老人，既随和又偏激，质朴极了也激烈极了，极为出世又极为入世。

我们发现如今甚至出现了对于所谓文学的没落、文学的死亡的快意。有一种不可理喻的、不可解的，对于文学和诗的败落表现出幸灾乐祸的心情。说白了这不过是一种垂死的恐惧，一种末世情绪。众所周知，人的绝望很容易转化为对生命的憎恨。生命的活力，它的创造性，在很大程度上就是表现为对于艺术、诗，对于完美的不屈追求。一个人是这样，一个民族也是这样——出现过许多艺术巨匠的民族一般来说是强盛的，最终难以被征服。

文学是一个民族生命力的表征。它们从来属于整个民族，而不会作为一种职业专属于某一类人。

最近有一篇文章用嘲笑的口气介绍说，法国有五千多万人口，竟然有二百多万人立志要当作家——结果连最有名的某位大作家都饿死了。看来今天所有热爱艺术、钟情于诗的人都要感谢这篇文章的提醒、感谢它送来的情报了。不过大家知道，法国的艺术并没有那么可怜。至于说到死亡，人世间各种千奇百怪的职业和死亡方式很多——一个作家饿死了不等于法兰西文学饿死了，就是如此简单的道理。还有，难道有二百多万人立志要当作家，这会是法兰西的耻辱吗？这只能让我们更加明白，为什么会有个不朽的世界艺术之都，它的名字叫巴黎。到了巴黎，气粗如牛的人可能只是一个乡巴佬。文明的水流日夜不停地在巴黎奔涌。举世闻名的先贤祠门楣上写有一排金字："祖国感谢伟人"。这里面安息的主要是作家和诗人，还有哲学家和科学家。

相信文学的民族是伟大的民族。因为文学不是专属于某一部分人的，不是一种职业，而是蕴含在所有生命中的闪电。

正是基于这样的理解，我从来觉得文学不是一个爱好与否的问题，也不是一个选择与否的问题。我不赞成作家的职业化写作。"生命的闪电"能是职业吗？所有职业化的写作都在从根本上背离文学。作家的一生都应该抗拒职业化写作造成的损害。

说好作家是"大匠"，那是指他拥有超过一般匠人的功力。但他毕竟不是匠人。

属于灵魂里的东西怎么传授？怎么教导？怎么量化？所以文学命定了不是一种职业。

世界观

"世界观"的话题显得生僻、老旧。因为我们又想起了许多年前的"改造世界观"之类。所以后来都不再谈了。

这就让人觉得它是可有可无的。我们现在对自己常有一种不满足，就是时常发现心灵上的轻飘、闪烁和恍惚——它带给我们的不安。作为一个写作者，我们对这个世界还缺乏大的想法。

对生活意义不懈探究的决心，一般的人可以没有，一个作家或一个进入而立之年的人应该有。现在的写作聪明机巧，很流行也很时尚，但是从文字背后感觉不到对这个世界有什么热情，感觉不到一种关怀力。人对生活的探究是相对持续的，人就不可能完全没有固定的看法。如果是一个瞬息万变的人，那肯定是可怕的。

即便到了"后现代"也仍然需要认真生活，需要留意我们这个世界上发生了什么。我们接触的一些年纪在二三十岁的人，他们没有经历"文革"，对此一无所知。但是"文革"对于我们这个民族的过去和未来将会发生多么大的影响，具有多么大的决定力。还有五八年和六〇年的事情，人民公社化，土地改革，国内战争，抗日，孙中山和鲁迅，这一系列的大人物大事件，样样亲历当然不可能。问题是我们作为一个人是否努力地去理解。

令人痛惜，现在好多三十岁左右的人谈到文革苦难，不知道也不想知道。他们的情感疏离得很，连一点点了解的愿望都没有。这是多么可怕。

一个人的思想要参与历史和事件。像"九一一"连带了多少大问题，它需要耗费我们的许多思想，它在等待我们的见解。如果自己没有见解，就要接受别人的见解，就要放弃思考的权利——世界上再也没有比放弃思考的权利再窝囊的事情了。可是这样的事情天天都在发生。

如果生活在今天的一个人，认为自己与"九一一"没有一点关系，与"文革"没有一点关系，那么他就是一个非人。

我们需要的只是人的思想与艺术。排除了历史感，也必定抽掉了现实感。对世界没有大的想法，小的想法也就可疑。他根本不可能告诉我们什么。

小聪明可以风行一时，但是无济于事。如果一个作家认为自己可以游戏这个世界，那是可悲的。

人的内心应该燃烧着辩论的热情。这种热情可以是写作，也可以是直接的交流。我见过一些极愿意跟人辩论的朋友。那是一段特殊的时期——这个时期已经过去了——那时中国人十分认真。这一伙朋友每天都在城市南郊的山下讨论，一开始只有十几个，后来越辩越多，简直成群结队。因为参加进来的人太多，他们不得不往山上走。随着辩论的深入，他们越登越高，跟上去的人也越来越少。最后辩论者由三十多人减到了十几个人——每往山上移动一个高度，跟上去的人就要少一二个。那些在辩论中承认失败的人就下山去了。一场大辩论进行了两个半月，人也登到了山顶，这时只剩下了三五个人。这几个人的见解是最深刻的。

我们或许会认为这个方式太古罗马了，太稷下学派了，而且稍有一点戏剧性。但他们的认真执着却是不容怀疑的。

人要尽可能拥有一种大关怀大视野，这显然是一个好作家必备的条件。在一个文学的小时代，肯定会以大关怀为耻辱的。从关心小世界到只关心我们自己，人变得越来越自私、越来越不求甚解，最后对这个世界连一点把握的欲望和能力都没有了。当历史进入大时代的时候，其首要指标就是人民的思考力强大，关心问题，并相应地产生出一些思想者。

我们历史上有过非常有名的稷下学派——从暴秦、从各地汇到齐国的学士。齐国喜欢思想，它就在山东临淄。这是世界历史上了不起的一个事件。稷下学派每天都有各种思想的交锋。一个叫田巴的人，记载上说他"日服千人"——一天可以辩倒一千人，可见思想的力量。

商业时代用金钱把一切都销蚀掉。商业扩张主义盛行的时期往往有这样几个特征：官场上的贪污腐败，科学上的技术主义，文学上的武侠小说——它们三位一体，同时出现。

上山下乡

我们说的"上山下乡"当然不同于"文革"时期的内容。我们在说今天的智识人物，怎样经常走入底层。

一个不做农村研究、不表达农村的人，也有上山下乡的必要。

中国知识界的问题在于，有写作能力的人，有话语权的人，大多都集中在城里。这恐怕是个弊端。他们的结论是以城市、甚至是以区区斗室为依据的。而且这种方式正进一步因袭，使人误解为城里产生思想，城里产生艺术。

果然也就谬种流传。城里产生了很多时尚，但真正的思想却不尽源于这里；而且极有可能是，真正的思想和生命的发源如出一辙，从根本上讲是来自山川大地。思想和艺术离开了更广大的参照就会苍白无力。中国具有自己的特殊性：农民和农村占绝对多数。中国的很多奥秘都潜在大山里，藏在贫穷的乡野沟壑里。你如果对农村的艰难曲折有了一点体验，对联合国、塔利班，对现代主义和印象派后期，理解起来都会容易得多。

所以必须上山下乡。现在有人对具体的底层资料不屑一顾，只做书斋游戏，从学者到学者、从书本到书本，人人都像吃了摇头丸。研究一棵树不能只观树梢，还应该研究树的根部和土壤。如果对广漠农村没有情感，只热衷城市的灯红酒绿，怎么会不浅薄。因为城市再大，也仅仅是大地上派生出来的一些小物件，是一些小摆设。

我们当然可以生活在城市，但生活的兴趣不可为它禁锢。生活的重点和思考的重点，思想的艰辛长征，人生的长征，起点和终点也不见得要在这里。有的知识分子见了大城市就慌，什么高楼大道，一看就慌了。其实我们这样的大国，把钱集中起来盖房子并不难。每个农民拿出一百块钱，集中起来是多少个亿，会改造和新建多少大楼。所以见了城市不必慌。见了什么要慌？见了一片片不毛之地、一座连一座的秃山；见了一群群的贫民、失去教育的儿童，我们要慌。不仅是慌，还有痛。

一个国家的强盛，在于人民的知书达理，在于人的文明素质。

一个人在基层久了就会注意最基本的东西。比如大多数人的生活状况、人的教育、身体素质，还有农田整治、水土流失、沙漠治理、灌溉能力，是这一类东西。有真实的感性才能研究问题，才能对全局稍微有点把握。我们现在不关心这些，哪里会有生活的热情，哪里会有思想。一个艺术家对生活失去了热情，就是衰败的开始。

环境污染到一定程度，再高的经济增长也不可弥补。还有全社会的道德素质——过去自行车放在街上一个月都不会丢，现在防盗窗都安到了五楼。要改变这些需要多少时间！人变得没有义愤，没有正常判断，为数不少的人竟为滔天大恶欢呼。甚至连高等学府里也有人幸灾乐祸。这不能不让我们恐惧。有知识的聪明孩子从来不缺，有是非感责任感的孩子倒是非常珍贵。恻隐之心人皆有之，我们中国人的传统是这样的。我们如果怂恿了一批缺少同情心的孩子，将是我们这个时代的最大污点。

有一个从国外留学回来的人，他患了一种病，常常出血不止。可他多年来还是带上一点止血药到处走，三五年内走了大量的艰苦之地，连最偏僻的山区都留下了足迹。他记了大量笔记，跟他交谈，只觉得羞愧。农田建设情况，贫困人口，入学率，这些具体数字他能脱口而出。

还有一个学者眼睛都快失明了，还是常年坚持搞农村调查。他的每一篇文章都来自底层的判断——严谨的学术再加上悲悯之情，这是一切好学者的特征。

前些年我结识了一拨不平凡的青年。他们有的马上就大学毕业了，有的在做非常好的工作。但他们不能忍受眼下的境况，为自己痛惜。他们觉得简单的人生经历限制了理解，视野狭窄。他们要离开原来的生活轨道，来一个改变。他们在为一次迁居做准备。弄简易帐篷，自己做睡袋，因为这等于自我流放。他们认为人的出生不能选择，但道路可以选择。最后成行的只有六人。这些人失去了工作，丢了学籍，到最艰苦的地方打工多年，付出的艰辛不可言说。有人还落下了残疾。

他们说不亲临其境，就不知道什么叫贫穷。一个深山小村到了冬天没有柴火，结果锅里煮的是地瓜干，灶膛里烧的也是地瓜干——老乡拉着风箱烧着珍贵的地瓜干，你想想泪水不是流在心里吗？很多农民就是这样生活的，有时一个村子二十多户，只有四五户有木头做的东西。一进门全是土坯家具，土坯床，土坯柜子，红薯和土豆就堆在屋里。小孩与羊和鸡都在屋里。

什么是知识人立论的基础，需要思考了。任何东西都要有个基础，不然就要倒塌。

自由地命名

三十年前有这样一个小村，它让人记忆深刻：小村里的很多孩子都有古怪有趣的名字。比如说有一家生了一个女孩，伸手揪一揪皮肤很紧，就取名为"紧皮儿"；还有一家生了个男孩，脸膛窄窄的，笑起来嘎嘎响，家里人就给他取了个名字叫"嘎嘎"；另有一家的孩子眼很大，而且眼角吊着，就被唤作"老虎眼"；小村西北角的一对夫妇比较矮，他们希望自己的孩子能高一些，就给他取名"爱长"。

三十年后的小村怎样了？不出所料，电视之类一应俱全，无一例外地热闹起来了。满街的孩子找不到一个古怪有趣的名字——所有名字都差不多。好像取名时相互都商量过了，本村和邻村都有重名的：如果一个名字好听，别人很快也会取一个类似的。不仅这样，当年的"紧皮""爱长""嘎嘎""老虎眼"们，他们自己也不喜欢别人叫原来的名字。显然他们认为那是一种羞愧。

这就是网络时代。世界变小且空前拥挤——每个人都失去了自己的角落。原来属于个人的空间给填平了，大家的创造力和想象力被扼杀了，以至于失去了自由命名的能力——不仅是对自己的孩子，对于世界上的任何事物也都一样：没有这个能力了。

他们过去有更多的想象自由，能够从爱好和心情出发，叫出一串"紧皮""嘎嘎"之类。这个能力既自然又强大，这种能力正是小村给他们的。当时他们可以依照自己的主意去行动和思想。现在则不同，他们不得不与各种思想达成妥协。想想看，每天有多少信息、观念，伴着港台音乐和俗艳的形象往小村人的脑子里硬灌——他们有什么办法保护自己？

小村人是这样，我们大家又比小村人高明到哪里？

于是最后只有极少数人留住了自己的一点能力——为这个世界命名的能力。其奥秘在哪？无非就是竭力为自己保留一个角落。过去讲一个人要拥有一片土地，现在不行了，现代人不可以有这么大的奢望——现代人能拥有一个角落就很不错了。

实际上我们在现代世界里的退避才刚刚开始。这是不可逆转的趋势。且回到自己的角落罢，无论它多么窄小。

但人毕竟是强大的，人哪怕只拥有一个小小的地方，就有可能展开自己的想象，有可能恢复一种能力。这个角落既是实指又是虚指：人的精神要有一个角落，我们要在那里安息。的确，一个人要想稍稍像样地度过一生，就得这样。许多人就是因为没有一个空间来安静自己，结果失败了。

有一个了不起的学者，一个基督徒，说过的一句话真是好极了。这句话非常朴素，但是会让我们一生受用。他说："我每一次到人多的地方去，回来以后，都觉得自己大不如从前了。"

想想看我们这些年里凑了多少热闹，周旋于多少场合——回忆一下归来时的心情，真的很糟。喧嚣之声让我们如此紊乱，状态极差——我们常常需要一个星期的安静，才能稍稍恢复到出门之前的样子。

人这一生除了迁就庸常，古往今来最易犯的一个毛病，就是趋炎附势。作家也不例外。但对于作家而言，这就是致命伤了。所以作家一生都要像警惕肝炎一样，警惕自己趋炎附势的毛病。

我经常在海边走，那里最多的是海鸥，它们一群群喧闹鸣叫。海鸥千里跋涉、海阔天空，飞得很高，有时又能一个猛子扎到水里。海边林子里还有另一种动物，这就是刺猬。我经常看到刺猬，它们走得很慢，想躲都躲不掉。它一挪一挪地走，你走近一碰它就球了起来。我常常想：作家们大致也可以分成海鸥或刺猬这两种类型。我们会做哪一种？刺猬比较安静，活动半径小，而且始终有自己的一个角落，在那儿一挪一挪地走，只吃很少一点食物。它所需甚少。

有一类作家真的就像刺猬，一生都在安静的、偏僻的角落里，活动范围并不大。他们也是所需甚少。一般而言刺猬并没有什么侵犯性，有什么碰了它惹了它,也不过就是蜷成一个刺球而已。可刺猬唯独怕一种东西,那就是黄鼠狼。近来由于生态失衡,林子里的黄鼠狼多了一些。黄鼠狼常常释放一种恶臭的气体——这让刺猬最不能忍受,于是它就要厌恶地走开——它展开刺球时柔软的腹部就要露出,这容易受到伤害。

所以说,在一个角落里刺猬是自由的;它所要提防的只是黄鼠狼,黄鼠狼会释放恶臭的气体。

二〇〇二年三月八日

文学三极 *

文学三极

像过去一样,分析当代文学的状况也可以粗略地分成三个板块。表面上看今天的文学版图似乎已发生了很大变化,其实从我们整个文学创作的历史上看,三个板块在不同的时期都差不多。它们之间虽然也有拼接和移动,但大致上还是这三大部分,并没有发生根本性的变化。当然,也会有人把它分为四个或更多的板块。

一般来说文学写作呈现出"三极"状态,这在较长时期内都是如此:一,社会问题写作,即一般的现实小说和纪实文学等;二,娱乐性写作,包括武侠言情、演义与侦探小说、副刊散文和智性小品等;三,诗性写作,即通常称为纯文学和高雅文学的那一类。

对于文学研究,特别是文学出版而言,也许不可以将这三种不同的写作混淆,因为从营销到组稿的全过程,它们都是不同的。

一般的读者也许可以混淆三种不同的写作,因为这对他们来说仅仅是读或不读、喜欢或不喜欢而已。但专门家则有所不同,他们的工作要求自己有一个清晰的预见力和洞察力,需要弄清各种写作在读者当中的情形,特别是

---

* 本文为作者在青岛"出版论坛"的演讲。

它们的功用,以及在社会上作为商品运行时的一些规律。

社会问题写作

社会问题写作这个板块是比较大的。像在读者中流行的反腐败小说、官场小说、商界小说、甚至是一些伦理问题小说。这些题材的作品都抓住了一个时期大众比较关心的话题,如政治问题、经济问题、道德问题、法律问题等等。它们不一定深刻和独到,但却是近在眼前的、容易触摸的一种现实,包含了日常生活中无法绕开的东西。

社会问题写作并非是没有难度的,也并非是没有文学要求的。这一类写作同样需要具备相当的语言功力,需要相应的认识能力和较强的敏感性。最为重要的是,这类写作还需要一种公民激情,一种责任心,即在所有的贬抑之间体现作家本人的正义感和准确性,并尽可能显示与大多数人的利益相一致的、较为深远的社会责任目标。

这一类写作所潜隐的危机是显而易见的,比如过分迎合一个时期的大众趣味,把普遍关心的社会问题与狭隘的世俗利益混淆一起,即认同一般的庸俗社会学和小市民的心理倾向,消除基本的知识分子性,缺乏作家自己的认知能力和体察深度,并因此而在一定程度上削弱了作家本人的公民立场,等等。这种危机的现实表现通常是在一切可能的方面,最大限度地向阅读趣味一方倾斜,在情节和语言、主题和人物诸方面加以矫饰,运用不适当的渲染和夸张手法达到目的。长此以往,这类作品就难以建立起文字的信任感,使较为严肃的阅读沦为极其随意的、无聊的消遣。

一般来说作品的独立品格与公民责任是一致的，如若不然，作品就会完全等同于大众传媒和一般的宣传品。至此，这种社会问题写作已经离开了应有的文学轨道，其表达已不再是作家自己的发现和目击，而是比较集中和强化的一次次宣传行为。作家此时所运用的一些通常的文学手法，只是这种宣传所需要的一些组合方式和外在形式。在这里，作家自己的声音已经完全淹没在现世主义的喧嚣之中。

好的社会问题写作仍然具有相当的文学阅读快感，并对整个文明社会给以推动。它是一个健康社会的直接的和重要的声音。它也许并没有比普遍的认识高出太多，但它的确使问题变得更为具体和明显，让一个时期的公众目光相对集中。还有，就是它在具体应对社会问题以及剖析事件的整个过程中，常常具备一个作家所应有的细致与深度，特别是不经意间所贯彻和流露的一些个人因素。这一切都提高了读者的阅读期待，并提供给读者崭新的视角，成为一个时期认识上的重要参照。

社会问题写作在语言上、表达方式上必然是大致标准的和通用的，在这块领域里允许作家采用社会上最流行、最熟悉的语言模式。语言问题是文学的基本问题，我们对于不同文学板块的划分，当然会把语言作为重要依据之一。社会问题写作如果脱离和超越了一个时期流行语言的范畴和水平，就会在大众中间产生新的阅读隔膜。所以作家在语言上的操弄空间实际上也是很有限的。这样的表达会有自己的直接性和时效性，使阅读能够较快进入一般读者最易理解和接受的层面。

娱乐性写作

第二个板块就是"娱乐性写作"。这一类写作与同时期的影视娱乐制品是异曲同工的,但因为它毕竟是文字的东西,又具备了另一种阅读的特质和方便,会给读者不同的愉悦和体验。过分排斥这一类文字是不必要的,也是不现实的、过于苛刻的。因为多数人的阅读生活需要得到尊重,并且它将不会以个别人的好恶而得到多少改变。至于说这些文字的总体格调与素质水准,也是由整个民众的文明程度和文化素养来决定的。

对这一类文字产生一定引领作用的,当然还是诗性写作。同一时期诗性写作的阅读面的宽度,还有诗性写作所能达到的高度、它的影响力,都会对最广泛的娱乐文字有着极大的规定和领导意义。实际上每个时期的诗性写作和娱乐性写作的滑落几乎都是同步的。它们都可以从不同的方面呈显出精神的特质,成为一个时期民族精神的窗口。

在大众阅读的历史中,大概还没有什么东西可以与娱乐性的文字相抗衡。娱乐中的愉快和智慧,接受的启示,甚至也包括精神的提升,都属于人生的快事。目前书籍中印刷量最大的还是这一类,它们在书架上从来都占据着最大的空间,并且能够在较短的时间内不断地花样翻新。

娱乐类的读物也可以做得俗气逼人,乃至做得低劣恶俗。在任何商业扩张时期,这一种倾向总是十分严重,这与剧烈的商业竞争规则是相一致的。虽然娱乐性写作的品质高下不一,尽可以五花八门,但也并不是没有边界的。娱乐不能够淹没思想,更不能够以恶为娱。所以几乎在任何时期,娱乐性写作都是接受指责最多的。因为它极易泥沙俱下,鱼龙混杂,走向极为无聊甚至是公害状态。

在所有长期保留下来的娱乐性写作中,有的已经具备某种经典意味,可以被一代代传阅下去。这样的书是不能等同于那些在风中吹来吹去的花哨纸片的。好的娱乐读物有自己的规范和法度,也有自己的传统,它们正因此而变得让人津津乐道。

但是需要指出的是,有人常常将不同的写作性质弄得含混,并将一般的娱乐性写作等同于甚至取代了诗性写作。其实无论从语言品质还是思想内核,二者之间的区别都是非常之大的。它们在功用上的差异当然更大。

诗性写作

第三个板块就是"诗性写作"。从古到今,在世界各国和各民族的文学中,诗性写作通常构成为整个文学领域里最中坚、最重要和最有代表性的一个部分,并且由它产生一个民族的经典性作家。

如果苛刻一点讲,狭义的或真正的文学写作只能是诗性写作,也仅仅是诗性写作。这往往是文学写作的最高追求。这种写作似乎有如下几个特征:具有回忆性质;语言极度个性化;不断得到重复出版;在较高的阅读层面上得到认同。

诗性写作不是通常认为的那样,是对于某种生活的真实再现,而恰恰相反,它仅是作家个人的一种独特表达。它不仅不会是集体情感的一次集中表述,甚至也不会采用集体情感的表述方式。一句话,诗性写作的过程就是顽强地表达作家自己的过程,是对于他个人的一次又一次的强调和肯定。

这是诗性写作的一个最重要、也是最基本的特征。我们过去常常强调:文学作品要表现社会生活,表现社会现实。这在一般意义上是没有错的,是一种笼统而宽泛的理解。但实际上深入去看,诗性写作并不是在努力地表达生活的真实,而是个人的真实;它带有强烈个人的、主观的和不可重复的生命色彩。它在一切方面所要表达的,往往并不是我们现实生活和当代生活的所谓真实,而是从个人心灵滤器中流出的几近陌生的东西;不是群众的、大众的、普遍的,而是个人的、独特的、自我的。这种写作不是与普遍见解达成一致的过程,而似乎走向了它的反面,走向了思悟性、幻想性和执拗性。从严格的意义上来讲,这种写作不具有任何合乎时宜的特征。如果有人说越是优秀的作家,越是应该表现群众眼前极为关心的问题,并且要尽可能地和现实生活对位,表现得越准确越好,那么这种见解可能是褊狭的。诗性写作通常并不具有这样的特征。这就决定了诗性写作不可能立刻拥有众多的读者,也决定了它在接受过程中难免会有自己的优长与局限。比如说它们在接受上会是相对缓慢的,然而它们一旦被接受,就会逐步显现出无法言喻的强大魔力。

我们也许应该从另一个角度理解"集体"这个概念。我们知道,没有个体就没有集体,个体是集体的前提。诗性写作也正是因为凸显了个体、强化了个体,所以它才更具有集体意义。由于"社会问题写作"和"娱乐性写作"都是在一定程度上抽掉了前提的写作,所以相比之下,这两种写作比起诗性写作反而并不具备更多的集体意义,因而被时间保留下来的可能性会更小。

正因为诗性写作具有这样的规律,所以它不会在短期内得到大众的呼应,而要经过时间的诠释和发酵。这个过程正是其经典性地位逐渐确立的过程。

一些学术活动、研究工作，还有出版社的营销规划，都会成为这种诠释和发酵的一个组成部分。

诗性写作具有回忆性质。这可以从古今中外、也包括中国当代的一些代表性作家的创作中体现出来。这一类作家的作品无论是表现当前，还是描叙过去，其整个创作的脉络、意境，也包括情绪，总体上看也还是具有回忆的性质。他们全部的创作也可以看作是一次漫长的回忆。回忆的笔调对于他们是如此重要，以至于说这种笔调和气质简直就是他们赖以推进故事和抵达意境的基础条件。

至于语言的极度个性化，那是更易理解的。文学视语言为生命，离开语言即谈不上文学。诗性写作必须脱离和突破一个时期的语言平均数，即一般的传媒和应用语的水平，而要将创作者自身的语言潜质全部激发出来。其语言如果不是带有强烈的个人生命印记，不是他人所无法取代的言说方式，那就不能称其为诗性写作了。由于语言是流动的活跃的，是不断生长的，所以他们的文字还必须是这个时期最有表达力和最具代表性的，必须进入和达到、甚至是超越整整一个时期的语言水准。他们的语言对自己的时代应当具有极大的影响力和改造力，成为推动一个民族语言前进和演变的源发性动力。

从印刷量上看，诗性写作的最初印数不必很大，但放在较长的时段来看，其积累印数应该维持在一个较高的水平线上。一个作家除了具体作品的印刷量，还有全部作品的印刷总量。比较社会问题写作和娱乐性写作，诗性写作的一次性印刷量一般是不会太大的，但如果以十年、二十年、甚至一百年为时间单位来计算，这类作品的印数往往是非常可观的。比如从文学史上看，托尔斯泰、鲁迅等作家的作品，几十年上百年的积累印数十分庞大。鲁迅的作品起印只有几百本、一千本，但十几年之后，那些当年在印刷量上几百倍于他的作家作品，早就在市场上绝迹了，那种遗忘是很彻底的。从这一点上看，假如一个作家没有足够大的积累印数，就很有可能不是"诗性写作"。这里面有个时间的奥秘，有一种经得住时间检验的真正品质。当然，这并不是个绝对的条件，因为我们知道，历史的误解和淹没总是经常发生的。我们现在讨论的只是一般的情形。

诗性写作会得到较高层次的肯定。进入"诗性写作"的作家，在一般民众那儿得到的响应往往会大大慢于专家的肯定。经过较高层面的阅读筛选，反复交错的认识，它们最终能够被容忍下来、宽容下来、肯定下来。有时会有尖锐的争执，但这种争执也是阅读的一种方式，更是一个时期最成熟的思想者对于精神产品的一种参与。这种种阅读和争执成为化解艺术隐秘和寻找艺术个性的一个组成部分，并使解读的步履大大加快。这正是"诗性写作"最重要的一个特征，是它走进时间的一种方法。如果说"回忆的性质""语言的极度个性化""积累印数较大"这三个特征还显得有些含蓄、模糊和不好把握，那么经过一段时间之后，较高层次的阅读专家相对一致的肯定和关注，则是"诗性写作"的一个非常显著的、重要的条件。

当然，对文学写作三个板块的划分是相对的，我们既不可能也不必要把三种写作完全对立起来。某些时候它们也会相互融合。比如，有的作品一方面捕捉了非常敏感的社会问题，但同时又会具备很强的娱乐性，并在语言、写作姿态和写作功力等各个方面都达到了诗性写作的高度。

不过这种综合性作品是极其罕见的。

盈利与事业

盈利是出版社的一个重要目标，它们大概不会去为各种各样的崇高追求而赔钱；况且一些伟大的构想和极有意义的活动，也时时需要财政支持。所以出版社会紧紧抓住"一次性出版"的机会，并极其乐于进行这方面的操作。这对于一个出版社来说是无可厚非的。像演义类、言情类和武侠类小说，还有一些智性小品、一些社会问题写作，都与读者、与盈利连在一起。有的出版社极想在不同的创作之间找到一个平衡点，他们于是要求一部作品既是社会问题的，又是诗性的，最好同时还是娱乐的。这是不太可能的。

当然我们会看到这样一类作品：它们的确介于"社会问题写作"和"娱乐性写作"之间，一时竟不太好界定。因为它抓住了几个敏感点，它是社会的或道德的，总之搔在了一个时期精神方面的痒处；但由于它们仍然不具有语言上的生命含量，不具备形而上的深层把握，更缺少作为一个独立写作者的人性魅力，所以这种写作也还是无法进入诗性写作的范畴。

但不管怎样说，出版社的初衷是必须肯定的。以持续赢利为目的的商业出版，不能也不必错过"一次性出版"的机会，因为它会带来丰厚的利润。

前两个板块的写作，即"社会问题写作"和"娱乐性写作"，常常是出版社赚钱的一个重要途径。国内外的出版机构都把很大精力投放在了"一次性出版"上。之所以认为这是一次性出版，是因为这部分出版物很难经受更长的时间检验，很难在十几年甚至是三两年内得到重复出版的机会。虽然这类作品抓住了敏感的社会问题，或有较强的娱乐性，但是随着时间的推移，社会问题和人的趣味也将不断地发生变化：一个时期有一个时期的问题，敏感的方位总是不断地转移；有时候仅仅是几个月的时间，一些极为瞩目的问题也许就不成其为问题了。人的趣味更是随时都会变化的，因为娱乐的方式就是多种多样而且极为随意的，娱乐性有许多时候即表现为随意性。离开了随性与可意，则没有多少娱乐可言。因此这两个板块的作家由于没有抓住永恒的话题，没有探索人类精神的深处，其创作和出版就极有可能是"一次性的"。

所以说要维持良性的文学出版，还需要统筹兼顾，理解并营造一种综合的健康的文化环境，并避免失衡和倾斜。

目前，在海内外当代文学的写作和出版中，第一、第二个板块的写作发行情况良好，但是不够稳定。实际上优秀的出版社和优秀的文学专家，有一个十分重要的工作，就是区别这三种不同的写作。如果整个社会都混淆了它们之间的关系，那么就表明这是一个比较混乱的时期：出版水平不高，文学艺术工作者的素质偏低。

文学专业工作主要包括文学评论、文学研究、文学评奖和文学出版。正是从这些不同的角度和不同的方面，形成一种合力，把我们的当代文学写作加以界定、区隔和提升。区隔的目的是什么？从社会层面来讲，区隔的目的是能够引导整个社会的精神和艺术向更高、更健康的层面和境界发展；从商业的角度看，可以指导我们的出版发行，因为面对不同的写作应该有不同的营销计划和出版策略。

现在的情形是，出版界普遍存在的一个严重弊端就是混淆了三种不同的写作。出版社面对不同的写作却在使用同一种营销策略；对待不同的写作资源也持同一种办法。这不仅会影响我们的出版，而且也会影响我们的读者。长此以往，大众读者的阅读要求将越来越模糊，并直接导致整个社会阅读水准的下降。这种结果反过来又会作用于写作，使艺术创造失去自己的刻度和追求。两者之间相互影响，产生一种互动局面，造成整个社会的文学阅读、文学出版和文学写作的混乱和水准低下。我们将进一步失去好的读者，好的出版社，或许还有好的作家。

商业时代的一些比较权威的文学评奖机构，总是把文学的评奖、政治的评奖、商业的评奖混在一起，给那些不成熟的作家一些虚幻不良的影响，他们将越来越不知道自己应该写什么、为什么写。

依靠和利用

具体到一个出版社的赢利，紧紧依靠"诗性写作"是合乎情理的。目前比较活跃、比较重要的能够代表"诗性写作"的作家，他们的一部长篇小说在一个三年版权期内的印数一般不会少于四五万册。而且大概在十年、十五年和二十年里面，他们代表性作品的再版频率会比较高。作为一个出版社也许要有一个量化和细化的工作：把"诗性写作"作以统计，即哪些作品在十年之后还能再版，再版的频率如何，一个作家的作品印刷总量分析，等等。这是一些硬性指标。不仅要充分抓住"一次性写作"，还须紧紧依靠"诗性写作"，因为后一种写作不只是一个经济效益问题，而且还是巩固和稳定出版社权威性的问题。

出版社的强大力量来自哪里？来自一次性出版吗？来自诗性作品的出版吗？大概还需要二者结合。商业出版不断地强调"大众"这个概念，其实他们立论的根据颇有问题。读者对于事物的选择趣味既有区别，又难以偏废和统一。比如听学术报告一般来说比听相声枯燥，但许多人认为相声更枯燥。在一个人口众多的国家，没有严格意义上的"大众"和"小众"，而是要专心开发自己的受众，突出和强化不同的阅读个性。

有一个很奇怪的现象：在中国，一个重要的作家或一部重要的作品挪动了出版社，大家不会感到有什么不正常，因为作家作品就是要到许多出版社的。可是在国外，一些重要作家如果转移了自己长期合作的出版社，将成为一件令人关注的事情，许多报刊都要报道。中国完全不存在这种情况。这就集中表现出我们出版机构的困境，他们没有把不同的写作、不同的创作资源加以区别和对待，更不会去珍惜和培育。机会主义，投机性，都成了最可以理解的事情。这当然不会有成熟的出版。

一个出版社的地位、量级、影响和可信度，很大程度上是取决于抓住了多少"诗性写作"的作家。包括那些"一次性写作"的蜂拥而至，都是因为看重这个出版社的声望。所以一个出版社的权威性、感召力和让人钦敬的趣味，对读者和作者都是至关重要的。通俗一点说，优秀的出版社是一个牌子，一面旗帜，是在更高的意义上得到认可和肯定的文化艺术的重镇。一种高层次的信任必会对周围产生巨大的影响力和辐射力，而这种影响力辐射力的积累，恰恰也是信任度的积累。这对于出版社而言是一个真正了不起的资源和资本。假如我们舍弃了这些，把精力和热情全部投放在"一次性出版"上，那么她的前途和结局也是可以预料的。有的出版社突然遭到浪潮般的退货，就是没有处理好两种出版物之间的关系、眼前利益和长远目标的关系。

出版社拥有一大批十年二十年内不断再版的版权，多么便当，同时在写作者和读者当中的感召力又会多么强，商业效益会多么大。任何类型的写作，都有一个出版的节奏和密度问题。有时候我们抓住一个十分畅销的"一次性出版物"，一下印了很多，这才发现大家都在印类似的东西，形势当然不会乐观。所以怎样合理地开发和利用我们的文学资源，是非常值得研究的。

结论

当代阅读状况比较复杂，但还算不上费解。一部文学书籍可能在一个国家大量印刷，所谓的"像卖香肠和面包一样"；而在另一个国家可能就印数了了。这除了口味问题，当然还有一个无论如何也难以回避的事实：民族整体文化素质水平的差异。有的纯文学作品经过几年的诠释和普及，已经成为常销书和畅销书，但在其他语种里面简直毫无市场。这都是"诗性写作"的命运。一个文化素质较高的民族必有能力接受较高层次的书籍，并可使"诗性写作"的作品尽快变成畅销书。

有些诗性写作可能是出自当代最优秀的作家之手，但这并不意味着这些作家进入了一线阅读。作品的命运在很大程度上取决于他所选择的出版社，取决于是否进入了一个复杂的营销系统。出版社的力量、经验的积累，乃至于运气都是不同的。出版社在很大的程度上决定着一部作品的结局：或者成为社会第一线的阅读，或者因晦涩难懂而被闲置在角落里。反过来也是一样，诗性写作的作家也决定着出版社的命运。

二〇〇二年七月十三日

方言与转译

一

书（如《九月寓言》和《丑行或浪漫》）中多采用了鲁南、特别是胶东方言。比较普通话，方言总是在表现上更有个性、更有厚度。但其他地方的人特别是外国人在理解上，就会有困难。如果能用某一地区的方言（原生、厚重而幽默的）为基础，同时再给以书面语的制约和改造，那将是切近的。书中的许多"哩"，是区别于书面语的语气助词，是一个地区口语中标志性的字眼，有时相当于"了"，而有时相当于"呢"和"啊"。此字颇有原生气质、有一定的幽默感。书中的"俺"等于"我"，但更具地区性。这是一种语言习惯，同时使用者（书中人物）在当时往往还包含了小小的得意，有时也有些自恋和揶揄的倾向——这些区别要在具体的语境中才好把握。

二

转译为其他文字时，不同层次的声音在书写方式上是否作以区别，重要的是要考虑当地的阅读习惯。原书的书写方式是统一的，因为即便这样，中国读者也能够理解；频繁地更换书写方式，会烦琐、直白，也会增加理解上的失误几率。如果异域能够理解，能会意，那么还是像原书一样为好。

一种语言在一个时期的流行，往往会给文学造成很大的损伤。作者在有意无意的模仿中就失掉了自己。而失去了语言，还会有什么？看看文学史就会知道，每个时期都有相对统一的语调、语气和叙述方式。许多人的不谋而合，说明了作者生命力（包括才能）的孱弱。有生气的作者要有能力冲破规范。

冲破规范的一个重要条件就是深入民间，做一个足踏大地的写作者。要从生命的来源处，而不是纸上，去寻找和确立自己的语言。

目前，即便是一些极有影响的作品，也没有什么语言追求。这怎么能算好的作品？文学是语言艺术。凡是这样的作者，无一例外都是一些不能够沉醉于诗意的人；写了不少作品，但严格来讲并算不得文学中人。

好的作家应该对语言本身极其敏感。

用地方语言，绝不是排斥普通话，而是要激活普通话中的诗性因素。失去了普通话的框架（语法和句式等），就没法进行、没法完成从甲地到乙地的有效交流。这之间有个"度"的掌握，靠心细的写作者在具体的语境中平衡。只要是在一个相当阅读范围的人可以意会或领会的方言，并且这方言又极有穿透力极生动极有生命活力（往往如此），那就要大胆使用。是否好的、原生性极强的文学语言，关键不是看用了多少"方言"，而是要看整体上是否被这种生气勃勃的语言所统领，是否洋溢着它的精神。

三

比如胶东方言和鲁西南方言：《九月寓言》中的小村人是从鲁西南远途迁徙而来的，主要操鲁西南土话；而当地人和叙述者（无所不在的），则主要采用胶东方言。

胶东方言给人"傲慢"和"蛮横"感——当然只是其他地方的人感觉上这样——有这样的倾向。他们说话声音较大，有时还常常用以遮掩内在的怯懦。有时很得意，这一点鲁南方言也是一样。但处于包围之中的鲁南方言显得内向、羞涩，一般声调较低，除非是和自己人在一起。胶东方言与鲁南方言一样，都很幽默，不同的是胶东方言炫耀这种幽默，而鲁南方言自己玩味这种幽默。

胶东属于中国古时候的"东夷"，是鱼米之乡，文明程度很高，历史上直到很晚才被齐国所降服。胶东人到现在仍很自负。胶东方言比鲁南方言更接近普通话，胶东的地理位置离京城也较鲁南更近，所以胶东人从语言上就很鄙视贫穷的鲁南人，一听到鲁南腔调就讥之为"鲢鲅"（河豚，毒鱼）。

操胶东或鲁南方言的人对待说普通话的人，心理上很矛盾。一方面觉得自愧不如，有羡慕的心情，另一方面又很容易在内心里瞧不起对方。因为他们认为，一般情况下城里人才说普通话，而城里人往往是比乡下人简单幼稚许多的。不过，一群乡下人遇到一两个城里人，乡下人强调自己语言优势的时刻也就来到了。少数乡下人遇到多数城里人，一般而言是自卑的。反过来，当然也是一样。

一般情况下，他（她）在得意、怨诉或亲近的心态下，更多地使用"俺"；

而在平静、理性或达观的状态下，就说起了"我"。"俺"更显个性，更有对自我的强调性。

但在转译中，也许不必过分刻意地区分它们，因为那样会特别累。

胶东方言和鲁南方言中，都常常使用"俺"，而普通话中就没有这种情况。

二〇〇四年五月

城市与现代疾患 *

逃离城市／城市与现代疾患

现在看，越是现代大都市越是不适宜于人的居住。无论是国外还是国内，实际情形是，城市人要做的一件事就是想方设法摆脱自己的城市，尽快逃离——全部逃离或部分逃离。只要能够逃开，具备这个条件的，就是人生一大幸事。弄到最后，大约只会剩下没有办法的老百姓了。结果只能是他们在城里苦熬。

那些忘情地赞扬城市的城里人，大半是居住在特殊小区里的人，比如是一处有草坪有大树，还有门卫的大院里。还有一部分虽然也在熬着，却从心里喜欢城市的，那就是因为一些极特殊的个人理由了，比如特殊的癖好之类。现代人陷入的一个最可怕的困境，就是不得不居于自己亲手创造的一个怪物的体内——这是一个急剧繁衍的大都市。这里空气污浊，噪音刺耳，交通堵塞，食物陈旧，人流拥挤，已经没法体面地生活，却又一时离不开。人自己最后成了一座城市的奴隶，而不是主人。

医治城市顽症是世界性的问题。当今的世界上，几乎所有致命的错误都发生在大城市里。解决城市问题，其实就是解决人类的未来。一些棘手的现

---

* 本文为答《中国城乡建设》所作。

代伦理问题，也大都发生在城市里，如同性恋、吸毒等等。由于缺少大自然的抚慰，城市的确集中了相当数量的现代精神疾患和生理疾患。

缺少人性化的生活／水泥

我没有看到过能够让人舒适生活的大城市。现在每到一个城市，给人的一个强烈感觉，就是再也不能这样了，这里需要彻底改变，我们不能再这样过下去。对于城市建设，要下一剂猛药，要有一种革命化的思维。不能仅仅是改良，而是要彻底改变它：它的节奏，它的道路，它的空气，包括它的气味和颜色。

我们扪心自问：难道我们人类几千年追求的居住文明，我们的理想，就是在一起拥挤、在一起喘污浊的空气吗？难道在杜甫悲唱的《茅屋为秋风所破歌》之中，我们中国人就找到了今天这样的居所？

有路难走，有车难乘，有家难回——更可怕的是，我们几乎再也没有什么安静可以享受，每个人都在噪音的包围中无处躲藏。这就是所谓的现代城市、大都市。

令人惋惜的是，现在许多动手搞城市建设的人没有什么想象力，更没有追求完美之心，其结果就是，大半的城市都搞得很丑陋。在许多年里，我们这儿的人不仅对树木没有感情，而且简直就是以树为敌。所以我们年年讲造林，讲绿化，到头来还是生活在水泥堆里。

没有绿色，没有空地，干燥的水泥堆砌起来，一座连一座挤在一起，这里面的大小空隙就塞了一个又一个家庭。这会有多少幸福可言？这真正是缺少人性化的生活。无数这样的形式叠加累计，最后组成了一个个区域，这就是所谓的城市。在这里，绝不可能有第一流的物质和精神的创造。

树木、绿色，它们与城市的关系必须来一个颠倒。理想的居住环境，应该是楼房插在树木的空隙之中，而不是树木插在楼房的空隙之中。我们也许可以断言，这个被颠倒的关系一天不重新颠倒过来，城里人就一天没有幸福可言。

看看城乡建设，我们浪费了多少土地。我们许多年来已经习惯于在最好的耕地上建城市，而且没有任何节制。最适合种粮食的地方却不一定是最适合盖房子的地方，最后只能造成这样的恶果：吃不好也住不好。

港台和内陆的城市／野蛮和粗鄙

比较一下，中国大陆和港台的城市建设并没有什么本质的区别。大致都是拥挤和嘈杂，是噪声和严重的尾气污染。像欧洲那样的一些漂亮小城大半是见不到的。港台也有一些好的居住区域，但像大陆一样，与大多数普通市民无关，那都是被各个领域里胜出的人物占居的。

我们的城市，往往把一些常常露脸的地段建得好一些，比如楼盖得高一些，贴贴金属板或玻璃之类。其实这样不仅无济于事，反而更显出了规划者的小家子气，显出了虚伪和捉襟见肘。在这些地段的对比之下，大面积破烂的市区就显得更加不能容忍。还有，这样的地段也无非是簇新的高楼大厦而

二〇〇七年初春在阿根廷

已,哪里会有什么文化积淀,更没有自然美。没有自然美历史美圆融一体的城市建筑,没有浓烈的人性化格局和人文气息,再高大再现代的城市建筑也是野蛮和粗鄙的。任何一座城市,其自然之美和历史之美原来都有的,但早就被我们的一些"开拓型人士"给干掉了。

现在存在的一个可怕问题,而且非常普遍的,是许多地方都以野蛮粗鄙为美。让人不理解的是,一个有五千年文明史的民族,却要在一切方面都退向"初级阶段"。我们"天人合一"的自然观呢?我们关于和谐的传统美学观念呢?这一切在建筑和城市规划上,到底体现在哪里?

危机时刻／想象力的退化

如果说我们现在的城市建设到了一个极端危机的时刻,这绝不算是什么危言耸听。看看一座座街道相似、楼群相似、一个个"小区"相似的城市,就会让人觉得窝囊丧气。不仅是这样,即便是在同一个所谓的"高尚别墅小区"里,每座小楼的样子也往往一模一样。

我们的想象力已经退化到了这种地步,真是夫复何言!

城市建设应该尽量节省耕地,这本来是一个实际而又浅显的问题。可是我们这些年各地却在走一个相反的道路,就是把最好的耕地建了房子。其实那些最不适宜耕作的地方,有时往往会是盖房子的好地方,比如海滩河滩荒地等等。有的小城本来离不能耕种的海滩不远,却愚蠢到非要在最好的农耕地上兴建新城区不可。

说到规划，我们这里一直是可有可无，没有什么常性的。过去没有城建规划，后来勉强有了，城区之间如何分布的大规划却又没有了。这同样糟糕，因为不仅有个城市怎么建的问题，更重要的还有个在哪里建城市的问题。

拆除历史的人／城市交给文弱书生

现在越来越多的人害怕旧城改造。本来一些城区破烂得不堪入目，改造也是一种必然。问题是谁来改造、怎么改造。有的老城区在文化人看来非常美，在一些城建者那里看来却是非常地丑。到底是谁错了？是文化人过于多愁善感，还是具体操作的人太粗鲁？我们观察下来，一般都是后者。一些决定拆和扒的人大半没有什么文化，有的权力不小，可惜识字不多。他们哪里谈得上什么人文素质、人文关怀，基本上属于文化方面的造反派。他们压根就不懂建筑同时也是一门艺术。

他们一方面改造旧城，一方面也在拆除历史。我们一般而言是没有权力拆除历史的，因为这是一个极大的权力，需要一个相当复杂的程序来赋予才行。对权力范畴的模糊无知，是一些傻大胆的愚夫干出蠢事的原因。他们哪怕面对一座几千年的古迹也敢拆，挽挽袖子骂一句粗话就可以动手。

城市建设必须交给一些"文弱书生"才行。这样的人一旦熟悉了工作就会有真正的建树。因为"文弱书生"才有长期的文明滋养，文心纤细且敏感动人，会有特别的怜惜心和完美心。我们的建设事业在许多方面之所以干得一塌糊涂，主要的问题就是用人不当。"文弱书生"的"弱"不一定是身体之弱，而是指文心的纤弱。一些武夫干起事情来总是不计后果的，这些人用来冲击和起哄当然好，但凡是建设事业，凡是谋化与平衡大局之业，往往并不是一时一事的痛快，更不靠一阵冲击起哄所能解决。

无知的权力意味着灾难

在一座城市一个地区，野蛮的力量一旦掌握了城建的权力，就是普通居民的灾难。因为拆与迁一类事情是关系到许多平民利益且决定着城市风貌的大事，所以这一类事业的枢纽要掌管在具有人文关怀的艺术型知识分子手中才好，而单纯的建筑技术专家只能是配合者和参与者。因为只有具备人文情怀，才能最好地顾及群众利益，才能对城市的长远发展有诗性眼光。

无知的权力就一定意味着灾难，意味着腐败。那些粗鲁的开发商当中有相当数量的唯利是图者，他们一旦没有了遏制，就会给一个地区造成不可估量的损失。他们不会对环境负责，当然更不会对民众负责。他们只追求自身利益的最大化，同时也是对平民和公众利益的最大盘剥者。

相对于开发商，居民总是弱势群体。一个地区的权力由于不是在群众认可的民主机制中产生的，所以这种权力运作常常会带有极大的可疑性。这就给一些开发商带来了另一些可乘之机，使房地产开发的过程中产生一些藏污纳垢之所。

所谓专家／诗性成分

一切都取决于人。在城建方面，没有规划固然不好，有了糟糕的规划就更坏。长期以来，我们不仅受到不依规划乱建之苦，我们还受到了低水平规划或错误规划的戕害。现在的一些不可容忍的建筑区域的形成，有许多直接就是极坏的规划造成的。

我们讲依靠专家搞规划，但很少问一些关键问题，如找的是一些什么专家、专家又是怎样构成的，以及如何选择专家方案。在专家们形成了许多方案的前提下，我们的决策者很有可能从中选择一个最糟的方案，因为决策者的素质才是决定因素。还有，仅从专家而言，一些单纯的技术专家为了自己的方案被采纳，是极善于揣摸领导意图并做出许多妥协的。这样的规划结果当然值得怀疑。

所以，我们将一再地提出规划过程的科学化：让人文知识分子、特别是艺术型人才的决定性参与，以增加整个规划的诗性成分。这是我们未来城市建设能否走向健康发展的关键。

许多人总是误解，认为规划与城建是一种单纯的专业技术。这种误解会给我们的城建造成难以想象的缺损。因为城市建设是最需要强调人性内容的，是立体的、多重和多元的艺术。没有什么比城市建筑更能集中和直观地呈现一个地方的人文素质和文化风貌了。

城市与人的尊严／可疑的"发展"

在人类历史上，居住状态和居住方式往往体现了一个时期一个地方的文明程度，特别是人的地位和人的尊严。现在，中国的城市往往是很好地照顾了一小部分人的尊严，而大多数人的居住条件是很差的，哪里还谈到什么尊严？即便在一些大省的首善之区，大多数居民也没有一块活动的绿地，没有一条像样的人行道，更没有自己的社区图书馆和医疗诊所。他们作为纳税人本来是有资格享受这些的，因为这都是现代城区里最基本的东西。

现在我们只要到大多数居民区里看看，就可以很容易地发现这里的环境是多么糟糕：小贩嚎叫，垃圾遍地，尘土飞扬，车辆乱行，居民们没有一刻的安静也没有起码的卫生条件。这些事实明摆在阳光下，可就是引不起多少人的痛心疾首，为什么？就因为他人已经"熬"出来了，他们因为各种各样的原因住到了设备较好的小区里，已经有了保卫，有了门岗，更有了花坛雪松之类，所以大可不必为平民操心。在有些人那儿，剩下的事情就是胡说八道了，说一些无关痛痒的大话。

有人极愿意把"发展"、把"抓住机遇快速发展"挂在嘴上，并且从来不强调发展与环境的关系。为什么？就因为他们自身并不住在被糟践得一塌糊涂的环境中，他们出有豪车居有华屋，当然不顾群众怎样挣扎。

其实不计后果地、像当年搞阶级斗争一样地大搞野蛮建设，就是对这个民族最大的破坏行为。

一切不能将民众的具体利益纳于视野的所谓"发展"，都是极其可疑的。

二〇〇四年五月二十六日

二〇〇四年在万松浦图书馆

纯文学的当代境遇*

一、对纯文学的界定

首先应该对"纯文学"有一个界定。这个概念不令人满意,用它来描述一部分文学作品也不够准确,但如果叫成"高雅文学"或"严肃文学",似乎也不妥当。在大学课堂上可能要讲很多相关的概念,总之一时难以周到合理。好在我们可以通过慢慢讨论,把它搞得清楚一些。这样也就会大致理解什么是"纯文学",知道它究竟指了哪一部分创作。其实生活中有很多概念、很多命名都是不确切的,只是因为约定俗成,才慢慢达成了共识。

我们平常接触的文学作品很多,像中国古代的文学,诗歌、散文、戏剧,还有一些通俗小说,一般来说都属于"文学"这个范畴。说起文学,感觉上会是很大的一片,那些不曾从事这门专业的人,大概不会把它分成一块一块的,不会作性质上的区分和理解。

从学术和专业的角度看,"纯文学"与通常意义上的文学当然有所区别。在专业人士那里,它或可称为"诗性写作"。它大致具有与流行的商业文化相对立的品质,仔细考察起来似乎有如下几个特征:

---

* 本文为作者在山东理工大学的演讲,小标题为整理时所加。

(一) 语言方面

纯文学是真正意义上的语言文字艺术。如果我们认真辨析一下，可以发现这个范畴之外的一些作品主要不是、或者并不特别依赖语言文字艺术的。比如一些通俗小说，主要是靠情节的曲折离奇来吸引读者。而纯文学写作必要追求语言文字方面独特高超的技巧，写作者对语言和文字要有超乎一般的敏感性。这种语言可以说与时共舞，具有随时代而生长、随时代脉搏而跳动的鲜活性，要始终保持巨大的创造力和个性特征。

一个好的读者首先会被一部纯文学作品的语言文字紧紧抓住，而其他的写作就不具有这种特征。在阅读中，我们尽管会被作品的思想、人物形象所打动，但首先进入的还是语言层面。最早扑入视野的是文字本身，其他则要一点一点深入领略。有怎样的文字，这是第一印象。一个作者特有的言说方式，其表达的色彩与力量，必然成为一种巨大的能量散发出来。语言和文字首先征服了人，这就是语言文字艺术。

对比一般的传媒，包括大量的印刷文字制品，如我们看报纸和网络，看文件，上面的文字也在表述自己的意思，但这时候的文字更多的却是作为一种符号出现的，没有也不必有太多的个性印记。它的功用就是尽可能地把意思表达清楚，简练明晰是第一要求。通俗作品的语言也有近似的功能和目的，即尽可能快地进入一种规定情节，并能够直接地、较为有效地把一些类型化人物介绍给读者，这时候语言文字的"生动"和"个性"都是极为有限的，它通常不能一再地、放肆地溢出自己的文体边界。

但纯文学作品中每一个字、每一个词的使用，更不要说一句话了，都极其追求心灵的自由,作者必尽最大的努力突破一个时期语言的平均数,让其深深地烙上创造的印迹。所以语言是作家最明显的一个徽章,一旦把语言去掉,这个作家的主要区别特征也就消失了大半。一切从语言出发,一切依仗语言,一切通过语言。

如果借一下比喻,那么纯文学作品的语言不是一般的文字的颗粒,而是带有黏稠度的、有温度的生命的颗粒。它不是机械的组合之物,而是心灵滋生之物,有生命,会生长。写作者的言说对应的是一个活泼的时代和生活,而不是一成不变的语言程式。写作者的语言张力就来自这种对应。对比起来,一般的文字制成品的语言是没有或很少有这种对应性的。而阅读的快感在很大程度上也来自这种张力。

(二)情节方面

如果用通俗小说做个例子,可以清楚地看出,纯文学作品相对来说没有过于曲折的、非要吸引你一口气读完的情节故事。它没有那种惊险陡峭的转折和悬念,不作那样的声势和铺张。一般而言纯文学作品的情节都很自然很朴素,大多称不上新奇,有的甚至只是一些"老故事",一些并不十分令人注目的生活中的"小事"。

但是这样"平庸"的情节靠什么来吸引阅读呢?其情节因素既然淡弱,远不够强有力,又怎么会产生魅力?然而事实上并非如此,因为我们知道情节有两种:一是大的故事脉络,即事情是怎么发生发展、怎样起承转合以至于结束；二是脉络中的细部、它的很密致的组成部分，通常叫作细节。有时候我们越是阅读经典文学作品，越是觉得难读，就因为它大致的故事脉络非常缓慢。所谓的"皮厚"，许久了还不知道它在讲什么故事。而相对通俗的小说正好相反，其节奏很快，第一页甚至第一行就可以把人吸引。

一般来说，外在节奏非常快的那种书大都属于通俗文学作品，像武侠、言情、推理和社会问题小说等等。一部作品中大的情节脉络仅仅是一个外在的框架，是形式，真正的艺术质地究竟怎样还要看更内部的东西。从艺术品质和写作学的意义来看，外在的节奏快了并不难，难的是内节奏的加快。内节奏即细部、细节，如一个人机智的对话、眼神，更细小的故事套在里面，让情节的脉搏跳动起来。内节奏对于修养极高的读者总是具有更大的吸引力。

而外节奏非常快的作品，付出的代价往往就是对细部的匆忙掠过，这样也就舍掉了许多的趣味和意绪，对人艺术刺激的密度不够。这就是通常所说的粗线条的东西、通俗作品。外节奏非常快，内节奏却非常缓慢，读了很久，没有什么出乎意料的发展和变化，没有很细腻的很特别的意趣在里面，仅是一些惯常的见解和发现、一些平凡的表达。

一些趣味高雅的读者不太有性子阅读那些通俗作品，其原因就是它的内节奏太慢，给人的艺术刺激不够密致，让人沉不住气。所以纯文学的特点就在于外节奏是慢的，而它的内节奏却非常之快，有时候仅在百字千字、在方寸之地上经历了起伏波澜：各种或微妙或出人意料的发展和发现，非常绵密。一般来讲，纯文学作品在一千字的篇幅里大约不会少于四五处令人心神兴奋的东西，它可以是来自语言本身的调度，也可以来自其他方面。而在通俗作品中，一万字的篇幅中构成类似刺激力的也没有几处。

（三）内容方面

纯文学作品所表达的生活内容不是写实的，而且绝不追求真实的再现。这些内容与生活的关系是奇特的，它表达的事物与现实生活隔了一层，这一层就是作者强烈的生命内容。对照现实，好像似是而非，夸张，变形；有时尽管逼真到了惊人的地步，可冷静下来又觉得还是不一样。无论是讲叙熟悉的现实还是其他，作家都在带领读者做一次梦幻般的精神旅行。

可如果读一些社会问题小说，就没有如上的奇异之感。写生活，直接逼近，现实感极强，让人不太置疑或根本无暇置疑。可见二者之间的质地不一样。这中间的区别到底在哪里？原来纯文学写作即诗性写作，作者使用的是人人都熟悉的社会材料，最后构筑起来的却是一个极为个人化的世界。这世界因为完全属于他自己，所以必然是个异数，故而才有魅力，才会拨动他人的好奇心。

社会问题小说或一般的通俗作品，无论其故事多么惊人，从细部看也还是极力追求世俗意义的真实，也就是说尽可能地与大众的个人见解和个人经验达成一致。而纯文学作品给人的是灵魂上的惊喜，其使用的材料似乎与别人是一样的，但构筑的结果却大大出人意料。人们常常所说的一部文学作品的真实与否，都是一般而言，并不具有专业语义。真正意义上的文学作品即纯文学作品，如果真实了也就失败了。他根本就回避或无意于抒写生活的真实，而是让其经过心灵过滤，酿造了滋生了，完全属于他自己了。他的每一次创作活动，都是对于他个人的一次强调、一次不同角度的重复。

有的教科书上一直在讲"源于生活高于生活"，其实进入写作学就要更复杂一些。也不是"比生活更集中更强烈",因为从根本上而言这不是个强度的问题,不是个量化的问题。那样讲是把文学问题过分通俗化了。文学的个性不仅不是来自集中或强化,而且有时恰好相反,它是极为排斥普遍经验的。对于纯文学来说,这里显然不是一个更强烈更集中的问题,而是怎样更个人化的问题,即怎样使其完完全全从属于自己的生命。他自己会怎样对生活重新组合、诠释和把握,取决于是怎样的一双眼睛和怎样的一颗心灵,所以不存在去概括别人的问题,不存在更集中更强烈的问题,不是程度问题,也不是高度问题。这是属于个人的、永远不被重复、永远不会在生活中发生第二次的一个世界。

(四)主题方面

我们看文学作品,看一篇文章,总会自觉不自觉地询问:它通过什么表达了什么?作者透过这样一篇文字提出了什么诉求?显而易见,我们的许多文学评论很容易就进入这一类提问,进而急于搞明白作者通过什么表达了什么,以至于反对什么赞同什么,或者有什么厌恶和喜爱,以及情绪等等。评论者有时真正清楚地把握了这个作品,而且把握了作者的思维,这种情况是有的。但是这样的作品往往不会属于纯文学作品。

通过人物和故事来表达心中某种强烈的愿望,结果就是裸露的直接的表达,这种特征是社会性很强的文字才有的,如吁请和呼告,如一些社会谴责作品。纯文学作品则要复杂得多,它表达的是生命的奥秘,是人性中曲折无测的部分，是深层的潜藏。通常这些部分是很不容易被触摸到、被挖掘到的，它处于偏僻的人性角落。所以真正的文学作品的诉求会非常繁复，故而面对一部纯文学作品，一味地分析是非常危险的，从中得出的结论也是非常不可靠的。所以作为一个读者只能在欣赏和感悟、在陶醉的愉悦中慢慢地接近其核心。

我们现在的某些文学评论，所谓的研究工作，最大的问题就是不理解或不想理解作家作品。往往是没有进入纯文学作品的能力，却又急于从学到的理论中求证作品，急于使用学到的新式武器，拿一个作品去解剖。这就糟了。实质上这些工作与作品本身没有什么关系，因为没有触摸到作家作品的核心部分。这个过程只能是对作品的阉割，是幼稚化和简单化。

纯文学作品的"主题"是极为隐匿以至于消散在全部文字之中的，而不会像一般的文字作品那样表述。复杂的人性问题如果要得到充分的饱满的表达，是极为困难的，所以作家就不得不借助于故事、比喻，使用形象生动的语言，运用诸多细节，当然还有议论，有忘情的诉说。这样做的目的，即为了缓慢而周折地接近一些隐秘，把极复杂的东西呈现出来。这个过程也就是纯文学的写作。

阅读中的理解，实际上不可能把作家写作时所经历的过程完全省略掉。正因为作家有时苦于无法将一些极复杂的问题用一万字或十万字说清楚，所以才有了更长的篇幅。这样的篇幅不仅不是浪费，反而是极大的节俭，是优秀作家所使用的最精炼的文字的结果。正因为如此，所以分析作品和结论作品时，要非常小心。

有一个读者问作家：您作品的主题是什么？作家回答：怎么说呢？我如

果现在就能直接回答你，也就不用写四十万字了。我也像您一样急躁，所以在写作时尽可能使用简练的语言，而且还借助形象和情节来表达，结果还是耗费了四十万字。作家这样说可不是一种诡辩，而是真正的实情。

（五）阅读方面

纯文学的阅读与一般文字制品的阅读差异很大。前一段西方有一本专门讲快速阅读的书，风行一时。此书在描述快速阅读的方法时十分得意，介绍说每个人一生要学习、要阅读的量是很大的，所以要想法快些、再快些。他的阅读方法是用食指按住一行一行的字往下滑动，滑动时用眼的余辉把长长的一句话扫掉，这样可以很快就把整本书读完，而且意思也大致明白，如此才能博览群书。但即便是他，也还是讲了一个注意事项：读纯文学作品时不能使用这个办法。

为什么？就因为文学作品是语言文字艺术，语言文字本身给予的快感是主要的，想让语言的魅力来征服自己，那就得一个字一个字读，不仅读一句句话，还要读词、字和标点。它的细部更渗透着诗意、力量，潜伏了艺术的能量。这就是纯文学作品和一般文字制品的区别。

比如读一本武侠小说，也要像读纯文学作品那样一个字一个字看下来，大概既划不来，也无必要。因为它很长，有时几大卷几百万字。不仅是长，主要是它没有绵密的细节，没有语言本身的艺术刺激，大致还属于曲艺的范畴，所以把它的情节搞明白也就可以了。一般来说武侠小说的语言是程式化的，没能进入正在生长着的当代语言艺术。当然好的武侠小说也有情节、人物形象和语言方面的综合成就，但比较起来，它毕竟还不是将语言作为第一指标。

所以说阅读纯文学作品，在阅读速度上有个基本的要求。比如说一个作家送了一本厚厚的书给朋友，对方说自己一夜就读完了，还说写得真好！作家说那等于没读。朋友很委屈，说什么意思什么故事他都看完了记住了，并且要重复叙出来以资证明。作家不再说什么了。其实作家的意思是，这是一部纯文学作品，谁一夜读得完啊？无论读多么快，眼睛总要有在文字上停留的时间，要有还原和想象的过程，要感悟它们，要把字和词连缀成语言，再把语言连缀成情节，把情节连缀成一个意境、一个生活画面，这样才能还原到作者描绘的那个情境之中。这其中需要体会，需要悟想其中的暗喻、象征，因为里面有直说反说，不动声色的嘲讽，总之非常复杂，一夜当然读不完。

一般来说读报纸、读通俗小说之类，远没有那么复杂，读者把意思搞明白也就可以了。文学阅读接受的信息则要多得多，要调动感性，要感动，要沉醉，从而在这个过程中获取特别的幸福。

（六）受众方面

不同的文字制品有不同的读者，从哪一部分人阅读的角度来判断，也多少成为鉴别纯文学的一个条件。但任何条件都不要绝对化，只是一般而言。比如短时间内几十万上百万人争读的，可能不会是纯文学作品，因为这些文字可以如此便当地满足和吸引了各种层次的人，更有可能是相对通俗的大众读物。我们平时看到的言情武侠演义，还有一些社会问题小说，都不能算作纯文学作品。纯文学作品的阅读有一道门槛，它不是无条件进入的，而是有条件的。无条件地面对公众，这是不太可能的。服务于民众和无条件地进入民众不是一回事。比如说一些尖端科学项目最终是服务于民众的，但却不能让民众直接理解。

纯文学作品是给哪一些人阅读的？有人说是给受过大学本科以上教育的人。这并不确切，因为对于艺术的欣赏力，不完全是以受教育程度来决定的。它牵涉到人的趣味，心灵的性质，而这些又不完全是后天教育所能决定的。人的趣味和性质，其中只有一部分能够受到后来的影响，而另一部分是天生的或很难改变的。比如说人的爱好是可以变化的，师长的教育，朋友的熏陶，都起相当大的作用；有时人的趣味又很难左右，如有句老话叫"趣味不争论"，就是说不同的趣味无法相争，争也争不明白。有人不喜欢足球，再劝也没用。纯文学作品也是一样，一个人受过大学教育，读了本科又做研究生，甚至是一个博士后，也不一定就能够阅读纯文学作品，倒有可能整天抱着一本武侠小说乐此不疲。因为人还是有不同的趣味、有心灵的问题。一般来说，能够阅读纯文学作品的会是有较高文化素养的人，这不成问题；但许多没受过高等教育的人，却对纯文学作品有极好的领悟力，极为敏感。比如有人天生就比较浪漫，对生活中的诗意和完美有一种顽强的追求力，所谓的非常敏感，多愁善感，有强大的领悟力和联想力，能够更容易地进入诗境。

我们在生活中的确可以遇到这样的人，他们对于诗意有一种天然的、不倦的、执着的追求，这种追求力与其说是后天培养教育而成，还不如说是一种与生俱来的特征和能力。所以说对于纯文学的追求和向往，不仅是文化修养问题，而是一个灵魂的问题，生命性质的问题。纯文学中的完美、幻想和幽深的诗境，对大多数人都有感召力，但却不容易成为大家日常的习惯性读物。它或许在一定的时间内只能属于一部分人，而不是大众，不是广泛地满足世俗社会的趣味需求的东西。所以有一种说法，说纯文学作品是写给"沉默的大多数"的。因为这一部分阅读纯文学作品的人通常是比较深沉的，并非是读了以后因为特别兴奋，就马上发言议论，马上写文章，更不用说马上奔走相告了。他们一般来说比较内向、比较沉默，只会不断地在心里回味咀嚼，独自享受那种不可传达、不可言喻的美妙。这一部分人是人类当中比较特殊的一部分人，他们平时"沉默"，而一旦讲出话来又别有深度、有见解，非常个性。

（七）作者方面

　　作品的区别当然首先是因为作者的区别。哪一部分人在写纯文学作品？他们有什么特征？跟一般的作家相比有什么不同？这可能难以讲清，但经过观察和概括还是会发现一些不同。一般认为纯文学作家相对来说比较安静，也较为朴素，恰如我们所说的"在生活中比较低调"。一般来讲，一个国家、一个民族、一个地区，她所拥有的真正意义上的纯文学作家，一般都比较安静。这可能既是工作的需要，也是心理素质，是一种心灵质地所规定的。安静，这在许多时候不仅是性格特征，而且也是深刻的资源。

他们对流行呼号的媒体，比如说电视网络及通俗报章，一般来讲会保持一定的距离。大致上，这些作家淳朴，本色，但这不是色彩，而是长期的关于艺术和思想的寻索使其保持了这些生命内容。到处张扬和不够实事求是的渲染，并过分利用现代传播工具的习惯手法，在他们看来有失体面和风度。体面和风度之类关乎内容，而不仅是表面的形式，这即是问题的症结。生命的品行和本质决定了的方式，也就不是做出的姿态了。

纯文学作家不太注重众人的兴趣，并且近乎本能地回避这些兴趣的影响。他们在题材的选择上也不太顾及大多数人的口味。一个时期的共同主题对他们而言并不存在。集体主义和团体利益并不能从根本上改变他们，不能让其在左右逢迎中丧失生命的个性内容。这也是安静的表现，就是说安稳如一，不为所动。

文学的表达兴趣一旦与群体和集团的兴趣合而为一，也就开始蜕化变质了，成为非艺术。纯文学作家是一些深谙其道者，他们因此才能从边缘走向艺术的内部。这些人在和蔼含蓄中往往有不少勇敢的举动，在一些事情的关节上、岁月的关节上，能用作品或直接的言论，尽到自己作为人的一份责任。可见他们不是为艺术而艺术的人，他们不过是不愿意歪曲艺术。他们深深地爱着艺术。

以上从七个方面作了关于所谓的纯文学特征的说明。其实它的特征远不止七个。但这七个特征也足以把整个一大块混沌的所谓的"文学"区分和沉淀一下了。对于一个民族来说，只有诗性的写作才能建立文学的高峰，才能站在整个的思想力、完美力等诸种条件综合筑成的山巅之上。

一般意义上的文学，纯文学之外的部分，也自有其价值，但却不以文学的价值著称。比如说娱乐的价值，教育的价值，号召的价值，都不是文学的主要价值。

二、纯文学的现状

纯文学的现状如何？人们普遍认为现在文化艺术正处于一个非常混乱无序的状态，纯文学的境遇也许是几十年来最坎坷的时期。比如说，真正的文学阅读大幅度倒退，人们对于诗和诗意开始变得陌生、疏远以至于惶惑。越来越多的人只为了从书中获取低级乐趣，其内心情状甚至更为糟糕。低俗的文字印刷品大面积覆盖，性与暴力的描写成为时尚被追逐。在艺术评判这一类极其严肃、极其难以苟且通融的工作上，却表现出最大的随意性和嬉戏性，指鹿为马或颠倒黑白已成常态，可以为微不足道的私利抛却原则。

比较起其他时段，纯文学作品的确处于冷寂的阴影里。艺术的健康传播渠道严重堵塞，恶俗的文字制品大面积播撒。性与暴力在许多时候已成为文学读物最时髦、最不可或缺的东西，并可以听到专家们此起彼伏的喝彩。非常粗糙无聊的作品好像最有资格进入街道和家庭，以至于学院。种种征候都在做出一些可怕的提示，揭示出不祥，却未能说明造成这些问题的根源。这一切是怎样演变堆积，以致于造成了积重难返的局面？这里提出下面几个因素，也许可供我们参考：

(一）突然进入半商业社会

我们还不是一个完全的商业社会，一切似乎都是在没有更多的心理准备的情况下来临的。从集体经济计划经济到时下的状态，没有多少台阶就过来了。多种形态相嵌相掺，人的思维和行为规范都呈现出多种多样的矛盾和交叉，许多时候表现为莫衷一是和荒唐透顶的集合体。我们没有完备的规则，没有标准和依据，摸着石头过河的时间太久，河里的石头又太多。

自由得近乎无秩序无边界的竞争，造成了耸人听闻的两极分化，另一方面却又有计划经济的强大干预。社会正处于转型期，许多方面却怎么也转不了。既没有商业社会的运行规则，原来的秩序又打乱了，这一切必然影响文化和精神的秩序感。在这种混乱的状态里，对文学艺术的发展就有双重的影响。一本书为了快速获得利润，不得不进行各种各样的商业包装，而一部纯文学作品要符合商业流通的要求是非常困难的。结果就是对作家和读者的共同误导，还有各种突然增加的商业的以及其他的诱惑，这一切都作为一个时期的精神砝码，加在了与作者对立的另一端上。

来自各个方面的力量对市场都有促动，这跟整个的计划经济是相搭配的，评奖、宣传机制，这都是利益清晰的。而纯文学作品的写作却要面对更多的也是更高阔的关怀。它的表达远没有那样通俗和简单，也没有解释的时间和空间，对作家本身来说更多的是没有必要。于是市场上的恶性循环也就越演越烈。纯文学写作的原则是独立精神，它既不从属于一个集团和群体，那么在市场上也就没一个强势力量的推动和援助。

整个精神文化领域远没有进入一种自由竞争的领域，当然，它或许永远也不会存在永远也不会出现，但这是一个在多大程度上接近的问题。进入秩序之后的情况往往会好转，因为我们需要规则，只有规则才比较固定，大家都有依据，都好理解，各个方面也才会达成谅解，合作起来也就方便了。现在的情形则是混乱，是无法面对的一个阶段。

（二） 知识分子的缺席

我们没有长期商业运作的经验和过程，也没有跟商业社会配套的一部分知识分子。知识分子是一种对应，一种平衡力量。这一部分人没有机会成长起来，所以整个社会肌体还没有产生抗体。商业主义和物质主义，都需要有一帮非常顽强的批判的声音去对抗，这就是知识分子的声音。

今天有谁来跟整个强大的商业主义，跟整个消费主义潮流对抗？没有，于是我们就失去了平衡，会被它淹没。消费主义和商业化对整个社会和民族造成了无可挽回的损失。我们没有时间培育出这样的一批知识分子，所以任凭潮流的冲刷而无可奈何。前一年来了"非典"，让大家非常恐慌，为什么？就因为这种病毒刚刚出现，我们自身还没有产生抗体。整个商业社会也是这样，刚刚转型，对其中的一些毒素没有产生免疫能力。

我们的知识分子从数量上看是非常微少的，从力量上看是非常弱小的。就像当年缺少工程师一样，我们今天缺少知识分子。这一部分人是指有关怀力、有批判力的人士，不是我们平时所说的接受了大学教育或更高教育的某些专家。不是这个概念。知识分子不是只知道为潮流唱赞歌的人，不是某些方针计划的附庸和补充，而是对社会和人类的未来抱有良好愿望的挑剔者和发现者，更是提醒者。

在商业社会，必须有人提示危机，有不那么令人愉快的警醒者。逆耳之言一旦绝声，这个社会就将出现大问题。我们每年花了那么多钱搞教育，一代一代下来，理应培育出一大批以批判为己任的知识分子。可是十分可惜，各类专家虽然出了不少，但他们当中的极大一部分只是廉价的工具，在这个时代只知道"在商言商"。我们没有听到多少来自他们的警号，没有什么人站出来揭破。唯利是图的人不少，令人生疑的荣誉头衔不少。

纯文学作家中的绝大部分当然具有知识分子的属性，文学让他们存在，有不同的声音。独立的精神，坚守的个性，这就是商业时代最重要的东西。但他们需要真正的呼应者和支持者，不可以势单力薄。他们的声音是艺术和诗，更多的是浸润，也偶有激荡，但总需要与另一些呼喊结合起来。艺术的能量其实也是良知的能量，它需要和整个社会的良知连接一体，对社会形成共震才行。

一个时期，当文学和文学家的能量只释放出很少的时候，总是不祥的，做个比喻，就相当于干旱的季节。良知和精神这一类相当于云，只有它们才能酝酿气候。任何时候都要讲大气候和小气候，没有云形成不了气候。干旱的结果就是荒凉，是大地一片贫瘠。

(三) 国际因素

国际环境当然是一个大气候，这不能视而不见。现在我们都在讲"全球一体化",化到哪里？整个国际上消费主义和商业主义还是占主导地位,是刺激消费,是商业运作的铁律和规则,是争夺资源和市场,是物质利益。我们一再讲的艺术、文学、精神,就是在这样的气氛之下存活的,其状况也就可想而知。

许多人感不到幸福,找不到知音,就更多地举一些外国的例子。实质上也仅仅是有个良好的愿望而已,并不能当成现实。有时从大的范围里找到一点好的例子,大肆说去,也是好意,即把一种理想化的东西传达过来,提提精神。但实际情况却并非如此。我们冷静下来会发现一些问题,发现事物的真相,那就是国外的文化市场远远不像我们原来理解的那样,远没有那么乐观。真相是那里的叫卖声更大。

一个中国作家寻找国外的出路,比如翻译了多少,出版了多少,在国际上造成多大影响,不能简单否定其意义,但决定因素仍然是市场因素商业因素。黄色,暴力,同性恋,千奇百怪或龌龊想象,很快就会在市场上流通起来。国外卖得最好的,影响最大的,仍然是以娱乐为能事的通俗作家。

当然,国际上也有极少数纯文学作家的情况稍好一点,他们的地位非常高,有时候甚至在一定程度上主导了整个社会的精神趣味,作为一个文化的内核,非常坚硬。一种物体,内核有时尽管并不彰显,但它往哪里移动,整个物体就往哪里移动,其内在的规定性很强。但这只是偶然和特殊,在整个世界范围里它是相当罕见的,更多的倒是寂寞、冷僻；从市场的角度看,影响不大,份额寥寥。这个现象从欧洲到美洲,没有什么例外。

我们国家介绍的大量国外作家曾经是很棒的,因为我们以前翻译国外的作品,都是根据文学史来的,要看其在学术方面的地位、影响。我们的翻译力量又集中在各个大学里，有这种文学史的教育和影响，所以我们国家在文学介绍方面做得比较好，介绍了大量的代表一个民族最高水准的纯文学作家。但是随着商业化浪潮席卷全球，情况正在改变，如果稍微注意一下这些年的翻译作品，就会发现我们远没有过去翻译得那么纯粹了，文学质量在降低，不仅是译笔粗糙，而且被翻译的作家芜杂不堪，泥沙俱下。许多乱七八糟的东西在国外根本就上不了台面，我们却一腔热情地把他介绍过来了。为什么？就因为要卖，因为国内出版要和国外出版的商业运作对接起来。没有办法，要大赚一笔，就得牢牢盯住他们的畅销书作家，比如说纽约畅销书榜，一周畅销书榜，一个月畅销书榜，都得注意。

可以想见，进入畅销书榜的，还会有多少纯文学作品？当过去我们还相对闭塞的时候，仅仅是退到十年以前，会发现我们介绍过来的作家都非常过硬。所以在大学里影响最大的，从美洲到欧亚，都是十分令人信任的作家。现在完全不是这样。一些海淫海盗的东西被我们的一部分人当成了文学艺术的先锋和先驱，真是无耻而荒谬。

现在的艺术追求必须是流行的一部分，必须紧跟美国的物质主义和消费主义占主导的文化潮流。影片的艺术价值要统一到票房价值上，一些所谓的艺术家竟然以此为荣。只要卖得好，哪怕完全是一个空盒子，苍白，概念机械，完全没有内容也在所不惜。这样的情形，不能不严重影响文化和文学的格局。这是一种人性的、欲望的产物，所以也会是历史的必然。

从历史上看，凡是追求完美、更具浪漫情怀、更具诗性的民族，她在野蛮的商业竞争中都渐渐处于下游。像美国这样一个新兴的大陆无所顾忌，因而国力强大。这是人类社会中一个活生生的悲剧。像印度这个古老的民族，佛教的发源地，拥有那么灿烂的人类智慧结晶，怎么样？生产落后，社会贫穷。再看希腊雅典，古文明发源地，却处于商业竞争的下风。那个地方的精神和思想，已在他们的血液之中。我们这里见面的问候语是"吃了吗？"说明我们最大的事是温饱问题，最先考虑的还是吃饭。希腊人见面时问的是："您对时局有何高见？"

问候语表明了每个民族的关注点。在雅典即便是一些小会场，每个座椅上也会有一个麦克风，因为他们要保留每个人说话的同等机会和权利。这是交流的基础，是辩论的态势，是充分发挥每个人的思想智慧。这个以思想为荣，以想象为美的诗性民族，商业竞争力当然不可以和美国人相比。他们不会建设一个狂热消费、一个物质主义占主导的社会。

中国是一个儒学大国，儒学是非常入世的，孔子不停地走，就是到各个国家探讨治理社会的办法，与人交流思想。儒学主张思想为上而不是物质为上，甚至说"朝闻道，夕死可也"。如此地倚重思想，希腊人也不过这样。可见欧洲的某些东西和儒家非常相似，好多思想是相通的，尽管东西方文明的资源都非常复杂。

那种不管不顾的商业社会对于文化的打击力和撞击力是不可想象的，它对社会的改造力非常巨大。可以想见，一个知书达理的社会，崇尚诗性和浪漫的民族，那样的生活多有规矩，整个社会形成了这样的文明，这样的格局，生活会有多么幸福。可惜这要没有野蛮竞争才行。这正如大哲学家罗素所言。罗素在中国生活了一段时间以后，写了一篇文章，说中国人的思想哲学是非常优雅的，这种文明非常好，但可惜有西方列强。这种文明在物质主义、消费主义的侵犯之下，必会失败和瓦解的。大哲学家一阵悲叹。

罗素的困惑和痛苦其实也属于全人类,并将贯穿人类的整个生存史。现在看来,我们整个的社会就处于这样一个十字路口。我们面对的是这样一种世界力量世界潮流,即无节制地掠夺资源,尽可能地挥发欲望。我们最理想的伦理社会必将摧毁。所以我们的改革开放也是处在两难状态,一方面提出可持续发展,另一方面又要走在世界经济发展的前列。其实二者只可择其一。社会环境和自然环境得到保护,一切都有序发展,商业的物质的竞争就会败落。这只是我们的良好愿望,无法抵挡世界上那个不管不顾的尽情煽欲,整个世界由此主导,这就是冷酷的现实。

(四) 电视的出现

电视的出现作为人类发展史上的一个重要事件,其影响也许远远超过了原子弹的发明。它几乎彻底改变了世界,而且毫不留情。电视对于人类生活的良性推动力,在这里不讲了。电视是一种超级武器,那么快速地、直接地、方便地进入千家万户。它覆盖了这个世界,无可回避。从娱乐和消遣来讲,各种曲艺、各种新闻都可以通过电视传播,大量争夺自己的观众。它的视角,它的方式,它拥有的一切,人类似乎还远远没有做好准备。比如说,我们人类的眼睛是经过了上万年甚至更长时间才适应了一种反射光,我们看文字、看周围的这个物质世界,都是借助一种反射光。我们在这种光色下非常舒服。但电视不是反射光,它直接射入我们的眼睛。

人类突然大面积地、长时间地面对着直射光,受到很大刺激。电视使我们空前愉悦和新奇之后，却产生了越来越大的不安。我们发现自己正出现了从未有过的浮躁，还有不满，对整个人生和整个物质世界的极大不满。因为电视比现实的色彩更浓烈、更明亮，经过剪辑改造，配上音乐，对感官的刺激是空前强烈的。它制造出来的场景不仅强烈，而且直射视界。这种不真实的彩色光束对我们是一种灼伤，经验的灼伤，感观的灼伤，从此让我们在这个世界上坐立不安。它射入我们眼内的一切，自觉不自觉地变成了现实生活的参照，这就糟糕透顶。

电视里边的东西，人和物，包括声音、目光，都是现实中没有的，它由一种直射光打入眼内，你等于被击中。所以你离开了这个虚拟世界以后，再看生活中的任何东西，都不再满意、不再满足，产生了空前的悬浮感，像是染上了永难痊愈的病症。人类对现实生活的这种强烈的不满足感、不信任感，不可避免地催生出一种生命的厌烦。人类的惶惶不安，即是生存遭到破坏之后的恐惧。而且这一切一旦形成，人类就再无幸福可言了。就像染上了毒瘾一样，今天的人类正与电视相守，难解难分，真正是变得人生苦短了。人类永远都在一个塑料框子里生活，在冰冷的屏幕上生活。

电视掠夺了我们的空间，并使我们失去了尊严。我们的审美是建立在严格的现实基础之上的，而电视虚拟了一个世界。坚实而持久的诗性失掉了，更广大的生活被一种魔法隔离了。我们整个生存的真实质地发生了改变，这多么可怕。从此人们将无法理解文学，无法理解美，甚至对瑰丽的大自然也熟视无睹。伴随我们的是一种惶惶不可终日的习惯，一种如坐针毡的心理，哪里还会有美好的阅读。

曾经有一个人问作家，说出了心里的一个困惑：今天为什么还要读文学作品？理由就是有了电视之类。怎么回答他？因为首先要回答的是为什么还要写作？谁能告诉他？是的，不要说电视，即便随手拿一张报纸，上面有多少信息，什么拐卖妇女，暗杀，官场争斗，这些远比小说曲折得多、复杂得多，当然也刺激得多。电视更是五光十色，狂舞，大片，摇滚，这一切足以吸引人了，为什么还要看文学作品？

可是文学作品仍然没有消亡。但我们知道它只对一部分人有魅力，我们现在回答的应该是魅力何来，是这个问题。对于一部分人来说，文学的执拗存在既然是一个事实，那就肯定是有原因，肯定是有其合理性和必然性。那么到底为什么？原来电视之类仍然让一部分人有一种深深的不满足感，而且还产生了深刻的厌倦。它们最终还是无法取代阅读。古往今来的那些杰出的文学作品，即由文字编织的美妙之物，的确有别一种魅力。一本好书带来的美妙享受简直无法言说，由语言文字引起的特殊快感，它给予的联想，它所开辟的巨大无边的想象空间，绝非电视所能拥有。电视特有的优势不必说了，可是电视的闪烁不定，直白浮浅的品质，正好为语言文字艺术所克制。我们或许也有这样的经验：一本厚厚的好书看到一半的时候会有不安，会想那一半看完了怎么办？有时真的有一种惧怕，所以看得很慢很慢。这种阅读的经历是难忘的，一连多少天都在巨大的幸福和陶醉里面，只要这本书没有看完，那么这种美妙就不会完。追求一种特异的美妙感，就是追求好书。这样的日子，是活在书的世界里。当然，这样的书并非是常常可以遇到的。

这样的陶醉感、幸福感，何曾是电视所能给予的。这就说明生命对于语言艺术，对于它的痴迷，是一种与生俱来的要求，这种要求可能是最终也难以被取代的，就是说，只要人类存在一天，这种要求就会存在一天。当然，由于一些特别的原因，这种要求也会短时间内沉睡过去，不过一旦被惊醒，就会重新获得，就会无数次地去重温那种奇异的感受。有一些好书会被人十次二十次地阅读，当一个人觉得生命最稚弱、最痛苦、最无聊的时候，看电视也难以解脱。对人最大的安慰还是存在他心中的那本书。他把那本书找出来，然后打开，于是就有了会心的微笑。一种内心深处敏感的撩拨拯救了他。书籍包容了巨大的智慧，而不是一般的智慧。书籍对于人性最偏僻的角落的挖掘，简直无以言表。所以说真正的纯文学作品永远存在于人的生命当中，存在于生命的旅程当中，它是人类永远的需要。

曾看过一个报道，它让人深思和感动：在一个发达国家的某所小学里，正在搞毕业典礼，许多家长都被请去了。有个孩子的父母在远方不能参加，老祖母就代他们去了。当校长忘情地赞叹电视时代孩子过得怎样幸福时，老祖母就忍不住说话了，她说：不，不是这样，我们今天如果没有电视，孩子们会生活得更幸福。会场上的人愣了一下，接着是一片热烈掌声。这是心底的共鸣。

（五）网络

现在正普及网络。如同电视的出现改造了世界一样，网络正使这场改造走得更远更快。它也像电视那样，兼具天使和魔鬼的双重角色，人们发明了它，却无力降服它的魔性。从此它与电视、小报、电台等等结合起来，形成了无可比拟的威力和效率。它使一切都传播得更迅速、更便捷，而且可以让人更方便地参与。比起电视，它不仅更具有速度性和传播广度，而且传播方式特异。比起报纸和电台电视，网络可以容纳无数的匿名者，他们将完全不负责任地发布信息，随心所欲地制造各种文字和图片。这种超级的信息场和垃圾场会使一个适合人类生存的秩序世界彻底崩溃。人类为自己的言论和行为负责，人类才走到了今天，并且也将拥有明天；人类如果进入了匿名时代，各种可怕的败坏也就开始了。

信息对人的欺骗和包围会形成更为严重的后果。一个人失去了跟真实的世界打交道的机会和欲望，只满足于一个又小又冷的屏幕。孩子失去的太多，如跟动物打交道、跟天气跟树木跟自然界无限复杂的活生生的物质和生命打交道的机会，他们变得没有了能力，也没有了兴趣和时间。看起来他们懂得很多，实际上更加无知。人的整个心灵世界变得非常狭窄和单薄，没有真正意义上的见识和见解，更没有个性，因为大家的信息都来自一些同样的地方，来自虚拟的网络世界。

有人说现在的孩子不得了，什么都懂，说他们由于网络的出现，智力已经被大大提前地开发了。这是多大的误解。这种认识的误区，在于没有兼顾一些最基本的事实。从小在网络上生存的人会有强大的创造力和想象力吗？会拥有真正而坚实的知识？他们只能是芜杂的集合体，是思想的畸形儿，是无法与现实经验对接的一代。网络使他们失去了童年，他们的童年被网络淹没了，提前消失了。真实的思维材料他不懂，草和树、动物，一概都来自网络和其他传媒。一个人面对真实所必要给出的概念和定义，还有必然做出的表述、产生的感慨，在他来说全都消失了，因为不存在这些机会。

网络人仿佛懂得很多，实际上懂得极少。所以有人开始苦恼，问写作怎么才能没有报纸腔、学生腔，怎么才能写出自己？有个办法虽然简单可也很难做到：即尽可能地把电视和网络之类回避掉，要让自己亲自出门观察，到农村、到大自然、到人群当中，去看一看真实。你要使自己看到生活中的一棵树，遇到一棵新的树，你要想法怎样准确真实地表达这棵树，因为这次你看到的是一棵具体的树，要使用自己的语言去表达。离开网络之类，你遇到的一切，土地、人、建筑，所有的这些都变得非常具体，也非常坚实，从此你的思索和表述也就有了强大的根据。

网络跟电视不一样，因为它有更大的虚拟性，它还是匿名者的空间，是信息娱乐视听等等各个方面综合而成的超级武器。

（六）文化问题

每个民族都需要捍卫自己文化的独特性，因为这是生存的必需。我们是一个儒家社会，我们有自己不同于世界其他民族的价值观和人生信念。我们力图综合其他文化，在广泛的交流中学习，但这并不意味着丢弃自己的文化。任何丢掉了自己文化的民族，使自己的文化崩溃的民族，都没有好的下场。文化是民族的基因。

可是我们不能说现在的中国仍然是一个儒学社会。我们不太自信这一点了。因为儒学在社会生活里缺乏过去那种深入的影响，仁义礼智信不再被提倡，也不再致力于营造一个知书达理的社会。报纸上讲东南亚儒家文化圈之类，其实非常笼统，聊以自慰而已。现在，老一代的还好一点，年轻一代哪有什么儒学的影响。他们接受的是"五四"以后慢慢形成的一种综合文化,"孔家店"打倒了,半通不通的西方文化进来了,从此文化的怪胎在中国生殖繁衍。这种影响多么可怕。儒家文化最美好的部分被歪曲、被利用,最后又是连根拔掉。既然如此,一个民族又将怎样生存?

更年轻的一代中,有的嚼汉堡包,喝可口可乐,听摇滚,跳迪斯科,看无厘头电影,翻文字垃圾,成为最浅薄、最庸俗的一拨。这些人没有是非,只有利益,是一种文化崩溃之后的溅渣和泡沫。美好的文化对人的影响,如我们的传统文化熏陶下的人的成长,只能是秩序的组成部分。现在有欧洲的基督教文化,有改革开放之后以美国文化为主导的那种商业主义消费主义文化,还有一部分残存的儒学、道家和佛教,还有苏俄社会主义的公社文化。但这几种文化在今天已经无法综合,因为最强势的是美国的消费文化对人的影响,它已经覆盖了一切。

到今天为止,许多人认为我们的文明,即儒家文化已经在崩溃。任何一个民族,当她的文化崩溃时,总是要出现很多问题,比如说伦理问题、各种目不暇接的社会问题。各个方面都开始了零乱无序,精神上没有指标没有向度,处于不上不下不左不右、没有立场的极困难极尴尬的时期。任何时期的文学既是整个文化的一部分,又是其最大的综合与表征,所以文学要在一种文化的母体上生长,文化既然如此,文学又将如何?

三、对未来的展望

展望一下未来，我们的纯文学将走向一个什么方向，呈现什么态势，也许不是多余的。从更广大的意义上看，纯文学的发展并不是一个单纯的文学问题，而可视为生命的延进状态，是生命如何发展和表达的问题。文学问题从来关涉到人类的生存现状，体现着人类能否对美和善一直向往和追求的恒久决心，以及这个决心能否持续下去。世界从诞生的那时起就出现了两种力量，一种是生存的力量，一种是垂死的力量。后一种力量不顾后果，只讲当世，那是一种疯狂攫取和消耗的欲望。生存的力量是不断创造的信心和恒念，目光长远，试图使生命得到延续，用今天的话说就是"可持续性发展"。

这两种力量是基本的。还有另外一些力量，它们复杂地综合，决定着人类的发展。但最重要的还是那两种力量。我们现在讲的人类追求善和美，追求完美的那种永不悔疚的固执，就源于生存下去的力量。纯文学所要表达的就是这样的一种生命力。只要人类存在，纯文学就会存在，只要人类发展，纯文学就会发展。它的前景如果是乐观的话，那么起码会有四个理由：

（一）少数茁壮成长者

代表一个民族的丰碑式的作家，只会是少数。有时候我们讲到一个作家团体的令人绝望，或近距离地考察当代文学所引起的不快和沮丧，都是非常正常的事情。我们不能对一个团体寄予过高的期望，"作家"两个字也不是职业意义，它虽然是崇高伟岸的，但不能保证跟具体的作家打交道会引起类似的感觉。品质、仪表，直到言谈举止，整个的素养也许非常令人失望。再看具体的协会或类似的艺术团体，你甚至会觉得平庸甚至肮脏到不堪入目。这也正常，实际上非常自然。

因为任何一个民族、一个地区、一个时期，真正意义上的作家和艺术家是很少的。他们是人类当中很特殊的一部分人、一种能力、一种灵魂。但是既然要成立一个团体，就要有一定的量，你就不得不把那些相对有一些爱好和要求的、具有一定表达能力的人全都收罗起来。剩下的问题就只能留给时间了。因为都在路上，眼前取代不了未来，尽管眼前也有慧眼。一个民族一个时期只能产生极少数独特的人，而我们当代人的尴尬是要把它当成一个职业，这样一划分必然要混进一些骗子、懒汉，甚至是流氓。

所以考察一个时期的文学，完全不必失望。每个时期肯定能够产生出自己的作家，时下也是一样。因为整个精神背景的混乱，整个物质环境的干扰，整个的无序，这一切都会作为一种背景意义，去支持真正的作家。他们正在目击体验，让时代化为养料，加以消化，使其成长为精神之树。一个混乱的时期，从另一个角度看又是一个最好的时期，如果还是处在"文革"或建国初期那种精神一律、舆论一律，处在非常刻板的环境中，作家就完全失去了真实的自由的创造，更不能把个体生命的巨大创造力焕发出来。

同样的道理，我们一直指责西方的混乱，指责物质主义和消费主义，可是他们却产生了自己的顶尖作家，在整个世界产生巨大影响的文学家、科学家非常多。就因为整个社会腐殖土很厚，烂掉的东西很多，有腐殖土才能长出旺盛的植物。现在中国的这种社会现状，其实很利于精神的生长。

(二）仍然左右精神趣味

虽然目前的通俗娱乐制品、电视网络等对人的吸引力十分强大，牵引着大众兴趣，但最终发展下去，它将因为无力自我更新和发展，不会走向自身的深刻，没有更强大的力量潜在母体里，而只会是一味的重复，是量的增加，呈现一种蜕化式繁殖过程。随着遗留下的垃圾越来越多，人们的感观刺激将走入深度厌烦期。当然另一些娱乐方式还在花样翻新地产生，但总体上看仍然是在同一种浮浅层次上的延续。

真正有魔力的仍然是精确深刻的文字，是它居高临下的照射。而文字最不可思议的结晶就是纯文学作品。由此看，左右一个时期的精神趣味的，成为艺术和风尚内核的，依然是那些占领了精神和艺术制高点的纯文学写作。因为只有这些写作才始终具有思想的严谨性和艺术的独特性，以及不可复制、不可重复的意义。真正的诗人和小说家会像哲学家、思想家一样，存在并居于民族精神的中心位置。

(三）汉语是大语种

纯文学作家的生存除了精神的基础，还要有物质的基础。比如说在一个小语种里，做一个纯文学作家可能极其困难，因为生存困难。作家首先要解决自己的生活问题，而小语种包容纯文学的能力就差一些，可以说十分吃力。一个十三亿人口的国度，纯文学的辉煌不能轻言，但生存并不困难。一个纯文学作家应该找到自己的读者。

　　一种语言的支持力会让一个作家在坚持中感受到。这种感受是重要的吗？当然。这种支持力是以一定范围内的不间断的阅读来表现的。所以语种的大小在这里也就成了一个不言而喻的问题。有人也许会对这个条件表示不以为然的态度，其实在具体的写作者那里是非常之重要的。他的文字如果失去了阅读，仅靠所谓的极度的超然和高阔，靠这些一直走下来，恐怕是很难令人信服的。我们所说的物质决定意义，不仅是现实生存层面上的，也还有一个思想的生存问题。

　　寻找读者和寻找作家是一回事。有多少语言的密度，就有多少语言的艺术创造密度。人的心灵在语言中显现，既然我们不能忽略人本身，也就无法忽略一个语种的覆盖率。象形文字不仅使用广泛，而且更有一种联想的特质。比起拼音文字，它当少一些数字时代的气味，少一些光纤的气味。汉语是天然的诗的语言，汉字可以在数字时代中不解风情地独自存在下去。

　　剩下的事情还是那句老话，即坚持自己的道路，走下去，顺着时间推延。真正的纯文学就不会时过境迁，而是与时俱进。读者的营养和支持，由此而带来的力量，是难以估计的。

　　（四）儒教文化发源地

　　中国曾经有强大的精神力量，东方的文化、儒教，一度是物质主义最强有力的对立面。传统很难一夜消失。所以说东方的文学，以中国文学为代表的文学，很可能产生出这个世界上最幸福的作家、最成功的作家，他们会走得很远，最终获得真正意义上的成功，成为这个时代世界上最好的、最优美的、最深刻的文学。

在一种文化的源头上，有一些神秘的规定性。这里是极为执拗的精神王国。这里不是物质的王国。儒教的伟大性，就表现在她强大的伦理意义。儒教当然有自己的完整体系，可是这并不妨碍她在未来的自己的土地上，发生一些内部的演变和痛苦。这种痛苦将首先是伦理方面的，这就是文学艺术的最强大的助力，一种千变万化的可能性尽在其中。

比较起儒学，在与物质主义的对立方面，其他的思想哲学体系并不见得更为有力。这是一种感受，但这是与反省和痛苦连接一起的东西。儒学社会在西方物质主义的进击下怎样处于边缘，其整个过程就是对一种精神的最好注脚。这种精神会死亡吗？它既有自己的土壤，于是就会有一种很自然的生长。

在物质主义成为最强大的声音时，精神必会与之对应。在这个时代，在东方，还有什么精神比儒教的精神更持久更强大？中国既是一个儒教的发源地，那么这里就先自具备了一种优越的条件。中国的文学在这样的土壤之上生长，就有了希望。

从如上四个方面来讲，乐观主义也就产生了。纯文学将有广阔的天地，无限的发展空间，最终还会是生气勃勃，茁壮成长。

二〇〇四年九月十二日

精神背景之争*

关于《精神的背景》的争论

这些批评大多在网上,因为我不上网,所以知道得不多。其实《精神的背景》里一再提到了这些现象、罗列了这些现象。这些现象即构成了我说的"背景",而且我还说,一些个人注定了要从这芜杂的"背景"中脱离出来。他要走远,再走远,把那些声音留在后边。

我当然不是自己文章中写到的最优秀的那一类,正如他人所说,"资质极为平庸",但我仍要努力从这种"背景"中走出来。走出来了,后面就是一片背景了。

为何写《精神的背景》

我从创作之初就一直在写散文和评论,三十年下来了,成为我更直接的声音。人面对世界应该有声音,因为人有感情,有牵挂,还有一些人十分讨厌的那个字眼——责任。人活着是有责任的,要承担的。

---

* 本文为答《南方周末》所作。

有一种怪识，认为作家差不多是小说家的同义语，只要好好写小说，这是他的一个边界。不，我不是那种小说家，我是写作者。我在写作。我在努力写作。

中国清代以前，诗和散文才是高贵的文体。作家怎么能放弃高贵的文体呢？

当代社会的精神景象

这不过是一些大实话罢了。对存在的问题，我没有一概而论。因为任何时候，总有一些优秀的个体存在和坚持着。特别是在这个时候，保持对生活和大地的忠诚是一件极其艰难的事，因为历史上从未像今天的景况这样复杂多变，全球化浪潮和消费时代对这一立场构成了巨大的挑战。在其作品和作家本人身上，有没有这样的忠诚，是我个人甄别"真正"的一个标准。他们不是上帝的选民，但他们是坚持者；他们不是世俗生活中的幸运者，他们往往备受磨砺，陷入各种各样的险境，在误解和恶意中坚持自己。比如说，他们难以安享市井的热闹繁华，因为他们跌到了井底。

谈论当今时代的能力

文章就在那里了，可以由人判断。我们盼望能力更强的文章不断出现，这也是目的。其实文章中"沙化"一段，已经把种种批评现象预计和罗列其中了,读者细看就能会意。

批评者的意思是井底之蛙没有发声的能力,不,仅仅是音质不同而已。我从生活观察中发现:市井之蛙是群鸣,井底之蛙是独鸣。

说起能力、资格这个老话题,让我想到了梁漱溟,他曾经说过:"我的中学不行,西学也不行。"但是他愿意"想问题",并把这些想法"原原本本"写下来。几十年过去了,我们今天仍感到他至少比那些自诩为学贯中西的人更有资格谈论精神及其背景。梁先生还有一个可贵之处,就是不仅著述、讲课授徒,而且将理论付诸实践。他说过:"孔子的东西,不是一种思想,而是一种生活。"他的乡村建设实验,他创办勉仁书院,都是理论和思想的实践,在知行合一的意义上,被称为最后的儒家。

"井底之蛙"的说辞

这是一种大赞扬。想想看,如今还能安于做井底之蛙,发出井底之鸣,不是这个时代最了不起的事业和现象吗?这是我努力的方向。

井底之蛙反而有了谈谈"背景"的条件和可能,因为他与"背景"产生了距离,他待在了井底世界,坐守自己的良知。至于小范围内鸣叫的"私德"之音,在多大程度上适用于社会意义上的"公德",倒是观察的一个起点。要求一只井底之蛙每一次鸣叫都符合市井之蛙的音调不太可能。这里说句顺口溜吧:两蛙皆可贵,鸣叫不求一,若为发声故,相闻更相喜。

"当代生活"和"当下"

"当代生活"是各种各样的,"当下"也是丰富多彩的。当代生活芜杂繁复,层次交错,有时甚至是相当粗粝的,理解和加入当代生活首先是能够感受它的全部复杂性。现代城市生活、市井社会,仅就体量上看也仅仅是一小部分。对于商业文化和大众文化,我并不感到恐怖,我在文章中反而极为乐观,说过"悲凉的恩师"这样的话,还说过现代的乐观主义、现代的思想方法之类。

另一方面,"当下"也并不意味着商业文化和大众文化的一统天下。再流行的东西也不能强迫个人选择。广告可以百般劝说,但取舍全在自己,如何行使这个权利就因人而异了。个人的空间和自由从未有过的大,选择从未像今天这样多,包括对生活方式、人生价值的选择,没有谁会强迫你跟他人保持一致,并且人对物质利益的追求也并不可鄙。但由于现代媒体过分发达,电视和网络无所不在,致使流行的价值观和时尚理念以前所未有的方式入侵并渗透了个人生活,个人的屈服成为频繁上演的悲喜剧。只见"润物细无声",岂知"花落知多少",悄无声息之中的个性消解和毁灭,难道不使人心惊吗?个人对商业权势和流行观念的反抗在微观不在宏观,个人性消失了,文学写什么?我所理解的文学,对民众的用处,是当个人面对外部世界无孔不入的强大压力时,要站在个人这一边,让人更多地相信自己、坚持自己。不必害怕权威,哪怕他以行家批评家的面目出现,也没关系。

全球化时代物质生产的一致性,导致了人们生活方式的接近,在这种背景下,个人化、个人的气魄,从未像今天这样需要被强调出来,这也许是唯一有效的抵制、抗拒全球化带来的弊病的方式。个人的立场与商业潮流是相辅相成的，民族主义与其相比就软弱多了。

被误读的困惑

误读有时浮上水面，更多的却会化解在沉默中。误解是常态，理解才是奇迹。写作就意味着承受这一切，迎接这一切，越是特殊的灵魂越是要忍受误读：误读应该是创作的某种动力，甚至是欢乐的组成部分。其实，作家的境界、思维以及表述方式，离那个最大公约数越远越好。

对农耕时代文明的怀念和依恋

那时我也不知是拍什么电视，只是在一次会上谈了黄河，录了像，后来被剪辑到其中。电视中的其他人我也大多不认识。我这个人确是保守一点的。

人可以离开乡土，但不能离开大地。厚德载物的大地是生命的物质背景，民族文化和时代精神都构筑于这个背景之上。我们的文化传统兼有积极和消极的东西，就看后人如何取舍如何继承了。一个时代对于民族文化传统的态度，就体现在这个时代的精神背景之中；但作为个人能否挣脱时代的局限，就取决于他对大地的忠诚了。可见对大地的忠诚才是最重要的。

"人文精神"大讨论

也许任何讨论都解决不了明显的所谓"问题",但讨论的意义仍在。显而易见的是,进入九十年代后,学术和思想的分离日趋严重,这更多地表现为——学术对于思想责任的逃避、文学对于社会责任的逃避、知识分子对于社会责任的逃避。今天看,人文精神讨论试图将二者弥合起来,尽管这种努力至今收效不大,却极为重要。学术离开思想就没有灵魂,思想离开了学术也无法呈显。知识分子对道德和良知的担当,需要学术和思想的结合。而中国的学术思想有一个珍贵的传统,就是知和行的统一,身教胜于言教。

如孔子说"学而时习之,不亦说乎",这里的"习"是实践。而当代中国的高等教育重知识传授,轻人格养成,这与大学的办学模式依据了西方理念有关。

说到这里就涉及了万松浦书院,对她的创办报上网上都有许多讨论,提了不少问题。

中国的学术史差不多是大半部书院史。书院在中国历史上是真正了不起的东西。当天下的读书人都被科举制度吸引到功名利禄上面去的时候,有一些特立独行的知识分子聚徒讲学,以传播儒家文化和道统为己任,独立承担起文化延续精神传承的使命,这是一个多么了不起的传统!我想中国的开放不能夯实自己的文化之基,结果就会走向反面,会无法收拾。文化上崩溃了,一个民族什么都谈不上。这是时代之忧。

传统的,也是开放的,这就是我们的万松浦书院。中国现代社会里应该有一个或几个书院,我们就做了。但一切还远没有这样简单。抱负是一回事,

二〇〇五年六月参加万松浦书院中英诗人会

一点一点做起又是一回事。

我们要消化中国一些代表性书院的"院训",同时还要有一些现代胸襟和气度。书院在古代不是官学,又不是一般的私塾之类,而是高级形态的研修游学之所,是产生大思想的地方。

也只得从头做起,知难而进。累得要死,但不必后悔。

大讨论的继续

《精神的背景》是二○○三年一个会议上的发言整理稿,有一些现场语言的惯性在,是口语化的东西,不是严谨的学术文章,不必修正,它只是一个人的声音。人不可能没有声音。

它的基本见解和立场,在今天看来是非常普通的,看上去只是一个人说了一些大实话而已。我不相信一个正常的人会对这次谈话中罗列的东西视而不见,没有感触。

可见大实话是最难说的。你一说大实话,有人就要翘起他专业的小胡须质问:根据是什么?你的表达方式以及规则?

近来讲"理"的学问好像特别盛行。"少数性""不平等性"在他们那里都是合理的。有些人认为合理还不够,还要说成"经济铁律""必然结果"什么的,有了这些理,民生疾苦、个人的无助、对弱势群体的不公就可以视而不见了,一些知识分子自觉地与权贵认同。但这种趋势不能阻止另外一些人"感情用事",因为人对大地是有感情的,人愿意担当一些东西就是出于这样的感情。儒家的入世情怀也是基于这种感情建立起来的。我过去一再讲，好的作家都是这个意义上的痴情之人。

丧失了良知的学术是荒谬的，而良知是先天的声音，人人心中皆有存在，是善的源头。中国人缺乏宗教感，所以更不能主动放弃这个前提，这是最重要的东西。在传统文化里，我们的先辈往往有很好的理解，比如说王阳明。

对一些问题分门别类的研究产生了学术。学术的进化、细化是一件好事，专家的出现也是必然的。但个人名利支配了学术研究的动机就会使学术异化。古人曾经说过："为学日益，为道日损。"我尊重原道、证道、践道之学，但对损道之学则不屑。

关于"道德理想主义"

"道德理想主义"慢慢简化为某几个作家的符号，于是误读就开始了。"道德""理想"者，从来都是人类生存的依赖，无法回避。如果你感受了它的虚伪和空洞，那就完全可以用自己的行为和思想去填充新的内容。笼统地攻击道德和理想，真是愚不可及。

乌托邦是非常强大的动力源，它对一百年中的许多灾难都负有责任。我们这一代人一直处于理想和许诺的掌握之中，一个个美好蓝图在眼前飘逝、化为泡影，至今痛感难消。我们当然理解一部分人怎样变得格外务实、物质利益成为唯一心动的东西，理解其过程和原因。理想主义曾给世界带来灾难，但市侩主义会造成更大的灾难。乌托邦破灭之后，人从怀疑彷徨直到虚无，都是必然的。但重新建构也是必然的，因为人对它的需求是永恒的，乌托邦的力量远没有穷竭。

偏激和忧愤的姿态

我觉得我的批判都是个人在生活中的正常反应，远远够不上激愤。这在我看来是极普通极朴素的事情。我们仍旧是缺乏生活激情的一类人，一些正常的时代反应，一些不可缺少的声音，往往都被物质主义销蚀掉了。其实我、我们的激愤，真是差得很远很远。

看看不同时代里的一些文化思想人物的行为，他们当时的表达，我们不是显得太多小聪明了吗？鲁迅先生在1907年写的《文化偏至论》中就提出"掊物质，张灵明"的主张，将近一百年过去了，社会变化很大，这一主张仍有价值。精神需要培育，物质不必提倡，它已经膨胀起来了。

二战时期饱受攻讦的黑塞曾说："作家的良知是作家必须遵守的唯一法则，规避这个法则会有害于他及他的创作。"回头看我往日的批评文字，方向还是对的，但总嫌深度不够，激愤更是不够。谁说激愤仅仅是形式？不，也是内容。

鲁迅当年讥讽某一类人，说"唯有他得了一张中庸的脸"。现在的问题是"中庸的脸"太多，而所谓的偏激、个人化的东西又太少。实际上任何时代，那张"中庸的脸"都值得警惕。我们允许偏激和强烈的发声，如果他是一个具有立法和行政干预能力的人，并用此统一其他、干涉其他，则需要抵抗；但如果他仅仅是作为一个思想者、个人，一个公民，那就应该得到尊重。他人可以表达另一种见解。个人性是对抗精神一体化的有力武器，而那张"中庸的脸"，很容易变成一张"全球化的脸"。

精神不能全球化，个性不能全球化，艺术不能全球化，它们属于个人的领地。真正的作家也许会冒犯整整一个时代，他们将受到普遍的误解，尤其要受到内部的指责。但正因为他们打破了要求人的精神生活的统一化和板块化，其所谓的偏激冲碎了这个板块，才有可能出现一个一个岛屿，那是个人的岛屿。

小说家的边界

一个写作者的边界在哪里？大概是过分的自私和冷漠，当然还有无耻，那是不可逾越的底线。除此以外作家几乎面临了无比开阔的地带。屈原的《天问》一口气问了一百七十多个问号，九天九地，神游八极，谁又能说屈原捞过了界？不仅是屈原，从李白杜甫到鲁迅托尔斯泰，古往今来言必称之的作家，也每天都在捞过界。恰恰正因为他们不停地捞过界，才成为夜空中永恒的星斗。

我今天的问题不是过界，而是缺席。我关心的东西不是太多，而是太少。不是作为一个作家，而仅仅是作为一个人的热情、一个人的牵挂，我还太少。我如果更淳朴一些，更本色一些，就会更多地牵挂这个世界。

作家在公共领域的退出和缺席

作家对公共话题应该是最有发言机会、最有可能的。作家专业性的加强，一旦被片面强调，会是很坏的事情。我以前一再说，今天还是说：作家严格讲不是什么专业人员，而应是目击者，是声音，是提醒者和关怀者，是每个时代里大睁的眼睛。

现在倒好，想这样做的人一定会被当成傻瓜。不过依我看，还是我一再坚持的那句老话，不当这样的傻瓜，就不会成为真正意义上的作家。古今来能写出一手好文章、编一个好故事的人太多了，但他们是无足轻重的，因为他们并未拥有特别的诗人的灵魂。

其实真正的作家不可能从公共领域退出，从世界范围看，不用一一列举，就我的一知半解来看，他们还是当年左拉（我抗议）那股劲儿。这个没有变化也不会变化。不用说作家天生具有宽阔的视角，深广的关怀，就是一个专业人士，比如化学家、物理学家，他们的专业进入到一定高度也都会走向那种深阔。我特别难忘爱因斯坦在纪念居里夫人时的讲话，他说：人们很容易注重居里夫人的专业成就，但我认为她对世界最大的贡献是其强烈的道德感、她对社会生活承担的勇气和责任。这个讲话发人深省。可见即便是一个专业人士，他到了最高境界也就走进了诗境，走到了屈原那种追问不息的境界。所以说，如果一个知识分子也竭力模仿专业人士的话，那么不要忘记第一流的专业人士最后会怎样做，不要忘记他们的境界。

作家更多的声音

有人认为一个小说家就是好好写小说，不要多说，不要参与公共生活。这是物质时代对人的腐蚀造成的现象之一种。小说家的死亡，其实就是从这种退却开始的，一步一步退到专业的螺壳里，变成一只寄居蟹。一个作家不是为了"伟大"和"重要"才去奔走呼号，才去浪费自己的写作时间，而是由这个生命这个灵魂的性质所决定。他也许真的无法停息，即所谓的"江山易改，本性难移"。

他就是这样一个单纯的、勇敢的朴素的灵魂。小聪明谁没有？可惜无济于事。如果一个作家能像一个孩子那样单纯，像一只狗那样热情，那么他受的打击排斥和欣悦狂喜会同样多，何愁写不出饱满的作品？他无边的感触、激愤和热爱等等复杂的情绪都在生命里汇集，又何愁不能倾诉？

总之一个思想的人，一个写作的人，面对这个繁闹的世界要朴素安定下来，不然就难以有正常的反应和判断力。在我以前的小说《外省书》中，有一个老人面对这个世界说过："人哪，看来的确存在一个怎么度过下半生的问题。不过尽管如此，我还是不准备寡廉鲜耻。"他说"不能慌"。回想二十世纪八十年代中期，记得一个好朋友有一次从北京出差回来，吓得饭也吃不好，脸色蜡黄，一直在口中咕哝，说："到了信息时代了，到了。"他太慌了。几十年过去，直到今天，饭还是要一口一口吃的。

在如此众声喧哗与知识爆炸的时代，普遍怀疑和虚无主义流行的时代，最需要的是一个立场，一个对大地对世界对生活本身的忠诚的立场。文学和写作会使人不断地努力保持这一忠诚。我的小说能够表达这一态度，散文和评论则更为直接。我从写作之初就从未放弃直接发声的权利。我在表述一些意见看法的时候当然未能做到尽善尽美，但我无法放弃。我坚信这一立场对于时代和生活是需要的甚至是必要的，特别是在今天。

所谓的体制内外

当年我是作协副主席，是专业作家，至今工作的性质并没有什么改变。做一个作家，更不要说主席了，必要有表达的自由和精神的独立，它在这儿是一个最起码的问题。我的职务要求我走向纯粹，而不是相反。要当主席，就得先当一个真正意义上的作家。别人怎样理解是一回事，在我这里，作家一直是一个很高的精神指标。

目前百分之九十五以上的作家都是作协或其他一些部门的人员，如果都被质疑，其质疑的理由就有问题了。民间也罢，不民间也罢，都得好好写。一个作家写不好，一天到晚披着一块破毯子在大街上走也没用。

思想和勇气这些东西，正常情况下是最好的作家才有的。想消弱也简单，那就是退出这个行列。在真正的作家和诗人眼里，文学才是伟大的。

我没有当过行政领导，我的身份一直是一个文学志愿者，一直在写作，除了一支笔和一张纸，一无所有。我的写作生活从十几岁开始到现在没有质的改变。我从来没有遵照形式和仪式去扮演什么角色。一个人如果真正热爱艺术和思想，就必定首先拥有自己的生活。如果轻易就能改变生命的品质，改变他的强烈追求，那就根本不要指望，也不值得我们在这里讨论了——他的生命力是如此地脆弱，还要指望他干什么？

二〇〇五年三月十七日

《能不忆蜀葵》书影，麦田出版二〇〇三年十二月版。

文学写作的神秘性*

再版《能不忆蜀葵》／三本书／文学之美不受干扰

一本长篇，书店里没有了，出版社就可以再出。这次再版，只改了一点错别字，其余照旧。

作者的书应该再版，因为认真写出一本书是非常之难的。总是创作"一次性产品"并不好。

这次是大开本，暗红色。奇怪的是，插图中的女子都像外国人。

作品厚重与否与字数无关。一些真正意义上的文学读者，他们可能不太在意字数。关键是有强烈的文学性，是能够与网络影视制品在品质上有严格区别。深刻的文学之美是不受干扰的，文学写作当有如此的自信。

《外省书》《能不忆蜀葵》和《丑行或浪漫》这三本书，是我这十余年创作的主要结果，是我的全力以赴。

---

* 本文为答《郑州晚报》所作。

文学阅读／一直写诗／不怕走夜路

深刻的文学之美是不受干扰的。快餐阅读不属于文学阅读，他们还站在文学阅读的门外。

比如听交响乐的能力，听纯音乐的能力，不是人人都要具备的。尽管如此，交响乐等并不想改变自己，这是很自然的事。

我最早写诗，发表诗（一九七五年），后来发表小说多了。但我一直在写诗。

写作就是一直走下去，没有什么笔直的路。我想自己不是一个畏惧高山峻岭的人，也不怕走夜路。

我现在觉得：写作其实是最终与名利无关的质朴之业，但是极其险峻。

对《能》的争论／另一种芜杂难言

《能》这本书始终是我看重和喜欢的。这是一本深深沉浸的书，写作能进入这样的状态，对我而言也并不容易。

概念化地理解文学作品，永远也不会理解《能》。这本书恰恰就是具有"丰富性"的。

一些评论中的"留恋乡村生活""不能充分理解当下生活"，都是学生腔。

文学有时是芜杂难言的，这样的表达无法永远使用纯净简洁的笔墨，所以我会有相对庞大的、沉闷冗长的文字。

我不是说这样的文字更好，而是不得已要有这样的文字。将来，也许我会因为写了这样的文字而少些遗憾。

今后的创作方向／《精神的背景》之争

我会越写越好、越写越少——很少很少——直到有那么一天，突然多起来了。

我知道，我的创作刚刚开始。练笔即将结束。

我那篇文章（《精神的背景》）是个发言，一点都不尖锐，不过是在这个时期说了一些大实话。

正常生活的知识人，心里或多或少都有这样一些话。它引起的争论甚至厌恶也不奇怪，我早在几年前就在苏州大学说过自己的状态：

"有一类作家真的就像刺猬，一生都在安静的、偏僻的角落里，活动范围并不大。他们也是所需甚少。一般而言刺猬并没有什么侵犯性，有什么碰了它惹了它，也不过就是蜷成一个刺球而已。可刺猬唯独怕一种东西，那就是黄鼠狼。近来由于生态失衡，林子里的黄鼠狼多了一些。黄鼠狼常常释放一种恶臭的气体——这让刺猬最不能忍受，于是它就要厌恶地走开——它展开刺球时柔软的腹部就要露出，这容易受到伤害。所以说，在一个角落里刺猬是自由的；它所要提防的只是黄鼠狼，黄鼠狼会释放恶臭的气体。"

更像一位诗人／关于《你在高原》系列

我一直写诗,却不敢领受那个高尚的称号(诗人)。但愿我的文学之路是一条奔向诗国的正路。

当下生活十分复杂,谈不上一味拒绝的姿态。"姿态"不好。人的感受及其表达应该是真实无欺的,即"有感而发"。

《你在高原》我还要写下去。但时间会拖下来。这是一个背时的、耐心的工作。从功利意义上来说,它不会有什么灵巧逼人的效果。但是我们应该留下一些记录,包括声音。

《外省书》与《能不忆蜀葵》的人物／喜爱油画

通过什么表达什么,这只是一般作文的要求。文学创作则复杂得多。

文学作品的理解、欣赏,是一种会意和悟想,切不可简单化。淳于具有强大的欲望,他与现实的关系是紧密的,他追逐现实,尽管并不成功。《外省书》中的师辉也具有强大的欲望,这得细看才行。她是以另一种方式表达的,她这样表达,有自己的理由和原因。她是最可爱的人。

我对油画十分喜爱,去国外时总是重复去艺术博物馆。油画与文学其实离得很近,属于同一种诗路。

我一直迷于绘画,可惜自己的造型能力太差了。

没有写出巅峰之作 / 涌动出强大的腾挪功夫 / 文学写作的神秘性

我没有写出自己的巅峰之作。只有满意一点的、全力以赴的写作。

这些年读者更注意的是我的几部长篇。近年我的长篇《丑行或浪漫》较畅销,当然,它和《外省书》都是我的倾力之作、沉潜之作。

但是我有两个自己更重视的中篇:《蘑菇七种》和《瀛洲思絮录》。它们也许是我最好的作品之二。

优秀的作家在写作的内容和形式上,特别从他的内心,会涌动出强大的腾挪功夫。他必会生气勃勃。陈旧,惯用手法,这怎么会令人期待。

但是优秀作家的执着探求,也只会越来越像他自己。这是另一个问题。

有人说现在出书十分普遍,文学创作已不神秘。不,这样的时代,文学写作越来越趋向了神秘。因为社会化的写作越普遍,真正的文学写作就越突出,越有着不可深入的独特性和个人性。真正文学作家的语言、内心呈显方式,都会像迷一样存在,它难以忽略,并始终诱惑有深刻阅读能力的人。

今后,我是说在电视网络时代,写作的深刻区别开始出现,并将变得越来越明显。

二〇〇五年八月五日

伦理内容与形式意味
——文学访谈录

关于"道德理想主义"场论争／一种幻觉

静下来想想,遗憾的是关于它从来没有什么像样的"论争"。因为当时关于"道德理想主义"的提法,仅仅是个别文章用来指斥的一种代号。现在看已非常清楚:它仍然有着我们许多年前就习惯了的那种粗暴和浮浅。整个过程可以完全无视艺术的丰富性,也不顾忌是否具备起码的学术内涵。的确,从过去到现在,没有人分析过这种"主义"到底是什么、它发生发展的历史、它与时代的关系;特别是它在当代文学中究竟做了什么。没人问一句,古今中外的文学史中抽掉了它,我们还会剩下多少"文学"。实际上它仅仅是一个专用的符号,很容易适用于一种简单的丑化方法。这样做显然是承袭了特殊时期的一些遗风。

我们会发现,这一类"争论"的要害,就是在实际过程中完全绕开了"主义"。没有人对"主义"真正产生过兴趣。我想这样似有若无的、奇奇怪怪的"争论"不仅是九十年代,它还将存在于未来许多的时间里。其实在我们已知的文学艺术的历史中,尽管使用的词儿不一样,类似的"争论"却总是不断。说到底这不过是一种无意义的纠缠,是每个真正的艺术家都要面临的问题,是戕害与拒绝的故事——尽管它看上去仿佛是一次次真正的"争论"。

有人之所以很容易地利用了这样的学术模糊,那是因为我们有过一部奇特的文化艺术的历史:习惯大而化之,不求甚解;争论双方,抢先一步的野蛮定性总是能够出奇制胜。于是一些莫名其妙的概念满天飞,帽子满天飞,飞了半天人们也弄不清它的内容,只知道它的目的。

另外,如果我们能从更广阔的背景上看,则可以展开深入的、进一步的思索。

我们不难发现,在许多所谓的"成功"的文学艺术人士中间,有人就是藐视道德和理想的,不管不顾一直折腾下来。中外都有这样的例子,他们在几十年几百年前就好好"痛快"了一番。这些人一路挑战过来,大多数时候轰轰烈烈,看上去大逆不道;但他们不仅没有受到惩罚,而且还活得不错。有人就此得出一个结论:艺术家怎样都行。好像天才的艺术家就尤其是这样,他们的所有欲望都该得到满足,而且合情合理。最后,相对于他们置身的这个可怕的、无所不用其极的物质世界,这个荒诞而又是铁桶一样的世界,算来算去还是他们做对了,他们一个个都挺"伟大"。当年严责他们的,要为他们平反。他们原来是最"道德"也最"理想"的。

人们于是学会了这样一个办法,获得了这样一种经验,就是对于艺术要小心。对于艺术家也要小心。我们如果对于艺术家谈起、或过多地提到道德之类的陈腐问题,一般是要倒霉的。在历史还没有证明对方是一个天才之前,甚至还没有证明对方是一个艺术家之前,倒霉的也首先是贸然提到这些问题的人。

真的,在艺术和文学面前,谈论道德和理想的确要十分地小心。

而且我们都知道一个通论,在文学和艺术领域,道德的尺度要放得极其宽泛——非常之宽容。不然我们就要犯错误。"一加一"式的道德论，论文求证般的道德"三段论"，肯定是行不通的。

不过这就有了另一方面的问题，对于溢出文学和艺术疆界的讨论，或者更进一步，干脆点说对于文学和艺术本身，还可不可以仍然有一些道德和理想方面的牵涉呢？难道这真的成了一个被封死的话题，一个禁忌吗？

况且，前面说过，九十年代的那一类讨论，并没有什么深刻内容。它甚至还没怎么入门。当时被指责为"道德理想主义"的作家和学者们，其实不过是稍稍地谈了一点知识分子、谈了为人做事的"底线"——要，还是不要这个"底线"，如此而已。当时不止一次有人直接或间接地回答了：不要。

不要也罢。不过事情如果仅仅是这样简单也就好了。可惜无论是人的艺术还是人的生存，都离不开对道德与理想的追寻。这很烦琐，很累，很不让人痛快。但我们既要生活下去，也就摆脱不掉。这可能就是人类的命运。

不仅摆脱不掉，那其中的最优秀者，往往还是纠缠最重、一生都要肩负沉重的人。那种认为越不道德越是出大作家大艺术家的想法，其实是一种幻觉。

一方面，在文学和艺术界谈道德和理想成了禁忌；另一方面，我们却不得不生活在这样一个时刻：心中充满道德的恐惧。闻所未闻的无耻、荒唐大谬，不义与羞辱，每每令人愕然无语……

知识分子与当代的关系／《外省书》／独特的表达方式

一本小说有相当复杂的意绪。当然，我们可以摘取其中的某一点，比如它的知识分子话题。

这本小说里写了一些幸存者。从表面上看，他们过得马马虎虎。但他们各有心事。一个人只要生活下去，就有个怎样与这个世界周旋的问题。人这一辈子真是不容易。说到底，这本书不是在写知识分子的无奈，而是在写知识分子的力量。真正的知识分子有多么顽强，多么倔犟，看看主人公史珂也就差不多了。他起码是给我许多力量的。

知识分子在数量上并没有想象的那么多。我想，一个人要么是知识分子，要么不是。是，就要有个是的样子。

真正的知识分子读了许多书，但目的不是为了让知识服务于时尚，而是为了更好地贯彻理性。还有，知识分子的力量如何，不仅要看其锋锐，而主要是看其韧性。一时的锋锐，往往是靠不住的。看人，要看其本色。

表面上看，有的知识分子只是一副无奈和无辜的样子。其实他们很硬气。只要稍稍研究一下，注意一下中国知识分子（史珂这一类人）的经历，就会有切实的理解了。谁能有他们一样的处境和经历，又能像他们一样，谁就已经了不起了。我其实是在写一个"当代英雄"。有人说当年莱蒙托夫的"当代英雄"不足为训，那人根本算不上英雄，那是因为他们忘记了，"英雄"与时代总有一种对应的关系。离开了时代，就很难谈得清谁是英雄。

人们希望莱蒙托夫手下的英雄，至少要一路杀他几个大盗才好。但他所对应的时代却没有这样的要求。这里之所以反复提到了"对应"，是因为它包含了分析事物的理性和记忆。面对历史，我们不能抽掉和剥除那些具体的细节与氛围。否则，我们就走向了理性的反面。

知识分子的韧性，对理性的坚持，追问，笃定不慌，善于运用历史经验的特性，是最让我看重的。

然而，《外省书》不是论文，不是理念传达物，而是感性之书，意趣之书。作家在写作中，其心情与悟想是苍凉而丰富的。

中心与边缘的关系／当代知识分子的另外一种状态

知识分子常常是以自己为中心的。这是他们的心理现实。自信是知识的结果。当然，有时候知识分子显得傲慢了，那大半不是他们的问题。因为知识本身是处在骄傲的地位的。任何一个民族，如果不把知识（思想、精神、诗性）置于高傲的地位，这个民族一定是不会有什么出息的。

当然，我们更多的时候遇到的问题是，有些人并不是知识分子，却荒谬地成为一个时期最重要的"知识分子"，成了某种代表。仅仅读书多，这于是不是知识分子而言，并不是一个关键的条件。知识如果不能用来助思，不能让其独立，不能让其变为一个个"分子"，那还算什么知识分子。

不少人读了许多书，结果也并不妙。他们只不过是学会了使用书上的话，人云亦云而已。一个人如果带着知识尾随风气，与俗见搅成一团，那只能是更糟的事情。其实不仅在当代，在任何时代，这样的伪"知识分子"都占有极大的比数。

回应现实的基本立场／知识分子的差异／农民问题

这真是很难概括的。不过我常常感到，一部分所谓的"知识分子"总是太时髦，学新词太快也太多，以至于耽误了正事。知识分子是各种各样的，不是一种，所以很难大致谈下来。从一部分倾向上来看，理想一点看，我会觉得一些人的拗气不够，底层性不够。有人读书也不少，可是他们见了洋人就慌，见了钱也慌，见了蛮横的大老粗更慌。知识分子一般来说不应该是这样的。还有，知识分子总要具有民族特性，他们是自己民族的文化产儿。现在倒是相反，有人以为洋习气越浓越像知识分子，大概是搞反了吧。

头号农民大国的知识分子竟然对农民一无所知，甚至漠不关心，农民问题基本上没有构成其理解事物的基础，这就让人怀疑他的身份和性质了。

知识分子的纯粹性应该是一望而知的。可是现实呢？正好相反。谁能比现在的一部分所谓的"知识分子"更善于倚强凌弱？他们可以面对知识的羞辱、面对大恶不发一言，却决不愿放过他们当中的更杰出者。对付后者，他们往往是颇有勇气和胆量的。

至于俄罗斯知识分子，这里可能是指民粹派吧？一提到俄国知识分子，我们很容易就想到伟大的赫尔岑。中国则有谭嗣同。讲到理性和勇气，中国还有顾准。

批判精神与作家品格／九十年代开始发生的变化／从心情出发

我的批判精神还远远不够,平心而论,这始终是我的弱项。今后看我能否走远,能否真的沾上一点"杰出",主要还是得看我的道德勇气如何。什么技艺、方法,什么怪异的时髦,在我看来都是微不足道之物,现在也不是谈论它们的时候。男子汉满脸胡须,天天谈论技法呀洋人奇术呀,自己会烦腻的。

作家艺术上的独特性,其实大半是天生如此的。不怪异,不独特,就不会是艺术家。这对于他仅是自然而然的事情。这不是什么刻意学习之类所能解决的。

关于批判重心的变化,在我这儿可能是只顾一路走下去的原因,自己并没有发现有什么转移。我只注意到,对现实的判断、感知,都要从朴实的心情出发。一个作家会尽量使自己深沉下来,避免浮层的喜怒冲动,因为它们既不会持久,也谈不上什么深度。

我想,作家应有真正丰富的内心世界,而舆论上不免把作家概念化和简单化。一个作家会渐渐成为一个简单的符号,就像成为电脑中的一个字符似的。这是不难理解的。可怕的是作家自己将自己简单化符号化,这就会使他兴致勃勃地浅薄起来。作家还应该倾听自己内心深处各种嘈杂的声音、交织成一团的呻吟和激越。

一个幽默的、对世界充满柔情的作家,就因为有了一点正常的是非观,很可能被别人描述成一个青筋突暴的犟脖。好的作家大半不是后者,而且极可能从来都不会是。

如果说变化，那也只是作品中人物和角色的变化。作家在大地上行走，从乡村到城市，或者再返回乡村，都是自然而然的一些过程。这一路上，乡村和城市中的美丽与邪魔，以及难以言表之物，都要收进视野。《柏慧》中，知识分子的问题严重起来了。因为这是我过去来不及探讨的，也是没有认真研究过的。

近百年来中国知识分子／中国的现代化道路

这个问题太大太专业，让我没有能力回答。只凭感性说一通，必会唐突。不过我的大体印象是，有的知识人太冲动了，有情感而无理性，有个性而无见识。在理想面前，人是不能冲动的。可理想这个东西偏偏是要让人冲动的。解决现实问题时，有的知识分子比一般的人更焦急也更简单化。知识分子对全部问题的复杂性的理解，许多时候并没有超过大路化的见解，只不过他们在阐述中使用了书上的语言而已。所以分析知识分子的见解是否独立和独到，先要赶开一些浮词儿，然后再看他提出问题和解决问题的具体方法。

有的知识分子在对待一个时代里的具体问题时，不是去好好思想，而是急于将其纳入一个时尚系统。系统是可以传授之物，所以再复杂也嫌简单。他们不知道，使用知识的过程，许多时候也正是破坏系统的过程。当代的许多问题，之所以在解决中出了大麻烦，那大半是被系统所害。好的知识分子是那些能够在彼此系统中自由进出的人。

就今天的问题来说，有人也把现代化当成了一个"系统"。现代化如果等同于西方化，对我们来说肯定就是一场灾难。再说"系统"也是不一样的，西方又是哪个西方？是商业扩张主义的西方，还是欧洲复杂的基督教文明全部资源的西方？

有人正在把现代化搞成西方的皮毛化。

我接触了不少"开拓型"人士，发现他们基本上是些"皮毛人士"。而且这样的简单化正在从条条块块上分割我们的生活。就是说，有人在纵横运用自己的皮毛去打扮生活，生活于是也就给弄得不伦不类，受戕害的最后还是民众。

知识分子如果不能成为对抗简单化皮毛化的最后堡垒，那我们还依靠谁指望谁去？

对一些知识分子不能一味颂扬，因为他们也要接受历史的挑剔。他们干了什么？搞五四，经书全废；尊儒，西学只取其皮。这些可怕的后果正被接受下来。结果走到我们这一代就惨了，民族经典疏远得很，西方的深远传统也所知了了。具体到我们这一茬，该怎样做、能做什么，强项到底在哪里，还真得好好想一想。这真是："问君能有几多愁，恰似一江春水向东流。"

我在《外省书》中写到了一个史珂，我认为此君倘若真是一无可取，还有一个了不起的品质，那就是他的"不慌"。从历史上看，知识分子慌乱起来是不得了的。有人认为知识分子慌一点无妨，那是太天真了。说知识分子对世界无有大碍，说百无一用是书生，那不过是一种知识分子对另一种知识分子的鄙夷而已，也是一种局部认识。要知道，所谓的"知识分子"是随时可以变成各种"分子"的。

有"保守倾向"的写作者／文化传统、精神状态、审美理想和写作立场

说到"保守",这实在是不得已的用词。我只能选择一个现成的词儿来说说,其实是远远不足以表达的。我不过是希望自己在任何时候都不要慌,都要葆有一份实事求是的朴素——这样做虽然艰难,但作为一个愿望却不可放弃。耸人听闻的东西在许多时候是很能鼓舞人的,可惜幼稚或骗人之物居多。这些荒谬一般要经过一段时间才能看得清——担心没有看清而不愿急急追随的人,看上去就有些"保守"了。

时髦之物无论在物质领域还是精神领域,骗人的因素总是居多。时髦不等于新科学。能够在时髦面前冷静一下的,是生活中必须具备的一种非常品质。新的东西中,往往夹带有最陈旧最腐朽的糟粕。许多时髦不过是把腐败的东西包裹起来吓人骗人的。

人类的许多苦难正是因为失去记忆造成的。重视经验与记忆,牢牢抓住已经获得的宝贵之物,是人类能够前进的起码保证。往往是惨痛的教训,可怕的经历,我们一转眼就忘个精光。精神和感情的经历也是如此。对美好情感的淡漠,对心理创痛的忽略,都会引起重复的悲剧。

在精神方面,保护与坚守者太少,而高举"解构"大纛的人又太多。在中国,解构的能手常常与流氓无产者是一家。我发现文学艺术、精神之域,那些具有保守倾向的人往往也是大成者,这当不会是一种偶然。而时髦的、总是带领新潮一路吵吵嚷嚷的,大半是一些跳跳跃跃的、不成熟的人,虽然他们有时也会跳得漂亮,让历史记住。不过大致上比较一下,他们还是显得幼稚了蹩脚了。

"保守"不是一种策略,而是一种品质、一种科学精神。说自己"保守",其实是过于自夸了。我总的来说不仅够不上"保守",而且还是时时为时髦所伤、时时需要提防时髦侵蚀的人。我远没有"大成者"的生命质地与气度。但我一生都会向往他们学习他们的。

刚才说过,写作者首先要做到在纵横交织的现代喧嚣中不慌,而后才谈得上其他。不慌表现在一切方面。对新词儿、新格局、新套路、新思潮、新行情,一切都要静下来,从头来一番深思才行。

关于鲁迅的话题／幽默与仁慈

我想鲁迅会随着时间而更新而生长。他写了许多短小的杂文,但思想却不琐碎。他探讨的都是一些基本的大问题,这些问题任何时代里都要面临,所以鲁迅也就成了永久的话题。

这几十年里人们都在谈论鲁迅的"匕首"与"投枪",我却于当今更多地感受着他的幽默与仁慈。

他的文章温暖助人,关怀备至。有时候他好像在谈个人恩怨,实际上他哪里有什么私敌。鲁迅当年指斥的人一般都作古了,时越百年,为什么今天还有人面对他的文字不能冷静下来?鲁迅的怨愤千年不散,这真是奇迹。看来鲁迅的伟大,即在于这里。他针砭之处,恰是国人沦肌浃髓之疾。

说到文学的才能,个性的超拔,更是鲜有人比。这一点,是鲁迅不朽的又一根本。说到底他是个卓越的天才。他的目光是天才的目光,所以他才能牵动文学与历史。有人误以为鲁迅仅仅是个勇猛的战士，那也就太简单太错误了。比他猛者不会没有，像他一样有魅力的却就难找了。他身上所散发出的强烈的诗性，才会首先保证他的长存不灭。

知识分子与传统的关系／五四的复杂性／新儒学

我的见解是粗疏的，只有更多的感性而已。我在以往的文章中所提到的脱离传统问题、焦虑问题，只是对于几十年的观察，远远谈不上有深度的探究。这比起认真刻苦的学者来，是个大缺憾。我想，以前的中国知识分子是很能以中华文化为荣的。这种光荣感被后来的知识人嘲笑不已。再后来国势羸弱，这种文化就被人看得不三不四了。其实一种文化哪有那么易褒易贬。一种文化如果不是复杂难言到了极处，那还叫文化？再说，一种文化只有保证一个国家永远赚大钱，才算得上是世界上最优秀的文化？

不错，我们的中华文化并没有保证我们一辈又一辈地赚大钱，没有使我们成为世界上永远富裕的民族。可是世界上有哪一种文化敢于做出这样的担保呢？再问一句，文化与政治、与经济的结果，就一定是这样的直接和紧密吗？文化有没有自己更长远的责任和目的？这些并不是不可以讨论。

商业扩张主义文化在短期内会使一个民族暴富。可是这样的民族也不会长久地幸福。而且把暴富当成生活的目的，这本身就是一种粗鄙的文化。仅仅是从一种强盛论的角度判定文化，还是从生存的角度判定文化，那将是完全不同的标准。自从"可持续发展"的现代理论诞生以来，人类的思维才变得不那么简单了。于是人们权衡一种文化是否先进和优越的最重要标准，还要看其能否让人类持续生存下去。

简单的竞争理论，商业扩张理论，显然是粗鄙的理论。

那么，从这种思维出发来认识我们的文化，就会有一些复杂的思绪。我们不能再犯简单化的毛病。我们的落后历史是我们的文化造成的吗？五四以来高喊打倒旧文化，时越百年，中国强盛了吗？

谈到文学和艺术问题，就更不能随意裁决文化了。中华文化的鼎盛期也是中华文学的鼎盛期，这个简单的事实就给西方中心论者一个嘲弄。艺术是土地的物产，焦虑也是枉然。说到文化交流，艺术的相互借鉴，只是一个自然而然的过程。再说交流的目的也永远不该是将自己民族的文化连根拔除。

至于五四的反传统，而后形成的对于中国传统文化的反思，正是一种文化发展的必然。任何文化都要经过这样的洗礼，然后才有焕发生机的可能。但这应该有个限数，有个理性尺度。一路反下去，再加上政治震荡，终于走到了文化的反面，弄得几十年上百年的民众险些丢了魂魄；到了当代，其中为数不少的人竟以"知书达理"为耻，以粗俗无知为荣，这是多么可怕的事实。五四运动本来是因为理性的力量才催生的，最后缘何以丧失理性而漫延，这需要好好反思。五四运动是一个真正复杂的话题，比如它的初衷与后果，目标与移位，还有过分负担的意识形态内容等等；特别应该引起我们注意的是，当时提出的"孔家店"与孔子、与整个儒学的关系——它们有没有区别？如果有，其区别又在哪里？显而易见，我们不能忽视当时的理性成分。总之，"五四"是一个复杂之极的、需要在分析中慎而又慎的问题。

越到后来，事物的界限也就越模糊。知识分子有时和民众一样，喜欢一种偏激的美。殊不知这种美仅仅可以用来观赏，在生活中落实使用是不行的。支持了一个民族走了几千年的文化之根要连根掘掉，想一想是多么可怕的事情。这简单点说就是要返回野蛮时代。

关于新儒学，我不太了解它的具体内容。但我始终觉得儒学是中国文化的核心内容，也是东方贡献给世界的最宝贵最伟大的礼物。在目前这个商业扩张文化盛行的时代，这个数字时代，儒学精神的要义就变得尤其重要了。我说过，儒学是不太让人痛快的学说，但它却可以让我们人类继续生存下去。生存才是第一位的，而发展却是生存之后的事情。

中国文学传统中最重要的是什么／回到传统的可能

什么是中国文学传统中最重要的？我在两年前的一篇文章中说过："中国先秦文学的《诗经》，诸子散文，《楚辞》，至为绚丽，是后来难以超越的高峰。一般而言，它们执拗地入世，追求理想，倔犟，具有底层性，对物质主义保持距离，并时常呈现出警觉和进攻姿态。"

今天，我的看法仍然没有改变。实际上，当代文学回到这个传统的努力一天也没有停止。今天，我相信也正是这样的一些努力，才使得我们的当代文学多多少少有了一点指望。目前，中国最好的文学作品，在我看来一直是指向这个方向的。

但从数量上来看，更多的人在写另一种东西。世界性的文学潮流仍然是肯定消费至上。这样的文学，如果我们也要跟从，那么除了其他方面的不能容忍，最让我们不能容忍的还有：平庸。过分的平庸，没有自尊，是这些让我们无法忍受。当然文学也是各种各样的，但就它的总体而言、本质而言，应该是高贵的。

中国文学的传统是高贵的。《红楼梦》以前"小说"这种体裁，基本上还算不得文学。那时的文学主要是诗和散文——多么绚烂多么高贵。我们今天真正的文学恰恰是继承这个传统的。

中国文学中的"世界性因素"／"先锋文学"／伦理和形式

我觉得中国近二十年的文学，其世界性因素是一个逐步减弱的过程。开始有一点，随着对西方文学潮流的跟随和模仿，渐渐也就变得庸俗了，没有什么面目了。这也就谈不上什么文学的世界性了。我这样说不是简单地依据"愈有民族性便愈有世界性"的观念，而是从文学的先锋意义上来谈的。

这就涉及什么才是先锋文学的问题。一谈到"先锋"二字，人们不禁要回溯世界上百年的现代主义道路。这当然是必需的。这一回溯，就要用一些简单的现代主义艺术的特征来套中国的当代文学，以符合其特征者为"先锋"。如果从现代主义艺术的本质上来看待"先锋"的发生发展，我们就会发现远远没有那样简单。

原来"先锋"是一个历史的概念，一个因时间的变化而变化的概念。一开始的先锋无论在艺术形式还是思想内容这两个方面，都是对于上一个阶段的反拨。这里面包含了它自己独有的因素，如它的本土性、伦理内容和形式革命，等等。就是说它是在一个具体的时间和地点，以自己的方式，表达了对一个时代的致命的反抗。本土性、伦理内容和形式意义，这三者大概是最重要的，是缺一不可的。说到伦理内容，我们可以感受他们这些现代主义艺术家相对于当时的世界所具备的精神高度。而随着时间的推移，所谓的"先锋"们一直解构下去，终于将传统和诗性一起解构掉了，渐渐只剩下了一张皮。不同地方的"先锋"竟然成了一个味儿，他们在以皮相传。最可怕的是，今天的所谓"先锋"在精神向度上丧失了原有的伦理内容，已成为这个鼓吹纵欲的商业时代的一部分，是与底层利益相对立的、丑陋而虚伪的精神之帜。

如果说"本土"二字至少也包含了文化的层面和意义，那么中国的"先锋"不可能不具备中华传统的浸渍深度。如果说"先锋"是反抗的，那么它就应与时代的物质主义、发泄主义、无底线主义有个对立。如果说"先锋"是有意味的形式，是形式革命，那么它就必须摈弃照猫画虎的临摹，回到二十一世纪最重要的形式勇气上来：质朴。质朴是生僻的、鲜活的、个性的，与化纤数字时代尖锐对立的一种原生状态。质朴相对于被物化和被扭曲的时代，看上去极有可能是最为"怪异"之物。

还回到开始的问题：中国有先锋文学吗？我的回答是肯定的。但我又同时认为，千万不要轻许"先锋"，因为这会误导，会误解，会把已经相当概念化的东西弄变了味儿，就像把加了防腐剂并装入罐头盒中的东西弄馊一样。

《九月寓言》书影,上海文艺出版社一九九三年五月版。

《九月寓言》／"民间写作"／在庙堂与俗流之间

写作者对研究方法和角度一类是迟钝的。不过说实在话,一个稍稍像样的作家,就不太可能舍弃民间资源。一切都来自民间。相对于民间的呢?是苍白的文本投射,是清官戏,是被世俗友情抚摸的快感和安慰。

《九月寓言》曾让我费尽心力,写作中常常觉得胸间蓄满了田野之风。

民间预示的是思想的多种可能性,而不是一种色彩和模式。民间即土壤,它是再生之地,滋生之地。我们谈民间写作,等于是谈有生命的写作。

不过,今天的"民间写作"同样不是无底线和无边界的。它在呈现和包孕民间的全部奥秘以至于某些芜杂的同时,也要警惕商业时代的另一种毒菌:无节制地满足最庞大的阅读群体,削弱民间写作本质上的批判精神,如鼓吹发泄和纵欲主义。后者可以暂时称之为"伪民间写作"。

今天,真正的"民间写作"既是宽阔的,又是处于庙堂与俗流之间的一个狭窄地带。在时下,真正的民间写作开始将知识分子性与民间性统一起来。从这个层面上看,真正的知识分子立场与民间立场在其内部又是相通的、一致的,它们二者可谓殊途同归。知识分子立场正是以民间立场为依据的。而伪民间立场说到底只具有另一种解构指向,它与消费至上的物质主义是一回事。

因此,"民间写作"只需一步之遥,即可以滑到另一极里去,这一点不可不察。

民间的诗性想象／苍茫民间的细部

源于跋涉之后的回忆。一个人可能需要走很遥远的路,然后再回头看一片苍茫。

我比起许多人,走的路太少,简直微不足道。可这是我的路,于是就有了我的回忆。诗是一种在言说与不可言说之间的意象,一种倾听又不可倾听的声音,一片逼人的、时远时近的颜色。

一个写作者最重要的,是曾经深入过苍茫民间的细部,它的腠理。这样,他在让自己的诗性生长时,才不会虚脱和浮夸。

创作中的"苦难意识"／俄罗斯文学的影响／害怕刻意书写苦难

对于这种"意识",当代人,包括我自己,不免陷入困惑。一个时期有人认为这种"意识"过重了,而后来又有人认为它太轻了。

其实呢,苦难意识如果是学来的,就有点可怕了。我从未把这种意识当作一种风格或手法。它只是一种朴素的认识和自然的表达。他可以不知道表达的结果。我害怕那种刻意的书写苦难。因为苦难让生命敬畏。苦难成了书写的点缀,这在我看来是最不能容忍的。

商业扩张总是伴随着冷酷无情。今天,如果我用冷手写了苦难,只会让自己倍加不安。因为我知道那是怎么一回事。苦难从来不是技法,它在文学上从来不是技法。

我的沉吟是用来与往昔交流的。我与那种可怕的生活情景在一起时，只能默默流泪。男人随便流泪即是轻浮，于是要把泪忍在心里。忍住了泪不等于没有泪。我想过，为写苦难而写苦难，那就成了上面说的冷手。在这个特殊的时刻里，我将严苛地守住一个分寸。

仅仅思考历史也会有痛苦，但苦不到流泪。俄罗斯文学给我精神和技法，但没有给我苦难。

《古船》／关于长篇小说文体／文体方面的自尊

《古船》得到的过奖让我不安。但它对我有高于文学之外的意义。就此而言，文学的美是复杂的。那条船的启航之地当然只能是一个港湾，这里当有百舸待发的时候。

柳青像孙犁一样，是让人尊重的那一代作家。他诚实，有强烈的诗性。《创业史》同时还显示了他的刚劲有力，他极大地不同于时代的运思。艺术没有什么对错，而只有优劣。如果是一个才华逼人的人，这就全够了。我们在谈诚实的时候，其实也是在谈才华。因为我们谈的是一位艺术家。那个年代不让作家伟大，所以他没有伟大。

说到长篇小说的文体，我觉得是无法表述的。文体如何，它的优与劣，总的看还是由一个作者生命力是否强盛决定的。在心智上有大力的人必不安于平庸，呆板的外壳会给他整得稀里哗啦。但是真正的文体意识，并不一定要在表面上显得太强——那往往是深含不露的东西，要透着内力。比如秘鲁的略萨，都说他是文体高手，我却不觉得他特别高。他的文体太凸显太用力了，也太程式化。文体大师可能是外圆内方的主儿，是抬手一寸却给人致命一击的家伙。

我只是这样想，工作中做得并不好。我是一个在文体上充满想象的人，也耽于幻想。"夜里千条路，白天卖豆腐"——该怎样写还得怎样写。也就这样写下来。我在文体方面太自尊了一点，心里明白，下不得手去。这可能也是衰败的征兆。

作家的学养／随笔写作／真诚大气的人生／理想的写作人格

我的学养差，所以只能感性地把握，只能写一些作品，比如《心仪》。我写它的时候在想：总允许我来"心仪"一下吧？这好比我在台湾看到的一排小女孩：她们看见前边来了一个自己喜爱的人，就站成一排并一齐拍手说："我高兴！我喜欢！"她们就这样节奏分明地喊下去，让人觉得有意思。

小说家写随笔多了一些，这可能不是问题。问题是怎样写、谁来写。"从血管里流出来的都是血"，这是鲁迅的话。小说与其他类型的文字，在我看来完全是平等的，都需要元气。不过有人通常认为，一个小说家要慎言，即"多做少说"。可是作家的"做"即是作文。"做"，也不是做工务农，说到底还是写作。

随笔的写作也可以是小说家的重要文学构成。

有人认为非虚构类的文字会道破"天机"，而且言多招损。其实不必如此多虑。一个作家一生头顶这样的禁忌,那也太窝囊了。作家如果是用一生来搭建一个世界的人,那么他也必会是一个得罪人的人。鲁迅真诚一生,仁爱一生,却不管不顾地写下去,可爱地得罪着一些人。像雨果,更是丢弃了小聪明,或长篇巨著,或百字小文;或短诗,或长剧,喜怒哀乐,呼啸而去。这是一种真诚大气的人生。

本来嘛,一个人只要有安静心,有意志力,就可以自然尽性地做下去。心怀仁慈,当说则说,听天由命。理想的写作人格似乎该是这样的:既不去唠唠叨叨地轻薄,又不做谨小慎微的君子。

具体到自己的打算,当然是好好写下去,并平等地看待各种文字。

诗歌在小说和散文中的地位/忍不住的感动/唐诗

我最早发表的作品是诗,那是一九七五年。后来我一直写下来,一九九三年在上海出过一本诗集。我一直认为诗是文学皇冠上的明珠。我对诗人怀有最大的敬意。屈原是我心目中最伟大的诗人。我前些年写了一本《楚辞笔记》,那是因为反复读屈子,有了忍不住的感动。

我总觉得《楚辞》的传统是最伟大的,当代中国诗的希望在于回到《楚辞》,而不是回到唐诗。可惜,五十多年来,甚至更长的时间里,我们的诗坛受唐诗的影响太大。唐诗的精美,它的完整性,作为传统范式就会极大地约束后来者。它会将生命感动的形式导向某种简单化,如巧言趣话、格言哲思、智性小品、弄玄爱禅之类。感动的复杂与过程给一起滤掉了,完全与粗粝激

二〇〇五年六月七日在万松浦书院参加诗歌朗诵会

越的现代生活脱节。比起《楚辞》无可遏止的生命感动、形式上的无拘无束，唐诗更像一种刻意制作，一个走向封闭的系统。

散文和小说，不过是另一种诗，是诗所不能表达的一些具体之物而已。它们与诗，骨子里都是一样的东西。依此推理，脱离了诗性的小说，其实都是一些社会写作力量的自发行为，或者说是非文学的写作。

顺便说一句，职业文评家的任务，其中的重要一条，即是指出这二者的区别。现在的问题是，重要的界限越来越模糊，其后果就是造成了整个文学品质的降低，并深刻影响了文学作家的精神走向。

关于散文／让作家不断现身／人的真声

我的散文写了不少，约有二百多万字。写这么多，也并不妙。现在要当个真正的散文家，谈何容易啊。回头阅读的结果，是更多的不满意。我用多种方法求索过散文之路，因为对于作家而言，这是最基本同时又是最艰难的文学形式。这二十年里它一直令我入迷。在我看来，散文也包括对话，更不用说《融入野地》那一类了。散文的世界应该非常宽阔。

散文还要真实。正因为真实，无遮拦，所以它总是让作家不断地现身。

一般的创作品、虚构作品，不属于散文的范畴。有人把一些有头有尾的小作文看成了散文、甚至是散文的代表，那是误解。它们勉强能算散文就不错了，哪里会是典型的散文，也更不会是什么好散文。那些小作文往往是虚情假意的东西。

好散文是一个人用来发出真声的、质朴的、自然挥洒的文字。它们更多的时候是自然而然地产生的，而不是匠心谋划的创作品。

短篇小说／浮躁年代的特征／高雅细致的口味

短篇作为一种文学形式，太难对付。它们是我凝心聚力写出来的。当我心境清新，觉得最有可能把心力凝到一处时，我首先会想到写一部短篇。短篇是极难的，一般来说它比中长篇难。

写中长篇，一笔两笔、一段两段写空了也不是致命之害，因为还有机会。短篇则不行，它要你随时咬紧。你不能松弛，不能走神。

一个短篇不繁荣的时代，必是浮躁的、走神的时代。新时期初期中国的短篇最繁荣，说明那时人的精力强盛，有定力。一个时期是这样，一个人也是这样。马尔克斯写了那么多绝好的中长篇之后，又出版了短篇集《异乡客》。这是一些多么精彩的篇章，可以连看十遍。

所以说，凡是写了二十年以上的当代作家还在孜孜不倦地写着短篇的，都让我先有了一分钦敬和佩服。

我发表了一百三十左右个短篇，今天如果能从中编出二十万字像样的就不错了。而当初写它们时，却是一字一字研磨，那么用力。我如果说自己到现在为止，在写作中所用心力最大的还是短篇，有人会以为这是虚言。但实际情形就是如此。

现在中国的图书市场，短篇集不如中篇集，更不如长篇。这是令人费解的。在海外正好相反。精短的文字和故事读起来方便，本来应该有更多的读者。

可是一些粗糙之极的长篇也比精美的短篇更为人所接受。我不得不想，问题主要出在读者那一边。

现在的许多读者已经没有能力走入真正意义上的文学阅读。他们不过是大致看看故事和热闹而已。文字越是粗疏拉长，就越是有可能罗织一个又破又烂的故事。可见许多读者没有了文字感受，更没有了高雅细致的口味。在为数不少的出版者那里，人文关怀和社会责任心或等于没有，或降到了最低点，只要没有人身之危，给钱就干，哪里还谈得上什么培植和引导健康的阅读之类。

在中国，现在即便是欧·亨利再世也挽不回短篇市场。所以作家还是无牵无挂地写下去为好，特别是写出好的短篇。我总是想，我如果早日返回自己的短篇时期，就是返回了自己最好的文学时期。

这十年的文学批评／生命的流程／何为批评

一个作者一路写下去，肯定会有得有失。生命的流程，它的奥秘，也当表现在这种得失之间。如果有人喜欢和看重某一段流程，而不太看重另一段流程，都是自然的、合情合理的。总的来说，生命有这样的规律：它的前一半是火烈的，而后一半则走向了苍凉。苍凉未必好，但这完全是因为青春不再的缘故。

回头看，对我来说是火烈的《九月寓言》、《古船》和《柏慧》，或许再加上一部《家族》。后来经过了六七年的沉寂，就是苍凉的《外省书》，以及想努力不苍凉、最后还是有些苍凉的《能不忆蜀葵》。我同样珍惜它们，是因为它们是我生命流程的一部分。它们之间难以相互取代。

而我的另两部长篇，我指《怀念与追记》和《我的田园》，就极不让我满意。我自己的事情自己要处理，所以就在去年和今年花了许多时间重写了《我的田园》；接下去，还要依次办理《怀念与追记》。

批评家在这十年里渐渐减少，这是让人遗憾的。批评家其实就是诗人和作家，在我看来他们没有什么不同。真正的批评家是让人感动的，那是因为他们的诗心在感动你。批评家是对于诗意极为敏感的人，而绝不仅仅是一些闷在家里组织新词儿的人。好的中学生也应该具有组织新词儿的能力，因为老师常常让他们背下一些新词儿。同样是批评，如果加上人生阅历，加上道德感，再加上艺术的经验，来敏锐地触及文学，这就难而又难了。不过将什么做好了不难呢？

批评家和作家一样，都需要诚实。同样的道理，如果诚恳就更好了。真正能够走远的评论家、作家和诗人，都是非常朴实、非常诚恳的。

近二十年的文学／前十年的生气／一种精神境遇

想一想，觉得最有生气、状态最好的时段还是前十年左右。那时出来不少有力的作家和作品。后来就变得浮滑了，文学的脉搏不再跳得深沉有力了。

不过在一种大消沉大芜杂的格局下却极有可能炼出一点点什么。在越来越多的失望之声、不耐烦的叹息之中，也极有可能夹杂一些清音。但是要让清音悦耳，这还得等到以后——等到整个时代的贫嘴耗得唾液焦干的时候，要到这时候才行。

这后十年里，好的中国作家是很苦的。主要是心苦。痛苦在磨炼他们，但愿如此。一个民族要产生出一些好作家，这个民族是要付出代价的。有人可能说：就不付出。是的，谁也不愿付出。可惜这不是个愿不愿的问题。

好作家需要一种精神境遇，一种精神环境。什么才是他们所需要的？是前十年还是后十年？谁又能回答呢？

评价自己的同辈作家／运气和体力

如果比作战友，他们是各怀利器的人。他们的顽强总是激励着我。他们有时候也失败，那一半是因为运气不佳，一半是因为体力不支。因为在我的经验里，自己就是因为这些才失败的。不过他们二十年跋涉下来，又是在这样的时刻，不是榜样又是什么？

没有他们，我不知道孤独会让我怎样……

二〇〇五年

《九月寓言》书影(英文版),美国 Homa & Sekey Books 出版公司二〇〇七年版。

"个性"和"想象力"*

一

不知从哪里说起,就让我从几个基本的老词谈起吧,比如"个性"。作家和理论家对这些基本的词儿大概绕不过去。当然了,一个优秀的作家必须是有个性的。可是我们多年观察下来,会发现一些很有趣的现象:我们经常注意的,最为称许的,往往是一个作家很小的、局部的、有时甚至是微不足道的东西,比如说语言姿态,讲故事的噱头,还有某些所谓"出格"的表达,等等。这固然是"个性",或许非常好也非常重要。但仅仅这样还远远不够,因为有时候我们不能从更大更高、从全局的意义上、更退远一些把握"个性"。比如我们缺乏将作家从整个时期整个群体的创作倾向和精神潮流中区别出来的能力(或意识)。如果说前一种区别和分析只是鉴别"小个性"的话,那么后一种分析则是鉴别"大个性",也是真正意义上的"个性"。

这种寻找需要时间,需要距离和高度,一般讲更难做到。所以有时候我们对"小个性",局部的,细枝末节的,很敏感也很容易认识,津津乐道。但我们对于"大个性",比如说写作者与一个时期精神流向的对应关系,与这个时期艺术趣味的对应关系,却视而不见或不够注意。一个时期的文化趣味、精神倾向性,是有自己的总的流向的,有自己的脚步,自己的节奏,自

---

* 本文为作者在上海大学圆桌会议上的发言,标题为整理时所加。

己的色泽。每个时代都有自己最时髦的东西。看一个作家，比如自我审视，回顾十年或更长时间以来的创作，就要看是否顺从了这种时髦，要看其艺术追求和精神指向，是不是完全顺从了这个时代的流向。如果是完全合拍，或顶多是快一点慢一点，反正大家推动的东西我们也在推动，这就大可怀疑有没有个性了。

这时要停下来，要怀疑自己。实际上我们许多时候既没有发现什么也没有创造什么，只是以自己的方式（"小个性"）跟随和推动着，参加时代大合唱。我们作品中大量的肯定或否定，热衷的东西，与主流意识形态基本一致，有时只是潜性的一致，不过是外表不同，使用的语言不同，更爱使一点性子而已。我们的思想真的与上上下下都很合拍。看看吧，改革开放以来我们一直在不停地一路解构下去，是很合拍的。其实我们的可怜之处，在于我们使用的不过是文学的符号和手法，其内在精神，内在作用，与上上下下的表达意愿，总体是一致的，趣味也一致。退远一些看即可知道，我们哪里有什么"个性"。

大学，报刊，电视网络，许多时候都是综合进入一种时髦的，顶多是依赖一点自己的语言方式而已，即"小个性"——如果其中大部分连这种"小个性"也没有，那大家是不会理睬不会叫好的。但总体上看，许多创作确是处于这种缺少真正个性的状态。我们现在收视（阅读）率非常高、受到极大追捧的部分东西，也包括我自己似乎值得自喜的某些东西，其实没有什么"个性"。我们没有在一路涌动的大潮流里站住，没有自己的思考发现，没有我们自己。

时间是无情的，几十年过去，历史还是要记住"大个性"，而不会太在意仅有一点灵性、聪明、爱狂欢会顽皮、花花哨哨的东西。有时候我们老在谴责快餐文化、快餐作品，实际上我们自己整个的就是一道快餐。我们理解问题，表达思路，哪有什么大眼光，基本上沉不住气。看作家就是这样——缺乏"小个性"不会成为作家；而没有了"大个性"，什么优秀、杰出、伟大，压根都是不成立的。

再说"人品"，这也是个老词儿。通常说人品和人格最终决定了作品的高度和成就，这种说法既朴素又准确，非常深刻。但由于反复说，又是一些大词，一旦失去了时代内容和具体内容，反而显得浅薄可笑。实际上那种说法一点错都没有。我们对人格和人品不能做褊狭的、肤浅的、概念化的理解。我还是得说，现在杰出的作品少，关键还是作家关怀的力度、强度和深度不够，没有更高更大的关怀，还是人格问题。这种强烈的关怀，执拗如一的人格力量，最终还是决定一个作家能否走远的最大因素。

立场、情怀，强烈的关注力，需要在时间里贯彻。这种力量有时是非常缓慢地被送走、被理解的，它会以自己的方式打动世界，需要去感悟。创作者会留下极大的感性空间，这个空间留得越大，创作越是自由，越是个性，越是出现许多连自己都把握不了的一些意蕴。不能用逻辑意志去压迫，不能丧失千姿百态的逸出和饱满。

我还是非常喜欢一些老词儿，我比较保守。比如人格人品，仍然要谈，因为它仍然决定了最终的创作。现在有时理解起来则正好相反，好像只有坏一些才能写出好作品、大作品似的。（众笑）这怎么成？说白了，他对追求人类进步追求完美没有感情也没有愿望，真的黑暗起来了，不是可怕吗？一路解构，还能解构到哪里去？

当然，走入理解上的简单化、二元化也是可怕的，文学既不是揭发信也不是表扬信，表达大关怀甚至也可能使用反艺术的方式去处理。文学问题相当复杂，对世界的艺术把握相当复杂。看看，人们连当年那个语境下的"垮掉派"都没有否定，仍能肯定他们对于人类的成长和世界的进步所具有的意义。不过晚垮掉不如早垮掉，那是很久以前外国的事了，现在语境变了世界变了，一路模仿下去可不灵。今天，我们甚至都没有否定物质丰饶之地的那一类极松弛极无聊的写作，因为我们看到了文字背后透出的一种荒凉和绝望。可这需要是真的荒凉和绝望，是另一种意义上的真实彻底，还有纯粹。

二

当代生活与创作，是个很宽泛的题目。现在的社会生活、现实矛盾，往往表现得非常激烈，已经远远超过了作家的想象力。生活中的故事，其强度、曲折性，作家们想都想不到。而由此我们也发现，越是处于社会各阶层激烈对抗的时期、个体和社会的对应关系处于十分紧张的时期，文学创作，特别是小说创作，作家的想象力反而会出问题，会萎缩。而当一个社会相对平和、人的生活相对舒适，自然环境和人文环境较好的时期，作家们的想象力倒是比较发达，虚构能力强大起来。如西方发达国家的一些作家，他们在形式创新中极尽能事。文学的形式技法方面的革命，往往是发生在他们那里的。他们用在形式探索方面的力气很大，文字也极精致。但是统观起来，好像这些作品内容上有点苍白，没什么意思。

照理说，处于动荡变革中的社会生活，往往更能够刺激出作家强大的虚构力，但实际情形却常常相反。形式上千奇百怪的小说、大胆想象与结构的作品，不一定出现在第三世界。当代生活与小说创作的关系就这么奇妙，好像剧烈的现实生活正压迫着作家的想象力。超越这种局限，大概需要个体的强大，只有强大了，才能冲破这种压迫，获得自由。

说到想象力，我看起码有两种不同的想象力。一种是较大幅度的"情节动作"，如编织离奇的大故事，比如《西游记》《变形记》《聊斋志异》，其中有难忘的猴子造反、人变甲虫、狐狸魅人等等。这种想象固然需要，这也是作者的勇气、生命力和胆魄的表现；但是否还有另一种——另一种更难一点的、却又长久不被人注意和认识的想象力？

人们长期以来太过注重剧烈和离奇的故事，所以格外看重这方面的编造能力，甚至误以为这就是文学想象力的全部或主要部分。其实文学的想象力的重心，并不表现在这儿——或者严格一点讲，这不是真正意义上的文学想象力。正像社会生活中的千奇百怪直接记录下来毕竟不是小说一样，仅仅是幻想出一些怪异的故事也还不算文学。文学的想象力和刚才说的大胆编造幻想仍然有所不同，而是更内在更复杂一些。比如说它可以是通过个性化的语言去完成和抵达的一个复杂的过程。文学作品写出的完全不是现实生活中一再重复的故事，而是经过了作家独特心灵过滤的东西。苛刻一点讲，文学的语言也不是生活的语言，而是虚构和创造出的一种语言，就是说，真正意义上的想象力首先从语言开始，然后是细节，再然后是作家自己的一个完整的世界。

想象力其实是对语言的把握能力，是通过语言进入细节和独特世界的一种能力，是一个个绵密的细部的展现能力，而绝非仅仅是一些大幅度的编造勇气。这种编造比较起来是没有难度的，是可以重复和仿制的。文学的想象力既需要付出一生的劳动，更需要天生的个性魅力。我们常说"只有说不到的，没有做不到的"，就是指各种故事的发生是容易的，而"说"本身却是难的。作家写不到的故事，生活中已经发生，这是古已有之。可见我们今天强调的想象力，不是比谁更能编能造，比谁更能想出什么虚玄奇怪的事情，而是比怎样通过个人的语言去抵达奇妙的细节。整个事件的过程由细节表达，这些细节你无法看到，所以只有依靠想象力。这种能力，才是小说家的想象力——通过语言，展示细节，完成一系列非常复杂的过程。小说家的想象力当然要包括情节，但最重要的不是情节，而是细节，说白了，直接就是语言本身，是"说"。

我们也许长期以来对于想象力有一些误解，比如无法把握它的重点和重心。从这方面讲，就不是小问题。什么才是真正的文学想象力，这不是个通俗的问题，所以要常常弄反。由此我们也就明白，为什么越是变动激烈的社会，反而越是压迫了人的想象力——它让我们只去追求和跟随社会上发生的故事，而忽视了语言方式、丧失了对细节的兴趣。所以在这样的一个时期，一些毫无节制的胡编乱造反而像噱头一样被叫好，被复制。真正的想象力是无法复制的。在故事上过分热衷于大幅度动作的，恰恰是想象力萎缩的征候，并一定会因为这种丧失而丢弃了想象力的第一环节——语言。

实质上，只有弄明白了什么是真正的文学想象力，才有真正杰出的创造。激烈的当代生活怎么会压迫文学想象力？看看另一些第三世界，那里就有最优秀的创作，如拉美的"文学爆炸"。

二〇〇六年六月二十五日

今天的遗憾和慨叹[*]

第二次来到上海大学,第一次大约是四五年前。过去经常这样聚会谈文学,特别是八十年代中后期。其实文学是很难谈的,现在回头看看,留下了太多的文字并不让我高兴。因为一个主要从事虚构作品的人,其他文字再多也难以说得明白,反而让他自己担心。当然可以有话直说,有什么观点就说出来,但有时候因为语境的问题,环境的问题,还有每一个时期面对的客观现实的不同,他会有自己的侧重点,包括一些盲区和误解,还有片面性等等。总之非常容易说许多废话和错话。

随着年龄的增长,说话的欲望确是降低了。但是写作的欲望并没有降低,仍然非常愿意写作,想用一支笔去表达,特别是用虚构的文字去表达。因为现在感到需要表述的东西实在是太复杂了,不能用简单的、逻辑的、直接的言说能够说得清楚。虚构作品是依靠细节、故事、人物,所以它可以得到不断的、一再的诠释,存有各种各样的可能性。这不是一种聪明,不是回避矛盾和问题,而是一个写作者到了中年的觉悟。

的确,面临的问题越来越宽泛、复杂,常常纠缠不清,于是越来越需要依赖虚构,用形象说话。我今天以一个写作者和阅读者的双重身份,随便谈一些感想,可能非常散漫。

---

[*] 本文是作者在上海大学的演讲,小标题为整理时所加。

二〇〇〇年在巴黎雨果故居

文学能否消亡

今天许多的文学会议上都要谈到文学的消亡——文学阅读、文学创作能不能从这个世界上彻底消失，能不能终结。我听说很多的提问——像在南方、北方的文学场合，都有人问这个问题。一谈到这个，我就想到法国作家雨果在《论莎士比亚》中所说的一段话：

"今天，有许多人甘愿充当交易所的经纪人，或者往往甘愿充当公证人，而一再反复地说：诗歌消亡了。这几乎等于说：再没有玫瑰花了，春天已经逝去了，太阳也不像平日那样从东方升起，即使你跑遍大地上所有的草原，你也找不到一只蝴蝶，再没有月光了，夜莺不再歌唱，狮子不再吼叫，苍鹰不再飞翔，阿尔卑斯山和比利牛斯山也消失了，再也没有美丽的姑娘、英俊的少年，没有人再想到坟墓，母亲不再爱孩子，天空暗淡，人心死亡。"

这是雨果的回答。

我还想到另一位大作家左拉，他有一篇文章叫《我的憎恨》，其中说道："我憎恨那些高傲和无能的蠢人，他们叫嚷说我们的艺术和我们的文学已濒临死亡。这些人头脑十分空虚，心灵极其枯竭，他们是埋头于过去的人，而对我们当代的生动而激动人心的作品，只是轻蔑地翻两页就宣布它们浅薄而没有价值。我呢，我的看法迥然不同。"

这是左拉的回答。

我为什么要引这两段话？因为这两个作家说这番话的时候，离现在已经接近二百年的时间了。也就是说我们现在忧虑和讨论的一个问题，其实在二百年前就已经反复地被人提过了，这原来不是一个新问题。而两位杰出的西方作家，已经做出了回答——时间更是证明了他们的回答是正确的。

有新的论点可能认为，我们今天的情况跟十九世纪完全不同——可是十九世纪的读者会说，我们十九世纪的读者面临的全部问题和十八世纪、十七十六世纪的完全不同！不言而喻，每个时期的文学都将面临着崭新的艺术形式、娱乐形式的挑战，于是每个时期都有人以为文学的完结是必然的。虽然时代不一样了，我们今天有了网络，有了电视，有了那么多好玩的东西和场所，什么时装展啊各种各样的戏剧啊，什么立体投影——昨天在同济大学就看了一场现代立体设计演示，漂亮极了——可是今天的人不要忘记，在过去，即便在古代，无论是西方还是中国，仿佛比文字更有吸引力的娱乐场所艺术形式仍然很多，他们也面临着像我们一样的一个花花世界。有很多人被那些场所给吸引了，被那些艺术的形式给征服了，一度离开了文字和阅读。所以，当年也有那么多的人十分担心文学的命运，不断地提出文学死亡的问题。

我们今天面临的挑战，和他们当年在比例和强度上其实也差不了多少。我们不要误解，以为只有今天的文学才面对了一个绝对强大、强大得不可战胜的对手，没有——过去没有，现在没有，在未来我看也不会有。因为文字的魅力，文学阅读的魅力，是不可取代的，永远不可取代。

在真正的读书人那儿，如果找到一本非常好的书，就是最幸福的一个开始，打开这本书，生活中的其他仿佛都给驱逐了。好像再也没有其他乐趣，所有的陶醉和幸福尽在这本书里了。当看到书的一半时，兴奋和幸福也达到了顶点，他不断地被这些文字所营造的场景、各种各样的可能性所吸引，这些文字引起了他的无数想象——那种幸福和快感，远远不是其他艺术形式所能取代的。那是一种巨大的快感。当这本书快要结束的时候，阅读者甚至还会产生出一种忧虑、害怕的感觉——担心这本书眼看就要读完了，他也很快就要从这个世界中走出来了——再到哪儿去呢？

就是这样的情形。我相信许多人都有过类似的感受和经历，这就是文学阅读。你们回忆一下，你是不是曾经有过这样的一本书和这样的一次阅读？

人这一生的文学阅读，就是一本又一本地着迷地寻找这一本书的过程。

如果说文学的终结问题是不存在的，那么非文学的阅读是存在的：许多人把不同的阅读给混淆了，分不清哪些是文学阅读，其基本要求和条件是什么。有人常常问：我不是不愿读小说，但现在各种报纸电视传媒上有好多各种各样的事情，稀奇古怪的信息和故事太多了，我为什么还要读小说，为什么还要读文学作品呢？这种设问乍一听也有道理，实际上肯定不对。但要回答，就要指出何为文学阅读。

我们知道，其他渠道传来的各种各样的故事和信息，它对人构成的刺激，与文学完全不同。文学是一种语言艺术，它首先给人以独特的语言的享受。其他方式的关于各种千奇百怪的事件和信息的传递，要以最明快便捷的语言，把事情传达清楚。而文学作品所要告诉读者的，无论是方式还是效果，都要复杂得多。每一段话、每一个意思、每一个细节、每一个情节，一直到整个的故事，都被一个极有意思的生命重新抚育过了，所有的文字都与一个独特的灵魂、独特的性格携手而来，是使用"他"的语言讲叙和完成的。

我们从第一个层面获得的快感，即来自语言，包括每一个标点的使用、词序的调度，于文字中蕴藏了无限意趣。它叙述这个故事的方法，它的整个形成方式，是非常迷人和有魅力的，并且让不同的人参与创造和想象。这种独特的审美快感，是唯有文学阅读才具备的。

比如说托尔斯泰的《安娜·卡列尼娜》，与之相类似的故事在不停地发生，无论是昨天、今天和明天，都难以杜绝这一类的故事。可是由于托尔斯泰用他自己的方式述说出来，就产生了特别的意味，这意味是任何人都不能够替代的。街头上、小报上的故事可能比它曲折十倍，但仍然没有托尔斯泰那样的魅力。因为这里边包含了托尔斯泰本人的生命秘密。

好的阅读者如果有能力去捕捉文字当中的隐秘，就要从文字中还原一些东西，从词汇和标点符号开始，进入一个作家在那个特殊时刻的激动、喜悦、幽默、微笑，还有愤怒等等。一个真正的文学阅读者能够通过文字，去接近一个作家在创作那一刻的精神和心理活动，多多少少回到写作者的位置上去。现在有的人之所以越是好的文学作品越是读不进去，就因为他没有这样的想象力和还原力，完全把文学作品当成了普通的文字制品去读，所以才会觉得文学作品还没有其他来得更刺激、更直接。这样的阅读是有问题的，所以他们关于文学消亡的问题也就产生了。今天，越来越多的人丧失了这种能力——和十九世纪提出文学要完结的那批人一样，他们是没有悟想能力，没有进入文学阅读的一批人。

文学的阅读和文学的写作是一样的，它的确需要先天的某种能力。比如说我们上大学，老师在不停地讲什么是文学，这样的教学当然是有用的，这有助于文学研究工作、文学入门。但因为文学阅读关系到文学的感悟力，而这种能力的很大一部分又是生命的性质所决定的，所以并非全靠教学能够完成。我们经常说到评判事物的"三七开""四六开"之类，那么文学创作的能力、文学阅读和感悟的能力，如果要"三七开"的话，也许七分是天生的，另外的三分才是学习得来的——可是不要说三分，就是零点三分都很重要——学习的目的是把你生命的潜能、生命里固有的全部可能，都挖掘和开发出来。

作家的两种遗憾

现在的作家进入了一个全新的时期，他们在短短的几年时间里，实践和尝试了各种不同的写作方法，几乎文学史上的多种流派都得到了综合实验。但是粗略看一下，又会发现两种不同的创作——不同的遗憾。

我们常常谈到，有的作家社会责任感非常强烈，有无法消除的道德义愤，对社会的不公正现象格外敏感，对底层的苦难极为牵念，始终关注弱者——这一部分作家的精神是向上的，而不是向下的。这是一种人格力量。可是对于创作的分析，则要复杂得多。因为某些时候，那种立场、那种批判的理念，那种强大的责任感，也会把一个作家的创造力和想象力给压迫了。作家本来是必须保留广阔的感性空间的，这个空间越大，飞扬的想象就越多，千姿百态无拘无束的可能性就越大，生命的绚丽爆发才有可能。

所以对艺术家来说，无论具有多么强烈的关怀，多么坚定的立场，多么美好的关于人类生活的愿望，也还是有一个向艺术转化的过程。忧国忧民、苦难感，这是艺术家最重要的心灵质地，但不能是全部，不能仅仅将其作为一种理念，让其压迫和局限创作的无限可能性。感觉的世界无限丰富无限开阔，一经压迫又会变得窄而又窄。在一个生活非常艰难的第三世界国家，人活得没有尊严，不同阶层斗争激烈，社会不平等现象异常严重，这样的社会，作为一个创作个体,他跟客观世界的对应性、二者之间的关系,通常是非常紧张的。只要身处这样的国度,只要还有一点良知,他的作品必然包含呼喊、反对、揭露的声音,有时难免会写出那种强有力的、像报告文学一样的小说。这种作家当然让人尊重和感动,他们有强大的动力源。但是,这种动力源也应是飞扬不羁的想象的源头,而不是相反。

另一种作家生活在安逸的第一第二世界,虽然他们也有自己的问题、自己的痛苦。从翻译过来的很多作品中可见,他们用尽了文学探索的各种各样的技巧和办法,写得千奇百怪,形式上的追求无穷无尽,总之非常精致——但那是他们的世界,他们的生活,是由他们的生存处境决定的,而这对于艰难发展着的第三世界的不少读者来说,看了以后总觉得没有什么内容,苍白,打动不了他们的心。

这可能就是文学写作的两极,两种遗憾。

其实真正意义上的文学,既不是匿名信更不是表扬信,也不是批判稿——一个作家无论有多么强烈的批判意识,无论有多么强大的道德感,无论面对着多么尖锐的社会问题,无论具有多么旺盛的用文学发言的欲望,也还是面临着一个最为重大的任务,就是写出真正意义上的有魅力的文学作品。物质生活社会环境非常舒服之地,真的会有百无聊赖,真的会有杯水风波,因为身边没有什么强烈的故事刺激他,人的呼喊的欲望,反抗的欲望,也就大幅度减少下来。他们做得更多的一件事,就是技法上的革命,就是催生令人眼花缭乱的形式主义。

所以在第三世界,作家回归到一个真正的文学立场之后,会出现了不起的创作。回头看拉美的文学爆炸,就是这样产生的。那些国家经济落后,贪污腐败、专制,军人统治,黑暗,毒品,一应俱全。他们一开始也经历了一段漫长的文学写作的黑夜,但毕竟走过来了。他们在艺术形式的探索方面,在勇气方面,也完全抵得上欧美的一流作家——可是他们又多出了更了不起的一些东西,即更多的道德义愤,更多的忧虑不安,更多的苦难和憎恨。

许多人说中国作家为什么写不好,即憎恨太多、道德感太强、苦难意识太强。我的看法完全不同。世上哪有这样的道理。其实这些东西越多越好,这才是才华的真正组成部分——这些东西不但不嫌其多,相反它在作家身上永远是缺少的。问题是怎样将其转化为你的杰出的艺术,这才是问题的症结所在。

一个作家最重要的职责,是写出好的作品。一个优秀的杰出的小说家最伟大的使命,就是写出自己最好的虚构作品。在小说家那儿,只有小说的魅力,才能够把所有的愤怒、忧虑、揭发、呼喊,更有对整个人生和社会的伦理把握,尽收其中——小说那张虚构的网,可以把一切网罗在里面,囊括在里面。

鲁迅当年的慨叹

再谈一个感想,这个感想因为我们在上海,所以也就自然而然地产生出来。我想起了一篇鲁迅先生的杂文,题目叫《上海文艺之一瞥》,就是当年鲁迅先生对上海文艺现状发出的慨叹。那个文章比较长,它其中写到:在那个年代上海有一份画报,叫《点石斋画报》。"这画报的势力,当时是很大的,流行各省","而影响到后来也实在厉害"。"神仙人物,内外新闻,无所不画",然而"他画'老鸨虐妓','流氓拆梢'之类,却实在画得很好的,我想,这是因为他看得太多了的缘故"。先生接着说:"小说上的绣像不必说了,就是在教科书的插图上,也常常看见所画的孩子大抵是歪戴帽,斜视眼,满脸横肉,一幅流氓气。""现在的中国电影,还在很受着这'才子加流氓'式的影响,里面的英雄,作为'好人'的英雄,也都是油头滑脑的,和一些住惯了上海,晓得怎样'折梢','揩油','吊膀子'的滑头少年一样。看了之后,令人觉得现在倘要做英雄,做好人,也必须是流氓。"

可见当年上海的这一份画报,在多大程度上改变了人们的审美趣味。"倘要做英雄,做好人,也必须是流氓"——鲁迅先生那一刻是愤怒远多于幽默的。

今天看,出现几个歪戴帽子的孩子并没有什么不正常不可以,但问题是这样的孩子不能是标准,更不能是前提——不歪戴帽子连做个孩子的资格都没有了,这就荒唐可怕了。

鲁迅先生当年的慨叹、郁闷,今天看又是如何?

鲁迅当年其实把今天的许多奥秘都说尽了。鲁迅的伟大就在这里。他的书三四十年前印得跟"宝书"一样多,结果引起了后来的反弹,有人反而不想再读了。其实这与鲁迅先生无关。不读鲁迅的书可是个了不得的遗憾,因为鲁迅谈到的好多文坛问题、文化问题、精神问题,是从人性的幽暗切入的,大多都能言中今日,人性中的许多问题过去和今天都差不多,表现出来几乎是一模一样的。这就是鲁迅的伟大。他深入了人性的大层。今天流行的文学读物又是什么?今天歪戴着帽子已经不算什么了,已经远不够刺激了,今天还不知要把帽子戴在什么位置上呢。

下流,无聊,何止是无厘头,何止是幼稚浅薄,更何止是苍白。不可忍受的是如此肮脏——有时候，许多时候，这些竟然变成了文学的前提。

中国在走向所谓的全球化的过程当中，有两个东西长成了无所不能的可怕的妖怪：一个是金钱，一个是性。这种欲望是人性中的合理部分，它属于每一个人，是人性构成中的基本部分。但是当它公然作为推动社会前进的全部理由，作为精神游戏的规则和标准去强化，并成为评判是非的法则的时候，就成为一种暴力，很少有什么力量可以阻挡它。人欲统领一切，作为一个硬道理放在那个地方，这个世界就危险了。

《西游记》塑造了一个力大无边的猴子，他由石头里边蹦出来，拿了一个棒子，无论是何等神圣权威，更不要说权力金钱，只要不顺眼，挥棒就揍。可就是这样的一位齐天大圣，他有一次遇到一个妖怪，还是要仰面长叹——因为这个妖怪法力之大，可以让"土地佬"们"轮流当值"——七十二变的大英雄此刻痛苦郁闷极了，把那一张毛脸仰望天空，说苍天啊，怎么还有这样的妖怪？

"土地佬"本来是一个命官，用现在的话说该是"守土有责"，却转而去给妖怪"当值"了。为什么？就因为这个妖怪非同寻常，太厉害了。所以，我们今天的处境，我们大家，都面临着一个无所不能的巨大妖怪，它已经让许多的"土地佬"轮流当值了。说到文学，只是一个方面而已，更不堪言而已。

文学文化人士，专家，他们的工作本来就是区别作品，因为他有可能把一般读者感受不到的、文字缝隙里边的奥秘挖掘出来，有可能把作家最有魅力的那一部分给扩大出来，以抵达输送到最偏僻的角落——可是一旦为妖怪"轮流当值"了，还有什么好说的。从这个角度上讲，可以对中国文学的发展非常绝望。真实的情况是，我们已经看不到东方的鱼肚白。但从另一方面来讲，又可以非常乐观——种种情形古已有之，乱七八糟的向下的东西，对人总是非常有吸引力的；但我们非常好的文学、非常好的文学家仍然在产生，并且得到了一代又一代的传承，我们的精神生活不但没有中断，而且还得到了继承和发展。人性里边还有另外一种有力量的东西，这就是向善和追求完美。

毁坏的痛快是存在的。比如说我们一个瓷器店里摆满了很多精美的瓷器，制作这些艺术品的人不一定受到推崇，不一定总能得到很多人的喝彩和理解；而且，他整个制作的过程是晦涩的、艰苦的，制作者可能光着膀子，还由于常年的焦思苦虑，弄到头发枯白面目狰狞：汗流浃背，满脸是泥，让人讨厌。因为他要劳动，他要制作一般人想象不到的精美艺术，其过程看上去不一定是迷人的。制作者是很痛苦的，有时候看上去甚至既疲惫又丑陋。但是有一天瓷器店里突然来了一个小丑，这家伙生得逢时，生在一个以毁坏为荣的年代，于是他拿着棒子，歪戴着一个花花绿绿的帽子进来，噼噼啪啪砸了一通——有人会痛心疾首，但也有不少人会觉得这家伙真了不起，干得真痛快，开始大声叫好！

我们这个时代，砸瓷器的太多，辛苦制作的太少，保护精美瓷器的太少。我们真的进入了如此荒谬的时代。有一个日本学者惊叹，说日本正在迅速走入"一个下流的社会"，我听了以后非常震动，被他对世界的忧虑和警醒所感动。

日本有日本的问题，世界上各有自己的问题。我们呢？防盗窗都安到五楼了，人与人的关系怎样自不必说，活得有没有尊严自不必说。强者和弱者各是怎样生存的，大家都知道。

这些天正为足球疯狂。足球我也喜欢,力与美、英雄主义、浪漫和艺术,都在里边了。但毕竟就那么一个牛皮缝的东西,让好多人哭坏了眼睛,有的跳楼,有的往下扔东西——输了球就说是输掉了国威,踢赢了就说踢出了国威,也太"牛皮"了!花那么多钱搞竞技体育,就是为了全民健康吗?为了一个民族的形象?可是一些城市里连块像样的草地都没有,市民想健身散步都没地方,每天被噪音、被各种各样的东西折磨得没法过,大多数人想打个羽毛球乒乓球,门都没有。我们在这样的环境里,在噪音污染、尾气弥漫、烟囱林立的大破城里苟活,在人与人之间那种冷漠、残酷、压榨中,在一个不知书不达礼的社会里生活,还有多少形象可言?多少尊严可言?

批判的力度,忧虑的灵魂,它本身就是才华。我们还没有看到历史上留下来的任何文学大师,会是一个一谈起理想和崇高就吓得满地打滚的人。当然,他的理想应该是消过毒的,他的崇高也不是伪崇高,他的理想主义和追求完美的意志,正是人类最了不起的、永远不能够灭亡的元素,只有这些才能够支持我们的艺术和未来一块儿生存下去,让我们多少还能谈谈明天。

个体的坚持

我想起阅读《托尔斯泰传》的感受。我看的这一本是英国人莫德写的,读了多遍。它其中有一段话让我久久不能忘怀。他说在莫斯科的时候,晚上出来,看到这个欧洲城市的灯火像蜂巢一片——那时候灯光不会像现在这么亮——他说在茫茫的夜色里边,想起托尔斯泰就在这其中,心里感到了一种安慰和安全感。因为当年托尔斯泰就住在莫斯科，没有住在郊区那个庄园，他在莫斯科有一套房子。莫德回忆那个夜晚的感受时写道："在八十年代和九十年代，莫斯科至少有一家住宅（托尔斯泰家），那里各种类型各种状况的人们在一个人的影响下汇聚一起，这个人身上没有任何卑鄙的东西，他在最黑暗的反动时期，保持着一颗充满希望的心和一个燃烧着的信念，即邪恶的事物决不能持久，当前的罪恶不过是暂时的。"

这座城市的万家灯火里边，茫茫的夜色里边，有那么一户人家，有那么一个人（托尔斯泰）——好多的文化人就团结在这间房子周围，经常到他那里去。因为有了他，大家不觉得绝望——莫德说："这种状况绝不是一件小事。"这最后一句议论特别让我感动。是的，一座城市，一个时期，有没有这样的一个人，这种状况可真的不是一件小事啊！

他说得多好。我们现在好多的个体面临着巨大的黑夜，无能为力。我们不免软弱，没有办法。我们不得不时时妥协。作为一个人，一个坚持下来的个体，原是很难很难的。但是再一想，如果坚持下来了，那些默默的、像莫德当年在夜色中行走的人，又会怎样？这些沉默者大有人在。是的，那一部分孤傲的人，有时会有一个共同的特点，就是——宁可选择沉默。他们常常是用沉默来反抗、来孕育自己生命里的很多东西。那些动不动就在媒体上大喊大叫的人，不能说全都是浅薄的人，但里边的确充斥着大量无足轻重者。这就是我们常说的一句话，叫"沉默的大多数"。他们的声音在黑夜里边，你不知道，谁都不知道。作为一个个体，他还在顽强地坚持——这坚持将来可能会得到回报，更可能连一点声音都没有：直到从这个世界上离去的那一天，也不知道有多少沉默者因为你的存在而得到了安慰，获得了安全感。所以你虽然死去了，默默地死去了，但是你存在过。

我们不免也鼓励过自己，要做这样的一个个体——不是为了让别人赞扬和崇敬，不是为了被记住，而只因为曾经看到了莫德的这句话。同时我们也会感到，当我们站在郊区的山上向下一看，或走在城区——那可不是莫斯科的茫茫黑夜了，那是污染成一片浓雾的黑夜，这黑夜即使比莫斯科的灯火明亮十倍也刺不透射不穿——在这个黑暗的污浊的夜色里，我们不由得会想：完了啊，可惜啊，这么大的一片城市之中，我们没有那么一个或半个类似的老人，也没有那样的一栋房子，没有一个人在那房子里边居住——我们知道这座城市没有那么一个人，这人身上连一点卑鄙的东西都没有，他在关怀和关切，他存在着……想来想去，真的没有——我们实在不敢说有，我们多么希望有，可是，但是——没有！

所以我们没有一种安全感，没有得到生存的鼓励。当然，我们也有很好的老年人、中年人，但那是一般意义上的。他们也常常要说一些言不由衷的话，说一些假话，做一些非常不好的事情。

"没有一点卑鄙的东西"这句话，当然不是说托尔斯泰没有缺点，没有做过错事。当你深入他的世界的时候，看他的日记和真实生活的时候，你会觉得他并非是神，他仍然是人。但他是大写的人。他那巨大的关怀，灵魂的性质，驱逐了卑鄙。

附：几个小问题

关于批评

说到对我的批评，我自己是很少去回应的。因为批评者自有理由。对方的作品和言论，我也并没有来得及读全，不能确切地得知他全面的想法，所以简单回应会片面化。在九十年代，有的报刊以很大篇幅批评我，我从来没有指名道姓批评过对方，一次也没有，没有回应。因为我在做别的事情，暂时没有时间研究这些，没有完整的判断。

还有就是，一些非学术非艺术的争执、没有高度的话题，参与进去没有意义。

一些大词

刚才说到一些理想、崇高、文化大旗、反抗等等，我觉得这都是一些大词，要慎重，尤其要使其有具体内容才能谈。有时候我对这些词汇的使用有些反感，就是说，当我们没有把它具体地填充上自己的内容，就会有一种本能的排斥和恐惧。有时人们也会走向了另一极端：见了大词就反对，无论这个大词意味着什么，代表着什么，具体内容如何。

文学尤其是具体和个性的，它不能是走到大词为止的东西。即便是极其激烈的情怀，也还需要文学的表达。昨天我在华东师大举了一个例子：如果说我们有人在社会上遭遇了不幸、压迫和苦难，如果说很大很大，还能比屈原当年更甚吗？谁比他的牢骚更多？屈原是一个贵族，一个重臣，可以和国王经常在一块儿无所不谈，但由于后来小人离间，权力斗争，他的地位受到了极大的削弱，最后是流放。他当年痛不欲生，最后投江——就是这样的一个诗人，看他的《离骚》《天问》《招魂》，写的却是何等绚丽、灿烂。他那么多情地写到了女人，想象奇异，写到了无数美丽的花，他是一个永远的、多情的、浪漫的生命。他是如此丰富。所以他才杰出。他并没有因为自己不可忍受的命运的捉弄，而把自己的作品用大词填满。他的作品美得不得了，千古绝唱。再说到鲁迅，我们很容易一谈到鲁迅就是匕首、投枪，横眉冷对，但实际上他是非常多趣、多么幽默、多么有意思的一个人。

符号化的危险

我们今天谈五四以后的小说，把过去一度忽略过的作家作品当成了经典中的经典，视为最伟大的作家。这不冷静也不实际。他们是了不起的作家，现代文学史曾经不公平地对待了他们。整天讲"百花齐放"，开得那么好的一束花，那么香那么美，却完全无视其存在，甚至不让它开放，实在没有道理。但是一定说他们远超鲁迅，那么伟大，或者说唯一唯二的，那也不让人同意。

有人说他们才幽默，而鲁迅不幽默——奇怪的是我却觉得鲁迅的作品太幽默了，而有人一再以幽默列举的作品，在我看来更多的却是诙谐和滑稽。

幽默和滑稽还不完全是一回事儿。我们很多的人喜欢滑稽，不喜欢幽默，因为他根本不懂得幽默。鲁迅的所有小说，包括他的杂文和散文，都非常幽默，鲁迅仅此一点也是非常了不起的。鲁迅首先是一个多趣的、丰富的人。我们现在越来越不读鲁迅的作品了，自以为已经十分了解他了，其实我们只是得到了一个概念化的鲁迅，与真正的鲁迅没有多少关系。我们常常满足于作家的符号化、简单化，这多么危险。

当代作家同样面临着被符号化简单化的危险。一谈到某些人就什么"道德理想主义"，"二元对立"——也不知谁在对立。所以我们一再地强调：强烈的道德义愤，对社会底层的关注，对社会公平的渴望——一个作家在这方面有多么强烈、多么有力，就应该有多么绚丽的想象。它们应该是一致的。

世外桃源

有人说《九月寓言》等作品写了一个世外桃源，真是让我不解。很多场合人们说它的优美和诗意，仿佛美化了粉饰了生活似的。可就是没有注意它写到的黑暗、血淋淋的生活。比如《古船》《家族》，我每每想起其中的鲜血、黑颜色，至今还要惊惧——生活如此，我是不得不写；奇怪的是今天的部分读者觉得它们都大不过瘾了。

怎样才够血腥？时代给人的可怕趣味……

沉默者

有人说，对社会的黑暗用沉默的方法对待不如反抗，当然。

但是，有时沉默也是一种反抗，一种现实。很多人是出于无奈，或更复杂的一种思想——一时没法表达，无从表达，是那么一种生存境遇。不是提倡沉默。不停地写作和宣讲，就是为了打破沉默。我们歌颂行动，但行动是各种各样的，比如说好好学习，努力思考，爱着美好的文学或写作，都是行动。

城市的骄傲

有人说，他在浦东新区那儿走时，感觉这灯光已经成为骄傲和象征，成了一种被建构的强悍的文化真实，并希望我能谈谈"葡萄园"的意义。

我作品中写到的"葡萄园"既是一个实在，也是一个意象。对应城市，的确已经构成了"一道强悍的文化真实"的浦东，葡萄园是另一片大地。不光是上海，中国的很多大都市，比如一些省会城市，近几年建设上都在飞速发展、膨胀，市区越来越大，楼盖得越来越高，玻璃幕墙越来越亮，极像西方。除了比那些西方发达的资本主义国家脏了一点之外，楼房盖得一点都不差。回忆一下一九八七年第一次到欧洲去，当时十分惊异：怎么世界上还有这么好的地方。我说的是波恩、慕尼黑、莱茵河两岸。美得不得了，特别是到了秋天和夏天。还有纽约那些高楼，如同大山排排而来。昨天在"文新大厦"顶部，特别高处，往下看二十几层的楼就在脚下，换一个角度望一下，很像纽约曼哈顿的某个区。城市发生了多么快的变化,它终于让知识分子慌了,读书越多越慌,说中国简直不得了啊。

可是我的感受完全不同。我对于"发展"可没有这种五体投地的情状,因为我在更大的地方走了多遍。中国的土地太大,穷困的地方太多,整个农村、山区和平原,都可以详细地走走看看再说。我想说,这些年来对环境的破坏太严重了。两个环境,一个是人文环境,一个是自然环境。我们现在很注意自然环境。是的,许多地方你很难找到一条像样的河流,很难找到一片可以游泳的海滩。自然环境被破坏得一塌糊涂——当你不管不顾地去破坏自然,那么要盖一幢像样的大楼不是太简单了吗,你要治理一条河流,你要改造一片土地,兴建一个完整的水利系统,把整个的土地改造成当年的大寨田,那要花费不知多少生命和金钱——只是不太显眼,因为它没有从土地上高高地挺立起来,不是四十层五十层,不是立交桥。但是,那种建设是真正的花费我们的精力、金钱和时间的。有些农民现在贫困得不得了,土地被破坏了,林区被破坏了,我们的农村、贫困的地区,是多么广阔,我们把它的一点力气集中起来,盖一个上海,盖一百个上海,这有什么难?根本就不难。

最难的是改造我们这片广漠的荒原,这片贫瘠的、一眼望不到边的、靠你的想象都找不到边界的苦难和贫穷。

再说这个人文环境。我们从出生到现在,何曾生活得这么恐惧?杀人,恐怖,大面积的无道德无人性,忍受的欺辱,各种各样的难言处境……总之生活得非常危险。把我们的社会环境自然环境破坏到这个程度,盖一座城市,一片拔地而起的楼房之类的,代价未免太大了。对比起来,建几座高楼城市比一个安全的、知书达理的社会环境来,是太容易了。因为把大地上的钱集中起来，不管不顾，不管人的心情，不管社会秩序，不管自然环境，只管盖房子，这没有什么了不起，这非常容易而且让人不安，让人痛苦。

真正难做的是怎样保护大地。是的，还是大地、葡萄园，说我有"大地情结"是不错的，我对保护大地爱护大地，对大地所寄托的无限希望，会是永远的。因为只有这个大地才能支撑万物，才会有各种各样生长的可能，维护大地才是根本的维护。

城市里住着很多的人，有钱的人，有文化的人，好多的高校都在城市里——城市既然有了这样的条件，装下了这么多的人，那就要问一问了：这里产生了多少让人类进步的思想？出现了多少有意义的人物——如同今天下午所说，整个的这么大的一座城市里，居住了几个托尔斯泰式的、让人放心的、想一想就令人温暖的人物？

所以，一座城市，她真正产生和集中了思想、凝聚了创造的力量，才是伟大的；要不，城市的奢华就是剥夺了大地，这种剥夺就是罪恶。

二〇〇六年六月二十八日

把文字唤醒*

三十年前的读与写

一九九〇年，明天出版社曾经出版了我的小说集《他的琴》。这不是我出版的最早的一本书，却是对我具有特殊意义的一本书。其中最早的一篇小说《木头车》是一九七三年写的。严格地讲，它才是我最早的一部作品集。它概括和代表了我三十多年前的阅读和写作，等于是那一段写作生活的全部。

对我来说，当年的阅读成为最有吸引力的一件事，也是非常困难的一件事。因为当时在一片林子里，别说是图书馆，就连接触人的机会都很少。只要传到手里一本书就感觉珍贵得不得了。有时候得到一本喜欢的书，看了一遍又一遍，晚上睡觉还要把它放在枕边。

后来能看一点儿翻译作品，中国古代的书，如《红楼梦》，还有一些武侠书，一些革命作品。很少。我还记得第一次读到鲁迅的散文集《野草》，封面暗绿色，上面画了紊乱的野草。当时我不能说完全看懂了这本书，但能感觉它的深沉和美。那是我小时候读的唯一的一本鲁迅的书。后来读了巴尔扎克的书、陀思妥耶夫斯基的书——他有一本《白痴》，让我怎么也读不懂。几乎所有的字都认得，却读不懂。

---

* 本文是作者在大众讲坛的演讲，小标题为整理时所加。

当年没有电视、没有网络，连收音机都很少。我们最信任最依赖的，就是纸上的文字，是阅读。我们对文字本身有一种神秘感和敬畏心，有一种追究和探索。比如书中自然段的划分吧，这对我就很神奇。为什么从这里分开？依据是什么？方言、儿化音、生僻字，都让人心向往之，都要问一个究竟。我们对于文字、对于印刷品，真的有一种非同一般的敬重。所以我们很理解中国古代"敬惜字纸"的说法。我们对文字有情感。

我们就是在这种状态下开始阅读文学作品、学习写作的，文学之路就从这里开始。

今天，打开一部当代文学史，会发现一连串的名字，这些人几乎都出生在四五十年代，或者稍晚一点。他们就是在我熟知的那样一种气氛下阅读和写作，进而成长起来的一批人。和现在的许多文学起步者有所不同的是，他们对文字有过那样的一种情感，并且一直继续下去。他们比后来者更依赖文字，有一种叩问和求证的精神。如果一个字、一句话写错了，很难宽容自己。

最早的文学开始大多写诗，我也一样。因为一些长短句子、押韵，很符合少年的文学冲动。我写了大量的诗，再后来才是写散文、戏剧、报告文学，最后是短中长篇小说。这种文学训练的过程，好像是各种体裁都尝试一遍，并且由诗进入。对诗歌的这种迷恋和爱好，对我意义重大。很多人都认为我是写小说的，甚至简化到主要是写长篇小说的。实际上当然不是。我在二十多年的时间里以写短篇为主，而且从来没有放弃诗的写作。诗对于语言、意境、音乐性，有一种更高的追求，它对一个人文学道路的牵引力是最强的。现在的小说，特别是长篇，在社会上的阅读量很大，在文学中占的比重也很大。但是诗仍然在我心里占有最重要的地位。我曾经说过："诗是文学皇冠上的明珠。"

《他的琴》书影,明天出版社一九九〇年九月版。

我永远不会放弃诗的写作，可能一生如此。很早的时候，大概只有十几岁吧，那本唯一的、也是著名的诗刊要刊发我的一部组诗。这对我来说是多么了不起的消息，它引起的兴奋无法形容。又过了一段时间，因为形势及其他诸多原因，组诗不能发了。这又令我多么沮丧！如果发出来的话，我可能会更加努力地写诗、一直这样写下去吧。

诗给了我巨大的馈赠和恩惠、巨大的满足。它给予的那种幸福感让我不再忘记。我不是诗人，可是我永远忘不掉诗，永远忘不掉在散文和小说中把诗人的热情一点一点、不曾间断地释放出来。

初中毕业后无学可上，我们一帮同病相怜的失学少年聚在一块儿，发了疯地模仿起一些大诗人的作品，不停地写起了长诗。没上高中非常痛苦，我们把对文学的理想和信念，以及没有升学的愤慨，全部寄托在长长的诗句之中。

我们那一代人对于文字的信赖，对于书本的痴迷，是现在很多人无法理解的。有人也许会问：你今天，还会把自己喜欢的书放在枕边吗？是的，但更多的是放在一个很小的柜子中，我只把自己最喜欢的书藏在里面——而我的大书架子上，却有成千上万、几万册的书。我每隔一段时间就从小柜子里摸出一本书，这本书会让我获得持久的幸福。我读了十遍或更多，仍然入迷。这种让我不能舍弃的书大概有四五十本，都是一点一点积累起来的。

只要你对书的情感仍然停留在三十年前，没有泯灭，或迟或早都会找到这样一些书，把它们放到枕边——或是类似的什么地方，你会有这样的地方的。你在不停地阅读和筛选的过程中，会慢慢地变得心里有书了。

有人说，你的那只小柜子里可能百分之八十是小说吧。不，里面的小说连一半都不到。理论书，科学家的书，宗教书，什么都有。

现在有不少孩子想当作家。为什么？其中有的出于挚爱，有的却认准了这是一条名利之路。他们不是因为作家伟大，因为文学可以为自己的民族镶上一道金边，不是怀着一种敬畏做出了这个选择，不是。他们没有心怀崇敬和自豪去爱文学，满脑子就是怎样畅销、怎样出名。他们对于阅读的迷恋，对于文字的依赖和忠诚，根本没有；至于对词汇和语言的执着与敏感，还有起码的专业忠诚，一开始就没有。一个人从哪里出发是不一样的，这与他最后能否抵达，是关系重大的。

我们那时候对于写作的爱，基本上无关乎名利。所以我们能够迷于文字。我们是如此认真地、反复地推敲它们。如在一个自然段里，我们不能使用同一个词，甚至不能使用同音或相近的词；在同一句表述中，不能重复同一个字或同音的字。还有音调和节奏：我们写出来以后不知要读多少遍，默读，从声音、平仄上感受它是否悦耳。就是说，我们不仅要把意思表达得清楚，还要让其有一种好听的韵律，所谓的一唱三叹。诗就是讲节奏的、有音乐感的。词与句的对错是一回事，讲求它的音乐感又是一回事。我们对自己的文字养成了极其苛刻的习惯，追求高度的完美。不仅用字要准确，而且还要求字形优美。同一个意思的表达，可能还有选择什么字的问题。有的字的样子不好、用在这个地方显得很丑，那就要更换。有人说汉字还有丑俊吗？有的。汉字是象形文字，怎么会没有丑俊？还因为词序的排列、语境的问题，有些字就得被苛刻地挑拣。还要考虑到字的直观表意性质，比如说"倔犟"，我一定要用带牛字的"犟"，因为我心中这个人就是有一股"牛"劲的。

我们当年觉得作家是最了不起的职业，最不可思议的人物。那是人生的神秘吸引，而不是过生活的一条路。这种概念是怎么形成的，一时难说，但我们的少年时期就是无比地钦佩作家，就是要仰望和追求。也有人非常钦佩科学家、政治家和军事家。但我们选择的是作家。作家伟大而奇特的灵魂、语言的能力、丰沛的诗意，他为一个民族提供的思想和意义，负载的荣誉；他的可记载性、在文明史上的地位，是这一切吸引了我们。

我从未郑重其事地表明自己是一个作家。因为这个概念在心里形成得太早，即等于伟大和崇高，所以我只能说自己是一个文学写作者，一个爱好者。目前称谓混乱，一些称号公然被当成了职业称呼，于是发表了一些作品的当然也就成了"作家"，何等荒唐。事实上哪有这么简单。有人会说，"家"也有大小之别，我们是小的"家"，这总可以了吧？可是他忘了，再小的"家"也有个基本的指标，有个门槛儿；况且凡是伟岸的称号，都不是当代、更不是自己可以随意使用的。

三十年前我们绝不敢如此轻浮地对待一个称号。我们的阅读和写作还笼罩在一种神往、勤勉、追求的气氛当中。这种气氛已经成为记忆，它不但至今难以忘却，而且还将伴随我们走得更远。

何为文学阅读

现在打开网络，可以看到各种各样的写作。快速的浏览式的阅读，来不及在闪烁的光标下一个字一个字地去读，没有这种耐性，也没有这种信赖。作为网络写作，他们甚至认为看得懂就可以了，句子对错无关紧要。既然如此，读者的仔细和缓慢也就太划不来、太傻了。一掠而过最好，或者根本就用不着看。

就这样，阅读受到了伤害，进而又伤害了写作本身。今天的读与写，形成了一种恶性循环。

一个时期，一个民族的语言状态和言说方式，表现和印证了这个民族的特质，其内涵、情态、信心和力量等等，都从中显现出来。这个民族是否认真，有无恒力和定力，有无追求的意志，都能够从集体的言说方式上得到表现。

语言的演进有一个过程。中国的新文学发展从白话文开始到现在，虽然受到大量翻译作品的影响，经历了不断的演进和变化，但仍然植根于中国古代经典。它一路跟着新的社会发展下来，成为活的、变化的、跃动的和生长的，在一天天前进。它成了一个民族、一个时期最精炼最灵活、也是最有生命力的表述和概括，是一个民族语言的牵引，是一个民族语言的奔跑。所以文学的语言直接影响到一个时期新闻的语言、一般的生活用语，甚至影响到公文写作。相对枯燥刻板的公文是在文学语言的牵引下，缓慢而又谨慎地往前行走的，它需要在等待中接受最新的表述，包括一些词的使用。

观察中我们可以发现，一些杰出作家使用的句子和词汇，以及他们的言说方式，大约需要两三年的时间才到达一般的作家那里；再过两三年即到达新闻媒体和学生作文中；最后，又是两三年之后，就开始出现在公文当中。这就是语言演进的大致轨迹。当然，再杰出的作家也要向民众、向生活的各个方面吸纳语言，但是最终的概括和升华，是完成在他的手里。

我的意思是说，网络和繁杂的通俗劣质传媒，破坏了一个民族在语言方面的正常演进，造成了整整一代人、一个时期无法深入准确的表述，进而失语，对人们的心态和思考形成负面影响，积成了实际生活中的创造障碍。因此，如何唤醒越来越多的人进入文学阅读、理解文学阅读，就成了整个民族的、至关重要的一件大事。

现在人人都痛感浮躁对人的伤害。无趣、寂寞，求助于网络、电视等声相制品，结果不仅没有缓解这种症状反而使其更加严重。刺眼的灯光效果，闪烁的光标，五光十色斑斑驳驳。可是它反衬了现实生活中的人，却让他们显得更加灰头土脸。要抱怨找不到对象，要做事没有方向。不自觉地过去了一天，明天又接踵而至，一天一天就这么消耗掉。而过去，我们有一杯茶、一本好书，几乎什么都有了。你现在试试看可不可以？大概不行。因为已经丧失了对书的感情，书太多了，让人反感和要扔掉的书太多了。一句话，我们被淹没在声音和文字中，我们无法选择也无力鉴别。我们的眼睛和耳朵都已经太疲劳。

我有一位朋友，他说苦于找不到好书。我送给了他一本，结果第二天让我看到了一个疲惫而兴奋的他。他说读了一夜的书，说怎么还有这么好的书！可见真正找到了一本好书，读进去，全部的想象空间被占满和利用了，跟着书中的一切去设想去游走，那种感觉真是好极了。他不是一个文学中人，一本小说却能把他如此吸引。他现在正读这本书的第三遍。可见人世间好书还是有的。

二十五年前省图书馆的朋友为我找来一本地质游记方面的书，结果给了我长久的快乐，至今还带在身边。那是"文革"时出版的书，它的每一个字、每一句话在我看来都是美的，好极了；真正的艺术品，无比朴实，连同封面和装订，处处优美。可见任何时候，好书都是有的。

关键是读书要有个心情，有个方法，有个区别。不是对文学作品的语言文字评价高于一切，而是指它们需要完全不同的阅读方式，就好比不同的食物需要不同的吃法一样。读文学作品，一般而言关注的重点不是它的情节，而是细节；不是中心思想之类，而是它的意境；不是快速掠过句子，而是咀嚼语言之妙；不是抓住和记住消息，而是长久地享用它的趣味。

一部作品里没有直接说出的话，所谓的话里有话、隐在字里行间的话，还有意味，都要品读出来。文学阅读就是还原作家创造那一刻的感慨、不安和兴奋。文学作品主要不是读故事、不是读情节，而是在细节中流连，展开悟想。人是具有幽默感的，人能够靠想象编织别人的生活。每个人都有实际生活经验的支持，这在文学的阅读中至关重要。这些能力不是受教育得来的，或者说主要不是受教育得来的，而是先天所具有的。这种能力或者在后来的教育中得到加强，或者被覆盖、歪曲和丧失。所以我们常常可以看到这样的现象：有人在进入大学或深造之前，是很能在好作品中感动的，这之后却读不懂了，变得不辨好歹了。

有一个从事哲学研究的朋友对我说出一个困惑，即现在有那么多的小报网站、那么多的信息传递渠道，我们接受的刺激已经够多了，为什么还要读小说之类？这等于问文学何为、其存在的理由，当然是一个大问题。我仔细想了，对他说：你通过眼睛和耳朵去捕捉和了解的社会信息，它和文学阅读还完全不是一回事。文学阅读会让你慢下来，以获得文字和语言的快感。比较起一本绝妙的深沉的小说，你所看到听到的那些信息和故事，它们还是直白、简单多了；它们没有独特的想象力，表述上也不够讲究，显得粗糙多了；而且好的文学作品的意境、它的细部，还要靠你自己去想象——这个过程就是再创造。你要靠自己去把死的文字唤醒，并把它们立体化、还原成鲜活的生活。声相网络不太需要那么多的思想，你只是"知道了"而已。文字的阅读，一千个人读，会因为每个人的教养资质不同、每个人的思想方法及性格的不同，产生一千个差异巨大的结果。还有，真正的文学作品是现实中不会重复的东西，它仅仅是一些极为个人化的虚构世界。这才是文学的魅力。文学的语言多么讲究，文学的意境多么高远；它的气氛、它的人物，这一切是多么地奇特。整个文字的帷幕后面总是站立着一个人，这就是作者本身，一切的奇特都来自这个人。

人与人的差别是巨大的，这就是生命的神奇。

文学写作和艺术创造是一种神秘的、不可思议的工作。它甚至不能靠集思广益，不能搞群策群力；它只能靠独特的灵魂、特异的生命，靠生命在某一时刻的冲动和暴发。它的结果是不可替代的、个人的、永远也不可能在这个世界上出现第二次的活的风景。一千个人能代表和再造莎士比亚和屈原吗？当然不能。他们是不可以用智慧交换，也不可以用技术再生的。

随着年纪的增长，我越来越愿意买精装的书，最好是全集。我觉得那么伟大的灵魂、那么好的艺术和思想，就应该用最好的包装把它保护起来打扮起来。大套书摆在那儿，不是为了排场为了好看，而是要从头看下来，以了解这个人的灵魂深处，了解一些转折，看他一生对这个世界有多少感情。畅销书作家为什么总是少一些价值？就因为比较起来，他们对我们这个世界没有感情，他们不牵挂我们的生活，不牵挂我们数千年的历史，也不牵挂我们的未来。面对全集，由于时间的问题，可以一边翻一边看，粗读细读不一。一部全集，就是一条生命的长河。我们有可能知道这个人是怎么生活的，怎样从少年到青春、到壮年、到晚年——他刚进入这个世界的时候，心灵状态是怎样的，到了青年、壮年时，又有多大的创造力，到了晚年有没有垂死的绝望、思想是否清新，等等。这等于回忆自己的过去，认定自己的现在，想象自己的未来，看看伟大的人物，看他们当年与自己的时代是怎样产生摩擦的。

我看到一幅好画喜欢得不得了，可是我更喜欢看画家的全集。我就不相信一个人全部的创造痕迹放在这儿，你就窥不见他的心，你就不了解他是一个怎样的人。我对他们的理解，音容笑貌，有时觉得远远超过对生活中熟人的理解。这就是文学艺术的魅力所在，它说到底是人的魅力。

有一位作家

有一位战争时期的作家，自幼聪颖过人，酷爱文学。他同时要为一个理想奋斗终生，所以参加了队伍，边打仗边写作。这个作家一直让我尊重和崇敬。有很多人的写作都在模仿这位作家，我更是如此。他的作品，我每一个字都读过，这份景仰无以言表。现在好多人一读到那个时期的文学，就要先有几分轻薄。其实不必。那时有一些作家是非常纯粹的，当年就为了救国，为了把国家从危难中解救出来，倾其所有，撇家舍命。做人要纯粹、求主义、求真理，都不能掺假，这和对待艺术是一样的。作家一心向着名利，就不是真正的作家。他没有上过大学。他的写作有一种单纯的力量、强盛的力量，今天看起来仍然打动我们。这种力量是永恒的、无限的。比较那些过分简单地将文学与革命、革命与人性对立的作品，他的写作今天看，仍然葆有其丰富性和宽阔的感性空间。

他是坚定的战士，骨子里又是很唯美的。他追求完美，浪漫气质与生俱来。

即便在极"左"的年代里，他写女性、写爱情，写人性之美，写自然，都那么饱满……随着时代往前发展，到了网络称雄、到了全球一体化，到了我们又兴奋又无奈的当下，他也随之跨入。一切都在风里，人可以把门关上，可是呼吸时却要进入血液。每个时代都有好坏间杂的东西，毒素进入体内，就需要强大的免疫力，让白细胞把它杀死。这位作家头脑非常清醒，他对极"左"时期的思想禁锢和文化专制，有过极为深刻的批判。可是他也毫无犹豫地痛斥物欲统领一切的时代风气。

同样是老作家，有人对物质主义，对强大的欲望控制下的生存是十分适应的。有人在一些场合总是笑着，不停地说着："青年多好啊，那是我们的未来啊！我相信未来啊，一片光明啊！"这让人看了听了很舒服。宽容、信任、乐观，没有什么不好。其实呢，说说吉祥话儿，博个口彩，原是不难的。难就难在凡事有个分析。我们会发现，他们没有说为什么相信未来、根据是什么；也没有说对青年充满希望的理由，更没有说对哪些青年充满希望。

而我尊敬的这位老作家却不是这样。他远没有那么乐观。面对全球一体化语境下的欲望泛滥，物质主义的全面入侵，他愤慨忧虑，痛心疾首，写了大量文章谴责和呼吁。他对一部分青年、一些现实，失望甚至绝望。他期待有更多的责任感和历史感。他忧虑到什么程度？那是真正的忧伤绝望。七十多岁的人了，非常痛苦。纯粹的人，其痛苦总是非同常人。多少年了，我想见他又几次却步，总觉得有机会当面表达心中的敬爱。我总是把时间往后推移。

有一次在北京开会，开得很长。老作家的弟子想约我一起去他那儿，并且定了个时间。可是因为心里没有一点准备，也太匆忙了，结果还是没有去成。回来不久，我却知道了一个胆子比我大的文学青年，他早就拜访过老人了。

他说了去见这位老人的经过,满足了我急着要知道老人是怎样一个人、喝什么茶、家里藏书多少、起居细节等等。他说去时带了礼品:一点核桃、绿豆豇豆、一些牛皮纸——老作家喜欢包书皮。看这位青年想得周到,送牛皮纸、核桃等,礼物像老人一样清爽淳朴。我真想和他一起去一次,可他后来都是自己去的。最后,几乎是一个偶然的机会,我突然又得知另一位中年作家也见到了那位老作家!他回来详细说道:作家现在很老了,非常不愿说话;那天老作家问他从哪里来,他说从济南来,老人就说到了我——中年作家说那是俺邻居;老人沉思了一会儿,说:"你多跟他交谈啊,要站住脚跟……"老人只重复了这么几句。中年作家很轻松地说出了这番话,并不知道对我意味了什么。他不知道我正听到了从小崇敬的人——关于我的谈话!

一个人一旦被一种文字、一种情怀和美所击中,大概一生都不会忘记。物质利益会忘记,被精神的射线所击中,则不会忘记。这天晚上,我自己出门,一个人登到了南郊山顶,又到白杨林里,走得很慢很久。我需要平静自己。就是这个白天,我得到了最大的消息,最大的肯定和最重要的人生叮嘱。这种激励,足够了。

大约在他去世前四五年,一个出版社的朋友去找老人谈出版作品集的事。我这个朋友也是一个唯美主义者,他对老人喜欢敬仰极了。他准备把老人的书出得漂漂亮亮,让封面、印刷装帧及一切方面完美无缺。他每出了书都要反复抚摸,就像对待自己的孩子。他去了,三四天以后回来,情绪极坏。他说:以前我见老人总是谈得很好,想不到,我们这次几乎没有说话。老人失望了——不,是绝望了。他这些年里先是不愿参加社会活动,再是不愿出门;现在连屋门都很少出,长时间躺在床上。不愿吃饭,不愿说话。头发胡子很长,瘦得要命。他说，他当时给老人鞠躬，然后说了出版的事，儿子还大声重复客人的话，老人却只是翻翻眼睛，啊啊两声，把脸转到墙的一边去。儿子很抱歉，小声对客人说：父亲头脑很清晰，但是……只喝一点儿稀粥，人不会长久了。

不久，老人去世了。

我多么痛惜。我对那份坚毅能够理解。我们是两代人，对待生活细节的评价和处理方法可能有许多差异，但他憎恨时代的丑恶及永不妥协的精神，永远让我钦敬。对比那些总是"相信未来、一片光明"的哈哈大笑者，我更信服这位老人。他能让我想起鲁迅。

我们可能不太同意他以这种方式来表达，但是我们会对他的这种选择、他的立场、更有他的牺牲，肃然起敬。我不能想象他头发很长、胡子很长、一点一点煎熬自己，那时的心境。但我知道他是我们时代里最沉重的一颗心。在心灵的天平上，还没有另一种重量可以把它平衡。我会记住他说给我的话。

两难的时代

未来是怎样，青年是怎样？我不敢不负责任地随便放言。我口说我心，我必须问问自己，你是怎么看待未来的？我承认自己很难回答。我只能如实地说，我对未来充满了忧虑。但是为了未来，我不会放弃任何积极的努力。我又是怎样对待青年？我不能说自己不相信青年，但我对青年同样充满了遗憾和疑惑——尽管如此，我对这个时代青年当中的杰出人物还是感到了由衷的宽慰，甚至为和他们同处一个时代而感到高兴。

我不是一个简单的乐观主义者，既积极也消极。我正尽一切努力，以自己的积极战胜自己的消极。这可不那么容易。

现在网络纵横、西风劲吹，整个的欲望都解放出来呼唤出来了，剩下的问题怎么办，那就全看我们自己了。泥沙俱下，目不暇接，阅读品不是要什么有什么，而是常常让我们瞠目结舌。一些网站、图书、影视，更有其他媒体的渲染，所见所闻充满感官刺激极尽撩拨。还有大学，本来是令人向往的地方，她通常代表青春和知识，是一个国家的希望所在，可是有一次我因为要查资料打开了一个大学的网站，竟吓了一跳。我不敢相信自己的眼睛。大学生们在那里互发帖子，那是怎样的语言怎样的观点，怎样的素质，你会不明白他怎么考上大学，更不明白有的还是研究生、博士生。这不是寥寥几个帖子，而是相当大的面积。其中少数正常和正气一点的，有些许义愤的，必定遭到围攻和嘲弄。既然如此，当我们谈论青年和未来的时候，还敢于轻易放言吗？

生产总值大幅攀升，社会生产力空前解放。言论环境也变了，仅就文学创作而言，已进入从未有过的多产期。我们有大量的作品，各种各样的作家。无论偏激也好、不偏激也好，现在到了真正考验人的精神和创造的时候了。对于一个巨大的事物，人的反击和抵抗也需要拿出同样大的力量，这种对决必要留下自己的痕迹。能这样坚持的人，他想平庸都办不到。一个僵化和板结的时代有什么意思？那只能让创造的精神沉沦下去。时下，好的作家，杰出的作家，也许正在产生或已经产生；但更有在欲海中沉浮招摇的作家，更愿虚名盈世，被金钱欲望牵得越来越远。其实，每个时代的杰出艺术家本不会多，看待一个艺术家十年二十年还远远不够呢。一百年产生几位就不错了，剩下的就是互相不可取代的、有特色有意义也有价值的作家艺术家了。每个人都在写自己的生活、自己的经验，所以其表达是不可取代的。观察艺术和文学，如果不能视野开放，仅拘泥于当下，肯定会觉得满目疮痍，会有极大的不满意。这是正常的，因为我们不自觉中正使用了更大的人和艺术来作为参照。

现在，只有现在，这种泥沙俱下、混乱不堪的创作格局中，一个作家能够坚持自己，同时又具有不凡的才能，那么留给一百年的机会还是存在的。

所以我们一方面忧虑，一方面又不无乐观。我们常常处于两难的境地之中。我们对经济的飞跃、物质生活的大幅度提高，有一点儿庆幸；同时又对人的贪婪、强横、无理和野蛮，对环境的难以修复，感到椎心之痛。我们常常要在两难之中生活、思考和创作，有时不免陷入悖论。在野蛮者眼里，什么文学、艺术、人类几千年来形成的最珍贵的思想，什么永恒和伟大，只用一个脏字就可以打发了。在这样的情势之下，我们的生活还会有什么希望？可是没有希望，放弃积极，很可能沦落到更不堪的、极度恶劣的情绪之中，这当然是不行的。于是我们需要更多的勇气和智慧，更多的坚持和奋争。

无论什么事情都是有代价的。世界上很少有什么事情不是两难的，所谓的福祸相依。如果发现不了核能，原子弹不会有，人类就此毁灭的危险也没有；可是巨大的核能源也不能利用。超级大国有了核武器，十三亿人口的国家如何坐视。经济不发展，无法强国，无法自安。历史有过再好不过的说明。保护环境说起来容易，做起来很难。因为我们已经把人的欲望、物质主义的欲望调动起来，释放出来，再与环境相谐相安已经难上加难了。事实上，这种道理不是我们今天才发现的,这种两难也不是我们第一次提出的。伟大的哲学家罗素,那是何等伟大的人物,他到中国来考察了一番,而后说了这么一段话:中国的儒家思想太好了,它倡导的生活方式,对物质和思想层面的把握非常好,是一种优雅的文化。在这种文化指导下的民族会是非常安逸和文明的;他说只可惜,世界上还有其他的文化,即西方骑马民族的文化,那是物质主义的、掠夺的文化,你这种田园诗般的生活无法与其共存。可见大哲学家罗素早就想明白了,我们人类实在处于一种两难之中,没有更好的办法。所以今天的拼搏,说白了只是一种追求生存的斗争。问题是我们要明白,人在这种两难中仍要有所作为,要拿出更多的智慧和勇气才行。我们还不能随波逐流。无论做什么,还是应该有一点理想。要关怀这个社会,不能丧失最后的一点公益心和正义感,这不是空洞的大言,而是最基本的东西,更是生存所需。

　　开讲之前,许多人希望讲一讲刚出版的长篇《刺猬歌》,我还是没有讲。为什么?因为一个作家要写三十多万言才能尽兴的东西,他自己在这里用一席话去概括,会是相当危险的。既然需要那么多的语言才能表达的,简化和说明只会造成歪曲。你们听了我今天的演讲,也大致会明白我的新书会写些什么。至于它是怎么写的,有怎样的语言和细节,是否会给人以语言的享受,那还要自己去判断。谢谢。

二〇〇七年一月二十日

与全球化逆行的文学写作*

市场化与文学写作

以经济为核心的全球化进程的加快,会给不同民族的文化带来难以预料的结果。多样性是文化最主要的魅力,而全球化过程中带来的高度融合与剧烈冲突,都会造成地区和民族文化肌体上的巨大损伤。这个过程对文学,特别是纯文学(雅文学)写作,将成为致命的影响。人们已经越来越多地讨论到文学的生存问题。其实同样的问题早在雨果时代就有人提出,他们认为文学就要消亡。雨果就此回答说,如果真的那样,也就等于说太阳不再升起,人心死亡;左拉在《我的憎恨》一文中则说:那些叫嚷艺术和文学已濒临死亡的人,是让我憎恨的无能的蠢人。近来,我注意到英国女作家拉辛也谈到这个问题,她说:那些不断地预言文学要消亡的人,一般都是没有写作能力的人。是的,写作是一种须经长期艰辛的训练才能获得的能力。

我们会注意到,二百年前人们主要是从市场的层面上谈论这个问题的。那时文学书籍作为商品,受其他娱乐形式的影响,销售和阅读的窘境引起了注意,于是得出了"即将消亡"或"濒临死亡""已经消亡"这样极端的结论。时间过去了这么久,事实证明当年那些人的担心是多余的,而雨果等大师的

---

* 本文是作者在中欧作家对话会上的发言。

二〇〇七年七月与张承志在万松浦书院

判断是正确的。二百年后的今天，文学作品的阅读量印刷量不知翻了多少倍。我们可以预言，未来的文学作品的阅读和印刷量，还会继续跃升。

仍然是雨果的话，他说："自从混沌初开以来，人类究竟是什么？是一个嗜好阅读的人。"小说毕竟是写故事的，叙事文学应该有自己相当多的读者。它比起一些哲学思想类读物，仍然有自己在大众读者方面的优势。但是其思想的含量，好的小说不应该比哲学思想类读物低多少。叙事文学应该有许多读者，因为人类本身就是"一个嗜好阅读的人"。今天看，这个定义错了吗？没有，人类并没有丢掉这个嗜好。

人类的阅读走向

如果说每个时代的人类都是嗜读的，那么阅读倾向却会发生巨大的改变。文学阅读的数量有时并不是最重要的，而关键是阅读的质量，它们都会因为阅读倾向的改变而改变。文学的吸引力是源于生命本质的，它同时又构成了其他艺术的基础，是所有文字表达方式中最具难度和高度的形态，所以这种吸引力会渗透和辐射在人类的整个阅读之中。我们甚至可以说，人只要睁开眼睛，广义的文学阅读是无所不在无时不在的。所以说文学阅读的总量不是一个问题，怎样的阅读才是一个问题。

人类能否保持对文学作品的高质量的阅读，很大程度上决定着一个时期能否产生杰出的作品，决定着文学写作能走多远。对阅读能力的大幅度破坏，是全球化进程加快运转的必然结果。网络和电视在跨国化、国际化的文化产业中扮演了突出的角色，它们推进的是浅表和流行的娱乐范式，这与深邃和个性的文学写作是极不相容的。阅读数量并不说明什么问题，因为如果将网络上的文学阅读也计算在内的话，其数量非但没有减少，而是增多了。但是高质量的阅读减少了，这种减少才会极大地影响真正优秀的文学写作。高品质文学写作赖以成立的基础就是语言，而影视、网络等电子阅读使读者对语言的敏感力部分丧失，进而全部丧失。这样一来，文学作品作为一种商品进入市场，其结果不是市场总量的萎缩，而只会是杰出作品市场份额的减少。

个人的语言与思想空间

　　全球化进程中的文化融合、资源共享，就文学写作而言，其积极意义远少于负面作用。充分市场化与网络电视等传播形式的参与及合作，使人类的表达差异在减少。文学作为诗与思的产物，其创作必须葆有极具个人性的可能和条件，这就是要拥有个人的语言方式和思悟发现，要留有足够大的个人空间。而现在由交织纵横的卫星网络覆盖，再加上商业流通的空前发展、各种国际机构经济实体的出现，世界上几乎没有留下相对独立的语言和思想的自然板块，更没有这样的空白地带。

　　人类彼此之间的交流是有益的、必需的，但仍然要有方式上的顾忌和某种限度。一旦超越了这个限度，其负面作用就会显现出来。相对独立的个体才易于产生自己特殊的思悟力和创造力，会有不同于他者的表达。文学离开了这种个人的发现和表述，就会成为浮浅无聊的、概念化的东西。

现在与二百年前谈论的文学生存不同的是，这里强调的不再是商业意义上的市场层面，而是从创作发生的源头——语言与思想的危机层面上来讨论的。维护个人的民族的地区的生活空间，就是保护自己的语言和思想的空间。这已经是十分困难的事情。但对于作家来说，好像已经没有了其他的选择。

在全球化、商品化的今天，物质利益越来越成为普遍的追求目标，无论承认与否，人类的精神追求都面临了空前的危机。一方面是越来越多的人产生了巨大的精神痛苦，另一方面又是写作者思想者这些专门家、这部分知识分子在物质主义面前丧失了起码的伦理高度和伦理准则。像十九世纪的一些杰出的作家，他们在作品中所拥有和贯彻的那种无可置疑的道德标准，今天已经十分罕见。但是这必须由一部分人坚持下去。

优秀的文学家是逆行者

在全球一体化的趋势之下，一些经济体势必要融入这个潮流之中。生活方式、价值观念以及意识形态，都会在交流中发生不同程度的冲突，但无论主观意愿如何，趋同与融合仍然是主要的。而这个走向对于真正优秀的文学家来说，却是正好相反的。他们必须是全球化进程中的一些逆行者。一般来说，只要人类还有顽强生存下去的愿望和追求，那么作家就需要具备突破文化范式、反抗商业主义与网络影视娱乐主义相结合的那种勇气，保持一种平衡物质世界的精神力量。只有这种反抗才会产生这个时代的出色的艺术，并且因为其不可替代而长存下去，并真正深刻地吸引和重塑高质量的阅读，从而使人类处于健康生长的精神生态当中。

对于文学家来说,这种认识将是行动的前提。但正像人在最恶劣的空气中仍然要喘息一样,作家是不可能完全处于一个时期的精神呼吸之外的。就像寻找森林和绿地一样,作家会拒绝一些环境、再造一些环境。这是一个相当艰难的努力过程,却绝对不可以没有。这实际上在谈一开始就涉及的、二百年前的大师们就回答过的问题,即文学的生存。不同的是它今天面临的挑战已不仅仅是市场,而是严重到了早在它破壳出世之前就要经历的劫难。

中国古代产生了伟大的作家,他们之间、他们与广大的世界远没有今天一样频繁的交流,没有多少可以共享的信息资源。他们也没有考虑过市场问题,甚至没有太多考虑过读者问题。他们只以单薄而强大的生命,与这个沉默的世界对话。写作对他们来说实在是一种灵魂的事情。也正是这样的写作,产生了旷世独有的声音和思想,这些思想和艺术因为永远不可替代,也因为我们的世界曾经被它影响和塑造,所以在今天和未来,我们都要被它所吸引。

二〇〇九年十月十日

小说与动物 *

今天谈的是"小说与动物"。这样的题目显然有很多话可以说，因为一部小说讲动物的故事、描述动物，肯定会非常有趣。

蒲松龄与《聊斋志异》

谈到小说与动物，我们首先想到的会是中国的短篇小说之王蒲松龄，想起他的《聊斋志异》。如果再把眼界放远一点，还会想起杰克·伦敦，比如他的《荒野的呼唤》和《雪虎》。

说到蒲松龄，让我稍微有点儿自豪感，因为我也来自山东。今天的山东是一个省，它的面积包括了春秋战国时代的齐国和鲁国，还有其他国家的一部分。所以说蒲松龄不仅是今天"山东"概念中的老乡，而且他还是齐国人，我和他在春秋战国时期就同属于一个国家。

在春秋战国时期，齐国是一个最强盛的大国，国都临淄与今天的香港差不多，是一座极度繁华的商业都市。当年的临淄的确是一个不得了的地方，那里不但商业繁华，还有著名的稷下学宫。稷下学宫相当于今天国内的科学

---

* 本文为作者在香港浸会大学的演讲，小标题为整理时所加。

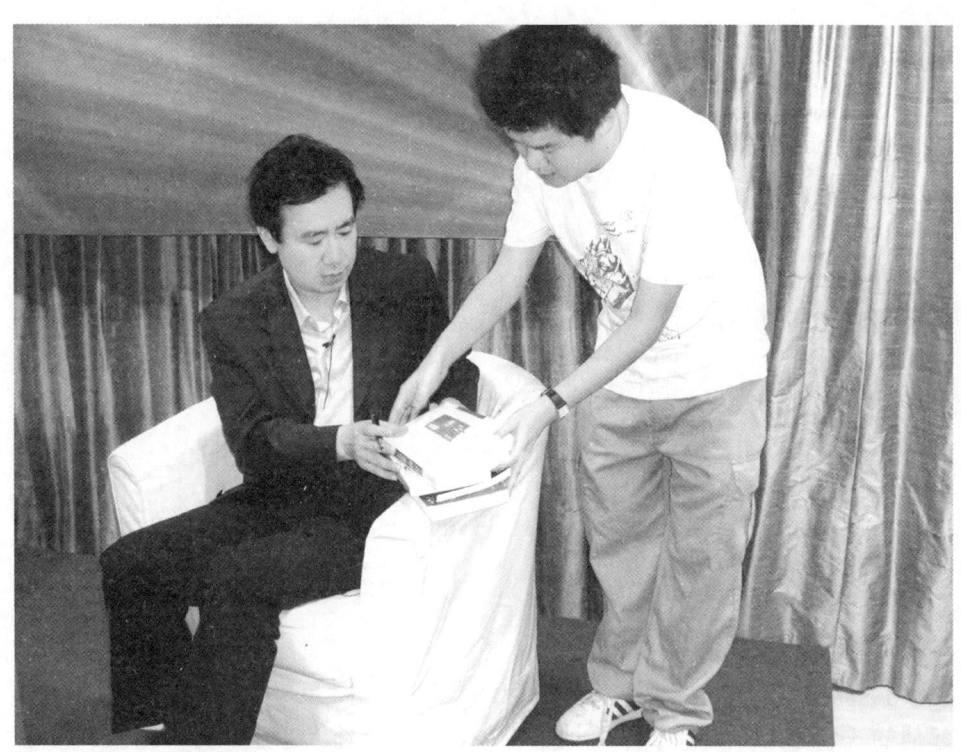

二〇一〇年四月在香港三联书店

院和社会科学院二者的相加,集中了天下最有名的学者,包括文学家。所谓的"百花齐放、百家争鸣",就是在说那个齐国的学术和人文,用以概括它的学术繁荣、学问风貌。就是这么一个伟大的地方,后来产生了写动物的大手笔。原来这里有一个可以追溯的传统。

蒲松龄比春秋战国时期晚多了,他是明末清初的人。但是他对齐国文化的流脉显然是继承了很多。我们今天看蒲松龄的小说,其中写得最多的就是狐狸。他因狐狸而有名,他因动物而传世,他因为对动物惟妙惟肖的联想和讲述而变得不朽。他不光在中国,包括在西方,都很有名,被看作是中国最有代表性的作家之一,是一位了不起的古典作家。

我大部分时间都在"齐国"生活。从时间上看,我跟蒲松龄相距遥远;但是从空间上看,我生活的地理位置离他并不太远,以今天的车程,也就是一个多小时的路。他书中描写的很多关于狐狸的传说,在我们那个地区有许多人耳熟能详,几乎每个上年纪的人都能讲出一大串。人们都知道,动物中最有代表性、最有智慧的就是狐狸。而且他们讲的故事中有很多是跟《聊斋志异》完全不一样的。但是那种讲述的技巧、趣味,我觉得一点也不亚于《聊斋志异》,只是没有记下来,没有形成那么完美简约的文字而已。

所以让我来看蒲松龄和《聊斋志异》,就没有那种古典文学研究者的视角——他们可以从中分析出很多微言大义,比如说常常被提到的"刺贪刺虐",我就看不出太多。今天看,用狐狸作一种比喻,来作为他个人当年心性的宣泄,这当然会有一点;但我觉得主要的还不是这个。一个从齐国土地上出来的人,比如我,甚至可以忽略蒲松龄的文学技法,而更多地沉浸在民间传说中、那种自然地理的气氛里——是这样来阅读蒲松龄作品的。

我首先觉得蒲松龄的写作目的，有可能与后来的研究者得出的结论并不一样：他大多数时候并不是把狐狸作为一种比喻来使用的，而是本来就采信或者大部分相信这些狐狸的传说。就是说，他认为这些民间流传的故事是真实存在过的。

这就带来一个有趣的问题：小说与动物的关系。当一个作家相信了动物的奇能，听信了它们的故事，二者之间发生了这样奇怪的、致命的变化的时候，他的作品也就会是另一种风景了。这样的作品会具备特殊的感染人的魅力。也就是说，作家如果不仅是为了写动物这个题材、不是把动物作为一个道具去使用时，他的文学面貌就会为之一变。

对于蒲松龄，我个人的阅读感受是，他在那个地方生活了很久，对动物传说早已耳濡目染；或者他个人就经历过类似于小说所描写的那些情节、那些过程，所以才会那么满怀情感地、逼真地转述给我们听。他个人非常相信这些故事，相信狐狸有异能。

外祖母的故事

这里，我讲一件小时候记得很清楚的事情。当年，由于各种原因，我们一家是住在林子里的：动乱时期从远处搬到偏远的村落，再后来连这样的地方也不能待，就迁到一片远离村落的林子里。这种生活是非常孤独的。那是海边，是一片荒凉的原野，我们家的小茅屋四周全是丛林。我的童年就在这样的一个环境里度过。

那时候林子里经常出现一些背枪打猎的人。他们带一个帆布大口袋，口袋的一角往往被红色染透，那是动物的血。我出于好奇，有时跟上他们走出很远。回来以后，家里的大人就说：一定不能伤害动物，特别是狐狸，不能打——猎人在我们这一带几乎没有一个有好下场。

有一天外祖母给我讲了一个故事。她说有一个猎人，这个猎人就住得离我们不远，她甚至说得出他的名字、多大年纪。她说他经常到海边这片林子里来打猎，有一次遇到一只狐狸，当举起枪的时候，那只狐狸马上变成了他的舅父，他就把枪放下了；可是刚放下，对面的舅父再次变成了狐狸，还做出一些很怪异的动作引逗他，他只好把枪端起来——当他正在瞄准的时候，这只狐狸重新变成了他的舅父。就这样反反复复三四次之后，他终于认定这是一只老狐狸的把戏，就把扳机扳响了。随着轰隆一声，事情也就结束了——待烟雾消散之后他走过去，见猎物趴在地上，翻过来一看，真的是他的舅父！多么恐怖啊。他大惊失色，哭着，可又不太相信，仍然觉得这有可能是狐狸演化的。他扔了枪，一口气跑到舅父家。舅母一看他慌慌张张跑来了，问有什么事？他只急急地问舅父在不在家？舅母答：你舅父到海边砍柴去了。他立刻给舅母跪下了。

我那时太小，从未想过外祖母讲的是一个传说，而认定是一件真实的事情。这让我感到恐怖。

两部写狗的小说

当年我们的林子里有很多狐狸，还有其他各种动物。我小时候见到的动物和植物，从数量上看可能要远远超过见到的人。这就注定了我后来的文学道路、文字的气质与色彩，也难怪会被称为所谓的"生态和自然文学"。

但以我自己对文学的理解，并不太主张从题材上把它们分得很细。今天做文学研究要这样分也许情有可原，如他们往往分成儿童文学、军旅文学，或者城市小说、乡村小说等等。但是随着这种学术研究的不断细化、不断分割和量化，创作者本身也在自觉不自觉地把自己的创作加以归类，最后就出现了更多的"门类化写作"，不仅有"儿童文学""生态文学"，甚至还出现了"煤炭文学""海洋文学""女性文学"，总之分得越来越细。这样充分细化以后，"文学"反而没有了——有些写作无形中就会试图获得某种"豁免权"，比如说当作品与作品进行比较的时候，有人就可以满怀自信地暗示自己：我写的是另一类作品。也就是说，他可以强调自己写作的特殊性和不可比性。

其实任何题材的写作只有优劣之别，都仅仅是无可豁免的"文学"。作为一个写作者，会知道文学都是平等的。种种分割不仅对于文学写作是一种伤害，对于其他方面也没有好处。文学就是文学，无论写儿童还是写生态，它的标准只有一个，就是考察作品的艺术与思想含量、它在某一个高度上所达到的和谐、它感人的力量、它所抵达的人性深度。这才是最重要的。

比如写动物的小说，初读杰克·伦敦，有多么深刻的感触！我大约在高中的时候读了《荒野的呼唤》——这是读过杰克·伦敦许多短篇小说之后看到的一个篇幅不长的中篇。印象中,它的长度大概折合汉字五六万字。由于被深深地迷住了,当时是一口气看到底的。我被如此地吸引不是因为小说写了一条狗,而是其他。深深感动我的原因,主要是他通过这个生灵,写出了那么多的热爱,那么多的对社会不公平的反抗、个人的愤怒、柔善的情怀、神秘的旷野……这里面有杰克·伦敦扑扑跳跃的心脏,这让读者清晰地听到了。他和那条狗的关系,不是与某个动物的关系,而完全是一个生命与另一个生命的关系。这里面有无限的意蕴。一个生活在底层的人、一个刚刚踏上了人生旅途的人,他对社会不公平的感受、对于黑暗的反抗,和社会的那种紧张的关系,竟然被表现得如此淋漓尽致。这可不是因为写了一条狗、写了一个动物而造成的文学的特色才吸引了我,而是他在人性、在人生和社会的探究中走得那么深那么远,以至于重重地震惊了我,打动了我。

所以说,关键不在于作家写了动物还是其他,而在于他对人性理解的深度,对社会牵挂的深度,更在于他的善良,他的博爱。这才是致命的。

后来我看了杰克·伦敦同样写狗的一篇小说,就是那篇《雪虎》,后来还改编成了电影的中篇。因为带着读前一部中篇的期待去读,期望值当然很高。这本书也很吸引我,但总不如《荒野的呼唤》那么动人。我相信自己在阅读方面的敏感和接受能力,尽管经过了翻译,还是能够捕捉字里行间那种把人击中的、看不见的神秘射线,感受它的力量。《荒野的呼唤》中潜藏的什么东西纠缠了我几十年,其中的情与境到现在还历历在目。

《雪虎》写在后面,作家的创作技法更丰富更娴熟了,人生的阅历也更深广了,而且同样还是写了一条狗——可是原来的那些不可以挣脱的神秘感人的力量哪里去了?我一直不解。后来我想:可能是杰克·伦敦内心里那种强烈的情感、情感的浓度,到了写《雪虎》的时候已经被稀释了一部分……随着小说的影响,作家的人生道路发生了变化,他与社会的关系、他的人生角度自觉不自觉地做了一些调整,所以有一些致命的因素正在改变……哪怕只改变一点点,对作品的影响都会是巨大的,后果不可挽回。

由此可见一部作品感人与否,不在于写了多少动物、什么动物,不在于写了什么题材,而在于最根本的东西,即作家是否仍然具有深刻的牵挂力、是否蓄有饱满的人间情感。

聪明的动物

当然,由于个人的生活环境所决定,我的作品也写了许多动物。这在我看来是自然而然的事情。后来有一位文学朋友对我讲:你的小说写动物太多了。有一次他读我的一个中篇,读到一半的时候满意地笑了,说:"这篇还不错,终于没有狗。"我听了没有吱声,因为我知道再看下去就有了。他接上又看了几千字,那条狗终于出现了。

因为我个人没有办法不让它频频出现。在我童年少年的经历里面,打交道最多、给予我安慰最多的,就是那条狗了。这可不是因为读了杰克·伦敦的小说。我在那样的环境里生活,非常孤独。野外的动物虽然很多,但它们不能与人交流,一见面就跑掉了飞掉了。能够跟人相依相偎的就是狗和猫了。而猫又不能像狗那样与人互动交流,不那么懂事。所以可以说,我那时经历最多的就是和狗的友谊。凭借对狗的观察,我有时候自信到了这样的地步,认为没有一个人能像我一样懂得它的心事、没有一个人能像我一样理解它的一些具体想法，比如眼神的微妙变化、心理状态等等，我觉得自己全都明白。

人和狗在一块儿好像什么话都能说通。它能够听懂。记得有一条黑白相间的雌狗，是特别漂亮的一个伙伴。我们在林子里、在河边上玩耍，累了就一块儿躺下休息……几十年过去了，那些场景仍然历历在目：她坐在那儿，你目不转睛看着它的时候，它就害羞起来，只用眼睛的余晖看着你，这样许久——当她知道你还在端量它，顶多四五分钟，就会猛地转脸做出一个吓人的动作——它被羞涩折磨得难以忍受了。

狗比我们大家通常预料的还要聪明许多，它们会理解人们细微的表情，心理活动极为细腻。大多数动物我们没有机缘与之亲密接触，不知道它们的聪慧。动物就像小孩子——专门做儿童研究的人说，儿童比大人、比家长们所能预料的还要聪慧十倍。

举个例子，胶东海边有一片丛林，后来被房地产开发商毁掉了。幸亏有一百多亩被保留下来，做了文化设施，这片林子还在。丛林里还没有来得及逃走的动物就汇集到了这一百多亩内，使我们有机会观察和接触到大量的动物。它们失去了自己的田园、自己的家，来到了这么小的一个范围，度过余生。所以大家都说：一定要好好爱护这些动物，千万不要去伤害它们。过去我们在无边的林子里走，大约一个多小时才能遇到一只兔子；而今总是有很多兔子窜来窜去。还有胖胖的、很洁净的花喜鹊，多到几百只，都汇集到这片林子里来了。

我观察过花喜鹊，这非常有趣。同样是喜鹊，在城里生活的喜鹊就长得比较瘦小，而且翅膀羽毛也没有这么亮、这么黑白鲜明。我在海边林子里看到的花喜鹊，每一只都很丰腴，而且神采奕奕，气宇轩昂，走在绿色的草地上，简直就是逼人的美景。它们落在树上也同样漂亮。可是我在城里看到的喜鹊都有点脏。麻雀也是这样。在海边，在白色的沙滩和绿色的草地上，它们生活得非常滋润，这从羽毛上一看就知道不是一只城市的鸟儿。所以有时候我会因此想到很多。

比如我在城里遇到了一群麻雀，它们经常在烟筒里取暖、在垃圾箱里翻找食物，浑身都脏不拉叽的。我就在心里设问：你们为什么不到海边去呢？我们人类若想去那么远的地方，还得找一辆车子，费许多劲儿——你们有翅膀啊，会飞，可以比我们飞得更高更远，又没有户口和就业问题——你们为什么还要在城里生活？你们为什么不到风景更好、更漂亮的海边林子里去？

从麻雀又联想到人类，想到自己。我觉得自己不能离开城市有诸多原因，这儿有我的工作，有知识界的朋友，有个人生活的圈子。难道麻雀和我们一样，城里也有它们的知识界、文学界，有它们的学校它们的家，还有其他的什么？很可能也是如此。

再说喜鹊。大家知道，喜鹊在树上用枝条垒起的大窝，叫老鸹窝。经过老人指点，我才知道老鸹窝怎样垒是大有学问的：如果它的开口向西，那么这个地方未来一年的西风就会很弱；如果开口向南，那就预示着未来一年南边的风会很少。极少数时候，它们还会把窝的开口朝向天空，那样起飞降落都很方便——可是一旦这样，就预示着这一年要非常干旱。如果结合一年的气象来观察林子里的老鸹窝，会发现极其准确，简直是无一失误。

现在地震等灾难频繁地发生，而对于灾难的征兆，我们人类的感知力是非常迟钝的。因为人类越来越沉醉于自己的文明、自己的生活逻辑，被大量的知识控制着——我们开发了自己的智慧，同时也在遮蔽生命中更为敏感的那一部分能力，这可以叫作"潜意识"和"直觉"之类。但是动物们没有这些问题，它们与大自然的那种依存关系非常紧密，天地万物与之和谐，不可分离；它作为一个生命，与大自然的连接方式、密切程度，和我们所谓的"社会人"有本质的不同。所以当天灾来临的时候，有很多动物表现异常：驴会高声嘶叫，狗会骚动不安，鸟会满城乱飞。

我们刚才讲的喜鹊的例子，就令人惊讶。它们为什么能够在早达一年的时间里知道一年的风雨？这实在是太不可思议了。但事实上就是如此。

一只獾和七只野鸡

还说那一百多亩的林子。那儿一到了半夜，看门的狗就奇怪地向着一个方向吠叫，叫得很凶。大家就问看门的老陈这是怎么回事？因为都很熟悉这条狗，知道它对兔子、鸟雀、对熟悉的和不熟悉的人，叫的声音是完全不一样的。它这会儿显然是冲着一个很大的动物叫，而且极不友好。它冲着猫、冲着刺猬的叫声都不一样。这在熟悉的人听来可以分得很细致、很清楚。它几乎每天到了半夜就这样吠叫，这到底为什么？老陈说："那儿有一只獾。这只獾每到半夜就要翻墙过来。""獾到我们院子里来干什么？找吃的东西？"老陈说："我也不知道他来干什么。"

后来有人藏在那儿等那只獾。终于有一次看到了它：从墙上费力地翻过来，花脸，尾巴，月光下什么都清清楚楚。它非常敏感，发现了人，看了几眼，

万松浦书院北部海边　　田恩华摄

又从原地翻墙回去了：它的表情有点慌乱，有点害羞，似乎还很沮丧。它就这样走了。人们对老陈描述了那个情景，相互讨论起来：可能是原来砌这道围墙的时候，把它隔在了外边——它在这个地方长久地生活过，如今是留恋故地啊……它流落到别的地方去了，夜夜想念得受不了，也就要回到原来的地方看一看。大家都同意这样的判断，认为这是一只有情有义的獾，是怀旧的能手。

还有一次，我在林子里走着，突然看到树隙里有些很胖的东西在慢慢挪动。那是什么？我借着树的掩护一点点接近它们——原来是七只雄野鸡！这就是我们有时候看到画上画的那种尾巴很长的野鸡，非常漂亮，时下就在眼前了，而且是一小群……雌鸡没有长长的彩色尾巴。这真是一个奇景，很难遇到，七只雄野鸡排成队伍，在林子里一点点往前走……可惜后来我还是把对方惊扰了，结果七只一块儿飞起来——因为树比较密，它们又太胖太大，起飞的时候就要像飞机一样助跑，那场景令人称绝。

我真是饱了一次眼福。第一次那么近地看到七只雄野鸡，看到它们一块儿往空中飞去。

手足情和残忍心

动物跟人的关系越来越疏远了。我们城市人顶多养一只猫、一只狗，很难再养别的东西了。受居住条件的限制，有时候我们连狗都不能养了。有一个美国女作家，她年轻时跟中国大陆的某位女作家熟悉，两人是好朋友。这位大陆作家八十年代初出国去看她时，对方已经是一位老太太了，在家里抱着一只猫，贫困潦倒。大陆作家问：我到你们这儿发现，整个镇子上都养狗，你为什么不养一条狗？女作家说："我也喜欢狗，狗能给我更大的安慰。可是你看看我这么小的屋子，只能养一只猫了。"猫是女作家在这个世界上唯一的亲人。

香港这儿，猫和狗比大陆少得多。大陆无论乡村还是城市，狗和猫都很多。香港可能由于人太多，生活空间相对狭小，在街上很少看到猫和狗。而今到大陆去，会觉得宠物很多，有人开玩笑，说这是建国以来猫和狗最多的一个时期。

人们现在为什么要养这么多的猫和狗？实际上不是因为闲情逸致，而是一种需要，是为了排遣孤独。人人生来不可或缺的那种需求，对信赖忠诚和温柔的那份依赖，非要从它们身上获取不可。对这种需求，有人心里是明确的，有人则是浑然不觉的。日本人根据现代城市人的生活空间越来越小的特征，专门培育出一种很小的苍鼠——我们平时看到的老鼠都太大太丑，令人讨厌，他们就繁殖出一种颜色淡黄、个头很小、而且没有那条令人生厌的尾巴、挺可爱的所谓"宠物鼠"。有许多城市家庭连猫也养不起，那就可以养这么小的一只苍鼠，也算是一种安慰和满足吧。

现代人有很多得抑郁症的，这里面有各种各样的原因。其中一个最重要的原因就是脱离了大自然，过分沉浸、局限和制约于人类自己制造的各种关系里面，完全被这种种规则、文明所钳制，时间长了就有问题，作为天地之间的一个生命就发生了异化——他们由创造一个最适合自己生活的文化环境、城市环境的初衷出发，最后却走到了一个极端，被这个环境所伤害、扼杀。

这种趋势越来越严重。

我们人类脱离了大自然之后,一方面是渴望与动物们做平等的交流,渐渐与它们产生了手足之情;另一方面又与更多的生命产生了距离,以至于冷漠、排斥和杀戮它们,表现出十足的残忍。比如要取得医用的熊胆,有些地方就饲养活熊,为了让胆汁源源不断地流出,从而获得大量的利润,竟能采用极端残忍的方法:把一个金属的管子插在熊胆上,然后定时饲喂蛋白质,刺激它不断地分泌胆汁。一只熊要生存,要睡觉吃饭,要有起码的活动,可是这根金属管子就一直插在它身上。这是怎样的痛苦!这只熊带着一根管子,痛苦不堪,死不了活不成,最后就自残,向铁笼上撞,要撞死自己;有的去咬铁笼子,把牙齿都咬折了。

还有某个地方,有一种菜肴,要从活驴身上取下肉来做。店主把驴拴在那儿,让食客自己去驴身上剜……

这样的人类,还配活在世界上吗?他们当然要接受诅咒。

我们宁可相信,人类现在是处于一个极不成熟的文明里,还在沿着一个未知的方向继续进化。人类走向的道路也许是光明的,也许是一片黑暗。我们这样对待动物,怎么会没有灾难?各种各样的大灾难是怎么来的?我们以前也许太相信唯物主义给出的各种答案了。其实道理和因果十分明显:我们伤害了那么多动物,它们在诅咒我们。过去民间有一个说法,如果有一个人要报复另一个人,就不停地诅咒——可见诅咒是有力量的、管用的。于是就产生了一个专门的行当:诅咒。届时把仇人的名字写给诅咒者,那人就在暗处诅咒起来,直到那个仇人遭到厄运。

我们人类每天被听不见的、各种各样的大自然中的生命所诅咒,怎么会没有大灾难？我们人类实际上在不断地受到动物的群体诅咒。

所以，如果我们人类能够善待动物，一定会有更好的命运。

当然，这个说法是很朴素的道理，远不是什么宗教教义的要求。这是来自生活的最基本的觉悟和体验。人类的许多不可摆脱的痛苦，就来自他们的矛盾重重和罪孽深重。比如我们是那么喜欢羊，看到一只羊就喜欢得停下来看它、抚摸它。它的眼睛比人漂亮，没有一只羊是丑陋的。我们有时候骂人，会说对方是一头蠢驴，可是到乡下仔细看一下驴，也会发现没有一头驴不是漂亮的。它的眼睛漂亮极了，眼睫毛很长，神色非常地单纯和善良。可是就在这样爱惜它们的同时，却仍然没法遏制自己的贪欲，要吃羊肉和驴肉。这种巨大的矛盾、不可摆脱的罪孽感，生生地把我们的精神撕裂了，使我们终生不能解脱。

我们相信这样一种怜悯和痛苦，每一个人都会多多少少地存在。这就使我们想到，我们的人类社会是一个极其残缺的、不完善的、相当低级的文明。我们的生存有问题。所以当我们表述对动物情感的时候，很多时候并非是从文学的角度来谈，而是带着对生命的深深的歉疚、热爱、怀念等等情愫跟它们对话。

生存的伦理坐标

我们探讨小说和动物的关系，更多的不是从文学层面、更不是从写作技法来说的，而是重新思索人类在自然界里生存的伦理坐标。我们和动物是一种什么关系？我们要给自己的生存找到更合理的依据。这些东西是要一直想下去的。同时我们还会发现，所有杰出的作家，不管写到动物多少，几乎无一例外的是，他们的笔底都要流露出非常真挚的、质朴的情感。这种情感是没法掩藏的。我们可以看一下屠格涅夫的《猎人笔记》，看他笔下的那些狗；也可以看托尔斯泰文中的那些马。包括中国当代作家，那些杰出者写到植物和动物，都满怀情感。中国古人说"看山则情满青山"，就是说出了对自然万物的那种情感，这是没法掩藏的，这种爱的流露是极其淳朴和真挚的。

观察我们当代文学的发展，会发现一个有趣的现象：作品中的"大自然"越来越少，对于自然风物的描述部分，在整个篇章中占的比重越来越少。甚至还出现过一些令人费解的问题：某一位作家小说写得非常好，故事很好，人物塑造也很好，可是后来人们说这部小说有几百字的"抄袭"。抄袭什么？原来不是人物对话也不是情节之类，而据说是来自一位非常有名的十九世纪作家的景物描写。这就让人觉得划不来。有人说就算抄也要抄大的，比如故事框架什么的；抄的是景物描写，山、树、河流，是这样一些描述文字，大概划不来吧。

看来对作家来说，这些大自然的描述部分的确是最困难的。他可以满怀感情地生动地表述人和人的关系，却没有能力把一片山脉写好，把它写得丰盈、优美和生动。凭他个人的人生经验和文学经验，他能准确地捕捉到大师的魂脉——大师有一种伟大的能力，能够把那些看似没有生命的泥土、河流、山脉和树木写得那样细腻传神，动人心魄。这里具有一种不可挣脱的魅力，把读者给粘住。这位当代作家还葆有这种审美的敏感，能从大师的作品里一眼看中哪一块才是最有魅力的：就是这样的文字使他坐卧不宁、心中徘徊，以至于不把它抄下来就会难受。只有这样的一种状态,他才会有勇气把那段文字移植到自己的作品里。

这是因爱而生的"勇气",作为一个作家,他当然知道这样做意味着什么。这要冒何等的风险。没有办法,那种巨大的美的力量把他征服了,让他忘记了一切,竟然不顾荣辱得失。

看来我们后来的小说家越来越少地写到大自然,实在是因为丧失了一种能力。他们越来越多地生活在人密楼高之地,这里缺少动物、缺少自然魅力,无从感受另一个大世界,越来越没有能力也没有机会去感知那一切,是这样的一种人造环境。这对于文学是一个大伤害,对于个人的文学生涯是一个大缺憾。可是最深的伤害和缺憾还远不止于此,而是更致命的什么。

我们刚才说了,不能从文学的坐标和尺度去看待人和大自然的关系,而应该从人和万物的依存、从人性的发展诸方面,在这个世界里重新确立自己的伦理坐标,去考察这样的一种生活状态,领会这样的生存到底意味着什么。

用之不竭的激情

人和动物的关系,与人和人的关系有点相似。包括一开始说的那条雌狗的神情和心态,它和我们人大致一样。我在林子里观察各种动物,和它们相处,觉得动物和人的情感模型是一样的。比如说有时候我们人感到很痛苦的事情,动物也会痛苦。而且它表达痛苦的方式、甚至是面部表情都和我们差不多。如果让我们举例子,也会举出很多。

汪曾祺在一篇很有趣的散文里写道：他在基层劳动锻炼的时候，有一次就近观察过一匹拉车的马。那匹马不听话，赶车人就拿鞭子吓唬它——可他刚刚举起鞭子就放下了，指着马对汪曾祺说："看，它笑了！笑了！"

一个长期和动物有着亲密接触的人，才能看出马的笑。

马真的会笑。猪也会笑。猫狗也是一样。这是千真万确的。有人觉得小鸟也会笑。这都是可以感到以至于看到的——就因为它们脸上有均匀的毛发，肌肉变化不是那么明确，所以不容易观察到而已。我们常常是用人习惯了的标准看它们是不是在笑。实际上它们在表达自己的欢乐和愤怒时，主要也是在脸上。

既然动物和人的情感模型是一样的，也就可以想象，我们用好好对待人的方式与它们去相处，也大致是不会错的。除非是它们的生活习性与人发生了严重的冲突，不然用对人的好去对待它们，它们肯定是高兴的。比如说人将自己愿意吃的东西给它，如果它的食性不允许，那当然是不会接受的，但却会知道人的好意。一般来说，我们像对待人那样对待动物，结果是不会错的。而且动物极易与人接触。它们大概把人当成了另一种动物。我的经验中，动物都愿意跟人接触，只是一时摸不准我们的底细，不知道我们这种动物是不是会伤害它。这就像我们在山里遇到一个很陌生的动物也要害怕一样，这个害怕并不意味着我们要伤害这个动物——只是因为我们不了解它，本能地要躲开它而已。

动物有集体记忆，这记忆会一代一代往下传递。上世纪八十年代我到欧洲，第一次发现鸽子可以和人亲密到这种程度，可以飞到肩膀上；第一次发现野鸭子可以游得很近，差不多伸手就可以碰到；天鹅可以离得很近，一招手就游过来；松鼠也可以到人的手上取食物……香港略差一点，但是在九龙仔公园，仍然能看到很大的一种鸟，它们不怕人，离人很近都不逃开。这种情况在大陆的很多地方根本不可思议。为什么？因为它们一代一代生存下来，无数的经验使它们知道，接近人类是最危险的。它们的集体记忆告诉它们：人是最危险的动物，这种动物是高的，有长长的两条腿，黑眼睛黑头发——遇到这种东西要尽快躲开。

它们也会描述，有自己的语言。它有领地意识、同伴意识。在前边说过的胶东海边的那片林子里，有五六棵茂盛的桑葚——刚开始人们只是观赏，没有考虑桑葚对人怎么好，尝了几颗觉得挺酸，就不再吃。每年桑葚都结得非常密实，花喜鹊最爱吃桑葚，这五六棵桑树一到结实的季节就招来很多，它们一边在那里吃，一边叽叽喳喳愉快交谈。后来有人得知桑葚有助眠和乌发之类的益处，就商量着去采一些来。两三个人拿着篮子去采桑葚，结果马上惹恼了花喜鹊——多年来它们一直认为这几棵树是属于自己的，每到了成熟的时候就在这儿欢宴和庆祝，想不到人突然出现了，它们也就愤怒了。那么多的花喜鹊一齐向采桑葚的人俯冲，大呼小叫，一会儿又喊来了一百多只。它们就像飞机轰炸一样，轮番冲下来，揪人的头发，还往人身上吐口水……最后几个人都说："算了算了，人家不让，咱们走吧。"

动物跟人类的情感状态差不多，它们的喜怒哀乐跟人类也大致相似。它们也像我们一样好奇、多趣，甚至有幽默感。

动物的好奇心一点儿也不比我们人少。有的动物的好奇心经过分析和考察，似乎比我们人类还要大得多。比如说猫，就是所有动物中最好奇的一类。如果在门厅里放一只空空的塑料袋，主人不在时，它一定会细细地扒拉一遍，弄清楚里面有什么。新放进屋里一个篮子、甚至是一棵草，它也一定要把它们弄明白才肯离去。

再比如说人的感动力和激情——写作，创造，都需要激情，没有激情当然不行。情绪调动不起来，连演讲都没法进行。劳动总得有个气氛。但是我们会发现，动物的激情有时比人还要大得多。以狗为例——所有养狗的人都有个感受，狗比我们人要热情和忠诚。主人如果一个月不见自己的狗，回家时会被狗的热情弄得不知所措！它对人的那种亲热无法表述，那一刻的感动和欢喜是毫无虚假的。它对人的好没有什么功利感。主人离开一个月是这样，离开一年呢？离开两个小时——比如刚刚从街上回来，它还是以巨大的热情迎扑过来。它一点都不自私，不吝啬感情。它就是爱你、想你，要和你亲近、要表达它满腔的欢喜和感激。

作家海明威注意到了这个现象，说：我有好多生活中的奥秘解不开，其中之一就是狗为什么会有这么大的激情？为什么它有用之不竭的感情？他说自己对这个一辈子都搞不明白。其实我们大家谁又能搞得明白？

人不能恨树

今天的纯文学似乎退到了生活的边缘，这就像动物在逐渐减少、大自然离我们越来越远一样。

我们一直在谈小说与动物的关系，并一直强调不能从文学技法方面去理解这一切。谈到人和文学的关系，也同样要从人类生存伦理的坐标上去理解。

爱文学与爱大自然是一样的，它不是少数人的事情、不是一门专业。这是生命的需要，是人性里面必要蕴含的一个组成部分。有时候我们对数学、建筑学，可以更多地从专业的角度去理解，对文学就不能，因为这其中真正可以传授的部分不多。文学是生命的诗意想象，是对自然万物的神秘探索，是对完美的必然追求，所以应该是任何一个职业的人都要具备的一种能力，是每一个健康的生命都应该具有的一种特征。

所以说，在文明社会里，有教养的人都应该写出一手非常好的散文来。文学不是高雅的玩物——任何高雅的东西都可以玩，围棋可以，古琴可以，文学却不可以。学者们花上一大笔钱，在很好的场所里讨论文学，但绝不能是把玩。

文学是生命的本能，爱美、爱诗、好奇，把人的情感引向自然的纵深，引向万物，比如引向一只很小的花盖虫子，更不用说引向那么大的一条狗了——相互之间敞开心灵，进行一种有声无声的对话和交流，这就是文学，是诗境。

我们有时候看一个人是否野蛮，情感是不是丰富，不仅要看他对爱人、母亲、孩子的爱——因为血缘之亲连动物都有，所以我们的标准应该更高一些，不仅要观察他跟亲人的情感浓烈程度，还要看他对一般的人如何；更进一步，我们把这个范围和道理再扩而大之，看他对猫狗等动物是怎样的一种心态、跟那些没有共同语言的生命如何相处、能否交流——如果具有这个能力，说明他作为一个生命是没有被异化的，还算是一个完整的、高尚的人。

如果再延伸一下去理解，那就要看人与植物的关系了。因为猫和狗等动物毕竟有眼睛，人跟它交流的时候会得到神色呼应——那么那些没有眼睛没有呼应没有知觉的生命，人与之能否交流、能否产生感情？如果一个人不爱植物，不爱绿色，讨厌树木，讨厌河流，讨厌好的生态环境，这就成为格外严重的问题了。有人认为不可能发生这样的事情，实际上当人性最后丧失之后，也一定会走到这一步的。所以观察人性是不是完整，是不是被异化，是不是还拥有一个生命最质朴的情感，有时候不光要看他与人的关系、动物的关系，还要看他和植物的关系。

有人要说，这有点玄了，人怎么能恨树？怎么能讨厌那么好的生态环境？那么就让我们看一看现实是怎样的，了解一下许多地方是怎么改变的。问起一个地方的历史，老人们张口就说："我们这个地方有多么大的树木，我们这个地方有多么好的环境……"他们总是这样回忆。原来那些大树都被砍掉了。到农村，到一个村庄里去，人们总是说他们那里过去有很多大树——这个路口有一棵大树、那个田边有一棵大树。到城里去，有人会说哪里曾经有多么大的树、有绿地丛林，讲得眉飞色舞，满怀情感。可是现在这一切都没有了。可见无论怎么号召植树、爱护生态环境，实际上就是做不到。为什么？就因为我们人性里面有一种恶的力量，它憎恨绿色、憎恨树木，最后总要把它们连根除掉。

香港曾经发生了一个很多人保护所谓"鬼树"的故事，它的树龄只有五六十年。超过五十年就保护，那么现在许多地方的树岂止是五十年，一百年的树也有很多，它们一眨眼就被砍掉了。有一次一个地方要盖一座房子，我正好在那里，发现一溜大树长在将要挖开的地基上，就问怎么办？管事的说砍掉就是了。他说得非常轻松，根本不认为这是一个问题。我问这些树的树龄是多少？他说最少也在五六十年。我又问这座房子多久能盖起来？他说一个月就盖起来了。我对他说：为了一个月就能造起来的东西，却要毁掉六七十年才能长成的生命，太残忍了。那个人不以为然，说不砍树房子怎么盖？我说你一定要盖，就把有树的地方空出来，让墙缩进去一点，这不是两全其美吗？他说很直的一道墙壁，这样就得凹成长城的豁口一样了，怎么盖？为了最终说服他，我就说：这些树木最年轻的也比你的年龄要大得多，你把它杀掉是不吉利的——按民间的说法，会遭受诅咒的。

这样一讲，他可能害怕了。如今这房子盖得有点怪：墙基时有凹缩，那里就有一棵棵大树留了下来。

二〇一〇年四月十九日

午夜来獾*

一

这里说一只獾的故事,用以诠释和感悟不同的生命与自然的关系、揣测其中的一些奥秘。

在山东半岛东部海角的林子里,有几条通向海洋的干涸的古河道、一些无水的河汊。这种地理环境有利于一种叫作獾的动物的栖息。有一年当地要建立一处文化设施,就在林子的一角围起了一块荒地,面积约有一百余亩。从几万亩的林区来看,这一百多亩太微不足道了,而且是树木相对稀疏的地方。它由一道加了栅栏的矮墙为界,算是与茫茫林野隔开了。几幢不大的房子在栅栏墙内建起来,并养了一条叫"老黑"的大狗,它与看门人老陈形影不离。由于这个围起的地场远离闹市,所以入夜后非常安静,除了倾听若有若无的海浪,再就是林中传来的几声孤独的鸟鸣。

可是不知从哪一天开始,人们发现每到半夜大狗老黑就紧张不安起来,最后总要贴紧着老陈的腿盯向一个方向,脊毛竖起一阵猛吠。这样的情形几乎每夜都要重复,时间总是午夜。有人就问老陈那是怎么回事?老陈肯定地回答:

---

* 本文是作者在哈佛大学的演讲。

二〇一〇年在美国哈佛大学

"那是一只獾，它一到半夜就要翻墙进来。"

"为什么？"

"我也不知道。"

日后有人寻过那只獾的蹄印，稍稍研究了一番，结论是：这只獾曾经在栅栏墙围住的地方生活过，因为墙内有一截老河道，两条干水汊上有几个洞穴，大概其中的一处做过它的家。总之它每到了半夜就要想念家园故地，所以这才翻墙入内，夜夜如此。

按我们的想象和推论，栅栏墙外边是无边的林野，那里才是一个更广大的世界，也更适合它的生存，而且有更多更长的老河道和水汊——但问题是只有这片被栅栏围住的地方才是它的出生地，于是任何地方都不能替代……这只獾是如此地固执，无论是明月高悬还是漆黑一片，只要到了半夜就要攀墙过栏进来，惹得老黑不停地吠叫。

主人老陈不得不一次次平息老黑的怒气："让它来吧，碍不了咱们什么，它不过是进来溜达溜达。"

一只獾尚且要念念不忘自己的家园，更何况是人。

事实上人对故园、对遭到践踏的土地所表达的忧伤和愤怒已达到极点。比如我们有"自然生态文学"——它在国内通常被称为"环保文学"。

作为一个文学的主题，它与今天的物欲主义潮流是格格不入的，并且站在了这个潮流的反面。它反对为了满足物欲而向大自然无限度地索取，主张节制开发和保护环境。作为一个文学门类，它在世界上越来越时髦了。它阐述的主题和内容直接涉及人类的生存之危，并预兆了更多、更复杂的问题，其意义远远超出了文学本身。

人的不安与焦虑是一个老旧的话题，但人类在网络时代所表现出来的巨大惶惑倒是前所未有的。人们安静下来也会有"午夜的冲动"，渴望返回自然，就像那只被栅栏矮墙围在外面的獾。不同的是人却难得攀墙而入。由于隔了这样一道不可逾越的墙，人对自然的叩问和深思就变得越发急切了，并且要用比以往更激烈的方式表达出来——文学方面的表现只不过是一个侧面、是其中的一种而已。

网络时代将海量信息推拥到周围，充斥在各个角落，真正是无远弗届。人的日常判断依据主要是远离现实的二三手的东西，不得不在虚拟的生活中游走，变得不安和脆弱；再也难以脚踏实地，常常要忍受一种极大的不自信和悬空感。人的内心也有一片安居的大陆，它现在正一点一点地抽离——这种难言的痛苦无时无刻不在折磨我们。正因为这样，二十一世纪的文学有了某种共同的匆促和焦虑感。

二

说到"自然生态文学"的写作概况，因为我不是专门研究家，难以系统地总结，而只能说说印象。我个人感到的真实状况是：现在的文学写作或者是不太关心自然生态，或者是格外关心。前者是十九世纪之后的文学所呈现的总的趋向，它伴随了现代主义"向内转"的集体特征，打量外部世界的目光纷纷收拢到了人的自身；后者则往往是依据现实功利而生出的强烈责任——这种通常被称为"环保文学"的，常常是一些直接的呼吁之声，一些记录和陈列。

环保文学与物欲主义主潮到底是怎样的关系？这里还需要做一个甄别。物欲主义导致了生态恶化，生态恶化又威胁到物质的持续增长、甚至是最基本的生存，所以人们才要大声疾呼。这当然是容易理解的，是必需的和必然的。

但作为文学的表达，它的目标和情怀，理应与现实的操作有所区别才好。这二者的混淆是可惜的。因为从现实层面来说，为了向大自然有更多的、持续的索取，要求有所节制是必然的，采取严格的规划也无可厚非。这是物质化社会存在下去的通行逻辑。而文学作品则不然，它感人至深的力量却要来自非功利的心情，要有所超越。

功利化的、太切近和太直接的文学表述，将自觉不自觉地成为物欲主义潮流的一个组成部分。

我们可以设想，如果不是因为担心生态恶化影响我们的生存，我们的文学还会痛心疾首地为之呼号吗？答案是不一定或不太可能。原来我们所谓的生态文学中的焦思不完全是出于爱、不是出于人类对大自然应有的敬畏感和责任——也就是说，不是更高意义上的善意，而只是因为恐惧、因为不能向大自然持续索取而产生的忧虑。这就是某些"环保文学"的遗憾。它没有，也不可能化进生命的浑然和本能的感受之中，结果就从文学的肌体上剥离下来。

其实所有的文学都应该葆有人性的深度好奇，深入生命世界的本质——如果剥离下来，成为了一个专门的文学类别，就会在文学表达上陷入过分的自觉，并表现出功利心的峻急。这就走向了反面。

实际上所有的文学写作都应建立在自然生态的背景之上，而不是相反。无论何时何地，大自然永远都是生命的基础，文学表达一旦脱离，就会变得浮浅和狭窄。这恰恰也是网络时代、一个文学小时代的特征。文学离开了万千生命簇拥的自然和大地是不可思议的。

但是,强烈而直接的功利性也会使"生态文学"丧失了应有的诗意。人对大自然的各种欲望,包括依赖和敬畏,都是浑然天成的,是生命的固有之色——它在许多时候是拒绝分析的。在文学中,这种生命情愫与本能无法量化、无法抽出。

三

二十一世纪文学与自然生态的关系呈现出某种怪异和畸形。它是渐变的、由来已久的。其实不仅是生态文学,任何题材的文学写作与现实的关系,都应该是超越功利主义的。文学对现实的过分自觉,会走向自身的单薄和肤浅。比如在刚刚进入二十世纪九十年代的时候,中国的老中青三代作家都在改变自己的写作主题,与以往的差距越来越大:手法更多了,状态更活泼了,以往的那种简单的理想主义、粗暴和单一的思想和艺术表达开始被抛弃。

不过当代文学在具有了全面激活、呈现蓬勃生机的同时,也表现出对物欲的彻底臣服,即从一个极端走到了另一个极端。这个时期,生命的自然感受力大幅度退化,人们对大自然或者视而不见,或者目光变得尖利起来——那是攫取的目光。

时至今日,二十世纪末开始的那股物质主义潮流更加猛烈了。在文学写作上,即稍稍超越于"时代"和"潮流"者虽然极少,但总还是有的。比如纵观新时期至今的一段文学里程，会发现为数不多的"个案"，他们的面貌多少有些不一样，总算保持了一点生命的自然气息。

这一部分人并不完全依从时代的风尚，也没有那样及时和匆忙地调整自己的写作，而是一如既往地遵循心路的指引，服从自己对生活的长期探究，从而满足个人的艺术表达。这使他们有可能成为一些单独工作的人，葆有一份生命的淳朴。

人陷入物质主义潮流之后，再要葆有对大自然的敏感和敬畏之心将是十分困难的。历经了现代主义对"心智"的全面开发，又进入了一个物质与网络的时代，作家让自己的心身重新感知大地，这是难上加难的事情。

值得注意的是，中国是一个农业国，人与自然的关系理应是比较亲密和贴近的。但是进入剧烈的市场竞争之后，这种关系不仅荡然无存，而且走向了一种底层机智和实用主义的劣质，表现在文学写作上，就是各式各样的机会主义的尽情表演。

中年作家尽管处于最富创造力的年华，但因为具备了利益熟透的生存经验，所以难以通过前所未有的道德考验。他们本来应该成为这个时期重要的文学和精神指标，却没能阻止自身的溃散。这个时期的文学表达是充分物欲化的，无法避免污秽、性和暴力，犬儒主义，粗制滥造等等，有时会有一种被淹没感。涉世不深的年轻一代因为昨天的记忆不多，成长在新的物质环境中，于是拥有了格外随意和泼辣的表达——他们与整个潮流的关系常常是亲密无间的。

在今天，不同年龄段的写作，在各自的创作所追求的目标上，实际上有一种异曲同工之妙：鲜有例外地追逐着市场效应。这就进一步脱离了永恒的

二〇一〇年九月二十五日，在哈佛大学演讲，与哈金在一起。

思索，丧失了大自然的坐标，不再追求真理，格局空前变小。

阅读中国当代文学，每每会有这样的一种感受：我们拥有当前物欲世界的最庞大的一支伴奏队伍。在这方面，我们如今真的已经是"后来居上"了。透过表相的种种分析，很容易得出的结论是：长期处于落后状态的第三世界，急于学习发达国家的文学，也极有可能学到其中最坏的部分，毫不犹豫地丢弃自己美好的民族传统。时至今日，他们要比以前所鄙视的"堕落的西方"更多更淋漓地写到性和暴力、更大幅度地展示"人性的恶与委琐"——这在通常情况下会是阅读中更为刺激的部分，也是"解构"和"解放"的灵药和猛药。

中国传统通俗小说中并不缺少这样的元素：我们有千奇百怪和极尽想象力的关于性和暴力的描述，这方面并不稍逊于商业主义物质主义的西方。从历史上看，中国古代的齐国在发展经济的最能干的人物管仲的管理下，国都临淄建立了世界上最早也是最庞大的妓院。至于说暴力和酷刑，同时期的秦国有一个宰相商鞅，他炮制的严刑峻法大概是人世间最罕见最残酷的。不幸的是这二位总是受到后人不吝言辞的极度称赞。所以说无论东方还是西方，文学与生活都有各自的传统，二者在交流和学习中总要对接，问题是不要把其中最可怕最恶劣的部分交集起来，一旦这样也就糟透了。

尽管如此，我们还是希望在这场震耳欲聋的物欲大合奏中听到独奏和独唱，看到能够置身于生命旷野中的人——十三亿人口的大国，五六千年的古老文明，总会贮藏起这样的精神能量。

四

在历史上，对现实的功利性有所超越的文学总是难忘的。这里谈谈孙犁和汪曾祺，他们在当时和今后的意义，都给我们以启示。

先说孙犁。这位文笔优美的作家经历了战争，是我们熟悉的那一代革命作家。这个创作群体的主要特征是配合战争和阶级斗争，以笔为枪，其作品是隆隆前行的革命列车上的一件件行李——有时也被视为"齿轮和螺丝钉"。可孙犁稍有不同的是，他的作品在同样拥有浓浓的战斗和硝烟气息的同时，个人志趣也得到了很好的保留。他描述山地的斗争，芦苇荡里的战火，公社化的过程，但这更多的只是作为一种生活背景出现的——更大的背景却是山川大地，即令人迷思和爱恋的自然，它下面发生的故事才是各种各样的，作家要用自己的笔来描写和绘制。

这就有了一个个迷人的女性形象，她们含蓄的耐人寻味的心情表达得多么生动逼真。这在当时的文学中是十分少见的，现实功利性较弱，因而显得格外触目。作家对女性的涓涓柔情，特别的爱惜之情，独到的观察，都充盈在字里行间。这是比一般的儿女情长更深邃更细致的东西，它来自恒久不变的人与自然的关系：最别致的青春形象，迷人的天籁，无法言表的生趣。可见在那个统一的潮流和文学气氛中，孙犁在一定程度上超脱了出来，保护了自己的艺术空间，并在这个空间里生长起来。

再说离我们更近一点的汪曾祺，他的主要创作期就在上个世纪八十年代，代表作更是八十年代初产生的。同时期的作家在写什么？大家大致在写两个方面：一是继续对极"左"文化专制的控诉，二是对新时期新气象新成就的欢颂。但汪曾祺基本上没有写这两方面的内容,而是独自沉浸到往昔的回忆中去,把老旧生活的场景一一追记下来。这其中满是他的个人志趣和性情,十分饱满。

他玩味往昔的做法,今天也许不算多么特异,在当时却是极为另类的,一般读者还需要一段时间才能适应。那时候人在现实的"潮流"之中,也就无暇顾及大自然所赋予的斑斓人性、大自然本身。

由此可见,孙犁和汪曾祺都是能够在一定程度上脱离自己身处的现实潮流,尽可能地保存了自己生命中应有的单纯和朴实,具有一定的精神自由。当然,他们因此而成为那个时期难得的文学收获。

那么到了时下,我们究竟有什么值得乐观的方面?这才应该是讨论的重点。我们的乐观在于:目前罗列的这一切虽然令人忧虑,但还不是完全无望,因为屈指算来,在短短的半个世纪的历史中,作为写作群体这起码是第二次对潮流的"顺驯"了——上一次是六七十年代,那时的文学主潮是写"阶级斗争";而这一次则是对物质欲望的集体追逐和仰望。

这两股文学潮流从表面看起来是呈现两极状态的,但它的内里、它的本质含义都是相同的:写作汇入并跟从社会思潮与时尚,其境界并没有区别和超越现实操作的功利层面。当代文学在这两个潮流中都未能幸免,也都是同一种命运。从人性和艺术的规律上看,我们有理由相信以后的文学命运也要大致如此。不过我们面临的是本世纪的下一个十年或二十年三十年、以至于更长的一段时间,我们是否可以企望于艺术家的想象力、独立性和人格的力量,有一个稍稍不同的面貌?

中国有句老话:"事不过三",意思是说,同类错误重犯"第三次"就很愚蠢很不妙了。由此说来,如果我们的当代文学仍然是有希望的。

五

东部半岛上那只午夜出没的獾始终是沉默的。可是它即便发声,我们也无法与之交流,只能一边窥视那张可爱的花脸,一边猜测它的行为以及心绪。

有一点是可以肯定的:它不是为了"生态"问题而来,它还没有那样的自觉。它对故园的留恋是一种本能的、自然而然的;它在黑夜里嗅着往昔,走走停停,如此而已。对这道矮矮的栅栏墙和所有的人工痕迹,它除了费解还有恐惧,所以它对自己的行为非但没有强调和炫耀,而且绝不呼喊和喧哗。它甚至有些羞涩,当然不会在阳光下进入,而必要选择自己的午夜。它有家园记忆的本性,是这个本性让它痛苦。

比起这只獾,我们现代人也许丧失了这种痛苦——那种掺杂了惧怕和莫名羞涩的情态,我们人类是没有的。我们面对自然也许是清晰的责任感,以及由此而产生的各种勇气——可也恰恰是这种勇气,把我们赖以栖身的大自然给彻底毁掉了。

我们急切的功利性无所不在。我们的传统中也许有着过多的实用主义的心智,并且从现实操作的层面上给予了不适当的推崇。比如长期得到赞赏的"水能载舟亦能覆舟"这句话,我们就将现实应用和精神推崇混为一团——现实生活中,有人正是出于对"覆舟"的恐惧,才有了对"水"的善意。可是我们不禁还要设问:既然乘舟者也来自"水","水"才是他的母体,即便"水"

不能"覆舟",不是也要对它爱惜与敬畏吗?这应该是乘舟者的本能与责任。因为惧怕而不得不施予的"善意",当然是大打折扣的。

我们文学中对待自然的态度,一如对待"水"的态度:现实的社会治理不可不考虑这种"水舟"逻辑,可是文学上却要上升到道德与理想的层面,回到生命的感动。这是有所不同的、不容混淆的。我们热爱自然,保护自然,不是因为害怕报复,更不是为了有效地索取,而仅仅因为她是万物的生母、她的无可比拟的美、她的神秘动人,还有——我们只是她的一粒微小的分子……

如上说到的那只獾,它仅仅是置身于自然之中,与万千生命融为了一体。它是懵懂浑然的,可能丝毫谈不到自觉——就这一点而言,与我们人类是有本质区别的。人早就从那种浑然之中走了出来,与自然傲然对立,所以就与大自然的情分上论,已经远远不如一只獾了。

从文学中考察人与自然的关系,会发现不久前的人类还不是完全如此的。比如我近来再次读了《白净草原》,这只是十九世纪的作品,它记录的天籁、神秘无尽的自然,更有人与之不可分离的依存关系,那种生活状态,又一次深深地打动了我。这唤起了我的陶醉,我的追求另一种生活以及愿意为保卫我们曾经有过的那种日月而斗争的冲动。它不是"自然生态文学",但它显然更有力量和作用。还有《离骚》,它写满了自然之美;甚至连《瓦尔登湖》,也不是我们惯常所理解的那种"自然生态文学"。再近一些,就说孙犁和汪曾祺吧,他们的柔美篇章里有多少大自然的描写。他们自己和笔下的人物,都是躺在大自然母亲的怀抱中呼吸的生命——他们的这些作品因为真实自然和格外饱满的生命内容,才让我们更加感动,并能够长久地记住。

对比一下，我们就能够很容易地将不同时期的文学质地区别开来：以前的人对于大自然的情感是难以分离的，是混沌无界的，是沉浸其中的；人对自然的歌颂或牵念不是出于无奈之情，也不是因为逼迫而生出的责任心，更不是出于对物欲的关切而推导出来的功利心；那时的"生态文学"如果有的话，当是更纯粹和更高境界的，因而也是更为激动人心的。

说到这里，我们可以明白这不仅仅是在谈论"自然生态文学"，而是忧虑我们现代人的生命质地、不同的质地所呈现出来的不同情状、网络时代文学中的生命伦理问题。

如果说梭罗隐隐表露了对于现代化即将来临的恐惧和深忧，那么现在已经再也找不到"瓦尔登"了，我们已经陷入无可逃遁的绝境。我们在尝试追问：我们文学中一以贯之的强大的人道力量、我们追求真理的恒心，今天能否恢复？在这种修复中，我们可能会对物质主义保持一种戒备，这并不难；难的是其他，比如我们怎样还原和追溯浑然一体的思想境界——人对自然拥有了"现代"理解力之后，还能否寻求和借助生命中的本能力量？这种力量由于没有了简单和直接的责任与功利，从而具备了更深更强的文学感动力。

因此我们才注目那只午夜来獾，稍稍留心它的行迹，体味一下它与我们有什么不同，它的沉默和羞涩到底来自哪里，因为什么。

二〇一〇年九月二十四日
二〇一〇年十一月订

时代的阅读深度 *

阅读的困境

一个写作者回忆自己的阅读史，会发现与写作史几乎是重叠的，也就是说，随着阅读的文字越来越多，写下的文字也就越来越多。可见一个好的写作者首先就是一个好的阅读者。很多人以为：阅读是一件非常简单的事情，写作则比较复杂——要经历漫长的学习，艰苦的训练。可实际上两者难度差不多：要当一个杰出的读者，与当一个杰出的写作者同样困难。

我们常常遇到那些过分自信的读者，他们会说哪一部书写得好，哪一部书写得不好，口气不容商量。他们完全相信自己的判断。对此，作为一个资历深长的读者，我们渐渐也就多了一些怀疑。因为有时候我们在对待自己的阅读时，就没有那么自信。起初也曾非常自信，甚至说：我们觉得某些作品不好，谁说好也不必信。因为我们把个人的趣味、文学的修养乃至人生的阅历合而为一，投注到这一次文学阅读中去，把这次判断看得特别重要，甚至觉得这种判断绝不会发生错误。

但实际上，随着时间的推移和个人阅历的增加，可以发现过去那种确凿不移的判断，有时是相当幼稚的。这是说，一个人不能过分相信自己的判断，

---

* 本文是作者在华中科技大学的演讲，小标题为整理时所加。

它会由于各种各样的原因，产生误区，造成一些偏见、一些令自己非常后悔的失误。

今天我们在阅读上遇到了更大的问题。有人问，是不是因为网络阅读的缘故？这显然是原因之一。有人除了在网络上发送电子邮件之外，几乎不上网。我们几乎不能想象，人可以在闪烁的荧屏上阅读文学作品。有人说这仅仅是一个阅读习惯的问题，说这方面年轻人感受会完全不同，因为这一代人大量的时间都在电脑跟前度过，他们早已习惯了闪烁的光标、字母这些东西，可能跟面对纸质读物一样，甚至更方便也更好。对这样的说法，以我们个人阅读经验来说，至今还不太能够相信。

人在荧屏直射光前，出于生命保护的本能，必然要省略注视力。而看书就没有这个问题。阅读文学作品不是读一则消息，不是为了从中得到、迅速掌握和了解各种各样的信息，它是一个缓慢的对语言还原的一个过程、感悟的过程。它太需要人慢下来，需要用视觉去抚摸这些文字。这是一种特殊的状态，绝不是看过而已，而是与文字摩擦之间，产生了特殊的亲密和热度。

十年前有一本西方著作，教我们如何快速阅读，即让人在很短的时间内读过大量的书并且把它记住。人的记忆力和阅读速度有差距，但也可能有方法的问题。这里的方法就是让人一目十行，无非如此。但书中也专门指出，使用这种方法时文学书例外。实在说，雅文学的阅读没法不慢下来、再慢下来。

我们今天的阅读面临的危机在哪里？主要是因为提供给我们的读物太多，似乎到处都是可以读的东西：报纸上有很多千奇百怪的故事，网络上电视上，都是这些东西。如果把这类东西细细阅读和倾听的话，我们每天的时间不是被填满，而是根本就不够用。那些想节省时间的慎重一点的读者，不过是要看一下出版社推荐的、报纸介绍的、名家力推的所谓杰作。但即使这样，时间仍旧远远不够用。

因为越是出版物多、出版垃圾多，"杰作"也就越多，不停地产生"大师"，不停地诞生"杰作"，实际上经过一段时间之后，往往都是一些糟粕。所以才要竭尽全力灌输给我们、要我们相信。这是商业主义在作祟。重商主义时代无法杜绝虚假信息，这本来就是它的一个组成部分。

事实上身处重商主义时代，物质疯狂了，精神必然就要下降，真正"可读"的东西绝不会太多。如果有人习惯于网上冲浪，会发现吸引人的所谓亮点简直目不暇接，这些亮点大半都是耸人听闻的低俗之物，常常注视它们，就将变成一个惶惶不可终日的人。实际上冷静一点，我们会发现今天的最大苦恼，其实是没有太多可读的东西。原来我们不是面临着一个可读之物太多的时代，而是进入了一个空前的精神贫瘠和阅读贫瘠期，陷入了这样的苦境。

有的人一定要坚持"繁荣说"，认为空前多的出版物一定是创作的黄金时代，进入书店，架子上地上堆的都是印刷品，电脑上也全是，这怎么会贫瘠？如果我们的阅读稍微苛刻一点，标准稍微抬高一点，对文学有一点深入的爱与知，就会对世界范围内的当代文学感到悲观。可读的文学作品真的是太少了。印刷机下不停地产生"文学"，运出来即是商品。而真正深长悠远的精神和艺术却很难贮藏在类似的商品里。我们刚才说了"世界"二字，是指当代的外国文学作品经过翻译家入境，本来经过了层层选择，实际却不那么可靠。最近一家权威的出版社出了一套国外获奖作品丛书，其中竟然没有几本可读的。没什么内容，尽是杯水风波，离杰作还有遥远的距离。

就在这一次次的困惑面前，我们作为一个读者，对我们这个时代的文学创造力发生了疑惑。可能是环境污染的缘故，空气和水土改变了我们的生命质地。这真的是一个世界性的文学贫瘠的时代，国外有汉学家指责中国文学是垃圾，可是从大量翻译过来的"大奖作品"来看，情况也差不多、甚至更加让人失望。原来这种失望不是来自某个族群，而是世界性的悲剧。

当代文学失去了创造力，我们在十九世纪以前文学巨匠的映照之下，更加感到它们已经丧失了撼动人心的力量。这绝不是某一个民族的窘况。

一百年的坐标

冷静地想一下，这也许是很正常的现象。因为想到过去的文学，一个个文学恒星排列在空中，令我们满怀感动——只是扳指一算，这都是采用了几百年的尺度与坐标。而我们身处当代，二三十年已经是很长的时间了，所以目光所及都是当代活着的作家、刚刚逝去的作家，我们关照的历史太短，范围太小，视野太窄。实际上冷静想一下，无论是中国还是外国，一百年来产生的杰出作家也不会特别多。一百年来产生的杰出艺术家，比如画家音乐家等，也不会太多。按这种概率算来，一个人口大国一年产生多少作品，它不停地滚动叠加，怎么会不让人沮丧。

我们的指标是不同的，参照物不同。以百年的标准衡度时下，当然会有问题。但是任何一个百年都是"当下"积累而成的，没有"当下"哪有百年？从这个意义上看，我们也许不必过分悲观。有人心气太高，也为了眼不见心不烦，就更多地去看古代的东西、十九世纪前后的东西。这可以理解，不过也会犯下另一个错误：当代不可忽略和替代的作品仍然存在，它极有可能积累进入那个百年之中，而我们却没有识别的眼力，与之擦肩而过。这才是阅读的大不幸。

伴随着每天的阅读失望，会觉得我们来到了一个令人沮丧的文学时代，实际上更有可能是我们没有使用历史的眼光。如果有了这样的眼光，确立了如此的信念，或许会发现自己有了重要的改变。一方面我们不再轻易阅读那些当代作品，更不再轻易相信那些当代宣告、强调和称号，而是要自主自为地寻找和判断；另一方面也要稍有信心地感受这个时代的馈赠，就是说，这个时代像以往一样，会提供给我们为数不多的诗人和作家，他们必定活在今天，和我们一样呼吸着，默默无察地走入未来那个百年之中。

商业时代媒体惯于介绍一些杰出的作家，让人不敢相信。没有经过时间的检验，谁敢肯定。就连是否算一个"作家"，也还要另说。严格来讲，"作家"这个概念不能随便使用，若是记忆没有错误的话，有数的人从来没有在文章或公开场合说过自己是一个"作家"。将这两个字作为职业称谓的，最早是从港台那边传过来的，一个人只要写作，就说是一个"作家"。其实这种事是很难知道的，那是未来得出的判断或来自他人的判断。如果一个打仗的人，人家问是干什么的，他自己能说"我是一个军事家"？一个当官的能说"我是一个政治家"？一个从事科学研究的人能说"我是一个科学家"？这是不可能的。我们从小就受一种思想影响，被告知不要受资产阶级观念的影响，不要有太重的成名成家的思想——可见这也是很难的事。当然，在成长的道路上，渴望成名成家是很自然的，问题在于有人觉得当一个科学家很难，当一个政治家更难，当一个军事家几乎不可能，于是就想当一个"作家"，以为再没有比这个更容易的了。实际上当一个作家同样难，甚至更难。

看看词典上的词条，可见"作家"不是作为一个职业概念来确立的，那得有高超的技艺，广博的修养，杰出的成就。所以一个人动不动说自己是"作家"，未免太不谦虚了。在文学职称评定中，没有"一级作家""二级作家"这样的提法，而是称为"创作员"，这是对的。

随着年龄的增长，人会越来越明白一个问题，即把阅读的时间节省出来是非常重要的。对写作者而言，没有好的阅读就没有好的创作；对大众读者来说，没有好的阅读也难得一份高品质的生活。我们没看到一个整天钻在垃圾读物中的人会有趣，会有较高的向往，会比较可信。如果是一个管理大众生活的人，他每天都在读一些文字垃圾，这个人肯定会有害于我们大家。如果是一个教师，他每天都在读一些低俗的文字，我们也不相信他可以成为学生的榜样。

有的人在现实生活中，很重视对方阅读什么。有没有自己高质量的阅读生活，很说明问题。缺少了低俗的阅读，制造文字垃圾的人就无法沾沾自喜，整个的写作、宣传、出版所形成的垃圾食物链就会断掉。不然，我们的社会将陷入非常可怕的精神处境，这与普遍的沮丧心理息息相关。有时候真的觉得生活没有多少希望，看看报道，不少饭店都在偷偷使用"地沟油"，连很高级的饭店也在使用。可是一些精神方面的"地沟油"，同样也会被人津津有味地享用。

我们坐飞机火车，都可以看到一些卖书的摊位，这是观察阅读的最好场所。我们会发现，这里除了有一些中国古典注解本之外，最多的还是垃圾书，是对人有害的。有的候机厅是精致的场所，结果摆放的书却是低劣得可怕。

一些人衣冠楚楚，阅读的却是极浮浅极拙劣的书。最让人不能忍受的是本来应该是很安静的候机区，偏偏放了一个个大屏幕，上面总有一个满脸欲望的人在大声宣讲，推销自己。

民族的伤痛

这些年交流渐多，东方和西方，南南北北，都有了观察的机会。比如说富裕的欧洲，贫穷的东南亚国家和地区，拉美的古巴、哥伦比亚、阿根廷等，经过这样的比较和考察之后，将有很多发现。比如说阅读：许多场合都能看到很多读书的人。机场、车站、地铁和飞机上，手不释卷的人太多了。可是在国内就不是这样，常常是一个很大的候车室里只有一两个人在读书，读的可能还是通俗读物。我们这儿更多的人在看电视，被一些低俗的娱乐逗得咧嘴大笑，越是趣味低下越是招人喜爱。有时来到大中学校，阅读情况也并没有根本的改变。令人忧虑的是，越来越多的人正在远离经典。

曾经遇到一个做中国古典文学研究的人，而且主要是研究清代小说的，居然没有读过《红楼梦》。他认为读原著根本不需要，有那么多研究这本书的人，电视上也讲它，"我已经知道得够多了"。多么可怕，一个学人荒唐到如此地步，简直让人无话可说。一个中文系大四学生坚持说英国诗人叶芝是个女的，诸如此类。与这种阅读水准相匹配的，就是写作能力的大幅度下降：有时从一大群高学历者当中竟然找不到一位文从字顺的人——正常情况应该是初中生即达到的写作水准，他们却望尘莫及，根本做不到。

不知哪里出了毛病，而且病入膏肓。在一个群体素质如此之低的环境里生活，必然要被野蛮所包围，无论有多少物质财富，活得都不会有幸福感，不会有尊严。

这样可怕的环境并非是十年八年间突然形成的，它由来已久，是渐变而成的。本来我们是一个知书达礼的民族，所谓的诗书之国，拥有诗经和诸子散文，有李杜诗篇万古传。而今到了什么地步，大家有目共睹。能把这样一个东方文明古国改造成今天的状态，也非有毁坏的天才不懈地接续施工才行。野蛮的行为和习惯一旦成了普遍现象、变为一种约定俗成，那么灾难也就不远了。这样的个体和群体无论到了哪里都会被人厌恶。其他地方的人不会欢迎这样的人。这是真的，是不得不承认的事实。我们可以说这是发达地区对东方贫民的一种蔑视和歧视，会激起一个民族的倔犟和血性——我们会仇视他们，在心里形成某种强大的反抗力；然而最悲惨的是，当这种贫民腰缠万贯的时候，只会变得更加令人厌恶。钱不会让粗鄙变得高贵。

我们身边的优秀者非常之多，那么好的大学生，青春可爱的面孔，也有那么好的知识分子，淳朴的劳动者……可是当作为一个群体出现的时候，有时就会改变。一群吵吵嚷嚷的人，一群除了关心钱和权势不再关心其他的人。这群人没有信仰，不相信绝对真理，比较不愿意读书，很喜欢看电视和上网——陌生的人会这样概括我们的特征。这是我们的伤痛。

随便到某个国家，我们也会发现全家中心摆放一个大电视机的，往往就是中国人。这是他全家生活的中心，电视领导着全部。而当地人对电视远没有这样的尊重和依赖，难得给它那么显著的位置。他们对这种现代传播工具抱着一种稍稍疏离的态度，因为它太吵，它用特别的娱乐方式将人引入浮躁不安，不如书籍更让人安静，带来思索和想象的幸福。

有一次到一个汉学家去，吃过晚饭后两口子就在屋里忙活，像是找什么东西——最后才明白他们在找电视机。原来他们不记得它放在哪里了。后来终于找到了，一个很小黑白电视。为什么要找？因为当天晚上要播放女主人在电视台做的一个朗诵节目，他们想看一下。节目开始了，太太穿一身黑色的套裙，边走边朗诵一本诗集。两口子看看客人，相视而笑。

十四年前到美国去，前不久又去，到了同一座小城。有一个惊讶的发现，就是这儿一点都没变，房子还是那样，街道还是那样。这里的景致没有变，人的面孔也没有变，空气还是那么好，天空还是那么蓝。这个小城叫康科德，里面住过两个有意思的作家，一个叫爱默生，一个叫梭罗。梭罗是中国不少人知道的，因为徐迟先生翻译的一本《瓦尔登湖》是他的代表作。这本书不少人译过，不过最好的版本依然是徐老译成的，语言漂亮极了。当一个翻译家可不容易，译得准确，优美可信，让人津津有味地读下去，这是很难的。

这么漂亮的一座小城，就像童话里的场景差不多。今天我们一些城市、一些区域实在也算漂亮，湖水幽美开阔，有好多凉亭，草地树木茂盛，像梦想之地。但是冷静下来想一想，有些国家和地区这样的地方太多了，简直遍地都是，或者比这里的景致还要好。就是说，那里的草更绿，树更茂，水更清。我们可以在城市的某一处用力经营一片风景，可是全城的问题无法解决——天空很低，再加上烟雾，到处污染成这样，局部的美景也就大打折扣了。

我们常常惊叹自己置身之地的日新月异，惊叹我们的改造力和建设力。可是因此也会暴土飞扬。我们几乎安静不下来，人民没有了休养生息的时间。我们谈得最多的就是"社会转型"，好像这有多么了不起，只是没有问一句，

一九九六年在美国康科德小镇

我们这一二百年里什么时候不在转型？不停地折腾，除了战乱就是其他运动和变革，人民无法安居乐业。从局部看，一条街区拆了建建了拆，好像从来不曾周密计划过。一条街道上，刚刚长成的树木就被拉电线的工人砍掉了，因为电业部门和绿化部门各负专责。

可是康科德，在外地人眼里，它十四年里没有一点变化。它仍然那么干净、浓绿，似乎很自豪地拥有着、持续着自己的历史。

永远的经典

像一座美好的城市一样，真正的经典也是长久不变的。一个地方的人钱多了，可是人的素质并没有比过去变得更好，而有可能变得更差。走到大街上即可以看到人的精神状态，因为这是不可藏匿的。文明的族群让人有一种安全感，有一种生活的温暖和幸福。人们之间即便不认识，相互见了都会微笑点头。几乎每一个人见了路人都像见了朋友和亲戚一样，这是普遍的爱和温情。可是如果换了另一个野蛮的地方，这样做就会被疑为精神病患者。野蛮之地人与人的关系，首先是厌恶，是提防和敌视。在这样的群体里生活还有什么自尊可言？即便钱再多，被这样的群体包裹，也只能有一种恶劣的心情。

一个经济强大的国度，如果是由精神萎缩的个体组成，最后还将很快衰落。看一个民族的力量和前途，最终要看这个民族的个体素质，看精神面貌。几十万人口的城市竟然找不到一个能读诗的人，找不到一个热爱经典的人；虽然读了中文系，可是从未热爱过自己的专业，说白了只是权宜之计。这样的族群是多么可悲多么危险。在这里文学哪里仅仅是一门专业，它显现了人类对于真理的追求力、对于美的追求力。

所以我们不能、也没有权力让自己与经典隔绝。要把有限的时间用在阅读最好的作品上，当然这里不完全是文学。现代人有多少东西需要读、多少信息需要了解，时间很容易就白白地、毫无意义地耗掉了。即便是一个比较倔犟的人，也有可能在不知不觉间被风气熏染和改造。有人认为流行的精神用不着过分警惕，它不是毒药。然而对一个真正的创造者和思想者来说，当代流行的观念与思潮还是难以回避。他们面临的东西就像风一样，一夜之间吹遍大地，具有着强大的摧毁力。我曾在一篇文章上加了一个标题："风会试着摧毁你"。因为人要经受不自觉的吹拂，在八面来风之中，人要抵御非常困难。

现在，我们面临着空前的选择困难，一方面书很多，另一方面又觉得没有多少可读的东西。一个更可靠的方法就是多读经典。如果昨天我们曾经被它感动，那么今天就尝试着重温那种感动。这时候我们就会发现，生命还是这个生命，只是和当年的情形差距太大了。当年令我们感动不已的一些书，今天再看可能无动于衷，原来铭心刻骨的一些记忆也不过如此。名著没有变，它还是它，是我们自己的生命改变了，这种变大半不是向上，而是向下，变得不再为真理和热爱而战栗。物质欲望的水流把我们浸泡日久，让我们变成了另一种人。

让我们恢复到过去的那种感动里面去，这是一种巨大的享受。经典一旦再次将你吸引，这种幸福也就来临了。人到中年，读了那么多国外的、当代的、过去的所谓名著，充满了阅读体验，什么样的感动和失望都经历了，可是再读二十多岁时的一些名篇名著，竟然无法放得下，忘记了一切。那种感受没法交流，只能靠个人去体悟——比如说又一次进入了作家所描述的童年，那片草原，进入了他的乡村，他的天籁，他的故事。作为一个异族人，我们完全能够感受，感受那个在时间和空间上都相隔遥远的生命。那真是没法说出来的复杂感情。因为文字不能把一切规定好，要靠阅读中对文字的还原，它会在我们的经验世界里变得美不胜收，深不见底。

这种阅读唤起了我们强大的冲动：保护美好生命和美好自然的那种强烈愿望。原来精神是这样作用于生活的，艺术是这样作用于生命的。我们可以设想，一个人面对着破烂的山河，被烟雾遮罩的星空，实在是心灵变质的缘故。人的心地变坏，土地才变坏。而今再也没有躺在絮絮叨叨的外祖母身边的童年，没有河边白沙上的仰卧，没有故事和篝火，没有了一切的童话。这样美好的生存环境是怎样丧失的？追问中有一种愤怒，有一种恨，有一种为保护这样的环境去奋斗的单纯心冲动心。作为一个中年人，这不是很可贵吗？

我们再次发现，那些经典的美是经过千百年确立、筛选和检验的，它们恒久不变。大学课堂上，有人一直要求推荐中国的经典，于是就一次次说到了"屈李杜苏"和诸子百家，说到了鲁迅等。他们很失望，说原以为会推荐多么生僻的、让人眼前一亮的闻所未闻的作家作品。这怎么可能。经过漫长的时间筛选出来的那种经典作家，我们无法遗忘。这就像阅读外国经典，不可能略过英雄史诗，还要提到普希金、托尔斯泰、雨果和歌德他们一样。它们是在更大的时空坐标里确立的。我们无法与之隔离。我们如果整天埋在一些娱乐的文字垃圾里，生活就将变成垃圾。

相对寂寞的角落

文学经典来自积累,来自当代作家的不懈努力。这就好比说,所有的古代经典,都是从他们所经历的那个"当代"之中产生的。离开了那个活鲜的"当代",也就没有了创造的生命空间。从这个意义上看,抓住每一个"当代",也就抓住了一切。可困难的是,我们往往没有辨别当代杰作的能力。在当时极可能是红极一时的作家作品,过了一百年甚至仅仅是几十年之后,人们就会觉得根本不重要。还有的作家在当年觉得一点都不重要,作品出版都很困难,但是经过上百年的时间以后,又可能变成了国家的珍宝,成了一个伟大人物。深奥的艺术离我们太近,我们或许无法鉴别。

所以我们判断的尺度只好放大和延长,以几十年和上百年来讨论。但与此同时,我们又要盯住当代,不可能也不必要把两眼闭上。这时候最需要的还是我们的敏锐判断,从中发现那些真正的优异者。就像任何时代都有低劣和平庸一样,卓尔不群的声音总是存在的。问题在于我们如何倾听、如何捕捉这些声音。一般来说他们会在相对寂寞的角落,而不会站在热闹的通衢大道上。当发现了你喜欢的作家,你的确喜欢,的确被他打动,被他的语言方式所打动,被他的内容、被他的精神力道所打动,那就跟踪阅读吧。

这种阅读其实就是一次相伴行走,说不定还是走向经典的一个过程。我们心目中的经典作家是生活在另一个时空里的,他与我们今天面对的许多问题有的相同,有的相差巨大。我们有许多当代感触、见解和分析,也只有从同一个时代的灵魂中去印证,这是特别有意义的事情。比如说一个作家今年五六十岁,和我们同时生活在一个所谓的"改革开放"的当下,他面临的全部欢乐和烦恼跟我们相似,那么他的精神面貌如何?这对我们的参考力和求知心好奇心诱惑会大一些。时下的全部问题,他的答案是什么?他焕发了怎样浪漫的想象?他的评说、责难、感慨,所有的一切都构成了一次当代人性的抽样检查,这当然是有趣的。

事实上一个十三亿人口的大国,的确会有不同凡响的灵魂。我们的仔细寻找不会空手而归,而必定要被强大的分析力、逻辑力量和求证心情所打动,为那种完美的想象和表达所折服。我们觉得能够和他们一起走在当代,毕竟还是有幸和自豪的。当然,这些杰出的人物也许不为大众所喜欢,但实在是不可多得。我们这儿角落太多,角色太多,其中就有需要我们挖掘和寻找的对象。这些人不会尖叫,不屑于表演,与时髦的媒体分处两厢,但的确是时代的智慧和良心。

茫茫人海,一个千寻不得的人物走到我们面前,我们却不认识他。梵高当年一幅画都卖不掉,吃饭都成问题,缺少朋友,也缺少爱情。这就是他,一个痛苦的生命,一个伟大艺术家的命运。一切都是因为时间的吝啬,它藏匿的隐秘不给予我们,让我们无从判断。对于艺术和思想的误解从来都是经常发生的。所以,对于这些方面,我们一定不可轻易相信大街上的话,不要相信那些流布在风中的嚎叫。我们要从小培育自己的倔犟意识,训练一双执拗的慧眼,勇于怀疑,独自注视那些沉默的角落,从一些相对寂寞的角色身上发现什么。这是最困难也是最有意义的。

当我们在阅读当中发现了这样的一个人,那种快慰无法形容,好像所有的思想和艺术就来自我们自己,实际上他只是感动了我们而已。他感动了我们,从此以后不再被我们忘记。某一个人的文字把我们打动了,我们在心里给他留下了一个位置，那是我们隐秘的贮藏。某一天你遇到了这个人，或许非常失望：讷于言且不敏于行，相当平凡。进一步相处，又发现这个人性格不好，喜怒无常。但你还是忍住了，因为只有你自己知道，某一年他的某一篇文字深深地拨动过你的心灵。你认为自己没有理由对这样的一个人过分挑剔。

是的，这样的经历太少了，我们需要珍惜。如果创造经典的某位今天活着该是多么好，让我们看看他、听听他的声音，向他倾诉这个时代的故事。可惜这只是一个梦想。我们愿意偏执地认为：某些文字的创造者要多完美有多完美，他们没有缺陷，他们的名字就是完美的代名词。

人生总有一些机会，它们似乎可以抓住。每一个年龄段对于美的领悟能力和热爱程度是不同的。有的人说我每天多忙，哪有时间阅读。有的人罗列了自己的一天，这其中唯独没有阅读的记录。那些在生活中挣扎、贫困甚至是处于饥饿中的人，当然不能奢望总是有一杯茶一本书。可是我们同时又知道，最美好感人的书籍，更多的时候并不属于那些生活非常优越的人，而是属于痛苦不安的、在生活中挣扎的人。所有的杰作、所有伟大的灵魂，都特别体恤弱小和不幸，与愤怒不平的心跳正好节拍相合。

讨论

足够的感性空间／成立自己的学问

参加过高考的同学问到高考题目，想认定一下评分的标准答案。其实作品被收到考题或课本里面，教学和考试用的标准答案与作家创作本意有所差异，是正常的。因为作为考试题，就要规范出一个多数人可以遵循的标准。这可能接近作家所要表达的思想，但不一定是全部。这是一种概括和提炼。作家所要表述的往往更为复杂，特别是作为文学作品，它往往不能有一个明确的阐述。它不是论文。它跟论文不一样，不是通过什么说明了什么、结论是什么。文学作品是既可把握又不可把握，既可表述又不可表述。

这与文学评论的道理有些接近，比如说一篇评论，虽然评的是某一篇作品，但有时会是相当独立的一篇学术文字，与作品并无太大的关系。因为评论者要用作品当作论述的材料，他要通过它说明一些观点。而作家创造这部作品的时候，心里包含和容纳的东西会更多，一定要保留足够的感性空间，要有不可言说只可意会的部分。好的阅读者就是去感受，感受这个难以言说的部分。而评论文章偏偏就是一次言说，他只为这次言说负责。做研究需要量化，需要理清和发现，需要发挥他个人的见解。总之他要成立自己的学问，这并不需要与作家的初衷一致。这种不一致是因为职业的区别，而不是能力大小的区别。

道德水准的比较／堕落时期

关于当代人道德水准的基本判断，见仁见智。有人认为从记事到现在，没有比现代人的道德水准再差的了。他觉得非常失望。有人反驳说："文革"时代人的道德水准更差，发生多少打砸抢。但这实在不是可靠的依据，因为那个时候人们所谓的冲击、造反，相当一部分是响应号召，是"政治正确"的一种单纯追求，而且不是普遍的群众状态。更有甚者，还是一种勇气，一种对崇高和简单的理想主义的认同。坏人借机搞一些阴谋是另一回事，大多数人的道德水准不能与其等同。

实在一点讲，物质欲望把一个时期笼罩得如此严密，还真的是前所未闻。人被物欲牵引，所谓的物欲横流，生活同样不会幸福。有时候我们很天真地想：现在一切都不重要，最重要的就是给一个速成的办法，就像办速成班那样，短时期内把国民素质提高一点。只一点就可以。我们现在随时可见人的无序拥挤、大声争吵、随地吐痰、恶意相向。生活在这样的环境里，再多的钱都没有多少意义。不仅没有意义，许多时候还有相反的作用。

管理、提高或改变一个民族的生活习惯是很难的。我们能不能像当年抓阶级斗争那样，严厉地制定行为规则，比如说上车或购物必须排队，比如说严禁随地吐痰。不再有当年那样的严厉了，因为这不是阶级斗争。有人会说改革开放有多少大事要抓，怎么能管那些鸡毛蒜皮。但是就因为这些"鸡毛蒜皮"，折射出一个低劣的群像。前不久我们去一个饭店，里面的菜又好又便宜，可是进去以后实在受不了，大声吵闹震耳欲聋。我们赶紧走开了。我们不能坐在语言的垃圾堆上进食。

就是这些细微处、这些细节让人受不了。我们不相信五六千年的中华文明大多时间会是如此，如果这样，这种文明就不会延续。我也不相信会产生李白屈原杜甫苏东坡这样的伟大人物。这期间肯定有一个个堕落的时期，有一个个中国最优秀的传统被毁掉的时期。所以我们要追寻和寻找，要有勇气去批判和痛斥，从自身做起。我们要用这样的责任感去行动，这才算是一个勇敢的人。所以我们对于一些自己没有实践行为、只会爆发尖叫的人持怀疑态度。我们更相信那些默默坚持者，觉得他们的个人道德更高。

道德瑕疵与艺术成就／大师的垃圾

历史上伟大的艺术家也不是没有道德瑕疵，甚至也有严重的缺陷、犯过不可饶恕的罪过。但为什么是他们创造了那么伟大的作品？历史上记载的李白"人人皆曰可杀"，由此我们可以想到，李白肯定做过很多按当年的标准所不能容忍的事情。除此之外我们还能想象到他鲜明的个性、放荡不羁的风格。国外的例子更多。像托尔斯泰，那是道德的楷模，一个自我苛刻、到了八十多岁还要重新设计自己生活的伟大人物，创作了那么多伟大的作品，像《复活》，完全是自我苛刻、自我批判、自我忏悔和反省的结晶，质地圣洁。这样一个伟大的人物，他个人的私密日记毫不留情地记录了堕落与忏悔。

允许道德家的道德瑕疵，并不是给予这种特殊的人以更大的宽容，而是还原到个人生活和生命逻辑里面去分析，真正理解人和人性。只要是人就会犯错误，就有人的欲望，就会在某个时候抵达欲望爆发的临界点。有一部分人会苛刻地、极其严厉地否定自己，像托尔斯泰。他批判自己否定自己的力量既真实又强大。还有没有让我们看到的自我苛刻自我批判、灵魂深处的严厉追究，其痛苦过程只有他自己知道。

他们的生命缺陷和艺术上的不完美是紧密结合的，并非所有的作品都是伟大的。他们对于自己作品的否定，有时比别人更无情。毕加索曾经嘲笑过现代人对他后期作品的膜拜。他当然更加重视早期那些精心力作。那个时候他实在处于最好的时期。毕加索在很年轻的时候就抵达了自己的完美，也许达到了最高点，他不仅超不过那些经典画家，也超不过自己。所以他唯一的道路就是绝望中的毁坏，毁掉规则毁掉章法毁掉一切的烦琐，任意而为。就是说他开始"乱"画起来，当然这个"乱"要加引号，因为他是一个天才，功底深厚，随便画出一个线条都很有意味，艺术含量自然存在，巨大的不可遏制的想象力仍然存在，所以仍然有大师风范。有人看到毕加索成功了，就像他一样乱来，殊不知最严厉的否定者不是别人，而是毕加索自己。

他们没有毕加索的天才，更没有毕加索童年时期就已经达到的完美，而只想做后期的毕加索。谁都不愿辛苦奋斗，而只想成功——最好是不劳而获、小劳大获。其实即便是毕加索，个人道德的落差和缺陷，也会反映在他的创作中。他若是一个足够坚强的人，大概不会那么放纵地对待自己的绝望。他的所谓"现代艺术"，是名副其实的"大师的垃圾"。

我们对于大艺术家的道德瑕疵不可忽视，也不要因为这些瑕疵而否定他们。大师身上的道德缺陷仍然应该是摒弃的部分。记得我们都还年轻的时候，一个文学朋友不无困惑和痛苦地说：我们这儿很难产生伟大的作家，看看吧，这么多人，连一个同性恋都没有，连一个坐牢的都没有，太正正规规循规蹈矩了！可惜当时也只能那样了，没有就是没有，着急也是没用。怪癖之类，还有瑕疵，何必求同？据说同性恋是基因的问题，而不是一个模仿的问题。

缺乏深度阅读／个体坚持／共同的功课

现在的文学作品不是没人读，而是很多人在读。比如说八十年代中期，一本很有影响的小说才印一两万本，而现在可以印到八九万本。就是说，现在的纯文学作品印数并不少。还有网上阅读，作品在网上很短时间就有几十万的点击量。应该说我们现在的文学阅读次数和机会，可能远远超出了过去。那么我们对阅读的忧虑来自哪里？就因为今天的阅读太芜杂太肤浅，缺乏起码的深度。

那种花花草草的阅读，蜻蜓点水式的阅读，不求甚解的阅读比过去多了。点击不等于阅读，将书从书店搬回家也不等于阅读，从头草草翻一遍仍然不等于阅读。所以说现在的严重问题是人们的浮躁和恍惚，是不求甚解。对作品没有鉴别，再也没有过去那种痴迷的阅读，于是也就没有深刻的感受，这才是非常糟糕的。

这种浮躁的环境不仅伤害了阅读，还有其他许多方面。有人十分绝望。但问题是这样的境况下还能否有所作为？一个人变得绝望并不难，难的是重新鼓起勇气往前走，坚持下去，用自己微薄的力量继续工作。这种个体的坚持其实也决定了社会的未来。

当年的物质生活相对贫瘠，可是书籍给人的感动力非常大。那是真正的精神食粮。今天生活节奏很快，人已经无法安定自己，还怎么谈得上阅读。在我们的经验中，所有葆有巨大创造力的人都是能够安静下来的人，那种急速旋转的生活对人是有害的。

现在一谈"道德"两个字就引人发笑。笑是容易的，但我们的生活却会在这种笑声中毁掉。其实我们日常痛苦中的绝大部分，就来自人的行为失去了基本的道德准则，人和人的关系变得太欲望化利益化了。这是可怕的。我们所能做的最基本的一点就是向善，约束自己。

　　一些深刻的道理，孔孟荀诸子百家已经说得十分透彻了。可是我们不停地批判他们，却没有创造出更新更有说服力的东西。他们有许多时代的局限，却一直是中华民族生存的精神基础，我们推倒了基础，又怎么来确立自己？所以今天仍然还是要阅读中国的原典，这是大家共同的功课。

二〇一〇年十月二十一日

时下的阅读、写作和出版*

无愧于文学的时代

关于"怎样才能写出无愧于伟大时代的作品"这个问题,我的想法有些变化。记得三十年前就听到类似的号召和强调,这么多年过去了,这样的提法仍旧没有一丝改变。可是三十年来中国发生了多大的变革,时代差异太大了,怎么它总是"伟大"?这就给写作者这样的推论:在时代这驾奔驰的列车上,"文学"好像永远都是一件需要缝缝补补的破烂行李,永远都有被扔下去的危险;而时代则不然,它只能"伟大"、永远"伟大"。

如上是过去的疑虑,那时觉得这个提法是错误的和媚时的。后来我又觉得这样讲是非常"科学"甚至是有高度的。因为虽然对时代的定性需要长时间的检验,这从来不是当代人所能做的事情;但就单个的人而言,任何时代都是他的精神母体,时代对他来说太庞大也太无测了,多么糟糕的时代都能哺育和启发他,"国家不幸诗人幸",诗人对于时代来说真的是很渺小的。客观世界的全部复杂性哪怕能够得到一点点深入的表达和再现,都是极其了不起的。就这个意义上来说,时代永远都是伟大的。

今天我则有了进一步的认识。我认为就文学写作和时代的关系而言,

---

* 本文为作者在"中国文学高端论坛"上的发言。

除了问"怎样才能创作出无愧于伟大时代的作品"而外,还应该再追问一句:"怎样才能建设成一个无愧于伟大文学的时代?"我这样说的含义起码有两层:一是我们尽管发现有的时代实在坏极了,民不聊生生灵涂炭,可是仍然产生了伟大的文学。作家们前仆后继呕心沥血,写出了多少不朽的杰作。从屈原到鲁迅,他们对于世道人心、对于人性所寄予的美好希望与描绘,更有呼唤,我们的现实生活至今还达不到其万分之一。就一个时代来说,我们实在是有愧于自己民族的"伟大文学"。二是作家用作品投入时代的建设,他们的最大行为即是写作,既然时代指标是综合呈现的(文学严格讲并不是一个技术专业),那么一个没有伟大文学的时代,也难以成为伟大的时代。

再问下去,文学能否对时代有所超越?时代与文学的关系就那么简单吗?事实上与世隔绝与拥抱时代都可能产生伟大的作品,文学与时代的关系有时是微妙的、晦涩的。显然,文学要超越一般的社会表态,社会生活在文学中也不是简单的再现,它要发生"化学变化",而不是"物理变化"。在我们这里,往往越是粗糙肤浅的文字,越是不问青红皂白地、肉麻地配合时代,可以说是"越丑越哆"。反过来,文学自古以来对底层苦难的关切、揭示和批判,今天也不能表面地、形式地、功利地加以模仿,而应有更高的关怀和特定的精神背景。总之文学的动机与效果会有极大的不一致性、不确定性,我们对文学的全部复杂性还应有更包容的理解,不能简单化和庸俗化,这也是文学与时代关系的应有之义。

过于"单一"的困境

对于"什么是优秀长篇小说应有的品格和文体意识"这个问题,我想是最难回答的,因为在上千年的写作实践中形成的道理和经验实在是太多了,有些还是相互冲突的。我只能从感性、从身处的这个时期的体验中说出一点真实的印象和希望,这里面也包括了对自己的警醒。

长篇小说写作当然是整个艺术创造的一个方面,与时下的艺术流向所表现出来的东西有共通性。现在的商品经济时代,东西方的写作趋向有同有异,但总体上差异会很大。因为文化背景是不同的,作为一个群体,有信仰和没信仰是不一样的,一旦缺失了信仰,现实物利对文学的干预力就会加倍强大。现在作家的创作活动好像只关心利益,只关心怎样卖得才好,心思太过集中在这里了。智慧全用在这方面,用心专一,除此之外不再想别的,目标过于单一和简捷了。

我们知道,这比将自己的文学从属和服务于一种社会理念要好。作家只想着要钱,追求的方向相当集中,一切只围绕着这个去活,与客观世界相处起来就简单多了。这是聪明的现代作家。

问题是历史上的杰出作家不是这样。他们也有向往物利之心,但有些痛苦、更深层的痛苦,好像远远不是因为这个。他们牵挂得更多,有时候还很"多事",与时代的关系未免紧张,很难相处。他们中的大多数相信绝对真理,心里充溢着神性,并且能够长久地追求它注视它。这样的一种品格造成了越来越多的个人冲突,有时实在是很悲剧化的。因为太固执,他们会把自己的生活搞得相当狼狈,现实世界和精神世界都很复杂,有时还要呈现分裂的状态。从做人处世这方面来看，当然显得笨拙和不聪明。但他们却更有可能写出感人至深的作品。

其实为利所趋也会写出好作品，因为这里还有生命质地、才华方面的差异。我们现在说的是概况和常态，是当下作家太专心于物质利益、智慧全用在这方面了。另一种例外是，有的并不追求时下物利，却特别看重名声，甚至只挂念遥远的名声，即"文学史"上的地位。这同样是五十步笑百步。为"名"而避"利"，内在的企图心和目标是一样的。后一种写作同样也是狭隘的算计，是专心于追逐。不是为名就是为利，舍此就不再想别的，写作时目标集中——这种简洁明快和"单一"或许可爱，却最终要陷入一个困境：只能写出娱乐性的文艺商品，或者是工于心计的文字；前者可以占有一定的市场份额，后者也会换来一些喝彩。但这一切与深深触动灵魂的、留在时间里的、有着深刻魔力和魅力的作品往往是无缘的。除非有些个案和例外：因为我们前面说过，文学的动机和效果并不是永远统一的，这里不能把话说绝。

主要站在哪一边

"网络时代的长篇小说走向"，只说所谓的纯文学创作，我并没有时下一般化的悲观。有人说文学大致消失了、死亡了，没有多少人读纯文学作品了，由此得出的结论也只能是停止这类作品的写作和出版。可是我们如果翻翻书本，就会发现二百年前的欧洲也有同样的担心，甚至人家提出这个问题时使用的语言都和今天相似。二百年过去了，今天的纯文学作品印刷总量却是当年的数十倍。

　　网络时代就一定会结束纯文学写作吗？我深表怀疑。比如各大出版机构每年印刷的总量相当惊人的雅文学作品、还包括更艰深的哲学思想类读物，都烧掉了吗？没有。这样的阅读仍在进行。如果我们仔细想一想就会承认：生活中几乎总有一些角落，那里总有人在关心更严肃的问题，他们并非总是在娱乐。这是一些深沉的读者，他们保持了人类"嗜读"的天性、思考和探究的天性，只要人类存在一天，这种天性就不会泯灭。而正是因为他们比较"深沉"，不是那种动辄放言的冲动者，不是轻易送出判断的人，不是那么浅显和多嘴多舌的人——所谓的"黄口嘈杂"，所以他们的声音就得不到及时传播、放大传播。他们与一般的媒体运行方式有抵触有矛盾。真实的情况是，有人常常为买不到真正高雅的读物而痛苦，而不是相反。可见出版者有时也会臆测和看低读者的。

　　那么现在摆在我们出版者、媒体人，尤其是作家面前的一个选择就是，我们是不是站在这些深沉的阅读者一边？或者主要是站在他们一边？这需要一点勇气，因为这要求我们眼光长远一些，不那么急功近利。同时这里还需要加以甄别和强调的是：目前我们出版的大量所谓"纯文学"和"雅文学"作品，按通常的、普世的人类文明尺度来衡量，只能算是一些低俗地摊文学，只不过是在长期不正常的阅读中，相当一部分出版者和评论者产生了混淆和误解而已。一些"雅"和"纯"实际上正无限度地向低劣通俗读物靠拢，并以此为能事、为荣，最后这部分人又进一步被市场说服，更彻底更愉快地滑了下去。这是个不争的事实。从这个意义上讲，即除掉假的"纯文学"之后，出版机构能够向读者提供的真正的雅文学作品不是多了，而是太少太少了。

这个过程既培养读者也培养作家和评论家，我们不得不说，目前已经形成了恶性循环，因为深沉的读者也是需要引导的。

　　这里当然有个民族素质、从业者素质的问题。据我所知，世界上不追求盈利的文学出版社并非罕见，比如有的出版社就专门出版诗集。这又回到了信仰和文化责任这个沉重的话题了，所以很难再奢谈下去了。我们也不是彻底排斥娱乐读物的功用，所以在谈论站在哪一边时，特意使用了"主要"两个字。我不过想说：网络时代无法消灭深沉的阅读——任何时代都无法做到这一点。有了这种信心，我想会有助于我们做出网络时代长篇写作的选择、所有文学"走向"的选择。

二○一○年十二月十八日

对经典的最后背离*
——中国当代文学印象

一、精神层面

中国的文学经典呈现出斑驳的面貌，无论从形式上还是思想内容上看，都有极大的差异。比如两部极有代表性的著作——《庄子》和《论语》——一般被当成哲学思想著作，但也是优美的散文——对中国几千年来的文学产生了决定性的影响。前者恣肆汪洋，想象奇异；后者严整朴实，中庸正统。它们的主要区别在精神方面：一部是"出世"的道家思想，一部是"入世"的儒家思想。

它们的精神对中国的文学影响深远。无论是出世还是入世，都表现出修葺心身的积极性，是有益于世道人心的智慧。特别是儒家精神，渐渐成为中国知识分子的正宗。中国产生了灿烂的散文和诗，在思想伦理、在总的精神向度上，大致以儒家思想为主导。像《史记》这样的浩浩长卷，唐诗宋词、四大名著，主要主张修心身、敬神明、维护仁义礼智信等传统价值观念。当然儒家与道家的关系是极为复杂的，它们在影响和塑造知识分子方面往往是交织一体的，这又是另一个话题了。

---

* 本文为作者在中法作家对话会上的发言。

这样的经典精神一直影响到清末、民国,以至于更后来。

到了"文化大革命"这样颠倒传统文化价值的运动时期,表面上看一切都处于"破"的状态,向传统文化观念全方位地"造反",但它鲜明标示的是一种激进的革命道德。这至少从表面逻辑看是如此。当然它的实际后果非常复杂,精神指标不仅没有提升,反而极大地沦丧。这是另一个问题。这个时期的文学(除去一部分所谓的"阴谋文艺")在精神层面上试图保持"积极"性,只是方向逆变(服从革命道德)。这个时期的文学精神,其主流并非公然提倡沦丧、"声色犬马",但狭隘的功利性、反经典性,最后导致了野蛮,走向了反面:所谓的"文化浩劫"。

八十年代开始走向开放时代、物质主义和商业主义。这个时期的文学演变急速,当代文学主题五花八门,消费主义物欲主义逐渐成为公然正道。文学中主要"解构"的,是几千年形成的经典精神。这与同时期的西方的情形也不尽相同,可能与不同国情不同国民素质有关。

对于经典精神的背离,这是最彻底的一次。当然这与西方现代主义思潮的涌入、与电子网络和全球化的到来有关。随便打开一部流行文学读物,不难感受其中的"邪气逼人"和"声色犬马"。这种精神上的沦丧是公然的、毫无扭捏的。

从我们所了解的西方文学看,因为商业化和现代主义的过程不同,再加上宗教力量的强大,其精神背离经典的表现形式和具体过程,可能与中国大有不同。

二、物质层面

谈过了精神层面，再看物质层面。这里需要解释的是"物质"这两个字：它指与作品内在精神相对应的外部形式，比如语言文字、结构等方面，或许还要包括写作材料。我们需要分析文学表达方式的变化。从某种角度看，这其实是比精神上的背离更加致命的东西，也是最后的一次。

这种更加清晰的、看得见的物质层面的改变，虽然与精神有关、受其制约，但还不完全是一回事。它会彻底地祛除剩余的"经典精神"（皮之不存，毛将焉附）。

经典文学首先是语言艺术的典范，其文辞的精粹、简洁与生动，直接给人以深刻享受，达到令人沉醉的地步。无论是诗词歌赋，还是散文和小说，作家推敲词句的功夫是一流的，这也是经典的重要特征。这些作品塑造了一个民族的语言，影响了一个民族的行为方式。中国文学史上为求得一个精美句子而竭尽心力的动人故事，数不胜数。

这种严格的书面语演进过程，即便是变动剧烈的五四以后的白话文运动中也没有打破，只是进入了新的语言发展轨道，遵循的内在规律与传统仍然是统一的：严密和简洁生动。白话文句子在表达需求上，使用的文字比古汉语更多，但变得更易懂、更直接贴近日常用语。

从作品的结构上看，经典追求尽善尽美，极其注重自然、奇巧和均衡感，有一种文字建筑的严整美。在结构上的处心积虑、力求完美，已经是所有杰出作品的共同目标。这是形式美的重要组成部分，是承载内容的一个必需条件。

但是当代文学无论从语言还是结构上，在"精美质地"这个意义上都大大退步了，许多时候倒像是刻意地粗糙和漫不经心。炼句炼意这样的意识基本上让步于繁杂、便捷和快速的文字堆积。这是中国文学语言在经历了"文革"的摧残之后，受到的最大一次蹂躏。

需要指出的是，这种粗率和混杂、泥沙俱下的语言流向，结构上的不修边幅，绝非完全是因为作家的写作功力出了问题，而是时代风气的诱惑和影响。这和现代主义的"反智"、"反艺术"思潮结合在一起，成为新一轮的时髦。

不通的句子、毫不讲究的结构、颠三倒四的逻辑，以及在传统写作中必须回避的生涩、啰唆、言不及义等种种弊端，在为数不少的当代写作中俨然成为"炫技"，成为"题中应有之义"。

三、同质共生

无论是精神还是物质层面，中国当代文学的现状都与整个社会发展呈现出一致性。网络时代、物质主义潮流，是构成某种文学质地的源头，是这个时期文学走向的决定性因素。

社会性写作、大众写作的兴起，空前加剧了文学表达的光怪陆离、雅俗交集。由于网络等文字承载工具容许随意表达、匿名发表，这比"文革"中"大鸣大放大字报"的形式更加极端化，单纯的发泄欲和创造欲混合一起，刻意尖叫和一般讲述混合一起，各种界限分际已经全部打破。这种写作从数量到形式，完全呈现出创纪录的、几何式增长的趋向。

也许历史上没有任何一个时期像现在一样，如此多的人获得了写作和发表的权利。这是一种空前的写作。从人的权利、人的表达意志来看，这是一种社会进步。但问题是，即便再多的社会性、自发性、大众性的写作，也不应成为降低文学精神和艺术含量的理由，相反只会使其绝对高度得到提升。因为说到底这是一次解放、一次大面积的参与。但可怕的事实是，这种混杂的低劣的写作有着巨大的、无所不在的腐蚀力，它会淹没深沉严格的专业写作。也就是说，专业写作者在这样的时期，已经没有能力、也不可能与之划清界限，最后一定会同流合污。

专业写作在当代呈现出这样一种风貌：与潮流、与大众写作同质共生。这很可能又是特殊国情下的一种现象。专业写作把最后的希望和眼前的情状结合在了一起，既从当下的混乱中汲取经验和营养，又企图借助涨满的文字泡沫把自己浮起来。他们不得不像大众写作中常常出现的情形一样：发出尖利的嘶叫。因为只有这样才能保证自身不被淹没。

四、一种可能

在现代网络时代，文学艺术丧失了经典的标准，因为从精神和物质两个层面都走向了背离。我们从中外文学史上可以看到，任何时代都有挑战经典、最后成为新经典的情形。这在现代主义盛行的欧洲、在二十世纪以后，都可以找到许多的例子。

但现在与那时的区别仍然巨大、甚至有本质方面的区别。因为现代主义运动中离经叛道的代表性作品，仍然追求自己的"精神"和"艺术"真理，只是以另一种面目出现而已。而当代文学的背离，却是最后的、没有底线的、没有标准的，它们没有那些方面的追求。这是一次内在精神和表达形式上的双重溃散。

历史上的艺术精神以及道德伦理的起伏变异，同样是复杂交错、有低潮期和回升期、有循环的。所以从这个意义上看，我们也许会对当代文学的现状持一种达观的态度；就是说，它仍然会拥有另一种可能，或许是处于走向更新蜕变、从而迈向另一个历史高度的过程。不过这个过程可能太漫长了，牺牲也太大，会造成极大的痛苦。

无论怎么说，民众写作是一场文学能量的大焕发，它给文学世界造成的巨大不适感，有一天会被接受下来。这场群众运动式的写作（网络发表、报章芜杂、自费印刷）除了自身能够遗留和显现一部分价值外，主要还是化为腐殖物，营养当代或下一个时代。

这种文学形势在中国多少有点熟悉，这就是五十年代出现的"文学大跃进"，当时曾经有"全民人人皆诗人"的趋向，这个运动除留下一本有趣的"红旗歌谣"外，大部分都化为了烟尘。

时下这种局面有利于挖掘文学的民间力量，出现某些"文学大力士"。不过这样的"大力士"也应该具有内容上的经典精神、形式上的经典完美性，而绝不会是对经典的全面背离。

二〇一〇年十二月二十一日

求学今昔谈*

《贝壳》的由来

谈到过去，谈我们当年做学生的一些事情，好像就有了许多话要说。那是三十多年前的事了，学校内外的情况与今天差别很大，特别是文化环境的变化就更大了。说起三十年前我们校园的文学生活，跟今天对比一下可以看出许多不同。

当年求学的情景还在眼前。当时恢复高考不久，每一级的入学间隔时间还没有调整好，三个年级的学生在学校交汇的时间很长。这就有了更多相互交流和学习的机会，不同年龄不同地区的人在一起，说话南腔北调，特别有意思。

当时热爱文学的同学比现在多，中文系差不多是百分之九十以上。上课谈文学谈语言，下课更是如此，大家常常就新读过的作品讨论争论起来。七十年代末国内各大学都成立文学社团，据说与"文化大革命"前的传统是一样的。我们学校中文系有两个文学社，后来合办了一个文学刊物，那就是《贝壳》了。

一开始由我们文学社的几个人拟了好几个名字，找系主任肖平老师决定，

---

* 本文是作者在华南师范大学的演讲，小标题为整理时所加。

一九九三年在母校文学院

他看了看说，就叫这个吧，我们在大海边上，等于是拣回了一些美丽的贝壳。

第一期是手刻蜡版印出来的，这在我们眼里漂亮得不得了。后来才是打印的，那已经是更高级的东西了。

我们刻蜡版的同学有一手好仿宋体，设计封面和插图的人能写能画，总之人才很多。那时学生当中不完全是稚气的小脸，还有三四十岁的人，他们具有丰富的社会阅历。

那会儿即便是刚刚二十多岁的人，也觉得自己经历了很多事情，什么都懂，一副成竹在胸的样子。所以现在一看到青年人的那份骄傲，总是十分熟悉和理解。人应该有这股劲头，这是冲劲。当年认为自己什么都懂了，天文地理无所不晓，而且能够迅速地阅读，牢牢地记忆，顽强地消化。在这种情形下进步肯定是很快的。

除了上课，再就是尝试写作。有的写诗，有的写小说和散文。小说一般被认为是最难的，篇幅长，还需要有人物和情节。过去说的"写书"，就是指写小说。怎样塑造出一个有血有肉的鲜活的人物形象，对我们大家都是一个诱惑。要写出丰满动人的人物，教写作的老师不停地举例子、强调，所以反而让人有了神秘感。

初学写作，最难的就是写出一个鲜明的人物形象。当时处心积虑地想个不停，主要是围绕"人物"。

我们有了刊物，就分别写稿，分开栏目，各自完成"主打作品"。那时好胜心极强，一心要超过其他院校寄来的社团刊物。当年铅印的院校刊物还不多，在今天看来都是很简陋的。不过当时并不这样看，只觉得寄来的所有刊物都香气逼人。这仿佛是一场较劲的比赛，既有趣又费力，四周吸引了很多的人。

同学们飞快传递彼此的一些阅读信息，总是非常兴奋。比如说一个人在阅览室里读了一篇刚刚发表的作品，就赶快告诉大家。什么刊物出了一个新的作者，哪一篇作品产生了影响，大家心里清楚极了。那时候没有网络，基本上也没有电视，就靠阅览室来满足我们。问一下，可能大家印象最深的地方就是那间大阅览室了。我们在那里度过了多少欢乐的时光、产生过多少激动。

还记得第一次看二十多吋的彩色电视，是在中文系合堂教室里。看的第一个话剧是曹禺的《雷雨》，不久又看了德国作家席勒的《阴谋与爱情》。那种激动如在眼前：回到宿舍里已经很晚了，还要讨论剧情，多半夜都不愿睡觉。看文学作品也是这样，当年任何一个有影响的短篇小说或散文都不会被我们忽略。

由此来看我们热衷于办文学社和编刊物，也就容易理解了。

现在的标准

那时每年都有全国小说评奖，一次评出二十篇小说。我们谈论最多的话题就是哪一个作品能够得奖。就像打赌似的，每个人列出一个二十篇作品的单子，只等《新闻联播》公布结果。可见那时的文学公信力之强。一连几年，大家猜中的都在十几篇以上。这与今天完全不同。如今不要说在校的大学生了，就是著名的专家也猜不出。原因就是现在的文学标准改变了，变得空前复杂了。

有人可能说现在的作品多了，出其不意的情况也就多了；还有一个重要的原因，就是我们现在的文学写作已经是五花八门，这就不好掌握统一的标准了。其实文学怎么会有其他的古怪标准？它只能是一个文学的标准，只能是坚持这个标准的问题。如果社会变得混乱无序了，没有是非了，文学的标准当然也不会有。

有人固执地说现在是一个没有标准的时代，因为随处什么东西都给"解构"了，说不清了，无论什么事物，说好说坏都可以。还有人认为"真理"也是不存在的，世上没有永恒的真理，只有相对的真理——这样的时代难道不是很可怕吗？因为到处都是这种"相对"，人们也就不再需要去追求真理了，因为凡事此一时彼一时，可以得过且过。生活在这样的人群里还能再谈文学、还值得再谈文学吗？不可能也不必要了。因为在这个世界上，不追求真理的族群不可能拥有真正意义上的文学。

关于写作，没有文学的标准，那就一定会有其他的标准来代替，比如商业的标准、对某种利益集团有用的一些标准。这都与文学无关——不，这只会对文学产生极其严重的伤害和扭曲。文学是人的心灵之业，对文学扭曲了，对人也就扭曲了，这个社会也就变得畸形了。

过去我们大致都知道什么作品是好的或比较好的，什么是不好的，现在则不知道了。那时候我们还幼稚，只二十来岁，没有写出更多的书，也没有读到今天这么多高论，可是我们还算清楚地知道自己向往什么、什么能感动我们，怎样的作品能够引领我们的心灵走向更美更善。现在反而犹豫不决了，我们有可能变得更高深了，文化的文学的视野也比过去变得开阔了不知多少倍，结果也就变成这样的无所适从。降临到我们身上是真正的噩运：丧失了判断的标准。也就是说,我们已经没法弄得清哪些是好的作品,哪些又是不太好甚至是很坏的作品了。

有时候我们刚刚被一部作品深深地感动过,比如说被它的语言、被它的故事和人物、被它蕴藏的某种东西给激发起来——可是我们一直信赖或比较信赖的专业朋友看了却很生气,说这分明是一部很坏的作品……类似的例子或正好相反的例子数不胜数。这样时间久了,我们就给弄糊涂了,不断地怀疑自己。最后,我们不得不试着放弃一直秉持的一些标准。

有人会说世上再也没有比艺术这种东西更难掌握的了,它有一万个标准、有千变万化的奇特因素。可是我们也知道,它尽管复杂,仍然还要我们去读、去感受吧,仍然还要落在我们的良知里,被我们的知性过滤和筛选一遍吧。也就是说,无论怎样怪异,也并不等于没有标准了。

如今网络上滚动着无数的"文学",书店和地摊上也摆放了无数的"文学"。各种读物像海洋一样涌过来,这一切在有标准的人那里哪怕稍稍做以停留,也会让人心烦意乱。这种拣选的工作量是巨大的,能把人累得崩溃。所以一个适时而至的办法,就是认同这个时代的无标准说。没有标准是最好的、最省心的了,怎样都行。也许现代真的不再需要标准,因为从世界范围来看,我们来到了一个重商主义时代、物质主义时代,人们不需要文学也能活得挺好。

如果这一切是真的,那么这大约也就是非人的时代了。动物不需要精神生活,只要满足了口腹之欲,它们一定是很高兴的、欢欢乐乐的。

访师散记一

因为从很早起就向往写作,并且听信了一个说法,就是干任何事情要想成功就必须寻一个好老师。这个说法今天看也不能说就是错的,只不过文学方面更复杂一些罢了。

记得自己从很早起就在找这样的老师,这里不是指从书本上找,而是从活生生的人群当中找。我曾想象,如果真的遇到了这样的一个人,我一定会按照严格的拜师礼去做。听说有的行当拜师需要一套烦琐的程序,比如磕头上香、穿特别的衣服之类。这一套我是很烦的,但为了有个像样的、令人钦佩的老师,我也会不打折扣地马上去做。

最大的问题是很难找到这样的老师。他们在那个年头里非常稀缺,这与现在是完全不同的。现在文学方面可以做老师的人多得不得了,每一座城市里都有一批,而且经常可以看到挂牌营业的人。那时则不同,文学爱好者很多,能做老师的人很少。有时候我们觉得某个人完全可以做老师了,但你一旦真的要拜他为师,他就会吓得赶紧走开。

我从十几岁到二十几岁这段时间里,游走的地方很多,虽然是为生活所迫,但其中还是少不了文学内容。我把交往文学朋友和寻找老师这二者很好地结合起来,一听说哪里有老师就赶紧跑了去。这种访师寻友的传统可能主要是东方式的,翻翻我们过去的历史,其中有很多流派师承这一类的故事,有"一日为师,终生为父"这样的说法。我对师傅和老师一直是非常尊敬的,比如说我永远不会对老师辈的人说出不恭之言,只不过为了"一日"而"终生为父",似乎还做不到。

一九八五年与作家邱勋

在我们东方这里，做一门艺术或一门手艺，没有师承就很成问题，一个专业人物出门混事，人们总会问起一个最基本的、自然而然的问题：你的老师是谁？这等于问你是不是出于正门、有没有专业上的渊源。没有一个名声很大的老师藏在身后，要从事专业会是格外不顺的。当然，我当年急于寻师绝没有想过这么多，而只是为了快些摸到入门的路径。在许多人眼里，文学写作是很神秘内在的一门学问，它尤其需要高人的指点。

从书本里学习是重要的，我当时所具有的一点写作能力，可能绝大部分还是来自书本。我看了好的作品就模仿，就是这样开始的。可是我还是有点心虚，因为没有老师而忐忑不安，就怕有人猛地问我一句：你是跟谁学的？你的老师是谁？所以我一方面因为进步和开窍太慢，恨不得一口吃成一个胖子，另一方面也深受中国从师传统的影响，极想投到一位老师门下。

在初中读书时，我不知听谁说到有一个很大的作家，这人就住在南部山区的一个洞里，于是就趁假期和一个同学去找他了。当年我们的学校就在海边，认为这里偏僻得像天涯海角差不多；而南部山区看上去只是深蓝色的一溜影子，完全是遥远的另一个世界。我们真的要闯一闯大山了，并且是去找一位住在山洞里的高人，只一想就激动不已。

记得我们两人骑了自行车，带了水壶，蹬了快一天的车子，这才来到了山里的那个小村——它原来不过是村名里有一个"洞"字，高人本人并不住在山洞里。这使我们多少有点失望。同样失望的还有大山，它也不是从远处看到的那种深蓝色，而是土石相嵌粗粝粝的，树木也不太茂密。

急急地打听那个老师，有人最后把我们带到了一间水气缭绕的粉丝房里，指了一下蹲在炕上抽旱烟的中年男子。他的个子可真高，双眼明亮，手脚很大。

我和伙伴吞吞吐吐说出了求师的事情、我们心里的迫切。他一直听着，面容严肃。这样待了一会儿，说那走吧，跟身旁的人打个招呼，就领我们离开了。

原来他要领我们回自己的家，那是一间不大的瓦房。进屋后他就脱鞋上了炕，也让我们这样做。大家在炕上盘腿而坐，他这才开始谈文学——从那以后只要谈文学，我觉得最正规最庄重的，就是脱了鞋子上炕，是盘着腿谈。这可能是第一次拜师养成的习惯。

他仔细询问了我们练习写作的一些情形，然后拿出了自己的稿子：一叠字迹密密、涂了许多红色墨水的方格稿纸。它们装在炕上的一个小柜子里，我们探头看了看，有许多。可是发表在报刊上的并不多，他订成的一个本子里，大致是篇幅极小的剪报。我和伙伴激动得脸色彤红。这是一些通讯报道。

老师一个人生活，老婆不孝顺爹娘，被他赶跑了。他与我们交谈中，主要强调了两个问题：一是自己要孝顺，将来找个女人也要孝顺；二是写作要多用方言土语，这才是最重要的。

访师散记二

第一次拜师的经历是永远也不会忘记的。我和伙伴从南山骑车回来，一路上都兴冲冲的，一点都不觉得累。我们最高兴的，是从今以后终于有了一位老师，这不仅是我们文学上能够得以飞快进步的重要的条件，而且还让我们有了一个不会轻易宣称的秘密。我们可能告诉别人在写作这方面已经有了师傅，却不会说出他的名字来。

本来事情是非常顺利的，但最美好的事物往往是格外要费些周折的。大约是从南山回来的第一个学期，我因事出了一趟远门，回来正准备再次去看望老师，就听到了一个噩耗：老师因为脑中风突发去世了！这是伙伴告诉我的，绝对没有错。望着伙伴的两道长泪，我紧张得一时说不出话，一会儿也哭了。

在没有老师的日子里，我们努力实践着他的教导，一方面在家里对长辈顺从，尽可能忍住不顶撞他们；再就是在文章里使用了很多方言土语。后者让学校的语文老师很不耐烦，但我们仍然坚持下来。

不久我们又听到了邻近一个村子里有一位代课老师，这人也是一位作家，就急急赶了过去。原来这人只有二十多岁，父亲是本村的村头，留了分头，鼻子很尖。尽管看上去有点别扭，我们对他还是诚惶诚恐的。他十分傲慢，根本就不正眼看人，只把我们领到一间屋里。一进屋就吃了一惊：整整一面墙都用红笔描画出光芒四射的图案，而放射光芒的最中间是比巴掌还小的一个红方框，里面粘贴了一小块剪报。那当然是他发表的作品。

因为他极其严肃，我们都不敢开口。可是沉默了一会儿，他开始询问：家庭出身？年龄？所在学校？我们结结巴巴的，他就训斥起来……我和伙伴不知怎么就跟跄着出来了，头也不敢回一下。

这样一直到了半年之后，一个偶然的机会让我们知道城里来了一位真正的作家。这人要为本地一个先进人物写文章，所以就要待上一段时间。我和朋友最终还是设法敲开了他住处的门，恳切地表达了拜师的愿望。这人长得比住在大山里的第一位师傅差多了：矮个子，圆脸，花白的头发很长，多少有点像老太太的模样。他戴了一块表壳发黄的手表，我们以为是传说中的金表，极好奇又不敢多看。他非常慈祥。交谈中，他主要谈了文章中要多多描写景物，并且一定要与人物的心情配合起来，并举例说：文章中的人如果烦恼，就可以描写天上乌云翻滚；反之则是万里无云。

我们回来试了一下，觉得并不难做，而且收效显著。

正在我们为即将拥有一位新的文学师傅而庆幸的时候，巨大的打击来临了。那是第三次去找他的时候——老师已经结束本地写作回到了他的城市，我们就坐长途汽车奔去了。按照地址登上一座楼，惊喜地见到了师母。她说老师正在里屋休息，让我们过两个小时再来。我们按规定时间去时，却发现门上有一把大锁。我们先是在门口等，然后到街上转，回来看还是那把大锁。最后一次大锁没有了，敲门，门却再也没有打开。

为了能弄清原因，我们回到了本地小城，找到当时接待老师的一位干部。想不到他见了我们面孔一直板着，特别是看我的时候，目光里有十分厌恶的样子。这样待了一会儿他总算说话了："你们再不要去缠他了，那样身份的人能收你们做学生？家庭严重历史问题……"

我觉得头皮有一种悚悚的感觉，什么话也没有说，扯扯伙伴的手就出来了。

这之后就只能从书本上学习了。这当然是最有效最可靠、且不会遭到拒绝和呵斥的。但还是有一种投师无门的痛苦，隐隐地鲠在了心底。随着时间的延续，日子长了，我觉得没有老师还是不行，甚至觉得这是很糟糕以至于很不祥的。

那时我多少把文学写作当成了一门手艺，后来才知道，这种认识虽然有些偏颇，但其中纯粹工艺的部分也还是有的。让师傅"传帮带"，这是任何行当手艺传承最基本最有效的途径。

就这样，直到我初中毕业，不得不一个人到南部山区游走的时候，还是没有找到师傅。我在山地走走停停，做过不少活计，生活自由而辛苦，是最难忘的一段日子。这段时间里还是爱着文学，除了不断地找一些同好的朋友互相学习和取暖，还要忍住一个念头时不时地就要多心底萌发：找一个文学师傅。

只要听到了哪个地方有个年纪稍大的、有过一些文学经历的，我就要跑去看一看，以便在适当的时机提出拜师的请求。曾经有过一两次差不多眼看就要成了，只因为两次拜师所遭受的打击，最终还是没有开口提出。除了这个原因，另有一个深层的原因，就是我对他们能否长期当成师傅还多少有点怀疑。首先是长相：我印象中师傅的概念是由第一次求师的经历形成的，即这个人要体体面面像个老师的样子才行。第三次拜师不成的那一位虽然并不高大，像个老太太似的，但样子总算和蔼可亲。而后遇到的都不尽如人意，有的油胖胖的有的举止粗鲁，反正都不太合乎老师的概念。

有一个很大的机会说来就来了，这一次真是上天对我的恩赐：有一天我正在一个村里的朋友家玩，突然听说这里来了一位百年不遇的人物，他是一户人家的亲戚，以前是在某大出版社工作的，如今因为思想问题而离职了。那户人家正在招待他，这会儿正在炕上喝酒——照理说我应该在人家酒席结束的时候再去拜访，可因为实在等不得，就让人领着进了门。

那人真的是与常人大不一样：穿了灰色中式衣服，戴了黑色宽边眼镜，面庞白细，文雅无比。他吸烟，使用透明的长杆烟嘴。我把一叠稿子捧上去。他放下筷子，耐着性子当场读了几篇，很快对旁边的人、也是对我，说出了一句永远令人难忘的话："有才。不过真要成熟,还要十年。"

他怎么就不说九年？或者再短一点,八年不行吗？十年,这是多么漫长的一段日子啊！

那天我兴奋不安地待在他身边许久,直到他的离去。自然没敢提出"拜师"二字。他走了,后来就再也没有见到他。

一直到上大学之前,我始终没能拜上一位文学师傅。但是上了中文系,也就自然而然地有了老师。这真是我的幸运。

大地上的文友

我上大学之前没能成功地拜师,却得益于形形色色的文友。这是一想起来就要激动的经历。那时我在山区和平原四处乱跑,吃饭大致上是马马虎虎,有时居无定所,但最专心的是找到文学同行。我在初中的文学伙伴离我很远了,并且他渐渐知难而退,常常是有心无力了。一说到写作这回事,无论是山区还是平原的人,他们都叫成"写书",或者叫成"写家",说："你是找写书的人哪,有的,这样的人有的。"接着就会伸手指一下,说哪里有这样的人。

我在县城和乡村都先后遇到过一些"写家",这些人有的只是当地的通讯报道员,有的是写家谱的人,还有的是一个村子里为数极少的能拿起笔杆的人。真正的文学创作者也有,但大多停留在起步阶段,就是说一般的爱好者。他们年龄最小的十几岁,最大的八十多岁。

不论这样的人住在多么遥远的地方，我只要听说了，就一定会去找他。有一次我知道了一个真正厉害的"写家"，他住在一座大山的另一面，就起早背上吃的喝的翻山去找了。原来这是一个快八十岁的老人，白发白须，不太愿意说话。他年轻的时候在城里呆过，所以算是经多见广的人。村里人都说他"文化太大，不爱说话"。他仔细问了我的前前后后，又翻翻我的"作品"，这才多少接纳了我。

原来他正在写的书已经进行了好几年，是"三部曲"。他将其中的"一曲"给我看了，我发现是半文半白的语言写成的，主要记载了一生的经历，夹叙夹议。他说这叫"自传体"。其中我记得最有趣的是写当学徒的一段：东家女儿看上了他，他至死不从，以至于半夜逃离……"这闺女原是很美的。"他在一边解释说。

我照例坐下来读了自己的作品。他闭着眼睛听下来，像吃东西一样咀嚼着，又吞咽下去。这样半晌他才睁开眼，说："你好歹毒啊！"

我吓了一跳。后来我才知道，他这是在表达一种极度的赞扬。他伸手抚摸自己摊在炕上的作品，说："你看，我写得多歹毒啊！"

那些年我发现散布在山区和平原的各种"写家"可真多，他们有的富庶有的贫穷，有的年纪大有的年纪小，但一律酷爱自己的文学：写诗、散文和小说；有的还写戏剧，写好之后就在自己的车间或村子里演——看他们自编的戏剧简直有趣极了，那些特别的情节和场景永远都忘不了。有一次我被一位山村里的黑瘦青年邀请，说今夜村里就上演他编的一部大戏。

那出戏的演出离现在几十年了，记忆中内容大致是与村里坏人斗争、群众取得了胜利之类。记得最清的是一个游手好闲的"二流子"，手拿一个大红苹果从台子一侧上来，而另一边是一对青年男女亲热地上场。"二流子"斜眼看着那边的两个人唱道："我手拿大苹果，她爱他不爱我……"那婉转悲切的唱腔让我一直不忘。我无比同情那个失恋的"二流子"。

还有一次我住在一个小村里，房东的女儿恰巧就是一个"写家"。她刚十七八岁，公社广播站就已经播发了好几篇稿子了。她胖胖的，穿了大花衣服，平时爱说爱笑，只是一写起来就伏在桌上，谁也不理，一边写一边流泪。我们交换作品，她喜不自禁，一边看我抄得整整齐齐的稿子一边红脸掩面，说："哎呀哎呀，你可真敢写啊！"我知道她看到了什么：那是写青年男女刚刚萌发的、若有若无的情感，是这样一些段落。

我所经历的最大的一个"写家"是在半岛平原地区。记得我知道了有这样一个人就不顾一切地赶了去，最后在一个空荡荡的青砖瓦房中找到了他。他几乎没怎么询问就把我拖到了炕上，幸福无比的样子，让人有一种"天下写家是一家"的感觉。他从炕上的柜子里找出了一捧捧地瓜糖，我们一块儿嚼着，然后进入"文学"。他急着先读，让我听。可惜他的作品实在太多了，一摞摞积起来有一人高，字数可能达到了一千万字以上。这个人多么能写作啊，这个人的创作热情天下第一。为了节省纸张，那些字都写得很小。

天黑了，他还在念。一盏小油灯下，他读到了凌晨，又读到窗户大亮。奇怪的是我们都毫无困意。

那一天我们成为了好朋友。我觉得他是真正的"大写家"，是一位必成大事的文学兄长。他大我十多岁，结过婚，只因为对方不支持他的写作，他与之分手了。他曾给我看过她的照片：圆脸，刘海齐眉，大眼睛，豁牙，笑得很甜。

分手的时候我在想,为了文学而损失了那么好看的一位女子,这值不值呢?想了一路,最后肯定地认为:非常值。

书痴今何在

几十年过去了。这个世界变了。与更年轻的人谈那些文学往事,他们会觉得一切都像梦境。那些写书的痴子今天哪里去了?有的存在,有的没了,不知哪里去了。活着的,不一定像过去一样写个不停。死去的,活到今天就不知会怎样了。

这些年来我见过几个以前的文友,无论时下的境况如何,谈到过去的情景,无不神情一振。有的无论如何也打听不到下落了,他们不是像当年一样在大山的那一边,而是隔开了一个世纪那么遥远。比如说一个在七八十年代渐渐有些作品发表的人,几年后投身商场,如今音信全无。我问他最密切的一个朋友,对方说:"不知道,也许去了海参崴了!"

对半岛人来说,"海参崴"既是确指俄国远东的一个城市,又是闯到关外更远更远的一个缥缈的指代。

那个边写边哭的姑娘嫁了一个远洋船长,船长脾气不好,喝了酒就打她。她在痛苦中写了一些诗,都是爱情诗。原以为她爱上了别人,最后才知道这些诗都是写给自己男人的——他越是打他,她就越是爱他。她认为男人打老婆,是半岛地区不好的习俗,不能全怪男人;另外,她认为男人生活极不顺利,自己又无法帮她,实在亏欠了他。

那个写"三部曲"的老人早就去世了,他的后代不愿提那些往事,当我把话题转到这上边来,对方就把话岔开了。

我一度最思念的就是那个写了一千多万字的人,但几次都没有找到。后来终于见面了,结果让我大吃一惊:整个人虽然年纪很大了,但剃了板寸头,两眼炯炯有神。原来他已经做了一家公司的老板,虽然公司不大。问起他的书怎样了,他说:"书?好办。等我挣足了钱,就把它们印出来,印成全集,精装烫金!"

他伸直两臂比画,那就是全集的规模。

最不愿提及的是初中时候的文学伙伴。他就是与我第一次进山里求师的人。许多年来他一直过着贫困的生活,可是热爱文学之心毫无改变,只是写得不多。我们见面时,他已经因为两次中风卧在了炕上,用最大力气握住我的手,摇动,说话断断续续:"咱老师……咱老师,和我一样的病,他走得更早……"

原来他还在怀念大山里的那个人。是的,尽管我们只见过他一次,但他毕竟是我们的第一个老师啊。

文学让我们更为珍视友情,朋友之间,师生之间,所有的情谊都不能忘记。仅凭这一点,文学也是伟大的。

二〇一一年五月六日

我们需要的大陆*

不同的时代

上世纪八十年代也许是中国文学极少见的一段繁荣期,而且在今后很长的时间里大概都很难超越。那时的创作非常活泼,是一片蓬勃向上的生长。拿它与今天的文学写作比较一下,现在倒显得拥挤和混乱,这并不等于繁荣。实在一点说,而今远没有达到上世纪八十年代以及九十年代前期那样的水准,创作者没有那么好的状态,也没有那样的建树。

当年每一个工厂、每一个村庄都有痴迷于文学的人,走到大江南北,很容易遇到一些正在刻苦写作的人,这些人常常是一文不名,但心无旁骛,志向高远。今天的写作者也许生活条件比过去好,数量也不减,但沉迷于文学的程度却大大地降低了——主要是,他们对文学的那种高度专注、源于生命深处的热爱,以及纯粹的情感,是这些致命的东西在减弱——一切都没法和当年相比了,也就是说,他们的心志不行了。这不能不说是今不如昔。

原因来自诸多方面,其中一个重要的因素可能是社会渐渐进入了商业时期,物质欲望覆盖了一切。在这片土地上,起码我们所知道的近百年里,还很少见过人对物质利益的追逐心如此地急切。作为一个文学写作者,精神的

---

* 本文是作者在山东理工大学的演讲,小标题为整理时所加。

一九八七年与西班牙翻译家安娜

空间相应地萎缩了，或许是物欲心太重——如果只有精明的计算，哪里还谈得上心志，更不会保持独立坚定的个人立场。

文学是人的生命当中固有的、不可或缺的元素，它贯穿在生命的全过程中。无论愿意还是不愿意、显式还是隐式，它总是存在于人的生命当中。诗性是一个类似于密码的东西，一开始就植根在人的基因里的。所以文学永远不会消失，它只会演变，会因为环境的变化，去设法适应或变换自己的面貌。

谈到不同的文学面貌、写作者的心志等等，有一个话题不能回避，那就是外国文学对我们的影响。这种影响之深之广，往往是超出大家预料的。今天的阅读氛围如何，看一下还有多少人读经典名著就知道。文学经典包括两个部分，一是我们传统的中国经典，二是外国名著。尤其是现代，它们其实就像文学之车上的两个轮子，缺一不可。

文学世界是广大的，它的广大就在于它是整个人类表达心灵、探寻理想、维护精神高度的重要方法和途径。文学有着真正的全球化。所以当我们讲经济全球化的时候，不要忘了文学更有自己的全球化：语言的旋律能够引起全人类的共鸣。一个民族的文学既独立于其他，以强烈的个性存在于世，同时又的确可以让世界各个角落都来侧耳倾听，而且都能听懂和会意。这就是人类对诗意的认同。

不同民族的文学交流，当然要借助于翻译。无论是当年还是以后很长的时间里，中国作家能够直接阅读英语、西班牙语和法语的可能性还是很少，他们总是需要优秀的译者，通过这个中介去领悟异域的诗心。译什么不译什么，这当中的差异太大了。实在一点说，一个时期的文学风尚，总要受到翻译文学的影响；同样，文学风尚也会作用于译者，决定他们译什么不译什么、怎样译。这是个双向的、互动的关系。

过去的翻译，比如八十年代，与现在有些不一样。在当时重要的翻译选题，都要经过一个专家小组去讨论。不仅选题是这样，译者的选择也是这样，总之处处都非常谨慎。如果我们要翻译西班牙语，那就要论证哪一部作品更有价值，哪一个作家更重要。这在选择上当然第一是经典名著，第二才是活跃在当代文坛的一些著名作家。这些都是以专家的眼光去鉴定的，并不看重哪部作品流行，不太考虑市场商业价值。一般来说，通俗作品较少翻译，译过来的大多是雅文学，也叫"严肃文学""纯文学"——怎么叫不重要，总之它的思想与艺术的含量需要是高的，大半不会是那些一味讨好读者的、博得商业成功的娱乐性写作。

选题确定了之后再去找译者。那时的译笔都很讲究，出自知名翻译家之手的居多。国外经典文学在五四前后就开始翻译了，所以到了新时期初期，大量翻译的是过去剩下的、或需要重新翻译的一些名著。这样，一部好的外国作品不仅有一个版本，还有不同的版本可以供读者挑选。那时对我们影响最大的主要是经典名著，想看别的还不容易找到。所以在这种文学名著的影响之下，文坛当然是另一种气息。那时简单一点说，就是我们读到的国外作品质地非常纯正，译文品质也值得信任。

当年我们读到最多的仍然是欧洲作品、俄罗斯的作品，美国的有一部分。在新时期，正是这些作家作品对当代文学产生了深广的影响。文学作品如同人一样，也有精神气质。那时的写作很难找到今天一样的荒芜感和漂浮感；为了形容当年的状态，我们还是不得不使用一个很平凡很老旧的词汇：健康。确实没有多少病态。当年的中国文学，表达上也许不够丰富，不像今天这样斑驳陆离，可是也少了许多芜杂和荒唐。这样的本土文学表现，跟外国文学翻译是大致同步的，二者在精神上可以说是紧紧相扣——因为那时对我们影响最深的，从外国文学来说，还是传统的经典名著。

俄国作家中，我们阅读最多的是托尔斯泰、屠格涅夫、契诃夫、果戈里和普希金，还有陀思妥耶夫斯基。苏联时期的作家是高尔基，拉斯普京和艾特玛托夫，阿斯塔菲耶夫等。法国方面，普鲁斯特的节本已经译过来了，新小说派的也有，但主要还是读福楼拜、雨果和巴尔扎克他们。德国作家是托马斯·曼，是伦茨和黑塞，当然还有歌德；意大利是但丁……几乎每一个活跃的当代写作者，对这些作家作品都耳熟能详。

拉美作家我们读得不多，仅有一小部分。拉美文学要形成潮流，还需要时间，那是后来的事。北美国家，主要是美国，我们读梭罗和爱默生、马克·吐温、欧文、库柏等等，这是比较老的一代。更多的还是读海明威和福克纳，读一点塞林格、亨利·詹姆斯、霍桑、雷蒙·卡弗；再往下延伸才是波特、沃克、梅勒、海勒，最后是影响渐大的索尔·贝娄、厄普代克，是这些作家。

时间一晃就到了现在。我们如果要理解当代文学的面貌，那就看看翻译文学吧。今天，谁也说不清有多少赶译过来的新书在出版，好像每月每周都有新的译作上市。几乎所有的外国新作都被告知在本土、在其他国家和地区的销售成绩如何，强调市场的辉煌。在出版者眼里，一本书的最大价值只是它的销量好，除此之外并不关心其他。

一本文学书里有多少"文学"并不重要，重要的是它的商业价值。一切都为了卖出，都要折合成钱来计算。如果谈到文学性，他们一定会说：真正的艺术是社会效益和商业效益俱佳的、雅俗共赏的。是的，有过这样的例子。

可是我们也知道，这种情形在许多时候、更多的时候，特别是在短期内，往往是并非如此的。

首先是拉美

进入九十年代，更不要九十年代后期了，一些国外经典作家作品的影响开始渐渐减弱。欧美作家和俄罗斯作家仍然在读，但再也不会是一天到晚挂在嘴上了。人们追逐新的时尚。这期间影响最大的是拉美文学，他们当中又主要是博尔赫斯和马尔克斯，还有略萨等人。

除了他们三位，胡安·鲁尔弗、帕斯、富恩斯特、卡彭铁尔、科萨塔尔等等，也有许多读者。

拉美文学的势头一时非常迅猛，中国那些最有活力的中青作家，几乎都不同程度地吸取了拉美文学的营养，他们的作品中都多多少少留下了痕迹。那个时期，很多研究者谈到他们的作品，都要与拉美文学联系比较一番，因为这个话题无法回避，所以也并不奇怪——只是有时候做得过了一些。

任何作家都不是一个置身于文化传统之外的人，他们与中国文化的脉动还是暗暗相扣的。这里最有趣的是，拉美文学的气息与中国民间文学的气息是颇为接近和相似的。从文化上讲，除了正统的儒家，还有其他流脉在传承和延续。比如在山东半岛，特别是再往东去——胶莱河以东的那个半岛上，历史上就生活着一个古老的莱夷族。在那片土地上，自古以来就很"魔幻"。齐国后来占领了莱夷，根本没法改造那里的文化，结果没有办法，只好"沿袭旧俗"。再比如楚文化,诞生过瑰丽的《楚辞》……这些传统不是消失,而是潜在一个族群里,等待激发和显现,如此而已。

各种文化就这样保留下来了。它不是中国的文化正统,而是一股永远不曾消失的流脉。儒家是占有主导地位的中华传统文化。不过潜流的作用从来不可忽视,尤其在文学方面,更是如此。历史上的不同的文化一直给中国作家、特别是这个地区的作家以极大的影响。这就是土地的培育。他们的文化胎记里,常常保留着一些磨擦不掉的痕迹。

再以东夷地区为例:这里的作家从很小的时候起,就开始听民间故事,这是一个万物有灵的世界,什么狐狸黄鼬,各种精灵,荒野传奇,应有尽有,那可不是从拉美传来的。蒲松龄不是拉美人,他写的是正宗的本土文学。他的谈狐说鬼,就不是儒家文化的文学代表,而是齐文化孕育出来的一个怪才。

我们今天谈中华文化,很容易把不同的文化合而为一。比如齐鲁文化,它们不仅差异很大,而且在许多方面是相反的。儒家文化是来自西周的农耕文化,讲严格的等级和礼法。中国一直是一个农业大国,所以儒家文化自然就成为正统。齐文化是一种海洋文化,开放而浪漫,是类似于西方的那种商业文化。齐国是中国古航海开始最早的一个国家,这不可能发生在内陆的一些国家,如春秋战国航海术最发达的国家,就是以临淄为国都的齐国。

东夷文化、楚文化等就很像拉美,很有些"魔幻"。在新时期文学创作中,这一点恰好与强盛的拉美文学潮头一拍即合,有时候甚至可以结合得天衣无缝。在中国大陆,拉美文学的影响迅速超过了欧美文学,也超过了苏俄文学。而且最可贵的是,不久之后它就结出了整体的硕果。

这个时期,有多少人在学习马尔克斯,学习他的"魔幻现实主义";多少人在学习略萨，学习他的"结构现实主义"；还有人十分痴迷于博尔赫斯，醉心于他神秘的结构能力。那时候让一个比较活跃的作家完全排除这几位拉美作家的影响，是困难的。

让我们多少感到奇怪的是，一些经历了更长时间检验的、影响了不止一代人的苏俄和欧洲名著，其影响力却在很快地消却。它们登陆的时间更长，在文学史上的地位更巩固，规模更大，阵容也更强，为什么在另一片陌生的文学大陆碰撞下，显得非常脆弱？这时的拉美作家可以说是"横扫千军如卷席"。这其中肯定有各种各样的原因、内在的原因。

拉美这片土地，它的经济状况，人的日常生活状况，社会面貌，比起欧美国家，显然跟中国更为接近一点。一般来说拉美国家经济不发达，经历了长期的国外殖民时期，受西班牙和法国这些老牌资本主义国家影响深远。中国也曾经摆脱了殖民地国家的统治，也是一个相对贫穷闭塞、现代文明水准较低的国家。二者都有大量的文盲和贫民，都是农耕国家，经历了长久的蒙昧时期。当面临着一个打开的现代窗口时，两个国家都感到了空前的新鲜，受到了巨大的诱惑。

这两个大陆还有许多相似之处，如社会生活都相对比较紧张，作家与社会的关系更是如此。从历史上看，都频频发生过瘟疫和战乱、军阀暴政等等灾难。中国除了摆脱殖民统治之外，也经历了长期的民族战争和国内战争，之后又苦苦熬过长期的不发达时期，要忍受各种动荡不宁的折磨。

两片大陆的文学就因为土地和文化的原因，让二者产生了莫大的共鸣，这也许是第一个深层的原因。

还有，我们长期以来接受欧美和苏俄文学的滋养，那些文学的气息十分熟悉，其刺激性正让接受者慢慢地变得麻痹。老一辈的作家是在它们的营养下成长的，所以像俄罗斯文学、美国文学、欧洲文学，那么多的人在它的影响下写作，彼此气味相似，后一代人又要在这同一种气味里，难免会有一点陈旧感和厌烦感。大家对于超越和改变总是向往的，期待着更新的东西，有一种跃跃欲试的心理。

就在这个时候，拉美文学适时而至。

马尔克斯有一句名言对中国作家影响很大，他说在欧洲做记者的时候，有一天读了奥地利作家卡夫卡的作品：一个人早上醒来翻身的时候，发现自己变成了一只大甲虫，活动起来十分困难——他说自己读到这里的时候骂了一句粗话，说"原来小说还可以这样写……"

据说他的文学自由，他的魔幻之门就从这里开启了。这种说法或许有点夸张。不过他的笔下果真出现了像《百年孤独》等一系列魔幻作品，比如一个女孩晒床单的时候升到了空中，就像中国成仙的道人一样。一个神父喝了一杯巧克力即可以离地而起。一个人被杀的人血液流过了好几条街，一直流进母亲的房间……

中国作家看了马尔克斯的东西，好奇心一下被呼唤出来了。这有点像马尔克斯当年看到了卡夫卡的《变形记》一样，一个机灵，兴奋不已。如果说马尔克斯想到了从小听过的老人讲故事的方式，那么中国作家何尝想不到蒲松龄和那一些志怪小说呢。这种暗暗相合的文学之道是具有感召力的，这会令人格外自信也格外兴奋。新的文学道路在吸引，在牵引，于是他们就放开手脚往前走了。

可以说，中国当代文学中一直被压抑的某种力量，一下被激活、被撩拨起来了。

如果说在新时期初期，问题小说伤痕小说是一次激活，那也只是局限于社会层面的。面对大量的社会问题，要迎合社会的质询，有这么多的不安和愤怒，相应的文学也就产生了。那时的当代文学很有些话要说。而今拉美文学的影响，却使中国文学找到了新的方法，进入了文学层面的激活。作家们想象力大开，处于了空前的美学兴奋期。

的确，对于一大批作家来说，曾经在历史上影响巨大的非正统的地域文化，一直是流动在血液中的，只是他们没有这样的文化自觉。可凡是血液总要起到决定作用，在这方面，他们接触到的拉美文学，等于是一次强有力的文化提醒。

我们现在常用的一个词是"找到抓手"，这里指做一件事情先要找到一个入手点，以便做起来。在文学上，拉美文学的嵌入，使中国当代作家纷纷找到了自己的"抓手"。当然，这个过程中一定还会强化自己的生活经验，使二者在深部对接起来。拉美的舶来品会跟自己的文化土壤搅拌在一起，让不同的颗粒均匀地混合起来，然后再开始培植自己的文学之树。

自然，也有人仅仅处于简单的模仿，这里不必讳言。

在我们这里如果找到"中国的博尔赫斯"和"中国的马尔克斯"，找到"中国的福克纳"和"中国的卡夫卡"，可能并非坏事。这是一种多声部交织的合唱，起码在一开始是没有什么害处的。不过接着走下去，读者和作者的要求也就变得更高了。

拉美文学比起欧洲文学，区别是想象更大胆，思维之舟无边无际，文字有点不修边幅，整个一派泥沙俱下、生气勃勃。这在中国一代作家看来是多么受用和可意，是真正可以学到手的东西，是立即可以效仿的榜样。套一句近期人们常用的话，就是"具有很大的可操作性"。由于历史的社会的原因，中国的一代作家往往没有深广的知识准备，他们只被复杂的个人经历鼓胀得痛苦和兴奋。他们尤其需要宣泄的渠道和方式。

一个不发达的农业国，土地的野性和人的生猛，以及一直具有的原始能量，在文学上必然渴望得到淋漓尽致的表达。这时候需要成功的榜样激励自己、引导自己。从新时期的部分写作来看，或有作家恰恰是得益于自己的不修边幅和泥沙俱下，是放肆和放纵。语言相对粗糙，情节大起大落，也不妨渲染起血腥和暴力。国情才有深层的决定力，文学的发生和接受，要从一个民族的近代史上寻找原因，这样才会清晰一些。阅读趣味是怎样形成的，普遍的文明水准如何，是这些在起决定作用。这当然是和一个族群文明的失落或培育有关。

也许一部分读者不需要雅致的阅读，他们想得到强烈而粗鲁的刺激。对一部分写作者来说，文学离开了惊世骇俗，离开了来自各个方面的刺激点，就会同时失去自己的读者和强大的创作冲动。

所以在不发达国家里，那些比较活跃的、传播比较好的、影响比较大的作家，一如拉美国家，气息上真的比较一致——好像最初看上去似乎是这样的，但我们具体分析下来，就会发现内在的区别。我们会看出，两片大陆其实仍然有着深刻的分野，一方面是茂长和勃发，另一方面是鄙俗和粗野。粗野并不等同于野性。这些都需要细致的分析才行。

拉美文学对中国文学的影响，直到今天也仍然是最大的，这个势头并没有完全过去。而且现在来看，泥沙俱下的拉美，粗犷生猛的拉美，在网络时代尤其会是中国作家的向导。但稍稍可惜的是，中国当代的某些写作只是表面上与其相像，二者在本质上的区别越来越大。我们也许从拉美作家的强盛生长中，看到欧洲文明的滋养，从中得到更深的启示。我们需要进一步强调：野性的生长和粗鲁的发泄应该是完全不同的。

美国文学

对文学和时尚，有时候还是要冷静地看待，把个人的思想保留下来。读当代任何作家——国外的本土的，都应该如此。没有这份保留，严格讲就没有学习，也没有生长，得不到什么良性的养料。

在许多人眼里心里，依旧难忘的是欧洲作家的优雅与细致、俄罗斯作家强烈的道德感、美国作家的清新爽快。就在极其喜欢拉美作家的同时，也就是八十年代，在谈到马尔克斯这些作家、谈到欧美一些现代主义作家，如美国的索尔·贝娄这些推崇备至的作家作品，表达对他们无比憧憬景仰的同时，还要写下类似的话——总觉得他们缺乏某种伟大感，"觉得他们前方的山巅上，永远站立着托尔斯泰一族"。

像托尔斯泰、陀思妥耶夫斯基、歌德、雨果这一类大师，会一直站在更远的高处。他们对拉美以及其他巧妙绝伦的现代主义作家，仍旧是俯视的。

但可惜的是，时间不能倒流，那个时代的大师过去了，另一个时代的大师向我们走来了。他们之间虽然不能相互取代，却可以让相互比较。同样是大师，有的会在精神上让人肃然起敬，有的仅仅会让人折服于超绝的技艺。

十九世纪前后的那一代大师逝去了，连同其永远不复存在的伟大感和崇高感，也一起携走了。

介于欧洲和拉美之间的，也许是美国这块大陆。北美的这片土地很特别，它对中国文学的影响力一直是非常强大的。从新时期到现在，美国文学对我们的影响是持续不断的，这好像不同于任何其他国家的文学。对于中国写作者来说，美国作家好像不会老旧似的。这有点像他们国家的历史一样，一直带着一股青春气质。另一方面美国是当今的强势国家，文化呈现输出的强势；文学处于文化的核心部位，所以其影响必然会持久下去。

也同样因为历史短暂，十九世纪以前那些文学大家主要不在美国。从海明威和福克纳再往前找，一般读者记不起多少美国作家。爱默生、梭罗、欧文、库柏，马克·吐温和惠特曼，是不多的几位。除了马克·吐温、梭罗和诗人惠特曼，老一代美国作家在我们心里的印象是比较浅的。美国文学对中国当代文学的影响，几乎全部集中在现代。只有一段时间——这是拉美文学没有大面积登陆的时期，这时对国外新进作家的注意力，也就不可避免地聚集在了美国作家身上。

海明威和福克纳成为两个最受推崇的人。中国新时期初期的写作活动，深受这两个作家的影响。比他们早的是杰克·伦敦，接踵而来的还有海勒、梅勒、契弗、奥茨、波特、斯坦贝克、沃克……他们对我们的影响，起码在拉美文学进入中国以前，是比较大的。大家一遍又一遍读杰克·伦敦，被他笔下新大陆开拓者的强悍所打动。这种作家在欧洲大陆能出现吗？这种生气勃发和咄咄逼人，只有上升时期的北美大陆才能发生。

还有写《白鲸》的麦尔维尔，也是这样一副强悍和茁壮生猛。这一类作家对于长期被称为"东亚病夫"的东方古国所具有的冲击力,差不多维持了半个世纪;进入新时期之后,这些作家又被新一代中青年作家拾起来,仍然爱不释手。他们像父辈作家一样感动和惊叹。美国的那一代作家竟然感动了两三代人,而且好像很难过时。

直到中青年作家大面积地阅读海明威和福克纳,以及比他们更晚一些的作家作品,这才将目光从老一代美国作家身上稍稍挪开一点。大家从美国新进作家身上读到的除了强悍,还有清新大胆的文学试验,有对于完全不同的当代社会风貌的出色展现。这种极其活跃的创作状态、开阔深远的现代文化视野,使进一步走向文学纵深地带的中国作家受益良多。

这时大家读得最透的一些美国作家,他们的文字,只要是译过来的,有的人几乎全部读过——所有他们创作的文字、关于他们的文字,全都读了。许多人在模仿海明威的写作,其语言方式和叙事方式,深深地影响了中国当代作家的表达。福克纳使人入迷,他的作品有一种绵长不绝的力量,也从更深处作用于后来者。但福克纳不像海明威那么容易读,这就使他离开了一部分入道不深的作家。

如果说拉美文学的影响是因为两片土地和民族历史的接近、文化的原因,容易一拍即合的话,那么美国文学恰恰在另一个世界的好奇心方面,吸引和满足了中国作家。许多人不会将美国当成中国的未来,然而丰富的物质生活却让他们心向往之。现代社会的花花万象极有可能在不久之后的中国出现。这只是一个预感,有点像对现代主义艺术的渴望和好奇一样。

美国是个发达的资本主义国家,却是一片年轻的土地,是欧洲人开拓的一个新大陆,历史短暂,巨大的野性与古老的欧洲文明共存一体。在整个城市化发展过程中，它虽然不具有欧洲那么漫长的历史，没有像欧洲那样苍老，却仍然保留了原来的宗教传统和生活习俗。同样，它也没有欧洲文化中的那种缜密和华丽，没有那么多的沙龙和殿堂，没有那么多的优雅，没有那么多历史悠久的豪门贵族——就像拉美大陆一样，有一种拓荒者的狂放不羁。

北美大陆表现在文学上，那种不修边幅还是存在的。这从较早的马克·吐温、杰克·伦敦、麦尔维尔就看得出来。《白鲸》写得多么放纵，简直是随意而为，那种自由和粗野会让欧洲的传统作家瞠目结舌，有一种不适感。可是它的生气与力量却是超人一等的，这当然会让所有写作者羡慕不已。但不管怎么说，欧洲文学的血脉是贯穿在美国文学之中的，特别是相同的宗教信仰，将它们拉近在一起。

中国近三十年来的文学，是一步步走向开放的过程。发展伴随着解放，也面临着探索，是一个从技法到内容多方寻求支援的状态，渴望强盛的茂长。所以它会接纳而不是拒绝美国文学，因为这比吸收欧洲文学更顺畅也更便捷，更对胃口。现代西方世界的文学窗口，主要是从美国文学打开的。从某个方面来说，就生气与野性来说，和接受拉美文学是一样的。不同的是美国文学脱颖于欧洲文学，却又不完全等同于欧洲文学。它是从欧洲文学衍生发展起来的，所以仍然带有欧洲文学的气息。

比较起来，美国文学的野性还不够，更有甚者，也就是接下来的拉美文学。这才是一杯更烈的酒，让在寒风中行路日久的、疲惫而又恍惚的中国作家十分迷恋。

难忘的苏俄

在美国文学之前，对中国影响最大的可能要算苏俄文学了。对老一辈读者是这样，对那些不太老的五十年代前后出生的作家也是一样。

苏联文学是一种很特殊的文学，它不同于俄罗斯文学，没有那么古老，中国人对其有一种完全不同的情感。但是苏联文学仍然不可以与中国的"社会主义文学"同日而语。俄罗斯十九世纪的文学土壤太肥沃了，它的传统一直没有断掉，所以才有可能在那么严密的经济控制和单调的意识形态之下，产生《静静的顿河》和《日瓦戈医生》，以及另一些魅力十足的作品。高尔基是一个俄国作家，写得最好的是流浪汉小说，但在苏联时期，他的写作还能够延续。中国作家在很长一段时间里以苏联文学为榜样，读起来觉得特别过瘾。

同样的一种社会制度，产生的作品却与我们大为不同。苏联文学仍旧那么饱满，出现了像拉斯普京和艾特马托夫、阿斯塔菲耶夫和阿勃拉莫夫这样的作家，还有阿赫玛托娃、曼德尔什塔姆、布罗茨基、叶普图申科、叶赛宁这样的诗人，难道这不是奇迹吗？这些作家和诗人直到今天看，都是非常了不起的。

说到苏联文学，大家最常举例的是肖洛霍夫，说到他的《静静的顿河》和《被开垦的处女地》。《静静的顿河》第一卷出版的时候他只有二十多岁，让人难以置信。我们今天看一个二十五六岁的人，会觉得他阅历单薄，文化视野有限，脸上没有皱纹，眼睛里还没有沉甸甸的、一闪而过的悲哀神气。

文学从来相信深刻的皱纹。

年龄是个神秘的东西，无论人怎样聪明，怎样智慧，不到一定的年龄，有些东西是不会出现的。不要说人，就是一条狗，也要超过了五六岁之后，眼睛才会透出悲哀。这就是生命的奥秘。时间交给生命的东西，是任何其他都无可取代的。生命需要自己经历，需要时间的引领和启发，然后才会有一次深刻的表达。可是人类世界太广大了，奥秘无限，宇宙是无测的，因而各种可能也是无测的——人类有几十亿的个体，所以它的可能性无边无际，我们总会见到一些超人和奇迹。

在托尔斯泰之前，俄罗斯的文学土壤上就已经生长出果戈里、普希金、莱蒙托夫这些天才……当今世界，无论欧美在科技和物质上多么傲慢，却没有谁会小视俄罗斯和它的文学，其精神力道是始终让人敬畏的。文学不仅仅是文学，它总是深刻表明了人类追求完美的能力、想象和创造的能力。

现在越来越多的人认为，俄罗斯的托尔斯泰，或许可以说是西方文学第一人。文学家在许多时候不可比较，因为作品是独一无二的，写作风格与精神取向都是大异其趣的，很难比孰高孰低——不过我们仍然能够从一个人创作的全部作品中感受它的思想含量、文学含量，于是也就有了比较和权衡。

托尔斯泰活了八十多岁，年轻的时候当兵，后来管理他父亲遗下的偌大一座庄园，并且从事教育，自己办学并动手编写课本等等，几乎一辈子都是一个业余作家。他的确把大量时间放在一些政治宗教等等社会事业上，为此痛苦奔波，四处游走，安静下来写作的时间不像我们想象的那么多。

而今一些作家总以专业精神为荣，认为每天伏案而作，像上班族一样就是良好的状态。其实这并不一定好。因为创作是一种生命的感动，每天按时去感动，这怎么可能呢？所以好的、正常的作家，大半是业余的。

当然这个"业余"并不是指一定要去从事某种其他的职业，而是指一个人的心态和职业定位。要积极去从事社会上的各种工作，为社会操心，奔走尽责——只有这样，才有质朴的心情，才有打动其他生命的感情。

写作不是一个套活，不是一个职业。纯粹的职业写作者往往是无足轻重的。托尔斯泰可以有很多时间很多钱，但他主要的还不是将这些用来写作。写作只是他不倦地探索生活的一个部分、一种方式。

世界上有了写作这个职业，可以以此为生，是近现代，是社会分工越来越细的结果。文明高度发达之后才有了专业的著作家。在古代，写作不可以用来吃饭。李白和杜甫他们高兴了或愤怒了，冲动起来就写诗，白居易陶渊明等也大抵如此。平时他们该干什么就干什么，要忙生活，这才是一个正常的作家的状态。

现在如果一个人的身份是"职业作家"，那就得警惕这个身份的腐蚀性了。细琐的社会分工，会将一个人给分在了"写作"当中，这也让人生活得太逼仄了。大地多辽阔，俄罗斯横跨欧亚大陆，所以他们的作家有一种其他地区所不具备的苍凉大气。

托尔斯泰全集是一百卷。这也让人想起欧亚大陆。

托尔斯泰对中国文学的影响是巨大的，实际上他已经产生了比拉美文学更大的、也是更久远的影响。

俄罗斯面积巨大，人口稀少，能源丰富，有足够的寒冷与严肃。如果要去法国或意大利，建议夏天去，以感受它的浪漫和热情洋溢；如果要去拉美，建议秋天去，以体会它的凄凉；如果要去俄罗斯，建议冬天去，以经受它的寒冷，看无边无际的森林和白雪。

俄罗斯的作品也写了爱情，写了炎热的夏季，有足够的热情澎湃。可是俄罗斯文学给人的总体印象，就像在寒冷的荒原上奔驰的一辆马车，两道车辙印在大地上，前方是无尽的林野大荒；车声辚辚，愈走愈远，背景是灰蓝色的苍穹。

俄罗斯文学不得不让人感叹，感叹它在整个世界文学版图上占有的突出位置。这个民族生存在广大的、严肃寒冷的一片土地上。他们有足够开阔的空间去放纵自己的思绪，有相当冷肃的气氛去放置自己的思想。说到民族的开拓性格，那么我们不得不正视这样一个事实：它一开始只是一个欧洲国家，就因为不停地往东开拓，才拥有了一片亚洲大陆。它的文学当然是粗犷有力的，但那些经典作家文字多么严谨，思路多么缜密，可以说既有欧洲文学的深邃典雅，又有东方浪漫主义的神奇飘逸。读一些经典作家，我们会深刻感受东正教的力量，这是一股贯穿其间的深蕴的力量。

这片紧邻的大陆仅从文学上来说，也是令人敬畏的。我们不得不说，它恩惠了世界上的许多人，当然包括我们这个东方最古老的族群。好像上帝故意让这片邻近的阔土和冷土包容得更多、吸纳得更多、综合得更多。这里的风景严肃而不单一，是最壮丽最深邃的人类的诗意风景。

又回到欧洲

历数了这几块文学大陆对我们的影响，然后就回到了当下，回到了我们最需要最迫切的追求——我们的回答可能是折中的、模棱两可的。我们会说，一切有益的东西都可以拿来、都不能放弃。文学吸收应该是建立在杂食的基础上，因为贫瘠的土地最需要各种各样的养料。这种说法任何时候都不会错，可是等于没说。我们仍然需要拉美、需要各个文学大陆。如果是一个偏食者，最终就会导致营养不良。还有，我们任何时候大概都不会忘记自己的土地，这是我们的文化立足点。也许没有什么时期像今天一样，当代文学更加需要强化自己的传统了。作为一个东方的文明古国，一个世界上最著名的诗书之国，我们脚下的土壤同样是无比丰腴的。离开了这片土壤，我们将一无所成。

但这里讨论的是难以避免和终将遭遇的外国文学，是它的影响——昨天和今天，也许还有未来。这当然是中国文学不可回避的话题。中国的新文学运动以来，不断地结识和接收那些舶来品，从欧洲到苏俄再到美国和拉美——这已经给我们的文学留下了深深的印记。

时至今日，也许中国的当代文学应该往回一点点做起来。

中国有一首禅味很浓的小诗，讲的是南方水稻插秧，其中有一句说："后退原来是向前"。有时也许不该怕后退，因为后退就是向前。

我们是一个所谓的"发展中国家"，总让人觉得粗放和野性是足够多的了。我们放眼各个方面，当代文化表达中并不缺乏毫无节制和收敛的所谓"生命力"——文学创造就和粗放型经济一样，实在走得够远了。

事实上，今天有哪一个国度比得上我们的文字更粗鲁更凶猛更无忌？又有哪一个国度比得上我们的文字拥有这么多放肆的想象？什么上天入地穿越神异，简直是无所不包。文字的通衢大道上少了什么？少了那种最基本的礼让和雅致、最起码的矜持和优雅。这一切不知从什么时候起，好像全都不见了。

不,如果有,也成为人们同情和嘲弄的对象。什么优雅啊,节制啊,全都是弱者、是被暴力一扫而空的过时背运的东西。革命是暴力,是一个阶级推翻另一个阶级的暴烈的行为,是农民造反和血流成河。就是这样的传统,这种传统深长久远,这种美学渴望根深蒂固。文事武做,人人叫好,直呼痛快。

可是长此以往,也就没有了深沉的思想,也没有了起码的教养,不仅毁掉了文学本身,也危害了基本的生活气氛。我们不仅在现实生活中找不到尊严,就连阅读生活里也找不到尊严,我们的阅读有时甚至是——忍受污辱,背向文明。

当一场场粗鲁下流的热病过去之后,我们开始空虚不安。也许到了冷静一下的时候了。于是我们又渴望往回走——"倒退原来是向前"——我们期望看到这个民族的文学中,有着更用心的语言,更雅致的趣味;而且,我们还希望从字里行间读到起码的道德约束,接受思想的含量。我们最想与他人交流信仰,享受到真情和质朴,听到一些绝对真理的回声。是的,严密的结构,精致的语言,崇高的向往,对永恒性的追求,宗教情怀,这一切真的是太过缺乏了。与现今的实用主义相匹配的当代文学,粗鲁无礼的当代文学,会走得远吗?

我们不会相信。

回忆我们很早以前受益良多的新文学时期,那时从文学作品中感受到的欧洲大陆:它的文明和传统,它的历史悠久……欧洲文学跟年轻的美国不一样,跟苍阔的俄罗斯也不一样。精致的经营来自漫长的工业化城市化,来自家世和渊源,来自精神的垒叠和积蓄。哪怕是一个足不出户的女子,如奥斯汀的《傲慢与偏见》,也写得那么睿智,那么细腻优雅。这是与生俱来的东西,是留在举手投足间的。

今天英国的移民作家,如来自印度的奈保儿和日本的石黑一雄,深得欧洲传统浸染,结果自然有所不同。石黑一雄的《残日》等作品写得何等节制,情趣纯正,文字缜密,当然是另一种文化的气息。更早的哈代,格林,更不要说福斯特、叶芝、赫胥黎、康拉德、狄更斯……色彩斑斓却又有着另一种"无一例外"。他们都属于欧洲。

说到欧洲,可能我们会像谈论俄罗斯的托尔斯泰那样,谈到难以忘怀的托马斯·曼。他的《布登勃洛克一家》是二十多岁的作品,至今读起来还是一种巨大的享受。那种严整和深思都在书里了,有着出人意料的艺术深度。后来他的代表作是《魔山》,就是写高山肺病疗养院的那本著名的大书。这本书厚厚的,读者只要有足够的耐心,几乎无一不会着迷。这会是在欧洲文明的海洋里一次最深入的领略和畅游,是令人终生难忘的一次大阅读。

石黑一雄可能完全被英国化了,因为他是童年移居英国的。受家人的熏染,他的书里仍然能读到一点日本的凄美,但其思维模式已经欧洲化了。他写日本生活的《我辈孤雏》《浮世画家》,都是地道的英国笔法。

谁知道呢,也许当代中国文学十分迫切地需要欧洲文学的滋养。这会和我们自己美好的东方传统相衔接,发生奇妙的化合作用。这是一次借道抵达和再次回归:回想我们美好的唐诗宋词,还有优美无比的诸子散文吧。我们应该多少回到那里。暴力的美被过分渲染的时代应该过去了,从文字上刻不容缓地收拾旧日河山的时代,应该到来了。

不再那么一味地、过度地粗俗和粗放,不再一心沉迷于此并引以为傲,这样的觉悟还是会回到我们中间。至少还需要一点矜持,需要一点讲究,如果还想走向有尊严的生活的话。说白了，越是身处一个开发和激活的大陆，越是需要传统和修养。这就像我们整个的社会状态一样：总是处在一个原始积累状态、一个野蛮的时期，是不值得炫耀的。其实，我们整个社会高品质的阅读没有建立，我们的文明规范就不会建立。

我们即便在文学写作上，也不能满足于生气勃勃的快速发展，而是要追问道德水准，正义原则，回到这些最起码的问题上来。粗鲁绝不等于野性。总是恃强凌弱，文明不能制衡野蛮，一切都谈不上。粗率的生活，粗率的行为，粗鲁的举止，这些必会传染给身边的人——文学也是如此，文学只是当代生活的一个缩影和标志，因为没有粗鲁的当代生活，就不会有粗鲁的当代文学，二者一定会相互攀比和相互促进的。

如果那些好像很有教养的、学富五车的人也在为粗俗不堪的写作叫好，那么还指望谁来提醒我们的致命危机？我们所期望的文学，本应是文明的核心部分，其中蕴含的道德水准却又如此之低，以至于低于日常生活的平均水准。急于卖出太多，血腥、性和暴力太多。文学之地竟然成了我们的心痛之地。

一个民族的文学对完美没有一个执着的、永远不可解脱的向往和追求，从来不会走远。古老中华诗书之国，其传统应该与欧洲对接，会产生异曲同工之妙。那些古典主义保守主义传统留下来的，对我们今天而言，可能正是极为宝贵的东西。

讨论

相互影响／古老民族与文化边缘

外国作家受中国作家影响的情况也有，比如说庞德，他就特别爱中国古诗，古代的诗人，如李白杜甫对他影响很大，老子和庄子对托尔斯泰的影响很大，对康德的影响也很大。就文学作家来讲，蒲松龄对部分美国作家有影响，其中有一个美国作家，还不止一次改写了蒲松龄的作品。像日本，多少作家受到中国古代文学的影响；说到现代，有的作家就受到了鲁迅的影响。但有一条是肯定的，就是由于近代以来中国是文化弱势，处于弱势，就很难往外输出。

这么一个古老的民族，在世界文化中却被边缘化了。当代文学的中心在欧美，所以拉美文学在欧美造成了巨大的影响时，才算形成了所谓有的"拉美文学爆炸"。不过无论爆炸与否，一个民族固有的文学水准还是放在那儿的，中国文学不可以自卑。

不对称的翻译／文学奖

就翻译来说，国外很少有人翻译中国作品，这几年稍微多一点，也仍然是很少。日本曾经一度是世界上翻译欧美文学最多的国家，但是现在，据说在这十年左右的时间里，仅从数量上看，被中国远远地抛在了后面。当然中国译得有点乱，这并不是好现象。

　　对文学奖不能迷信。那怎么会是标准？评奖成了文学标准，覆盖了正常的判断，那才是可笑的。一个文化积弱的民族，文化不能自立、不能判断、不能个人化、不能自信，这将是非常糟糕的事情。任何奖都会评出大量平庸的作品，它有一个规律，即平庸的作品会是最多的，因为要达成共识。很坏的和很杰出的作家作品，在获奖作品里都会是少数。

二〇一一年十月三十一日

二〇一一年与作家扎西达娃在悉尼

数字时代的语言艺术 *

一

有人说，如果一个人不上网也不用电脑，那么他对数字时代就不会有多少了解。他乐观地预期：我们只要融入这个时代，跟进这个时代，然后就能享受这个时代。这可能也是许多人的愿望。那么就从这个问题开始谈起。

这里说的"数字时代"可能不仅仅是指网上世界，也不仅仅是电脑之类的广泛应用，而是我们的现代科技发展到今天，整个社会生活表现出的品质和特征，是对一个时期总的印象、概括和称谓。显而易见，今天我们的生活已经处处带有"数字"的印记。

数字化技术的确全面地渗透和改变了人类的生存。

人是一种语言动物，谈社会品质的变异和演化莫过于从语言着手。比如语言文字的表达和应用，今天所有人都可以感受其改变的深度和趋向，它是如此地迅速和广泛，势不可挡。语言的质地早已不是我们习惯的那种现代汉语，而是在熟悉的表相下滑向真正的陌生地带。几乎没有人能够置身于这个局面之外，每一个人都要跟随它，依附它，都要在它规定的节奏中往前行进。

我们即使有着强大的执着力，倔犟的行动力，都不能阻止这场演化所给

---

* 本文为作者根据二〇一一年十二月十八日在湖南文化讲堂的演讲录音改写。

予的一切。作为个体无论是主动或被动，都会像一叶木片一样在这个浪潮里漂浮、冲刷和抖动，跟随和追逐它的波澜。

几乎没有了语言的"个人"，所以现在演讲，写文章，文学创作，都很难给人一些惊喜。媒体太发达了，无论捂着眼睛还是蒙着耳朵，无论在室内还是室外，无论在乡村还是都市，都会被充分地告知和灌输。"秀才不出门，遍知天下事"，现在人人都成了这样的秀才。于是所有问题都不再新鲜了，所有问题都引不起兴趣，都听过几十次、数百次了，总之没有一个话题是全新的，没有一个词语是个人创造的，也没有一段记忆、一个名词是作者的奉献，而全部属于一种模糊的时段、一种机械的群体。

没有了"信息"的"个人"，信息就由个体的变成了集体的，由隐密的变成了公开的，由私属领地的变成了社团的，由地域的变成了全球的。这可怕的结果是，人的本质属性也在不知不觉中发生了改变，"个体人"变成了"大众人"。

如果从内容到表达方式，一切都成为共有的和已知的，那么相互间的交流和表达就没有多少必要了。即便说出来的东西有一丁点个人见解，还需要一个特殊的眼睛和特殊的耳朵才能够辨认。在这种一切都变得极度平均化、普及化的现实中，滚滚而来的信息会大面积淹没我们的表达，让我们的言说困难万分。

如果说十年二十几年前还能够听到语惊四座的言谈，在当今恐怕就很难了，所以不难预料，这次演讲也注定是一场乏味的、平庸的谈吐，但愿在座的能够稍稍忍受——也许在忍受中会寻找到某个交叉点，相互有些启发。

说到语言艺术，许多人认为现在的文学写作已经变得相当容易，比如有人一天可以写上万字甚至几万字的虚构作品，发表在网上。纸质媒体发表的作品也动辄几十万字，更有甚者，一部所谓的"大河小说"就写了四百五十万字，当然这是一件耗费了几十年的工作。

现在的语言越来越呈现出一种滑行的、惯性连缀的趋势，所以说写作和发表真的不成其为什么大事，属于家常便饭。在这种情形下还能否看到极大的差异？出现让人眼前一亮、面目一新的表述和创造？

我们眼前的文字流，真的像是来自不间断的复制粘贴——虽然大多数写作者仍然不承认更不屑于去做，认为那是抄袭。但是在当代人的文字生涯中，那种类似于"粘贴复制"的工作已经成为一种不自觉，是在相当习惯的状态下完成的。相同的句式，相同的观念，相同的词汇，相同的结构方式，它们总是在第一时间涌进我们的大脑。

说到语言艺术，经常强调的就是原创性，是创造力，因为我们人类最擅长的还是模仿，所以要克服这个惰性。但这个时代偏偏不需要仿制，因为无所不在的组合与定制形成了新的规范。任何人想回避范式都是困难的。于是我们看到的是大同小异的故事，似曾相识的口吻，它们在高效率的按部就班中、在流水线上生产出来。看不到陌生的面孔，看不到一种极其特别的嗜好、不甘屈服的人的意志，什么都没有了。因为四面八方、每一个角落涌来的力量，都经过了一种现代整合，一切全都抹平了、化入平均值中了。

一个优秀写作者的基本特征——内向的个人思路，敏锐的感知，来自内心深处的生存体验，愤怒和喜悦，不可估量的激情——都消失在喧嚣的时代深处。"痛苦"这两个字敲一下键盘就出来了，还有"忧伤""寂寞"，这些词出现的频率很高，但是它们越来越没有，或者直接偏离了实际内容，它们真正意味着什么、应有的色泽和浓度，都在整合的过程中淡化和散掉了。

人面对古老汉语从诞生那一刻就有的生动面目，它的形意表述，开始无动于衷。面对构成语言的这些最小单位，没有丝毫的感知和触动。因为人们现在终于明白，所有的词汇和文字都是数码组成的，数码可以组成一切事物，所以一切事物的本质也就那么回事，都差不多。从现在开始一切都进入了数字化处理，包括灵魂和生命。语言的死亡正是从它的细胞——字和词开始的。

事实上每一种新的科学技术在进入社会并成为生产力以后，都不会仅仅停止在某一个层面和某一个环节上静止不动，而是全方位地朝向人类社会的每一个角落渗透，其力量大到足以影响人的生活方式和思维方式。数字时代就是更高一级的机器时代，它早就开始了——从电报、有线电话、电视直到今天，再到未来。"电子媒介是一切中枢神经系统的延伸"，不同的媒介作用于不同的感官和感知，一定会改变人的思维和语言。

二

不可想象的是，过去的作家竟然可以那么闭塞，比如简·奥斯汀，一个出生于英国南部乡村牧师家庭的女子，上过一点点学，基本上没受过正规教育，全靠自学，写出了《傲慢与偏见》等作品。她知道的世事好像应该很少，但是她的作品却让我们大吃一惊：她对人性的奥秘知道得不是太少而是太多。更令人吃惊的例子是美国女诗人狄金森，她几乎一生足不出户。

看来关于人性的理解，这最艰难最深奥的领域，对外部世界听闻的多少并不一定是关键的条件。来自个人的省察、体验和体悟才是无比重要的——还有不受干扰的传统的阅读,这更是不可或缺的。而这些元素,在那个英国女作家那里是全部具备的。

现在,像她一样的生活环境谁都无法寻觅了,原因是一开始就说到的:来到了数字时代。这个时代的特别之处是任何生命都无法躲藏,因为活着就要呼吸,就需要空气——风可以把所有东西都吹透。风里边应有尽有。

那么,类似于那个女作家的个人空间已完全杜绝?怎样才能重新构筑?而今究竟有没有解决之道?

有人曾经想出的一个办法就是关掉电脑和手机,拔掉电视,埋头于传统的阅读,只读经典之类。这样会好一点?当然可能,因为这样就变得闭塞了,就避免了平均化的生活,久而久之也就有可能成为一个"世外高人"。

但是这里面有个疑问,就是这样做能否从根本上解决问题?这样的预期是不是太乐观?一个人坚持的顽固性到底有多大、自我封闭的彻底性有多大?这或许才是关键。因为传递信息的不光是电脑电视手机之类,还有其他,数字合成之物是无孔不入的,它真的像空气和风。空气无所不在,风在一刻不停地吹拂,它们一定会光顾一切角落。

如此一来大家就明白了,我们完全没有隔离的可能了,也完全没有规避之地了。既然裸露在风中,所有人也只能任其剥蚀,直到崩溃——好像真的如此。这是多么悲观的结论。

但就在这种绝望的回答之间,也仍然会有一丝不甘和隐隐的怀疑。因为我们仍然幻想自己会是一个例外,或者寄希望于一些特殊的个体,想遇到一些惊喜。就每一个人来讲,他们的生存和表达总会有些不同的,而且大多数人都会重视这种差异性。我们可以在人与人之间找出区别，做出鉴定，以研究因果得失，寻找出其中的规律和意义。

这种执着当然是有必要的。这样做只是为了对抗无所不在的风。比起具体的危害和影响，风更加让人无比苦恼，无可奈何。它是无形无迹又无所不在的，而且能够产生持续不断和不知不觉的催化与腐蚀，哪怕是锤打不碎人力无摧的最坚固之物，在它的作用下也会不同程度地改变，直到最后的松软和垮塌。

我们一直想象的个人性，自我言说的能力，创造性思维，会在风的吹拂下，在不察中，一丝丝被抽掉和扯断。

从此一个生命就像被剔除了筋脉一样，变得疲软无力。比如一个文化人需要起码的阅读和书写生活，可是他大睁双眼就是找不到基本的词汇，对于声音和落在纸上的东西——字和词，已经没有了过去的质感。当动手写上"感动"二字时，却基本上无动于衷；写到"痛苦"也是如此。现在已经找不到原初记忆中的那些字和词了，仿佛它们以前是由手工制成的，而今却是冰冷的数字合成的，成了转基因产品。

如果相信土地的力量，立足于生长的泥土，让一切从头开始，动手捏制出一个个新词——如果不是依赖当代科技程序的批量生产，那么它们使用起来将会是完全不同的。

可是即便真的能够这样做，我们面临的难题也大到不可估量，因为这种语汇、字和词的需求量是极其巨大的，这种制作就成了不可想象的艰巨和繁重，以至于是不可能完成的工作。

先是字和词，然后是句子，最后才是故事，逐渐进入更大的表述单位。

今天的故事太多了，它们也在风里吹送，应有尽有。这个时代的任何故事大王都不会超出风中传播的精彩和神奇——它们先是在空中飞舞，继而纷纷落在纸上、网上，五花八门，无所不在。

当我们在这些故事中跌跌撞撞奔走的时候，头会发晕，因为它们都精彩得差不多，曲折得差不多。从根上讲它们也是字与词构成的，从一开始就是统一型号的定制品——带有数字组合的精确性和虚拟性。由此看来，没有原始手工做成的字和词，也就没有真正独特的、有生命的故事。

手工制成的字和词是笔写成的；机械化的字和词是打字印刷的；电子时代的字和词则显示在荧屏上——这其实是逐渐地、越来越精确和越来越虚拟化的过程，从多重化和具体化走向了平均化，从不可重复、难以重复走向了同一性和无限重复，更是从个体劳动走向了产业化。这个过程既带来了文化传播的便利、教育的发达、科学和民主的结合、普世价值观的弘扬等等，又形成了其他种种弊端。

在文学写作者那里，这种转换使线性结构的缓缓独白，变成了非连续性的合唱和交响。信息传播产生了加速度，人们借助媒介相互摹写，语言因此失去了"异质性"，走向失重和轻浮，成为工业化的一种回声。

它不再采用讲述者个人的语言方式，故事细节相似，生动准确相似，吸引力也相似。整个过程基本清楚，转述任务基本完成。这是机器人的语言艺术。随着仿真技术的进一步成熟，它会要求故事重心和裁剪方式趋于特别，好像出自人性的偏僻角落，但可惜仍旧是类型化的——终究还要被另一个故事重复。

原来我们一直在听同一个故事，顶多是同几个故事，是接受一些故事模型。生活本身在源源不断地提供这些模型：各种故事应接不暇，讲述者已经麻木。每天都有一些极好或极坏的消息，它们从世界的各个角落汇集起来，直逼眼前，从不停息。这些故事从古至今地发生着，区别是传递的速度和方式：它们从未在第一时间如此逼真地送给我们。

这就是时代的特征。一切都由数字组合，快捷准确，化为风一样吹遍整个世界。比如过去我们如果听到一起矿难事故，会惊讶悲痛，感同身受地面对痛苦，面对黑暗里的生死挣扎。但是如果接连不断地送来相同的消息，就会从不堪忍受到无奈地接受。现代传播让人变得残酷。

人性接受了数字化，从方式到内容。数字本身冷酷无情，缺少同情心，它的冷漠影响了人性。这个时代的人在喜怒哀乐各个方面都变得疲惫了，这种疲惫状态直接影响到我们对于社会道德状况的把握和评判。所以我们有时候埋怨这个社会没有底线：对发生的各种事情都不再惊讶。

疲惫和麻痹让我们丧失基本的道德判断，还让乌托邦式的想象变成笑柄。生活越来越赤裸裸地呈现在面前，我们个人的语言更是无法超越。这就是客观呈现和主观表达的双重悲哀。

我们将毁于自己热爱的东西，在数字时代的汪洋大海之中日益变得琐碎、无聊、庸俗、被动、自私和冷漠，一切都变成了戏谑和娱乐，精神渐渐枯萎，最终受制于我们努力争取到的一切——在对自由的向往中失去了自由。

三

我们无论怎样都回不到过去，走不进那种自然淳朴的状态了，面对人世间汇集而来的悲苦喜乐，再也没有了上一代人的痛楚和欣悦。我们没法堵塞自己的视听，又无力去面对现实。我们生活在这样一个视听技术极为发达的世界上，眼看着各种信息多到拥堵、冲决，惶恐中不知该夺路而逃还是让其淹没过顶。这是我们真正的悲哀和不幸。

在当今做一个使用语言的写作者就更加尴尬。写作本来是一种告知和分享，可四周早就充斥着各种宣示和表达，而且从不停歇；各种消息被无数人咀嚼、改造和传递过了。我们只好满足于悄无声响的回忆，从记忆中找出曾经拥有的那些优美篇章。但是再次重读这些文字的时候，却不知能否重复当年的感动。不一定，因为今天的眼睛变了，心情变了，已经见过了太多太多——和所有人都一样，所有的情趣和意境都变了。

有时，昨天的文字、一切的文字都不再新鲜。一个人只要经历了数字的河流，也就一定是遍体鳞伤，再也无法为昨天的感动而感动。感动只是一种记忆，然而无法复制。所以只要谈及过去的文学，谈及那些打动我们的作品，有人就会凭一个模糊的印象，说：写作者嘛，他们一代不如一代。

事实上那些曾经深刻打动我们的文字，今天再读一次，可能有些极其复杂的发现——有的仍然闪烁着经典的光泽；有的不仅难以触动我们，而且看上去粗糙无比，不堪卒读。

这种对比是非常残酷的，它足以使一个自知之明的写作者警醒，变得更加谨慎起来。

我们梦中会渴望出现一个勇者，敢于用自己单薄的身躯向整个时代挑战，在这种令人望而却步、像沙暴来袭一样的恐怖面前独立支撑，顽强地站立。

会有这样的悲剧英雄吗？会的，但他的下场已经能够预见：被大量的沙尘覆盖，留不下任何痕迹。结局就是如此。

但是所有人都因为这个结局而恐惧，束手无为，任其发展，那么人类只能陷入更加可悲的境地。这就是今天面临的一个绝境：或者是碰得头破血流，或者是花上一生去抵御，直至牺牲。

在我们的视野中有这样的勇者吗？我们宁可相信他的存在。是的，无论多么猛烈和浑浊的潮流，都会有抵御者的存在，无论他的结局多么悲惨——百分之九十九要倒地不起无声无息，但是仍然会有后继者。

人和人的差异是巨大的，我们要接受这种差异，尝试着去理解不同。所谓的宽容就是提防气量狭窄——自以为是，不愿理解和承认人与人之间的差异，完全以个人的经验去取代判断，尽管面对了毫不了解的事物。

我们在生活中会发现，哪怕是很熟悉的一个人，对他的生活细节、脾气都自认为很是了解，有时对方做出的事情还是会让人大吃一惊。这时候我们才明白：对他的了解是多么单薄。要了解一个人，需要详尽地知道他的经历，他生活的细节，他的血脉，这一切影响和决定他生命质地的因素。

寻找另类往往也是寻找奇迹的过程，是充分体验宽容的过程。如果真的有了这种朴素的行事方式，也许会突然变得两眼明亮，在苍茫的数字时代仍然会有所发现。

杰出的作品，动人的文字从哪里来？除了经典，也可能从当代作家中来。我们会再一次回到往昔的阅读感动中。美好的记忆又一次回到了眼前。这一切都是因为我们的生命走入了那种宽容、朴素以及本真的状态之中。

当代的杰出作家每每让人惊讶。他们的表述当然超出了时代的平均数。当我们的阅读真的遭遇了撞击，在心灵上引起回响时，也就再也难以忘记。

因为最深处的某个地方被轻轻地、或者是重重地拨动了一下。这种拨动碰在我们生命最敏感的一个点上，所以不再忘记。

在个人的阅读史上，回忆一下，凡是有过这样的经历，也就永远不会忘却——是谁、在某一个时刻、用某一篇文字引领过我们。只要曾经有过，即可引为同志。也许出于某种自尊和矜持，有人不愿说出这种敬重，但心里终究还是没有忘记。这是一种精神的养育。

四

是的，时至今日，仍然有一些阅读会令人产生某种陌生感，让人打个愣怔。比如文字的缜密，轻而易举摆脱了不可抗拒的时尚吸力，显示了风中芦苇般的顽强。它走在一条相反的道路上：数字时代是匆忙的，它是缓慢的；数字时代是浮躁的，它是极有耐心的；数字时代是不重细节的，它是指认和强化细节的；数字时代是讲求粗率或浮华的，而它却回到了原生的朴素之中。

这种阅读带来的品味，让人久久不能平静。如果说一个作家写了三十年以上，对于文字和技法已经烂熟于心，技法层面的东西早已不成问题，那么作为一个阅读者，竟然在这里无比地折服——这是时下极为少见的。

抚开文字的表层，发现坚实的内质。这里面有着怎样的恪守和坚持，才会让最锋利又是最柔软的东西——语言——呈现出如此不同的面貌。非同寻常的言说，让一群群不能幸免的鹦鹉陷入了沉默。

数字时代有寻觅和搜索的便捷，这也让人惊喜。比如在香港这样的地方，一个大学的客人住在宾馆里，苦寻一本偏僻的书，百般无奈就写了一个条子交给服务台——想不到的是时隔两三天会收到一个包裹，那竟然就是急于要找的书。

原来这本书藏在偏远的一个大学图书馆，在角落里安静地待着。所有图书馆的电脑都连接了，也就可以在电脑上检索——就这样，它出现了。一本书找到自己的读者是个大事情，读者本人也欣喜无比。这本书虽然谈不上不远万里而来，但也的确经过了很多人的手，曲折地来到了手边。

然后是一场阅读。这是一次幸福的发现。远在重洋之外的作者，是一个和我们差不多的职业写作者，不同的是他对文字是那样地敬重，每一个符号落纸，都过有反复的斟酌。写作对于他仿佛是一场庄重的仪式。这些文字花费的时间比我们想象得更多。

这种写作，与时下敲着键盘听着音乐，一会儿就撒下几千字的状态完全相反。因为敬畏，所以我们也肃然。

平时之所以常常一目十行地看书，因为也只好如此：到处都是随意和放纵，自己或他人的放纵。既然如此，也就不必较真，那样划不来——无论是写作者还是阅读者，心里想的全都一样。这就是对数字时代的报复和回应。

一个令编辑敬重的作家将作品给了一个刊物，却让对方连连诉苦：写得太潦草了，文字糟糕得一塌糊涂，而作家却让编辑随意改动即可——已经授权了，所以怎么改他都没有意见。

这在过去无论如何都没法让人相信。可是时代变了，跻身于浊浪一样涌动的文字之间，人们对自己的墨迹既不看重也不珍爱。全都无所谓，那不过是一些可有可无的蝌蚪、方块符号，它们轻率地、偶然地投射到荧屏上，是由数字组合之后的点阵显示。

这样的技术暗示透着时代的凉意。出自肺腑的文字本来应该有烫烫的热度，可是它们早就冷却了。一切都不是原来那么回事了。

可见眼下的难题，就是怎样再回到手工制作的精美工艺上来，回到那个原始阶段，回到劳动的情感上来。这是每一个人都面临的问题，谁都难以置身事外。

我们面对的不仅是浮躁，还有荒唐。

也许进入漫长的、日复一日的劳作才会感受一种沉重。比如花费了二十多年的纸上工作一次性放到面前，或许会忽略它究竟意味着什么，并忘掉一个字一个字填在格子里的过程。它包含了无数个失眠之夜、痛苦和悲欢。二十多年意味着一个幼童成长为强壮的青年，意味着经历了同样次数的四季更迭。

文字的跋涉是耐力的积累，是匠心的磨炼，更是爱与知的叠加。护秋人仰望星辰，拥紧蓑衣，是因为对庄稼缓慢的生长和成熟有了情感。比起年轻的大夫，一个七八十岁的老人会更慎重地开药：加一味减一味，琢磨颇费时间。老人是为医的一生，所以更加深谙药性。其实在写作者那里，一个字词就是一味药，什么"痛苦""伤感""高兴""寂寞"，这些词以及所有的词，其实都有可能是致命的。

写到二十年三十年，甚至更长的时间，一支笔也该慢下来了。出于对语言文字的挚爱和敏感，一个写作者一会儿瞪大眼睛看着刚写下的文字，一会儿又抚摸它们。

他像是刚刚结识这些书写符号不久，还保持着非常新鲜的冲动和惊喜。

小说坊八讲
——香港浸会大学授课录

《小说坊八讲》书影,商务印书馆(香港)有限公司二〇一一年四月版。

二〇一〇年三月至六月，作家张炜受邀任香港浸会大学驻校作家，主持"小说坊"讲授小说写作。张炜在五堂主讲及三次班访中，共用了二十余个课时，以不同于一般的教学方式和内容，紧密结合自身几十年的写作实践，讲述了小说创作的几个主要环节。这是张炜第一次系统地论述自己的写作理念，不仅对文学写作，而且也是对当代写作教学的一次反思和总结，综合了写作学、文学赏读和文学批评，对现行的写作概论有着重要的弥补、充实和别开蹊径的作用。其学术价值蕴含于娓娓道来及剥茧抽丝的剖析和论述之中，文风活泼，饱蓄幽默与睿智，令人读来兴味盎然。

序

香港浸会大学有一个"小说坊",每年请一位华语作家来"坊"里言传身教,带一些徒弟。做这样的"师傅"可真不容易。因为小说写作的教授一般来讲是无从做起的,每个作家都有自己的经验和体会,甘苦装在心里,要讲出来却颇有难处。我当这个"师傅"是高兴的,一开始并没有想得太多,在飞机上只回忆十二年前两次来港的愉快、一些朋友的面孔。这次坊工要从三月做到六月,三个月的时间,对我来说正是一种学习的机缘。

走出机场海关,很快看到前来接机的区丽冰小姐——她旁边是文学院长、诗人钟玲。钟院长有极繁忙的院务要做,却亲自来接我。一路上看着碧水青山,脑海里常要闪过以前来香港的印象。

车子开得飞快。钟玲再次介绍区丽冰说:"她叫黛安娜。"

香港女孩大多有一个英文名字。我同时发现丽冰叫我"张老师"的时候,"师"字拖得很长,而且是二声发音。这在北方人听来多么有趣。我几乎同时意识到了身上责任重大——我这个"老师"能教给坊里学员多少有价值的东西呢?

以前没有来过浸会大学,也想不到这里的文学气氛这么浓。写作者在这样的地方应该是欣愉的。小说坊招收学员向校内外敞开,其他学校师生及教育系统的职员皆可提交一篇作品,然后由我这个"师傅"从中选定三十到四十名。

我问钟院长怎么讲才好？她微笑道：每个作家讲法是不一样的，从分析具体篇章到一般技法，结合个人写作经验——也有的作家侧重讲做人与做文的关系呢。

扳指算来，我的写作生涯已有三十多年了，这么长的时间当然有许多话可说，问题是这些话不要浮浅无物才好。坊里学员从二十多岁到七十多岁，这样的年龄跨度也预示了他们经验的广度和深度，也不能不让我心中忐忑。

黛安娜专门负责小说坊的事务，认真和专注令我钦佩。我每天有怎样的活动安排，她必然会在前两天发到我的信箱里，并且还会有一份打印的表格从门下塞进来。奇怪的是本来胸无成物的坊间"师傅"，当盯着一份份簇新清晰的表格时，心里却真的涌上了许多"小说作法"。

鲁迅先生当年一再告诫青年人，说不要相信那些"小说作法"之类。于是我就在坊里尽可能将这些"作法"化为闲谈和聊天——当大家笑起来的时候，我也就放松了许多。

学员们时有提问，这就吸引我去想许多以前未曾涉及的问题。每次都有课间茶歇，这会儿除了坊里备下的吃物，还有学员从家里带来的分享。大家边吃边谈，也就成了精神与物质的一场场聚餐。

黛安娜仔细地把每一次授课实录下来。其中有一小段课时漏录了，她还根据自己的笔记工工整整地抄给我。这些录音后由浸会大学和万松浦书院整理出来，去掉一些啰唆，就成了这本小书。

三个月过得真快。我这期间讲了约二十多个课时，想想看不自觉地说了多少谬言妄语——因为害怕误人，现场总是强调小说写作的"无法之法"。现在想：个人经验与体会如果还有一点价值，那也只能是随时拎来商榷和批判的用处吧。

在机场分手时,又一次听到了黛安娜拖长的"师"字和二声发音。再见了,美丽的香港、浸会大学、小说坊——所有所有的朋友……

二〇一〇年十二月五日

第一讲：语言

文字的表象

我们小说坊的第一堂课就从语言讲起吧。

因为文学作品说到底是一种语言艺术，作家有再大的本事，最终也还是离不开语言。读者读一本书，最先接触到的是语言：循着一行行的文字往前走，走到故事当中和人物跟前，然后获得种种感受。我们通常判断一部书写得如何，也要从语言上鉴定一下，语言好，本身就会给人很大的享受，所谓的"享受语言"。

小说语言需要读者自己去"食用"，它不像戏剧和电影剧本的对白，还得由导演和演员表演出来，这等于经"厨师"的手重新烹制了送给他人。视觉艺术更直观更具体，而文学语言是一种指代符号，这要求读者先在心里"还原"它。

从专业写作的角度讲，从文学创作的内部来看，作家们对语言的追求算得上苛刻。真实的情况是，写作者在其一生的写作生涯中，在具体到创作一部作品时，会极其专注地、处心积虑地对待语言问题。在这方面，只要是稍稍严肃一点的写作者，从来不敢粗心大意。他们很较真。与一般阅读者不同的是，他们写作时对文字的那种极度认真和敏感、一再从细部去掌控和调度、直到获得令自己满意的某种表述效果的那股劲头，有时会令人吃惊。

也许没有顽固的病态般的嗜好，就很难成为一个语言艺术家。好的小说家必然精通这门艺术，他们个个都是这样的专门家，而且不能打一点折扣。

这一部分人好像有摆弄文字的癖好，他们看待文字、看待文字所组成的语言，连眼神都与众不同。他们读书，读一句话的时候，常常是不由自主地在心里将其拆解得七零八落，然后再组装起来——反复在默读中重复这个过程。文字在他们手里成了机器零部件之类的东西。

小说家对文字的敏感，对它的依赖，怎么估计都不过分。

进入网络时代以后，表面上看起来写作已经有点泛滥了，看看小报副刊，再看看网络，这种码字的事儿好像太随意太方便了，文字似乎可以让任何人信手涂抹一番——在闪烁的光标和一沓沓报纸那儿，写作是多么容易啊，好像既无神秘也无难度，简直是想怎么写就怎么写，而且以前教科书上讲到的一些文章法度全不存在了——难道我们真的进入了一个特殊的时代，获得了一次语言和文字的大解放，可以完全自由，只依从自己的爱好和兴趣来干就行？有时我们高兴起来，甚至会随手创造出一个新字、一个全新的句法。我们可以动辄万言，不管不顾地一直写下去。

这种情况是存在的，不过这只是一种假象，一种没有多少意义的游戏。关于语言和文字，真实的情况当然决不会如此——真正意义上的写作，其内在情形完全不是这样。那种随意涂沫是有的，但只是一些不幸的例子、一些反面例子，是浮在现代传媒工具上的某些泡沫而已。

不过，也许是受到这些不好的风气的影响、受到它们的推动和连带，我们走到书店里，真的会看到一些蜂拥而来的印刷品：写得很放肆，语言上毫不讲究，有时还可以说是相当粗糙的，甚至是吓人的胡言乱语。

小说语言真的在酝酿一次空前的解放和改革——一种胡闹？难道网络时代真的意味着要有这样的一场语言狂欢？或者——一场肆无忌惮的语言大消费大游戏？就这样开始了？

大概不可能。不太可能。

因为，文学语言不会变得这么廉价，一个民族的语言也不会这么快地沦丧。经过一番仔细鉴别和观察后，可以得出结论：我们看到的那些仍然只是文字世界的边缘，是边缘地带的情形。如果我们走到中国语言艺术的内部，进入它的核心，看到的一切也许会完全不同，它并不是这样的——它如果这样，我们的文学艺术早就死亡了——连同它的死亡，还有更多美好的东西，比如一个民族几千年建立起来的卓越的审美能力，也一起死亡了。可以庆幸的是还没有这样糟，还没有走到这样彻底悲观的地步——一切还在活着，还在像过去一样地生长着发展着。

我们这会儿可以套用一句老话，叫"泡沫下面是水流"。今天我们研究的，正是"水流"本身，是看它究竟怎样往前流动的。

虚构从语言开始

时常听到有人这样议论和评说：看某某作家多么有才能啊，多么会讲故事、多么富有想象力啊，可惜语言粗糙了一些……

这里要注意的是，他们在说作家的语言不好，而且使用了很重的一个词儿：粗糙。不知这是怎样的奇谈怪论。他们大概不明白自己在说什么。我们翻翻文学史，从古到今，还找不到一位语言糟糕的小说天才。因为道理很简单，好的小说，包括人物和故事，一切都不能脱离语言而独自存在。

让我们再进一步，问一个起码的也是重要的专业问题：作家的想象力能够脱离语言单独呈现吗？粗糙或贫瘠的语言能够表现出丰富精妙的想象力吗？也就是说，很差的语言却表现出奇特的想象、描绘出生动的人物形象，这是可能的吗？

大概很难——不，应该说根本就做不到。

可见那些将语言分离出来的阅读是不求甚解的、比较浮浅的。事实上在文学写作中，一时一刻都离不开语言，什么时候都绕不开语言；夸张一点说，语言在许多时候简直可以看作目的，而不仅仅是手段——语言差不多就是一切，一切都包含在语言中。

我们这样强调语言，说明它是文学艺术的本质部分、核心部分，而不是附加在外部的什么装饰。我们真的找不出哪种艺术形式比文学写作更依赖语言的了。文雅一点说：文学的全部奥秘都是在文字的貌似沉默中完成和呈现的，文字当中隐藏了无尽的魔法。

有人说，话剧不也是语言的艺术吗，那不是魔法吗？是魔法，但是戏剧的语言最后与小说仍然不同，剧本还要通过角色在舞台上演出，那些对白从演员的口中一旦飞出，就再也不同于原来的文字了。这时候的文字已经不再沉默了。可是文学作品的文字，比如小说的文字，自始至终都是沉默的。而正是这沉默里藏下了尖声大叫或欢呼雀跃，可它只能依赖阅读，让读者在心中去感受和还原——面对读者，这些文字一生都是孤立无援的，一生都在独自奋战。所以它的个体或群体必须是最优秀的，最卓越的，这才能经得起孤独的考验，并且最终取得成功，获得胜利。

小说的语言不仅要洗练、准确、干净、畅达，不仅要具备这些好语言的共同特质，还要具备更多；就是说，要在这一般"好"的基础上更进一步，千变万化，呈现出一万个面目才行。

比如说，大家都知道小说是依赖于虚构的，可它究竟从哪里开始？也就是说，它是从哪里着手进入虚构的？

有人可能回答：从故事；还有，从人物——如果不是从这两个方面，那么它又能从哪些地方着手虚构呢？

我们今天的回答是：小说的虚构是无所不在的，但它首先要做的，就是从语言开始虚构。

有人听了会感到奇怪，问：难道每一句话都是假的？可以这样说。但我们这里的"语言虚构"，指的是说话的方式，就是说，小说的语言就像小说的故事和人物一样，不是追求简单的"生活的真实"。也等于说，作品中的人物说话的方式，更有描述和讲述的方式，都是由作者虚构出来的。

有人听了会更加糊涂：这是怎么回事？"说话的方式"？这怎么虚构？如果连说话的方式都是虚构的，那我们在阅读中怎么能没有察觉？

在我们的经验里，说话方式如果是"虚构"（编造）的，那读起来就会十分别扭，甚至没法让人读懂。所以我们才强调：小说作品里所有人物的说话都要贴近身份；就连我们作者叙述的语言，也要具有大家都能认可的客观性才好，不然读起来就会显得陌生怪异，影响接受和理解。也就是说，说话的内容可以是虚构的，但"说话的方式"必须是与大家一致的。

比如小说写到一位老农民或一位知识分子，或一位官场人物，他们都要操持自己的语言，不然读者一眼就能看出是假的。这些角色由于经历不同，文化教养不同，说话的方式会有很大差异。就算同一种职业的人，因为生活经历和性格的不同，也要表现出许多差别。所以说"说话方式"必须是贴紧人物身份的、专属于"这一个"的，这哪里还会容得下"虚构"？

为了进一步强调语言方式的非虚构性，有人还指出了一个长期的事实：写作学著作曾一再地强调，作家要到群众中学习语言，比如向工农兵学习语言等等。也就是说，知识分子写工农兵，就要学习他们的"说话方式"——越是像生活中的人物，小说就越生动越成功。

一般的文学理论也认为，文学作品贴近生活，首先要做到语言贴近。如果语言是作家自己的，问题就全出来了：学生腔，知识分子腔，不生动和呆板等等。

根据如上的理由，有人一直在否定"语言"和"语言方式"的虚构性。他们通常的认识是：故事和人物都可以虚构，对不起，语言可不行——作者必须老老实实地说话，贴着人物说话，用我们大家都能听得懂的语调说话——这样才能把故事完整地、活灵活现地讲给人民大众。

这里所说的"语调"两个字特别需要注意。原来一直强调的语言的非虚构性（真实性），说白了，不过是要求作者的语言具有更大的公众性和社会性，也就是说，这里要求作者使用他人的腔调来讲自己的故事。

这怎么可能呢？难道其他一切都是虚构的，唯独语言是个例外？

真实的情况只能是：小说作为一种虚构的文学形式，虚构性是渗透在所有方面的，而且可以说，它首先就是从语言开始的。如果我们认真解剖一部好的小说就会发现：这其中无论是作者使用的叙述语言还是其中的人物语言，都是独具特点和与众不同的——它们不太像公众的、社会的，而纯粹是独一份的。原来它是属于作家自己的，而不可能属于任何别的人。他的这种"语言方式"根本就不可能复制。

而那些差一些的小说，倒往往具有语言的大众性和社会性，就是说，作品的"语言方式"大致似曾相识，和平常见到的听到的差不了多少。

文学语言特别是小说语言，如上说过，它有一种沉默的性质——读者接受的过程是一种心读，而不是大声朗诵出来——如果我们试着将它读出来，特别是读到人物对话的时候，或许会觉得有什么不合榫。因为它与现实生活中的说话方式仍然会有一些"隔"——但如果只是心读，也就不会有这种不适感了；相反还会觉得作家的这种语言特别舒服，别有一种魅力、穿透力和感染力。

说到这里我们终于明白了：小说语言原来是用来阅读而不是朗读的，并且是独有的一种默读方式——不仅是叙述语言，即便是其中的人物对话，也要区别于朗读语言。这种语言深深地打上了沉默的烙印、作家个人的生命烙印，而且摩擦不去。不错，这是一种"心语方式"，这种方式的形成，要经过很长的训练和探索阶段。

这里的全部奥秘，就在于作家使用了一种经过他自己虚构的、只用来在心中默读的特别的言说方式。大街上和社会上的语言，从来不以默读的方式存在，这就是二者之间的区别。从有声到无声，这种语言方式的改变和演进，是经过了很长时间才形成的。它当然来自生活，但却有一个被个体生命充分发酵、发生了类似于化学反应的那样一个过程——看起来很像生活中的语言，但实际上不是——我们如果在生活中真的这样说起话来，听起来会怪怪的。

原来小说语言的高明与拙劣，是否优秀，不是比谁更像生活中的人在说话，而是看谁把这种"心语"运用得更卓越。

有人会说：原来小说语言是"源于生活高于生活"的——不，不是"高于"，而是"异于"，是发生了化学变化之后、性质上有了区别的另一种语言。

一般来说，那些社会性的自发写作，因为没有经过严格的专业训练，使用的语言就是非虚构的语言方式——这就不是严格意义上的文学写作了。让语言方式走入虚构，形成作家个人的，这将是一个缓慢的学习过程，但只有完成了这个过程，才算是真正地走入了文学写作。

如果我们来一个尝试：只让人物和故事虚构，但直接采纳生活中通用的、时下的生活语言来描述和叙述，这样的后果又会怎样？

结果我们就会发现，这个工作很难进行下去——除非我们能够忍受极度的平庸和拙劣。太别扭了，粗糙而且极不真实——这种语言上的"求真求实"反而使小说有了不真实的感觉；也不自然，总觉得矫揉造作；我们写出来的东西有点四不像：既不像小说又不像报告文学，也不像通讯报道。

原来，小说写作不能亦步亦趋地移植或模仿大众和社会语言，而只能是作家个人的说话方式。

造句和自尊

说到造句，我们大概会想起小时候的语文作业：为了学会使用一个词，老师会让我们写一个完整的句子，让它包含这个词。显然这就是作文的开始：文章是由一个个句子连缀成的。我们都明白，文章要好，首先是句子要好——所有的句子都好，这篇文章大概也差不到哪里去。所以解决造句的问题就成了大事情，这个解决不好，文章就肯定不会好。

可是虽然这样，那些工作了一辈子的写作人，比如说作家们，也不敢说这个问题早就解决了。他们常常还要因为缺乏好的句子而苦恼。

看来写作中一个最基本也是最重要的工作，就是能够拥有好的语言。写作是什么？就是接连不断地、不停地造句，就是创造出一种能够吸引别人的话语方式。他要用自己的、与别人有所不同的、新颖别致的、准确生动的说话方法，来表达思想和故事。

这时候，我们强调的正是"与众不同"——重复他人的话是没意思的，那不是创造。这里面就涉及自尊心的问题，有时甚至可以说，越是好的写作越是显示了自己的自尊：它从语言表述方式开始。比如别人常常使用的一些词、一些习惯性的句子，我们就得注意回避了。不仅文学写作如此，好的记者也是如此。可是现在如果我们翻一翻小报，打开电视，常会发现其中充满了那些熟悉的套话。我看到的一些内地传媒，口吻多是从港台学来的，什么"满头雾水""大跌眼镜""大打口水战"……这些说法在当地是没有的，只是这十几年才多起来了，不停地说来说去，让人听了很不舒服。文章中，偶尔出现一个比喻很新鲜，大家就一窝蜂地去学，这样下去十年二十年，大大小小的电视和小报都要用，这不仅让人厌恶，还有一种霉气和窝囊的感觉。

稍有自尊的作者都应该写出自己的文字，尽可能用自己的语言去表达自己的意思，而不应该抄用别人的字句。现在连很多文学创作者都自觉不自觉地使用起报章或荧屏上的口气说话，殊不知只要有了这样的腔调，就永远也进入不了真正的文学写作。不要说这些时尚文字大都是水货，就算是很好的创造品吧，也与文学无关，因为它不是独一份的，而是可以成批制造的语言套餐。第一个写出精彩句子的人是聪明的创造者，第二个照此办理的人是傻瓜，第三个重复这样干的人简直就是非常非常傻的了。

这就是语言的自尊问题。有较强自尊心的写作者，不要说别人，就是他自己原创的一个说法、一种语言方式一旦被广泛应用，他自己都要设法回避。可以想见，如果连一个词儿都要套用别人的，都不能使用自己的，又怎么能相信他在一些大是大非问题上会坚持自己的立场呢？所以现在的人云亦云、推波助澜到了这样一个不可收拾的地步。

由此看来，我们的没有见解、跟从潮流、盲目依从，不是从别处，简直就是从一个个句子开始的。我们先是丢掉了自己的句子，接着是整个的语言、整个的观点。我们有时候遇到一件事，不是关心事物的真实情形如何，而是首先看别人、看权威人物或大多数人对这件事怎么说，然后再尽快跟上去附和。这已经成了大致的习惯。这就给我们的生活造成了不幸，而不仅仅是糟蹋了我们的文章。

文学创作其实最需要做的，也是最基本的，就是从时尚和潮流中走出来。

这种走出来，当然要从语言起步。比如刚才说的小报媒体语言，第一个用"大跌眼镜"的，也许跌得很好；如果接二连三地跌下去，就很成问题了。还有"口水战"的比喻——在我们老家胶东，对这种吵来争去的做法有一个说法，叫作"打嘴仗"。可现在胶东的一些报纸和电视也慌忙不迭地跟上时尚，改说"口水战"了——刚开始这种比喻当地人都听不懂，因为它直接让人想到的不是争论和吵闹，而是相互吐唾液——可见并不雅观，联想起来还有些脏。其实原来"打嘴仗"的说法多么形象生动，而且当地人听来更明白易懂，可就是偏偏不用了，嫌它不时髦。至于"满头雾水"这种说法，对山东或胶东来说更离谱了，这种外来的比喻一出现很陌生，当地人怎么也弄不懂是指什么。可见从商业流通之地模仿来的词汇，并不一定就是好的，更不一定是适宜的。

我的一个朋友，二十年前特别乐于使用的一个词就是"生命的"，文章常用"那种生命的……""生命的……"，很是深刻。后来记得有一天我们散步，走到了一个大学校园里，正好听到了大学生播音，一男一女语调铿锵，在广播里轮番说着"生命的"如何如何，一口气说了七八个。我的那位朋友驻足片刻，说了一句："我再也不能这样用了。"

是的，二十年前很少有人那样使用"生命"二字，而到了今天，二十年后，这种用法已经泛滥成灾了，简直什么都是"生命的"。我的朋友是一位优秀的作家，他的自尊心很强，当然不会频频使用那个词了。

看起来就是这么简单的道理，真要实行起来却并非那么容易。因为跟从和盲从往往是不自觉的。大家都那样做，我们也就随之跟上了，并不认为有什么忌讳。其实这真的是大忌——丢了自尊还不是大忌吗？

说套话的风气可以说是源远流长。翻开一些公文，最头痛的就是一些现成的、被重复了千万次的句子和词汇。让人觉得奇怪的是，这些文章转用其他人的文字从来不需要注明——原来大家都是这样抄来抄去的，已经习惯了，成了一种专门的体面的工作，而且久而久之还形成了一些写套话的技巧。

公文的情况是这样，大家都不陌生，可以说耳熟能详了；那么文学作品比如小说呢？初一看并没有公文那么严重——仔细看看也差不多，也好不到哪里去——只是在重复和抄写他人方面做得比较隐蔽罢了。许多小说都是同一种口吻，句式和词汇也大致是那样的，更不要说风格和气味了。比如有一段流行痞子味儿，那么这类文字满刊物都是；接着是物质主义金钱至上，是所谓的"看破"，以嘲弄理想道德为荣，是暴力和性，是嗲声嗲气和小资情调，是小孩子们的星河怪物……所有这些东西都是一波一波出现的，是季节性的东西，只要一入时尚，很快就有一大批相同的"创作"跟了上来，最后再相互比试谁走得更远、更大胆更泼辣更出格更招眼。这不是低智商、没自尊的表现吗？

文学写作，不仅是他人用得太多的句式和句子要自觉地回避，就是自己在同一篇文章中用过的词儿，也要尽可能地小心绕开才好。你如果在同一个段落里将某个词连用了几次，那就不算讲究。这种不讲究，也要在修改中解决掉。

好的作家必然是自尊心极强的，这表现在一切方面，几乎没有什么例外。在句子上跟风，在题材和风格上跟风，在思想倾向上跟风，都不会成为真正意义上的作家，因为这样做就失去了创造的性质——创造应该是开拓性的工作，创造品是出于己手又不可重复的东西。如果我们干的都是别人多次干过的事情，连一个词儿都描红一样比着画下来，这不是太窝囊了吗？

让我们离开时尚，越远越好。我们能够写出自己的句子，并且要由此起步才能走得远。的确，作家拥有自己的造句方式，用自己的句子写作，这并不是什么雕虫小技。

有人可能说：初学写作的人，难道模仿一下不是正常的吗？何必那么苛刻那么较真呢？是的，正因为是初学，很容易就此形成习惯，才需要我们一再地强调。对一个人来说，任何事情的开头都是一个大关口，这往往会决定他走很长的一段路，甚至是很远的那个未来、那个结尾。说到不可避免的模仿，那就让我们模仿那些最固执的作家吧，那样的人总有一些，让我们看看他们是怎么做的。这样会更好。

在写作这个行当里，从某种意义上讲也是一场奔跑的马拉松，一场比赛，看谁能够更固执地坚持下来。坚持自己的一份是困难的，最后才形成了独有的一份，那才有保存下来的价值。如果大家都差不多，还保存它干什么？就像电脑储存，相同的文件是要被删除的。

方言是真正的语言

这就说到了方言。我们常常看到一些使用方言的文学作品，这方面的讨论很多，是一个绕不过去的文学问题。不少人问：为什么非要那样写——使用那么多的地方话，疙里疙瘩让外地人看不懂？或者反过来问：为什么非要写成普通话才算好呢？

大家各说各的道理，这会儿问怎么看，一时不知该怎样回答。因为它真的是一个复杂的问题。不过要简单点说，从根上说，我会说：方言才是真正的语言。

为什么这样说？就因为语言既然是用来表达心情和思想的，那么它做得越彻底越传神就越好。表达怎么能脱离地方个性？这种个性一旦失去，语言肯定要变得贫乏无味。一些只在当地才使用的说话方式，往往是最生动最简洁的，它不可能被另一种语言完全取代。能够传递最微妙的、事物内部最曲折的意味的，这样的语言才是精到的语言，才算是最好地发挥了语言的功用。从这个方面来看，还有什么比方言更好的？

普通话是以北方方言为基础、以北京话为标准音形成的，在更大的范围里推广使用，让不同地域的人免去了交流的障碍。问题是，这种交流只是作为最基本的工具在使用，它当然会有自身的局限性，并不能满足艺术的使用。从交流的方便来看，它是好的；从艺术的本质、从特别深入的表现力上看，它又是不尽人意的。因为凡事都有得有失，这种普通化的过程也削弱了语言的深入刻画力、传神的表达力。为了迁就大多数人，只好寻找一个最大的平均值，削凸补凹，以变得平坦，好让大多数人能够在上面行走，就是说让其成为大众工具。

但艺术又是最忌讳这种平均化、最反对折中的。艺术在许多时候恰恰需要依赖那种个性化甚至是极端化——出神入化、独立性个人性，这才是它的生命。所以从这个角度分析，普通话压根就不是文学语言的首选，也不是真正意义上的文学语言——它在某种程度上还可以说是反文学的。

语言虽然是虚构的，但这虚构同时又要依据生活，因为不同的人有不同的说话模式。有的作品所写到的人物不够真实，就是因为他的人物所用的语言太过偏离现实生活中的说话方式。有些作者会用到方言，这是一种更真实更生动的、生活化的语言。虽然未必所有的读者都能明白方言，但它对于一个地方来说，却是最有表现力的。

方言是一方土地上生出来的东西，是生命在一块地方扎根出土时发出的一些声响。任何方言都一样，起初不是文字而是声音，所以它要一直连带着自己的声调，即便后来被记录下来形成了文字，那种声音气口一定还在。这就让我们明白，为什么方言中常常有一些字是很生僻的，因为它记下的是当年那个古音。这种连血带肉的泥土语言，往往是和文学贴得最紧的。

从方言到普通话，这中间其实也有个"翻译"的环节，就像翻译外语一样。一经翻译，我们知道，有些复杂别致的意蕴就要失去一些了。通常说的"美文不可译"，就是这个意思。其实从方言变成普通话，也要造成很大的损失。我们为了使自己的意思传达到较远的地方去，形成更大范围里的交流，就只好忍受一些损失，忍着心里的痛，眼瞅着让它变成另一种语言。没有办法，凡事总是有得有失吧。

看来我们怎样设法把这种移植／翻译中的损失降到最小，才是努力的目标。我们会在心里设想：如果这种翻译由作者自己来做呢？就是说，我们写作时可以在心里操弄一口方言，而落在纸上就变成了普通话——这样一个自我的、悄悄进行的转换是不是好一些？当然是的。事实上也别无他法，我认为大多数作家都在进行着这样的劳动——他们在心里默念着想象着，使用的都是最能传神的方言，但记到纸上的那一刻，也就稍稍改变了——因为他想到这些文字还要送到更远的地方，交到许多人手上，为了让他们也能看懂，只得这样做了。他要尽量把原来方言中的某些最珍贵的东西、一些元素保存下来，但又要遵守普通话的一些规范，服从大多数人交流的需要。

这没什么好说的。这就和秦代做的那个事情一样：统一度量衡。有了统一的标准和规定，才能通行四方。

如果我们的作品压根就不打算在更广大的地区得到阅读，只是想在本地流传，那就不必有其他的顾虑了。可是我们的书要在整个汉语区发行流通，这种语言转换也就不可避免了，而且这种转换还不能依靠别人，而只能依靠我们自己。

从绝对的意义上是不是可以说，我们目前读到的所有汉语小说，大都是一种"译作"？从心里的声音、从默读、从方言，再转换成书面上的文字？是的，而且这些工作都是由作者自己完成的。

我所生活的胶东一带与中国大陆的其他地方，语言有相当大的差异。虽然同属北方，但由于它是春秋时期的"东夷"地区，后来又长期处于边缘海角地带，文化流动性较弱，所以至今一直保留有大量古音古意，一些语汇和表达方式今天听起来既有趣又古旧。所以这里的作者在写作中也有个自我"翻译"的问题——这个难题也许比不上南国作者那么大，但的确也是存在的。比如有一本写胶东生活的长篇小说，读者和评论者说它是用方言写成的：看上去充满了方言土语，胶东风味浓得化不开，几乎离开这个地方的语言一步都走不了。可是读者在阅读中却没有什么不懂的地方，不需要一个胶东人站在一旁讲解。这当然是因为那个翻译的工作早就由作者自己完成了，他在语言落纸的那一刻就将这个问题解决了。

如果这种翻译和转换成为工作的习惯，那么这种边译边写的过程也就不成其为负担了——非但不是负担，而且还化为一种规范下的艺术追求——就是说，承认了一种规范的合理性之后，并不去抵抗它，而是努力使之成为一门艺术。

我们如果抵抗这种规范，就等于抵抗"统一度量衡"，作为个体既无力也行不通。

写作者将方言转译为普通话的这个过程，已经是创作的自然组成部分了，转译的结果，也成为衡量语言艺术的一个尺度了。这是在长期的语言演化中形成的，就此，我们这些方言写作者已经没有了脾气。

如果写作者不认可这条规则，并且不进行自我转译，那么结局也就只有一个，即只能让作品滞留在一个狭窄的地区里。一本书印出来，比如一本小说，它不能无限度地使用注释，那样也就破坏了语感，琢磨起来太费劲了，哪里还会有什么阅读快感。

反过来说，有没有直接使用普通话进行创作的人呢？当然有。我们看那些直通通的缺少韵致的语言，可能就是这样的产物。直接使用普通话去思考和写作，语言可能会缺少一些纵深感和立体感、一些余味，意思和逻辑的边缘可能太清晰了，这对于想象不利。

一般来说，出生在边缘地带的人或长期生活在一个地区的人，必然会有深刻的方言烙印。对于写作这门工作来说，这是一个很大的优势。可是生活在大城市又会怎样？难道他们从小丧失了方言的熏陶吗？也不一定。因为城市有城市的方言，小巷有小巷的用语，只要是一方水土，就会养育起一方人。严格讲来，大地上还没有一个角落会与方言绝缘。

可是这样说又有另一个问题，那就是将边缘地带与大城市生活的人在语言上等量齐观——他们很可能各有一些优势——比如说城市群落形成得久了，一种城市文化也就深厚地沉淀下来了，这种土壤也可以老旧得发黑。地质土壤学上说"黄土是一种年轻的土壤"，那么今天世界上的一些大城市，可能再也找不到"黄土"了。人出生和生活在这样的闹市里，好像根本就不用担心缺乏沉积的语言了。纯粹的城市动物会有的，而且越来越多。

我在胶东半岛遇到过一个极有意思的人物。这个人可真能写，他只有五十多岁，仅小说就写了大约一千多万字。但至今除了自费出过一本小书而外，还没有出版过其他的作品。这个人很倔，是个很有主见也很固执的人，无论别人怎么劝都不行，从来不用普通话写作。他使用的是最本色最地道的胶东西北部小平原上的土语。这使我这个当地人读起来都要十分吃力，虽然读懂的部分也觉得特别生动。大家想想看，他的书怎么出版？他倔到了如此地步，只要一谈到化解方言的问题就不冷静，挥着大手说：文学就应该使用方言，文学就需要倚仗方言，你如果只拿普通话的标准衡量我，说我写得不好，那可不行！那只是你的标准！我只好无言，因为我一时找不到更多的理论与他争辩。

我得承认，他有他的道理。可是他的书如果要印刷发行，仍然不能仅仅使用胶东西北部小平原的标准吧。

如果有一个义工帮他动手译成普通话就好了。可是这一来又会遭到他的反对。其中的主要问题是，这种转换会造成极大的损失。所以说到这里，我还是坚持原来的那个想法：作者自己在写作的同时，要自觉地完成一次转换，并且要养成一种习惯才好。

韵律、起势及其他

写作中，文字落在纸上的时候，心里一定会伴读的，也就是说，我们的写作是伴着默读进行的。这就有个节奏响在心里，帮我们检验它顺不顺口，是不是疙里疙瘩的——句子在心里一打磕绊,我们就得改动它。由此看来,纸上的文字也不是看上去那么随意,它们虽然不是唐诗汉赋,可也需要大致的节奏——不必那么严格和明显,但总是有的,是藏在其中的。同样的一个意思,这样写读了好听,另外一种写法读出来就不好听,那么其中肯定有些声韵方面的缘故吧。

大多数初学写作的人会想:我们只要把意思表达清楚了,没有语病就很好了,干吗还要考虑那么多,讲什么抑扬顿挫啊,又不是歌词和诗——如果顾虑太多,哪里还会有自然放松的写作,笔下一紧张,更不会写得顺畅舒展了。这样说似乎也有道理,但都是些小道理。

我们强调语言的声韵和节奏,其实也是最基本的要求。一切都在于养成一个良好的习惯,为了形成这样的习惯,哪怕一开始做得有些吃力,最终还是会长久受益。我们看那些句子,意思虽然也算分明,可就是读起来效果大为不同,或别扭或舒畅。造成这个的原因,极可能只是少了一个字或多了一个字,是它磕绊了我们。最严重的时候,我们读一些词语和节奏上有问题的句子,总觉得停不下来,有一种踉踉跄跄往前抢的感觉、在不当处猛然刹车的感觉——这种种感觉在阅读中积累起来,就不会舒服。

那些同音字,如果要连用就得慎重。还有平仄,这些都会影响阅读。这些虽然不会像格律诗一样严格,但道理是差不多的。写得久了,默读得次数多了,其中的规律就会掌握一点。要紧的是要有这方面的自觉,而不是无视它的存在,不是将其当成多余的牵挂。这也是中国语文的应有之义。

我们在阅读中,偶尔会觉得有些句子憋气——这是"气口"没有留得合适。一般来说,一句话的"气口"要有个标点隔开,但有时也可以用一个词或借助于一种节奏——读到了这里就可以停一下了。这种"气口"可能与呼吸和心跳有关吧。"气口"不会人人一样，但只要有，就会使阅读者感到，循着它往前。

现在虽然不是写赋的时代，不需要讲究对仗，讲究铿锵有力和一唱三叹，但也不能一切大撒手，不管不顾地堆砌文字。汉语言的奥妙、规律性的东西，都是在很长的写作实践中一点一点形成的，留下了深远的影响，不是我们一高兴就能废掉的。它仍然要在暗中制约我们。

我们的写作训练，有些目标是自觉的，有些是在长时间的实践中逐渐意识到的。比如我们使用的象形字，一般的字都有声意两个部分，这在使用上就与西方的拼音文字形成了区别。一些词和字，用这个不用那个，除了意思，还会有别的讲究。我们会不自觉地顾虑字形。一些字与词，用对了地方就格外传神，事半功倍。它们在一打眼一触目的那个瞬间就会深入人心，因为它们"长"的样子不同。汉字有模样，有质感，有神采。

现代汉语来自古汉语，历经了白话文运动，已经改变了许多。比如古汉语中的复合句就比较少，不像现代汉语中有这么多的分句组合。当代小说语言，每个分句其实都有一个"起势"——这差不多等于"离地"那一刻的姿态。想象中它们起势不同，与水平面构成了不同的角度。语言是有角度的，如果前一个分句与下一个分句构成的角度是相同的，那么这个复合句就必然是平直呆板的，形成一条僵直的斜线。如果每一个分句在起势上都有些角度的变化，那么由它连接起来的语言就加大了动感，起伏跳跃，语言也就活泼起来了。

除了句子有角度，词汇还有方向。想象中每个词在句子中都是一个短短的直线，由它连接起来才能抵达目的地。好的句子、清晰简明的句子，从起步到目的地的这段距离应该是最近的。可是如果一个词的方向有问题，那就多了些曲折——三拐两拐走了很远还找不到地方，有时还能绕糊涂、走迷路。所以写文章，对于词汇方向感的掌握很重要，这方面要特别敏感才行。行文就是行路，我们要在路上不断地微调词汇的方向。学习现代汉语时知道有"同义词"和"反义词"，"反义词"好理解，即方向相反；那么"同义词"就是方向接近的词，可以用它来进行某种微调。"同义词"，说得明白一点，就是用来微调的一些语言小零件。

还有其他的某些把握和使用。现在进入了一个语言浮夸的时期，这个时期充斥着物质主义时代无所不在的广告意味——凡事都要夸张才好，这种风气也影响到了我们的语言。写一句话，总是不知不觉间将形容词、将状语部分膨胀起来了。不遗余力地修饰句子，最后弄得花拳绣腿，虚胖浮肿。

语言当中最有力量的还是名词和动词，它们是语言的骨骼，是起支撑作用的坚硬部分。如果重视并突出它们的作用，语言就会变得朴实有力。状语部分是附着的肉和脂，没有不行，太多了就得减肥抽脂，不然要影响到行动。

比如我们写到某某哭了笑了，大多数时候只直接说就行了，完全不必要加上"生气地"、"抹着眼睛"，不必加上"高兴地"或"咧着嘴巴"。这些修饰成分大多数时候有百害而无一利。写到领导讲话，就一定要加上"重要"两个字——他们什么时候不是重要的？再说，真到了"重要"的时候，到了事情极为严重的时候，我们又该怎么标注和提醒？可见夸张也会误事的。

我们的语言浮夸，华而不实，也算与物质主义时代的腐败风气相一致。长此以往，人们会觉得这样说话才是自然而然的，是正常的。小学生作文，也从小进行着类似的训练，一直到长大，到进入各行各业，把打小养成的浮夸不实之风带到了生活的各个方面，让恶习互相传染。

语言在现代主义运动中一再经历了洗涤，所以我们在有成就的现代作家身上看不到肥腻的句子。去掉多余的修饰部分，看起来语言干瘦了，实际上是更丰富更有力了，强健的力量会从中流露出来。

好的句子要用字精准，要极其简练才行。以前那种烦琐细腻的文字表达方式，在现代是行不通的。那种表达习惯大概一去不复返了。想想看，如果今天仍然沿用巴尔扎克式的表述方式，事无巨细地写个没完，一点风物就写上几页纸的话，这样的书要有多大耐心才能读下去。

看一下巴尔扎克的《人间喜剧》，这是大师的作品，但今天看来未免烦琐冗长。由于它产生在一个特殊的历史时期，那时报纸很少，没有电视没有网络，人们对文字还相当依赖。就是说，小说那会儿还是真正的巨无霸，它在娱乐市场上几乎没有对手。同样的情况还有英国的狄更斯，也是一个大师。他们都写得较为琐细。那时候的作家可以铺陈，因为没有才能的人想写这么细致还做不到。大肆铺张也是作家的一种资本和骄傲。那个时候不读他们的书，也没有更多别的消遣，不能逃到网络和电视上去。当时的确给了文字艺术更多的自由和空间，作家可以奢侈地使用语言。

现在一切都变了，文字必须有快节奏，必须简练，必须在最可能短的篇幅里容纳更多的信息。这也是时代的演化和教导。未来的文学语言可能要变得更简练、更直接、更畅达。我们现在学习写作的人，要为未来做好准备，强化自己的语言自觉性，在这方面保持不倦的探索精神。没有这种准备，将来也许会更加被动。

这意味着我们要在语言上更专注和更用心一些。

我们不能不注意一些最细微处，绝不能粗心大意。这次我们注意到有人甚至不用标点：一句话停下来就用笔按一下，不知道是句号还是逗号。殊不知标点符号的地位并不比一个字来得低，它有时可以发挥很关键的作用。

现代汉语中的标点符号各司其职，例如逗号、句号、分号、顿号、省略号、感叹号等等。在很多作者那里，有些符号好像已经废掉了，整篇文章只有逗号和句号，甚至只是刚才说的那样，用笔尖按一下。这有点过分了。我们注意到，有的作者基本上不会使用顿号，也不会使用分号。就因为他们心里已经没有什么逻辑关系，不知道哪里才能用这两种符号，抡不清。他们最愿用的是叹号，动不动就冲动起来，要表示强烈的态度——这其实是中气不足的虚症，是夸张，有点虚张声势。

感叹号不一定用那么多——许多时候用一个句号不是很好吗？句号很平实内在，很含蓄也很有余味。你用一个感叹号，把力量全押上去了，如果再需要强调什么，就没有更好的方式了，因为你所能使用的武器也就那么多了。

这就像会下棋的人一样，不一定上来就架炮。支仕跳马，显得更有内功和修养，也是一种巩固和蓄势。总之语言内敛一些、质朴一些未必不好。标点符号绝不是无足轻重之物。

不同标点的运用，先是掌握，然后才逐步训练出一种敏感性。这些符号除了能帮助表达意思，还能影响到语言的韵律、调整行文的节奏。

未来对文字的要求不是简单和松弛了，倒是更苛刻了。未来文字所面临的生存空间不像过去那么辽阔，但却会是永恒的。文字艺术是基础，是内核，也是更高级的形态。不要相信小说即将消失、文学即将消失的神话。文学是永远不可取代的，而且是其他艺术的基础。

本单元的讨论

翻译中的小错与大错／翻译出杰作的语言艺术魅力／小说的继承

当代文学受翻译作品的影响很大,这是好事。如今的翻译力量强大,差不多可以同步引进西方国家的当代作品,这是写作者和读者的福分。会外语直接阅读当然好,不过一个作家再有本事,学会那么多的语种也是不可能的,那就一辈子什么也不用干了。所以翻译大致还是一种专门家做的事情,我们得感谢他们的劳动。

翻译作品对中国文学语言的影响很大,这种影响是良性的。因为翻译文字说到底不是外国话,而是中国话,通常是学养好的一些人的语言,是语言专家的话。这些美好的语言比起一些粗糙的创作更生动更有力。由于各种原因,上世纪四十年代末那个时期出现了不少奇怪的作品——个别作者没有能力写出一句像样的通顺的话来,却又要出版书籍,不得已就要编辑代劳。这个时期是对文学语言的一种大折损。翻译作品在很大程度上可以帮助和弥补它,使人们学有范本。

这又使人担心作品的翻译腔太重,会冲击本土语言的原创性。不过这种担心既然存在,就不会变成一个积重难返的问题。

现在最让人忧心的倒是其他:翻译界和写作界一样,性子太急,恨不得一夜间就译出所有的外国新作。而以前的大翻译家们就不同了,他们精益求精,苛刻到了极点,许多年才译出一本名著,那种推敲真是细致入微!这就和写一部作品的情形是一样的。不同语言之间的转换多么难，这比作家们将自己的方言转换成普通话要难上十倍。人们现在忧虑的是，他正在读的外国书是不是一个可信的文本？他到底在看谁？是不是在看译者的粗制滥造？

单从语言的贡献来说，高明的语言大师译出来的书，即便意思上没有完全忠于原著，也仍然会给人极大的语言享受。这是纯粹的语言艺术。有几个例子，说的是某本书的不同翻译，其中的一个仅从语义上看误译是比较少的，可是读起来效果却要差一点。而另一本硬伤不少，却在读者中大受欢迎、长销不衰。可见翻译也是不同程度上的再创造，尽管我们并不希望译者改动原作——因为他没有这个权力。我们说的误译，也不是译者有意为之，而是他们不得已才犯下的错误。杜绝这种错误是困难的，但把错误降低到最小似乎是可能的。

如果一本译作没什么语义上的错误，就是读起来疙疙瘩瘩的，那么它已经犯了一个更大的错误——没有从语言上传递原作的神采。原作的杰出，主要还是语言艺术的杰出，这种杰出更需要翻译过来。文学翻译不是电器说明书，更多的不是把语义明白地告诉我们，而是需要译者转译对方全部的艺术，特别是语言的艺术。

有人担心那些读来特别顺畅、语言极有魅力的译本，是不是译者自己所为？这当然会包含他的许多辛劳，有他用心揣摩原作语气、韵致和节奏的过程。翻译不仅是把对方的意思弄懂，这是最基本的；最重要的还是后面的工作，即把原作的韵致、它气质方面的东西转译过来。传神和传意之间，传神更难。我们可以问一句：难道外国杰作不正是要语言顺畅、极有语言魅力吗？难道只有干干巴巴疙疙瘩瘩才算是忠于了原作吗？这是更大的误读，因为外国杰

一九八七年与德语翻译家在一起

作也是高超的语言艺术，它不应该是难以下咽的东西。

翻译语言是现代汉语，是当代文学语言的重要组成部分。它既受被翻译者、原作语言节奏和诸多特点的制约，又的确是一次新的语言再造。其实任何一位重要的中国作家，他今天的语言都受到了翻译语言的熏陶和影响，不过是有深有浅罢了。

我们对翻译语言受原作家语感制约这件事，从马尔克斯的译本中可以窥见一二。他在中国影响很大，有很多版本，包括繁体字本。照理说这么多版本出自不同的译者，差异肯定会很大，但是我们读读这些作品，又会发现它们的"马尔克斯味"浓烈扑鼻。

这就说明一个忠于原作的翻译者，无论如何都要受原作语言方式的制约。越是杰作，个人气息也就越是浓烈，经过遥远的从西方到东方这样长长的搬运，经过两种文化的不同洗礼置换之后，依然难以消磨：那些不同地域、不同年龄和文化背景的译者，译作的气质却是指向了同一个方向。这就多少说明了问题。

我们期待好的译本，希望它保持浓烈的原作气味。这样的译本更生动、更优美、更传神。也许它在局部有些误解，即所谓的硬伤，但在大的方面，或许会更容易理解和还原异国作家的心境、语境、文境。有一点是肯定的，翻译的语言一定含有翻译者个人的生命色彩。

那些好的翻译作品对中国当代和现代文学的成长起到了极大的作用。中国小说的发展离不开西方小说的传统，它和散文、诗不一样，因为它没有深厚的民族土壤。诸子散文、唐诗宋词可以作为散文和诗歌的根，到了小说这儿就难了——这里指的是雅文学，今天的雅文学总不能继承侠义小说。《红楼梦》是"纯文学",至于其他三大名著,都是"民间文学",即文人整理出来的东西,而不是一般的通俗文学。当代小说要在中国找根,也仍然是诗词和戏剧,特别是诸子散文。再晚一点,会找到《红楼梦》那儿去。

怎样使个性在文字上凸显／平庸从语言开始／形式上的焦虑

我们都知道语言个性的重要,却一时不知道该怎么做。这是普遍的现象。既要学习基本的通常的规范,又要写出自己的特性,这是很难的事。有人希望有个训练步骤,一步一步来。

前面说过,语言是最能体现人的自尊的。实际上每一个人,无论是随和还是不随和,内心里都有属于他自己的独特的东西,他坚持这些,就会很倔犟。但由于各种各样的原因,主要是客观的社会原因,这种倔犟的东西后来会慢慢淡化。一个人从幼儿园到小学初中高中,一点一点长大,再上大学,都要在一个秩序和规范里生活,这个秩序和规范有好有坏——坏的方面就是让你尽可能跟他人达成一致,个人化的东西就要收敛起来了,就要服从大家了,久而久之也就完全变成了一个社会化的人。

有些人在一定的场合和时间段里,固有的个性还会冒出来。这方面强盛一些的,生长力大的,就会发展起来;而另一些人的个性就慢慢被覆盖了,将其隐到内部,最后不声不响地消失了。如果从事一般化的职业倒也无所谓,相反还会是一个很好的社会机器零件,就是说很好用;若是从事写作的话,那就不行了。

这时候需要一个人顽强地回忆和追溯自己的过去，回忆和盘点一下自己心灵的需要——你会慢慢地发觉，原来自己是一个有很多要求的人——写作，正是通过语言去表达这些要求啊。

你起码可以做到在语言表达方面不再那么驯服，你可以在想象中成为一个桀骜不驯的、非常有性格的人。你试着在这些方面拿出自己的倔犟，往前走一走，试试能否持久？这只是一些尝试，但有可能一点一点形成习惯。

不是行动，而仅仅是在语言表达方面表现出自己的一点性格，也是很难的。因为你会自觉不自觉地被社会上流行的说话方式同化，熏染日久，最后就会和它达成一致。这样你就不会有自己的语言了，开始与大多数人说着相同的话。这是人的普遍情状。说话方式在作家这里等于是行动的方式，因为写作是作家最大的行为。即便不是作家，说与做之间也是紧密相连的，一个人语言没有个性，行动也差不多。

为了改变这种状态，不断有人作出努力。中外作家急于在这方面做出革命性变革的人太多了。语不惊人死不休的劲头，在某些文本中表现得很强烈。这种努力会有一种警醒的作用，起到矫枉过正的作用。不过这也带来另一种趋向——过于外部化色彩化，而不是生命内在力量的表现。作家在年轻时候更容易使性子，一怒之下改变几百年甚至几千年形成的语言规范——文学和语言是有标准的，这标准是经过漫长的时间才形成的，它不太可能因为某个人的一怒一倔就被改写，不会轻易失去这些标准。

在班访时，有人给我看过一篇作品，它通篇排列得像诗一样，可他肯定地说："这是小说。"小说是不能这样排列的。艺术的形式规范不能像法律那样划定，但一定的范式还是要遵守的。其实遵循它的基本标准，就是尊重自己的个性，而不是消磨自己的个性。生命个性不会因为这种特殊排列而突出，而只能因为形式上的焦虑，影响了生命内容的有效发挥。这种要求不是保守，而是强调，强调维护一种规范，以便使创作保持有力的生长状态。

在形式上千奇百怪的试验越来越多，这是思想的解放，也是思想的放纵。外在形式上改变什么，无论幅度多么大，只一念之间就可以做到。如此容易办到的事儿，又怎么会牢固？怎么会是真正的创造？有人可能说勇气就是一切，说积累的思想和意义会在一瞬间发生突变——这就不是一念之间的小事了。一些廉价的花花哨哨的东西，对比根植很深的创造性变革，我们仍然会看得出来、能够加以鉴别和区分。

中国古典是我们的语言根基／时代的精神疾患

在学习语言方面，阅读西方经典起码应该与中国古代典籍同等重视。这两种经典的作用不同，但在形成自己的语言方式上都不可缺少。我们的现代汉语是从古代汉语那里来的，所以古代文学作品对我们的重要性总是讲了又讲。五四以来的白话文小说，一直到现代文学，显然受西方小说的影响极大。

当代小说写作者如果放弃了西方经典，不做这方面的功课，几乎是不可想象的。现在的文学越来越世界化，它不再闭塞于一个民族和一个地区了。网络和翻译使文学的世界性越来越突出，我们的信息处于最丰富最流通的时期。关于世界文学的知识，我们不可能过于单薄。即便为了固守自己的传统，也仍然需要对世界文学版图有一个大致的了解。

我们前边讲过，中国雅小说的传统比较短暂，它的土壤相对贫瘠，从这个意义上看，我们尤其需要借鉴国外的小说经典。今天已经很难设想一个中国当代的重要作家没有读过托尔斯泰和陀思妥耶夫斯基，没有读过屠格涅夫、雨果和普希金等等，这些大师一路历数下来，大家应该是很熟悉的。有人可能说大部分当代作家也只能通过翻译去了解，是的，好的翻译会传达他们的神韵——我们除此以外大概也没有什么更好的办法了，不可能阅读十几个或几十个民族的原文原作。如果今天的一个写作者没有读过这些耳熟能详的作家，或者不去关注二十世纪以来的现代主义作家，那才是不可思议的事情。

但对我们的语言构成来说，可能最重要的仍然不是西方文学，不是中国的现代文学，而是中国的古典文学。这是许多人都有的体会。中国语言艺术的根在那里。先秦的诸子散文，通常要反复阅读。再就是屈李杜苏这几大家，不敢疏远。

我们最后在造句方面出现困难，不能够跃升到一个新的高度，不能灵活自如地使用手中的词汇，文字呆板僵硬，其中有一个原因，可能就是因为古典文学修养的贫瘠。就像食物中缺碘，人的颈部就会出现问题一样，语言的道理与此差不多。当你开始写作，运用语言，慢慢到了青年中年老年，再往前走就会发现自己的语言有了毛病：笨拙，稚嫩，苍白，就像一个得了粗脖子病的人那样转颈不灵。没有中国古典文学滋养的人，从根本上来说是没有柢的，不能抽枝发芽也不能长大。

有人说自己生活在海外城市，生活在一个现代都市，从小接触洋物，爱喝可乐，爱看西方大片。这不要紧，这都是好的，因为这也是学习，是十分需要的文化营养。但是你却不能因为这个割断了与中国古典文学的血脉联系，不能忘记血液里流淌的东西。只要是一个中国人，只要用汉语写作，就必须熟练地运用这门语言，能够如数家珍地谈论自己民族的一些重要文学篇章、重要作家。

无论中国古典的阅读多么艰难多么坎坷，无论在理解上面临着多大的障碍，都要坚持下去。如果没有这个功课，症候就会越来越多，要远行是困难的。

个别写作者会逞一时之兴，不要说远离中国古代经典了，就是开口必称的外国作家，也只找几个狂士怪杰——这也是西方文学的一枝一蔓，不是全部，不是最重要的部分。

有人可以读外国原创小说，直接读原文，如英文和德文，并认为这样可以省却中国典籍的钻研。这是两回事。没有中国典籍和中国古汉语的滋养，语言肢体上的关节不可能长好。

我们的表达工具是汉语，血脉是中华，生来就决定了要把自家功课修好。有了这个基础，再去读十九世纪以来的大家，读西方经典，读海明威、福克纳、索尔·贝娄、石黑一雄等当代作家，一路下来会有更多的感悟和心得。在我们的东西方文学经验中，在长期的学习中，属于我们个人的语法才会渐渐灵活起来，形成自己的造句方式，有自己的语言。这个过程漫长而又有趣。

造句这种事儿并不新鲜，从上小学到初中，都有这个课程。给你一个词叫"痛苦"，让你造个句子，把它用上——我们造句越来越"痛苦"，发现就是那么一套，讲来讲去总也没有新鲜感，从十几岁学习写有趣的好句子，到了六十岁，还是要为好句子操心。

大概这是一个写到老学到老的问题。

记得小时候，如果找到了一个独特的句式，半天都要兴奋。它真的是属于自己的——不仅把那个关键词用上了，而且还用得别致、犀利、怪异，放射出个性的光芒，心里忍不住就会得意一阵。那种感觉是难忘的。同样是这些字、这个词，为什么换一个说法就变得这么有趣？无数有趣的句子组成了一篇文章，这当然会好。反过来，无数平庸的句子组成了一篇文章，后果可想而知。

我并不是一个合格的好读者，像许多人一样，我在读中国古典的时候也有心灰意懒的时候，在语言的障碍面前止步不前。当初古汉语学得不扎实，直接影响到后来的阅读。还有，我们每天接受的都是现代语式的表达套路，这样久了，再回到古典文学的语言环境里就难以适应。现在西方化、全球化的痕迹越来越重，弱势民族往西看的时候格外好奇，容易被吸引，目不转睛。从服装、食物，到各种各样的东西，一百多年来都是一个逐渐西化的过程。这个过程留在阅读里，形成了一个很大的合力，把我们拖离传统越来越远。这个力量真的是很大的。

现在的小孩子喜欢吃汉堡包肯德基这一类东西，觉得炸鸡腿和薯条好得不得了。中国烹饪中有那么多好东西，母亲做出来那么多的美食，他就是觉得不好吃。小孩子也追时髦，那是耳濡目染的结果。他真的觉得好吃，不是假的。而这些东西我们觉得口感一般，对身体也有害。它在国外也不是什么上等食品，只是为了方便才吃一点，比如野餐的时候。可是这些简易食品传到中国时，正好与整个文化气氛一致起来——大家都趴在打开的西窗跟前遥望。这种心理也就影响到了判断，最终形成了一种概念——我们的孩子原来吃的只是一个"概念"——这个东西是洋的，所以就是好的，慢慢觉得它真的好吃了。

精神可以改变人的味觉和嗅觉，这并不奇怪。

曾经有一个朋友认为自己有一种大病，有时犯起来十分严重，说话困难，经常需要急救。这个过程大约有四五年的时间，严重得不得了，中医西医都看过。后来有一个高明的大夫为他做了复杂的检查，发现他没有任何毛病。做完这次检查以后他就变好了，没有了任何症候。二十多年过去，他再没犯一次毛病。可见精神的力量多么强大。

有时候，当我们固执地认为一种事物就是那样的时候，仍然要警惕盲从，警惕集体精神对自己的影响。所以说在一种世风之下，在今天的精神环境中，我们要深入接受中国古典是非常困难的。对于中国传统文化，就像误以为得了重病的人一样，认为是患了不治之症——现在许多人固执地认为中国传统文化一无是处，一切都是外国的好。没办法，他正处于精神方面的误导时期。

任何时候都要保持对潮流的怀疑，警惕自己被潮流裹挟，要在潮流中观察自己的定力。有些小孩子为什么反抗父母？因为他觉得自己在见识方面远远超过了父母。没人告诉他，也没人让他明白，他所坚持的这一套其实毫无个性，都是潮流里的东西。他受了时尚的感染，接受下来，还以为是自己的个性。他恰恰不知道，父母的一点"保守"和"老旧"才是独立于时尚的。在潮流中，哪怕稍微保持一点自己的见解，都是很难的。

作家能够脱离于潮流，不做时代的八哥，真的是很难的。

我们看看文学史，会发现有价值的作家和思想家，总是尽可能地挣脱那个潮流，以单薄的一己之躯，去迎击不可阻挡的滚滚洪流，直到撞个粉身碎骨。这真是了不起的人。

所谓的潮流，只不过是众人达成的暂时一致，它不会长久。

推荐一本古典／大享受需要大能力／神奇的非凡的超人

如果要推荐古典，那么我会想起《古文观止》。这是经受了考验的一本散文选集。后来多少教授学者编过此类书，却很少有超过这一本的。

秦代以前的散文尤其好，《古文观止》里选了多篇。有一位古代大家曾说过一句话，大致意思就是秦代以后的文章不可观了。这虽有点偏激，但有他的道理。

那时候人对自然的直觉力好，而好文章与这个往往紧密相关。随着科技的发展和社会化的加强，人越来越被异化，对山川大地那种神秘的觉悟力就降低了。一个人的智力运用得越多，其直觉力也就越弱。人类越来越知识化、现代化，对美的直感力却没有增强。所以说，人类变得越来越聪明的同时，也变得越来越愚蠢。文学要挖掘人性和自然、人和其他生命之间不可言喻的那一部分奥秘，仍然要靠那种直感力。从这方面看，文学在秦代以前有可能是最好的。

以《古文观止》作为优美的散文入门，诗则读屈原、李白、杜甫、苏东坡、陶渊明。宋词元曲，包括清代的一些诗，也很迷人。古典文学是一个浩瀚的大海，我们只在边缘游过一回，读一些基本的经典——这就像来到一个景区，如果连基本景点都不看的话，那算不得一个旅游者；但是在看完这些景点之后，再有时间和体力，就可以深入大山的沟沟壑壑了。

学习中国古典和西方经典，都是从全部到局部，从概况到个案。就说当代文学的马尔克斯和索尔·贝娄，也许这是当代极重要的两位外国作家。可是如果只读这两个作家肯定不行，还要了解更多——德国文学、美国文学、英国文学，包括日本文学，那就是走入外国文学的沟沟壑壑里了。

写作者不读书，只依靠自己原有的阅读记忆和经验，再配合生活经历写个不停，这就傻了。

语言的吸收与享受是同步的，这是良好的写作生活。有过这样的享受再去看电视剧和上网，就会变得没有兴味。在语言艺术方面，欣赏过那种难以言表的美妙趣味——被文字之美征服之后，一般的娱乐也就不再能让人满足了。

在别人看来，一个人沉浸于书籍真是枯燥，毫无趣味——整天捧着书本，连最热的电视剧演到第几集都不知道。殊不知这才是一种大享受。语言艺术是有门槛的，说到享受，实际上是需要能力的，大享受就需要大能力。写作者一生都要伴随阅读——一旦找到了一个迷人的作家，把他所有的作品都读完，那种愉悦简直没法用语言来表达。

我们都有过这方面的经历。我曾经得到过一本书，那是一个冬天……读了不久就被强烈地吸引了——它的口吻、还有人物和其他，一切都让我目不转睛，忘记了四周的一切……它让我觉得满室芬芳。

这是被一种精神氛围所笼罩的结果。那时连吃饭都要草草了事，只急着进入阅读。当这本书只剩下半公分厚的时候，我竟然产生了惧怕：读完了再干什么？

像这种感觉，一般来说并不会太多。这是何等宝贵的享受。我们经历了巨大的幸福和失落：读时幸福，读完了失落。巨大的幸福肯定会伴随着巨大的失落。

这是一次与特别有趣味的、高智商和大本领的人在对话，简直就像历险一般。这是人的最好经历。这种经历怎么表述？这种快感和惊讶，还有欢愉，一丝一丝渗入生命深处的那种感觉，已经没法讲得清楚。

随着年龄的增加，我们或许会添上一种毛病，即阅读的洁癖。我们会变得异常地挑剔。到书店一看，可能眼里有许多垃圾。有人伸手一摸就知道架子上是怎样的一本书——奇怪的是有人真的具备这种超常的本领，一摸就知道了书的成色和大概，分成立刻要读的、放放再读的、碰也不要碰的书。这很神秘。专业这个东西，往里走是没有尽头的。

生活中真的有"超人"。小时候我亲眼见过一个卖菜的老人：他高兴了把菜车一放，拿起路边一块花岗岩，把袖子一挽——只听得"咔嚓"一声，石头就被他劈断了。这种能力是从哪里来？背后肯定凝聚了无数的苦功。原来任何一门专业，有人都会走到一种超出我们理解范围的大境界中。阅读和写作也是如此，有人可以走到一般人不能理解的那个高度——看一些大师的作品，会觉得真是非人力所及！一种语言竟然可以冶炼到这样的程度，再平凡不过的字与词，经过他的使用调度，却会产生出绝然不同的、不可思议的效果。那种思维多么偏僻，曲折蜿蜒到根本想象不到的一个迷人去处……

我们在某一天也能够获得这种能力吗？

第一堂课就到这里。

二〇一〇年四月十四日

第二讲：故事

传统和现代

上一课我们讲了语言，这一课讲讲"故事"。平时一谈到小说，有人首先想到的就是它讲了什么故事——在很多时候，不少人真的是把读小说等同于看故事的。可见故事在小说中占有多么突出的位置。

其实"小说"和"故事"仍然是不同的，"小说"里肯定有"故事"，但仅仅有了"故事"还算不得"小说"。

初学写作者往往不自觉地把"故事"和"小说"等同起来，一开始可能只想怎样编出一个好看的、吸引人的故事。有较长写作经历的人，比如现在的小说家们，想得比较多的是"我怎么讲这个故事"，想让小说在讲法上出新。还有写作课老师，也要教授讲述技巧。作家认为不同的讲法是非常重要的——这体现了自己的个性和文学价值。

可是作为普通读者，他们只要看好的和有趣的故事，不会过分在意故事的讲法。从"讲法"上着眼，这更多的是作家的事情。一般读者与其说要欣赏一部文学作品的结构艺术，还不如说想看一个好故事。

不过在作家和文学研究者眼里，同样的故事由于有了不同的讲法，书的品质肯定会不一样的。讲述方式不同，书的结构就不同。所以我们也可以说，分析故事大致也等于分析小说的结构了。一部书从大的方面看，里面发生的故事总是有开头有结尾，中间经过了发展变化——可是到底怎么组合、怎么讲述，学问就大了。

现代作家讲故事的方法千变万化，已经远离了习惯和传统。就我读过的书来说，印象深刻的有这样几种：一是按时间顺序从头讲叙的，这是比较常见的，读者容易集中精力看下去。我们最熟悉的中国传统小说中，常说的有两句话：一是"花开两朵各表一枝"，意思是话题要岔开一点了，先给读者（听书人）提个醒；再一句话就是"且听下回分解"，告诉读者不要离开，下边还要接上说的。可见那时的小说讲起故事来是非常老实的。二是到了现代，因为小说主要是供人纸上阅读，而不是"听书"，这种纯粹的写作活动使讲述进一步走向了复杂化——它成为一种文字实验，写故事可以不按时间顺序，想从哪里开始就从哪里开始，有时还交织进另一些不同的故事。

现代小说写作怎样脱离了传统的故事讲述，我们可以试着分析几种，但要全部历数一遍也不可能。

随着小说的"现代化"，进入二十世纪以后，作家们在语言上创新求变，在故事上更是如此。因为不这样就无法超越以往的经典。经过了各种尝试，起码可以说在叙述方式上以往那些大师没有做过。这对文学的发展当然是重要的。

我们平时所说的"故事"，包含了情节和细节两个方面。情节就是大的故事脉络，即人物之间有着怎样的矛盾和冲突，高潮低潮，转折起伏，直到结局——总而言之是一个相互衔接的链条。但是这个链条要由一些更小的环扣组成，在写作学里把它叫作"细节"，即含在情节里面的小构件。我们从汉字的组合上也可以去感悟什么是"情节"：情，情趣、情境、情怀；节，环节、节段。

通俗文学中的故事讲述，一般不会打乱时间顺序，尽量不让读者游离和走神。但现代纯文学（雅文学）是一种诗性写作，在故事的讲述方面就走得更远——而在传统小说中，雅文学与俗文学在讲法上并没有什么本质的不同。

让我们来看看传统小说，比如《红楼梦》，它是最典型的纯文学。四大名著中，像《西游记》《三国演义》和《水浒》，大致要归属到民间文学里去，因为它不是由一个作家创作出来的，而是经过了许多人的口耳相传，到了文人那里再整理出来。这种整理有再创造的部分，但主要还是依赖无数人的创造成果。

很多人曾把"民间文学"和"通俗文学"混淆，因为前者也具有通俗性和娱乐性。但仔细分析，民间文学从本质上看仍然还不是通俗文学——它经过了那么多人的修改和创造，无论就人物塑造还是语言艺术来讲，都变得极其丰满和成熟，有了充盈的诗性，文学含量很高，已经是远非一己之力所能达到的境界。所以我们常常把"民间文学"和"通俗文学"加以区分，作为两个不同的品种去对待。

但无论雅俗，传统小说中的故事大致都是线性的、按时间顺序发展的：环环相扣，有时候虽然也会荡开一点，但不同的线索很快又会合而为一。它的整个故事没有过分复杂的结构关系，所以在阅读时不必费很多脑筋去捕捉头绪，用不着在头脑里把不同的故事板块重新组装。在这方面，国外国内大至都差不多。

到了十九世纪末和二十世纪就不同了，在"纯文学"这个范畴里，讲故事的方法和通俗文学大幅度地拉开了距离——相当多的书在一般读者看来已经"不再正经地讲故事"了，它们声东击西，言不由衷，有时候还故意把一个完整的故事拆得七零八落；有时把不知多少个故事掺在一块儿，看得人头昏眼花。最后，这样的故事非得专门人士而不能阅读、不能看懂了。

专家们研究的某些现代小说，离普通读者的确是很远的。它们真的需要一批专业人士来读。受这样倾向的影响，纯文学的阅读范围比以前大大变窄了。这是不必讳言的。

十九世纪或以前的作家用传统方法讲故事，写出了很难超越的杰作。这成为作家的难题，他们没有办法，就给读者出起了难题。这样做的后果其实十分严重，代价也很大。

但是如果认为只要是"现代派"，就一定是完全不同于传统的讲述方式，一定是打乱时间顺序的，那也是一种误解。现代小说中，按照时间顺序讲述的仍然很多——但即便是这种讲述，也在内部藏下了许多诡谲——它可能在叙述的节奏方面、在情节与细节的关系方面做了许多手脚。它的气质已经发生了改变。没有办法，现代主义的水流一旦开始了，也就没法回头、没法回到真正的传统上去了。

同时呈现的故事

说到现代小说的结构，先让我们以博尔赫斯为例：他是阿根廷的一个小说家，曾在很长一段时间里被中国作家津津乐道。他是短篇名手，被人尊称为"作家们的作家"，技高一筹。他的小说结构就像"迷宫"，故事幻象丛生，与传统的阅读经验相去很远。关于他的讲述技巧的分析，在西方文学著作里很多，影响了很多作家。

一般说来我们写一个短篇，不太主张把情节搞得太过纠缠。比如正讲一个故事，突然又开辟了另一个故事——或制造出新的悬念，这样一来，读者跟着作家的笔游来弋去，难免会糊里糊涂的。在五六千字或万把字的篇幅里，出现这么多的线索和头绪当然是犯忌的。可是在现代主义作家那里，有时却是刻意为之的。他们的很多作品可能并没有想过写给谁的问题，而是热衷于一种实验、一种智力游戏。在这方面博尔赫斯走得很远，具有了范本的意义。

这种范本的真正价值在哪里？这就好比服装展览，模特儿们在台上表演时穿的那些服装，一般来说是不宜直接搬到生活中、不宜穿到大街上的。可是这种活动却可以提高我们的服饰艺术，对我们的实用服装的式样变革起到推动作用——它提高我们现实生活中的想象力，让我们的创造变得更大胆更有活力。

现代主义小说的勇敢实验，的确从总体上推动和强化了文学的表现力，这个不容否定。仅就故事的讲述这一项，它的效果和作用也是明显和巨大的。中国作家现实主义根脉扎得又深又牢，每个地区都有自己土生土长的作家们，但就连他们也在变化，讲故事的方法不再那么守旧和传统了。而文学形式上一旦变化，可能其他方面都连带着打开了，让人觉得面貌一新。

除了博尔赫斯，人们一度谈得比较多的，还有意大利的卡尔维诺、拉美的略萨和科塔萨尔等一长串名单。略萨常常被称为"结构现实主义"，讲故事的方式有些特别：开头讲述时会让读者用传统的眼光打量，但发展下去就令人觉得怪异了。他的书刚刚译到中国大陆时让人称奇，时间一长，读者对这一套方法倒也熟稔了、习惯了。这当年在许多人眼里被看作现代小说结构的入门书，因为比较起来还算简单一些、有规律一些，容易把握。他通常用镶嵌的方式，将几个不同的故事在书中同时呈现出来。

如《胡利娅姨妈与作家》这部长篇小说，它的开头讲主人公"我"怎样爱上了自己的姨妈——这种有违常理的事情自然要遭到百般阻挠，结果"我"为了结婚跑来逃去，本身就是个曲折有趣的故事。显然，这个骨干故事足以吊起人的胃口：违背伦常、年纪相差悬殊、与家族内的斗智、一场激烈逃亡、逃到一个地方去结婚、说不完的麻烦、最后终于如愿以偿……它讲述了一个十八岁的小伙子爱上了一个不该爱的三十五六岁的女人，故事本身包含许多撩拨人的元素。这都是好料。就凭这些，作家在讲述时十分自信地荡开去，将主要的线索中断了，转而去讲别的。

其实越是波澜起伏的故事，越是留下了做手脚的余地。"结构现实主义"有一个特征：读者刚开始顺着它的情节往前走的时候，另一个故事板块就硬生生地插了进来。这次略萨让一个电台主持人登场了，这人个子矮小，怪异——他彬彬有礼，越是庄重越是逗人发笑。他在电台里主持一个节目，内容耸人听闻，像是一些独立的短篇。结果这个节目的讲述就构成了小说的二重奏，开辟了另一个饶有趣味的场景。这第二个板块里面有各种奇闻逸事，同样起伏跌宕。这诸多故事一起呈现，读者被吸引的同时又要张望环顾，阅读效果变得奇妙：寻找它们之间的内在联系，并依据自己的生活经验和艺术经验加以组合，从而获取非同寻常的快感。

这与我们的传统小说差异很大。它的几个故事板块当然不是简单地镶嵌，还要有些照应，有些连粘点、焊接点。尽管这样，这部小说还是有许多同时进行的故事，它的枝蔓和穿插不但没有使全书解体和垮掉，而且能让读者津津有味地读下去，这就是作家的本事了。

这位作家还有几部小说，结构方式大致如此，如《绿房子》《潘达列昂上尉与劳军女郎》《世界末日之战》等。书中展开的几个故事之间一开始是没有关系的，都在作家给出的一个空间里同时呈现，往前平行推进。它们形式怪异，所讲述的内容却是十分现实的——虽有联想、意识流等手法的运用，却没有什么触目的变形手法，这方面不像卡夫卡也不像马尔克斯。它仅仅是以特别的结构为标志，于是就被称之为"结构现实主义"。这是理论家们的概括，我们也暂且这样叫着。

很多的现代主义小说都沿用了类似的方法，不同的是有的还要加上神话或魔幻之类，那就更复杂一点。让不同的故事交织和呈现，这和我们传统小说的穿插回忆、倒叙等等还是有极大区别的。传统小说里也可以有小的故事板块，它最后总要衔接到大故事上，与之形成一个整体。而现代小说中这些不同的故事，其地位往往是接近或等同的。

今天小说的讲述方法已经千奇百怪，难以划分类型。比如说一部叫《跳房子》的小说，也是拉美的，作者是科塔萨尔。它的讲述顺序更自由更随意，读者可以从小说的随便哪个部分看起，也可以从头往下看，以此来激发出每个阅读者编织故事的能力。从不同的部位看起，最后组合的情节是不一样的，感受也不一样。再如塞尔维亚的帕维奇，他的《哈扎尔词典》是以词条的方式结构的，据作者说读者可以像查字典一样读他的书——这种阅读的效果如何，我还没有很深的体验。有一点是要肯定的，就是作家的想象力、他在文本结构方面的大胆和自由。

这方面的代表性作品很多，比如更早一些的，就是美国福克纳的名篇《喧哗与骚动》，它的第一章从一个白痴的视角去叙述，这样故事就显得"稀奇古怪"：零散的拼接、穿插、重复，一切都成了顺理成章。读者就在这种怪异中品咂出特殊的阅读快感，而这种故事是无法传统的——好在作家给了我们一个逻辑、一个的理由，就是让我们事先知道这是傻子的眼光。可是到了卡夫卡那儿，还有马尔克斯那儿，已经完全不需要这样的理由了。作家获得了进一步的解放，手中的故事怎样摆弄都可以了。马尔克斯看了《变形记》以后，就说了一句俏皮话——这句话被大陆上的作家重复了许多遍——我却不太相信是马尔克斯的由衷之言——"妈的，原来小说可以这样写！"

他说的是自己获得了一种叙述自由，说的是解放后的快感。这里面多少能让人嗅到一点夸张的气味。他的"解放"和"自由"当然不会是因为看了一部现代小说就发生了突变。

还有更复杂的叙述——

一个大故事里面套一个小故事，小故事里面还有一个更小的故事，被称为"东方套盒"、"俄罗斯套娃"式。比如说阿特伍德，加拿大女作家，她有一部长篇叫《盲刺客》，就采取了这种方式。这种讲故事的方法在现代小说里越来越多，实际上并没有多少难度——关键是当作家运用这种方法的时候，能在多大程度上与内容紧密结合。这才是最难的。单纯玩弄"方法"的人不少，这只能迷人一时。

俗话说"戏法人人会变，手法各有不同"，关键还得看手段高低。现代主义小说如果只在形式上闹出千奇百怪，那也太廉价了。当然不会这样。它总的根源还要扎在当代生活的土壤里，也就是平常说的那句话："内容决定形式。"仅仅为形式所累，那可能只是创作走入枯竭的一个征兆。

讲述方式和小说边界

德语作家中有个叫穆齐尔的人，他一生的主要成就是写了长篇小说《没有个性的人》。这本书直到他去世都没有完成。就是这部"半拉子工程"，却倾倒了许多作家——法国作家米兰·昆德拉不止一次赞叹；还有一次世界众多作家参与的佳作评选，这部书是得票最多的。法国女作家杜拉斯也不吝言词地给予夸赞。可我们一般读者几乎没法读它，会嫌它冗长啰唆，情节游离、淡弱，简直不像小说，而像思绪片断、哲思笔记之类。它当然对深邃曲折的人性有深入的表达，有思想的幽深。可是如果不是抱着学习哲学和科学著作的态度去钻研，这本大书读起来就困难了。

可能令作家们折服的不光是这部书的思想与艺术的深度，也还有勇气和耐心之类，更有那种牺牲精神。大的文学试验是孤注一掷的，从《追忆逝水年华》到《尤利西斯》，都有这样的勇气和牺牲精神。他们大半在有生之年收获不到荣誉，有时连出版都困难。后世的赞扬如潮水一般，那等于是迟来的补偿吧。大家一起夸奖一个不计世俗回报的"革命的傻子"，既与己无害，也说出了行当里的真谛——这样的文学实验确实推动了小说艺术的发展。

在小说当中植入一些特别的因素，这不要说十九世纪的外国小说了，在中国古典当中也不少见。我们都知道中国传统小说动不动就来了诗，写一句"有诗为证"，然后吟上一两首。作家这时候的诗可以是贴紧了作品的，也可以是游离的。许多时候作者大写一通，无非就是为了显示自己的诗才。《红楼梦》里有很多诗，还有理论的抒发——曹雪芹对人情世态大加感叹，写起来没完没了，有时扯得相当远。这种诗和议论的插入，和当今的现代小说相类似，只不过现在做得更大胆更无所忌讳罢了——现代小说中另类元素的加入更多了，篇幅更大也更自由了，再加上特别的调度，使它进一步具有了结构上的意义。

有两位俄罗斯作家，他们是在作品中大发慨叹的好例子，即大文豪托尔斯泰和陀思妥耶夫斯基。读了《战争与和平》和《复活》，那些大段的议论令人难忘。读了《卡拉马佐夫兄弟》，那些关于宗教的长谈一页接一页下来，可能也是空前绝后了。他们这些做法与通俗小说大为不同，因为更酣畅淋漓，也更为服从于心灵的要求。这在客观上启示了他人：小说竟然可以这样写。其实从那时起，他们已经大大地扩充了小说的边界。

但无论是俄罗斯古典作家还是中国传统小说，说他们在结构上别具匠心，在讲述方法上有了突出的创新，还有点言过其实。这还要等许多年之后，等小说这驾大车一点点驶入现代才行。所以说前边讲的穆齐尔和乔伊斯那样，像他们那么无所顾忌地在形式上大幅度开拓，是不可能发生在畜力车和蒸汽机车时代的。这要等待工业革命和现代科技再度发展、城市化进程大幅加快的时候，精神及艺术领域里才能出现的某些东西。

离我们更近的一个例子，是不久前出版的库切的长篇小说《凶年纪事》。这部小说的结构好像奇特而又机械呆板：它分成了三个版块，直接就在每页纸上横着来了两条直线，就这样划出了三大块。他像略萨一样同时呈现几个板块，可是比略萨更加不事掩饰。

它的故事讲一个老作家受雇于一家出版公司，要口授一部言论集，老作家为此雇了一位年轻美丽的少妇为其打字——这个设计可见不错，很有"戏"，如果想象一下，里面会发生许多有趣的事。当然要发生的，因为小说不会老实。

问题是怎么发生、发生了又怎么讲述？这才是我们今天要谈的。一般的小说家，一定会在他们二位——就是老作家和美丽少妇身上打些主意，比如编出一些老少恋之类；再走得远一些，编出一些更离奇的事情——变态与阴谋等等，这都是可能的。

我们看下去，库切果然没有脱俗，因为二位主人公之间真的有了性的东西掺和进来：开始是意淫那一套，后来又直接说到了爱情什么的。总之不出所料。

出乎我们意料的是库切的"讲述方法"：他在纸上用直线画出的三栏中，最上栏的"主体"部分竟然不是用来写各种有趣的事件，而是直接写了老作家受雇公司后的工作成果——一些言论。这就是说，我们正在看的小说的主要部分，是一部"理论随笔集"。这个方法可能有些悬。这些裸露的"思想"虽然不能不说是深刻和别致的，而且我们也知道它们是怎么来的——它是老教授所为，是他干的活儿，是由他雇来的美丽少妇打印整理出来的。

那么这期间少妇和老教授还干了些什么？他们二人工作的一些情形、更多的细节，不是更适宜作小说的内容吗？

好在库切总算给了我们一点满足，他在下面两栏里就写了二位的对话、交往、性想象，以及女友的男人怎样骗走老教授的钱——至此，传统的小说元素出现了，我们这才舒了一口气。这三个栏目不用说是有内在关联的，互有因果，并非随意拼凑而成。不过他的这种组合不由得让我们想到了作家本人即库切的职业：大学教师，而且是芝加哥大学"社会思想委员会"的成员。索尔·贝娄生前好像也在同一所大学任该职。那么库切将自己的职业成果，再加上一点小说的因素，糅合到一起就成了一部长篇？事情就这么简单？有人可能觉得这也太过分了，是不令人信服的做法。

的确，这部小说当中至少有超过三分之一的篇幅是理论和感想。对照前面穆齐尔的思辨和米兰·昆德拉在《生命中不能承受之轻》中的"误解小词典"，库切等于是更加"大撒手"了，有点不管不顾。

　　他的这个结构方法不仅看上去有点笨拙，而且还有点"夸张"。读者会想：干脆写成不同的书得了，分别出一本文论集和一本小说不是很好吗？为什么要把不同的东西硬是挤在同一本书里？再退一步问：这真的是一种特殊的讲故事的方法吗？少妇和老教授之间的故事有些老套，无非是女的很漂亮，慢慢对教授有了一些好感，有了一些情感的交流——尽管直到结束时还没有发生多少实质性的爱情……看来看去，故事里有点不同于以往那些小说的，不过是插入了一点与现代科技有关的东西：女的住在同一座楼里，男友是电脑专家、金融家，那人通过软件程序捣鬼，弄走了老教授电脑里的存款……

　　看到最后，我们会觉得库切的主要热情还是在"随笔部分"，他显然是将其当成了全书的重点：关于世界的很多看法，像伊拉克问题，布什，恐怖主义，双子塔，巴勒斯坦问题，全来了，一段段文字读起来有特殊的个性深度，让读者觉得不虚此行——读书说白了就是要有所得，那么我们起码在这些散论文字里得到了一定程度的满足。这样一来，由于有了下面两栏里的爱情之类，又勉强算是一本"小说"了。可见小说的边界被他有些生硬地扩大了许多。

　　它的故事与第一栏里的东西——这是主要的部分——形成了色彩上的极大反差。说到"小说"，我们对二三栏里的叙述会是比较习惯的。作家一旦到了直接站出来论说的时候，常常就有问题了。当年的海明威读托尔斯泰，常常失望，恨不得站起来堵住老伯爵的嘴，让他少说一点。可是海明威并不见得从深处理解了托尔斯泰的伟大。托翁一旦激动起来，哪里还管什么小说的边界。

再说，小说的边界又是谁规定的？

如果我们能够进一步"解放思想"，忌讳就会少得多了。现代写作和阅读都变了，这种改变不是一下发生的，而是一点一点演化的。到了今天，小说的叙述方法简直是无所不用其极，它有了无限的可能性。就是说，小说走向了现代以后，它在文体方面的边缘正在不断地、以前所未有的速度扩大着。

一开始我们的小说主要是讲故事，古代的小说，传统的小说，基本上都是这样。那个时候诗和散文的地位是很高的，因为它没有那么多烟火气，非常雅致，文笔也讲究。小说只讲一个通俗的故事，满是俚俗趣味，所以地位低下。一般中国传统的文人并不做小说。习惯上把文学比作是一个塔，小说是压在最底层的，烟火气也被看成低贱气，充其量是些世俗故事。再往上是戏剧一类；接上就该是散文了，诸子百家等。最上一层当然是诗，这才是最高级的东西。中国古代的士大夫阶层不写小说，他们不会咀嚼"破烂故事"，而是要写诗……

李白、杜甫、苏东坡、韩愈、范仲淹，都是诗和散文大家，这跟自己庄重的地位、跟那种庙堂气比较谐配。一些皇帝也写了那么多诗，可见写诗是很有身份的事情。诗的含蓄性、概括性，对文化、对个人修养方面都有极高的要求；散文也差不多，记事说理，很雅。而小说只是讲了一些故事，这似乎并不具有难度，而且缺乏高级的趣味。

可见这种所谓的高低贵贱的分野，只是那个时候的标准。到了现代，这种所谓的宝塔式分层的认识，很快就被打破了。到了今天，有人甚至将这个"塔"倒置过来：小说不是最低的，而是最高的——因为小说里不光有诗，还有理论和散文，有戏剧和历史；小说边界无限，疆域无限，里面要什么有什么,已经包括了其他种种。相反认为写诗倒是很容易的:谁都能来几首,写诗的比读诗的还多。有时候诗可以是谁也看不懂的东西,句子胡乱组合起来就算。有人曾开玩笑,随便找上一堆书各摘一句,排列起来送给一个诗评家——对方大呼,问这首现代杰作是谁写的?简直太妙了!

这是一个恶作剧。其实现代诗的问题非常复杂,诗歌阅读的减少,除了文本自身的缘故,更有社会体制和国民素质等等诸多原因。真正的好诗是极难产生的,它始终是、仍然是一个民族永恒的文学指标。

现代小说的地位确实很高,但这并不是因为商业化的原因,而是其品质发生了改变。这里的小说专门指"纯文学"(雅文学),它的诗性和哲思,已经远非以前的传统小说可比的了。现代小说的"雅""俗"界限已经分得很清,"纯文学"作家与通俗小说家简直是两个不同的行当。这种品质的变化很大程度上是依仗边界扩大形成的。过去的小说边界如果直径有一百米,后来已经膨胀到了一千米,直到今天还在不停地膨胀。现在谁也说不准它的边界到底会有多大。

小说的两种节奏

虽然都是讲故事,雅文学和俗文学有完全不同的讲法。如上说的那些现代方法,一些千奇百怪的试验,俗文学可不可以使用?很难回答。通俗小说或许也可以吸收一点现代小说的讲述方法,但不会是主要的。一般来说它不允许破坏原有的线性结构,不允许随意镶嵌和跳跃——运用"东方套盒"?

"意识流"?这样的玩笑开不得,这会失去大多数读者的,没有了大众读者,没了广大民众的"喜闻乐见",通俗文学的生存基础就抽掉了。

有人会说:通俗小说讲故事要求快节奏。是的,但从另一个方面来看,雅文学要求讲故事的节奏更快——也正是因为这个"快"字,它才成了雅文学。有人可能会说你弄反了吧,雅文学是慢的,通俗小说才快,比如看武侠和言情小说,它的故事曲折多变,稍微一慢就读不下去了。

那就让我们分析一下吧。

我们前面说过,故事当中起码包含了"情节"和"细节"。而"情节"是要依赖"细节"的。没有"情节"不走,没有"细节"不圆,它们相互补充着才能把故事讲下去。一般说"情节"是容易叙述的,它很外向;"细节"得有描述的功夫,它比较内向。故事在小说里其实是表现为不同的两种节奏:两种节奏在书中并不一致。我们不能说一本书的"情节"快了,它的"细节"就一定快了——有时还正好相反。

以通俗小说为例,拿出一本小说来看,一两个印刷页面里的故事转折——也就是所谓的"情节",平均能发生一次也就差不多了。所以说这样的书可以读得很快,快读并不会漏掉什么,因为我们关注的只是"情节"——慢了完全不必要。一两个印刷页的文字才有一处大的情节转折,所以从文字行走的速度上看,真的是太慢了。读者不得不快些翻阅,因为实在不愿顺着缓慢的文字往前读。

这种文字的慢节奏,是显而易见的。

可是如果打开一部杰出的纯文学作品,比如《红楼梦》,每一处文字几乎都让人不愿放弃,这是语言和细节吸引人,是它有意思。它的文字在行走的节奏上是快的，阅读时要紧紧跟住，无法往前急赶。我们这里说"细节"也许不准确，而应该说"细部"，因为吸引我们、调度小说节奏的，不光是细节，还有语言本身，有说话的方式等等。

还有一个好例子是索尔·贝娄的小说，比较一下他的作品，就更加明白这个道理了。《洪堡的礼物》四五十万字，很厚的一本书了，可是只写了几天的事情。但我们会一直被它所吸引，这吸引力不是来自曲折的大情节，而是细部，是语言，是局部的转化特别频繁——大概在一个印刷页里就有四五处足以吸引你的地方。如果没有那么多细节的摆渡，大的情节转折就会显得空洞苍白。在细部，在局部，它特别密致，刺激，转换灵快。

比如说通俗文学吧，它在走向情节转折的时候并不需要更多的细节，也不需要吸引人的局部，只为一个大故事负责。在语言叙述方面，句子也比较平直。那些武侠小说、言情小说和社会批判小说，语言大致是这样的。这不是因为作家的叙述能力不够，而是讲故事的方式决定了必须要采用较为平直的语言——如果叙述语言不停地跳跃，读者就要不断地调动感悟力和人生经验去重新组合拼接，去玩味语言和细节，对情节的注意力也就被转移了——这并不是作者的目的，不是他希望看到的。

同样的道理也在公文写作中体现出来。比如说机关里的文件，就不能用过多含蓄的、幽默的语言去描述，而只能使用特别规范的常见语，词汇太生僻、太深奥都不适宜。但文学作品的含义有时要模糊，不能太直白，要给读者留下想象的空间；公文就不同了，一是一二是二，必须表述清楚。这种语言应该是直线的，不能是曲折跳跃的。它使用的词汇必须是大家都熟悉的，知道它的内涵外延，概念要准确。于是我们会发现一个有趣的现象：作家们使用的语言，一些新的词汇和造句方式，大约要停一两年抵达新闻媒体那里，再过三五年甚至再长一点时间，才可以运用到公文中去。

词汇周转运动的轨迹大致是有规律的：从作家那里起步，最后回到公文——在新闻媒体和公文之间还有一个环节，就是民众，要在民众当中使用一段之后，才用到公文里。所以说，一个时期有一个时期的语言套路，这个套路最开始的时候还是出自作家，那是创造源。有人说群众才是创造源啊，当然，但从提炼和形成、一直到运用，还是需要作家。

一般来说，大的情节转换是外部的直观的，所以我们用不多的语言就可以讲得清一本书写了什么故事。而细节和局部就复杂了，它很内向，我们几乎难以复述。可见一本书同时具有两个节奏：不妨叫作"内节奏"和"外节奏"。从这个意义上说，通俗小说的"外节奏"是快的，即平常意义上的那个"故事"是快的；可是它的另一些东西是慢的，那些细部和局部里的东西——语言调度、细节频率——是慢的。纯文学小说正好跟它相反，它外部的直观故事比较简单，一点都不复杂，有时候几句话就可以讲得清楚；但是它的细部、细节调整得很快，也就是说，它的"内节奏"是快的。如果一部纯文学作品的"外节奏"太快，超过了一定的速度，一定会损害它的品质。

刚才说的《洪堡的礼物》只写了几天的事情：好朋友怎样出名、怎样疯掉，"我"怎样后悔内疚……故事十分"简单"。但里面穿插的一些小故事、一些细节让人眼花缭乱，不能挪动眼睛，恨不得每个字每个词都盯住，看得过瘾。总之读者被紧紧地吸引住了。讲到"故事"，从大的方面看世界上也就那么几个类型，无论编得怎样巧妙，无非就是生老病死、欺骗、忠诚、爱与伤害，是这些东西。但是"故事"的褶缝里，各种千奇百怪的、永远也让人想象不到的、人性中最偏僻的角落里藏匿的那些细节，却是永远也说不尽的。

归总来看，衡量一个纯文学作家讲故事的能力，更多的不是看"外节奏"，而是看他的"内节奏"——越快越有难度，也越是吸引人，作品也就越是杰出。

被一再压缩的"故事"

一般来说，小说家必然是讲故事的高手，不会讲故事，还怎么写小说？可见这是个常识。不过也就是这种"常识"让不少写作者产生了误解。对于"故事"及其意义，纯文学作家与通俗作家的理解和要求是不同的。都在讲故事，讲法上差异很大——通俗小说是属于曲艺范畴的，主要功能是娱乐，虽然也"寓教于乐"。它需要群众的"喜闻乐见"。而纯文学就不是这样，它主要还不是娱乐。如果一部纯文学作品一味强调群众的"喜闻乐见"，那就糟了。

历史上的文学名著，百分之九十以上不是一出世就让群众"喜闻乐见"的。杰作总是留给了时间，它在获取读者的数量上一定需要相应的时间才行。不用说一些极端的例子如《尤利西斯》《追忆逝水年华》《没有个性的人》之类，就是《红楼梦》和鲁迅的书，在问世之初也不会风行吧。

现代小说越来越不追求"故事"的膨胀，相反倒是不断地压缩它。而它的细节、细部却在扩张。大的情节转换时，只简单交代一下——好比从一个部门到另一个部门去报到，开封介绍信办个手续就行了，到岗之后就得一件件处理具体的事务了，要求真求细。这又像一个大口袋，里面装满了东西——那些精彩的细节就像一颗颗宝石和珍珠，装成了一个个大袋子。这些袋子怎么办？就放在那儿？这当然不行。结果作家就做了许多"钩子"，把这些袋子连到了一起。"钩子"相连接的部位就是"情节"，可见它已经给压缩成了这么简洁。

而通俗小说好比一条从头至尾环环相扣的锁链，匀称、漫长，阅读就是顺着这条锁链摸下去。

现代小说开始的时候，某些作家只是将通俗文学的"链子"截得短一些，并且时不时地停下来，开拓和经营出一个个空间，在里面塞上一些精美的宝物，好像金银细软一类。后来这种金银细软多了，仅有的几个空间放不下了，于是就进一步想出办法：做成一只只大口袋，把许多好东西都装到里面，最后只把口袋用情节的"环子"和"钩子"连起来。

不连起来不行，那就没有情节了，也就不再是小说了。所以说像库切这样的"口袋大家"，最后还是要将不同的"口袋"连接起来，因为他写的是"长篇小说"。他的一个个大"口袋"里，我们得知一些装了"理论"、一些装了"感想"、一些装了"情趣"和"爱欲"之类。他还有个不同的地方，就是为这些"口袋"建了不同的仓库，垒了围墙（在页面上画出两道直线），将不同的"口袋"贮存在里面。

前边讲的《扎哈尔词典》和《跳房子》，一堆环扣、一个个"口袋"就摊在地上，让读者自己去随意连接。这或许有些麻烦，可是世上的读者是千差万别的，有人可能愿意这样做。

《红楼梦》与一些言情武侠小说不同的，就是大的故事（情节）被压缩了，而装精美细节所需要的大"口袋"准备了不少。越是杰出的作家，这种"口袋"越是结实、越是大——小了盛不下东西，不结实就会被撑破。

还有"钩子"和"环扣",更是需要结实,因为不结实就会折断。所以到了现代,作家们使用的材料就更是先进,让强度大大提高。作家的基本构筑材料是语言——超强的语言能力被视为成功的首要条件。

一般的语言能力无法经营出一部现代杰作,因为现代建筑对材质有个基本的承重要求——越是大的重量负荷,越是需要超强的材料。

现代小说与传统小说相比,对作家语言文字水准的要求已经变得空前严苛。小说家当然是故事大家,但这不是一般意义上的讲故事——它首先要求作家是一个"宝石"和"珍珠"的收藏家。就是说,作家要具备调度语言和描绘细节等方面的高超能力。

本单元的讨论

结构主义／传统小说与现代小说／大故事与小故事的区别

一个故事中如果包含了另一个故事、不同的故事,就算现代小说中的"套盒"或"结构主义"吗?也不一定。因为传统小说中也有这样的情形,像西班牙小说《堂·吉诃德》,一个大故事中就有许多旁逸斜出的小故事,它们连缀得密密麻麻。但这仍然不算是现在的"套盒式"或"结构主义",因为它的叙述仍然是线性的,那些小故事的穿插并没有打破这种性质。它的小故事仅仅是缀在那个大故事上的,还是一种传统叙述。

现代小说里不同的故事,一个"套"在另一个当中,它本身却会构成一个较为独立的板块,在结构上有一种共生和支撑的意义,有一种同时敞开的性质。比起传统小说,同样是大故事引出的小故事,现代小说的"小故事"独立性更强,而依附性较弱。有时候这故事一出生就自由成长,长到了"分庭抗礼"的地步。传统小说中大概很难找到这样的例子。

这就好像在传统的家庭中,不太可能让子女有更多的自主性一样——婚姻之类的大事要由家长说了算。而现代家庭则是另一回事了,这里的子女是相当放任的,可以跟父母开过火的玩笑,可以顶撞——这在传统家庭里一定被视为大逆不道。现代小说中的"结构主义",其故事的讲述非常洒脱自由,一些"小故事"很快就不守规矩、自立门户了。比如前面说过的略萨的那些分支故事,一个个写得很是饱满、敞开和独立。

而通俗小说是不会这样运用"结构主义"手法的,它即便没有"花开两朵各表一枝"和"且听下回分解"的标志性套话,也仍然要服从线性叙述的原则,就是说,新插入的故事仍然要由叙述者用一根线牵住,它不太可能走远或者放飞。而在"套盒式"作品中,就是要让不同的故事荡开一点,尽可能获得自身的独立性,形成一种结构关系。我们在分析一部作品时,对它"故事中的故事"绕不过去;可是在传统小说中,大故事下面的小故事完全可以忽略不谈的,因为它们并不影响结构。

尝试的必要性/貌似传统的人/新故事与老讲法

有人尝试将讲故事的方式复杂化——经过了这种训练,再回到某种单纯,这和原来其实还是有些区别的。有时现代主义作家也转而写起了"传统"的小说：故事有头有尾，老老实实地一路下来。不过仔细看一下，那还是不太一样。他讲出来的"传统小说"还是有些怪异。

为什么鼓励大家去做一些叙述方法的实验？就是倡导探索，使讲故事的方式真正获得自由和解放。当代作家不甘在现代小说的试验场里落伍，不想做个旁观者，而要当一个参与者。你可能很不喜欢那些形式上花花色色的试验——说实话，我也谈不上有多喜欢；可是即便这样，我们也没有理由蒙上自己的眼睛，来个"眼不见心不烦"。试着走一走完全不同的道路，也许会找到一个更好的方向。

有没有现代主义的技术训练似乎真的是不同的。有个朋友写了很多小说，试验了很多讲述方法，但到最后运用最多的还是老方法，即按照故事的发生发展高潮结尾——这样一路写下来。但是细细观察我们会发现有了一点不同，就是他的所谓传统结构、叙述方法，变得更灵活也更大胆了。他现在其实只是一种"貌似传统"。没有办法，现代的小说因子已经进入了他的血液。

他掌握和实践了那些现代叙述方法，等于是多了一些手段。他变得更从容了，文笔调度更有生气，也更主动，不再被情节牵着鼻子走了。而传统小说的情节是很容易就把作者牵着鼻子走来走去的，让他腾不出手来干更重要的事情。现在他获得了更多的解决问题的办法，技能提高了，有了改造和支配故事的热情。

我们如果像阿根廷作家博尔赫斯那样，在短篇小说中进行一些技术实验，既有趣又困难，但不妨试着做下去。在大陆文学新时期的前十年中，个别作品是有拉美范本的——当时这样做的人极少，人们会觉得新鲜。后来由于市场化了，这样的小说难以卖出，成了真正的"小众艺术"，于是就被放弃了。这也令人遗憾。如果有勇气继续往前走，那么最后的格局也就不一样了。

有人说卡尔维诺和博尔赫斯等人是讲故事的天才——我倒不这么看。他们的故事并不吸引人，所以是不是这方面的天才还要再说。要说天才，他们是小说技法实验的天才。或者就因为不能用传统的方法讲出与十九世纪大家们相比的故事，这才另辟蹊径吧。说白了，不过是被逼无奈而已。事实上文学走到了二十一世纪，小说叙述已经面临绝境。尽管新时代有新故事，可是再新的故事一直用老套路去讲，也会让听者厌烦吧。

脸上抹油彩的形式主义／中国传统的生长／今天的"有诗为证"

说到形式的创新，也极有可能是为了创新而创新，比如这样做并不能使小说的内容有什么改变，也不涉及情感和思想。这样做，刚开始出于学习的目的还好，但最后要以它立身是不可能的。这毕竟是"小道"。如果写作时间很长了，还想在形式上标新立异，去引起读者特别是评论界的注意，多招点议论，那也大可不必。怪异招眼，这是自然的。比如大家都这样讲故事，突然有人采用了奇怪的方式，那就很有可说（评论）的话头。一个漂亮的人在街上容易被人注意；如果是个平常人，在脸上涂上了油彩或留了很怪的发型，也会有很多人去看。

小说也是这样，奇怪的形式会增加回头率。不过最后究竟如何，还是要看内容。我们今天一直在讲的是另一个问题，就是技术的学习和试验，目的为了增强表达力。传统小说发展了几百年上千年,一些方法已经被反复运用过,于是作者就打不起精神,创造力被压抑了。的确,新的方法对创造力是一种激发和解放,所以从这方面讲,形式创新就有了意义。

但是,这种创新的源头在哪里?仍然是生活本身。现代科技和其他艺术的发展都促进了小说艺术。比如说电影戏剧的一些元素,都会启发和影响到文字的表达。原来文字的那种线性呈现方式,不足以表现人的现代感受和欲望。有人指出大陆的某些长篇,谈到"结构主义"的影响——不搭界的两条线索同时出现,就使用了镶嵌的方法;而且它们之间又常常出现一大段散文诗——这是借鉴了中国古典小说的"有诗为证"。中国传统小说写到一个地方,作家就会赋诗一首,这些诗章与全文当然会有某种映照关系、有些结构意味。

可见现代文学中的方法实验,不必全部来自西方文本。西方的现代主义是从历史上发展而来的,中国的也必然如此。如果我们从中国传统小说中挖掘,也会发现一些"现代主义"的生长点。《红楼梦》中的梦幻虚境、敞开的诗词作品、繁多的中药方剂,以当时的写作观念来看也算胆大妄为了。可见名著单单从试验的勇气上论,也会是强大的。

让气韵与故事贴在一起／肉体和灵魂／对人本身有了大感情

写作之初,常常更多地着眼于情节。不过这种编造故事的热情太大了,也会带来其他问题。工作的重心移到了外部,只想着能有一个吸引人的故事,对语言和细节就会偏离和疏远。这样久而久之,会走上另一条道路——比较通俗的写作。

作者把注意力放在编织一个千奇百怪的故事上，越编越离奇，最后就难免陷入一个套路，因为大故事也就那么多。不如把注意力移开，大致想一下人物的关系和格局，专注于细节，渐渐进入一种意境，让它把整个篇章笼罩起来——这就抓住了作品的气韵。作品的气韵与故事贴在一起，故事才能飞扬起来。讲"气韵"有些虚，它不像情节、细节等概念这么实在，但却非常重要——故事一旦丢失了气韵，与气韵分开了，只能是通俗的、一些用来组装的零部件。气韵给了故事灵魂，故事就活起来了，它会在发展中变得出人意料。相反，那些没有灵魂的故事最容易走套路，因为它要靠作者费力地组合。

"气韵"到底是什么？怎么理解和把握？这就像"意境""诗境"，只能靠我们在心里感悟它。文字可以描绘出颜色、气味、声响，当然也会有"气韵"。"故事"是实的，"气韵"是虚的，就像肉体是实的，灵魂是虚的一样——可是后者一旦失去了，那么肉体就没有什么用处了。平时我们只看见肉体，看不见灵魂，可见最重要的东西要靠感觉才能知道它的存在，要"神遇"而不是"目测"。那些失败的、庸俗破烂的故事，等于是没有神采的一具躯壳。

不妨多想想人物。当面临一个活生生的人物时，心里将会产生一些喜悦、愤怒或爱。围绕这些，情节的大门一下就打开了，而且不以原来的设计为转移，会滋生出完全意想不到的转折方式。为什么？就因为你爱着、恨着和牵挂着这些人，对人本身有了感情。这些人要生存要行动，这就把整个的思路给激活了。这时候再讲述他们的故事，就会发现他们个人独有的情感方式，而这些正在帮助你形成一些新的格局。如果反过来，只把工作的重心放在大故事上，只想这个人爱上谁了，遇上谁了，谁死去了——想来想去也就那么多，人世间的故事大致如此。可与此同时，你忽略掉的却是一些最重要最本质的部分——人的情感，人性的奥秘。你让那些故事的老套路钳制住了，也就失去了迷人的细节和局部。

新闻与文学的区别／重要的语言训练／写作是一个盛大的节日

谈到新闻工作对文学写作的帮助，不少作家都有体会。海明威和马尔克斯都干过记者，他们说当记者有好处，可以获得重要的语言训练，把故事讲得简洁准确，对事件做出快速反应。他们还谈了不少做新闻的经历来加以说明。话是这样讲，他们身上毕竟还有远远超出新闻记者的特技和才能，比如说想象力、语言技巧等等。

新闻记者写一个故事，语言上似乎排斥文学语言的夸张和过度感性，要直接准确地去呈现那个场景和过程。你得用民众能够接受的语言加以表述。而文学有很多想象的成分，这想象不仅从情节开始，而且从语言就开始了——他一下笔就不太一样。他的语言富有想象力，这语言也许不适合用来直接传达。柏拉图曾经说过：我如果能够配得上"诗人"这个称号，就不能用描述的方法，而要用想象的方法。他的意思是原原本本地描述一个事物，并不是诗人所为，"诗人"要呈现并不存在的事物，要依靠想象。

诗人是这样，小说家如何？小说家有诗人的特性，却不完全是诗人。所以有一个英国文学家说了一段话，令人印象深刻：怎样才能写出杰出的小说？无非就是具有新闻记者那种逼真的记述能力、对于现场的敏感记忆，同时还要有诗人的幻想能力。可见这两个"能力"必须都要强。

作家的这两种能力，在整个讲故事的过程中要交错使用，相互补充，二者要协作良好。好的小说家大致是这样。作家讲故事离不开场景，具体到一个场景，需要有新闻报道一样切实描述的能力。刚才谈到的一部当代长篇，开篇写群众保卫家园的一场械斗：事件怎么发生，人物怎么出动，带着什么武器，怎么进攻，对方怎样反击，以及后来上面怎样捕抓"案犯"——这都像新闻记者的现场报道；但换个角度讲，它又是一种讲故事的手法。

新闻写作的干净、准确、及时、清晰，都是作家所需要的。如果一个作家连一个事件的前后过程都讲不清楚，当记者也一定是蹩脚的。作家比记者多了一点的，是想象的权力，是透过一个真实简练的故事去发掘背后的东西——那可能是更大的一沓子，比事件表面罗列出来的要多一千倍——这也是作家所要完成的工作。

作家有时只看了很小的一则报道，最后却能演化出很长的一部小说。新闻记者有机会接触第一手资料，那是新鲜的、千奇百怪的。所以有人就说，我现在为什么要读小说呢？社会上发生的各种故事比作家编出来的还要复杂，根本没有必要再看小说了。这儿他忽略了一个问题：读小说可不光是为了得到一个故事，而是接受更为复杂的生命信息，包括审美的快感、迷人的语言艺术、智慧与思想的撞击所引发的阵阵惊讶……杰出的小说要满足人的东西很多，它不是新闻报道所能代替的。

小说要使一个故事下面的东西浮上水面。作家面对社会上发生的那些新闻，会有许多联想和升华，焕发出深刻的迸发力和想象力，最后呈现出更个性、更偏僻的东西。比如马尔克斯的《霍乱时期的爱情》，他谈到写作过程时，说有一天读报纸,发现了一则小小的消息:某个旅游胜地发生了一起凶杀案,一对八十多岁的老恋人在船上被强盗用桨打死了;这对恋人每到了这个季节就要来此幽会……作家看了这则新闻深深地震惊,感慨万端。

是怎样的一种力量让两个老人难以放弃幽会?八十多岁,爱情却没有苍老。多么悲惨的结局!马尔克斯由这个故事调动了多少情感和想象。幸亏那只是一则小小的消息,它如果讲得过细,就会限制马尔克斯的想象力。结果,它最后在作家这里编织成多么迷人的一个故事,使用了三十多万字,写出了一场波澜起伏的大爱情——我们读进去,会感受一个作家的幸福——阅读中所感受的,还远远不如创作者劳动当中所获得的几十分之一。这场劳作对于他是非常盛大的一个节日。所以作家在写一个好故事、一个特别有魅力的人物、一些迷人的细节时,那种快感是没法用语言表达的。写作的确是自我享受的一个过程。

作家的个人经历／人性手册、思想标本、语言范本

有人常常问:写作中的个人经历要占多少?我想大概要占百分之九十或百分之零点五——作品中差不多全是个人经历,又好像全都不是。为什么?就因为所有的故事、几乎所有的人物命运、心理状态,都必须借助个人的经历和经验去表达。它就像一棵树,要发芽生长就得有根,这个根只能是作家自己的生命。作家无论写了多少,其实从某种意义上讲无非都是在写自己。离开个人经验就没有他人的经验。但是从另一方面讲,作品中的每一个人物、

每一个细节,都要摆脱真实的自己;也就是说,它们全都要经过重新创造,才能归到小说所需要的那个语境和场景之中。这样一来,一切都不再是作家自己了,他已经消逝在茫茫文字当中了。

……

大陆文学面临着社会转型,要应对商业化,所以一定会加大娱乐的成分。有一个电视台提出了一个口号:娱乐为王。但是在"纯文学"这里,可能主要的还不能是娱乐。它输送思想、语言艺术及其他。有时候看一部好小说,获得的教益和快感是很大的。比如说我们要读一部历史书或数学书,首先想到的不会是获得娱乐的满足,而是要抱着学习的态度。看文学书籍也差不多。纯文学在很大程度上是人性手册、思想标本、语言范本。写作者自己也不是抱着娱乐大众的目的来工作的,这一点和通俗文学是不一样的。

现在这个商业化时期,纯文学作家也会追求商业成功,要卖得好,并且不断被市场说服。商业主义也会让评论家乱性,忘记了自己的基本使命:他生来要和作家一起,冲破商业主义迷阵的。

学习和移植／探讨力和追究力／描述大故事的能力

探讨人的问题就是探讨社会的问题,社会是人组成的。可是有时小说中人的故事竟然独立于社会,这是可能的吗?当然不会。但在个别作品中也有这个倾向——这大半是作者处于模仿的时期,他要像某些范本那样结构一个曲折的故事,而这个故事又不是来自个人经验。有人在写作之初尝试着将二者嫁接起来：将书上学到的一些故事或人物移植到生活中。这时的生活只成了一种符号。

生活对于人和故事，就像土壤对于植物一样，是生长的基础，是生产的母体。土壤能够培育。有人可能说，既然这样，那么从书中学来的故事和人物，移植到生活中去，不也和植物移栽差不多吗？就算是这样，那也有服不服水土的问题。再说这种比喻也不贴切，因为文学土壤的生长是一个不能间断的过程，文学表现的就是这种生长的过程。

有人从其他书上搬来一个故事、一些人物关系，然后将故事发生地换掉了，把人物生活的环境换掉了——这先不要说有没有抄袭的问题，仅仅就创造来看，也是荒谬的。

有人将故事和人物游离／隔离于社会生活，当成一种所谓的写作手法。这是无稽之谈。作家离开了对社会和人生的强烈关注，没有忧虑和牵挂，没有责任感，其他是谈不上的。写什么故事塑造什么人物，是由人的器局决定的。"器"是器具的器，指贮备空间；"局"是格局。作家的经历不同、家世不同、品性不同，包含力就不会一样。有时谈风格之类，都不能脱离人的器局。所以一个好的写作者，首先要有一个大器局，这样讲出来的故事、描述的人物，都会是不同的。

有的作者过一段时间就会枯竭，讲故事的能力明显下降：他心里装的故事就那么多，再生力不行。这与人的经历是有关的。从小没经历多少事情，只靠看书和听人讲，最终是不行的。如果一个人有复杂的阅历，有深厚的人生经验，那么他即便原有的一些故事讲完了，心里还会再生，会源源不断。

从这个意义讲，年轻写作者投入生活的认真态度就很重要——当然生活是无所不在的，生活是各式各样的、表述也是各式各样的；但无论如何，尽力去理解生活，关心眼前和过去，从小养成一种探讨力和追究力，当然是最好的。令人不安的是，有的因为年轻或别的原因，写作越来越从"社会"层面退开，往"人"的层面接近，只热衷于写"人"的故事——殊不知人和社会是血肉相连的，它们本来就是无法分离的。还有，从外部空间退到内部空间，写斗室写内心，描述对象越来越缩向内部；再不就是幻想神秘的星河、天外……道理一样，就是远离了现实——缩向内部、缩向内心，这是网络时代的痼疾。

当代文学有些不舒展，对大自然丧失了关怀力和表述力，视野狭窄。文学关心的东西越来越小，渐渐也就没有了描述大故事的能力。

流动的河水／现代主义不能被固定化、标签化、概念化

现代主义作家写出了一个时代的真实，他们从手法到内容都与过去的经典作家不同。比如说卡夫卡，他就写了扭曲和异化的现代，写出了那只著名的大甲虫。后来受他影响，包括中国作家，写类似的"大甲虫"就太多了一点。

实际上那些关注社会问题的作家，写不写大甲虫都没有关系，在写人性的扭曲和异化方面，都会很现代的。比如说陀思妥耶夫斯基、托尔斯泰他们没有写大甲虫，但在现代性方面，在那个年代里同样是杰出的。现在有一种误解，好像作家越是不熟悉社会生活、底层生活，作品也就越是"现代"——更多地写怪异故事……这只是一种模仿，说到底是一种"老土"。

一些大的历史事件影响了一个民族的未来，给亿万人的心里留下了创伤记忆，会对现在和未来没有影响吗？你关心自己，想没想过自己正生活在一段延续的历史里？真正关心自己就要关心过去。当今的很多问题，实际上与我们没有经历的那段历史紧密相连，无论愿意还是不愿意，都没法改变它。要理解今天就得了解昨天。

　　作家的好奇心表现在怎样对待那些自身没有经历过的东西。命运是一个连绵不绝的过程，从民族的命运到个人的命运，说白了只不过像流动的河水。一条大河无法视而不见。

　　研究讲故事的方法，是为了更好地讲故事。怎样抵达高潮、环环相扣的悬念，都只是方法而已。现代主义因为手法上的晦涩，有时要与商业主义对立，但它不是走到了一个尽头，而是继续发展。现代主义不能被固定化、标签化、概念化。比如说那些曾经极力模仿西方的现代小说作者，其中有的就转向了很传统的叙述，但这种"传统"与四九年前后的那些作家差别已经很大了。可见并不是简单的倒退。刚开始的模仿是稚嫩的，比如在小说里边不加标点，或学学拉美欧洲什么的。那都是外在的符号，真正的现代主义是骨子里的，更多的还是精神层面、思想层面的。

"几零后"不值得惊讶和标榜／告别大家的忙碌

　　对自己没有经历过的一些历史关节，投入相应的精力，等于做功课。我们不可能凡事都去亲历。历史跟眼前的生活紧密相连，与时下的精神潮流发生着重要的关系。寻找那些陌生的东西，理解它，这需要时间。所以一个小说家的阅读很重要，包括读很多历史档案。如果要写、要追究的问题很多，要表达的问题很深邃，写更开阔更饱满的东西，知道的事情当然是越多越好。我们不能用"没经历"来宽容自己。

每个人都是"几零后"，都年轻过，然后都会苍老，这不是个值得惊讶和标榜的问题。时间比我们大家想象的要快得多。如果每一代只关注眼前这么小的一块，人类就没有希望。

需要做点完全不同的事情。你要"另类"，可是你会发现如今都在"另类"，这不过是另一个俗套。说到写作，这不是选择方向问题，而是才华问题——具有了超人的洞察力，就不会去打人海战术，他会永远记住：我们不是一伙的，我们不是一代的，我们不是一帮的，我就是我，我要做自己的事情。

一代人、一代写作者都在忙什么题材、什么方法，这个要留意和当心。我们要告别他人的忙碌，走自己的道路。可是即便这样做，你仍然还要深陷"这一代"之中，因为你不可能不带有这一代的印痕——只是稍稍拥有一点个人的东西，都会很难的。可见不自觉中带上的那个烙印已经很深了，如果还要故意沿着那个烙印去镌刻，就会越陷越深，不能自拔。无论是哪一代，相对来讲都有普遍的词汇、普遍的主题、普遍的内容，我们不过是想法离开一点、尽可能地离开一点。

如果一个五零后或六零后，他热衷于三零后四零后专注的一些问题，这个作家不是很好、不是让人耳目一新吗？

电影与小说／艺术与艺术产品／"包子好吃不在褶上"

　　电影是用画面讲故事的，这与小说不同，小说用文字——注意，是文字，而不是语言。许多人的习惯是，遇到名著尽可能不去看由它改编的电影，读完了不要看，读之前也不要看。因为这个电影会大煞风景，几乎没什么例外。越是好的文学作品越是这样。差一点的，二三流的作品还有可能改编成一部不错的电影，但杰出的作品就永远没有机会了。那是作家极其独特的创造，而且有一万个读者就会有一万个感受。对文字的想象是没有边界的，比如它说这个人漂亮，每个人都可以在自己的想象里完成，结果都不会相同。如果由一个漂亮演员固定下来，无论怎样也还是局限为一个。比如海明威的《老人与海》，电影简直糟透了。其他的也差不多。

　　电影移植小说，这是完全不可能的。电影与同名小说压根就是两个不同的作品。没有一个导演能够把小说搬到银幕上。作家不要指望这个。一个是语言艺术，一个是视觉艺术，相互转化很难。真正的艺术只会是生命个体的独创。而电影是导演演员的多人合作，这就不是生命的独立创作了，所以严格来讲只能是"艺术产品"——即"运用艺术手法制作出来的产品"。

　　三四流的小说为什么有可能改编为一部不错的电影？因为那不是典型的语言艺术，不是生命力强旺的个体创造，那里面的人物和情节元素较容易跟他人达成一致和妥协，于是变成一件比较好的"艺术产品"。《飘》这部电影就很好，换了《战争与和平》，电影会再现原著吗？拍出来，给大众，特别是没有能力阅读的大众，这才是目的。

　　有些商业上很成功的电影，看一看简直拙劣到可怕。因为宣传力度大，引起人们的好奇，反正只看那么一遍。很娱乐的逗小孩玩的东西或根本就没有什么思想内容的东西，更容易轰起来。艺术是思想和情感，是人性，是让人感动，不是高科技展览。真正的艺术品可以是非常朴素的，是人的故事。有的电影搞人海战术，又乱又吵。这是无能的表现。一件作品里没有思想和情感，打动不了人，吵闹只能令人厌恶地躲避。真正的艺术是让人永远不再忘记的人物命运，情感的浓度会非常之高。

朴素的故事也会非常感人，作为一部电影，如果导演没有强大的思想掌控力，那就讲个朴素的故事好了。真实和朴素的情怀就很深刻。

从电影讲到小说，其实都是一样的：那么多现代方法，目的无非是要帮助我们工作，而不是伤害我们的工作。方法再好也要会用，不然就会受到伤害。它无论如何都是技术层面的，是表层的。还要回到内容，回到精神和情感方面——这些才是我们的立身之本。技术无论怎么复杂，它在作家那里还是雕虫小技——但技术又与内容紧密相关，会深深地影响到内容。

胶东有句趣言说："包子好吃不在褶上"，那就是在说形式和内容的关系。好吃的包子要靠好的馅子、好的面粉——如果这些不行，只捏出一溜好看的、花花哨哨的褶子，也是无济于事的。所以我们讲了小说的故事技巧，说到底还只是属于"包子"的"褶"而已。

今天就讲到这里。

二〇一〇年四月二十一日

第三讲：人物

人物是小说的核心

今天我们讲"人物"。

谈到读过的小说，大家都会说出其中的几个"人物"，因为总会有些文学形象留下来，过了许久还是没法忘记。这些"人物"或者感动了我们，或者因为十分独特而令人印象深刻，常常要时不时地回到脑海中，徘徊不去。可见小说中的"人物"有时比我们身边的人、比生活中真实存在的人还要让人难忘，仿佛具有某种魔力似的。今天就让我们一起讨论一下，看看作家们在创造这个"人物"的时候，究竟使用了哪些方法、怎样给他们注入了灵魂，才让其个性鲜明、生气勃勃地一直活了下来。

这里的"人物"两个字之所以需要打引号，是因为作家有时写的并不是一个人，而可能是一只动物、一棵树。但我们不妨把它们都作为"人物"来对待。比如托尔斯泰有一篇著名的小说叫《三死》，就写了三种生命的死亡：贵妇、农民、白桦树。

"人物"是小说着力塑造的形象，作家赋予他（它）们生命，让其有了性格，并且很独特很有趣，最后也就达到了让人过目不忘的地步。实际上给读者留下的印象越深，这个"人物"也就越是非同一般。一个作家有很大的雄心和能力，就会塑造出与以往文学画廊里所有的"人物"都不一样的形象。

这当然是很难的。谁如果做到了这一步，他笔下的形象也就永远地活了下来，读者过了很久以后还要谈论——对作家来说，也可能因此而写出了一部杰作。

我们读小说，常常觉得有些"人物"虽然也算鲜明和生动，可就是有点似曾相识，好像类似的形象在哪里出现过。这样我们就容易将他们混到一块儿，时间一长，一个个面孔也就模糊起来。可见这些形象还不够奇特和深刻，没能更强烈地打动我们。

评论家分析一部小说，常常要从"人物"入手，围绕着其中的几个主要"人物"，从他们的性格和行为中剖析作品的思想和艺术。可见一部作品没有丰满独特的形象，其他也就谈不上了。小说中再高明的见解，最后都要归结在"人物"上，通过他们体现出来。比如说"思想"，如果仅仅是说出来的，是作家本人的议论，那就很难在读者心里生根，也很难打动人。理论文章的"思想"则不同，它是由作者直接宣示的，那是以理服人，不是以情动人，不会伴随着人的情感深入读者的内心。而小说把情和理紧密结合了，将这二者黏合到一块儿的，就是"人物"。

所以在小说的多种元素中，居于核心的还是"人物"。有人问：小说早就现代化了，各种怪异的小说都有，各种精妙的手法都在使用，难道"人物"一定要牢牢占据作品的中心吗？是的，因为只要是小说，就要努力塑造自己的"人物"，这方面暂时还找不到例外。

中国的传统名著中，被人们久久谈论的主要还是"人物"。实际上小说阅读中最容易被忽略的，却是写作者最为重视的那个层面——语言。评价一部小说的时候，谈论较少的恰恰也是语言。至于故事，人们常常要绘声绘色地复述；而对于"人物"，那更是大多数读者不厌其烦的、津津乐道的。

其实写作中学到了十八般武艺，最后总是将其中的大部分收到了"人物"身上：一切都为塑造"人物"服务。如果只有曲折的引人入胜的故事，有好的语言，最后没有一个"人物"使人记得住、没有一个"人物"打动读者，让其历久难忘，那么这部小说可能还不是成功的。

过去有不少这样的例子——一位年轻人读了一部小说，结果被里面的主人公深深地打动了，以至于无论坐卧脑海里都是这个形象，为他（她）的命运感慨叹息。在很长的一段时间里，他生活的中心内容都被一本书里的"人物"占据了。这是何等的力量。这里有一个最极端的例子，就是德国的歌德，他写了一部《少年维特之烦恼》，当时竟然有不止一位年轻人因为读了它而采取了和小说主人公同样的行动：自杀身亡。舍弃自己最为宝贵的、只有一次的生命，这种事情竟然是由于读了一部小说，这可信吗？是的，因为这是事实。

这并不是因为那些自杀者弱智，而是因为他们难以摆脱文学的魅力。这种力量到底来自哪里？当然主要还是来自"人物"。

写作者有时会收到很多读者来信，这种交流中会有格外真挚的情感让作者难忘。老人、青年、孩子，什么年龄段的读者都可能有。他们谈论阅读中的感动，谈得最多的往往就是书中"人物"的命运、命运的曲线怎样与自己暗暗地重叠与吻合——这是最不可思议的事情，是最能触动他人心弦的。每个作家同时又是一个读者，他在阅读中肯定也有类似的经历时，他们何尝不知道这些"人物"是虚构的？但他们同样要感受这些"人物"的感人力量。

"人物"的背后隐下了一只手，那就是写作者的手。

可是我们知道，感人至深的不是作家们使用的写作技术，不是什么方法之类，不是作家的三寸不烂之舌，而是其他。这个"其他"是非常神秘的、不容易说得清楚的。我们知道，自己被深深打动的，如果是一些言辞，那么这言辞是来自"人物"的；如果是某种令人战栗的思想，这思想也要来自"人物"。"人物"分明有自己的灵魂，这灵魂顽强到不死不灭，强大到足以自主行动、不受一切力量约束——甚至是不受作家本人约束的地步。

只有这样的"人物"才会把我们深深地感动，才算真正居于了作品的核心。

原来这个"核心"是读者和作者共同拥有的——作家在创作这部书的那段时间里，也是围绕这个"人物"生活的。"人物"只有具备了这样强大的力量，才会在时过境迁、在远方的某个角落里，产生出这么不可抵挡的神奇，让我们着魔。

其实我们在阅读时，不过是回到了作家写作时的那样一个世界里——作者和读者之间被文字连接起来了，二者处在了同一个时空中。在这个世界里，"人物"是起主宰作用的。

所有杰出的、感人至深的作品，都是这样的情形。

如果作家本人取代了笔下的"人物"，站到了这个核心的位置上，那就是一种"僭越"——作品将不会有超强的魔力征服读者。

给人物说话的机会

作家一般都想让"人物"体现他的思想和志趣，让"人物"替他们表达。这是一种代劳，当然也是"人物"的一份责任。可是这往往又让作品中的"人物"不堪重负，被赋予的重大任务压得跟跟跄跄。如此一来，作家所要达到的效果可能会适得其反。

其实"人物"一旦出生了,就有自己的事情要干,作家这时候等于是他(它)的生身父母,即便有养育之恩,也不能左右和决定一切。就孩子与父母的相处之道来看,小说发展到今天,父母(作者)与孩子(人物)这二者之间的关系不是变得更现代了,而是变得更封建了。因为父母的威权越来越大,什么都说了算:作家在作品中常常是非常粗暴的。

作家为了体现和显示自己的技术和思想,常常把作品中的"人物"推到一边,越俎代庖。如"家长"动不动就"意识流",就不加标点大说一通,或宣讲起高深的理论;再不就做起杂技演员那样的高难动作,像现代结构主义,设置了一些古怪的房间和回廊——结果作品中的"人物"一旦出门,想找到回家的路都难!有时还要剥夺"人物"说话的权利,只让他们站在一边。

结果这样的"人物"永远都长不大;或者四肢长成了,大脑没有发育起来。

作家的思想观念通过人物去表达是难免的,但应有个限度。通常是作家给出一个环境和空间,给出足够的自由,一切由"人物"自己去做即可。开始的时候作家或许会主动一些:"孩子"还没有长大,大人难免多做一些多说一些;等"孩子"长大成人之后,年满十八岁,有了选举权,就得由他们自己行动,在生活中投出这神圣的一票了。

的确如此:一部小说越是写到了最后,作家就越是要迁就他的"人物"。作家这时候应该是"糊涂"一些的,这并没有什么不好;相反一个家长过于强势,任何时候都要事事做主,那就容易把事情搞砸。

但强势的"家长"很多,他们动不动就把作品中的"人物"晾起来,自己站出来大说一通。中国现在或以前的小说有这种情况,十九世纪的外国作家也有这个情况，像托尔斯泰、陀思妥耶夫斯基、巴尔扎克，都是这样的作家。所不同的是有的作家虽然强势，但胸襟是巨大的——他们有忘情大说的时刻，也有超人的理解力和包容力，会对自己的"人物"特别欣赏和纵容。他们好比这样的"家长"：对自己的孩子严厉起来十分吓人，可宠爱起来又极为宽容，敢于撒手让他们满世界奔驰，直到跑出边界。

这就不是一般的"家长"所能做到的了。

原来不但要给"人物"说话的机会，而且还要允许他们说出与自己意见完全相左的话；原来让他们说话，不是让他们成为作家的传声筒——其实大可不必那么紧张，作家应该知道，"人物"既然与自己有着血缘关系，就必定会自然而然地带出作家的所有特征，会确定无疑地染上作家的一切，从语言到其他——因染色体和基因的缘故，其一举一动都会有作家本人的个性倾向。

到了现代，看上去作家直接出面大篇言说，把"人物"晾在一边的情形似乎少了，但实际上却产生了另一种倾向：把"人物"当成现代技术的傀儡、当成牵线木偶——看起来一切都是"人物"在台前活动，其实等于是一些道具，作家是隐在后面提线的人。

给人物言说的机会，不仅是让他们对话和发言，而是真诚和放任，是给他们真正的行动的权利。如果作家预先设计好了一切，"人物"也只能在一个既定的轨道里运行——一般的畅销书就惯于采用这样的方法，"人物"在规定的场景中绝不能由着性子来，谈不上酣畅淋漓痛痛快快地活着：说什么不说什么，哪个地方要激动地说，哪个地方要痛苦地说，哪个地方要语气温柔地说，都由作者事先设定好了。

这种"人物"从出生的那一刻起就丧失了自己。这样的小说也能够吸引读者，但却不能从生命深处感动他们，不能使人的灵魂为之一颤。

小说中"人物"的言说，现代人或许已经变得非常吝啬，不再让他们开口放言。这不像十九世纪，那时候打开一本书，一个"人物"一口气说下的话就可以占满一两页。现在不行了，或者是作家不自信，或者是"人物"自己不自信，担心读者不听，总之说得不多：句子很短，欲言又止或吞吞吐吐，再不就是王顾左右而言他。的确，现代主义文学中的"人物"说话越来越少。有时行文中甚至不打引号，让"人物"的话变得模模糊糊：既像他们的对话，又像作家的叙述。

这里我们分析一下两个同时代的美国作家，就是前面谈过的海明威和福克纳。他们两个不太一样。海明威塑造"人物"很倚仗对话，他的对话含蓄简约，点到为止。但就是这些对话，成为刻画"人物"性格、推动情节向前发展的重要手段。他有时也让"人物"接连说下去，但这是真正的"对话"：话能够对得起来，对话双方如果抽掉一个，另一个就不成立。而时下的一些作品，所谓的"对话"许多时候双方是可以随意抽换的，抽掉了一方，另一方也照样在说。

而福克纳一般不给"人物"太多的说话机会，他的"人物"主要是"无声的语言"——行动。他更爱写人物的动作，很细，细到了让人不太耐烦——一个人怎样牵过一匹马来，如何拍一下马背，整一整鞍子，给它刷一下毛，再把一个什么东西放在那儿……这些琐碎的具体动作往往占去小说很大的篇幅，所以有人觉得福克纳的小说读起来很困难。

海明威写人物的动作也比较多，也很具体很准确——这两个美国作家在观察生活方面真是精绝，不放过人和自然界里最细微处，一丝一毫都不马虎。

现在的作家极少有人用这样的功夫了，就是用，读者也不会领会和享受了。网络时代的人变得粗枝大叶，已经没有那份耐心和细心了，没有能力享受更精致的东西了。他们二位有相同之处，又有很大的不同。海明威总的来说还不像福克纳这样大肆铺陈人物的动作，似乎更长于对话，"人物"说得很多。他和福克纳一样，情节走得缓慢，但随处都是好的细节，对话意味深长；很短的句子，又很艮，一点一点往深处走。这些"人物"是充分自立的，想怎么说就怎么说，说出的都是自己的话。

如果"人物"不能说自己的话，那就不如不说。

我们看一下十九世纪那些强势作家们，比如说拿托尔斯泰为例，他在对待"人物"言说这方面是极其质朴和诚实的——或者让"人物"暂时闭嘴，或者索性让"人物"好好地说上一通，一口气说个透彻。在这里，作家本人和"人物"是平等的，要说都是淋漓痛快，都很直爽。他不用现代作家惯用的办法，不让"人物"当自己的傀儡。

他的那篇有名的短篇小说《卢塞恩》，作者自己站出来说了好长的一通话。还有，在《战争与和平》中，"人物"们想怎么说就说个痛快、说个尽心尽性；最后作家本人觉得意犹未尽，还有大量的话要说，就另起炉灶，在第四册用了第一部的相当篇幅、再加上整个的第二部，痛痛快快地说了一番。

那时候，"人物"说的和作家说的，二者界限分明。可见十九世纪的大师们在对待"人物"的言说方面，比起一些现代作家隐晦曲折的心计，如"代言法"和"傀儡法"，还是显得更大气、更质朴和更畅快一些。

塑造人物的两个倾向

通常我们认为，作品中的"人物"越复杂越好，比如他的性格，要由许多个侧面组成，这才会是一个真实饱满的、说不尽的形象。一般来说所谓的纯文学就是这样，它不会像一些通俗读物，劝诫意味分明，其中的"人物"往往非好即坏，性格特征或聪明或愚钝，或单纯或狡猾；再不就是恶毒的、善良的、美好的、丑陋的、阴险的……如此种种。我们知道，真实的人物是具有多面性的，就像生活本身一样，人会在不同的场景里呈现出不同的面貌。要写出真实的"人物"，既不能人为地简化，又不能过分地强加上一些烦琐。自然真实，这才最具深度、最有说服力。可见"人物"形象并非是越复杂越好，因为我们不能为了让其特别"深刻"，而要故意找出人性中各种不同的元素，像糟糕的大夫开药方那样，把几十味药统统搅在一起。

十九世纪古典主义稍稍有点区别，那时作家们手中的"人物"往往是黑白分明的，但我们读了并没有简单贫瘠的感觉，"人物"同样是十分饱满和真实的。这是浪漫主义的艺术特征。而在现代小说中，作品中的有些"人物"很难让读者作出判断，说他们是"好人"或"坏人"——"人物"不再是黑白分明了。

动辄对"人物"进行道德判断，在今天是犯忌的。有人认为做出这种判断直接就是一种虚假和简化，是思想的肤浅化，是人的幼稚病——到了最后，我们竟然一时弄不清该不该进行道德判断、该不该保存这个最古老的判断尺度？我们对于人和事的模棱两可、犹豫和两难，几乎成了一种常态。这究竟是因为我们现代人的理论素养太深，还是因为我们变得越来越没有了原则、没有了起码的道德准则？

这让我们一时不好回答。

但是，写出"人物"的复杂性和真实性，这是没有争议的，也是必需的。在现实生活中，有时的确很难说出一个人是好还是坏，因为人是多面的，难以一言以蔽之。有时候甚至在同一个人的同一个举动上，也会有截然不同的看法——看的人不同，标准也就不同了。所以我们认识一个人，还需要从不同的立场和角度去观察。

这就涉及一个最基本的问题，即作家与自己笔下"人物"的关系问题。我们知道，没有感情的写作是很糟糕的，这样的作品没有精神力道，也不会感人；可是有人又会说，现代主义的所谓"零度写作"，讲的就是情感的零度——但那更多的只是一种写作手法，而并非真的没有了情感。实际上，写作者的感情越是深厚浓烈，就越是能够写出好的作品。

深刻的情感是写作的基本动力，但是怎样处理这种情感、怎样表达，那又是另一回事了。

没有情感不好，可是有了情感，也需要使用得当才好。一般来说，要写出一个复杂的"人物"，这个"人物"往往不能过多地带有作家的倾向——作家的倾向不显露，他在描述这个"人物"的时候就不会清楚地贴上作家个人好恶的标签。想想看，如果作家急于把对"人物"的好感或憎恶全部倾吐出来，那么"人物"身上的许多其他元素就会被忽略掉。这样做实际上是一种简单化：要说的全说了，留给读者自己判断的余地和空间已经没有多少了。

有人说：写作是不能太冷静太理智的，写作就是要充分保持感性能力。是这样。不过我们还是不太可能离开理性的把握。

现代小说突出的倾向是"人物"的模糊化和复杂化，这增加了分析的难度。随着人类对客观世界的深入认识，人们对很多事物不是越来越肯定了，而是越来越犹疑了。最吃不准的还是人本身，现代人对自己都有些恍惚——有些现代小说常常写的一个主题就是对自己真实身份的追究，比如卡夫卡的作品。在现代人眼里，人本身实在是变得空前复杂了。在千变万化的高科技、在极度膨胀的现代都市面前，人变得渺小虚弱，无能为力，疑虑重重，忧心忡忡。这一切大概都加剧了现代小说中"人物"的复杂和内向，他们变得越来越难以定性和分析了。现代小说中的"英雄"不见了，"小人物"却比比皆是，他们像微尘一样随处乱飘，无处不在又可有可无。

这一切，比较一下十九世纪或更早一些的经典作品，就会看得清楚一点。那时"人物"的复杂与今天还不是一个概念，不是一回事。那时的"好人""坏人"大致清楚，一般不会发生站错队的现象。当然好人身上有弱点，坏人身上偶尔还有一些很好的方面，但总不至于影响到定性。在这方面，读者是轻松的。像《贝奥武夫》《伊利亚特》这些史诗中，英雄就是英雄，妖怪就是妖怪。中国的古代小说也是这样，冯梦龙编的"三言二拍"，蒲松龄的《聊斋》，其中的"人物"都是不难判断好坏的。

说来说去，作品在塑造"人物"方面大致有这两种倾向——两种倾向都产生过伟大或杰出的作品，所以我们不能说哪一种一定就是最好的。如果再探究下去还会发现：这两种倾向的形成除了因为时代的原因，还有另一些原因，如个人审美理想的不同，也可以造成不同的追求。

现实主义作家和浪漫主义作家在塑造"人物"方面是具有不同倾向的。现实主义作家往往把"人物"写得比较复杂，很难给予简单的道德定性；浪漫主义作家笔下的"人物",好坏则常常泾渭分明。这两种作家无法区别高低优劣,因为都给文学画廊里留下了难忘的文学形象。

今天我们或许很容易将浪漫主义给予曲解,因为在当今这样的物质主义时代,人是很利益化、欲望化的,已经没有多少浪漫情怀。所以总的来看,从体裁上看,我们的诗歌是衰落的;从审美上看,浪漫主义是萎缩的。这和过去正好相反:打开文学史,我们会发现古代的浪漫主义作家和诗人似乎更多,这在东西方都相似。文学一路走过来,好像变得越来越小、越来越内向、越来越现实化物质化,再出现一个李白和屈原式的诗人,似乎想都不要想了——这里不仅是指他们的规模,而主要是指他们的浪漫气质,是这些一去不复返了。

浪漫主义作家也在写出"人物"的复杂性:他们写到了一个不折不扣的"坏人",那么这个"坏人"就会是一个极其复杂的"坏人";反过来写到一个"好人",也会是一个极其复杂的"好人"。这里并没有什么简单化符号化,而同样表现了人性的极度复杂性和深邃性。它塑造出的人物会给人以极大的冲击力。这样的作家好像具有更大的天赋,比如李白屈原雨果这些人。雨果的作品具有永恒的动人心魄的力量,激情像海潮一样汹涌,直到老年还是如此。《九三年》已经是他暮年的作品了,也还是激越澎湃。还有《悲惨世界》,其中的所谓"好人""坏人"一开始就已定性,但却在一个既定的方向下越走越远,一直走到一个出人预料的、让人瞠目结舌的人性的深渊。就是说,他笔下的"人物"在一个方向上被规定了,却能走入更加深刻和饱满。比如写可怜的孤女珂赛特落在了狠毒的妇人手里,雨果这样描述这位恶妇:"如果给她描上两撇胡子,就是一个马车夫","睡着了还露着两颗獠牙","她说自己一拳就能捣碎一颗核桃"……

古代的英雄史诗也是这样的道理。文学走入了小时代以后，对浪漫主义巨匠会产生一些误解，这是很可惜的事情。

这就谈到了中国的京剧。现在某些文学理论会说，作品的好人族坏人族区别分明，即是"二元对立"。这等于说脸谱化标签化，是用以批评作品的理论依据。其实这只是皮毛议论。东方的艺术有一个写意的传统，常常是高度浪漫的。比如京剧，是最有代表性的——其"人物"一上台，花脸就是花脸，白脸就是白脸，小丑就是小丑。各种"人物"的性质从服装和脸谱上一下即可看得出来，当然是先予定性的。它似乎犯了现代艺术的大忌：这是"坏人"、这是"奸雄"、这是"鲁莽"、这是"英雄"，我们早就知道的。但看下去，却没有人会觉得京剧这种艺术概念化，不但不觉得它浅薄，相反会觉得它高妙精深，魅力无限，呈现出斑斓色彩。

看来"人物"简单化概念化的根源不在于写意和浪漫，不在于这种表现手法，而是作家艺术家本身的低能和贫瘠苍白。浪漫主义看上去把角色固定了、色彩固定了，却并非是笨拙或弱智——从技术上看，这样做的难度更大。浪漫主义一开始用"减法"，接下去却用了烦琐的"加法"：呈现这个角色全部的复杂性。

与通俗读物的"类型化人物"所不同的是，浪漫主义艺术不但没有在"类型"面前止步，而是愈加深入地走下去，直走入人性的纵深。

写意的艺术和写实的艺术在塑造"人物"方面具有不同的方法和倾向，但在文学表现上，却不能把它们完全对立起来。还有更加复杂的情形，像托尔斯泰，是一个现实主义作家还是一个浪漫主义作家？文学史会说他是一个

"批判现实主义作家",可是他的浪漫主义气质也十分浓烈。屠格涅夫是他的同代人,是浪漫主义还是现实主义?我们可能不宜简单划分,不能机械和死板地将二者完全对立起来。有许多时候它们是相互交融和渗透的。

有人会问:这就是前些年所提倡的"现实主义和浪漫主义相结合"的创作方法吗?不,这只是对作家作品的阅读感受,而不是对创作方法的建议。

人物的疏朗或拥挤

有的作品塑造了很多人物,虽然这其中也会有主要人物和次要人物,但仍然有一群人让读者记得住。这就是所谓的"人物群像"。比如《红楼梦》和《三国演义》,"人物"多极了,却大多能给我们留下深刻的印象。

另有一些作品恰恰相反,读者掩卷之后仅仅对一两个人物有印象。像《少年维特之烦恼》,读者大半只会对维特、对那个女子牢牢记住。《茶花女》也差不多是这样。笔墨比较集中地用在一两个"人物"身上,是比较单纯的写法——无论从情节还是其他方面看都是单纯的。这不光是篇幅的问题,也还有写法的原因,是作品的格调所决定的。像哈代的《德伯家的苔丝》,也不算短;还有《红与黑》《飘》这一类,给读者印象深刻的"人物"也比较集中。果戈里写哥萨克的那个著名的中篇小说《塔拉斯·布尔巴》只有八九万字,却给我们留下了一组"人物群雕"。

中短篇小说和长篇小说会有一些不同。我们很难设想在万余字的短篇小说里能够写出十来个让人印象深刻的"人物";如果是一个四五万字以上的中篇，就会写出三四个、四五个令人难忘的"人物"。可是从另一方面看，如果是一部三十万字左右的长篇，能写出一两个激动人心的"人物"形象，这个作品也就算成功了。

从物质层面来讲，"人物"数量与他们生活的世界的广度还是相应一致的。这就像一个国家，地场太窄，土地面积太小，养活不了那么多的人口。比较起来，短篇小说就属于"小国寡民"了。人口最多的要算"长河小说"，这是沿用了欧洲的说法，它不包括"系列小说"，指的是一套很长的书，就像一条长长的河流，无论分多少册，还是一个有机的整体，大致由同一批"人物"来演绎故事——在情节发展过程中或许会有一些新的"人物"加入进来，但主要的还是原来的那一批，他们是小说中的骨干。从故事上看，无论有多少独立的单元存在，大的故事也肯定是同一个，它包容了其他一些不同的故事，并且这些故事都具有内在的逻辑关系。

"系列小说"有一个大的题目，然后把不同的小说拢在一起，"人物"和故事或偶有串堂，但各书独立。如美国福克纳的《约克纳帕塌法系列》、法国巴尔扎克的《人间喜剧》。它们选择了一个总题，将不同的小说归于"旗下"。

无论是"长河小说"还是"系列小说"，都是一个足够大的世界，可以容纳无数的人口，却不会显得过于拥挤。"人物"拥挤是很不好的，因为他们得不到作者的悉心照料。有时"人物"拥挤的原因，是作家创作时的内在动力不够，只好不停地添加人口来推动情节的发展。这是糟糕的情形。

像《战争与和平》《追忆似水年华》《蒂博一家》这些"长河小说"，不可能只有三五个给人印象深刻的"人物"，那会很成问题的。它的人物画廊很长,所以就需要很多的人在里面,这样才不至显得空空荡荡。如果是极小的一个空间,过多的人物在里面活动就伸不开手脚了。

那么多的人、数不清的场景,会有驾驭的难度。比起"长河小说","系列小说"好办一些,因为它的"人物"之间没有情节上的交融,每一本都是另起炉灶,所以更为自由。"长河小说"的主要人物都是同一批,要分成很多册,每一册要求有一个相对集中一点的故事——除了最重要的"人物"每一册都要出现而外,总要有新的"人物"不断加入进来,给故事注入新的活力。

长篇小说的"人物"可以用一棵树来图解——这就像欧洲人的家世图谱一样,用这样的"大树"表现世代血缘,使我们看起来十分清楚——它的主干和粗一些的侧枝就是家族中的几个老祖,细一点的枝杈就是分开的家庭。小说也是如此,基础有了,随着情节发展加入进去一些"人物",就变得枝叶丰满,成为一棵很大的树了。如果光有一个主干、几个侧枝,就不是一个蓬勃茂盛的树冠了。以前曾听过果园技术员讲过果树的修剪,他说了一句顺口溜:"大枝亮堂堂,小枝闹攘攘。"

由这句顺口溜来理解长篇小说的结构和"人物"分布,也是很形象很有道理的。"大枝"是需要疏朗的,所以就"亮堂堂";但那些不断增添的新的场景和人,都是"小枝",所以要"闹攘攘"。

回头想想《红楼梦》,那些"大枝"果真是清晰亮堂的,而那些"小枝"密挤挤的,真的是很热闹。这就是理想的长篇,它的确像一棵大树一样有生气,茂盛而且饱满。

以地域为结构坐标和参照,写出不同的长短作品,中外作家都有。作家总要有一个生活基地,它可能是出生地,也可能是后来长居的地方,反正作家对它有许多话要说。马克·吐温的"密西西比河",福克纳的那个很绕口的什么县,巴尔扎克的巴黎和外省,后来都成了脍炙人口的地方,成了文学的"地标"。这是他们划出的一块文学土地,如果用世家图谱来表示,那么这个地界里栽了很多大树——每一棵都是独立的,枝叶丰茂。这些树的根脉在地下联结着,长出地表的却不是同一个主干。

说到底,作家漫长的阅历和复杂的生活经验,还有体悟能力、敏感性格,这一切综合起来,使他心里装下了许许多多的"人物"。杰出的作家与一般人不同的是,他的好奇心特别重,这主要就表现在对人性的探究上。作家一生可以不停地写下去,因为他的心灵世界里活着的"人物"太多了,他的世界又太大了——想想看,那怎么会写得完?

作家是一个热爱生活的人——因为太爱了,可能也因此而更加失望或愤怒,结果就会有格外强烈的表达。他对各种有趣的"人物"情有独钟,所以一有机会就讲他们的故事,永远也讲不完。

扁平人物和圆形人物

每个作家都希望写出几个形象来,让他们长久地留在读者心里,不被遗忘。这些"人物"或者因为境界不可企及,或者因为思想极为深刻,或者因为语言、经历、行为的特异——反正是真正的非同凡响才行。

这些"人物"要足够真实。回头想想我们读过的各种作品,以我们个人的人生经验来参照对比一下,就会判断出这个"人物"是真实的还是虚假的。

真实的"人物"无论多么怪异，都会让人感到与生活中遇到的某人有点相似——读者会自觉不自觉地拿来与生活对照，然后得出自己的结论，认可并感叹比生活当中遇到的某个人更精彩、更极端、也更孤注一掷。

同样是名著，同样是塑造了一些"人物"，细细体味起来，他们的成色仍然还是不同的。最容易对比的是《红楼梦》和《三国演义》，它们都是传统名著，大家都比较熟悉。将它们的"人物"作一下对比是很有趣的。《三国演义》在民间的影响其实是超过了《红楼梦》的，民众谈论"三国"更津津乐道，关公刘备张飞挂在嘴上，谈贾黛情爱的就相对少一些。"三国"更通俗易懂，从"人物"到故事都比较外向，有利于口耳相传。"三国"塑造人物很生动，也简单明快，有人称为"类型化人物"，也说成"扁平人物"。

这与书的形成方式有关。《红楼梦》是文人创作，而《三国演义》是民间文学，是由文人整理出来的。前一部小说是个人的运思，后一部是一代代人众手合成的——照理说一个人怎么会抵得过众人的劳动？可见文学创作是一个十分复杂的工作，它是生命的创造，有些不可思议。出自个人的，他的创造是独一份的、不可以重复的；如果许多人都参与了，就会留下一些他人痕迹——好在时间是漫长的，经历一代代人、无数的人修改下去，总有些极好的东西留在里面。这和组织一个"创作班"搞集体创作还是不一样的，因为"创作班"在时间和人数上仍然是有限的，而民间文学几乎是无限的——这种无限带来了艺术上的巨大能量，大到了不可估量的地步。

民间文学在文人整理之前不是以书面形式保存下来的，而是需要说出来听——只有格外动听别人才不会忘记，才有兴趣继续讲给别人、并且"添油加醋"一番。讲故事的人要说得重点突出、简明扼要，三下五除二就把事情拎清。就是这样的一种形成方式,所以"三国"里的每个"人物"都个性鲜明、语言行为夸张。这种鲜明往往也和某种简单连在一起,比如张飞,勇敢鲁莽而已;比如诸葛亮,足智多谋就够了。其他"人物"也大致如此,外形清晰棱角分明,大线条勾勒,很通俗,一说别人就懂。反过来,如果把这些"人物"进行复杂的人性镂刻,将一些最难以言说的、自相矛盾的部分凸显出来,必然会变得晦涩、不好理解也不好流传了,听起来也不过瘾。

一般来说,通俗文学在塑造"人物"方面,就是受了成功的民间文学的影响,应用了这种百试不爽的手法。这样做事半功倍,极受群众欢迎。这样的"人物"鲜明自然鲜明,但却经不起细细的文学阅读,没法更多地琢磨和品味——总觉得缺少一点厚度——从正面看五官眉眼周全,从侧面看则十分模糊和薄气。他们就像民间的一种叫"驴皮影"的艺术,投在幕上的是正面剪影,侧看是不行的。这就有了"扁平人物"一说。

再看《红楼梦》,这其中的"人物"就立体得多了,他们无论怎么穿凿,都像生活中的实际存在一样血肉丰满。我们能感觉到他们体内的脉动和五脏器官,不仅是看上去鲜明,而且还有说不尽的人性的神秘。这就是"圆形人物"。

通俗文学不需要写出"圆形人物",因为情节快速发展,难以完成对"人物"的细细刻画;从另一方面看,复杂而又内在的"人物"性格也会影响理解和传播的速度,不利于吸引大众。可见这是不同的艺术在"人物"塑造方面的不同要求。

通俗文学采用了民间文学塑造"人物"的手法,却在文学水准上无法与后者相比——因为它在创造的时间和空间上都是有限的。一部通俗文学的写作时间是半年或一年,是一个人完成的;而民间文学可能要历时几百年甚至上千年，参与工作的人散布在一个广大的地区，所以说空间大到不得了。从这方面看，通俗文学与民间文学实在难以同日而语，它们的品质是不同的。民间文学尽管写出的也是"扁平人物"，却可以由文学创造上的无限可能去弥补一切。

"扁平人物"即"类型化人物"，它们通常存在于民间文学和通俗文学当中。

可是在纯文学写作中，如果出现了"扁平人物"的倾向，那就会是失败的。前边说过，这是两种不同的艺术，那么是否可以采用相同的手法？有人举出了马克·吐温的例子，认为他的《哈克贝利·芬历险记》就接近于通俗文学，并且采用了那样的手法。可是我们认为它绝不是写了"扁平人物"。还有人提到《白鲸》等，指出这些外国名著的通俗性、"人物"的传奇性、鲜明的特性，都接近于通俗文学——但无论怎么说，他们写的也绝不是"扁平人物"，而是"圆形人物"。从这个意义上看，他们也绝不是通俗文学作家。

那些浪漫主义的艺术，比如中国的京剧，其中杰出的代表性作品，也绝不是刻画了"类型化人物"。

"类型化人物"在民间是很容易得到流传的，通俗文学和一些畅销书的"人物"往往就是这样的，这是一种艺术的要求。

而雅文学（纯文学）的"人物"塑造绝不可以追求"类型化"。生活中的"人物"即使有性格非常突出的方面，也有很难概括和表述的方面。把一个生活中的人全部真实地表现出来会有多么难，这是最复杂的工作。生活中没有"类型化的人物"——我们如果在理解上把某个人"类型化"了，但最后还是会否定这种结论和印象。比如一个人非常勇敢、豪放，甚至有些简单，可是随着时间的推移，又会发现其粗中有细，足够狡猾。有的人特别善良，心软无比，遇到事情就流泪，但交往日久，又会发现他还刚烈固执，甚至残酷，有特别坚硬的一面。原来人在不同的环境里会呈现出极为不同的倾向。

回避"类型化"，是为了接近生命的真实。

"扁平人物"的生动是浅表的，可是太深了就费解，就会有一些流传上的障碍。让通俗文学写出复杂深邃的人性来，不仅困难而且没有必要——它只写出人性中的几个侧面、强化几个侧面，也就足够了。通俗文学和曲艺是同宗同族的，因为它的主要功用是娱乐。

本单元的讨论

人物的多与少 / 有大能的人 / 小说的物质空间

一部作品中，到底"人物"多了好还是少了好？这让我们一时很难界定。这需要根据写作时的实际情况来定，同时还有审美追求方面的差异。我们一开始就讲过，有的名著尽管"人物"很少，但看起来也很过瘾，并不会觉得单薄；有的作品"人物"很多，读来却不觉得拥挤。

不过一般来讲，从写作难度上看还是"人物"少一些更好，因为这样可以集中笔墨，让结构变得相对简洁一些，好掌控。像索尔·贝娄那样在众多的人物堆里穿梭自如，这得具有超人的本事才行。"人物"像走马灯一样，哪怕是一个匆匆过客，作家都不能冷落他。这样高超的技能不是一般人能够具备的。

有人善于写相对单纯的书，只写一个简单的故事，其中不过是清清楚楚几个人的过往，读来却十分动人。海明威的《老人与海》主要写了一个人，一个打鱼的老人，他的对手是酷热的太阳和一群大鱼。这个故事在一般人那儿是没法讲下去的，可是海明威却讲得兴味盎然，读者也津津有味。这本书给人十分厚重的感觉。类似的还有马尔克斯的一部写海上遇险的中篇，叫《一个遇难者的故事》，主人公也同样是一个人，也在海上，同样写得惊心动魄。

看来"人物"多少不是一个问题，关键要看作家的能力怎样，比如他的洞察力、他的激情，这一切够不够用的问题。

每个人的叙述方法、架构作品的方式不一样，他会根据情况选择自己的"人物"，从性格到数量，都要自然而然地考虑周到。一切都要做到高度和谐，服从自己叙述的需要、表达的需要。

一般来说，作品较短"人物"就少，因为它没有给你提供相应的物质空间，没有那个铺张的条件。写一万字，写到了二十个"人物"，而且每个都鲜明饱满，这不可能。反过来说一部四五十万字的作品，只写了一两个"人物"，就未免太空洞了，撑不起来。这好比一座大房子有八百平方米，只有两个人在里面生活，太空荡了。如果四十平方的屋子却住了五六十个人，那就太挤了。这是从小说的物质层面谈的。

但这只是一般的道理，它在有大能的写作者那里常常是被忽略掉的——他们不太在乎，而且极乐于和这些规律性的东西挑战。

每个人的结构方式不同，表达欲望不同，这些因素都决定着"人物"的多与寡。我认为一部中长篇，在五六万十几万字的篇幅中，能写好两三个人物就已经是很成功了。

文气的长与短／蹩脚的史诗／尽可能地简短

有的书架构很大，有的则比较小。在写作的过程中，进入了特定的语态之中，渐渐就会产生一些新的想法，情节和人物都将得到调整，这是必然的。但是书的长度还是取决于一开始的心理准备——作家会在构思之初给出一个边界、一个规模，这会影响到它的"文气"。"文气"的长与短，即从根本上决定着一部书的长与短。但"文气"的长与短，并不决定着"人物"的多与少。

作家设定的作品长度如何，给它的"气"是不一样的。写作者会发现作品里面真的有一股"气"，当"气"断了以后，再好的故事也讲不下去。"气"只要没有使尽，没有走到底，这个作品的长度就会继续往下发展。

"气"作为一个概念，好像有些神秘，它属于精神层面，而不是物质层面；它可以决定物质层面的某些东西。小说物质层面的空间加大了，"人物"少了就不好办；但精神层面的空间加大时，里面的人物却不一定多。精神的空间、思想的空间，这完全要靠感觉去把握。一篇小说可能只有一万字，但它的精神空间却会非常辽阔和雄伟；有的作品长达几十万字，它的物质空间已经很大了，但精神空间也许并不大，给人十分狭窄的感觉——这时候加入再多的"人物"也仍然无济于事。"文气""空间"，这些谈起来虚一些，但并非不可理解，只要有较长的写作实践就会感受它们。小说的精神空间与物质空间有关系，许多时候甚至是紧密相连，但毕竟还不是一回事。

我们经常看到的现象是：当作家的"文气"不足时，就会不断地给作品添加"人物"，拉长篇幅，追求时间的大跨度，想依靠人数和场面来做以补救。这样只会热闹一时，却不会有什么性质上的根本改变。这让人想起海明威说过的一句话：很多蹩脚的作家都喜欢史诗式的写法。

由此看来，我们也许应该警惕自己写作上的好大喜功，不要一味追求作品的浩大场面和众多的"人物"，而要脚踏实地、尽可能地简短才好。这样工作久了，"文气"就会养得充沛——那时候的"长"与"大"才会是有意义的。

小说人物的烟火气和清贵气／情趣和水准

小说与散文和诗都不一样，它一脱胎就有比较重的烟火气。比如它的"人物"会有一些肉体描写，性，等等。在这方面，中国小说与外国小说都一样。所谓的纯文学，并不能保证如数祛除它的烟火气。

我们常常会觉得某些作品的烟火气太重了一些。有人认为作品既然塑造的是一个粗鲁低俗的"人物"，他当然会说一些粗俗的话、做一些粗俗的事；更有甚者，将龌龊下流的文字当成了深刻反映时代的"杰作"，理由是：我们时下的生活就很龌龊很下流。

这显然不是什么理由。托尔斯泰的书中写到了妓女、流氓、社会最低层最下作的人物，人们读了以后却并不觉得难堪。他写得淋漓尽致，然而从不让人觉得下流。还有索尔·贝娄，他也写了一些粗俗"人物"，甚至直接搬上一些粗口，但我们仍然不觉得脏。他给人美和洁的感受。杰出的作家有清贵气，这方面的例外是很少的。

《红楼梦》中的烟火气偏重了一些，《金瓶梅》则有许多黄色段落。但它们的本质仍然不同。有人羡慕"成功"的黄书，模仿起来却更加等而下之。书的品格是藏不住的。这里不在于写什么，而在于怎么写了。《聊斋志异》是极有趣极有魅力的，可惜字里行间好似有一股不洁的气息。《红楼梦》要比《聊斋志异》好。《聊斋志异》里面的烟火气更重一些。

在这个欲望满涨的特殊年代，只要写得脏腻，有人就会兴奋起来，说生活比它还要脏，越脏也就越是真实。这是一种末日论调。那些大师们其实更有力地写出了生活的脏与黑，可他们并没有随着烂掉，而仍然是清洁的。

有一部外国书很像《红楼梦》，但要早上好几百年，叫《源氏物语》，是日本的一个女官（紫式部）写的。

这是让人特别喜欢的一部长篇，丰子恺翻译得也好。这部世界上最早的纯文学长篇小说，虽然烟火气也有，但比《红楼梦》澄明纯美。它写的那些爱恋男女比《红楼梦》还多。这是了不起的一部书，它诞生的时代又那么早，写得高雅，细腻，有一种特殊的才情、别致的意境。

它和《红楼梦》一样，也主要写皇族和京都的生活，写王公贵族的往来，特别是贵公子与宫女之间的爱情——也有一些不是爱情，无非是爱欲和性的东西。男女在一起，分手的时候掏出一首诗——这诗或是她自己做的，或是抄的白居易的，大半都是歌颂和回味爱情的，留给这个人，然后就走开了。类似的情节不断地重复，奇怪的是读来不觉得它的表现手法平直苍白，而是趣味无穷。每个人物就像在眼前一样。

前一段上海举行作文比赛，一个学生写了《源氏物语》的读后感。一个初中生能读《源氏物语》，那得有多大耐心。这种阅读也考验了作者的情趣和水准——他果然写得很好。所以我们常常说，文学才能有一部分是先天的，不是学来的。有的孩子从很小开始，就容易对某些文学情致敏感，迷于文字，专注于表述的细部，被很特殊的东西所吸引——像这篇读后感的作者，那么小的一个孩子，却能从头细细地看过《源氏物语》，并有深入的理解。

作者的权力／人物的自由／作品的主观与客观

一部文学作品就是一个世界，这个世界的缔造者当然是作者。作者的幸福也在这里。可是当他拥有的权力太大了，有时就要做一些出格的事，比如过分地干涉其中一些"人物"的行动和思想。特别是思想——要给"人物"自由思想的权力。

这个世界里包含很多的思想、很多关于生活的独到解释和表达。但我们知道，作家一旦创造了这个世界，就像上帝一样，不要轻易地现身、不要在这个世界里随意地大声宣讲了。所以，我们都同意这样的观点：让思想通过"人物"和情节自然而然地流露出来。这就是形象的作用，从他们身上体现出来的东西，往往大于直接说出的所谓"思想"。

如果有兴趣的话，可以回去看一下米兰　昆德拉最好的两本小说：《玩笑》和《生命中不能承受之轻》。我们可以比较一下它们的不同在哪里。《玩笑》是早期的作品，更动人更饱满，它的"人物"是比较自由的。后来作家名气更大了，权力好像也更大了，表现在作品中，似乎就多出了一些专横气。《生命中不能承受之轻》中运用的技法，包括探索的各种各样的哲学思想，也许很高明。不过这种高明的很大一部分，不是由"人物"体现和流露出来的，而是出自作家本人的言说和宣讲。他的"人物"只是作家的道具，本身并没有什么自由。

《生命中不能承受之轻》获得了较前更大的反响，很多人就把它当成了作家的代表作。但我觉得作家既然自己站出来了，干预得这么多，"人物"已经没有大的作为了，这可能并不是什么好的兆头。

虽然这本书写得极为聪明和漂亮，那么随意、和谐而又极其巧妙地把思想、哲学、绘画和音乐融合在一起。这让人想到一个高超的杂技演员，娴熟到不可思议的地步，让观众眼花缭乱，叹为观止。每一个有写作经验的人都知道，要做到那个火候是很难的。从结构上看，一会儿来个"误解小词典"，那些词汇辨析插在里面，却不让人觉得突兀，在情节发展上与主人公情感的波澜起伏揉在一起。它讲故事，讲背叛，讲反抗，讲个人主义，讲自由和独立……这方面的思辨又结合了当年捷克布拉格的社会生活现象，算是浑然自如。但总有点卖弄，虽然还可以忍受。

这是一部主观性特别强的小说，作家本人是这个世界里的绝对主宰，"人物"基本上没有了地位。

现代读者其实是讲究小说客观性的。客观性就是把作者全部的意图、观念，用茂长的语言和曲折的情节、壮硕的"人物"覆盖起来，使人觉得这个世界里的一切都是自然而然的。所以这个世界就有了诠释不尽的、无穷的魅力。

反过来，小说的主观性太强了，读者就会自觉不自觉地排斥它：作者强加给我们的东西越多，我们的反抗就越多。读者只需要看书中的"人物"，看他们的行动和故事，不需要作者的观点，尤其不需要作者在一旁解说。所以，聪明的小说家会把自己的意见掩藏起来。

但是事物也不能做过了。现代主义的写作越来越巧妙、越来越客观，也越来越刁钻。这带来一个问题，就是作家太谨小慎微也太聪明了，他们很少表露自己的好恶。

米兰·昆德拉来了个反其道而行之，结果令人耳目一新。但就我个人的阅读感受来说，我更喜欢前一本《玩笑》。

伟大的尺度／大动物的野心／借气／勇气无所不在

我们生活在现代时空里，我们作家的"说"，已经与十九世纪的大师们完全不同了。那时候他们更为直率和勇敢，该说就说，奋不顾身。只要是质朴的，就会格外感人。能够打动当时的人，也就一定会打动未来的人。我们今天再读托尔斯泰的那些言说，仍然会被那种固执、朴实和真诚所打动，会深深地感动。只有大师们才有这种感人的力量，这来自他们的人格。

从这儿来看，所谓的"客观"还是"主观"，完全是因人而异的。我们现在的小说家太聪明了，一会儿自己说，一会儿伪装成作品中的"人物"来说，可惜总是让人觉得有些问题：不那么真切和感人了。我们很少在这种言说面前产生一种崇高感、获得一种力量。当年的大师们要说就自己说，他们不会伪装成某个"人物"来说，这其中的区别就在这里。"现代主义"只有卓越，没有伟大。

在评论"伟大"的时候，我们的尺度也许很难更换。这是没有办法的。就像动物，后来的作家越来越漂亮、越来越刁钻，动作机灵得就像一只猴子，或者像黄鼬一样，无比狡猾无比漂亮，花样无限，灵巧到了让人瞠目结舌的地步。而古典的大作家，只会让人想到一头大象或犀牛。他们动作稳健，甚至有些笨拙。但他们毕竟是大动物。

西方有一位作家说过很有名的一句话：大动物都有一副平静的外表。这更加让我们明白，小动物才不停地折腾。

由于时代的变迁，食物、水和空气都变化了，人在变，人的精神在变，我们已经长不大了。"现代"产生出一个精神巨人，不是愿意不愿意的问题，而是极少那种可能。山水污染了，食物污染了，各种农药和工业废气散布在空气中，要呼吸就无法逃避。所以不再会产生那种大动物了。恐龙绝迹，老虎罕见，大象减少，这是时代的命运。

但是我们不能因此而把某种野心一块儿灭绝了。向往大动物的心情还是要有。这就要试着回避一些"现代"毒素，吸收一些不同的营养。显然需要更多地阅读古典。中国的古典，它的精神力道、它的气概，永远存在那儿。看《古文观止》，何等的气魄，何等的精湛。这些都来自古典时期，来自那个时候的山脉天空。现在时过境迁了，天地之间没有那种气了，于是我们就要回头借气。借司马迁的气、苏东坡的气，还有，借托尔斯泰和雨果的气。呼吸一点那时的空气，这太重要太难得了。

也许我们没有必要较上劲儿比谁更"现代"，一味地追赶这些现代的怪异，不问青红皂白地模仿"垮掉派"及其他，或更后来的什么东西，连日常生活也学：晚上喝酒狂饮，吸毒，同性恋……这不过是一种可笑可悲的自戕。

我们在这里几乎一直讲技法，这对于初学者是重要的，但是未来再要往前走，最重要的可能并不是这些东西。一个人的精神坐标找不准，写作的动力也不会强大，技法也不会精湛。作家如果始终葆有强大的道德激情，就会拥有难以遏止的表达欲望——其他的一切也就好解决了。

所以，我们认为作家具备了强大的道德勇气，他在艺术技法方面的探索就会同样执着。或许我们要远离那些现代病毒的感染，不必相信某些奇谈怪论——有人认为一个现代作家越是没有是非感、越是没有伦理道德、越是下流，就越是能够写出高超的杰作。这真是一派胡言。

一个杰出的作家当然要永远站在弱者一边，对不公正耿耿于怀。这个身份决定了他始终是一个反抗者，一个愤愤不平者，一个特别善良的人——如此善良多情，怎么会忍受生活当中的黑暗和压迫？对那种极度贫困、以强凌弱，任何时候都不能够容忍。有了这种冲动和牵挂，又怎么会在区区技法上输给他人？你的勇气将会无所不在。

作家的基本能力／生活的专注和真诚

无论是人性里极其阴暗的，还是极其美好的东西，都是生命的组成部分。作家对人性的理解力是基本的能力，这种能力越大，当然就越是卓越。以前的苏联有过一桩文学公案：一位很有权势的将军对一部描写部队生活的作品大加挞伐，理由就是作家根本不懂他描写的对象，作家压根就没有到这支部队里生活过，因而就是编造和污蔑。当时的高尔基为作家辩护，用了一个比喻：用将军的话来说，那么一位做饭的大师傅要熬出一锅好汤，就一定要跳到锅里才行？

比喻只是比喻，解决不了复杂的文学理论问题，但高尔基总算机智地回答了一位粗人，用比较能够让粗人理解的话来说明一种事物，所以是成功的。同时这也阐明了一个基本的道理，就是作家一生写出的东西会有很多很多，这其中的绝大部分是不必、也不可能亲自经历的。这就要借助于作家对人性的理解力。

比如说一位很善良的作家，却写出了最阴暗的"人物"心理。他当然没有做过那些阴暗的事情，但是却会洞悉。这在读者那儿也是一样，读者心理不阴暗，在阅读中却会理解作家所描述的阴暗。这种理解力是自然而然的，既来自先天的素质，也来自后天的经验。

不要说写人，就是写动物，比如我们写一只猫，也要依赖这种人性的理解力。我们不是猫，我们怎样把它写得更像一只猫？猫有猫的世界，这与人的世界是不同的；但是我们不要忘记，所有的猫的世界，都是我们人类所能理解和感知的那个世界——这仍然要借助于自身的全部体验和经验。在写这只猫时，我们个人的经验就给了它。原来猫作为一个生命，既有你所理解的它们的独特的生活内容，也有像你一样的喜怒哀乐。别说猫，就连小鸟也是一样——它在深入人性的洞察者面前，可能也并不神秘。

对待一只猫尚且如此，对待一个人就更应该如此了。有人为了增加对人性的理解力，就积极"体验生活"——这虽然没有什么坏处，可也没有多少好处。因为认真生活就是最大的体验，日常的积极和专注比什么都重要。反过来，在一种专门的方向下、过于明确的目的下去体验，反而会降低了对生活的专注和诚实。

还能听到一些奇怪的议论，说某位作家写的那些人物之所以太浅表、太软弱了，关键问题是作家本人太善良了，他（她）不愿把人往坏处或狠处想。这不算个好理由，因为这与作家的善良没有关系，只与他（她）体悟和洞悉事物的能力有关系。善良的人把握起那种美好、丑恶和阴郁反而会更有力，因为他（她）会更敏感，面对那一切的时候会更冲动。他（她）很难容忍也很难平静。他（她）比一般人更为强烈，只能是这样。

市场的说服力／人民体现在时间里／渺小的依附者

市场会让作家胆怯和软弱吗？大概会的。就像市场可以给作家壮胆、让作家变得信心十足一样。不过这只是一般的情形。一些最倔犟的人、一些真正杰出的作家是无所谓市场的。好评论家和好作家是一样的，都无所谓市场。为了专注于自己的工作和认识，市场的窗户必须关上。叫卖声此起彼伏，创造性的工作就没法做下去，我们可能都有这个体会。作家怕吵，而市场是最吵的。

为市场而奔忙不是作家的事情，而应该是商人的事情，这是不须讨论的。把市场挂在嘴上的也往往不是作家。所以这样的话题可以忽略。不断有人呼喊某本书的畅销，呼号成功，这和文学写作其实是没有关系的。市场所能够说明的文学价值不过是九牛一毛,真正具备判断意义的,还是历史的角度和超越的眼光。

有人动不动就说"人民"如何,仔细听下来,会发现他们并没有说"人民",而是在说"乌合之众"——因为"人民"是体现在时间里的,是一个历史的概念,去掉了时间和历史的因素,就只能是虚假的"人民"了。他们没有界定也没有比较,没说是在这一两年里"人民"的选择、还是漫长的经过实践检验的"人民"的选择?到底哪一种"人民"才更像"人民"?他没有说。可是我们稍有经验的,都知道哪一种"人民"才更可靠一些。

有人以现实情况为依据,说畅销的文学作品一般是比较差的。他用了"一般"两个字,就没有把事物说绝。经过了几十年乃至上百年、甚至再长一点的时间,还仍然能够为许多人所重视的书,才会是好书。一个人在艺术判断方面无论多么聪明,都需要时间的帮助。因为一个人难免愚笨,许多人就会好一点;特别是经过了很长的时间之后,有些潜在深处的道理也就慢慢泛上来,让人明白了。

在艺术评判方面的势利眼是最害人的。市场和权力常常是依附的对象,从外国到中国几乎没有什么例外。艺术家最需要戒备这个。这是个品质问题。从一位作家作品中塑造的"人物"中,也能看出是否依附,这就像从评论家推崇的倾向和口吻中也能看出是否依附一样。

一本书当时特别畅销、后来仍然能够留下来的,也不是绝对没有。这要看身处哪个时代——如果是一个商业主义娱乐主义盛行的时期、一个国民素质很低的国度里,一时畅销的作品就尤其可疑。在这样的国度和这样的时期,也许必备的畅销条件就是低俗和拙劣,就是无思想无内容无操守。

昨天在一个场合听到，有个地方为了让人多读书读好书，一些责任感很强的智识人士发动了一场"焚书活动"，把那些所谓的畅销书一把火烧了。我觉得这样做太极端化也太激烈了，完全不必。他们可以提醒和分析，让别人去思考。这里还有个宽容的问题，因为给予时间，相信时间，就是一种宽容。时间和空间更宽大，也更包容。

人类在几千年里形成的艺术和思想的标准，不像我们当代人认为的那样容易改变，不会变化得那么快，不会一下子全反过来。哪有那回事。我们当代人很容易被时尚干扰，被浮云罩住。实际上我们人类的标准是经历了漫长的时间才固定下来的，要改变起来很难——因为这些标准是正确的，高尚的，一时很难找到什么替代它们。

我们于是不得不靠近那些标准，不得不固执一点耿直一点。所以表现得有点保守的人，往往是比较靠得住的。大家都"现代派"和"后现代派"了，只剩下为数不多的几个老实人，这几个人也很可贵。他们可能并不是落伍者，而是想得更多的人，不那么简单；也许他们要求得更高。这些事情可以在写作中慢慢体会。

感悟力被他人伤害／电器说明书／往天上扔帽子不顶用

人的感悟力来自后天的生活，也来自先天的本能。大自然是培育想象力的最重要的母亲，人从出生起就开始默默地接受她的教育。人离开了大自然，被关起来，关在一个似乎是充满艺术知识的大殿堂里，那种感悟力却会退化。

我认识一个有才华的年轻人，只受了最基本的教育，可是对文学作品却有着极高的鉴赏力和识别力，很容易被作品的情境打动。后来他上了有名的大学，学历越来越高，接受最现代的理论多了——这种"结构"，那种"文本"，"能指""所指"之类，听下来记下来，记了几大本子。他是个老实孩子。结果后来再看作品，一打眼就找"文本"，找"能指"和"所指"，其他也就看不到了。他再也不会为文学所感动了。显然，他的感悟力被伤害了。这是个不幸的孩子。

离开了大自然，进了城，这是个危险的事情。怎样将城里的危险降低到最小，是我们一直在思考的问题。其实我们并没有多少更好的办法。对文学的认识，最管用的还是那些实际劳动、那些现实生活所给予的东西。有人不讲高深的理论，只说一些很质朴的话，可是我们听了会觉得很靠谱。另一些人戴着眼镜，系着领带，西装革履还满口术语，好看是好看的，但不解决问题。

前边说过了，有一些孩子天资很好，给他一部作品，看了以后就能准确无误地把自己的感动说出来，听者也深受感染。我们会觉得这个孩子有天赋，他对作品的接受力那么强，这种能力是天生的。他把这个作品的妙处，只用几句话就抓住了，而坏处也一看就知道。可是当他上了大学，四年本科下来，再往上读一点，一般来说就不太行了——有的还变成了文学阅读方面的愚人，基本上报废了。

为什么？民间有人讲一个古代刽子手的笑话，说因为职业的关系，他在街上见了人，总是习惯地看对方的脖子——那是下刀的地方。他已经养成了一种职业习惯。那些被伤害的文学孩子也是一样，给他一部文学作品，他一打眼就找可以使用现代概念的地方，以便及时套上那些框框。他根本看不见作品，目无全牛了。想想看，这种境况下写出来的文学批评会是什么？鲁迅说得好："你不说我还明白，你一说我倒糊涂起来了"——他们会把一篇文学作品的评论写成电器说明书。

好的导师重视中国的批评传统，如中国古代的《诗品》《文心雕龙》，那么深邃却又贴近了作品。比如对作品的激赏吧，他们能够在里面陶醉，陶醉而后才有评论。没有陶醉，连微醺都没有，怎么可能深入？当然，西方的理论体系也有可取的方面，但要取其好处，不能走偏。不然就是害人。如果只让孩子们受几年程式化的教育，最后授学位时穿上黑袍，戴一顶很怪的帽子，那也无济于事。不少学校照学位照片时，还让学生往天上一齐扔帽子……这是无济于事的。

今天就讲到这儿。

二〇一〇年四月二十八日

第四讲：主题

主题在哪里

读者看过了一本书，掩卷之后常常要想一个问题：这部书表达了怎样的思想？主题是什么？他们往往是要这样琢磨一番的。

而作者们却未必如此。他们在创作一部小说时，是否想过这个问题还不一定——有的开始构思时想的尽是人物和故事，想如何讲述，"主题思想"或许从来都没有想过；也有的为此所苦恼，围绕作品所要体现的理念动了不少脑筋；另有不少作者可能会直接否认小说的"主题"，认为那是写论文才要考虑的东西。

教科书上说，作家通过小说表达的思想，要蕴含在作品之中，作者的思想倾向会通过人物的性格和情节的发展自然而然地流露出来。它一般不会把主观意念直截了当地说出，就是说，"主题"不能是裸露在外的。

不过，当我们具体分析起来时，情况可能要稍稍复杂一些。因为如果简单化地理解"主题"与作品的关系，难免要误导创作，最终把小说这个文体与其他写作的界线弄得模糊起来。

众所周知，如果要写一篇论文，那肯定要有主题，有逻辑推理，最后得出一个比较完整和清晰的结论，通篇要有令人信服的说服力。如果是一篇散文，它的思想逻辑关系也会相对清楚一些，读者可以分析和提炼出文章的"主题"。

唯独到了小说这里,好像一切都变得不太一样了。我们知道,小说一点儿也不比论文、散文和戏曲等其他文体的说服力小。它的说服力也许更强大、更深入和更长远——所以它需要作家调动全部的艺术手段,比如语言的魅力、人物的感召力、意境的深邃、情感的饱满等等,深深地打动读者、进而"说服"读者。

我们读文学作品与其他的文章有一点儿不同,就是除了信服和赞同,还会有更多的期待,即获得审美上的满足。其实这种满足感的获得,从头至尾下来,也是我们被"说服"的过程。想一想看,我们阅读一部小说,"人物"的所思所行,一举一动都是活生生的,让我们感到了可敬、可信或者憎恶,就好像看到了生活中的一个真实人物似的。小说营造的情境笼罩了我们,这时候所有的文字都变成了活的,变成我们置身其中的一个生命世界。这个世界里的一切都在打动人、改变人,它以综合的因素作用于我们,一次次造成了心灵的冲击。一些倾向和意绪就在这期间渗透出来,被我们慢慢接受下来。

小说没有论证,也不需要论证,所以它的思想观念的部分,就不能简单地用"主题"二字去概括了。这里谈到"主题",完全是借用了一个比较通俗的讲法,用以说明小说的思想因素是怎样存在的、它的存在形态是怎样的。

读者读一篇论文,很容易就捕捉到作者的思想脉络,并最终弄懂他要向我们证明的一种思想或一个观点。读小说就有点麻烦,不仅很难一下子弄明白作者想要强调的意思,而且有时候还越读越糊涂——作者表述的很多想法甚至是自相矛盾的。还有时本来渐渐趋向了明朗,但不久又进入了另一种模糊和隐晦。就像雾里看花,隔山打炮,让人始终抓不住要领。可是我们又分明知道,作家还是要通过人物和情节等等,渗透和表现出一些倾向,用来影响读者。

实际上大家对怎样看小说的确有不同的认识。一部分人的阅读,在某种程度上也是对"主题"的一场费力搜寻;另一些人读起来倒是放松得很,他们不管那么多,只是看得愉快和过瘾,看得有意思就行了——他们在这个过程中获得感动,尽管这感动也难免糊糊涂涂的。

前一种阅读显然是边看边研究,而后一种阅读大概只是一般的欣赏。

对于小说和它的作者来说,究竟是前一种好还是后一种好?或者问:作者希望更多地遇到哪一种读者?

这有点不好回答。有人可能觉得前一种读者水准更高,得到这部分人的认可或许是更有意义的事情;后一种读者只是看个热闹,是平常的所谓"文学爱好者"。可是果真如此吗?放眼望去,报刊杂志上有数不清的文学理论,其中的一大部分仍然在做"思想分析",对待小说如同论文,仍然要在"通过什么说明了什么"这个大框子里解读。对他们来说,"主题"是绝对存在的。小说没有"主题"吗?那是不可能的,关键是能否挖掘出来。他们就是这样看待小说的。

一部文学作品就是一个世界,里面有许多意想不到的东西,只要愿意寻找,似乎什么都可以找到。问题是他们真的找到了小说的"主题"吗?

也许小说会有许多"主题",他们找到的只是其中之一。这就有了另一个麻烦——究竟哪一个"主题"才是最重要的?的确,到了现代小说这里,人们越来越赞同这样的观点:一部作品中可以容纳不同的"主题"。这一来事情就难办了,研究者要格外耐心地寻找所有的"主题"。

最难办也是最令人尴尬的,是我们常常给作品误植一个"主题"——它根本就没有研究者费力推导出的那些东西。看来作品是一个复杂而又完整的生命系统，硬是用一把逻辑的解剖刀来肢解，很容易割伤它的神经。

说到"主题"，我想到了契诃夫的一部短篇小说——因为读得太早，已经不记得题目了，只记得小说的主人公有一段时间非常苦恼，老是愁眉苦脸唉声叹气，问他为什么，说因为"找不到主题思想……"原来他在为这个苦恼。这个人似乎有点可笑；但我们也会因此而尊敬他，因为生活中真的有人为"主题思想"的缺失而痛苦！

假如我们把这个人想象成一个作家，即以写作为生的那种人，那么我们可以断定，他的创作一定遇到了大麻烦。虽然小说不一定将"主题"暴露在光天化日之下，但作者失去了生活的信仰还是成问题。这样，伏到案子上心里就会没底。看来一个作家总得有个"主题思想"才行。当然，它可以不必集中在一部作品里，不须如数表达，不必和盘托出——那样就会直白和概念，当然要不得；但是作为作者，他的一生、他在生活中，总要有真理的追求，这大概是我们所希望的。

说到这里似乎可以明白了，契诃夫笔下那个苦恼的人，病根在于没有自己的"世界观"——这就是他的人生"主题"，它没有了，丢失了，他也就坐卧不安了。这个人多么可爱。

一个人因为找不到"主题思想"而苦闷，乍一看有点不好理解。如果问某个人为什么苦恼，回答是穷困等等现实问题，那倒好理解。但是这个俄罗斯人牵挂的偏偏是精神层面的东西，这就相当晦涩了。这种痛苦可能要延续很长一段时间。当然契诃夫这里只是一个暗喻，表示一部分知识分子在俄罗斯当时的社会状况下，没有了精神坐标，没有了方向感——就如同这个人一样，一位作家具体进入了写作，心里空荡荡一片茫然，是很成问题的。

原来"主题"对于小说来说不是没有,而是真实存在的,是作为最可宝贵的东西藏在了作者那儿。但它大多数时候并非直接放在一部小说的字面上,而是由创作者随时携带、一直装在心里的。这样,如果我们总是把目光凝聚在具体的作品上,当然就很难找到了。

"主题"藏在作者心里,有时也可能藏在意识深处——那是连作者本人都难以察觉的一个角落。

对世界总的看法

如果回头看一下大陆的那一段文学史,从"文革"前后包括一九四九年之后的很多作品,"主题"之类往往显得过分直接和明确了。社会功利性让作家把"主题"推到了第一线。这是为社会服务的一种需要、一种方式。这种服务本身就要求简洁明快,因为大多数人看不懂隐藏在文字后面的思想,这思想太复杂,作品就没用了。当时强调作品的实用性。所以真正的艺术品在这种情形下是难以产生的。

所以,为了"服务",为了一种切近的社会功利性,"主题"也就变得非常浅显,一下推到了小说的表面。这样,小说的多种可能性、它的多种诠释空间,都被简化和省略了。那时的小说只能写得浮浅,文学作品应有的那种含蓄性和立体感,都谈不上了。这种伤害对于小说艺术是致命的。

希望小说的思想观念自然而然地流露出来,其实等于承认了作家主观指导思想的存在以及它的重要性。事实上越是好的作家越是固执的人,他们总要将自己对世界的看法表达出来，一有机会就会顽强地表达。他们不会是理念世界中的缺席者，一定要有自己的发言。不过他们的发言方式不会是简单化的，不会做传声筒——他们的思想是相当深入和阔大的，而不是浮浅和狭隘的。由于长期的不倦的探索，他们走过的是一条相当曲折的道路，表现在作品中的思想可能一度呈现游离和矛盾或者某些不确定性；但它存在于作品中的仍然是完美与和谐，是一个生命的真实和自然完整。

我们是否可以这样概括：比起论文和某些散文，小说的"主题"是以各种方式存在的，它无论是潜隐在深处还是流露在外部，都源自作者的世界观——作者对这个世界的总的看法，一定要在作品里展现出来。也就是说，作家的全部作品会有一个总的主题；同时，他不能停止的写作活动，比如契诃夫笔下的那个人的苦恼，也是在寻找自己的"主题思想"。可见这个工作是长期的、不能间断的，所以他要写个不停。

为了表达自己对这个世界的总的看法，对自己所生存的这个社会空间和自然空间的总的认识，他要思索不止。他的看法或者是清晰的，或者是模糊的，但探索是执着的、无休无止的。他的认识会有阶段性的变化，但这改变一定有着自身的轨迹，并非是任意的和突兀的。在这方面，他是质朴和诚实的。他怎样拥抱或拒斥这个时代，与这个时代的全部紧张关系，都表现和概括在所有的文字中了。

也就是说，他对自己所处的这个时代是极其认真的，他在顽强地探索着人生的道路，并在这个过程中形成了自己的世界观。

人在不同的生活空间里会有不同的看法，譬如说一个人从大陆来到了香港，面对新的环境就会有一些新的认识，形成自己的见解。他对社会架构、民主制度、城市建设、自然环境、教育体系等等，都要有一些了解，做出很多具体的判断。这属于空间上的变化。

人在时间里的变化更为显著。比如一个人在前二十年对某些社会现象的看法是一个样子，随着时间的推移，今天又会有新的发现和理解。他甚至会对以前的判断作出相当严厉的否定和批判。这就是不断探索的结果，是对世界总体看法的又一次修正。

一个杰出的作家必然有自己的世界观，有关于人类生存的形而上的思考。这是他整个创作的恒久的主题。具体到某一部作品，可能只是诠释这个主题的一个局部或一个侧面。所以他的每本书常常有所不同，既以新的面貌出现，又不会使我们在阅读中产生巨大的陌生感。我们会发现，他的所有思绪都像小溪一样汇入了大河——这条河流弯弯曲曲，没有中断，没有干涸，一直流淌到人生的终点。

所以中外的作家研究，常常要用很大的篇幅来讨论作家的人生道路、生活经历。这有助于理解作家和作品。一个真实质朴的作家才会是有意义的，因为他的探索是切实有力的、不会中断的、不曾跟着风尚流转的。坚持独立思考是他的本能，是生命的性质。如果反过来跟风追时，那就无足轻重了——这样的作品"主题"裸露，单薄浅近，而且总是变化突兀。因为作者没有什么世界观，对所处的时代也不会较真，只是一个机会主义者、机灵的混世者，哪里会有什么真痛苦，更不会对这个世界保持一种顽强的探索力。作家既然无力思想，却要表达自己的"见解"，那就只好跟从潮流，跟从时尚的需要——作品的所谓"主题"在这儿肯定是不难找到的，这是一种概念化的表达，是对于一个时期的强势的附和，是一些时髦的"思想"。在诸种强势当中，市场是最大的强势,潮流是最大的强势。

总而言之,作品的"主题"受制于作家对世界的总的看法。所以我们常常看到,一个杰出的作家往往具有不可思议的顽固性格,这正是生命的品质所决定的。看风使舵的人可以当一个政客或商人,但不会是一个有价值的作家——就具体的作品而言,其表达可能有所不同;但所有的作品,大致都会具有跟风趋时的统一性。

要理解一位杰出的作家,最后只能着眼于他的整个人生——一生都保持了对社会生活、对人性的顽强探究,最终形成了自己的见解、自己的生命轨迹。

他的"大主题"包括了社会的、生命的、美学的、哲学的、历史的……无数个方面,由此保证了每一部作品的思想深度,拥有了强大的精神支撑。他面对的是复杂的生命状况,他把一个生命在某个场景里的所有可能都如实地再现,并始终保持了一种诚实和诚恳。这样的表达怎么会像一篇论文那样,推导出一个清晰的结论?它常常是笼罩整个世界的困惑和不安,还有巨大的喜悦——要表述的一切是这么深邃和繁复,所以很难用简单的话语去概括和归纳了。这就让我们明白,为什么越是杰出的作家作品,其"主题"就越是难以把握——一百个读者会读出一百个"主题";同一个读者在不同的人生阶段也会读出不同的"主题"。

奋不顾身的人

观察一下文学史,那些杰出的作家往往是一些奋不顾身的人。这里的"身"

包括了小说本身，即写作规范之类，而不仅仅是指身体的"身"。在一种激烈的情感中、在一种大是大非面前，他们也许要忘掉"小说"作法之类，同时也忘掉自己在世俗生活中的安危，站在了"斗争"的第一线，战斗中连个掩体都不挖。

那时候他们的道德判断不仅清楚，而且简明锐利。他们忘记一切地辩论和争执，把自己的见解悉数说出来。这时候作家或者通过人物，或者直接就是他自己，做出一些尖锐深刻的表述。他的思想是裸露无遗的——按一般的"小说作法"来讲，作品的倾向是越隐蔽越好的，只有这样才会留下足够的空间，让读者有多方诠释的余地。从这个角度看，作家的这种忘情言说多少有点犯忌。可奇怪的是他好像把这一切全都忘了，并不忌讳什么。他们凭借更强大的自信力和执着力，从头说起，旁若无人，不受技术以及其他种种约束，甩开所有的羁绊，纵情言说。

这是一些特别的人，他们的内心世界丰富而强大。他们那种忘情的诉说和表述，会形成一种客观的张力、一种感人至深的力量。奇怪的是这非但没有使作品的思想变得浅近和简单，反而更为深刻——深不见底。强烈的主观性走到了一个极端，又化为一种令人惊愕的"客观"——作家忘我言说的同时，已经变成了一尊可以独立欣赏的、无处不在的特殊"人物"，他和小说中的其他情致风物浑然一体，可以任人诠释任人评论了。

可惜这大半是十九世纪以前的事情了，二十世纪以后的现代主义文学潮流中，几乎再也看不到这样的文学冒险者了。实际上对于一般的写作者来说，那真的是一种冒险，是不可模仿的。因为说到底这并不是一种方法，而是一种不同的生命特质。换句话说，如果不具有那种极其独特的灵魂，不具有那种几乎是与生俱来的道德激情和生命自信，最好连试也不要试。那会让人担心，担心变成简单的说教，空洞苍白，最后令人厌倦。看来"说教"要么是一个不可思议的生命现象，要么就是一种惯于卖弄的恶习。

有人会指出一些现代结构主义作品——他们的作品中有大段作家自己的"言论"，那么这和前边说过的那一类作品有什么区别？它们至少是相类似的吧？其实二者之间的差异很大，甚至可以说是完全不同。后者仅仅是或者更多是在形式方面做出的探索，突出的是那种现代的"结构意义"，而不是其他。这种言说表现了一种"复调"和"多声部"，正好用来表达他们对现代世界的怀疑、充满矛盾的心绪，而不是十九世纪的那种孤声决绝——当年那样质朴和冲动的、坚毅的笔调，已经不复存在了。这也是没有办法的事，时过境迁了。

即便是现代小说中能够纵横捭阖的思想家，他的言说透露出更多的也还是苦涩的自嘲。那大多是闲谈式的、讨论式的，显得冷言细语。作家不是站在辩论席上的人，不是诉讼人和指证者。那种置身旷阔厅堂满脸激动、不顾一切大声言说的人，早就离去了——时代过去了，那已经是昨天的事情了。

说到这里我们就可以明白，文学创作具有怎样的复杂性和多面性，它在许多时候是很难用"小说作法"一类去概括的，因为这些"作法"讲的只是常规，而最优秀的写作者往往是要突破常规的。我们能够用语言来加以表述的，只是其中的一部分道理，更多的内容、它的一些特殊规律，就需要每个写作者在漫长的实践中去把握和感悟了。"文无定法"，说的就是这个意思。我们所谈的只是一般的规律性的东西，是从前人的工作中概括出来的，是普遍创作现象的总结。可是所有这些经验都是僵固的，正在进行的劳动才是活鲜的，它会因为不同的写作而不断地发生变化。

说到那些文学史上的"奋不顾身"者，他们当然是极少数，可以称为文学的"异类"。我们不是从技法层面学习他们，而是其他，是心灵。可是我们又知道，灵魂和生命特质是无法传授的，它们的确不可以当成技艺来讲解。文学的世界像生命的世界一样广阔，这其中发生什么都是可能的。如果在写作中简单地模仿某一类，绝对地肯定或否定某一类，都有可能是武断和莽撞的。

在小说写作的历史中，有人不太顾忌常规，从所谓的艺术法则来看，似乎是一些逆行者。章法对他们不太管用。我们可以在名著中找到许多这样的例子——奇怪的是这一类作品不仅让读者感到有趣，还令职业作家、那些声名显赫的现代小说家也极为推崇。不同的是一般的读者只会觉得好玩和吸引人，而专业人士看取的则是更内在的东西，表现出职业式的费解和好奇。比如中国传统小说《老残游记》《镜花缘》等，其中的作者所宣示的理念部分，在今天看来不仅裸露，而且还有些粗浅和絮叨；从结构上讲，也常常在不合时宜的地方出现这一类文字——往往是为了引出一段情节，作者就提前宣讲起来，然后举出一些事例来加以说明，证明自己的见解是正确的。小说的骨干部分、一些故事和人物情节就是这样形成的。这多少有点笨拙，是写论说文的方法。这些例子在中国传统小说中十分常见，使人觉得中国过去的作家是极为看重"主题"的，他们不但不忌讳不害怕"主题先行"、不担心作品为某种理念服务，反而还极乐意做一个思想宣示者，时不时地提醒读者注意他的"见解"，唯恐自己发现的那些大道理被人物和情节埋没——这和现代小说理念相去太远了。

按理说这些传统小说一定是失败的，可事实上却并非如此——我们常常被其中的人物和场景所吸引，到最后完全忽略了作者的宣讲。这些宣讲也许只有某些分析小说的人、那些评论者才会注意，而大多数赏读者是不太在乎的。作家一再强调的"思想"和"发现"，他们的见地，在我们今天的读者看来大多是不重要的。更有趣的是，他们的这些理论阐述，在很大程度上是与小说人物以及生活描述脱节的、没有什么深密关联的。

用现在的文学眼光来看，这些传统小说的写作技法是相当业余的——没有结构方面的匀称感，没有叙述的娴熟和圆通。读中国传统小说，的确会时不时地有这样的感觉。

然而，这些感受并不完全是时代的隔膜造成的，因为同时代的另一些作品，在"小说套路"上就显得更专业一些——可惜这其中的一大部分是通俗作品，在文学价值上反而要低廉许多。比如当时的一些言情武侠小说，单讲结构和叙述就显得匀称多了。由此看来，那些不太在乎小说技法的人、一些似乎是小说行当之外的社会劝喻者，反而能够写出更具文学价值的上乘之作——这些人不是通常的"写手"，不太注重结构情节之类的调度，也没有太多的机心和匠心，反而具有了朴拙敦厚的气息——这恰恰是最为可贵的一种艺术品质。

中国传统是这样，外国的也不例外。比如被现代西方作家越来越推崇的一部长篇小说《白鲸》，就值得后人好好研究。它被后来的专业写作者反复诠释和琢磨——整部书格外有生气，但却不顾章法大写一通，显然不是行家里手做的事情。作者的议论有时很莽撞很冒失，再加上一章章一节节多余的、笨拙的描叙，看上去稚嫩得可爱，也单纯得可爱。这种气质不是伪装出来的，而是一种本色。麦尔维尔当过捕鲸手，真的在海上挣扎过困顿过，是海上生活的行家里手——他不是职业作家,没有通常那些职业气。比如他为了显示自己海上生活的博学,就不厌其烦地、细细地写起了网具、帆、桨,写海浪、各种鲸,写熬制鱼油的方法和过程。他的笔下太多捕鲸专业教科书才有的东西,这在专业作家看来是可笑的,大可不必写进小说中。可是麦尔维尔并不这样看。他觉得这也是"海上传奇"的组成部分——既是"传奇",就要记录,这正是闹市里的人最爱看的。

他的目的既单纯又简单,这在专业作家们看来也很有趣。就是这种泥沙俱下的、不管不顾的野路子,形成了《白鲸》独特的艺术景观。这部书今天看粗糙而又大气,浑然天成,有一股陌生气,是超越一般文学意义之上的罕见杰作。如果仅仅从写作学的意义上看、看它的局部,书中的"败笔"可算太多了。

类似的书还有《堂·吉诃德》,这也是一本没有职业气和匠气的小说。作者的书写十分自由,它所赢得的独特气质,使后来在技法上处心积虑的现代作家们心生羡慕。

图解和游戏

作为写作教科书,它告诉我们的往往是一些最基本的原理,即规律性的东西:小说要让主题隐匿起来,一直隐匿到作家自己的心里去;它起码不要像论文那样去论证一种思想、说明一种观念,不能通过人物和场景、也不能通过故事去直接阐明某个道理。不然作品就会变得浅近、概念。的确,作家为了图解一种思想，不遗余力地去做一些费力不讨好的事情，是很不值得的。

在以前很长的一段时间里，小说就曾经这样做过。那时的小说家们忙着图解一种思想，而且这些思想并不是作家自己的。我们知道，世界上即便再伟大的思想，只要不是自己的，那也不能当成个人发现去诠释；而且就算是自己的，也不能在小说中用来图解——无论这种思想多么时髦和多么重要，小说家都不能用来做一部作品的"主题"。小说是一门艺术，它有自己的规律，硬是让小说做一部社会机器上的零部件，是十分短视和浅薄的做法。

可是直到今天，我们要完全避开这条可笑的荒谬之路，也不是那么容易。有人以为今天完全放开了，作家们简直是愿怎么写就怎么写，什么爱啊性啊千奇百怪，上天入地，想象大胆自由五花八门——一句话，现在的作家自由多了，再也不必为"图解"和"服务"而苦恼了。

实际上真的是这样吗？也不一定。真实的情况是，小说在这方面一点都不乐观——自觉或不自觉地重蹈覆辙的人仍然很多，他们不过是从图解和服务于一种思想转向了另一种思想。如果说过去的图解和服务是因为受到强调和利诱这双重力量的话，那么今天也是一样：强大的物质利诱。这对于小说的危害其实是一样大或者更大的。

表面上看文学的世界潮流走到了今天，早已经远离了强势和权力。小说从二十世纪初就开始写虚无、写荒诞和嬉戏，它嘲弄的就是秩序和权力、虚伪的道德。它不断强化自己的自娱性，无责任无传统无顾忌更无"主题"，什么都可以游戏，已是从未有过的恣意和放松。

可是细细地拆解"当代艺术"发展的一些过程和关节，我们又会心生疑窦，发现它并非那么简单。

现在它仍然在为这个时期的强势服务，仍然是附和与跟从，只不过是换了一种方法而已——它依旧在"图解"，只是换上了这个时期所需要的"思想"和"主题"。在这个时期，商业主义和物质主义要通过文学艺术作出表达——一部分写作也正是这样响应的。

人的郁闷、心灵的荒芜，只是时代的一些副产品。打乱一切文化秩序，嘲弄一切伦理规范和行为准则，挑战一切宗教精神，最后将所有的意义都归结为物欲。人与人之间除了赤裸裸的利益关系，再没有其他了。作家和其他人一起恍然大悟：这个世界上所谓的"真理"是不存在的，"正义"是不需要的，"公平"也是扯淡；原来自古至今，对人类的一切道德要求都是精神鸦片，是障眼法，只有利益和物欲等现世享乐才是真正的目的和意义——简单来说，现代商业社会的某些"文学写作"正在走向这样的认知，汇成了这样的一股浊流。

而前不久，大约二三十年前，就在同一块地方，还图解和强调着"阶级斗争"的主题——今天只一转身，就走向了另一个极端，换上了另一个主题。

在西方，现代主义将资产阶级典雅的艺术厅堂弄脏了，所以那些利益集团最初并不喜欢它。当年的一些现代绘画想到沙龙里展出都不行，被认为是伤风败俗。大多数民众对一些现代画也看不懂，觉得它们一味胡来而没有什么正经，没有思想，也不健康，是些颓废的玩意儿。这是现代主义最为艰难的时期：两边不讨好。但不久情况就改变了，利益阶层终于发现这种虚无和荒诞颓废可以"为我所用"。尽管虚无和荒诞是源于对物欲主义的绝望和批判，但这些完全可以化腐朽为神奇，将其轻而易举地导向相反的方向。因为两极相通，二者相距并不遥远。后来最早收购这些荒芜怪诞、确立它们神圣地位的，还是一些大资产者。

这些荒诞和游戏，原本只是反抗资本主义的规则和现存秩序，它的创作者是绝望的、底层的——可惜仅仅是止于绝望，是嘲弄和推倒；再往前走，就走到了思想的对立面、严肃与坚持的对立面，恰恰最宜于投进资产者的天地大玩场，成为物欲世界的一个组成部分、一个精神指标。

因为大家都在胡闹，都在疯狂地娱乐，谁还有时间心情绷紧。这种放弃和涣散当然是权势阶层乐观其成的。而一旦社会气氛走向严肃的探索，直接的后果就是求诉和反抗。任何一个时代，无论是极权专制还是财阀统治，他们都同样厌恶精神力量的培育。

所以我们就会明白，为什么那些权势利益集团一度那么喜欢"解构"。原来那些貌似大胆、疯狂和肮脏的"艺术"，与强势掠夺者在深层上本是一家——一种狼狈为奸的关系、主仆的关系。

这种关系的形成是有一个过程的，有时甚至是在不自觉中完成的。在物欲的诱惑下，小说家们开始琢磨怎样改弦易辙，靠近一个时代的主题——这个时期不需要思想，只需要跟从，跟从大的潮流和方向。一场大规模的"图解"就这样形成了，"主题先行"的习惯做法再次风行起来。从表面上看作家们只是在游戏，不拘小节和顽皮荒唐，实际上却没有那么简单：他们审时度势地加入了物质主义者的大合唱。

任何跟随都是有利可图的。而今与阶级斗争时期的那种思潮从方向上看并不一致、甚至是完全相反，但其内在道理和本质意义却是相同的——它造成的效果、对人的生存和艺术的损伤是有过之而无不及的。

写作者放弃自己的探索，其作品的"主题"真的是隐晦了——压根儿就没有；可是他们的风格与内容又融入了整个潮流，水乳交融。这样做并不难，因为他们对世界本来就没有什么探究之心，一切都无所谓，一切都为了市场、为了卖出。

至此，"主题"到底是什么就慢慢清楚了——它是一个作家对个人、对自己置身的这个世界永不疲惫的探寻过程，是世界观的形成轨迹。

只要这个轨迹存在，他的作品就不会像一摊烂泥一样萎泄在地。

它原来无处不在

如果我们看的是一部单纯的爱情小说，如《少年维特之烦恼》《茶花女》这样的书，它们从头到尾讲的只是爱、思念、痛苦，似乎只是两个人的世界，一切都很简单——书里并没有什么复杂的、高深的思想啊。是的，它真的只是一个朴素的故事。但我们前面说过，小说的主题不应该是理论推导，不宜装入"通过什么说明了什么"那样的框子里——它的主题和思想是通过语言和形象、通过故事的讲述，于默默无察中抵达的。思想不需要如数摆在桌面上，不能堆在那里让我们参观。

我们的阅读，最好还是放松下来，享受作家娓娓动听的讲述。小说家使用的是个人的语言，有一种特别的语调，我们只需要跟住它往前走就好了，去经历一次陶醉。这个过程我们也会在心底生发出一些人生的感慨，一些联想。小说和我们以往听到的那些爱得死去活来的故事不同，传达出的意蕴、表达出的强度和深度都有不同。

如果仅仅是一个故事,那么这样的故事随便让一个人去讲,我们还会同样感动和入迷吗?显然不会。

我们在沉入忘我的境地险些走不出来,对作家强调的意念和思想反而不太觉察。比如男主人公为什么自杀,我们可能只想到强烈的爱恋让他无法忍受——再追究下去,还有对朋友的道德承诺、对所爱一方的诸多顾及……好像还有许多,远远不止如此——作家对如此一个优秀生命的悲恸和惋惜、对他最后选择的思考、选择的全部理由,显然还有无尽深意蕴含着。我们作为读者,如果是更细心的读者,就会从文字中、从一个个场景中,感受这些潜隐的存在——只是我们无法清楚地说个明白,无法把这一切全部条理化。

比如作家书中对一个长工与女东家的深爱,对那两棵菩提树的浓笔重墨,对山河风物极尽情感的描绘,都蕴藏了意义和思想。这其中大多是难以直接说出的,而只能在阅读中意会和体味。一般的书评者总是对这部作品给予社会意义上的过分解读,比如什么反封建之类——因为当时的德国是从所谓的封建社会向资本主义过渡的时期,于是这种高论就十分盛行。其实我们平心静气地读书、自然而然地欣赏,哪里会有这么尖利和及时的政治发现?这些"思想"不仅不太显著,而且也可以说简直就没有——起码作家没有这样的喻示,没有这样的想法。全书写的就是我们人人都熟悉的人性,是青年男女的爱与被爱;美女遇到少年,少年又遇到无法克服的难题……全部的痛苦、无法解决的矛盾就在这里。这种情形带来的痛苦,不光是封建社会,即便奴隶社会也有,人在这时候的内心反应都是大致相似的。

不同的是本书向我们讲述的故事、男女主人公,完全是歌德式的。一些特别的意味、思绪和倾向,都渗透在一行行文字和词汇中,一切既解释不尽,也没法分离出来。我们所讲的"主题",如果真的存在,那也绝不是用逻辑思维即能加以概括。它没有那么便捷,比如不可能用一句"反封建"就算了事。要"反封建"也是我们在反,不是歌德和维特所为。

但是,我们可以从中得出"反封建"的结论,可以做出各种联想和感想——作品一旦问世就开始了独立生长,它可以让每个阅读者从不同的方向欣赏、总结、推敲。如果是一个格外多愁善感的人,一个对大自然充满柔情的人,又会对少年维特最后的归宿——长眠在两棵大菩提树下生发出无限悲伤的同时,产生一种回返自然的神秘和敬畏。每个人由于心情不同,阅历不同,性格不同,各自都会得出自己的一些结论、发出一些慨叹。可见"主题"有无数个,它就散布在字里行间,随处都是;它溶解于整个篇章,化掉了,但是却没有蒸发。

谈到这里,似乎可以得出一个结论:对于小说创作来说,没有溶解在全部文字中的所谓"主题",倒有可能是不祥之物,它在许多时候都是可疑的和有害的。

就一部作品而言,作家以个人的思维方式、个人的语言方式讲述故事,这才是主要的。这一切都是不可代替的。它所表达的思想,也正是包含在这其中的:无时不在,无处不在。

一部单纯的爱情小说是这样,那些看上去饱含妙悟与哲思睿智的书、复杂之极的书也是这样。比如索尔·贝娄的《洪堡的礼物》,又是另一个绝好的标本。在这部五十多万字的长篇中,一个犹太知识分子正在经历婚姻的尴尬、朋友的贫穷潦倒和嫉妒、黑社会的敲诈,好多东西搅成了一团。因为它是一个学者写的,主人公又是知识分子,所以字里行间到处都是"思想"。

思想的火花在噼噼啪啪爆响，闪烁得频繁刺眼。我们打开书，随便看几页就会觉得这是一个高深的思想家在讲故事，随处都有深邃的洞察。一个多么复杂的思想的世界，这么纠缠，这么多悖论和辨析！它的质地，和我们刚才讲的那些单纯的爱情小说差距何等巨大。

即便如此，从道理上讲，类似的写法就一定比那些单纯的作品在思想的层面上更为深刻吗？当然未必。这只是两种不同的写法而已。后者局部的思想的闪光，其实也等同于形象，我们甚至可以当成故事去读。这一切的背后隐藏和交织的，才是更加复杂的"主题思想"——那是作家整个的人、整个的世界观。

一切都是通过语言抵达的。作家饱满的表述过程，随处都渗透着"主题"的因子。如果我们硬要把它从中提炼出来，哪怕像酿酒那样，一点一点蒸馏的话，大概都很难做到。它蕴含在里面，既不能蒸馏也不能过滤，它就是物质（文字）本身。

我们特别强调作家在生活中的个人探索，强调这种探索要贯彻到底，贯彻到人生的最后一刻——这才是最重要的。一个作家无论在思想的探求上多么曲折，只要是真诚质朴地坚持下来，就是一个完整的过程。谈写作，谈技术层面的东西，谈到后来会发现，所有这一切其实都是难以独立存在的——它最终还是要退到后面；而精神和灵魂，它们却会慢慢凸显出来。

所以说，一个道德激情特别强大的作家，一个思想上积极不倦的探索者，终究不太可能是技术上的低能儿；相反，那些嬉戏生活、没有精神追求的实用主义者、机会主义者，倒是很难拥有出色的艺术表达。这个道理其实很简单：与艺术有关的一切方面，都需要作家的勇气、意志和恒心。

严格讲来,我们今天谈的不是某个技术的单项,而是触及到了创作的核心。为什么把它放在第四堂来讲?因为有了这一讲,才能把前面的三讲串起来。它其实是渗透在前面三讲中的,语言、故事和人物之中都有它的存在——语言、人物、故事也都是"主题",因为"主题"就溶解在这些里面。

我们如果这样理解小说的写作,将这些元素能够作统一观,也就有了浑然一体的理解,算是跨到了门槛之内。

一开始讲的时候我们要分开,把语言、人物、故事作为不同的单元,但是到了"主题"这儿,我们就得将它们合在一块儿说了。只有这样,"语言"才算有了生命,"人物"才算有了气息,"情节"也才成为人的行动。所以说今天这一课是最重要的。

本单元的讨论

"新写实"的主题／学习和恪守／大耐性和大定力

有人问"新写实"有什么共同的"主题"?这可能要把人问住了。因为通常这是评论者说到的一个概念,写作的人往往弄不明白。评论作品是一种专门的工作,它常常要划分时期、划分流派,造出一些新的概念,不然就没有话题和抓手。具体到创作时,作家们大概会各写各的,一直写下去就是了。

"新写实"或许是一个时期里某些写作的概括吧？它们究竟有怎样的倾向和内容，作家们可能不太了解。

比起上一代人，现在的一部分作者把"主题"和思想之类隐藏得更深，作品更客观化也更琐碎了。这和整个的文学流向是一致的，就是越来越内向，越来越烦琐，并给予充分的展示。道德判断是没有的，尽可能地将主观色彩淡化。

虽然不必急于否定潮流，但我们总结起来也会发现，文学小时代的一个显著标志，就是作家越来越没有了义愤，没有了好恶。一开始是隐藏它，到后来则是完全没有了，没有了任何是非观念，怎么都行，怎样都行。这里只有利益，只有名利得失，为了这些，其他的似乎可以随时更换。

说到文学训练，讲得最多的往往是技术层面。其实另一方面更为重要，就是怎样认真地生活，对社会的许多问题坚持思考——向善是最基本的，写作只是一种善行，说到底不过如此。写家应该有义愤、有判断、做人勇敢。当然勇敢也是不同的，不能强求一律，与拿刀的歹徒搏斗是勇敢，一直坚持下来的顽强探索、努力学习和恪守一种信念，也是勇敢。一种韧性的坚持和不离不弃，有时需要更大的勇气。

读书要深入进去也不容易。我们有时遇到一些人谈作品，总觉得他们说得有点别扭，有什么地方不对劲儿——原来他们只是翻翻而已，并没有好好读。他不过是读了某个片段，粗枝大叶不求甚解，脑子里是一些闪闪烁烁的印象。这算不得阅读。他由此获得的信息是凌乱的，而不是一贯和完整的。他的那种感动不是来自总体，更不是一点点形成的。这是最坏的习惯。这样的阅读对于学习写作的人来说，会有极坏的结果。其实最好的读者才会是最好的作者，这从来不会有什么例外。

要真正走入作家创造的那个世界，才会读出作品的"主题"，这等于寻觅他的精神轨迹……最近读了石黑一雄的《浮世画家》和《我辈孤雏》——以前读过他的长篇小说《残日》和几个中短篇。这两部似乎不如《残日》，但叙事的沉稳、文笔的纤细和缜密是一致的。作者毫无浮躁，这与大多数商业时代的写作面貌迥异。他十分敏感，写人的自尊，怀旧，一切都做到了十足的火候。石黑一雄的文风既是稳健的，又是华丽的。这让我们的确触摸到了一个新奇的个人世界：这份人生经验是独特的，令人领略一次不曾重复的生活内容，又好比一场深入的对谈，是一种享受。他真正吸引我们的，是超出了商业物质时代的普遍精神水准——那样的一种情怀和高度。

所有杰出的作家都是他那个时代的异数。他们是有大耐性大定力的人。听听窗外，什么摇滚动漫、数字奇巧……各种现世变幻应接不暇，引诱和干扰无处不在。这种情形之下大多数人都不能安生，可是唯有一些内心生活丰盈的艺术家能够沉稳——看看他们的文字，你会觉得这个人生活在月亮上。对他们而言，世俗的节奏，声声吆喝催促，都在遥遥退却，不起什么作用。这真是了不起。

一条生命的大河／他们的慢／现代的"穷狂"

精神世界的差别之大，有时到了没法言说的地步。我们一步踏进去，渐渐被笼罩起来。看作家全集，从头看下来，就像沿着一条生命的大河走了一趟，感受的尽是两岸迷人的风光……《托尔斯泰全集》苏联出过一百卷本，这是波澜壮阔的、真正的大河。

苏东坡的全部作品读一遍，一定会比他的传记更加传神。多么有趣的人，历尽坎坷，再大的厄运都没法让他委顿。

海明威的鼎盛时期也特别有魅力，多么外向又多么内在。一些故事和传闻使他格外招眼，可是他亲手写下的那些简约文字又需要细细领悟。后来的作品写喝酒太多：主人公不停地喝，直到醉里吭荡。

福克纳的大部分作品并不好读，他有一个小长篇译名《我弥留之际》，十几万字，干净利落。一般来说他的小说议论不多，但是十分絮叨，如不停地写动作，这得慢慢看。可是一个个场景组合起来，也给人特别厚实的感觉。也许现代读者没法消受这种艺术，因为他的性子太慢了——抽着一支老式烟斗，不慌不忙地讲叙自己的故事。

有人说那都是很早以前的作家了，他们的慢是因为没有遇到网络时代。可是石黑一雄，还有库切，他们都是这个时代的作家，也是很慢的。库切有一部长篇，名字叫《迈克尔·K的幸福生活》，写一个生了兔唇的可怜人，和苦命的妈妈逃离城区的全过程：历尽艰辛、母亲病死，一个人躲闪着搜捕流民的武装人员，寻找着母亲的"乡间"……他在野外种南瓜，掩藏，浇水，南瓜成熟，烤南瓜——场景迷人，细致逼真，那种韵致和节奏一点都没有商业时代的"穷狂"。这是临时想出来的一个词，因为现代人除了浑身涨满的物欲，什么都没有了，"穷"到了极点，而且"抓狂"，惶惶不可终日。

文学的当代性／小说的超越／接得通

许多人谈到文学的当代性，说的是作品总要依赖于一个特定时期的社会状态、语言状态和精神状态，离开这些就很难理解——作品完全独立于时代的情形是不存在的。的确，有的作品如果离开了它产生的土壤，也就不再拥有那样的影响力。作品需要和它所处的时代相依相存，好像二者各有一个倾角，相互支撑才能形成一个立体的存在。读者从作品中读到时代，从时代中寻找作品。

可是也有的作品稍稍不同：将其抽离当时的社会环境和艺术潮流，在完全陌生的另一个时代里去看，也会相当动人——只是不再像当时给人那么强的撞击力了。可见所有作品都有一个共同的特点，就是要"合于时而生"；但比较起来，这其中仍然有独立性更强的作品——它们离开了自己的时代，离开了那个特定的背景，也还是那么感人那么生动。

原来大师的作品也借时代之力，但不同的是无论放在什么时候去看，其艺术和情感的力量都难以丧失。

说到中国的"伤痕文学"，其中的个别作品当年令人何等感动，今天再看就不是那样了。因为时过境迁了，它是完全依赖于那个时代的社会状况、精神状况而存在的。假若它包含了更多永恒的东西，探索到了人性深处，可能就会是另一种面貌了。

这里讨论的是怎样获得小说的超越性，即避免埋没于"当代"的那种气度和眼光。这与强烈地关注现实并不矛盾。但这种关注不是短视和庸常，而是需要更大的抱负和胸襟。

我们今天看《古文观止》，里面的许多篇章所描述的场面、一些人情事物，仍然像在眼前一样。它们创作之初也是对自己时代的"有感而发"，但却具有大眼光大观照。这眼光通向过去和未来，两边都接得通，所以直到现在还会唤起我们强烈的共鸣。

我们只能接近它／叙述和概括的难度

我们不能简单化地概括出一部小说的"主题"，不能三下五除二地讲出来——它不会那么简明扼要。如前所讲，"主题"就是语言、人物和故事，它们之间是不能掰开来的。它们甚至不能蒸馏也不能过滤。但这并不意味着作家的思想涣散，不意味着"走神"。只要有语言、人物和故事，就会有"主题"。我们会在阅读中慢慢接近它。它不是一个可以就近抓住的"思想"的把柄，不是可以用情节和人物故事等材料提炼和加工出来的物质。

如果硬要概括出来，只好进行极大的简化和压缩，也就难免造成根本的误解。这是专业阅读者应该回避的。如果作品的思想那么简单就能概括出来，也就不需要作家使用那么多的文字了。书写得长，是因为它要表述的意蕴太复杂了。

有人让作家将几十万字的作品概括出一个意思来，要几句话说个清楚，这往往是最让人头痛的事情。作家用了厚厚的一大沓才说完的意绪，当然难以概括。

一篇散文，特别是一篇理论文章，"主题"是可以概括的。所以语文考试的时候让考生找"中心思想",一般采用的范本就是理论文章或散文,而不会是小说。

两种思维的交织／如果小说家是一个诗人／题目

有人问作家在动笔写作时,是先有了主题思想等意念,还是有了人物和故事再去理清一个主题(思想)?这儿的"主题"是打引号的,以区别于论文中的主题——它的思想不是能够推导出来的一个理念,而是一个多解的、让人去感受的某种倾向或心绪、一些哲学层面的思考。

作家在结构和处理一些具体的故事、塑造具体的人物时,不可能脱离自己的世界观。一个人只要对世界有自己的看法,这些看法就会从故事与人物中渗透出来,这成为自觉不自觉的一个过程。他的理性思考会影响笔下的人物,影响感性的表达,对整个篇章构成制约。同时他笔下的文字又会给他新的启发……既然这样,写作中或许要交替使用不同的思维方式。这个过程难以形容,因为每个步骤都没有固定的位置,也没法量化和描述。

逻辑思维当然是极其重要的,有时候会是决定性的作用。但它并非是作家专门的冥思苦想。它会渗透在每一个步骤里。这让人想到了乐器演奏:拉琴的人两手都动,是极度完美的协调,但我们根本不会区分出左右大脑对两只手的指挥和控制。这就是逻辑思维和感性思维的交织作用,它们一起演绎了整个艺术创作过程。

如果小说家同时又是一个诗人,他在创作的时候会常常想到作品的意境。

意境很难用语言去具体表述，它似乎包含了画面、气味，甚至是温湿度，一种情致，一种气氛，总之是不可言传的情境。故事和人物被统一的意境所笼罩，作品因此而和谐起来，也变得深邃辽远了。写作中，作家会通过人物、语言、细节、情节，慢慢地接近和完成脑海里的"意境"，至此作品也就完成了。

题目与作品关系紧密。有时小说写完了还没有题目（书名），作家会为这个苦闷。这种情况是可惜的。一部书的名字，对于作家重要到什么程度？不同的作家会有差异，如果小说家本质上是一个诗人，那么他就会极其依赖它，它对他来说就好比一个太阳，整个的虚构世界都要被它照亮。有了这种光芒、这种亮度才可以工作，不然就是摸黑干活。题目（书名）隐含了"主题"和意境，决定了一个大的方向。只有作家本人才知道这几个字或一个词组里面，到底包含了多少艺术的密码。作家的写作，很大程度上就是为了把一个书名所包含的能量全部释放出来。这可能要考虑搬动十万、二十万或更长的文字。

长篇与短篇的区别／守住心力和文气／从诗出发

长篇和中短篇哪个更难写？不少人这样问。如果从篇幅上看，短篇似乎是容易的。可是如果从文字的精致和严苛上看，短篇好像又具有更大的工作强度。还有，一个短篇万字左右，需要一个构思；长篇即便几十万字，也需要一个构思。

但无论如何短篇体量较小，相对还是要简单一点儿，因为花费的劳动小。

它的主要难度在于单位时间内需要更为集中和强烈地投入劳动———一个作家在创作力最好的时期、在上升和冲刺阶段，往往都更多地写了短篇。他这时候精力好，有生气，冲力大。具体到作品的局部，无论是文字调度还是其他，短篇的要求都更高一些。一万左右的篇幅内包括了这么多，还需要完整的结构、生动的故事和人物，当然不易。短篇不允许作家犯错误，因为给他改正的机会很少。从语言到人物塑造、思想意蕴，必须成功。也许一段文字写不好，整个作品就完了。

长篇小说周旋的余地大。假使一部长篇没有特别深刻的思想，可能还会有丰富的生活内容稍做弥补；语言比较老旧，也许由于大量的生活信息、人物形象的鲜明而获取不低的"总分"。或许某部长篇小说从专业角度看文学含量较低，但仍然被公认为相当成功的长篇，就因为它的"总分"取胜。当然这样的作品也不会是第一流的，因为它"犯了致命的错误"：语言平庸，叙事涣散，即便有相应的体量和丰实的内容稍稍补救。

可见，长篇小说一旦犯了错误还有机会更正和弥补，短篇则没有机会了。短篇写作常常让人想到篮球场上，很快就"三步上篮"了———就要冲上去扣篮了，犹豫不得失误不得；长篇倒像足球，刚刚从自己球门踢出去，踢到对方的球门那儿还有很长的一段，这其中变数很大、机会很多。

短篇同样忌讳直露，有人却认为那么短的一个东西，要包含复杂的思想不可能。但只要是优秀的短篇，思想的含量同样是很高的。有的短篇为了突出思想的力道，反而用力，结果写得直露了。"主题"同样不是短篇图解的理念。

作家令人尊敬和钦佩的，就是他们一生都在写短篇。鲁迅，契诃夫，梅里美,都是这样的大手笔。有人以为作家的创作力单薄才写中短篇;恰恰相反,粗糙的、艺术素质较差的作家也能写出几部马马虎虎的长篇,可就是写不出一个像样的短篇。判断一个人的文学能力,看短篇写得如何是很重要的;看一个作家的综合素质,从散文和随笔文论中就会一目了然。

一个作家文龄渐大,大多都要尝试长篇。这是正常的,因为他心中需要表达的东西越来越多,原来的篇幅已经容纳不下了。当然也有其他原因,比如心力随着年龄的增长而变得软弱,已经没有能力制造钻石一样坚硬的晶体了——激情和心力也像眼睛一样,不能聚焦了……类似的情况的确会有。局部的精彩描绘、高度绷紧的脑力,是这些在减弱。但是年纪大了,阅历长了,经验多了,这些都成为作家创作长篇的强项。

高尔基的那句名言被人多次引用:"难道造一个手榴弹比造一辆坦克还难吗?"这个比喻容易把人说服。不过这只从某个方面说出了事物的真谛:同样的语言质地和文学含量,当然是篇幅越大难度越高。

问题是有多少长篇能像短篇一样通篇绷紧?长篇往往是拖拖拉拉的东西。如果写得很长,也可能是前面好后面差,像《追忆似水年华》这样的杰作,仍然是前面两三本最好,往后的就差了许多。苏联时期有四卷本的《普里亚斯林一家》,阿勃洛莫夫写的,第一卷好极了,大气磅礴,可是从第二卷开始就明显地弱下来,第三卷第四卷文气断断续续,已经接不上了。

所以说,人的心力和文气要守住是很难的。作家一直写下去,写上十年二十年,四十年五十年,一直保持充沛的元气,这是最难的。不要说其他,单从身体上也是吃不消的。写长篇,一开始的十万字很饱满,故事美妙,语言飞扬;那就再写二十万字或三十万字……要这样一直写下去,那是非常难的。所以有人说，写长篇的人是半个体力劳动者。的确是这样。

除了身体的原因，主要还是精神方面的原因，二者要交错发生影响。脑子里总是想着这几个人物、这个故事，语言水准还要保持住，几十年下去当然有难度。这是累死人的劳动。陀思妥耶夫斯基的故居里，一切还像原来一样摆放着，那张桌子还在，下面是红色的地毯，旁边是沙发。一天夜里，他写着写着笔就掉了——滚到屋角，作家弯腰去拣那支笔的时候血管破裂了。他就在旁边的沙发上停止了呼吸。他牺牲在自己的岗位上。

趁着年轻写出一批好短篇来：写出十个，就有十个完整的构思。它与长篇的道理是一样的，麻雀虽小，五脏俱全，一个小动物，它的心脏、循环系统神经系统也缺一不可。这和一头大象是一样的。所以开始要写短篇，写诗，写极其凝练的东西。形成一种凝练的习惯之后，再写长的作品，就会受益无穷。

一些人上来就写长篇，凭着自己的生活储备讲故事——没有诗意，没有训练，这多少等于让一个铁匠去造电脑，是最糟糕的。

文学写作是一个极其漫长的训练过程，更不要说需要先天的才华了。我们赞同这样的训练：一开始写诗，接着写散文。以诗为出发点，以散文做桥梁，慢慢将自己导入小说的领域。这样会是比较完整的文学训练。

古诗与自由诗／小说是一次大解放／从细微处着手

写自由诗当然最好。古诗的韵律限制人。老先生和领导人偏爱古诗，用它怀旧。有人认为自由诗长长短短连标点都没有，不讲平仄，或许简单。

其实不然。律诗写好了固然不易，但自由诗更难一些。许多人喜欢古诗，尤其喜欢"古风"。因为"古风"更自由，最利于酣畅地表达。后来慢慢提炼出一些平仄方面的规则，也是"小道"。"大道"就是尽可能地在形式上解放自己，突出内容。从诗到小说，从某种意义上也可以说是一次解放。

一开始写诗，就是对自己有所局限，慢慢解放到小说，从短篇到长篇，这样解放自己。可是对诗的热爱还要保留，终生如此。还有写散文，写短篇和中篇。总是写长篇，这并不好。我们讲小说，却谈到了诗和散文，因为这是通向小说之路。散文是每一个文明人都该做得好的，因为它是实用的，比如说生活里要用的一些文字，都应该是散文。以前那种特别格式化的所谓散文反而不是最好的，因为不自然。散文不能成为套路，贵在自然质朴，要实用，不能虚构。如果虚构一篇散文就不好了。而小说是要虚构的。

如有人写了一篇抒情散文，它是实用的吗？当然，因为情到浓时必要抒发，抒发情感需要真实。我们看古代的散文，大部分不是创作的；个别写给皇帝的赋，也很实用，那是宫廷的需要。

诗和散文，作为文体，它的外壳比较薄，写好却不容易。诗和散文是文学的入口。有人刚开始写小说时，把范本放在一边，研究它是怎么分自然段的。有的自然段只是一句话，有的却占好几页，它的内在逻辑在哪里？这和诗不一样。"自然段"要自然。

小说的自然段也体现了个人风格。有些现代主义作家整页不分段，长达一两万字只一个自然段。他们故意不按章法办事。这和那些不加标点的句子一样，都往悬处走。散文也好，小说也好，在自然段和标点这些看起来很简单的东西中，暗藏了杀机。看起来微不足道，却藏着老到的计谋。写作者要从研究这些细微处开始,看清它的内部。一些文体家极其讲究,要学习他们就得从细部开始。

为什么说"主题"就是语言?因为不同的造句里面一定包含着个人的心性。平庸的小说几乎没有个人的造句——句子不独特,也难以有真正属于自己的思想和意绪。小时候造一个好句子老师会表扬,那就保持这种虚荣心,接着造下去。

绝妙之物／不能把书读歪／比谁更慢

前边讲,短篇实际上是一个"大活计",写好短篇非常难。如果一个人一辈子像契诃夫那样写短篇,像巴别尔的《轻骑军》那样写,会是最难的。巴别尔就那么薄薄一本,却让专业人士心生嫉妒。还有马尔克斯的短篇集《异乡客》,也是不可多得的绝妙之物。记得《异乡客》里面有一篇叫《北风》,说那个地方因为地形特殊,每到一个季节就刮北风,刮得人人畏惧——一个年轻人由于害怕返回那个地方,半道上竟然跳崖自杀了。还有一个门房,一边用一个罐头盒子煮豆子吃一边议论着即将来临的"北风"——两天后有人发现他吓得吊死了。这些事情令人难以置信,可是阅读时觉得没有比这个"北风"再可怕的了。作家刮了一场艺术的"北风",它让人害怕。

我们读这些作品时不会总想它们讲了个什么"主题思想",那样就把书读糟蹋了——所有把书读歪了的人,都是因为太挂念所谓的"主题"了。"主题"不是没有,但绝不会放在他要找的地方——前边说过,"主题"只放在作者的身与心之间，只要读出作家本人来，只要他活生生地站在面前的时候，"主题"也就找到了。好的作者也应该是一个好的读书人，他们从不会急火火地从一本小说中寻找"主题思想"，因为这样做将永远也读不懂小说。

努力写作，写出几个绝妙的短篇。有人一生写了上百个短篇，回头一看，稍微满意一点的也不过才五六个。有了这样的训练和经历，再试着写中篇长篇。一点一点来，耐住性子。网络时代的写作不是比谁更快，而是比谁更慢。

二〇一〇年五月五日

第五讲：修改

修改的第一个环节

一部作品总要经历修改这个过程，这是所有作者都明白的道理。但因为特别浮躁，或者因为没有修改的机会，有人也可能放弃这个环节。除此之外，一般都要将作品修改几次，尽可能地让自己满意。鲁迅先生说过：在交稿前，文章至少要改上几遍，把可有可无的字和句去掉。

一个成熟的作家，如果没有特殊的原因，是不可能把一部没有修改的作品送走的。那才是不可思议的。问题是一部作品从什么时候开始修改？一个作家到底有多少修改的机会？

鲁迅先生当年还说过这样一句话："不要想到一点就写。"

很多人以为，鲁迅的意思是在下笔之前，要想得非常充分了再写。反面的例子是：有人一冲动就把字落在了纸上。这显然有些冒失。

其实现在来看，鲁迅的这句话中还透露了一个写作学的问题。"不要想到一点就写"，这里面似乎蕴含了其他的奥秘：想到多少再写呢？想了多少才算瓜熟蒂落？难道想得越多越好吗？再说想得完全熟透，就一定会写得更好吗？

鲁迅先生在说一个十分微妙的事情，这是指动笔前的一种"心事"。

原来作品在心中刚刚滋生的那一刻，就开始了成长，并经历一遍遍的"修改"。这些"修改"可能是漫长的，十分漫长。但无论多么长，它都只能算作"修改的第一个环节"——因为它不是在纸上进行的,而是在心里做起的。

有写作经历的人会发现,作品在心里有一个孕育的过程:有了感动,有了描述的欲望,之后会慢慢让这粒种子植在心里,让其发芽、长大,最后才在纸上写下第一笔。

实际上,这粒种子从萌发到落在纸上的这个阶段,有时是很漫长的,或许还要跋涉千山万水,历尽艰辛。这样说一点都不夸张。只要它一天不能落在纸上,这个过程也就一天没有结束。事实上,这个过程所需要的时间,通常总是长于在纸上书写的时间。

如果省却了这个过程、人为地缩短了这个过程,结果常常会让人失望。因为它不可省略不可取代、甚至是难以重复的——一旦开始了纸上的涂抹,即是预示了第一个修改环节的结束。

有人忽略了这一点,因为他们过分急切,不愿让那粒"种子"在心里存留得太久。

一位拉美作家谈自己刚刚出版的一部美妙的短篇集时说道:"这其中的一些篇目是二十多年前的构思了。"有人听了会想:凭他这样的大师,多少名篇杰作在世上流传,这些几千字的短章还要魂牵梦萦二十年?他们会将他的话当成一位功成名就者常有的那种夸张,是一种"极而言之"。他说二十多年都没有把它写下来,是因为还不到时候——现在终于有可能把它一篇一篇写出来,成为你们看到的这本薄薄的小书。

二十多年的时间里,它们在作家心中被不断地丰富着,历经了许多思考,最后总算趋于成熟。他没有过多地谈论纸上工作的情形,似乎对后者没有太多的兴趣。显而易见,作家谈的是那个漫长的"第一环节",即心里的修改。

越是杰出的作家,作品留在心里的这个过程越是微妙——他十分谨慎地对待这个阶段中的每一个变化。这就像一位面包师施放了酵母,烤制还没有开始的这个时段。这对于即将出炉的面包来说是至为关键的。

这种心中的修改有一个特点:它并非总是处于那种主观逻辑很强的状态,甚至还会故意保持一种模糊感。他可能在写其他的作品,只将未曾开始的另一部作品掷在心的一角,许多时候连想都不想。但实际上他的潜意识并没有停止运动。人的思维器官有一个奥秘,它就像电脑一样,只要不执行删除指令,那么这个文件就一直在大脑沟回里存放着。潜意识会把储存的这个文件管理好,并时不时地打开来,在人的意识休眠时慢慢修补。这个过程既神秘又朴素。这当然是不自觉的。

有时候的确会遇到这样一种情况:你想写一个东西,因为遇到了无法克服的困难而未能完成;但是停上一个月、停上一年或很多年以后,它突然就以非常成熟的面貌呈现在你的面前——你有了更好的办法去处理它,它正以从未有过的感动召唤着你,让你非写不可。在整个存放的过程中,它实际上已经由潜意识修葺了许多次。

尽管如此,也并非要作者一味地依赖这种心中的搁置,不是说在心里放得时间越长越好,以至于像某位作家那样——他竟然在日思夜想中将整部书烂熟于心,结果差不多都能背出来了。那么他剩下的工作,不过是从心里抄出那些句子而已。这就走向了反面,完全没有了文字落地那一刻的生鲜感,反而扼杀了应有的创作冲动。

可见心中的果实过于熟透,也就没法完好地采摘下来了。

这就是修改的第一个环节,它多少有些神秘,但真的特别重要。我们也许找不到另一个阶段,可以替代这个环节。

修改的第二个环节

美国作家海明威曾说,他每天工作时,总是要写到一个比较顺利的部分,即十分清楚下面该怎样进行了才停止下来;第二天写作前,把第一天写成的文字从头修改一遍,直改到上次停止的那个地方,再开始新的写作。

这种修改,是与写作同时进行的,我们可以将其看成修改的第二个环节。

大概作家们都会这样做:边改边写。不过也有人善于在纸上一气呵成,把修改留给最后。看来这只是一个习惯问题,实际上却容易将第二个环节给省略掉。因为每个环节都有自己固定的位置,它似乎是不能随意挪动的。

当我们再次接续写作的时候,把前一天形成的文字仔细改上一遍,这样做的特殊意义又在哪里呢?

首先,这会使昨天的文字在相对冷静的思维面前接受一次检验和判断。因为文字刚出大脑的熔炉还是滚热的,隔一夜或一天,它就会冷却下来。在文字冷却的时候修改订正它,总会更客观更准确一些,我们可以做得从容一点。

这样做的更大的意义,还在于创作前的预热——让已经冷却下来的思维慢慢热起来。因为你就要开始一次新的创作了,需要让一切回到从前一样的热度中,以便进行冶炼。没有这个状态不行,热度不够不行。我们看某些作品,在阅读中常常会感到个别局部显得呆板、凝固不化,与整个篇章的文字格格不入,不够协调——一个可能的原因就是工作停止后,重新接续时没有让思维充分预热，没有让滚烫的思维将文字熔化。

一般来说没有进入创作过程中，许多因素就不可能激活。这需要慢慢进入，需要一架思维机器的启动。思维这架机器就是这样，它一开始运转总是比较缓慢，达不到相应的速度。它没有沉浸到该次创作所需要的语境和情境里，没有抵达那个特定的语态／创作态中去。可是我们又不能空空地等待。要解决这个难题，也许只有从头阅读和修改业已形成的那些文字，一点一点捕捉作品的律动和气息，最后将思维提升到上次停止那一刻的热度——这时一切才可以重新开始。

这既是对前边工作冷静下来的理性检视，同时又是新的创作的一次预热、一次激活。

预热和判断，这要解决情绪的问题、逻辑的问题、语感的问题。在停止创作的时候，你会离开那个特殊的、创造的世界。你的思绪，你的说话方式，在那个虚构世界里通行和应用的东西，都因为工作的停止，因为"走出"，被世俗生活冲散、改变和刷新了。这样，当你再次面对一张稿纸的时候，就必然需要费力地寻找和接续，找回原来的笔调以及热情。因为对于作家来说，每一篇作品的笔调都会有些微调，都会根据具体的情与境发生某些变化。所以要回到原来的笔调、原来的气息，不然一切都没法进行下去。

修改的第三个环节

在整个作品完成之后，一般来说要停顿一段时间，也就是将作品的毛坯搁置一边，让其冷却下来。一本刚写成的书，里面交融了多少炽热的东西，我们完全可以把它想象成一个刚刚锻造出来的器具，摸一摸还是烫人的。要抓到手里细细打磨它，一定要在逼人的热度退却之后才能进行，这就是所谓的"冷处理"。

但是每个人的工作习惯不同——也有人不愿停歇，完工之后立刻开始从头修理起来。这或许是一个遗憾。应该尽可能地停息一段时间。停上多久才好？如果沉得住气，那就至少停上一两个月或者更长。这段时间，用来把出炉之初的那种热度降温，使我们能够贴近它，也能够有一些冷静和超然。这会儿将比较客观地看待那个时刻的激动，检视那个时候写下的所有文字。这是个困难然而非常愉快的工作。你会尽量要求自己像一个陌生人、他人一样，从头打量自己的作品。

这个阶段，你努力在意识上靠近那种"陌生"的状态，这样就会从磨得灼热的思维轨道里脱离出来，达观地理智地加以诸多判断。思维飞速旋转时写下的那些文字，这时要经受一次严格的挑剔和质疑。

沉入写作的时刻也许主观性越强越好，可以任性而执拗，完全不必顾忌别人怎么看，不在乎别人的思路，不受一些观念的影响，哪怕飞扬跋扈。这样才会获得更大的自由，一些超绝的奇思会在这样的情与境中形成。但是一旦写罢，一部作品固定、确定、完成之后，这场"高烧"过后，也就不得不站在非常客观的立场上来回头检视了。

比起伏案工作的日日夜夜，比起那时的各种想象与激动，这会儿的作家也许显得"平庸"和"世俗"了一些。但这是完全必要的。

这就是修改的第三个环节。一般来说，所有的作品都要经历这个环节。

类似的环节还要经历多少次？每个人的情况不一样。令人难以置信的是，那些了不起的作家，比如前面提到的那位拉美作家，他会在这个环节上持久地做下去——即修改很多很多遍，以至于使原来的作品面目全非。再比如海明威，他自己说，他会把一部书的开头重写三十或五十次——我们看了以后有忍不住的惊讶，会觉得他是夸大其词。当我们自己终有一天遇到这样的写作场景时，当我们也需要这样艰难地修理自己的文字时，才知道这不仅没有什么夸大，而且是极其真实的表述。

海明威写作最早是用铅笔，后来用上了打字机。一部稿子用那种老式的打字机改上五十遍，那是怎么样的一个概念？五十遍的劳动！五十遍的重新开始！这么多的艰辛，只不过为了求得一次顺畅、生动、和谐，让自己满意——完全满意。

回顾一下我们自己的写作：我们可能没有海明威那么成熟、那么有才华，可是出自我们手中的作品又改了多少遍？不要说五十遍，扎扎实实地改过五六遍，就已经很不错了。这样一想，也就知道问题到底出在哪里了。

我们找到了最基本的一个原因，那就是耐心不够，修改得不够，没有在这个环节上下足力气，没有流下足够的汗水。

今天，也许动辄出手万言、纵横涂抹的"才子"极不愿意听这些话，不以为然。实际上类似的启发同样来自鲁迅，他说：哪里有什么天才，只不过是把别人喝咖啡和聊天的时间都用在了工作上。

训练自己的文字，其过程就是训练自己的耐烦心，训练自己坚忍不拔的毅力。这是一种漫长的、超越一般的耐力，因为我们面临的工作需要极其仔细、认真和专注。事实上，这样的素质在谁的身上最早出现，谁就可能是一个成功者。今天是这样一个浮躁的时代，只要涉及耐性、努力、爱和品格这一类，有人听了立刻就会觉得虚虚的，是漂亮话而已，太平常太浅直。但我却认为，这恰恰也是最有意义的强调。

一个人往往在年轻时，其创作经验和才能没有得到相应积累的时候，就是说比较幼稚的时候，反而对自己写下的东西更为自信，更少修改。我们乐于尝试"一稿成"——有时会在稿纸上先把页码编好，比如说估计这篇小说会用二百页稿纸，就先自在稿纸上编好二百个页码，然后就从第一页一个字一个字地填满——最后把写成的稿子顺一遍，一部作品也就算完成了。

但是后来随着年龄的增长，一切都开始改变。作家就像一个中医大夫，看病越久，用药也就越加谨慎。那些老大夫在开药方的时候，有时加一味药减一味药，加加减减极为小心，如履薄冰的样子。倒是那些年轻的大夫，胆子很大，龙飞凤舞，一挥而就。其实我们知道，中医的药方中一般没有几味致命的猛药，多几克少几克没什么，害不死人的。可是老大夫为什么还要那么谨慎？只因为他治了一辈子病，太知道药的力量了。他知道这一味下得不对，它的作用会潜隐其中，后果将要一点一点显现。他对使用了一辈子的草药，在知的深度上当是更进一步的。

一个好的作家当然也是如此。他是使用文字和词语的专门家，太知道词汇和文字的力量了。他知道文字的作用在这个作品里不仅是立竿见影的，而且还会是潜隐的、长久的，它会默默地发挥着自己独特的作用。他知道这里面的一些奥秘和隐藏的问题。所以，他在这个方面是极为谨慎和苛刻的。

我们的修改无非就是要回到这样的一种状态：对字和词像老中医对待一味中药那样审慎，有一些更深入的理解。

一个人到了年近五十的时候，也许会真的弄懂修改五十次意味着什么，也知道这五十次是怎样的一场劳动、是一个什么概念。一部作品是由无数具体的"部位"组成的，它们都会让你在五十次的修改中一一揣摩，该是多么烦琐的一种工作。其实即便修改了五十次，你也未必满意。最后出版了，你再看一遍，也仍然会觉得哪个地方，比如哪个字和词用得很有问题。

我知道有一位中年作家，他的新作中的某些篇章，特别是一些开头，改了不止三五十次。这么多年改改放放，还是不尽如意。他说总觉得自己追求的那种意味没有释放出来。有时候不是意味，而是其他，比如觉得它启动的"速度"不对。是的，一部书因为长度还有其他，开头时给出的"速度"是不一样的。一部作品的"速度"和长度有关系，和叙述的笔调也有关系。作者要控制它的"速度"——这个"速度"靠个人去感受，先将其确认，然后再调动技能、运用文字去加以掌控。这方面，哪怕你做到了一点点，也需要更动许多文字才能达到！

作品启动时的"速度"出了问题，整部书的叙述就会手忙脚乱。它并不是越快越好，而是要找到一个适当的"速度"。它的"速度"当然要根据全书的发展不断加以调整，绝不会是一个匀速。这里说的"速度"可不是情节发展快慢的问题，而是语感和语言的调度方式，是情与境的交织状态以及感受。所谓的纯文学，作品启动的"速度"不会着眼于情节的发展，而要始终盯住语言本身。要对语言有一种超乎寻常的敏感，才能有所感悟。这是靠长期的专业训练才会掌握的一种能力。

有时候不是"速度"，而是意味——因为开头的意味如何，必然左右着下面的叙述、叙述的色彩和韵致。所以有人说，长篇的第一笔就决定了整部书的基调。这样说并没有夸张。开头最困难也是最重要的工作,就是要寻找某一种笔调。如果一开始笔调有了问题,你当然要更改,要大幅度调动文字。

所以,某位作家说他开头部分修改了三十遍五十遍,一点都不让人惊讶。那不是夸张。

作家在网络时代、商业时代,在各种信息蜂拥的情况下容易浮躁。所以说能写下来都不容易,都需要特别的耐性,再要辛辛苦苦地修改,有些划不来。可惜这不是一个划得来划不来的问题,而是一个必需的工作。一般写作爱好者可以对自己放纵,一个专业写作者或有志于此的人,除了对自己苛刻再苛刻,也许并没有其他的出路。

在这些环节中,作家或许会觉得十分充实和愉快。原来它不是一件痛苦的事。他会从每一句成功的修改中获得一次享受。他会看到改动的效果,一次次的进步,产生一种满足感和成就感。这种感受是很重要的,离开了这种成就感和愉悦感,再没有什么更好地推拥一位作家往前走了。他由此获得了一种力量,这种力量持久而可靠。

修改的其他环节

除了如上讲的这三个环节,是否还有其他的机会?如果有,我们就可以抓住。比如说来了清样以后,作家就有机会做一次很重要的修改了。事实上这不是一般的机会,写作者都有体会:当你面对清样的时候,与面对稿纸的修改是不一样的,这是非常特殊的一种时刻,心态当有不同。你会感到每一个字、每一个标点的更动都更有效也更致命，好像这是最后的一次机会了，你会慎重再慎重。

面对清样的修改免不了要更为拘谨。作品变成铅字之后，面貌毕竟有些不同，有一种不难察觉的客观性质——你以前看到的是手写或电脑打印的文本，现在它排出版来了，庄重而又陌生。这个时候的修改会让作者的神经绷紧起来。

一般来说出版社是不希望看到作者退回一张张改动繁多的清样的。但这也没有办法，作家不仅不会去考虑印刷的麻烦和成本，相反还要抓住每一个机会，一寸一寸往上攀登。

最后有人会问，作品出版之后还有机会修改吗？肯定是有的，但可能说起来有些复杂。因为有的读者，特别是文学史家和评论家，会对这种修改提出异议，有时还会发出尖锐的批评。

但这种工作是可以具体分析的，即一位作家到底因为什么原因修改了自己的作品。修改说到底是一种更负责任的行为，而不是相反。一般来说，如果一位作家修改旧作不是为了其他，比如遮掩什么历史过失，而是为了追求表达的更加纯正和生动，那就是无可厚非的。

实际上，只有作者才拥有修改自己作品的权利，但要运用得当。或许作家需要明白的一个道理是：这个权利也是有限度的。他在修改后的作品上要加以注明才好。

作家对自己的作品有时候也会失去修改的权利，这时他就应该自愿放弃这个工作了。当一部作品在特殊的情况下出版，或者形成了比较广泛的影响，一般来说很多年过去之后，作家也就不应再去改动了。比如，如果一位作家把自己更早的成名作拿出来修改，显然就有点不合适。况且它已经出版许多年了，有了相对广泛的影响和许多版本。他如果抓住再版的机会，把当年写的幼稚的地方改得成熟一些，把不太满意的情节和人物重新写一遍，这就不够得当，这样做，其实是超越了一个作家的权限。

一部作品在发表前，多放一段时间是特别好的一件事情。前面说过，这个时候你即便不去碰它，潜意识还是要不停地运动，它会在沉默不察的时刻、在自己的那个角落里不断地得到修葺，最后呈现出一个新颖的、出乎意料的结果。有人说，漫长的修改大多是为了让文字更好；但其他方面的改变往往更为重要。比如说思想层面、结构、情节，都要一一涉及。

一个仔细和敏感的阅读者，会识别作品中最细微的气息变化。一部得到反复修改的作品和没有经历过这个过程的作品，阅读感受完全不同——它们的语感和其他，如气质方面，都是不尽一样的。

修改很少的作品，一气呵成的作品，在美学品格上倾向于单纯。有些所谓的"激情写作"就是这样。它们线索单纯，意味单纯。如果将其反复修改之后，就难免要加上时间留下的重重叠叠的痕迹，给人一种繁复的意象。这种情形究竟如何，对阅读是利是弊，还需要仔细讨论。

我认为一部厚重深邃的作品，大多数时候恰恰是要获得这种繁复之美的。单纯是一种美，就像有些作品一类，它即美在单纯。可是大多数的长篇小说却要追求一种"繁复之美"。一部吸引人的、难忘的单纯之作，可以是名篇，让一代代人爱不释手，但仍然可能并没有复杂深刻的思想。它是美好的，但不是巨大的。它里面也许缺少那种很难用语言表述的、重重叠叠的、不同方向不同思维的集合。正是这种集合，才使长篇小说有了自己独具的厚度。

我们看一些作品，会觉得它似乎话里有话，有不同的思维向度，其表述竟然很难让人概括。它里面其实充满了作家个人在创作那一刻的犹豫、探索，甚至是徘徊的痕迹。这些痕迹复杂交错，而且相互之间还产生了一定的冲突和矛盾——它们竟会在作品里形成另一种和谐——这部作品的深度也就因此而变得不可预测。这种真正意义上的深度，其实正是人性的深度、生命的深度，这一切，只有时间才能够给予。

法国女作家尤瑟纳尔写了一部了不起的小说，即她的代表作《阿德里安回忆录》。这本书她写得很久，很慢。它花费了作者相当漫长的时光。原来这是作家二十几年前写过的一个稿子，后来又被中年的她废掉了。她在反复的修改中，已将原来的作品弄得面目全非了。一次次重写、停顿，延宕了这么多年。她全部的作品数量并不很多，但却十分精致深邃。可见所有深邃的作家都具有反复修改的耐心。

作家的另一个幸福，就是身边有些信得过的人——你觉得他们的意见很重要，就会给他们谈和看，听一下宝贵的意见。你可以把作品拿给不同层面的人看，他们的意见会是不同的。比如说，社会实践者会从现实的角度给出意见；文体家则会格外挑剔形式问题。你还可以给一个很耐不住性子的人看，给年轻人看……他们提出的意见必然会带着某个层面的特征，这一切都将从正面和反面给予难得的启示。

人人都有一得之见，修改者如果"会听"，能够合理汲取，将是最好的一件事。

这里，我们把再普通不过的"修改"作为一个单元来讲，是因为它太重要了。它甚至不是一种方法，而是一种品质。我们现在的某些文学作品写坏了，其部分原因就是它们的创作者压根儿就不想好好地修改。他们要使自己的整个工作方式吻合于这个商业时代、快餐时代，结果也就可想而知了。

本单元的讨论

关于作品的开头／如何把一个人物写得传神／全知视角的自由与节制

有的作品开头并不够好。可是我所了解的是，那些开始的段落起码改了十遍，才变成目前的样子。

可见开头是很困难的一件事情，这里有一些复杂的原因。一部作品的开始，作家要考虑的问题千头万绪，笔底下却只能写相对简单的文字。他的牵挂太多，任务太重，可以说不堪重负。还有，就是顾虑太多，不放松。紧张是难免的，像做体操一样，人一紧张就会动作僵硬。所以说作家们常常谈作品开头怎样反复改动。有的小说本来要写一个比较单纯的故事，要避免讲得枝蔓，于是开头更难。

许多作品是以写人物开始的，这样好像比较便捷，也相对保险。

写一个人物可以不去雕刻他的五官，而只是强化其他方面——读完了以后，读者却会细致地感受到他的面目神色。写人物的肖像也并不一定要具体地勾画那张脸：可以画他的背影或侧影，可以画他的大致轮廓，当然也可以精雕细刻他的鼻子、眼睛或头发。总之是为了服从于叙述的要求、你所要达到的目的。一切都要在心中把握，要控制它。

不光是写人物的外在形态，写人物的内心也有很多的区别。比如这部小说是采用全知视角去写的——我、你、他，这个"他"就是全知视角。用第三人称去写似乎很自由：它里面发生的所有事情作家都可以去写。因为这个"他"是全知的。如果用第二人称"你"，或者是第一人称"我"，就很难做到了。如果用"我"的话，写到"我"的时候可以随意，"我"对自己可以是全知的；可是写到"我"之外的另一些人和事，就很难直接写出来了。别人做了什么想了什么，"我"要知道，是需要其他条件的。

有人可能说，为了方便，那么就让我们用第三人称吧，这样爱怎么写就怎么写——想进入他人的内心，就可以进入。他人做了什么，我都可以随便去写。但是使用全知视角的"他"，看起来最方便最快捷，实际上也不尽然，因为任何事物都是物极必反的。特别自由了以后就会带来很多问题——如果无所约束地运用这种自由，就会把小说写砸了。它需要你非常谨慎地对待这个自由，有所节制。

马尔克斯的《迷宫中的将军》写了一个历史人物——玻利瓦尔。这个人是"拉美之父"，在美洲大陆被称为"解放者"的。他有一个梦想，即把整个拉丁美洲建成一个统一的国家。这是一个悲剧人物。他最后死去的时候很落寞，疾病缠身，统一的国家也没有形成。他在拉丁美洲享有崇高的威望，许多国家的广场上都竖有玻利瓦尔雕像。

就是这么一个举世闻名的人，关于他的各种著作汗牛充栋。马尔克斯的这部书是写玻利瓦尔生命的最后岁月：短短的一段时间，即解职后坐着船沿一条河航行的日子，大约不足一个月的时间。

这本书就使用了第三人称。作家采用了全知视角，却极为节制。本来作家可以凭借无所不知的"他"，知道书中所有人的心事，什么都可以写。"他"是全能的。但是读下去我们会发现，马尔克斯并没有这么做。他并没有滥用手中的自由。

书中写到了所有人物的心理活动，但就是不写主人公玻利瓦尔在想什么，好像一次都没有写——这种克制必然来自一种设计，就是说是有意为之的。如果作家在架构这本书的时候想得不透，没有做出一个决定，就很难这样写。让人不解的是，马尔克斯使用了全知视角，却在最需要洞悉和表达的主人公面前，将这种自由放弃了。

我们在阅读的时候渐渐会发现：他写书里的所有人物，甚至是一个动物，都会写到它的心理，唯独对这个着墨最多的主人公的心路，却没有过多地染指。

修改的耐心和等待／两本书的对比／内在法度和严整感

这本薄薄的书（《迷宫中的将军》）只有十多万字，作家搜集材料却耗费了长达数年的功夫。成书前后的修改，简直烦琐到了难以言喻的地步。从一开始结构，他就在不停地修正一些错误，直到最后成书，他还是在不停地修改。这时候一些朋友帮助了他——可见有朋友总是一件大好事——远在大洋另一边的玻利瓦尔研究专家不止一次指出他的一些技术性错误，还有其他种种问题。

为了写作此书，他细致研究了玻利瓦尔出行期间的天文资料，如某一日某一时是否满月、星星的位置、河流潮汐等等。他编制了详尽的人物年表、大事记。这种准备的耐心，扎实的功课，显示了大匠的风范，透露了即将远行的信息。

　　这是他获诺贝尔奖很多年之后的作品，他的创造力仍处于上升时期，如日中天。经过了艰苦漫长的写作训练，他已经进入了一个十分自由的天地。他还是世界上少数拥有庞大市场的纯文学作家之一，有多少出版商在等待他的新作。但这些似乎都没有构成负面的干扰。他的自由体现在非凡的忍耐力上，体现在非同一般的工匠心上。他太懂得依赖时间了，知道时间会馈赠什么——时间能够给予的一切，绝非才华和勤奋之类所能替代。

　　香港的情况我不太了解。大陆的出版界文学界，让我非常惋惜的是：书出得太快！某些创作可能是这样形成的：昨天晚上刚有点儿想法，今天早晨就开始写了，并且总是以最快的速度将它写完。这似乎是显示才华的一个方法，似乎只有如此才能稍稍安慰自己。如此一来，仔细的修改当然是谈不上的，因为已经无法让草成品待在手边了。它将很快又变成了清样，变成了市场上的书。现代印刷术可以用最快的速度、辅以最好的装帧，让类似的产品一本接一本摆在架上，既是销售又是展示。这是不值得效法的。

　　我们即使在最顺利的时候，也不能想象自己是讲故事的"天才"，因为在粗糙的语言面前，这种"天才"是不存在的。假使故事和表述水准真的可以剥离来看，那么这个故事即便还算可以，讲出来也会有无法忍受的噪音，令人难以倾听。

　　打磨，修葺，起码是为了声音的圆润和流畅，从而降低一部文学机器运转时发出的隆隆噪音。现在我们常常对一些时尚阅读望而生畏，主要就是害怕这种无所不在的噪音。这种巨大的时代轰鸣会让我们的耳膜受损，最后致聋。这是极其可怕的事情。十九世纪那样的美好阅读不复出现，这除了有声像影视制品的干扰，主要的一个原因其实是出在写作者本身。作家们没有了忍耐力，没有了细细打磨的功夫，所谓的"创作"不过是不断地将那些浮躁的匆忙散布出来——通过文字四下传递。这才是写作人最大的不幸。

将文字浸泡在时间的水流里，一再地洗涤，只为了让其洁净。人的思维会在这个过程中一步步完善，将松散的东西勒实，绷紧，最后让整部书变得非常牢固，让书的内在张力加大。

有人或许会担心这种反复思忖、反复改动会折损原有的感性和灵性。他们认为这样写出来的书有可能不自由不舒展，绷得太紧。这种情形是有的，所谓的文风拘谨。但是这与松垮稀薄相比，仍然还是要好得多。一部书内在法度严谨，读起来张力就大。

作家到了后来，出版作品变得很容易，有了一定的名声，也会同时失去原来的那种战战兢兢和小心谨慎。随便丢一颗种子在心里，还没等成熟就往外掏，结果也就可想而知了。他省略了第一个环节，即在心里修改的环节，所以一开始就为以后的失败埋下了伏笔。有些作家前后作品质量上的巨大差异令人惊愕，其原因往往是放弃了对自己的严苛要求。这一切都逃不过细心读者的眼睛。

一般来说，好的读者能够培育好的作者。每个时代的阅读质量是不一样的。要学会读书也许并不容易——不光读思想、语言、意味，还要读出作家本身，读出他写作这一刻的真实状态——这才算读懂了一部书。我们可以对照一下同一个作家的不同作品，发现即便在最好的作家那儿，也可以感受到诸多区别和变化。比如说马尔克斯的《百年孤独》和后来的《霍乱时期的爱情》，二者虽然都是杰作，却在质地上大为不同。

《百年孤独》是他的第一部长篇，写得很苦，运思长久，改动较大。读过之后，常常会觉得它绷得很紧——实际上它在纸上落下第一笔之前，已经在作家的心里不知修改了多少遍——不止一次地全盘推翻，走一步退两步，左右观望——这种慎重和严苛，最后仍然能从文字间感受到。

关于它的成书过程，有一本书叫《番石榴飘香》，里面谈得很是详尽生动。它是一位记者兼作家的朋友与马尔克斯的对话集，穿插有一些描述。这本书写得非常有趣好读。里面说，马尔克斯最好的一个作家朋友，是哥伦比亚人，马尔克斯曾跟对方讲过《百年孤独》的内容，这些显然是已经成熟的构思。他跟这位好朋友一遍遍地讲着这本书。后来对方又把这些故事讲给了其他人。不久书出来了，这位朋友赶紧到书店里买了一本——读完以后大骂马尔克斯，把书扔了，说自己简直给骗了，这跟那家伙当时讲给我的完全不是一个东西。

我们可以想见，马尔克斯跟他的朋友讲述时也未必故意虚晃一枪，未必是声东击西，当然更不可能是欺骗。当时他在心里就是那样架构的。他不过是在第一个修改环节里改变了它而已，最后把它变成了后来的那个东西——落在纸上之后可能又有许多修改。当年他能够口述给朋友，这已经说明那个构思相当成熟了，完全可以写了——结果最后却有如此大的改变。

这已经成为两个不同的《百年孤独》。

看完《百年孤独》，再看《霍乱时期的爱情》。后一本是他得到诺贝尔奖，声名鹊起之后的重要作品。这对他来说，已经处于完全不同的生命阶段，生存的挣扎不再，崎岖的道路已告结束。生存状态必然会影响到写作状态。马尔克斯是一位大匠，是一个人，人性中共通的东西会潜在他的身上。果然，一种前所未有的放松与从容，还有自信，满溢在新的作品之中。

大家对照这两本书，可以试一下阅读的敏感。都是那么好的书，但却是两种美、两种质地。这儿不仅是指前一个运用了"魔幻现实主义"，后一个吸收了传统的法国小说的一些技法——这只是外部的改变，是它的外壳。它的内在改变才是最致命的。作者的心力和心情已经与前大不相同了。

后者比起前者，在第一个修改的环节上，控制力好像运用得完全不同。尽管马尔克斯说《霍乱时期的爱情》是他二十多年前就在心里酝酿的，是一个同样经历了长长的准备的作品，只是一直没有把它写出来——他有很充分的时间在心里揣摩；但实际上，我们却没有从中感到他在第一部长篇里经历的那些犹豫和痛苦。相对来讲，这一本书完成起来较为顺畅，也较为松弛；就是说，比起过去，它在第一个环节上有些放任。所以它读起来有另一种流畅和饱满感，十分自由。

作品如果放在心中煎熬——迟迟不能写出的作品真的会让人难熬——度过了漫长的时光，某种拘谨和严谨就会同时出现。它在不由自主中被思维的那些线索勒紧起来，变得紧实。这期间还会形成独有的内在法度，给人一种严整感。这同时也是由一个作家纯熟的经验所反复控制和作用的，而不仅是一般的修改所能达到的效果。

比起《百年孤独》，后者里面缺少一些"繁复之美"，没有充斥"矛盾"，没有那些咔咔嚓嚓的思维的冲撞声，没有纠缠和堆积，没有相互交织犹豫、一次次调整所留下的隐痕。它的美学倾向偏于单一和流畅。当然，这同样是一部真正的杰作，一部具有别样魅力的杰作。我们在这里讨论的，只是它们究竟为什么有了这样的不同。

心中有一个完整的世界／文字可以表达出不同的光色和速度

修改的目的，不是为了更像构思中的那个"原来"，忠实于那个"原来"，而是不停地推翻和修补那个"原来"。只要修改，就要不同程度地推翻过去，即改正错误，使其变得更好。这就要看"原来"的错误犯得大小了。"原来"的错误犯得很大，就会将其大幅度纠正一通；"原来"从头到尾都错了，那就要从头到尾去改正；局部有错误，那就把局部改过来。

有一点是可以肯定的，就是我们在改正错误的同时，不可避免地还要犯下新的错误。最后对的多、错的少，这样积累起来也就通向了成功。它或许留下了一些微小的、不断犯下的小错，让这些东西留在里面，也就化为我们所说的那种"痕迹"。我们需要它们。

一部作品不停地打磨，有时也并非为了使其变得特别"光滑"。记载中一个有名的例子，是罗丹雕塑那尊《巴尔扎克》：刚完成时很多朋友看了，都说这只手雕得太好了——总是夸奖这只手。罗丹端量了一会儿，默默走向前去，只一下就把那只手敲掉了。

世界上竟然有对艺术品的这种修改！他专门把特别完美的部位去掉了。因为他在观照全局，他心里装下的是一个更为完整的世界：对于作品的整体来说，毁掉这只"完美的手"可能更好。可见让一部作品的每个局部都变得流畅光滑，有时反而是败笔。

我们有一个体会：当一部作品写得非常流畅、非常顺利的时候，他人可以毫不费力地一口气读下来；但是读完了之后却常常会有一种不满足感——单薄或简单。它好比是一条直冲而下的水流，为了浇灌，作者或许不得不出手阻止它：这儿挡一下，那儿改一下道，总之让水流变得稍微缓慢一点。这样水流经过的地方，会有更大的滋润力、渗透力。

与此相反的是，在抵达浇灌的目的地之前，我们却要让水流加速。缓慢和畅快，语势的把握，都在分寸之间。属于叙述节奏方面的问题，往往是修改中最让人头痛的事情。情节发展激烈的时候就一定要使叙述速度提升？也不见得。这要服从于整体的节奏，它只能决定于作者的心里，他要调动全部的叙述技巧去控制。作家始终掌握语流的速度和方向：哪个地方要慢，哪个地方要快，哪个地方要光滑，哪个地方要粗糙，要做到一切都了然于心。

除了速度，还有明与暗的运用，这是光的使用。我们阅读中会发现，有些作品，比如长篇作品，某些局部给人阳光灿烂的感觉。这当然是光的投射作用。这一点和绘画的道理是一样的。他不一定直接写"这个地方阳光灿烂""空气透明"，不是这个。他是通过调动文字、通过意象和语感等一切的文学手段，达到这样的阅读感觉，让人感受这儿"阳光灿烂"。有的场景，的确需要光，需要炽热的光。作家正是靠伟大的不可思议的激情，将一些小说场景变得闪闪发光。这是一种语言艺术的强光。与此相反，有些地方则要写得阴郁，让其暗淡下来。

我们对于阴郁和冷色同样是不陌生的。文学叙述进入这样的场景这样的地带，会有一种沮丧感将人笼罩。它与那些强光地带是交相映衬的，它们在作品中相得益彰。也就在这种光色的对比中，小说的叙述一路往前发展。

语言会把我们引到一个很伤感的峡谷里，或者是悲痛的深渊里，让我们在那里停留。这就是叙述的需要，它大半与小说中人物的命运起伏有关。语言本身发生了改变，我们会觉得不是一个个词组，而是每一个字都在悲伤。

小说显然不可能在同一种色彩、同一种气氛和同一种节奏中进行下去。也就是说，作家要用文字表达出不同的气味、光色和速度。这一切唯有依靠文字去进行。你唯一的武器就是文字。你没有发声演奏的乐器，没有摄像镜头，也没有画笔；你只能靠文字去解决明暗的关系、速度的关系、节奏的关系，还有——强烈的高亢的声音或者相反。

所有这一切，作家写在纸上之前，也就是在第一个修改环节里，可能早已做出了相应的决定；有的则是第二个环节中才趋于完成的；也有的是在第三个环节中才真正找准了基调，将它固定下来的。可见修改并不是简单的修修补补，而是真正的创造。

短篇与中长篇的区别／阅读是他人的一次收获

写作短篇的时候，精力或许要特别集中，它需要写作者在单位时间内有更加丰沛的情感。它尽管篇幅不长，却仍然有可能放在心里很长时间，放十年二十年——像前边讲的马尔克斯的《异乡客》里的篇目那样，构思几十年再开始写到纸上。

从经验上来说，短篇和长篇放在心里的时间都会有长有短，但短篇进入第二个环节之后,也就是开始了纸上的写作之后,还是会比较快地完成。这不仅是篇幅的问题,还有写作心态的不同。写长篇要从长计议,写短篇要一气呵成。

我们大概不宜把一个万把字几千字的短篇,将写作的过程拉长到几个月。这往往是不太好的。它需要作者高度地集中精力、笔力,调度自己的能量,尽可能不间断地记录到纸上。而后就是修改了。它留给你修改的余地,也要比中篇和长篇要小得多。

一个短篇里面出现过多的烦琐,留下了很多重叠修改的痕迹,读起来会是一个问题。

——但较长的短篇也许稍稍有些例外。例如海明威有一个短篇叫《双心大河》,写一个从战场回来的年轻士兵,他捐着一个大背囊,走到一条河边,吃点东西就开始钓鱼:怎样钓鱼、怎样烤鱼……把这个过程细细地写完了。小说单讲情节似乎没什么看头——既没有发生爱情,也没有发生死亡,就是一个人走到这儿,看这条河不错,然后开始安顿下来,野炊,安放帐篷,做饼,吃东西。他极有耐心地钓鱼,钓上来,烤一烤吃了。真的没什么惊心动魄的故事。但是它却很能吸引我们——这是因为看似平凡的生活描述中,饱含了丰厚而深邃的人性内容——是这些让我们产生了巨大的好奇。

从语感上看,从内敛的文风上看,从一些隐隐的痕迹上看,我们会辨认出这是一篇经过了反复修改的作品。

真正的纯文学作品不靠外在的节奏快捷去吸引人,而是靠内在节奏的绵密——由此产生一种让人不忍读完的魅力。刚才说的海明威的这个短篇大约有一万五千字——它有某种中篇小说的气质和蕴含。像类似的短篇小说,可能也要历经反复的修改,让其留下一些"繁复之美"。但这并不是典型的短篇小说。

可见同样是修改，修改短篇和中长篇是不一样的。短篇不能过多地容纳作家在不同的时空里施予它的不同境界和别样思绪——而长篇和中篇就能够容纳。因为后者的写作过程是漫长的。作家会在修改的时候，再加给它一些漫长感，这并没有什么不好。它甚至需要、也必然需要再一次丰厚。作家要用自己在不同时空里的不同激动、感触和情绪，重新去弥补它，充实它。

一部长篇，仅仅是纸上的写作就用了五年时间，改了二十次——可是读者并不知道这些，或者不会在乎这些。他才不管你费了多少力气，反正要通过一次性的阅读去领略，获得你这五年十年的劳动、包括一次次修改留下的所有痕迹、总的印象。读者的阅读好比一张网，而你修改和写作的过程，就是不停地在同一片水里扔一些鱼苗、饲养它并让它长大。读者并不管你饲养了多长时间、放养了多少鱼苗，他只是一网拉上来算数，看的是最后的收获。

阅读感受真的是他人的一次性收获。

可是作为写作者，却要用不间断的、漫长而琐碎的劳动，来满足读者这一次性的获取。所以聪明人当然要尽可能地为读者准备更多的东西，要处心积虑地存贮。他会在较为从容的时间里不停地加减，不达目的不肯罢休。作家一口气写下的东西，或者是运筹多年写下的东西，读者都要同样读下来。由此可见，作家应该把更长时间里的生命奥秘、包括技巧，堆到别人这一次性的阅读里面去，让他有一个特别丰厚的收获。

这其实是一个非常简单的数学问题。

然而就是这么简单的一个数学问题，创作者却会由于自己的冲动和浮躁，将账码算翻，将机会丧失。

反复修改的利与弊／潜意识就像一只等待长大的小兔子

有人担心反复修改之后，会把作品改坏；还有人担心过度地修改，会使行文变得疙里疙瘩，造成不必要的阅读障碍。这是有可能的，但这仍然不是放弃修改的理由。

谈到"繁复之美"，有时就是破坏原来的流畅和简单。前边说过，流畅并不是任何时候都好的，它可能也是"简单"的同义词、一个不好的症候。一个人在不同的时间和情形之下，思维会呈现出多种层次，对事物有多种观照的角度。不同阶段的修改就为了增加思维的层次，借助时间的智慧。我们在生活中也是这样：今天考虑了一件事情，明天又会改变。为什么？就是一夜之间让你想到了事物的另一面、想到了其他的解决办法。

胶东民间有一句话说得好："夜间纵有千条路，白天照样卖豆腐。"就是说晚上打算得很好，有很多开拓性的想法，可是天亮了想一想，觉得还是不能这样做，还得回到很现实的道路上去。晚上什么也看不见，容易在无边的夜色里想象，是有利于主观膨胀的环境，可以想得很多；到了白天，满眼熟悉的参照物都一一出现了，那你就会在这个客观的环境中判断夜里的思路。

创作的过程是主观膨胀的冲动时刻，活鲜与新异都依赖这种状态，但是也有其他风险。这就是要回到冷静、要用心修改的理由。

还有，作品在叙述中总是要陷入个人语境的，你会在一种语调中尽显天真烂漫，觉得一切都非常合理、非常有意思。可是一旦你从激动的创作态里走出来，再看你在那个时刻的一些激动放言，有时就会觉得可笑。那不是一个客观的产物。这就是你在新的参照物下，让思维回到了自己的"白天"，回到"卖豆腐"上去。

　　文学作品是一个想象的、不现实的东西，它当然需要主观的冲动，如果总是"卖豆腐"，肯定是平庸无比的。但是我们又不能因此而无视这种"豆腐规则"。就是说，它需要作家回到貌似"平庸"的客观判断，来阻隔和阻止一些不合时宜的"浪漫"想象。整个创作和修订的过程，就是这种一会儿客观一会儿主观，是两者的交织与合作，不断地平衡、博弈，让思维在这种状态之中丰实和饱满。

　　创作中，伏案工作时，大可一意孤行。订改则要借用一点客观的思维标准，不断地权衡、考验、阻隔，不再完全顺从主观的浪漫和流畅——二者就是这么一种矛盾的复杂的关系，这样绞拧着作用于你的创作，让其向前发展。不同风格的作家会有一些区别，但在这方面大致都是一样的，不可避免地要接受这两股力量的交集。

　　一个成熟的写作者会充分意识到这两股力量，并让其恩惠于他的写作。这里面好像充满了生命的奥秘。

　　调整和运用自己的潜意识，给它充分的时间和机会。潜意识在创作中的作用太大了。如果在落笔之前和之后过于仓促，就等于没有给潜意识留下相应的活动空间——它有一个慢慢成长、长大的过程，得给予必要的时间。一只小兔子生下来，如果不到两个月，它是长不了那么大的。作品为什么在构思中、在完成之后要拖延和存放一段时间？这好比一只小兔子，要让潜意识像它一样长成长大，来发挥作用。

　　让小兔子自己成长，不要反复地抚摸它。作品写完了放在那里，然后该干什么就干什么。体育锻炼，或者再写别的东西，都可以。尽可能地去做一些耗费体力的事情——这个时候你好像把原来的创作扔掉了遗忘了,其实并非如此。潜意识的小兔子待在它的角落里,一天也没有停止生长。只要时间到了,回头一看,它已经长得这么大了。就是这个意思。

文学作品与"伟人"／危险的描述和记录／作家的道德原则

文学作品写一个所谓的"伟人""大人物",当然是比较复杂的——复杂之极。不是什么"三七开",更不是什么"好坏各半"——这样就太简单了。关于这些人物的书很多,作家的评价不是以这些书为标准。因为书上记载的,还需要我们重新摸索:哪些是真的、哪些是假的?要作出判断,弄明白真假很困难。有些人为了卖书,极愿写一些耸人听闻的情节;此外,还有另一些特殊情况。

我们无法仅仅以这些书作为判断的基础。可是我们又要写出新的书,这新的书又会让别人看到、影响别人。

其实最重要的一个判断基础,仍然是你个人的经历。你在"伟人"影响的这个环境里面,个人经历是怎样的?这是最重要的。或许你没有经历他的那个时代,但是你经历了从他那个时代接续下来的另一个时代——"伟人"的影子、他的影响,一直到许久都会存在。你不能超越自己的经验,否则就容易出问题。你不能根据别人的作品,将其作为素材或基础。它们可以做参考,可以入门,引发思考一些问题,但写作者仍然要以自己的生活经验作为判断的基础。

中国有一句古语，叫"三人成虎"。一件事情，当一个人跟你讲过某个观点，你会姑且听之；当第二个人又跟你说了同样的话时，你就会印象较深；不久另一个人再跟你说类似的话，你就基本上听从了这种判断。为什么？因为"三人成虎"，其综合而成的力量是无敌的！三个人跟你传达了差不多的信息，它的力量尚且如此强大，如果远远超过了三个人呢？它的力量当然更大了。但是个人的生存经验告诉我们，别说三人，就是三十个人也不一定可靠！所以还是要依靠自己的判断、自己的阅历，要调动自己全部的生活经验和知识，去从头探索和思考。

书本，以及众人对那些中外"伟人"的言说，一定会极大地干扰我们的认识。

说到"伟人"，因为他是不能忽略的一个历史人物，许多人会自觉不自觉地盯住他。我们盯住的其实不是一个人，而是一个民族、一个时代——包括我们未来的命运、我们的过去。我们要从那个逝去的时代里寻找根据和根源。

对这一类人物的向往是可以理解的，但是要写出他们，将是很难的。不是你的分析力不够，而是你没法判断他的哪些事情是真的、哪些事情是假的。现在，一是记录下来的真和假要打折扣，再就是一个历史人物本来就拥有特别的复杂性，他在那个客观环境里做出的很多事情，不是今天的人所能理解的。对于他们这一类人的描述和记录将是十分危险的。

但是他们的某一件事情如果可以确定，如果是真的，那么就将让我们采取严厉的否定或肯定。

比如说二战时国外发生的那个事件——一个执权者把一个国家的两万多社会精英、年轻军官用手枪打死在森林里面。这确实是一个所谓的"伟人"

下令干的。现在全部的文件都已证明,是他做出了这个决定。他的周围固然还有一些同僚,但他毕竟是做出最后决定的人。他能够把两万多年轻人——两万多人在广场上是多么大的一片——下令全部杀死!这是何等残暴!他无论有什么理由,无论面对的是怎样的所谓"死敌"——任何个体都不会拥有两万的死敌,这样想太美化其重要性了——都不能如此地丧心病狂、如此地凶残。

仅仅这一件事,这个"伟人"也应该被我们永远诅咒。什么战争,伟大,一钱不值!我们更相信雨果的话:在一切原则之上,还悬有一个最高的道德原则。那个"伟人"实在太残忍了,所以什么"三七开"等等,我们一概都不必听不必看。仅此一条,就是一个十恶不赦的、所有人的敌人——不是某一阶级、某一阶段,而是所有时空里的、所有人的敌人。

关于改写民间文学/有人会把最优秀的东西抹脏

谈到改写民间文学——比如有人曾经做过的那种工作,改写一些传说之类——是一个值得讨论的话题。有人以为这个工作比较容易,可以少动脑筋,因为那些基本材料都是现成的——尽管还要提炼、加工,使之再上一个台阶,但好在毛坯是有了。而且有趣的是这其中也可以加上个人的劳动和创造,让我们在工作中别出心裁。

由于是民间流传的东西,所以知道的人很多,可以唤起许多人的共鸣。历史上,我们有不止一部名著就是根据民间文学改写而成的。

整理或改写民间文学，就得首先记录下来；在记录的过程中，要进行一些语言加工，如果觉得情节不满意，也会加以更动。但总的来说，它还不是从无到有，而是从有到好、到更好。有一个历史传说，说的是苏东坡的女人，她见男人写文章的那个样子很难过，就说：看你的苦样子，比我们生孩子还难吗？苏东坡说：当然了，你生孩子好在肚子里有啊，我现在哪里有啊！可见从无到有，这是纯粹的创造，十分艰难。而对民间文学的改写，就不完全是如此。

可是这个工作也不是没有风险。民间长期积累下来的东西，要真正做到去芜存精并不容易。这需要多么大的鉴别力，需要真知灼见，需要高度的修养。将好端端的现成的民间文学或传说给搞得拙劣不堪，也并不是什么罕见的事情。尤其在商业时代，有人或许会把最优秀的东西抹脏，只为了卖掉。

神话志怪小说 / 想象力的区别和真相 / 纯文学给人的巨大期待

在小说家那里，没有什么不可以写的东西，这里全部的问题就在于写得好不好、怎么去写。从小虫子到上帝，从微小的看不见的微生物到巨大的泰山，都可以写。写得好还是不好，才是关键。作品的价值并不以取材而定，而在于取材之后的工作品质。

过去关于写作学方面有一句话："写什么"不重要，重要的是"怎么写"。这个话当然说得很好了。可是这里面也有一个问题：固然"写什么"不重要，"怎么写"更重要；可是你还会发现，有一些杰出的作家，他们在某个时期，似乎从来不去碰一些领域、一些东西。举个例子,当代优秀的纯文学作家一般不太碰曲折的情爱故事,不写那些"企业家"的伟绩,也不会大幅度地编造一些神话故事。这似乎就说明,"写什么"也很重要,有时候还非常重要,就看你在什么时候、作出什么样的选择。

写神话故事真的需要巨大的想象力吗?或者说,更为消耗作家的想象力吗?我倒不这么认为。我觉得再也没有比书写日常故事再需要想象力、耗费想象力的了。日常的欢乐和痛苦,平凡的生活,它们的描述并不容易。要将其写得深入生动,也许更难、更需要作家天才的想象才能完成。

想象并不是指没有边际和不负责任的胡思乱想,不是无视基本生活经验、脱离人性内容的编造。想得越是怪异,比如说那些地球以外的东西、那些压根就没人见过的东西,就越可以自由放任。比如有人作出这样的描写:一个人转眼变成一条狼,或者一个日常交往的朋友转眼与鬼魂交谈起来……这些大幅度的随意的改变,风马牛不相及的东西,并不一定说明了想象力的超绝和强大,有时还恰好相反,表现的是写作者想象力的艰涩和枯竭——他靠一支笔随意连缀,并不需要什么依据,只是一种没有根柢的游戏而已。

最平常的内容,如我们一起聚会,吃东西,谁请客,席间大家的表情,吃饭时讲了什么……这些现实的准确描述是要倚仗功力的。作家在看似平凡的日常生活中表达出深刻的人性内容,并且能够将读者吸引住,更需要强大的想象能力。

不错,那些千奇百怪的星外奇谈、鬼蜮伎俩,要写好也需要想象力,但写眼前生活,则需要更大的想象力。因为你写的是眼前的、人人都熟悉的事物,如果你的想象力不能延伸到一个更深入和更准确的部位,就不会引人入胜。你稍有描述上的差异，别人就会觉得不对劲。这就叫"画鬼容易画狗难"，因为狗大家都熟悉——你描写一条狗，狗和狗之间发生的故事，那就要很准确，不然大家不接受。别人对狗的一切行为太熟悉了，他们会觉得：是的，狗就是这样的。在熟悉的事物间写出新意，写出从未有过的别致，这需要多么强大的想象力，多么强大的语言功力。

如果写各种鬼怪的故事，虽然也要以人性作为根据，要表达人性内容，但比较起来就省力得多了。因为谁都不知道鬼是怎样的。你在一些细节上大可以放纵，怎么写都可以——你的想象力即便不够，他人或许一时也感觉不到。

一个人的写作生涯中，将会经历严格的想象力的训练。这种能力当然有一部分会是天生的。你把自己没有经历过的、貌似日常的喜怒哀乐，移植到文字里加以表达时，要让他人觉得那么逼真、那么有说服力，这一切只能靠强大的想象力——在想象中完成许多细节。作家自己并没有经历的、大家都似乎熟悉的人际关系、心理状态、各种场景，在作品中表达得活灵活现、极其逼真，这该有多么难。这完全要靠想象去还原、去感悟、去再现那个场景。

比如说一对恋人经历的全部曲折：两人怎么吵架，怎么爱，怎么恨和怨——作为一个写作者既不是当事人，又未曾参与，当然只能依靠想象来完成了。这时你拥有的阅历和经验至关重要，你知道人性在特殊的情况下会有怎样的第一反应。你的理解力决定了是否写得充分和饱满；你的想象力无孔不入。如果你的这些力量稍微地减弱，力道不足，读者自然就会感觉出来。因为大家对这一类事情都似曾相识——你要在一般的真实之上另有绝妙的表达和发现，有一些非凡的见解才行。这时候你写下的每一个细节都要准确到位，它们连缀起来，成为至为动人的一个故事。

现在常常对想象力有一种误解，动不动就羡慕起一些不着边际的狂想：星球大战，变为超人，鬼神通感，无所不能……这就有问题了。这其实并没有什么难的。有人把问题理解反了——当一个作家想象力退化的时候，他寻求的就是这一类出路——大幅度地做出一些情节的跳跃、跌宕。这样做的目的只有一个，即掩盖自己苍白的思想，弥补自己不复存在的想象力。狂乱而大胆的折腾并没有难度，否则，即需要更大的依据和理由——想象的幅度越大，越是需要依赖现实生活中的个人经验——有多少复杂的人生经验，才能够把大幅度的跳跃、这之间形成的巨大鸿沟填平？可见这是更难的，而不是一条省力的捷径。

通俗小说则有另一些要求，因为读者阅读时，对这一类故事的期待就是一个娱乐；纯文学要抵达的层面却是很复杂的：语言本身包含的那种巨大的快感，超出一般认知水平之上的智慧，这一切对人构成的种种诱惑，都理应具备；作家偏僻的发现，他的思想引起的阅读战栗，还有其他出乎意料的深度揭示，都是纯文学的阅读所期待的。

有时候，一部纯文学作品会让人产生长长的憧憬。读者心里非常期待着某几位作家，无非就是读了他们的一两本书，书里所表露的那些人格、人性、道德感、他的仁善，还有亲切动人的口吻，是这些让人难忘。想一下，你读了一本好书，一生或半生都不能遗忘，这是怎样巨大的力量……

作家为谁写作／文字中潜藏了神秘的东西／被击中的一个灵魂

作家"为谁写作"的问题一直被人提到,因为这是不能回避的。在作家本人那里,它或许也是一个有很大决定力的重要问题。因为目的不同,方向不同,就会有结果的不同。其实我们常常说为大众、为群众喜闻乐见——是这样的信念在鼓励作家的劳动。这样的作家曾经很多,他们认为自己是任劳任怨的服务者,是用精神劳动取悦于大众的人。

今天来看,这个问题就变得稍稍复杂了。

实际上怎样?就因为难以表述,我曾在某个场合说,我是为了另一个遥远的"我"去写作的。说得质朴一点,作品要过自己这一关是最难的。首先要让自己满意,为了遥远的那个"我"去写——当你不在了,或者说作品离开你到世界上流浪去了,它还要自己选择出路,遭遇别的时空里的生命……在这个无限延伸的生命的链条里,肯定隐藏着跟你的生命频率接近的、在某一点上产生共振的另一些生命。让这个世界上的大多数人弄懂你的作品,喜欢你的文字,这是比较困难的。但是有一部分人会散布在不曾预料的某个角落某个时空里,会与你一起感动。

这种完全出乎意料的碰撞和交流,就是生命世界里最神秘、最有意义的事情。一个人无论跟另一个人怎样合辙——所谓的"知己",也仍然是在某一点上有共同语言、脾气投合罢了。但是生命中难以用语言表达的那样一种美、最深处的那种意味,让另一个"他者"能够全部接收下来,这有多么困难。有时候一切语言都无法表述,两个灵魂就这样碰撞了。这是很神秘的。严格讲来,这种阅读才有意义。

比如一部作品，不一定是哪一部作品，也可能是几十年前写的一个短篇，有人读了特别感动——他的感动不是直接说出的；也许他说得很少，但的确被打动了，念念不忘。多少年以后，他经历了多少事情，还是没有忘记当初的那种感动……这让作家感到了写作的价值。

时间已经过了五十年，而且它当初不过是一个短篇或一篇散文，在这些文字之间——不一定是哪个地方，把他人心弦深深地拨动了一下。人的灵魂被击中的那一刻是难忘的。别的东西可以忘记，但是这个不会。如果是一般的阅读，读个故事，被里面的爱情描写之类吸引一阵，过后或许很快忘掉。但灵魂的感动是不会忘记的。真正的好书有一个特殊的作用，就是感动人的心灵——你被触动了，而后会悄悄地收藏起这种战栗。

在我们的阅读中，也许这种战栗感是极少的。作家仅仅施以技巧，则达不到这个目的。但它会通过技巧更好地传递出来。生命里的某些东西要传达出来并非易事——作家个人有时也不能很清晰地体会那些东西的存在，有时甚至不知道是怎样泄露的，不知道它在哪里——但它出现的一刻他是大致知道的，因此他屏住了呼吸。

写作的真正意义就在这里。

作家的道德激情／费解的生命现象／与生俱来的某些东西

写乡村生活的作家很多，他们也许是创作界的主流——与写城市生活的作家相比，多了些什么又少了些什么。有人说：写乡村生活的作家更有道德激情——这让人一时难以回答。无论是写城市的作家还是写乡村的作家，都需要道德激情。比如说列夫·托尔斯泰，他长期在图拉那个地方生活——一个伯爵接触过大量的上层人物，既写乡村又写宫廷。再比如美国的索尔·贝娄，一个完全的城市知识分子作家，几乎完全生活在城市知识群体当中，可他对美国的物质主义、高度城市化，对科技主义的忧虑和愤怒、嘲讽，入木三分，溢于言表。

不光是作家，像一些杰出的科学家，从他们的文集中也会发现强烈的道德感，它是如此地激动人心。实际上一个人的道德激情并非是简单的职业身份所能界定的。那样分就太简单了。对于作家来说，城市与乡村，现代或后现代或其他皆无关系，最要紧的还是生命的品质和力量。是这些最终决定了他，显示着根本的区别。人看起来很复杂，千奇百怪，一万种性格，但也可以简化一点来论，就像罗曼·罗兰那样分为两种——一种向上的、一种向下的。这是他的一个生命视角。

那些文学家、诗人，一般来说都是非常善良的，他们敏感多情，非常能够体味别人的哀伤和痛苦……杰出的文学家对黑暗格外不能容忍，对不公正耿耿于怀。他们当然也会犯错误，不是完人——学者梁漱溟说：有大能的人必有大欲。大欲会让他做出一些出格的事情，像托尔斯泰，年轻时的过失让其懊悔不已。但这些一直在强烈地折磨着他。他抗拒黑暗的时候，从来都是把自己包括在内的。

可见伟大的灵魂不仅来自学习，而更是一种固有。这个说法有点宿命，但历史上许多人常常拥有这样的宿命。我们对生活无论多么透彻、多么科学地把握，最后还是会发现，有很多角落我们根本进入不了。在困难的时候，我们不得不求助于有神论和神秘主义，不得不依赖自己的直觉——这些非常顽固的所谓人类的弱点和蒙昧——进入一些世界和一些角落。很多伟大的作家和科学家并非嗜好如此，而是别无他法。因为他们是质朴的，他们真实地感受了某些东西的存在。

我们对于直觉的依赖，显然构成了文学的一个重要部分。这不是什么技法。但我们不得不说，越是一个好的作家，越是能够敏锐地感受——这不是乡村和现代、不是科技的问题，而是与生俱来的一些问题，是它在决定着很多事情。

人类也许天生就要活在这种宿命之中。

作家的忧郁／"文章憎命达"／纯文学深入悲剧的命运

不仅是香港，其他地方也有许多得忧郁症的人。作家艺术家当中很多。他们的思维力不够？超脱能力不够？显然不是。这说明人有时候要面对的东西实在太多了，太沉重了，已经不能承受。

但有一点是肯定的，一个人绝不会因为这种难以承受，就变得不再敏感了。人也不能因此而变得没有道德义愤。这不是愿意与否的问题，而是生命性质的问题。

"文章憎命达"，说的是个人生活太得意以后，文章往往是不行的。自我感觉良好的生活状态，往往不属于好的作家。比如说一个人地位很高，物质生活很好，一切都很顺利，也就容易失去体味那些复杂的底层生活的机会，与社会的紧张关系没有了。从总体上看，文学对社会是批判的，一个人如此优越地生活着，怎么批判？物质生活对人的腐蚀力极为强大，权力对人的腐蚀力也是如此——只有那些大灵魂才不为所动。这里面有个信仰的问题。一点世俗的荣耀、得意，对他们而言几乎不在话下。除非是大灵魂，一般人都受不了富贵的剥蚀。

民间有一个说法："只有享不了的福，没有吃不下的苦"。人是一个古怪的动物，受苦没问题，福分一旦享大了就会出大毛病。看看李白杜甫，他们那么坎坷。苏东坡一辈子经历了无数大跌宕，九死一生，所以对人性、对底层的苦难体味得特别深刻。

人无论活得多么好，终归还是悲剧者为多。得意和圆满的人总是少数。大师的作品体现了人生的悲剧和苦难，才打动了更多的人、普遍的人。只有极少的人——严格讲没有谁能够超越这种悲剧感——没有经历苦难的生活，却会自然而然地体味和表达一种深刻的悲剧意识。这样的作家并不多见。

所以那些风花雪月从根本上讲是比较浅薄的。它没有抓住生命的根本问题，当然不会深刻地打动生命。纯文学就是深入悲剧的命运、抓住生命中的根本问题、从不停止追溯的一种文学。

说来说去，纯文学是一种极其认真的文学。

小说坊讲了语言、故事、人物、主题，最后讲了修改。事实上这一切只不过是在说两个字：认真。

这两个字所意味和代表的，可能要超越了所有的技巧。

二〇一〇年五月十二日

班访一：文学的性别奥秘

进入这个教室，让人心里有一种羡慕的、亲切的感觉。使人想起当年在大学校园里的一些场景。好像觉得时间上并不遥远，又一次回到了昨天。

我是内地恢复高考之后的第二批学生。我们那一届包括了不同年龄段的人，从十八九岁到三十岁左右都有。我们这一波学生有一个特点，就是许多人热爱文学，所以在学校里有好多个文学社。如今回母校去看，文学社里的女同学特别多，而过去二三十人中只有三两个女生。大家在那儿热烈讨论，各自为了自己喜欢的作家争得面红耳赤。

关于张爱玲

今天谈到的这些问题（张爱玲、女性文学），引发出心底的一个感慨：对于文学，对于人性，对于生活，女性的感知能力好像天生地优于男性。女同学比男同学在某些方面更细腻、更敏感，感性空间也更开阔……不断谈到张爱玲，可见她拥有很多读者。

女性的写作跟男性确实不一样，他们互有优长。打开文学史就会发现，有那么多了不起的女作家，同时也有那么多了不起的男作家。文学的性别很有意思，很多研究者专门就这个问题写了学术文章。因为文学的奥秘与生命的奥秘在许多时候是一回事。

张爱玲在大陆是一个影响力逐步加大的作家。大陆把一九四九年以前的作家，像鲁迅、周作人、老舍、沈从文等叫作"现代作家"。他们主要的文学活动是在一九四九年以前。大陆这些年很多人都在谈张爱玲，最喜欢她的人在大学校园里，像大学生、研究生们，正大量阅读她的书。

中国当代作家中受张爱玲影响的也不在少数。特别是女作家，有的就用她那样的语式写作。

很早以前张爱玲在大陆文学史上是不被提到的，不是因为她不重要，而是意识形态方面的原因，现代文学史不讲张爱玲。我很早就知道她，却至今没有读过，这让我有些不解——尽管可以找出许多理由。当年大学里没有关于她的课程，她的名字也不被提起。后来大陆慢慢开放了，艺术的回归艺术，学术的回归学术，学者们的研究工作要服从文学规律，更重视生命独特的、个人化的表达。到了这时候，张爱玲就变得绕不过去了。

谈中国现代文学，可以对不同作家有不同的评价，但省却了张爱玲就不够全面。我至今记得老作家柯灵最早在《收获》杂志——那是当年中国最重要的一份文学杂志——写了一篇文章叫《遥寄张爱玲》。文章透出了新鲜的气息，有着特别的口吻，让我印象深刻。那篇文章有可能把大陆的张爱玲研究往前推了一把。

再后来是美国的夏志清教授，我一九九五年在哥伦比亚大学见过他，有很长的交谈。他在文学史里谈张爱玲很多，对大陆影响较大，特别是对各个大学里做现代文学研究的人影响比较大。因为他的这本文学史是从另一个角度进入的，没有许多教科书那些意识形态的统一色彩。后来中国出了上百本

一九九五年在美国哥伦比亚大学与夏志清在一起

的文学史，张爱玲的名字大多出现了，而且评价也在渐渐提高。这是我所知道的张爱玲研究的一点情况。

女性作家

由这个话题引开去，讲一讲女性文学。

刚才讲了，女作家比较敏感细腻——她们非常活跃，读者非常喜欢。她们和男性作家的文笔不一样，表达的生活内容也有所区别。通观起来，在小说的社会性方面，个别女作家或许要弱一些。她们特别专注于生活的细部，家庭、情感、针头线脑的，这些方面写得比男性作家更深入更逼真，也更生动。比起她们的这种细腻委婉的转述、描摹，男作家就要差一些。

在阅读上，读者也会有某种程度的性别差异。比如围绕某一位女作家，有一部分读者可能特别喜欢，沉溺于她的文笔，沉溺于那种独特的表达，会追踪阅读，津津乐道。上个世纪三四十年代的女性文学，一些代表性作家至今还在影响中国作家的写作，特别是影响了女作者。

她们的造句非常感性，是独出心裁的个人风格，对语言的控制力柔软而固执。其实每个作家都有自己特殊的造句习惯，但女作家们的这种特异性还是相当明显，引人注目。中国在经历了长期的硬邦邦火辣辣的文风之后，看软软的女性文笔会有耳目一新之感。文字这样柔软，这样缠绵，这样私人化，这样细腻——一直到今天，五四时期一些女性作家的作品，对我们今天的北方读者来说，仍然是蛮新颖的。

新时期以来大陆的女作家很能写，她们的读者也很多。有一次我参加一个大学里的文学聚会，提问的问题有一多半是关于女性文学的，有不少提问很不客气：为什么男作家写不过女的？文学是否专门属于女性？当时让人觉得不好回答。因为这样的结论很个人化，以前还从来没有想过。从长一些的、大的范围里观察，世界上的男性作家起码不差于女性作家的成就，而且在数量上或许还要超过女性。讲到影响，世界上的文学大师中有很多男性。其中的原因是多方面的，主要是因为男权社会时间太长，男人参与社会生活的机会更多。不过很多女性作家写出来的东西让人羡慕，她们别有洞见，文笔特异，表达清新，这都让男性作家钦佩不已。

随着社会的发展，女性的优势越来越多地表现出来。她们的气质也许更为适合文学写作。欧洲有一段时间，文学沙龙的主人往往都是女性，一个男子要在文学上出头，往往要在这样的沙龙里得到承认。某位沙龙女主人看重的诗人或小说家，他的名气就会在上层社会里流传开来，接着又会在更大的区域里散播出去。可见那时候没有网络电视，刊物少，作家协会这一类组织没有或者不够活跃，贵妇人们就形成了"文学界"。这些十八十九世纪发生的事情也许并非偶然，而是生命的性质所决定的。

有的贵妇人供养一两位卓越的诗人——这让今天的某些人羡慕得不得了，甚至打趣说：怪不得今天的文学、特别是诗不如过去，一个重要的原因是没有那样的贵妇人了。贵妇人多好啊，她们爱文学、支持文学。不管怎么说，历史上的贵妇人对文学真的是有过大功的。她们首先是深爱文学，趣味高雅，其次才是有闲和有钱。

女性的视角更为靠近文学的视角，女性的心灵也更为靠近文心。

文学的门

中国的语言有好多个板块，从大的方面分南北两块。我们所在的这个地方当然是南部板块。长期以来，中国书面语的标准是以北方体系为基础的。有人认为南方作家要有好的文学语言更为困难，而北方作家往往更容易。这样说并不准确。鲁迅的语言多好，他就是南方人。而文学语言，方言是最为生动传神的。古代的官话形成文字，流脉长远，基础夯得很深。在以北方话为标杆的基准上发展出一种通用的文学叙述，也有不少损失。凡事都有两个方面，有好的一面，就会有不好的一面。北方人从事文学写作，可以很快进入一般的文学叙述，通俗流畅，好读也比较生动；但是北方作家语言最好的，还是努力追求和保持了个性，即极力从脚下泥土吸取自己营养的那种。北方的造句也不能趋向统一，而要像其他地区那样活泼生长。方言是真正的文学语言，只不过为了流通的方便才要靠近一种规范，所谓的普通话。那么怎样在这个靠近的过程中保持一种方言的个性，就是一种艺术了。

因为文学是语言的艺术，所以语言直到最后都是一个极重要的指标。文学的许多问题最终还是要解决在造句里。对于作家的研究，开始也是从语言开始的，要从这里看出他们的不同，这正是阅读的第一步。

刚才说过，女作家的语言往往更率性，更个人化也更细腻。男性作家比较起来或者会粗粝一点，刚直有力一点。但这只是一般来说。具体到每个作家，他们的差异非常大，而正是这差异决定了他们存在的价值。从一个写作者的角度去看时下的文学研究，总觉得应该进一步贴近作家的语言才好。比如研究者谈了很多作家，写了很多论文，似乎是非常深奥的，但仔细看，又觉得他们似乎并没有触及文学的内质和深处——每一个字都在谈论作家作品，可仿佛又没有谈及文学本身。研究者正在把研究对象剥离开来，在评说其他。为什么？就因为他们绕开了语言，于是也就绕开了文学。要进入文学，就必须从语言这个门进入，因为除此之外好像并没有其他的门。

我们每每有这样的惊讶：那些关于文学的门外谈，十有八九是犯了一个常见的毛病——太过关注一篇或一部作品的"社会意义"了，总要找出它的"思想性"，挖掘作品的微言大义。作家在文字中并不存在的一些"隐喻"，也被他们翻弄出来。其实这都是过度的解释。如果能让阅读再放松一点、自然一点，也就不会有这样的情形了。这其中的主要原因是没有找到文学的"门"——语言。

紧紧贴着语言走，就会走入作品的内部，直到它的深处。

女性着迷于说话的方式。女性比男子更浪漫，更爱幻想，这都是很"文学"的。一位女性读者或作者把语言趣味丢在一边，那是不可思议的。她们往往只专心地走入一个方向，这就是语言的门。这其实也是文学世界的唯一的门。

身份的复杂性

刚才讲作家的个体差异，同样是女性作家，有的却不一定那么缠绵和软性。如法国的女作家尤瑟纳尔，她写了《马德良回忆录》，写一个罗马皇帝死前的回忆，是她的代表作。大陆出版了她的文集。这是让许多人特别喜欢的一位女作家。在座的可以做一个很有趣的工作，就是看一下尤瑟纳尔与其他一些女作家——比如我们五四时期女作家的区别。尤瑟纳尔的作品虽然是一个女性写的，有细致入微的特质，可同时又有一种非常强烈的历史感，有强烈的社会关怀，文风有特别雄浑的一面。就是说，她兼有男性作家的气魄和魅力。

即便是发生在同一个女作家身上的例子，也会有些不同。比如有的女作家大部分作品是非常女性化的，可是偶尔也会写出一部气质极为刚毅的作品，突出了一种异性的气概。可见性别既是天生的，又可能是自我暗示的一部分。实际生活中的人会不断地对自己做出一种角色提醒——她得到了很多关于女性的鉴赏、肯定，就会更加巩固自身的女性特质，进一步地塑造自己。但是它也许包涵了另一种隐而不察的什么因素在里边，如另一部分生命特征。

我们有时会发现一个奇怪的现象：任何一个人，无论是男的还是女的，身上都隐藏着极其特殊的生命诉求，它可能既不属于男性也不属于女性。女性身上会有强烈的男性化的表达欲求，反过来男性也是一样。而文学需要、甚至在很大程度上是必须打破个人性别意识的，尽最大可能去感受生命的全部奥秘，需要一种探索力和感知力。这样的时刻，他（她）的笔下会流泻出异样的情感、呈现出无法言说的复杂性。这样的文学世界就变得阔大和深邃了。几乎所有的文学大师都具有这样的特点。

那些特别具有男子气的作家也有极为柔细的一面。比如海明威是一个有代表性的所谓"硬汉作家"，大家知道的是这个人特别粗犷，参加世界大战，打猎，钓鱼，拳击，无所不为。就是这样一个极端化的例子——可是我们看他的作品，比如代表作《永别了，武器》《丧钟为谁而鸣》，还有许多中短篇，《老人与海》等，书中的男性气息非常强烈，就像海明威本人一样。他的传记里，说他结过几次婚，有一位太太被他英武的外形、壮汉的形貌所吸引，当她与之第一次近距离接触之后，竟吓得跳起来——被他身上的各种疤痕吓坏了。那是战争、狩猎，还有竞争剧烈的体育运动留下的痕迹。她说海明威简直就是一个怪物。这样一个人可以说是足够的"男性化"了，但在他的《丧钟为谁而鸣》等书中，我们还会发现他的柔软情怀。他对生活的那些细微表达，那种体味和洞察，特别感人，一个细致入微的女性也不过如此。事实上，女性化的纤细感受，再加上疆场男子的勇武气概，二者紧密地糅合在一起，才构成了这本书的阳刚和阴柔，使其成为一部杰作。

无论一个作家多么刚烈，多么具有社会性和历史感，却不能没有女性一样的温柔和细腻。男性作家的力道恰恰也来自一种对比和综合。《丧钟为谁而鸣》里写的一个被法西斯强暴的女性玛丽亚，她被执行炸桥任务的乔丹解救了。敌人把她的头剃光，看上去像尼姑一样。海明威把这个饱受蹂躏的玛丽亚写得太可爱了。不仅是写他们的爱情，而且是从男性的眼光写女性，又从女性的眼光写男性。这本书读完以后有一种辉煌的感觉，四十多万字，进入以后会觉得是一座五光十色的宫殿，宽旷高大，里面的风景应有尽有。

大作品的结构就像一座教堂，有塔楼，有穹顶，有巨大的石柱，华丽的大理石地板，有镌刻，有精美的彩绘——不然的话只用石头垒一座大建筑，固然是雄伟，但却禁不住细细端量。仔细欣赏时，少了很多细部的美，只会觉得它粗粝高大、空空荡荡。但是有了艺术的柔细曲折之后，一切就大为不同了。进入者会在整个体味的过程中，心里装满繁复难言的多种记忆，大与小，粗犷与别致，都在心里被加以综合。

至此我们会明白，杰出作家心理上的性别身分是极其复杂的。这个复杂不是他们个人的有意追求,而是生命的性质本来就如此。如果只将其当成技术,这个地方要突出男性的有力和粗犷,要有强烈的社会关怀,那个地方又要有女性的细柔——也会是非常蹩脚的。

一个人在长期的创造性劳动中,会慢慢释放出生命里的各种元素。这是极其必要的,是决定他(她)能否走远的重要条件。

讨论

时间的奥秘 / 流水线 / 仅有一次的机会

现在是特殊的竞争时代,文学界如此,其他行业也是如此,或许比以往任何时期都要剧烈。在所谓的网络信息时代,人变得比过去更匆忙,更急切,也更愿意速成,无论做什么都变得匆促了。比如我们过去要到邮局发一封信,总得耽搁一些时间,而今在家里点点鼠标就可以完成。过去看新闻要找报纸听广播,现在上一下网什么都有了。购物也是这样,可以足不出户。很多东西都方便极了,省事省时。可是我们同时又会发现:现在属于我们自由支配的时间越来越少了,好像越是节省时间越是没有了时间。这就奇怪了。

现代生活的这些高科技机器让我们没法驯服。我们发明了它们,却没法更好地管理它们。我们发现了核能,可是长期面临着被原子弹毁灭的威胁;

发明了大量化学药品来治病，可是抗生素成为危害人类的最大毒物之一。我们真的没有办法，束手无策。在时间方面，打一个比方，就好像每个人都坐在了工业流水线旁边：生活的零部件依次走到你的跟前，你得马上动作，然后再等下一个工序。没有个人支配的空间和时间，没有选择，人人都是被迫的、被动的。

我们每个人都给拴到了现代生活的流水线上，从此不再有其他自由。这非常悲哀。我们的最大痛苦是不再拥有自己的生活节奏。写作者处于如此境地就会格外痛苦。现在因为有了电脑，文字工作似乎变得方便多了，出版印刷也非常快。这样的快速和便捷，有可能产生好的作品，但更可能是产生许多垃圾。问题当然主要不是因为方便，而是因为匆忙和浮躁。一些写得很快的作品，从古至今都有名著名篇，那是因为作者的才华。但是大才子们倚马可待的故事我们听听可以，却不能学习。

写作这种事，快和慢都可能成功。的确有成功的即兴之作，作者只用很短的时间就写出了千古不朽的杰作；而有的人则需要慢慢打磨一部作品。各种可能都是存在的，不能强求一致。写作是这样，其他方面也是这样。比如长时间一直强调文学要关心大众，关心社会，关心大多数人，要有很强的忧患意识，只有这样才会写出大作品——这作为一般的道理当然是不会错的，但有没有特殊的现象？有没有反面的例子？比如说文学史上也有一些大作家，他既脱离民众，也不关心社会，可是同样写出了杰出作品。所以说文学现象斑驳陆离，无法简单定论。

但一般来说写作还是不要太急，还是要沉住心气。有人脑子写热了，一天可以出手万言，但不能总是这样。年轻时体力好，脑子热得快，所谓的年轻气盛。人在激动的时候可以一口气写上很多，但效果不一定好。每次伏案创作只是一个机会，这样的机会有多少？不多，严格讲其实仅有一次而已——一次难以重复的机会。于是作家会叮嘱自己：一定要慢慢地写，要深思熟虑，要抓住这仅有一次的机会。

同学可能会说，写完了还可以再改啊，怎么说是"仅有一次的机会"？这里说的是，指当你面对稿纸的时候，那种兴奋和冲动其实是一次性的——写得不好你可以改，但那已经不是最初的冲动、最初的创造了。文学创作中的临场感动是一次性的，不能忘了这个。你可以修改"这一次"写下的东西，但"这一次"的冲动一辈子只有一次，它是不会重复的。比如我在这里讲这些，我的心情、一些临场的意绪，对我来说只有这一次，以后再讲则是另一回事了。

"仅有一次的机会"，因而才要慎重，因为创造性的思维不可再造和重复。所以作家就得记住，一定要慢、要慎重。有的作家为了让自己慢下来，甚至找来那种很不润滑的稿纸，很粗糙的稿纸，而且不用圆珠笔，只是用那种老式的钢笔。老式钢笔在很粗糙的稿纸上也只能一笔一画地来，写快了纸就划破了。这样就给脑子留下很多思考的时间，就变得不那么简单了。这样慢慢写，把心里的很多东西通过臂膀、经过笔尖注在了稿纸上。形式上看真的是这样，一个人看上去就像从心里流出思想，注入稿纸。所以直到现在，有的作家写重要的东西，还是不愿使用电脑。他们告诉自己，每天一定不要超过两千字，极特殊的情况下也不要超过两千五百字。这对作家来说是相当克制了。这种缓慢和慎重会带来质量上的保证。

具体到一部书，单纯追求长度也是无聊的。作品中凝聚的时间和劳动、其中的思想和艺术的含量才是最重要的。文学不是比谁写得更长，而是比谁写得更好，比试长度没有意义。一部长河小说，付出的劳动量很大，这样一部书不可能在几年内写完，对作家的考验会十分巨大。这就带来一个问题，从思维力到写作的贯彻力，都需要时间的保证。思维力是需要时间支持的。比如说计算机，我们发明的最快的计算机一秒内能计算多少次就是一个指标。这就让我们明白，思维再快，也仍然需要时间的保证。人的脑子也是一样，再好的脑子也不可能超过它的思维极限，不能超过它的负荷。一些巨大的问题，海量的问题，如上百个人物，上千个细节，很多难以克服的困难都要面临，这都需要在相应的时间里去解决，除此没有别的办法。

人们说小说有两种写法，一种是凭着青春的热情一口气把感情宣泄出来，这种小说的线索往往比较单纯，一个故事到底，没有很多头绪，容易一气呵成，并有可能成为一部漂亮的、让人记得住的好小说。但是在很短的时间里想出的问题有可能是最好的，也有可能过于简单。匆忙间完成的，往往是不够透彻的、错误的。有些东西要留待生命的下一个过程、下一个场景去完成。人在每天的状态是不一样的，今天考虑这样一个问题，明天可能就是另一种想法了——这是对前一天的修正或补充。不同阶段的生命判断力加在稿纸上边，那就不再简单了。

小说有时是需要复杂曲折的。所谓现代作家的有些娱乐作品是简单而没有深度的，文字后面没有纵深感，薄薄的一层皮，揭掉就完了。它作为娱乐品可以，作为思想和艺术的深刻创造，那是不可能的。

所以要写一部好作品，也许该把心放下，慢慢地去工作。只要作家的判断力好，无论改多少遍，都不会把最初冲动中写出的优秀部分删掉。比如一部作品改了二十遍，有些地方一个字都改不了。为什么？就因为当时的冲动是好的，只要作家的判断没有出毛病，那些地方直到二十年以后再看也仍然是好的。

专业作家问题／生命与时间

现在对所谓的作家拿工资之类议论很多。这非常好理解。但是提这些问题的时候不妨把事情放开来想。从文学和创作的角度看，一个真正的好作家不会受这些东西影响。一个杰出的作家，什么东西才会埋没和限制他？良好的创作条件？一点工资？一点职务？

胶东人常说一个笑话：一个不会游泳的人，总是抱怨短裤不好。

外部条件是发生作用的，但这些作用微乎其微。作家的心灵连这点自由度都没有、连这点超脱力都没有，还要从事如此艰巨深邃的工作？给点工资就安于现状，就不再好好写作了，这样的生命也太廉价了。

事实上，一个好的作家，再好的条件也不会腐蚀他，反过来说恶劣的处境也不会让他放弃。历史上有些作家不停地被流放，不停地搞暴动，从其年表上可以看出，几乎没有一天安定日子可过，但他仍然有很大的文学成就。像何塞·马蒂，古巴革命之父，一共只活了四十多一点，哪有时间写作，可就是这样苛刻、艰难、困苦的人生，他留下的文集有那么一大排！当一个杰出的生命把全部的热情、力量都投入到一项事业中去的时候，他与时间的关系就成了一个谜。我们没有办法理解他是怎样运用时间和生命的，这是非常神秘的一件事情。

前年我到俄罗斯，去了高尔基故居。对高尔基现在有很多争议，因为他过去是一个革命的标本，被肯定得太多了。物极必反，后来思想解放了，人们就容易去肯定另一类作家了。但高尔基实在是一位大师。他的流浪汉小说写得棒极了。我觉得他写得最好的当然不是《母亲》，也不是他后来写的那部很长的小说。他的作品很多，是一个天才。

革命胜利后，苏联把他像迎接神明一样从国外接回来，他受到了盛大的欢迎，在他经过的街区，民众都沸腾了。他像一个天外来客。回来后，莫斯科最有名的一座别墅赠给了高尔基。当局认为只有高尔基才配住这么好的房子。别墅的楼梯是整块大理石雕成的，楼梯扶手模仿了大海的浪花。书房特别大，连楼梯上都摆着书架。高尔基在这栋楼里只住了三年。这三年来他的文学活动频繁得不可想象，成立苏联作家协会，会见各界人士，每天都有繁重的社会活动，好像高尔基根本没有时间坐下来。可是我们看这短短的三年他做了什么：一面墙壁的书中有一大部分都做了眉批，写了很多感言；还在创作不停，如那部很长的小说的一些章节。

一个杰出的、准备为一项事业投注全部生命的人，不可能被我们平常所说的那些条件所限制，不会这么简单地被窒息或扼杀。

二〇一〇年三月二十四日

班访二：写作训练随谈

这些作品使我有机会了解大家笔下的香港，了解这个年龄段的文学。其中有不少作品文笔很好，内容也很独特。关于写作，有一部分同学只想尝试一下，另一部分要在将来成为作家。这是两个不同的目标。

注意语言的板块

我把阅读感受与大家交流一下。

从这一大沓文稿看出，其中有的已经完成了；有的只是一些片段，但它们仍然很丰富很生动，给我的阅读印象很好。作为文学写作，其中也有一些大大小小的问题，需要我们一块儿讨论。

比如，有的作品使用的语言系统是南方的，没有相应的变通，可能其他地方的人读不太懂。中国分为南北方，有很多的少数民族，某些地区还有国外殖民的漫长过程，所以汉语言就形成了一些特殊的板块。长期在某个板块里生活的人，往往不自觉地习惯于当地的语言表达。方言的问题十分复杂，从文学的角度认识方言，与一般的日常使用的角度认识方言，意义还不太一样。

人们在生活中，从一个地方到另一个地方，有些话就听不懂了，可见我们的语言复杂到了何等程度。这只是口语。好在有文字，这是秦代那时候统一的，所以书面语大家还读得懂。可是不同的地区还是有些不同的文字调度、不同的使用方式，这就造成了一定的阅读障碍。至于发音和书面语，习惯上当然是大不一样的。表现在文学写作中，这个事情就大了。作为一般的文字工作可以不考虑那么多，但是作为文学创作者，就要极为注意研究才行，要明白中国的语言分成多少个板块、它们的差异在哪里。

我们可以看到，这些现象无论怎么复杂，大体上也还是分为南方和北方两大系统。

这些作品的语言属于南方系统，是南方的书面语。中国文学的语言大致是北方的，这从古代到现代、从官话以至于后来的普通话一点点演化而成。作为文学语言的基柢，形成了北方话这个大前提下的写作。可是这一来就有了许多损失，因为任何方言都是格外生动的，而文学写作的生动传神才是最重要的。

可是方言写作外地人又看不懂。这就形成了一对矛盾。

南方语言是个大的系统，它对于北方的语言来说，有自己的表达优势。比如它的委婉性、绵密性。北方的语言比较清晰，逻辑性强，有时候要显得刚直一点。它们在使用上也许各有特点，各有利弊。这些都是语言学方面的知识，我说不好。不过我在读这些作品时，的确感到了南方语言的优美和别致。这好比戏曲一样，北方是京剧、秦腔、吕剧，还有你们不知道的几十个剧种，很多——它们都偏向于高亢、粗粝，因为这是从北方文化肌体上生长出来的东西，是北方的文明，说到底是水土决定的；南方，越往南变化越大，到了广东是粤剧，在中间地带有个黄梅戏，再就是江浙的越剧了——南方戏很让人着迷，它听起来软软的。可是到了广东和香港，有的粤语歌听来却同样有一种铿锵，又算是南方的劲歌。

戏曲跟语言是一样的道理。所以大家的语言委婉别致，是有原因的。有人最喜欢的戏是京剧，其次就是越剧。说到这儿大家就会理解，刚建的东西和绵软的东西都是让人喜欢的。文学作品不能全是北方气概，像江南软语，就十分优美。

这里只谈到阅读和传播的问题，谈书面语的规范问题——从现实可操作性上讲，还要设法让外地人读得懂。所以今天我们就要想出一些两全其美的办法。

我们是否可以在使用方言的同时，考虑一下北方普通话，考虑到书面语的规范以及怎样转化？这样做不是取消本土语言的生动性，不是要滤掉它的活鲜，而是在尽可能保留这些的前提下，让更多的人、更大范围内的人读懂。这就需要有较强的书面语意识，对普通话写作训练下些功夫。

五四时期的一些代表性作家，有相当大的一批都是南方人。但他们的文学作品成为了南北共同的语言典范：流畅而凝练，既有鲜明的地方色泽，又有通用的规范性。这是长期语言训练的结果。我们应该多读一些他们的作品，借鉴他们的经验。他们对于中国当代文学语言的影响，是深远而又显著的。

文学语言的虚拟性

中国文学在长江南北的传播，倚仗的是统一的书面文字。可是口音没能统一，这不同的发音在各个不同的地区里巩固，长此以往必定会影响到书面文字的表述。所以南方人写出来的东西，就不会和北方人一样。很通顺的南方话，写下来，在北方人读来却会觉得坷坷碴碴的。这就是口音作用于文字的问题。如果口音的作用力过大，超过了一定的限度，就会造成阅读障碍。但是反过来呢？完全没有了口音的作用，又要少了许多南方的语言意趣。这里就有了一个度的掌握，大概艺术也就在这之间产生吧。

刚才讲过，中国的书面语言毕竟是以北方语言作为基柢的。写出来的东西，还是要注意它的规范，这样才有表达上的清晰性，包括它造句的方式，都要考虑到。但是我们同时还要强调：地方性的写作不应完全放弃自己的日常表达习惯，而是要突出其特点。大家写的这些文字比较偏重于口语化，这样生动性是有了，但不免要难懂一点。咱们今后就要想法克服这些问题。

有人可能强调：文学语言就是要口语化——如果人物的对话不像生活中的人说话，一看就是书面语，那就很假了。可能不止一位同学会这样考虑，所以才采用了日常口语。像"真人"说话是必需的，比如我们有时候读小说，觉得里面的人物说话不像生活中的人，一看就是书生腔。那肯定不是好小说。

可是反过来口语化很重，浓得化不开，好像也有问题。如果再高一点要求呢？

还会有另一些不满足。为什么？一时也许说不清楚。只是觉得这种语言除了费解，好像还不够讲究，不够沉稳厚重，总是缺了一点什么。其实这种"不讲究"，指的就是远离了语言规范。在小说写作方面，很多人可能有一种误解，认为小说的语言是无须规范的。因为生活中的语言往往谈不上规范，而作家的语言又要像生活——很久以来我们都被强调，要向生活中学习语言，要写得像生活中的人物那样说话。这总的来说是不错的。但我们忘记了为什么学习？就为了和生活中的人物一样说话吗？

好像又不完全是。究其实际，我们不过是为了写出更好的文学语言——比如小说，它既然是虚构的，那么它的语言也一定是虚构的。就是说，小说的语言也具有自己的虚构性格。

凭什么虚构？如果一个知识分子总是关在屋子里，他对实际语言那种活泼的、生长的情况就不会了解，至少是反应迟钝的。所以说到民间去、到群众当中去是对的。这样他在创造（假设）一种语言的时候，就会有动力，有大量现实生活的基础和依据。但是他如果将生活中的语言原封不动地照搬过来，那也不会是好的语言。因为他把非常复杂的、高级的、微妙的创作过程给简化了。原来语言有作家个人重新孕育和再造的过程。

看来文学语言既不是按照书本抄来的，也不是从日常生活中抄来的。比如小说，它不是新闻，不是通讯报道，不是报告文学，而是作家虚构出来的作品——这种虚构首先就是从书面语开始的。我们可能同意小说的故事是虚构的，人物也是虚构的，但就是对语言的虚构这件事想不通。就是说，一个好的小说家不光要向群众学习，也不光要从书本学习，而且还要在这二者的基础上去进行创造，再造出一种语言：个人的语言。

实际上不光是小说的语言，所有的文学语言都有一种虚拟性。从这个要求上看，我们在语言上还要非常努力才行。就是说，我们不能过分依赖口语，而是要重新改造它。我们学习写作的过程，就是从现有的语言储备里面提炼出全新的书面语。

口语对于我们太宝贵了，它是我们文学语言的富矿，但仍然不能拿来就用。

语言从细部入手

有的同学可能说，既然文学语言有一种虚拟性，那么我就可以随意写了，充分突出我个人的虚拟能力。比如说写一个人对另一个人打招呼，问："你吃饭了么？"我们可偏不这样说，而是用生活中根本不用的古语："饭否？"这就不好了，除非是刻画人物的特殊需要，否则看了多么别扭。我们说的对语言的再造，不是这个意思。这个创造应该看起来比生活当中真实的对话更有趣、更有意味、更加易懂。有时我们的书面语并不实用，可读起来是非常好的，也就是看着舒服，阅读感受好。

从大家写来的文字中，我发现个别的篇章用语不够规范。这属于方言未化的小疵。有的虽然没有这样的毛病，但装饰词、限定词用得太多了。状语部分应该大大压缩。只有这样，动词和名词的效果才能充分发挥出来。不然，它们被形容词的叶子遮住了，就少了一些力量。有人可能有个误解，认为状语多一些可以更华丽——可是总体上却会造成很大的损失。把它们去掉，修剪一下，最后的结果是清新干净，简练多了也生动多了。

需要注意的是，和状语部分不同的是，有些字和词是不能随意省略的，比如名词和动词。在写作中，往往要把生活当中的一些话省略很多，这个省略是为了简练。好的省略会造成一个很大的思想空间，也更凝练。只要通顺、方便读者阅读就可以了，这才是好的。但是有些省略是不自觉的，是缺乏文字训练的缘故。这能够看出来，是不自觉的、个人习惯了的某种表达缺失。这就造成了混淆。

还有更细部的一些问题，它在写作人看来是同样重要的。可能因为一些稿子是在课堂上完成的，比较匆忙，字比较潦草了一点。这不是大问题，注意一下就可以了。另一个问题稍微大一点，就是标点：有些句子写到某个地方就用钢笔按一个点，有的连句号都很少用；有的通篇直到结束，到了最后才有一个句号。许多地方不分逗号、顿号和句号，只是戳了一下。

标点在汉语写作中是特别重要的，它与一个字具有同等的地位。可是现在有的博士生都不会正确地使用标点，很成问题。某个机构要召用三个文秘人员，从名牌大学里找了几位博士，连同几个研究生，算是优中选优了。可是经过现场测试，他们的语言都没有过关，甚至不能写出通顺的文字。标点不会用，"的、地、得"分不清，基本上不会使用分号和顿号——在他们那里，后两种标点大约都可以废掉了。

写作要重视标点的使用。为什么写稿子的人要用稿纸呢？一个方框一个方框的，这除了排版的需要，还因为句子到了应该断开的时候，标点是要占一个格的。这提醒人们要明白，标点和文字是同一个级别的，是同等分量的，所以给它们的待遇都是一样的，都要占一个格。别看那么小的一个标点，仍然要给它一个格，要非常慎重地、好好地把它填进那里面。刚才说现在好多人不会用顿号和分号了，只会用逗号和句号了，其实有时候连省略号也不会用了。这说明他们没有过严格的语言文字的训练。这要求我们细而又细，工于经营，在每一句话结束的时候都要明白为什么停顿，以及停顿的时间，还有其中的意味和效果。要知道这一切，要了然于心。这个停顿，与下一句构成了什么关系，这些要迅速地在脑子里过一遍，因为这是作文中的一次判断。如果这一次停顿和下一次停顿构成的是分句间的并列关系，那么这儿就要用分号。如果这一次停顿是分句中的诸项排列，那就要用顿号。有的句子结束时不仅是停顿，还有坚决、决绝、决意、干脆等类似的语气，可以用感叹号。在一个复句完成时的间隔和停顿，通常可以用句号。

有人该用句号的地方偏爱用感叹号，这说明他很冲动。可以试着把所有的感叹号都换成句号，那读起来是什么感觉？会觉得很艮，很内敛，力量缩到了里面——文章的冲动性小了，深思熟虑，主意加强了。从这些方面来看，标点像文字一样重要。

写作密度的要求

用稿纸写作还有一个作用，就是计算字数方便。比如稿纸每一页是三百字，写满了一张，我们就知道这三百字完成了。为什么要计算字数？因为我们一般都要挂记自己工作了多少，并且要掌控内容的"密度"。作家对于这三百字是有要求的，所以一般的稿纸都是三百字一张，通常在这些字数里要有一些确定的东西存在，它们有或没有，作者心里要有数。比如写了一页纸，这里面空空的不行。三百字里面总要有一些阅读刺激点，要靠它让读者兴奋起来。这个兴奋可能是来自幽默、来自一个细节、来自特殊的词序调动——总之得有兴奋点。一般的专业写作者，这里主要是指纯文学写作，三百字里面起码要有一两处兴奋点。不然就是失败的写作，因为没法吸引读者读下去。

可见这个三百的字数比较好把握，好控制。写完了这一页，里面该有的东西都要有。比如说应该让读者兴奋一两次，这既是阅读的必要，也是对作品的密度要求。通俗文学一般不需要这样，通俗文学主要讲究大的情节调度，语言密度可以相对小一些。

当然我们也不必过分机械地理解。太机械了会显得可笑。可是这对初学者来说又未必不是一个方法、一种严格的训练要求。进入"化境"的人不会理睬这些,但我们这儿讲的是开始和初步。如果只是无要求地写下去,尽兴而已,这样的训练并不好。能有个大致的量化,特别是在文章(小说)密度方面,掌控起来就会好得多了。这样的习惯是可以一点点养成的,一旦养成了,以后就可以不再管它,那时就会自然而然地将文字的密度掌握在这个标准上。

现在我们阅读一些文学作品,常常觉得清汤寡水,内容稀薄,言之无物,主要原因就是它的密度不够。一部纯文学作品成功与否,一个最要紧的指标就是看语言艺术的密度。我们在这里把其量化,看来是机械和笨拙的方法,但是却有重要的意义。三百页的篇幅里要求有一至二处让人兴奋的点,也是根据一般的阅读接受规律来确定的。有人可能问:如果再多些呢?比如三到四处或五六处不行吗?那样不是更好吗?也不一定,因为任何事物都有个度的问题,也就是说并非越多越好。想想看,三百字里到处是类似的"兴奋点",那么读者一直读下来,是不是要给这频频的刺激弄得麻痹?这里有个适当的、张弛有度的问题。

最终是不是能够写好这三百字,当然是作者的才华所决定的,是作为人的情怀趣味所决定的。这好像不是一种方法和技术。但我们既然从技术层面上来讲它,就要从这个角度阐明和确定一些问题。我们要从某种规定性的意义上告诉大家:纯文学小说作品一般要达到这样的语言艺术密度。

作者是否具备这样的意识当然是不一样的。这是从写作实践或阅读经验中总结出来的。如果我们找到一些好的范本、一些杰出的文学作品,似乎就可以印证这一点。

　　写作的自由与流畅，也是心理放松的结果，作者必须要回到这样的状态，否则创作过程就会受阻。从这个意义上说，我们关于密度方面的要求和训练，只是一般的警示性提议，是训练的要求，它需要在今后的工作中忘掉——不过忘掉了，也并不等于没有。

讨论

训练的目标／诗与思

　　有人问：一篇小说要拿奖项，通常会有怎样的要素和标准？这倒难以回答，因为一般来说它是没有标准的。任何作品都有可能获奖，所以说我们可以放弃这个追求——也就是说，不能为了得奖才去写作。

　　写作是为了什么？任何工作都应该有自己的目标。为了赚钱？为了教育别人？为了娱乐民众？为了取悦自己？为了个人的心灵？是的，我们一边问，一边也就接近了自己的目标了。

　　写作的最高目标，还是为了自己的心灵。心灵欣悦了，满足了，高兴了，也就达到了最终的目的。如果写出一些文字来，连自己的心灵都不应允不高兴，那么世俗的奖赏再高一些也算不得成功。

写作可以有许多目的。得奖或是一种——正因为目的之不同,我们的工作才有了高下之别。好的小说家没有为了得奖去写作的,也不会为了娱乐别人去写作。把娱乐当成目的,那是通俗小说家的任务,比如说言情小说、武侠小说、历史演义小说、官场谴责小说等等,大致都是这样。

通俗文学属于曲艺的范畴,与快板、相声和评书等差不多。好的曲艺作品有很高的艺术性,为大众服务。这里在讲曲艺跟雅文学的区别。广义地讲,通俗小说也属于文学,有文学的成分,比如它也要用语言文字表达,也要追求情节和塑造人物,这些要素都有了。但是通俗小说的内核部分不是"诗与思",而是娱乐所需要的一些元素,如故事情节的曲折等。

一般来说,纯文学既不提倡为得奖去写作,也不鼓励为娱乐大众去写作,更不要为了赚钱去写作。刚才讲了,要为自己的心灵写作——为一个非常苛刻的自己去写作。怎么苛刻?就是自己严格起来,让作品给予自己极大的生命满足感。抱着这个目标去写作,走到最后往往就是进入了"诗与思"——即通常说的纯文学或雅文学。

有人可能担心这样的作品无人问津,即没有商业价值。这又在关心钱和市场了,关心受众,关心工作的世俗效果。我们的回答是,也只有雅文学的写作才会拥有最多的读者。因为在漫长的时间之河里,最后留下的还是特殊的、有必要保存下来的、有深刻艺术和思想含量的作品。商业写作,编来编去无非就是谁杀了谁、谁把谁打死了、谁爱上谁、谁把谁骗了,是这些在不停地重复。这就会有雷同感,没有保留的价值。雅文学作品却要在时间的长河中经受淘洗,留下来,让一代又一代人阅读。

目标和方向决定了训练,也决定了今后的专业高度,所以这里要讲。

细致与否不在于篇幅／技能训练

有人认为，短篇小说由于篇幅的限制，没法写得很细致，所以才要平铺直叙。其实细致的描述同样可以存在于较小的篇幅里。

因为篇幅小才要写得粗率，这个看法是不对的。写得是否细致不在于篇幅，而在于技能和具体需要。有时候很小的一段话也可以写得很细致。这要看个人的观察能力和表达的心机。要有文学心机，不要粗粗地讲一个故事、一个场景算完，而是要抓住机会将它写足。如果有需要，那就细细地描述出来。

反过来，有时候即便是几十万字的长篇，如果情节或其他原因要求粗线条地勾勒，作者也不宜过细地写出。这是个详略得当的问题，而不是篇幅的问题。我们可以找到很多写得极为细致的短篇小说，甚至是一两千字的小小说。

有人做写作训练，曾试着写出一些片断，如小说的细节，或是景物，或是对话——就是这区区几百字的片断，也写得细致入微，栩栩如生。

总之要养成深刻的洞察力，要掌握精雕细刻的技能。

关于人称问题／全知视角及其他

有人认为用第三人称写起来更容易，而第一人称很方便。那就让我们分析一下，看看它们各自的优劣。第三人称的小说是最多的，因为作者可以拥有一个全知的视角，即"他"如何如何，写起来障碍更少。但这同时也带来一个问题，就是这种全知视角的可信性："他"的事情作者怎么知道了？从接受上来看，这就成了一个问题。在读者的接受心理上，这个问题需要解决。比如作者写了"他"怎样想，"他"的心理活动，作者就多少有点"越位"了，因为作者没有无所不能的透视功能，不可能什么都了如指掌。

可是很多作家不在乎这个，他们只是放手写去，充分利用了这个人称自由。我们只好认可：这是一种文学形式赋予作家的权力。不过这种权力太大了，又让人不安。作家具有了超人的能力，比爱克斯光和无线电、比窃听器等所有现代器材更有威力——他们可以知道笔下人物的一切，几乎没有限制。可是这似乎缺乏说服力——读者之所以还在读，就因为提前在心里为自己做了设定，提醒自己"这是小说"。他们只好在规定的、虚构的前提下去阅读和接受。如此看来，第三人称的小说有个先天的毛病：不可信。为了克服这个毛病，现代作家们十分克制自己的"全知视角"，并不滥用这种权力。所以他们在极为自由的情形下，却会做得小心翼翼。由此可见，今天的第三人称已经不是我们想象的那么自由了。

第一人称，即"我"怎么怎么。这类小说起码在接受这个层面上是说服人的。比如我写日记，我给朋友讲一个故事，"我"的出现就很自然很舒服。"我"看到什么想到什么，听到了什么，都是很自然的。这就不需要那个设定的"虚构"前提了，一切都如真实发生的，作者与读者之间的关系是自然而然的。

这里有一个问题，就是"我"的出现、"我"的讲述需要一个理由。如果突然就以第一人称讲起来，讲个没完，也会很别扭：讲给谁？为什么要讲？一个作者以"我"的口吻讲了一大本，这么多文字总得有个着落、有个缘由。就是说，作为"我"，做了这么多的事情、说了这么多话，要有一个合理的接受对象才好。因为读者会问：你为什么要把这么多东西讲给别人听？想想看，一本书印出来，书里写的是"我怎么、我怎么"——那个"我"又有什么必要把自己的东西展示给别人？既然是自己的故事，又为什么要把它印出来？这样一来，它又像第三人称那样，带来了同一个问题，即让阅读者回到那个设定的前提：这是一些虚构的文字、是小说。

可见这同样会令人不安。所以有的小说家就假托一个开始，找一个讲述的理由，然后再放手地大讲一通。比如说书的前面有一段话："我要把这些东西写出来，给你听或者交给你"；"请你代我把这些文字转给某某"……类似的一段话。这一来逻辑就顺了，下边讲再多的东西都可以，因为他事先交代了本书的来由。就用这样的方法，他把第一人称带来的若干难题给解决了。

如果在书的前边不做这样的说明，而是在书的当中有结构上的巧妙处理，同样也能解决这类问题。

人称的问题看起来很大，实际上对一个长期从事这个专业的人来说又是水到渠成的事情。作家三个人称都会使用，而且会找到一个得心应手的，从而把表述的障碍降低到最少。如果我们注意到"我"为什么要把这些东西印出来的问题、"他"的所有事情作者是怎么知道的问题，那么叙述就会有某种自觉性，这或许是需要注意的。

谈过了第三和第一人称，再谈第二人称。三种人称在表现上各自都有局限。第二人称是"你"，"你"如何如何，这个"你"又指了谁？为什么是"你"？最初好像会有一种突兀感。如果没有目标地"你"如何如何，读来也是相当不舒服的。

要解决这个问题，一如对待其他人称的办法，就是在叙述中处理妥当，一开始就把讲述对象明朗化。讲述的逻辑关系确立了，其他一切也就理顺了。总而言之作者在创作时先要有一个人称的选择，这个选择要有利于这部作品的讲述，即工作的方便，无非如此。

现代写作中，有的作品可以将不同的人称混用一番，表现出一种现代自由。但这是很难的，不易为初学者掌握。

题目产生在写作之前／世界要有光

"是先有了内容再起题目，还是先有一个名字再去写这篇作品？"可能怎样都可以。因为每个人的习惯不同，许多人作品早就完成了，可还是没有书名，长时间为这个苦恼。而另一些不是这样，尽可能要有了书名才去写一部书，他的所有工作都要围绕一个题目去进行。当然偶尔也有这种情形：作品写完了还没有题目，反复阅读，想找一个能够体现内容的名字。

有个朋友认为，小说既然是用文字构筑的一个世界，那么这个世界最需要的是什么？是太阳，太阳要把整个空间照亮。就是说，这个世界要有光。题目就是这个世界的光源。没有太阳的世界是昏暗的。好的题目应该有足够的能量、热量和光明，它使你的世界活起来，万千生命都生长向上。这个世界的每一个角落，所有的文字，包括每一个标点、每一个段落，都是围绕着这个太阳旋转的。

题目可以蕴含无数的意韵，有无限诠释的可能，它不仅是概括了你要讲述的故事、还代表了你心中的意境和思想。如果你想写一部一万字的小说，那么这个题目就需要这些文字来表达和说明。所以题目在暗中规定了作品的长度和内容，还有色泽以及其他。由此可见，没有题目，就等于一切都没有着落，我们无法工作下去。

构思好了一部小说，它大致上的色彩、人物、情节都朦朦胧胧地有了——但就是找不到一个好的题目。这时候作者会是十分苦恼的。他会想，这个意境和故事，这一摊子，用个什么题目才能统领起来、辐射出去？这就好比一场战斗，要找一个大的统帅，不然这支队伍就散掉了。战斗中这个班、这个连的部署，营和团的运动，全都要想好。去掉了统帅，这个战役就没法打了。这儿，题目又像是一个总的统领者。

我知道的很多作家，写作前必须把题目想好，特别是长篇和中篇，没有题目他不会去写。

二〇一〇年三月二十五日

班访三：文学初步及其他

初中的《山花》

谈到学习创作之初的情形，每个人都不一样。我是在学生时期开始学习写作的。文学对大多数人都会有吸引力，许多人都曾经尝试过使用文字描述事物，倾诉心情——只是有的坚持下来了，有的半路放弃了。看来文学表达的欲望是较为普遍的，是一种生命现象。所以说一个写作者怎样迈出第一步，很值得记忆。

它的开始或结束都是有原因的。其中的一些人兴致勃勃地写起来，最后却渐渐放弃——也有不少人一生都要保持这个爱好，或者将主要的精力放在写作上，或者一边做别的工作，一边仍然在写。这种非职业化的文学生活是最让人向往的，它往往更健康也更自然。如果一个人什么都不做，一生只是写作、写作，这只能是极少的一部分人所为，是所谓的"专业作家"。在我看来，这样一种专事写作的生活并不值得羡慕，它甚至有点别扭——我目前是一个"专业作家"吗？我想大多数时候仍然不是。我只在有时间并且愿意写的时候，才坐下来做这种工作。

我赞赏一个人有一份职业，比如教书或从事其他劳动，偶尔才回到创作中来，写出自己的心情、自己的文字。这样的生活更有张力，也更科学。工作之余进行文学创作，既可以有心灵之业的遥远追求，还可以有切近的具体的生活。我羡慕做教师，尤其是在大学里工作，和年轻人不断交流，可以促进我们的文学感受，使我们的文字保持一种生机勃勃、与当代年轻心跳合拍的那样一种良好状态。世界上很有名的作家中，有一些就是这样的。几乎所有的大学老师兼作文学创作的都有一个特点，就是作品的文学纯度是非常高的，学术性也很强，读他们的书，就好像穿行在思想的丛林里，不断感受启迪和遭遇挑战。

话题扯得有点儿远。还说我个人的文学"第一步"吧。我的情况和其他作家可能有点相似：在学校的时候埋下了文学的种子，后来在心里一点点发芽长大。在中学的时候，我们的校长特别爱好文学。本来我读初中时正是大陆比较混乱的"文革"时期，校园里很少正常上课，要接待一些来来往往的"文革"方面的人员，比如"串联"的红卫兵——就是某个地方的学生穿上黄绿色的"军装"，背上挎包，戴着红袖章到外地去访问，这叫"串联"。整个社会包括学校都非常不安宁，学校里有很多批斗会、贫下中农的忆苦会、工人的忆苦会、老红军讲"万里长征"等。当年的学校很嘈杂，很难像我们今天这样坐下来，听老师讲课。可是那种乱象既带来不能正常上课的痛苦，又很有趣，让同学们高兴。我们可以观察到各种各样的人，可以参与到各种各样的场合里。学校的宣传队，所谓的文艺表演特别多。几乎每个学校都有自己的演出队伍，这比上课还重要，几乎所有的节目都由学生自己编写，可见当年的文艺气氛和战斗气氛同样浓烈。

我们的校长就在这样一个极其怪异的年代里办了一份油印文学刊物——据我所知，在其他中学里没有这种刊物。现在想来，在那个时期办这样一份刊物是要冒很大政治风险的——刊物的名字叫《山花》，是蜡版油印的。当时是上世纪六十年代，学校里连打字机都没有。每一期刊物都是校长亲自刻制蜡版，他的蜡版刻得特别好，印出来的仿宋体就像今天用电脑打出来的差不多。而且他还会绘画，自己作一些插图，装订漂亮。我们当时看到这个刊物，感觉比今天印得最讲究的刊物还要好，觉得非常完美。同学们都盼望自己的作品登到这个刊物上，谁登上了，谁就成为全校注目的人物，校长就会表扬这个同学，激励的意义大到不可想象。

我们的校长因为《山花》，把他创造的兴奋和同学们的兴奋结合在一起。他对同学们宣讲每一期刊物上的作品，那种互动的刺激是非常大的。我当年就是《山花》的作者之一，也是在创作上受到校长表扬较多的学生。回忆起来，我最重要的文学起步，就在我们的初中时期。

小时候遇到一位作家老师，那真是步入文学的最好机缘。

散文和小说的区别

散文与小说的区别较为明显，尽管在有的作家那里常常混在一块儿。曾读过一位外国作家的长河小说，那是一些历史记事，可以看成是散文片断的连缀。也有当代作家将散文随笔串连起来，中间偶有情节和人物的交织，当作长篇小说。在现代写作中，它们之间的界限有时候并不清晰。作家在小说的情节故事方面弱化到一定的程度，作品的散文化倾向就加重了。但总的来说还是个案，小说一般都有完整的故事，从结构上看情节框架还是突出的、紧凑的。

在西方，为了把诗这种长短句子的韵文与其他文字区别开来，一般会把无韵的文字通称为"散文"。在这个大散文的概念下，又细分为我们今天说的"散文""论文""小说""报告文学"等等。现在让我们具体梳理一下，看看散文和小说有哪些区别。

首先小说是虚构的，它的人物、情节都是虚构的；而散文是写实的，记录了真实的生活。如果一篇散文像小说一样去虚构，这个散文一般是不太成立的。"散文"这个概念比小说要宽泛一点：可以是抒情的，抒发自己的胸臆、情怀，当然这也是一种真实；可以是纪事的，把看到的事情记录下来；还有一些应用文字，像作家的创作谈，日记，甚至包括很多的报纸通讯，演讲，政论，也都可以看作散文。古代的散文有很多就是通信，是生活中的应用文字。《古文观止》里有一篇非常好的散文叫《李陵答苏武书》，就是一封信。

不知道大家们读文言文的能力如何，如有可能，最好不要读翻译的白话文，而是去看原著。无论是古典文学转化成白话文，还是欧美的文字转化成中文，都要损失很多原文的韵致，这种转换的过程是有代价的。《古文观止》是必读的经典。这里选的都是一些经过了漫长的阅读史而没有被湮没的篇章，是好散文。

读了《古文观止》，拿它与被称为"中国四大名著"的古代小说比较一下，就能看出它们的区别。小说是虚构的，从人物到故事都是，而散文是真实的。小说是在虚构中让人感受它的思想和艺术，吸引你读下去，而散文是在真实使用中形成的，你在阅读之初就会告诉自己：这都是真实发生的。如果散文也虚构起来，那会有些别扭。

小说与散文另一个层面的区别，在于风格和表述方法的差异。小说要有情节和人物，要讲故事，但是散文可以没有故事，甚至连人物也没有。小说要写到人物的对话，那是根据故事或刻画形象的需要，常常要绘声绘色。但是散文要写人物的对话，也是真实记录下来，不做篡改。小说创作的过程中，作家是无限自由的，想怎么写就怎么写，可以充分焕发想象力。小说的全部内容都是作者的创造，可以夸张，可以模拟，可以做出各种假设。而散文写作中，作者在许多时候没有这种权力。

随着所谓现代小说的发展，作家自由发挥的空间更大了，所以小说在文体上的变化极为复杂，已经走入了千奇百怪的状态。它的语言表述、结构等等方面，变得令人眼花缭乱。但是散文仍然有所不同，由于它毕竟是从生活实用出发的一种文体，就显得规范和谨慎，始终顾忌到实用的要求，在文体上的变化相对来说就少了一点。看中国古代的散文和今天的散文，除了语言句法上的一些演进之外，在结构上的变化并不太大。但是如果把中国古典小说和当代的一些小说相比，会发现它们的差距实在是太大了，不仅是结构方式，即便在语言气质、在造句等方面，变化都很大。

当代小说的写作越来越趋向于西方化。这有它的历史原因。因为中国纯文学中小说的传统不够强大，古代小说中的大部分都是通俗作品。而西方的小说源头主要是话剧和英雄史诗之类，与我们稍有不同。中国的纯文学小说要继承传统，一般就是"四大名著"了，而这四部里面有三部还是民间文学，只有《红楼梦》是文人小说。民间文学单从手法上看和通俗文学是差不了多少的。通俗文学和民间文学的区别是在内质上，而不在手法上。所以中国小说的纯文学土壤是贫瘠的，于是也就不得不借取西方的传统，吸纳它的形式和叙述方式。这当然会影响到中国当代小说的精神气质。

而中国的散文具备世界上最深厚的土壤。中国当代散文与中国古代散文在很多方面都是一脉相承的，有雅文化的深远传统，这是它在继承上的一个优势。这就与小说的渊源形成了区别，这个区别是难以忽略的，它从哪个方面看都非常重要。

中国小说的继承

进一步分析中国小说的传统和继承，我们就会发现这个问题变得越发复杂了。一部分作品在学习运用西方的一些技法方面，显得有些生硬。中国的现实生活、心理状态，用西方的文学技法表现的时候，必然会有一些障碍存在那儿。这需要将异域的文学元素加以熔铸，形成一种新的气质。这就好比一个中国人，在现实生活中，在待人接物中，如果从口气到动作完全是西方化的，就会十分不自然、十分刺眼，显得格格不入。目前中国的一部分小说就是这样的，它们过于洋化了。

中国当代雅文学（小说）的两难之处在于：既要吸收西方的现代技法，又要表达中国人的性情风习和思想内容，这就需要作家对本土语言和心理状态有一个深刻的沉浸。另外，还要对现代小说这种体裁有高超的掌控能力。这个过程包括艰辛的文学训练，也包括丰富的生活阅历。一个写作经验和人生经验深长厚实的作家，不会仅仅依赖纯熟的文笔写下去，而是会相当慎重地研究自己所面临的全部文学问题。

本来一个成熟的作家可以不经过严密的构思和精心的设计、不经过周密的筹划，笔端就能表现出最基本的文学水准。这就是依赖"写作的惯性"，是长久训练形成的一种能力。我们平常说的"笔下生花"，就是指一个人经过长久的职业磨炼之后，那支笔会"自己"生出一些美妙来——他本人似乎还没怎么过脑子，一些漂亮的表达、一些好的词汇和思想，就会自然而然地汇集到笔下了。想想看，有了这样的能力，我们的表述会变得自由舒畅——可是过于依赖这种能力，创作同样会走向失败。

作家依靠文笔的功力、职业的娴熟，许多时候是无济于事的。这儿最重要的是作者对生活与人性的充分理解，是他沉甸甸的那份情感。深入理解这个世界的全部苦难，人生的危厄，让牵挂揪紧你的心，才会避免纯粹的技术主义对写作的伤害。事实上，优秀的作家往往更是文体上的先锋，是他们对中国的当下生活做出了最可靠、最逼真、最朴素的表达。在他们那儿，西方技法并没有形成真实和情感上的障碍，而是在创作中得到了完美的统一。这里靠的是艰苦漫长的职业训练，再加上个人扎实的生活功底。可见这需要刻苦的学习，需要深刻而痛苦的生活磨砺。

片面和短视的文学继承，让我们的小说变成了非驴非马之物：洋腔洋调，言不及义。这种倾向并不鲜见。打开一本当代文学刊物，很容易就发现这种奇怪的现象：作品中的人物举止甚至是心理模式，完全不像国人，而更像是西方人。可见这样的写作是荒谬的。作者在学习西方技法的同时，已经没有了起码的禁忌，在思考和结构作品的时候，竟然把脚下的泥土忘个一干二净。

这让我们进一步思索：我们的小说继承是有问题的。如果说我们没有更好的小说传统，却并不意味着没有深厚绵长的纯文学传统。比如我们有伟大的诗人和戏剧家，有伟大的散文家。他们为什么不可以被当代小说继承？中国的戏剧和诗，更有散文，应该是当代小说最主要的文学源头——我们如果放弃了这个源头，就将走向最荒唐的地方去。在这方面，中国的小说与散文应该是面临同样机会的，它们也具有同样高远的目标。

写作不能过于勤奋

谈到写作习惯，每个人都不一样。大家可以根据自己的条件，渐渐形成自己的工作节奏和工作时间。有人说一个作家要多产，就要保持均衡的工作，从而有一种大致稳定的写作数量。这样的例子可能有。但这种"均衡"的工作方式我还是有些不太理解。有人进一步举例，指出某位作家可以每天坚持写三千字，不间断地写下来，所以才会有那样大的写作量。这个说法是大可怀疑的。世界上没有任何一个作家可以不间断地每天写三千字，一直地写下去，写几十年。那样的话，算起来他一生的写作量也太巨大了。如果真的会有这么一个作家，那也只能是一个相当平庸的作家。

文学创作与电影电视不一样。电影和电视的完成不是一个人，而是好多人，有编剧、演员、导演、音乐、摄像……这些综合的创造力量加在一起。这也是艺术，但严格来说它只是运用艺术手段完成的一件文化产品。真正意义上的艺术必须是个体生命的创造，仅仅是"这一个"生命的创造，而这种创造不会与其他任何生命达成妥协，不寻找任何表达上的平均值和最大公约数。所以它才会是不可重复的——这是真正意义上的艺术。

把话题引到这儿，就是为了让大家明白艺术和个体生命的关系。这里的关键词是"生命"，就是说，既然写作是生命在那一刻的独特创造，又怎么可能每天按部就班来上三千字呢？真正意义上的作家也许不是职业作家，而是一个正常生活着的人，他在生命的感动时刻需要不可遏止的一种表达……有的作家说自己是一个职业写作者，每天吃了饭就坐下来写作，每天要写多少。这样的作家是有的，但这个作家的全部创作里面，会有一部分不属于文学，而只属于职业化的劳动成果。这其中会有好一点的，也会有平庸的、需要剔除的。

一个生命的感动、感慨，倾诉的强烈欲望，即所谓的灵感，不可能适时而至，不可能像一部机器那样，到了时间一按开关就运转起来。没有那么简单和机械。文学写作要源于个体生命的感动，要依赖生命的特殊状态——极为愤怒、极为忧郁、极为欣悦和亢奋……是这样一种情形——在这个时候，他才有可能写得好。

所以，作家不会每天去写三千字，而是到了不得不写的时候才坐下来倾吐。还有，作品写作的中间一定要有隔断，就是说，作家是难以连续进行工作的——如果写得过于顺利了，那反倒需要警惕，因为他过分运用了自己的意识——而文学创作有时候是要迷进去的，要进入一种浑茫忘我的状态。你许多时候并不知道为什么会写出这样一些段落，而且会惊愕于自己的"超水平发挥"——当你离开了创作状态，你对自己的表达常常会感到惊讶——那一刻为什么会写成这样？连你自己都不理解了。

怎么才能进入这样的"状态"？当然只能依靠刻苦的工作，而不是一味地等待它的光顾。你必然会常常琢磨要写的东西，要伏案。但你并非总是不间断地写下去。因为你在写的时候,意识一定要控制你,它会将你个人没有察觉的许多东西给压抑住。所以我们总是强调间隔:停止、隔断,以便让潜意识在身体内部活跃起来。这样隔了一段时间,当你再次拾起笔来的时候,会有很多原先根本没有想过的人物和情节、甚至是绝妙的语言和意绪涌上笔端。

人的艺术思维有一个自我痊愈的能力。我们平常想问题有很多残缺,这儿有问题、那儿有伤疤。那就让我们停下来,想不明白可以不想,留着它,因为说不定隔一段时间它会自己解决。这是生命的奥秘:它会自我痊愈,自我整理和自我修复。

我们不能过于勤奋,总是写啊想啊,这样就把自己逼入了平庸的境地。

我们需要"大学习"

有人说过,一个作家写了大量的生活内容,小偷、妓女、富翁、流浪汉,都写得形貌毕肖,心理逼真,但是他未必去一一做过吧。当然,小说家的一个重要能力、他所紧紧依靠的,就是发达的想象力。说到底想象力也是一种还原力——去还原事物本来的情形,是这种能力。所以作家虽然没有做过那件事情,但是可以依靠个人经验去弥补,能够设身处地把生动的、个人未必经历过的场合里所有的元素饱满地加以再现。没有这个能力,就不会成为一个小说家。

这种能力从哪里来?它无非来自两个方面,一个是先天的,一个是后天的。有的人天生就有幽默感,别人讲一个笑话他笑得不得了,而另一个人却一点都不笑。为什么？笑得厉害的这个人很快体会了讲述者的描述，进入了那个特定的情与境，就是说能够迅速"还原"，像他自己经历过一样。还原的能力和速度都是第一流的，所以会迅速做出反应；有的人木木的，长时间搞不明白：他或者听懂了这个故事，但还原不了那一刻的细部——生命的密码他解不开。这就是先天能力方面的差异。有的人联想能力很强，有的人非常敏感；有的人小情小性，稍加指责就哭起来；而有的一辈子不掉几次眼泪。人的性格和能力差异很大，这是说的先天。

后天方面，就是个人生活阅历的差异、受教育的差异。这些会决定能力上的许多不同。一个人虽然没有经历过那件事情，但是却经过了其他的很多事情。从人性上讲，东方和西方都差不多，古人和今人也差不多，一个再坏的人也具有善良的一面，一个再好的人身上也有恶的东西。无论对善与恶，作为一个有感悟力的人、一个在现实当中有所经历的人，都不会陌生。孔子有一句名言，"性相近，习相远"，就是说了这个意思。若论外部的习性、人的言谈举止，香港人和大陆人一看就有区别，南部和北部有区别，大陆海边的人和中原的人也有区别，这些打眼一看就知道了。这就是"习相远"。但"性"是相近的，人性是一样的。看古代的文字记录，他们的喜怒哀乐和我们现代人也差不多，遇到一个人，对方恶劣的态度古人同样是不高兴的；受到了尊重，古人同样是高兴的。人性深层的一些东西是很难变化的，关于这些认识，可以通行四方。这些不变，表现了人性的稳定和顽固，它若有改变，也会是十分缓慢的。

如果说先天的东西是已经固定了、不可改变了，那么我们努力的方面也就只有从后天去加以弥补了。这就给我们提出了学习的艰巨任务。我们的路很长很远，也就有了学习的机会。我们如果做到不畏惧生活，有勇气面对最严重的人生问题，就是最好的学习了。原来真正的"大学习"，书本上是解决不了的。

讨论

低潮期／能力的丧失

不仅是初学写作者，即便一个成熟的作家，也有写不下去读不下去的低潮期。这是正常的，没有什么奇怪的。任何作家都会有亢奋的、特别想写的阶段，也有无所事事无论如何不愿提笔、连书也读不下去的日子，有相对浮躁的阶段。之所以会这样，原因相当复杂，既有来自身体和心理需要调节的原因——每个人的身体都有高潮和低潮期，也许你处在低潮的阶段；再就是心思无法集中，有很多别的事情在牵动，使你的注意力暂时不能用到正做的事情上去。

我们看到一个作家写了很多东西，其中不乏优秀之作，于是就会觉得这个人工作起来是不难的——他既然写了那么多好作品，写得更多更好也不会有什么问题；对画家也是同样的期待：他曾经画出过特别棒的画，已经具有这样强大的实力了，再画出几幅杰作也是水到渠成的事。但事实上远非如此。

有的作家写了那么多好作品，后来却因为难产、因为失去创作能力而自杀。他对自己的创作陷入了一种绝望的状态，就是说，他已经无论如何也写不好了。一个大师级的人物为什么突然就中止了天才的创作？怎么突然就丧失了卓越的想象？这是一个谜。生命就是这样充满奥秘。比如我们熟知的某位画家，在二十多岁就画出了震动整个画坛的画作，可是在后来长达几十年的时间里，他连一幅优秀的作品都画不出。照理说他的笔触已经相当熟练了——画画和写作还不一样，工艺性占了很大比重，既然技艺如此优异，重复出现好的作品有什么难？可就是很难。为什么画不出来写不出来？可能是生命里那一部分难以描述的能力丧失了。

题材变化／乡野生活的经验

有人认为，今后农村题材的文学作品会呈现弱势。理由是进入了某个时期，写作的题材和内容往哪个方向走，是受现实决定的，是有潮流的。中国大陆面临着城市化的倾向，内地许多地方自然村落都在改造，通常的做法是把好几个村落合并到一起，盖一些高楼。这就开始了工业化、城市化的进程。现实中既然是这样的一个趋势，而且不可逆转，文学描写的内容是要反映现实、和生活潮流一致的——因为再没有过去那种农村生活了，怎么会有大量表现农村生活的文学作品？

但是也不尽然。从作品数量上说大约会是这样，而总体文学成就却未必如此。因为在能够预料的相当长的一段文学进程里，一些重要的作家仍然是五十年代和六十年代出生的人。他们的个人阅历、写作立场和职业训练，更有精神状态，都决定了要在很长一段时间内保持强盛的创造力。这一部分人经历的历史时期相对复杂，身上有沉甸甸的农村生活的记忆、城市生活的记忆、知识分子的感受，以及重大社会变革的记忆。所以他们的思索必然要呈现出多层次和复杂性。在未来很长的一段时间内，中国文学的主流仍然不会是城市文学，而是综合的、偏重于抒写乡村生活的文学。因为当前中国大陆的作家拥有的农村生活、乡野生活的经验，还是主要的。

写作前的热身／让思维活泼起来

许多作者一开始是夜间写作，后来就改变了这个习惯。因为业余创作时，白天没有时间，不得不逼迫自己夜间写作。在上个世纪八十年代中期，有人凌晨两三点之前没有睡过觉。但是晚上脑子冲动，写东西很快，字迹也潦草——自己觉得写得很好，白天冷静了一看又会否定它。

到了专业创作以后，也就按部就班地工作了：晚上按时睡、早上按时起。这大致是和上班族一样的作息时间了。有个习惯是写作前要热身。大家知道，把稿纸铺开的时候是要犹豫一会儿的，并不是一开始就能进入"状态"，而是随着文字的积累、情节的发展、人物的倾诉，"状态"才会慢慢出来。作家和运动员一样，得有个热身的阶段。没经过热身就开始写，往往写了很长之后才找到感觉，笔下的文字才好起来，这会有问题。进入"状态"前的这些文字怎么办？扔掉可惜，留着又不满意。

怎么热身？一个办法是在动笔前喝几杯茶或咖啡，沉浸于自己喜欢的音乐中。思维会在这当中变得活泼起来。

当一个比较良好的状态出现时，音乐也就可以停止了——要进入自己的工作了。

二〇一〇年四月十四日

在文学的绿地上*（代后记）

尊敬的吴清辉校长、钟玲院长、各位来宾，大家好：

刚才听了校长热情洋溢的致辞，我很感动。非常荣幸担任浸会大学驻校作家。这使我能够有机会更切近、更充分地了解我们美丽的校园、老师、学生，还有美丽的香港。说到这里，我不禁想起前两次到香港，都是匆匆而过，最近的一次离现在也有十二年了。十二年的时间好像很漫长，但对我的记忆来说，却是一晃而过，仿佛就在昨天。

我住在浸会大学吴多泰大楼的九层，从高处往外一看，香港的很大一部分尽收眼底。我感受非常强烈的，就是她跟十二年前看到的香港大不一样了。高楼更多，也更明亮。当然，这几天正好遇到了沙尘暴，那就是两回事了。

我想起前两次到香港，更多的是在高楼当中穿梭，被她的人流给裹住了，这是我对香港过去的印象。

这次由于很从容，就有时间到香港其他地方去看了。使我惊讶的是，我过去没有发现香港还有这么美丽的山、这么好的水、这么好的树。我就常常想，真正意义上的一座好城市、让人流连忘返的城市，有三个重要条件要具备：一是有山，再要有水；第三个条件也许更重要更困难，那就是要拥有一拨高层次的文化人。我在香港，今天看到这三个条件她都具备。所以说香港的明

---

* 本文为作者在香港浸会大学欢迎茶会上的致辞，根据录音整理。

天将变得更可爱。

我来的地方，古代为齐国。齐国有点像今天的香港，是一个商业社会。她的经济非常发达，所以如学问家南怀瑾先生说的：当年能到一次齐国的首都临淄，就好比第三世界的人到了一次曼哈顿。这个比喻一点都不夸张，熟悉历史的人会记得苏秦那段著名的描绘，真是妙不可言。他说临淄街头的人"举袂成荫，挥汗如雨"。今天的香港我看也差不多，比如旺角一带。

这个齐国繁荣了一百五十年。在这一百五十年的繁荣期，什么东西跟她并行并列呢？是稷下学宫。这是中国历史上最了不起的、震动世界的一个壮举，是一场文化试验。天下最有名的学问家、文学家，各种流派都汇聚到了临淄。这个临淄不但有商业的繁荣，还有天下文人的聚会。也就是说，临淄城具有最高的思想和最了不起的艺术，正是他们支持了当年齐国的繁荣。由此我们想到，香港有今天也不是一个偶然，她不光是实业家们的努力，也更是各界文化人士共同奋斗的一个结果。回望香港的历史，我们可以发现很多文化人的背影。今天这些背影远去，可是又有后来者。我们只是追随着他们，向往着他们，汇聚到香港。

说到文学，当然是雅事。只要是雅的东西就让人向往。向往的同时，也很容易把玩起来，"雅事"是可以玩的。讲到这里我就想到拉丁美洲一个很有名的作家，他说了一段很有名的话，大意是：一个地方、一座城市，当她的文学变成一个小圈子的事情，变成一小部分人的嗜好，成为外界不可言说的东西时，这个地区一定会变得野蛮起来。我同意他的话。那么进一步可以设想，如果一个地区压根就没有文学的话，这个地区又该是何等可怕。

让我感动的是，浸会大学的校园里到处都是讨论会、报告会、演讲会的海报，这里有学校举办的，还有同学自发组织的。这里文事很盛，交相辉映，让人兴奋。比如这个"小说坊"，吸收社会上的人来参加，同学和老师都可以参加……文学院多少年如一日地开展文学活动，面向大众、面向香港。也就是说，这里不光有文学、有雅事，而且还在扎扎实实地推向社会，让其成为香港的一个组成部分。她的了不起，她的让人感动，就在这里。

我们的能力无论多么微小，都可以做事情、都有目标且可以坚守。只要有理想就让人尊敬。反过来，无论那个场境多么堂皇，如果没有理想，也就失去了吸引力。我尊重浸会大学，尊重各位的努力，尊重理想。

谢谢各位。

图书在版编目（CIP）数据

我们需要的大陆 / 张炜著 . —济南：山东教育出版社，2016
（张炜文存）
ISBN 978-7-5328-9256-3

Ⅰ.①我… Ⅱ.①张… Ⅲ.①散文集—中国—当代 Ⅳ.① I267

中国版本图书馆 CIP 数据核字（2015）第 315566 号

总 策 划： 刘东杰
出版统筹： 祝 丽
特邀编辑： 马 兵
责任编辑： 王 慧 陈艳丽
装帧设计： 王承利 宋晓军
手稿摄影： 曹清雅

张炜文存
我们需要的大陆

张炜著

主　管：山东出版传媒股份有限公司
出版者：山东教育出版社
（济南市纬一路 321 号 邮编：250001）
电　话：（0531）82092664　传真：（0531）82092625
网　址：sjs.com.cn
发行者：山东教育出版社
印　刷：济南大邦印务有限公司
版　次：2016 年 3 月第 1 版 2016 年 3 月第 1 次印刷
规　格：720mm×1092mm 16 开本
印　张：42.75 印张
字　数：495 千字
书　号：ISBN 978-7-5328-9256-3
定　价：86.00 元

（如印装质量有问题，请与印刷厂联系调换）印厂电话：0531-88038616

定价：86.00元